悦讀紀
ENJOY READING ERA

憧憬美好
相信爱情

—— 阅读改变女性 · 女性改变未来 ——

图南志

张晚知 / 著

TU NAN ZHI

【上】

典藏版

青岛出版社
QINGDAO PUBLISHING HOUSE

图书在版编目（CIP）数据

图南志：典藏版 / 张晚知著. — 青岛：青岛出版社，2016.5

ISBN 978-7-5552-3782-2

Ⅰ．①图… Ⅱ．①张… Ⅲ．①长篇小说－中国－当代
Ⅳ.①I247.5

中国版本图书馆CIP数据核字（2016）第062873号

书　　名	图南志（典藏版）
作　　者	张晚知
出版发行	青岛出版社
社　　址	青岛市海尔路182号（266061）
本社网址	http://www.qdpub.com
邮购电话	010-85787680-8015　13335059110
	0532-85814750（传真）　0532-68068026
责任编辑	杨　琴
选题策划	杨　琴
封面设计	苏　涛
版式设计	刘丽霞
印　　刷	三河市南阳印刷有限公司
出版日期	2016年5月第1版　2016年5月第1次印刷
开　　本	16开（700mm×980mm）
印　　张	35
字　　数	460千
书　　号	ISBN 978-7-5552-3782-2
定　　价	59.80元（全二册）

编校质量、盗版监督服务电话　4006532017　0532-68068670
青岛版图书售后如发现质量问题，请寄回青岛出版社出版印务部调换。
电话：010-85787680-8015　0532-68068629

目 录
Contents

第一卷

鲲 潜

第三卷
图 南

第四卷
归虚

第一卷

鲲潜

　　我最快乐的事就是能和姑姑、太婆平平安安地在一起，对我们不利的人都消失，我们讨厌的人都不用看，想去什么地方玩，就去什么地方玩，没有人阻拦猜忌。

楔 子

秋风乍起，凉意侵室，含元殿里，药香弥漫，那重现华朝盛世、被朝野誉为光兴明主的年轻帝王，正由内侍扶着，慢慢地喝着汤药。

堪堪而立之年，他的双鬓已然似霜染般星点斑白，双颊深陷进去，不见丝毫血色，形容枯槁。只有那双眼眸，依然清明不乱，幽深如海。

一碗药喝尽，内侍递上绢帕，他轻轻拭去唇边的药渍，喘了口气，问："乔狸，皇后来了吗？"

正扶着他的内侍答道："据报皇后陛下的车驾昨天已经进了洛阳安歇，大约明天就能回宫。"

他的眼睛倏然一亮，振臂起身，急声道："快，给朕沐浴更衣，把殿中的门窗统统打开，细细洒扫，别留下药味。"

乔狸惊道："圣上，皇后陛下昨日才进洛阳，最快也要明天才能回宫，您现在不用急着准备。"

他摇头，辩解道："从洛阳行到长安，本是需要三天。对她来说，两天时间就足够了。"

乔狸依然没动，只是细声说："纵然皇后陛下此刻就能回来，圣上您也不用沐浴更衣。太医说过，您现在不能受寒，只宜静养，应该尽量减少沐浴次数，更别提开窗吹风了。"

他挥了挥手，低低地笑了，"乔狸，你难道还不明白吗？朕就要死了，不想让她看到这副卧榻等死的窝囊样。"

乔狸沉默不语，趁转身的当儿，低头将眼角的泪迹抹去，吩咐侍者准备兰汤，服侍天子沐浴更衣，束冠佩玉。一应打点停当，乔狸才道："圣上，好了。"

他轻轻点头，走出含元殿，挡开从侍的扶持，站在含元殿廊前那宽阔平整的墩台上，极目眺望。目光所及，只见重檐庑殿顶的大殿屋脊两端矗立着高高的鸱吻，屋檐重重翼展。宽阔而长的龙尾道从层层台基里伸出，笔直前指，又被厚厚宫门阻隔，叫人无法一眼望尽。

突然，远处宫门层层洞开，一骑飞驰直入。天高云淡，蓝空如洗，那一骑红尘，如火如荼，似霞似锦，渐逼入眼。

他的眼睛倏然一亮，眉宇间笼上迥异于病态的别样神采。他望着那翻身下马、登阶而来的女子，微笑道："你终于回来了。"

她一步一步走上墩台，目光从他整洁的衣饰上移过，最后落在他脸上，问："召我何事？"

他没回答，只是对着她伸出手去，但她双目微瞑，退开几步，对他脸上的恳切神态视若无睹。

他的体力已经不足以支撑他多做纠缠，只能黯然垂手，自嘲地低叹一声，旋即抬起头来，望着她，轻声说："阿汝，这么多年，苦了你了！"

这么多年，他自私任性，贪婪蛮横，累她被人唾骂污辱，百口莫辩，几近陷入万劫不复之地，生不如死，却从未有一字言悔，何以今日他突然示弱？

她一怔，冷笑道："何必假意，有事直说。"

他只觉得舌底苦意蔓延，直直渗入心里，苦得他似乎所有的话都忘了，望着她堆霜积雪的冷态，心底深深叹息。明知她不可能动容，明知她不会动心，明知她对他有恨无情，却偏偏忍不住奢望，舍不得放手。即使明知悖德失义，仍然强求。

一瞬间，他的身体晃了晃，却又强行站定，苦笑道："阿汝，难道你真的恨我至此？就算我要死了，你也不肯原谅我吗？"

这副衣饰修洁、昂然挺立的样子，怎么会病重不治，她如何肯信，冷答："等你真的要死了再说吧！"

他的心阵阵绞痛，却又松了口气：她果然是恨他的，恨到这样的地步。这样也好，至少他死了，她不会太伤心。

她仍在追问他召她何事，他笑了笑，"昨日的早朝，我下旨将军政决断之权移交到太极宫，由你监国摄政，决定皇统。阿汝，这江山重担，今后又要累你承担了。"

她顿时错愕无比，抬头待要再问什么，却见他已摇摇欲坠。她下意识地伸手，想扶住他，可手抬高几寸，却又迅速收回，冷笑道："你还想骗我？"

远远站着的乔狸想冲上前来扶住他，却又想起他的命令，忍了又忍，才没有上前，而是对她跪了下去，重重叩首，"皇后陛下，圣上没有骗您！圣上近年旧疾、新病、心伤并发，已心力交瘁，太医们束手无策，都说是……说是……危在旦夕！皇后陛下，圣上召您回来，其实是……在托付……他是不愿让您看到他病重的样子，才强撑着出来迎接您的！皇后陛下……"

他想阻止乔狸的话，却已无力抬手，也无法出声，眼前一片模糊，隐约感觉墩台的青石扑面而来。

她看着他颓然跌倒，看到他想站稳却终不能如愿，终于相信他是真的要死了！

他右手微微前伸，似乎想拉住她，却已无力跨过他们之间的鸿沟，只能静静地看着她，凄凉地笑着。

他的目光与她相对，那已然蒙上了一层阴翳的眼眸，盛满他的心事，温柔而悲伤。

他要死了！

她静静看着他在她面前缓缓倒下，心里发出一声无意义的呢喃。

这个人，他真的要死了！

他与她相依半生，他和她一起学武，一起修文，一起从刀剑枪林里走出来，一起逃离流亡，一起重整华朝的破败江山。

以前，他叫她一声姑姑，他是她亲手扶起来的少年天子。他们曾经约定，用十年打天下，十年治天下，十年养天下，然后他们再也不理政务纷争，余生相携游历天下。

现在离约定的时间，还有整整十五年，可他却要死了。

不管是他待她的薄情，还是他害她的狠毒，又或是他伤她的悖德之举，都将随着他的死去而烟消云散。

她曾经用最恶毒的语言咒他去死，可他却没有死。她一直以为在她死之前，他是不会死的。如果他真的死了，她就可以轻松了。可是为什么想到他将要死去，她却突然恐慌至极，惊骇至极，仿佛整颗心突然都被掏空了一般，没有欢喜，没有欣慰，更没有畅快，只有意料之外的空虚、酸楚和疼痛。

他就要在她身前彻底倒地了，她应该静静看他倒下，却在他真要倒在青石地面的瞬间，不由自主地伸出手去，用尽力气将他接住，喉头发出一声凄厉的尖叫——"五郎！"

听到她发自肺腑的这一声"五郎"，他不知从哪里又生出一股力气，将已经沉重闭合的眼皮再次撑起，看到她满眼的惊骇恐惧，满眼的担忧心痛。

这一瞬间，他读到了她内心深藏的秘密，不禁释怀。阿汝啊阿汝，你对我终不是无情！

因久病而枯槁的形容，因这一时的欣慰而绽放出一抹明朗的浅笑。眉目间，旧日丰采神俊依稀可见。

他竭尽全力，抓住她鬓边落下的一缕青丝，含笑低语，"阿汝，我不要你为我的死而伤心，我只要你记得有我生命的每一刻。你的心是我最好的归宿，在那里，再没有人能非议我们的爱。"

她紧咬贝齿，森然冷笑，"你休想把我拖进这悖逆伦理的孽情里，自己却抽身离去。你若敢死，我会将你挫骨扬灰，叫你彻底消失，永不被人记起！"

第一章

东风恶

乔狸满脸汗水灰尘，像个花猫一般，他也顾不得擦一擦，急声道："殿下被东内那边带走了！"

流矢催时，清凉阁左侧角落的水钟里，标时的箭尖指到了午时，漏斗翻了个转，滑下钟台的铜珠落进钟下的蟾口里，发出一串嗡响。

授课的老师郑怀停止了讲解，喝了口茶，对瑞羽说："今日课时结束。下学后的闲暇，殿下也应勤勉为学，温故知新。我将设卷，考查经义策问，望殿下慎之。"

瑞羽俯首行礼，拜谢老师，"谨受教。"

她虽是华朝太祖嫡系的唯一血脉，身份贵重，被尊为长公主，连当今天子也要礼让三分，但这位老师是她的祖母李太后亲自请来的隐士。自启蒙以来，她就在他座下学习经济之道和武艺兵家，对他的才能深感敬佩，又对他的严厉暗生畏惧，因此一向礼数周全，从不因自己的身份而有半分不敬。

郑怀微微颔首示意，目光转到她旁边的空席上，眉头皱了皱，却没有说话，只叹息着拂袖离去。

瑞羽也往那空席上瞄了一眼，然后垂手侍立，待老师出了殿门，才招手把门外侍立的青红叫了进来，问："东应呢？"

青红也满面不解，"奴婢已经派人去找了，但千秋殿那边一直没有消息。"

瑞羽大皱其眉，"难道他嫌天气热，逃课了？"

两名执扇的侍女见瑞羽热得晕生两靥，额头见汗，便赶紧用力摇扇。青红一面将手里的紫竹白绸伞打开，替她遮住炽烈的阳光，一面替东应辩解，"昭王殿下素来好学，寒暑无阻，怎么会逃学呢？许是刚才出去遇到什么事耽搁了吧。"

想想也是，正因东应从未逃过学，她心里才更觉得奇怪。就在她揣测东应到底去了何处时，突见西海边沿的柳堤上有人狂奔而来，却是东应身边侍候的内侍乔狸。

乔狸满面仓皇，远远地看见瑞羽，便纵声大呼，"长公主殿下！殿下！"

他跑得急了，这一喊分了神，脚下的一根柳枝将他绊了个"狗啃泥"，他也来不及爬起，就顺势滚下堤坡，冲到瑞羽的面前。

瑞羽见他如此狼狈，心中一紧，喝道："乔狸，何事如此惊慌？"

乔狸满脸汗水灰尘，像个花猫一般，他也顾不得擦一擦，急声道："殿下被东内那边带走了！"

华朝立国之初，建宫室和台阁之时，"长安宫"向来都建在京都西侧。后因长安宫的宫室和台阁过于狭小，历任天子又在长安宫的东首兴建了"明光宫"作为补益，人称"东内"。随着权力的东移，逐渐就演变成了天子居东，太后携失宠后妃、皇子龙孙居西的格局。

因华朝不禁后妃公主干预政事，所以遇到天子弱势或者太后强势之时，两宫往往会争夺至尊权柄。故而东西二内，除非当真母慈子孝，否则极少来往相通。

现在的东西二内，近十五年来，因为皇权更迭变换，十年里已经换了三任天子。现任天子唐阳景乃是宫中大阉从市井里搜寻出来迎立的没落皇孙，与西内的李太后和长公主瑞羽、昭王东应的关系疏远，亲情亦淡漠。

李太后素来不问政事，只管教养瑞羽和东应，西内大门锁闭十几年，除去祭祀大典，其他时候难得一见。名分尊贵的太后都以此表明不与争权的姿态，东内的唐阳景怎会不识趣？

因此唐阳景登基四年，向来谨守东西二内的分界，从无逾越。何以今日竟突然主动挑起是非，将东应带走？

瑞羽既惊又惑，摆了摆手，"乔狸，你歇口气，将事情原委细细道明。"

乔狸见瑞羽很镇定，顿觉有了主心骨，深吸了口气，润了润嗓子，才道："因太娘娘生病，昭王殿下今日丑时便去西内苑收集花露做药引，不想正遇着清早来西内苑赏花的鸣朝皇子。二人正在寒暄，陛下也来了，说起今日东内宗室弟子聚宴，令昭王殿下也随驾赴宴。殿下本来不愿去，可鸣朝皇子却强拉着他走了，陛下还令人把陪同殿下一起采集花露的内侍和宫婢也一并带了去，奴婢当时在花丛中躲着，因而才没被带走。长公主殿下，西内苑通往西内的四门都被天子的禁卫封锁了，奴婢是偷偷从犬舍的洞里爬出来的，这情形不对呀！"

照乔狸的描述，唐阳景带走东应，分明是早有预谋，如果不是来意不善，何至于这样周密地筹谋？

难道是唐阳景吃错了药，放着太平日子不过，却突然想对西内下手，还是他觉得西内十几年来无所作为，看上去好欺负，想借此向外展示一下他天子的威严？

唐阳景为何要强行带走东应？就连东应的侍者也尽数挟走？还派禁卫封锁西内苑与西内直通的四门？从这种种举措来看，东应的处境十分危险。

太后自去年入冬就一直缠绵病榻，连西内的日常事务也不能打理。现在唐阳景把东应带走的事要不要告诉她？难道还让一个五十几岁的老人撑着病体去面对不测的凶险？

怎么办？怎么办？

瑞羽心中惊惧，踌躇了片刻，猛一咬牙，立刻吩咐身边侍立的宦官、女史、侍卫，"传令卫尉薛安之、左军禁卫统领黑齿珍率卫士将中宫七门牢牢把住，没有我和太娘娘印信手令，不许任何人出入长安宫。命鸾卫检校中郎将柳望率鸾卫巡防内宫，发现异况，立即便宜行事。命千秋殿李浑常侍仔细检查中宫内务，发现行为不轨者，休问缘由，即行处死。命令丞周昌整理长公主仪仗，摆驾东内，我要去含元殿拜见天子！"

瑞羽为武宗皇帝遗腹的唯一血脉，乃是真正的金枝玉叶，血统之尊贵，不是宫中大阉与朝堂大臣互相妥协迎立的几任天子所能比的。

她虽然一向谨守东西二内的分界，在长安宫内深居简出，但她既为连续四朝天子都承认的长公主，所以仪仗煊赫，仅次于皇后。只是从西内到东内，她是以卑见尊，虽然全意戒备，却也不能真将全副仪仗都带了去，只能精益求精，选出一百二十名武艺高超的精壮之士充作执仪从侍，带在身边。

东内对西内下手，准备得如此周密，为防走漏风声，内宫三层宫墙，只有宣政殿这层的崇明门旅率元度得到了授令：紧守宫门，不许西内的人进出。

瑞羽身边的常侍青红先携两名中黄门前去叫门，"奉太娘娘懿旨，召见皇后娘娘和鸣朝皇子，请元将军开门！"

元度虽然得了授令，但却吃不准两宫相争到底会走到哪一步，便犹豫一下，才道："阿翁，元度奉令值守宫门，未得陛下旨意，不敢开门。"

青红喝道："咱家有太娘娘懿旨在此，奉长公主鸾驾亲至，两宫八十一门尽可通行，何须再劳陛下旨意？"

元度接了差使，却不能因为青红的话而退让，"阿翁，元度乃是陛下钦点的门卫，隶属军政，只听令于陛下。太娘娘的懿旨，管得西内家事，却管不得东内军政。没有陛下的旨意，这门，恕元度不能开！"

青红大怒，"本朝自宣皇帝以来，军政素来由宦官担任的六军辟仗使及左右神策军中尉掌管。宦官者，天子家奴也。太娘娘为皇家至尊，岂有管不了家奴属下之理？元度，你速速开门，否则耽误了太娘娘所嘱要务，你吃罪不起！"

元度亢声回答："宦官掌管军政乃是便宜之计，岂有长久之理？元度为臣，只知有天子，不知有宦官上司。"

瑞羽坐在肩舆上，听到这番对答，心中雪亮，顿时明白了东内何以突然出手对付西内：这必是唐阳景不甘心一直当傀儡天子，成为阉宦和权臣眼中的摆设，他想收拢天子权柄，做真正的九五之尊，所以才选看上去最弱的西内来初试锋芒。

要知道李太后虽然不参与政事，但她的名位尊贵，无论哪任天子继任，从名义上来说，权臣阉宦都必须要取得她的诏令，才能扶自己看中的宗室子弟登基。李太后只要安在，权臣和阉宦就不能任意地废立天子。这相当于在现任天子的头上悬着柄剑，人头落地也是有可能的。

唐阳景要夺天子大权，先除去在名分上对他威胁最大的李太后，这是理所应当的。为此，他将西内年龄最幼小的东应带走，进而引出潜居西内已久的李太后，这一步走得不能不说恰当。

为了避开权力争斗的是非，李太后领着瑞羽和东应在西内蛰伏了十几年。本来以为唐阳景登基之后，天子、宦官、权臣三者之间能够互相妥协牵制，那么她们就能安静地生活，却想不到，平静数年的生活再一次被打乱了——而且打乱它的，不是别人，竟是唐阳景！

唐阳景先把东应强行带走，又令人封锁殿门，连守门的将军对太后的懿旨也敢公然违抗，这样的用意实在是太险恶了！

瑞羽心中惊涛骇浪，面上却不动声色，召回青红，"既然元将军奉有旨意，不开宫门，我们便回去吧。"

瑞羽深居简出，除了年节祭祀等必要场合，一般不出现在人前。元度只见过瑞羽由李太后领着，在天子面前顺从的一面，以为她自幼失怙失恃，又长于深宫寡妇之手，性格必然懦弱。可听到瑞羽刚才的话，元度顿时松了口气，感激地说："长公主殿下体恤下情，末将万分感激。"

瑞羽微微抬手，淡然道："你来，将太娘娘的懿旨接过去，代予传给长安殿。"

元度迟疑了一下，想到两宫毕竟没有正式翻脸，他不开宫门可以，但太后懿旨让他代传，他也不肯，难免会落人口实，于是便对手下的裨将一使眼色，示意他从宫门的偏角门出去，将懿旨接下。

那裨将从戒备森严、只开了一条细缝的城楼小侧门里挤出来，迎上前来接旨。瑞羽手托书着诏令的黄麻纸，却没有下舆之意，而是微微抬头，看了那裨将一眼。

元度从未细看过这长公主的长相，此时双方相距不过十余步，他才忍不住抬头，想看看她到底生的什么模样。可抬眼望去，不知是正午阳光太烈，还是她的容貌过于艳丽，他看不清她的五官长相，只能看到她身周一圈耀眼的光晕。

元度只觉得这一眼看过去，眼睛便灼灼生痛，于是他赶紧闭上眼睛，随即听到她清泠如水的声音娓娓唤了一声，"元将军。"

元度眼睛虽然闭着，却仍觉得眼前亮光闪耀。听到她清泠的声音，元度突然有种暑气侵逼时置身冰窖的感觉，既觉得心头烦闷，又觉得身体舒畅，分不清是好受还是难受，他下意识地应道："末将在。"

瑞羽缓缓询问："你觉得汉武帝当如何评价？"

元度虽觉得她的问题怪异，但心中恍惚，却不由自主地回答："一代英主。"

瑞羽点头轻哼一声，"魏其侯窦婴的出身、官职、声誉如何？"

元度怔了怔，回答："其为窦太后亲侄，武帝表舅，官拜丞相，得圣恩眷顾，举世无双。"

瑞羽再问："窦婴缘何身死族灭？"

元度被她连番询问，已无暇思索，张口便答："为人耿直，不通权术，与后戚相争，为王太后所恶。"

瑞羽的嘴角慢慢地弯起一个弧度，神情里尽是讥诮之意，一字一句地问："窦婴贤能，可王太后一恶，窦氏便身死族灭。元将军扪心自问，你是何等样人，胆敢怠慢太娘娘懿旨至此？"

炎炎夏日，听了瑞羽的一番话，元度不禁打了个冷噤，然后沉默不语，这宫门他却是无论如何也不能开。

瑞羽却也没指望元度能打开宫门，她只是将手中的假懿旨托高了两分，提了一分声气，问道："太娘娘的懿旨，可当得元将军亲手恭迎？"

元度听她不过是嫌裨将接旨过于怠慢，心下便一松，微微思量，道："末将斗胆，恳请长公主殿下一人到城楼上来交旨。"

青红大怒，戟指喝道："元度，你好大的狗胆！"

瑞羽见元度防得滴水不漏，微微一哂，止住手下禁卫的骚动，"太娘娘所嘱之事要紧，诸卿少安毋躁。"

语毕，她抬头望着从城楼哨口里露出脸来的元度，"元将军既敢出这主意，予便屈尊一往，又有何妨？"

她走下肩舆，夏风吹来，只见她轻裳飘逸，削肩纤腰，亭亭玉立。

宫门里外上下，看着她步步盈盈，不知不觉中，都屏息凝立。

第二章 宫门变

瑞羽并不理会他，仍旧提气传令，"予今日诣阙叩君，崇明门卫士阻拦，若是予入门半刻，不闻予声，即是崇明门卫士弑主谋反……"

元度的眼睛有被光辉灼烧的刺痛，但他看着瑞羽行来的身姿，偏又无法移开目光。直到瑞羽踏进城楼的阴影里，他才看清她，不似别个宫中贵女一般浓妆重彩，面上虽无半点脂粉，却肤色如雪，靥生嫣红。鸦青的云鬟下，双眉飞扬，漆黑如墨的眼眸潋滟流光。未贴花黄的饱满额间，一颗从绾鬓金缠凤里垂下的宝石娇艳欲滴，与她鼻下润泽的丹唇相映生辉。

如此的容貌，已将女子天赋的颜色展露到了极致，令人不敢平视，却又舍不得不看。

元度直到瑞羽走进城楼里，才垂下目光，肃拜行礼，恭声道："太娘娘千秋万福，长公主殿下金安。"

瑞羽眉梢微挑，冷然问道："你平日接陛下的圣旨，也是这般行礼？"

元度拱手道："末将值守期间，甲胄在身，不能全礼，请长公主殿下恕罪？"

瑞羽曼声问道："若予定要你除去甲胄，全礼跪拜，你当如何？"

元度怔了怔，苦笑着拱手，"长公主殿下体恤下情，请勿为难末将。"

"予以长公主之尊，受你一礼，也叫为难？"瑞羽轻笑一声，眉宇间一片雪色，冷厉如刀，喝道，"既然如此，你当知予今日前来东内，本就是与你为难！还不将宫门打开！"

元度没想到她孤身一人置身于刀枪丛林，竟丝毫不惧，反而强令卫士开门，不禁大吃一惊，叫道："长公主殿下，您只说过将太娘娘懿旨交给末将代传的。"

瑞羽冷笑，"予尚在你面前，你接太娘娘懿旨就已如此怠慢，若是交给你代送，恐怕你转身就将诏纸撕了。"

元度心里本来是真有这个打算，但被她说破，顿时说不出话来。

瑞羽见他虽然无言，却依旧拦在自己面前，不肯让路，更不肯传令手下打开宫门。瑞羽眉间的厉色愈浓，她霍然收起手中托着的诏纸，提高声气叫了一声，"中黄门、青红、令丞周昌！"

瑞羽所携带的卫队被宫门守卫拦在外面，他们虽然不能强行破门，却可以站在门外仔细听里面的动静，瑞羽一提声气，他们便立即应声，"微臣在！"

瑞羽昂然抬头，目光紧盯着元度的眼睛，然后她对宫门外的属下高声道："大声复诵，向公主卫队传靖康长公主谕令。"

青红和周昌都是李太后精选出来的，是自幼跟随公主的近臣。他们一听到瑞羽的吩咐，便立即遵命，高声复诵，"传靖康长公主谕令。"

元度见瑞羽不训斥自己，反而向外面的卫队传达正式的长公主谕令，心里既惊又惑，不知她是何用意，只能连连躬身行礼，小心赔罪，"殿下，末将乃是奉旨行事，失礼之处，请您大人大量，勿与计较。"

瑞羽并不理会他，仍旧提气传令，"予今日诣阙叩君，崇明门卫士阻拦，若是予入门半刻，不闻予声，即是崇明门卫士弑主谋反……"

元度大惊失色，叫道："长公主殿下，这弑主谋反之罪，祸及九族，怎能如此草率？"

瑞羽说这句话，防的便是他见势不对动武。此时瑞羽对他的申辩毫不理睬，继续下令，"卫队即行后撤，直奔北衙，查明值守卫士姓名。所有宫门卫士同罪，诛其九族！"

门外的青红和周昌依言复诵公主谕令，百余名公主侍卫齐声回应："谨遵长公主殿下谕旨！"

元度听到外面雷鸣般的回应，浑身不禁汗涔涔，一张脸已然铁青——他怎知瑞羽开口，下的命令竟如此歹毒。当时没有对她动武，已然失策，此时她命令已出，除非他立即放开宫门，派禁卫将一百多名公主卫士尽数屠戮干净，不让他们走脱一个，否则他对瑞羽动武，那就是立即将崇明门上下的九族都送进了死地。

然而这内宫守门的禁卫不过寥寥数十人，怎么可能在顷刻之间将早有准备的一百多名公主卫队屠尽？何况此时两宫之争初见端倪，守门的禁卫中，又有谁能毫无顾忌地对公主卫队下手？

他的内心还在动摇，却早已输了胆气。瑞羽乘势相逼，一步一步地继续向前走，"若有一人以刀剑阻予前行，所有宫门卫士同罪，以忤逆作乱论处，诛其五族，弃市东门；若有一人指加予身，所有宫门卫士同罪，以犯上不敬论处，诛其三族，枭首示众！"

元度眼见她步步行来，逼得自己连连后退，就在退到控制宫门的绞盘前，他忍不住想伸手将她拦住，手指正要触到她的衣裳，宫门外公主卫队的复诵之声传了进来，"……若有一人指加予身，所有宫门卫士同罪，以犯上不敬论处，诛其三族，枭首示众！"

她这样的命令，霸道凌厉，不给他半分的机会，也不给他回旋的余地。

抬头望去，只见她眉宇里积霜堆雪，额上那一点朱红，熠熠闪光。眸色黑到了极致，迸出深邃的亮光，那黑色仿佛从她眼底无限地扩张开来，如此凌厉，如此威严，如此决绝，令他胆战心惊，六神无主。

这武宗皇帝的嫡公主，原来竟是这般心性。不仅东内天子失算，而且朝野上下谁也没有真正认清过她！

她步步逼近，他步步后退，转眼已到了绞盘前，他已无路可退。城楼的禁卫握紧了兵器，蠢蠢欲动，锋刃遥指瑞羽，但他们又忌惮瑞羽下的谕令，谁也不敢拿自己的家族冒险，他们只能看着上司，等他决断。

眼前之局，生死只在元度的一念之间，要他决断，却又是如此困难。

瑞羽已将元度逼到绞盘之下，见他愣在那里，仿佛傻了。瑞羽双眉一锁，厉声喝问："你让还是不让？"

他再不让开，便要碰到她的身体，依她刚才的命令，这也是祸及三族的死罪。

元度手按剑柄，怔怔地望着瑞羽，好一会儿，他突然拔出腰间的佩剑，众禁卫都以为他要对瑞羽下手，心里不禁惊慌起来。

元度知道手下的顾忌所在，长叹一声，转头对手下的禁卫道："你们收起兵器，不可妄动！"

一干禁卫终于松了口气，有上司的命令，他们便不用为弃守城门负责，也能保全家族的性命，自是大幸。

元度吩咐完手下，再看了瑞羽一眼，苦笑一声，随即提剑反刃，向自己的脖颈抹去。

两宫相争，为难的只是他们这些臣子。他为手下的禁卫考虑，就不能对已经完全拿住他们要害的瑞羽下手，但他若不出手，此事过后，天子知晓他弃守宫门，盛怒之下又会怎样处置他，结果难以预料。

为家族计，他除了自刎殉职之外，竟是别无选择。

若元度自刎身亡，这些宫门禁卫，又怎么可能驯服？但凡是人，总会有些血性，瑞羽可以在未见血的时候以公主之尊、权力之威胁迫这些宫门禁卫，可如果此时元度血溅五步，这些宫门禁卫未必还会将那些顾忌当成顾忌。

瑞羽心中的念头闪过，她已然伸手将元度的腕脉扣住，一引一折，便将他掌中的长剑夺下。

意外迭生，元度被夺剑之后，吃惊地望着瑞羽：一惊她会出手阻止自己，二惊她竟有能力阻止自己。

瑞羽夺下元度手中之剑后，缓声道："大丈夫立世，无轻生之理。"

虽然她夺剑的速度极快，但元度当时已心存死志，为求痛快，下力极猛，那一剑终究还是划破了他的颈肉。此时听到她的话，元度心里也不知是什么滋味，他下意识地捂住了涌血的伤口。

瑞羽反手一挥，掌中的长剑当的一声插在控制宫门的绞盘上。她的目光从一脸紧张的宫门禁卫身上扫过，然后落回到元度身上，道："你已竭尽所能，不需以死明志。守门的诸禁卫也不必心怀顾虑，既然你们未对予失礼，予自当保全你们一身。"

第
三
章

芙
蓉
宴

　　他张目四顾，对着满座各有居心的宗室亲王，慢慢地问："还有谁，敢玷污我曾祖母和姑姑的清誉？"

　　嘉宾胜友，良辰吉日。太液池里芙蓉芳菲，红花亭亭，碧叶玉张，荷香脉脉。如此绮丽的风光，本该丝竹管弦弄乐，霓裳羽衣起舞，然而此时蓬莱岛上的盛宴上，却没有丝毫欢愉的气氛，而是一派肃杀。

　　九五尊位上，此时唐阳景正用左掌轻轻地叩着圈椅上的龙头扶手。他一面微仰着脸，似乎在闻着空气中的荷香，一面紧闭着眼，对下首发生的争执充耳不闻。

　　今日是皇室诸亲王聚宴之日，长安城里得唐阳景信任的诸王分坐在东西两侧的席位上。他们的表情或恼怒，或冷讥，或微嘲，或笑谑，诸般神态虽不一而足，但他们的目光却一致投向了东西末席上争执的两人身上。

　　东席着紫金蟒袍、满脸络腮胡子的临阳王唐阳辉，正不屑地看着坐在他对面满脸怒色的垂髫少年，嗤笑，"西内李氏，出身卑贱，以教坊宫妓之身窃居肃宗皇帝后位，却不思回报君恩，反以蛇蝎心肠，谋杀肃宗皇帝诸子，令皇室血脉凋零。在西内，李氏声称抚育武宗皇帝嫡女瑞羽，然而嫡公主自降生之日起，便多病多灾，早有薨逝传闻，却不知西内现下的那位'嫡长公主'到底是真是假。李氏将一身份可疑的小女子当成嫡公主，居心叵测，又怎敢自称太后？"

　　他对面的垂髫童子，不是别人，正是瑞羽急寻的昭王东应。东应虽为冲龄，却是由李太后亲手教导长大的。三次皇位更迭时，他亲眼目睹由于权力之争而掀起的血雨腥风，所以他并非无知小儿。自被唐阳景强行带来东内参与诸王宴，他就一直装作懵懂无知，唯唯诺诺，以避灾祸。直到唐阳辉出言不逊，辱及李太后和瑞羽时，他才忍不住开口反击。

唐阳辉是有备发难，故怎能容他反驳，于是越说越毒，渐渐说到李太后根本不配为国母，瑞羽根本就是李太后不知从何处抱养的假公主。东应一听，又惊又怒，明白这是唐阳景在为铲除西内造势。

李太后一生无子，又无后戚，自身实力有限，能稳据西内，最大的依靠便是她的分位尊崇。瑞羽身为武宗皇帝唯一血脉，在朝中名望极高，若是任由唐阳辉这般诋毁，身为由李太后亲自抚养、与瑞羽一同长大的小王，他却无一语反驳，等于是变相地证实了唐阳辉的流言。那么唐阳景褫夺李太后和瑞羽的尊号大位，就师出有名了。

唐阳景将他带出来，根本就是欺他年幼，想从他这里打开缺口，故而有意放纵甚至指使唐阳辉出言诋毁李太后和瑞羽。

东应想通之后，又惊又怒又怕，举目望去，满座亲王独欺他一个。再看唐阳辉手按剑柄，一脸自以为得计的高傲，东应一股心火直冲上来，只见他倏然起身，奔到身后侍立的禁卫身前，趁其不备，唰的一声抽出禁卫的佩剑。

诸王不想东应会如此反应，顿时举座哗然。好在东应年纪尚幼，不过是个五尺童子，那三尺长剑握在他手里，犹如儿戏，倒也不至于让人以为他想行刺。哗然之后，便是一片呵斥指责之声，并没有人下令禁卫缉拿他。

唐阳景被这哗然声惊动，终于睁开了眼睛。他看到东应满面通红地提着剑奔过来，心中大怒，重重一掌拍在案几上，厉声喝道："东应，你这是在干什么？"

东应料定自己今日断无幸理，面对天子之怒，他反而无所畏惧，"陛下，自古以来，孝道为人立世之本，为圣天子治世之基。西内太娘娘为华朝国母，贤德仁厚；瑞羽姑姑身为武宗皇帝嫡长公主，血统尊贵，焉容轻侮？唐阳辉忝为太娘娘孙辈，瑞羽姑姑从兄，却在此对祖母泼污，对从妹诋毁，忤逆之言，神鬼共弃。东应身为太娘娘曾孙，与瑞羽姑姑一同长大，怎能坐视曾祖母和姑姑被他所辱而无所作为？"

唐阳景万万没有想到这看上去木讷愚笨的童子，较起真来，竟是如此伶俐，话里话外，竟把他也讽刺了一番，唐阳景一时微怔。

唐阳辉受了指使，等的就是东应的反抗，随即应声问道："你要怎样？"

东应昂然挺立，剑锋直指唐阳辉，厉声喝道："拔出你的剑！我要用你的血来洗刷你对太娘娘和嫡长公主的污辱！"

唐阳辉最好击剑，故而连赴天子之宴也不解佩剑。东应顶撞他也还罢了，竟然还拔剑向他约战，丝毫不将他放在眼里。唐阳辉无法容忍，勃然大怒，一跃而起，拔剑出鞘，厉声喝道："竖子无礼至此！"

华朝治世近三百年，皇室弟子惯于奢靡，少有勇武之辈，唐阳辉爱好击剑之戏，乃是宗室亲王中的异类。其人相貌粗犷，身材高大，与东应一比，他显得伟岸英武，顿时叫旁观者都生出一种恃强凌弱、以大欺小的感觉来，连唐阳景也怔了怔，连忙摆手，"御前言争端，岂有动武之理，廿六郎，退下……"

唐阳辉虽然一时盛怒，却也知道众目睽睽之下欺负一个身小力弱的童子太失身份，他提剑跃了出来，却只是在恫吓，"竖子还不速速弃剑……"

可东应在洞悉了唐阳景的用意之后，怎肯再与唐阳辉周旋，自知无法幸免，已然存了死志。所以唐阳辉一出来，东应便大喝一声，挥剑扑了上去，直线进逼，唰地一剑刺向唐阳辉的胸口。

唐阳辉哪料到他真敢动手，一时不防，赶紧退后，闪过他的剑锋。

唐阳辉恃强凌弱，以大欺小，本就于心有愧。在这样的情况下，他竟被东应一剑刺退，顿时感觉失了面子，羞恼之下，厉喝一声，反手回击。

东应蓄势待发，一剑不中，又是两剑削刺。可他一向喜好文章，不爱武艺，加上身小力弱，习剑日子又短，虽然此时满腔热血，但论到剑技，他无论如何也不是唐阳辉的对手，等到唐阳辉留神出手，便把他逼得手忙脚乱。好在唐阳辉虽然胸怀不见得宽广，但忖度一下，也觉得双方的年龄辈分悬殊，他受激出剑已经很不好看，若下手太毒，不免大坏名声，因此出剑颇留余地。

东应恼恨唐阳辉出言不逊，又剑剑紧逼。唐阳辉眼角余光觑见唐阳景坐在御座上脸色阴晴不定，心中不禁一寒，定下神来喝道："东应，你再不知好歹，可别怪廿六叔手狠！"

一言既毕，他看准了东应回剑的空当，唰地一剑平削，剑脊抽在东应的手背上。趁东应吃痛之际，他振腕一挑，两剑相交，铮的一声，东应掌中之剑被他挑飞。

唐阳辉虽不愿背负众目睽睽之下毒手杀侄的恶名，但一口气不平，得势之后，仍忍不住重重地踹出一脚，将东应踢得跌出几步，倒在地上，差点闭过气去。

众人只当东应吃这一踢，总会记痛，不敢再倔强，不料东应在地上一滚，捡起地上的长剑，又爬了起来。虽然他脚步有些不稳，却满脸的倔强，叫道："再来！"

唐阳辉见他还敢邀战，恼他不识好歹，于是二话不说，便提剑又是一轮抢攻，又将东应逼得手忙脚乱，连连后退。东应的力气远不及唐阳辉，他本想避开两剑硬碰，可唐阳辉几剑逼近，又以剑脊挑飞了他手中的剑。

东应有了上次的经验，这次迅速地躲过了唐阳辉紧接着的一脚飞踢，然后抢过去重新拾起剑，转身再战。

唐阳辉怒极，破口大骂，"竖子自寻死路！"

他一边骂，一边挥剑直刺，这次却是真的准备让东应受伤见红，免得东应死缠不休。

岂料东应眼见剑光逼来，竟不避闪，反而和身前扑，嗤的一声，长剑自他肩臂处透体而过，鲜血喷涌而出，将他半边青裳都染成了一片不祥的黑红。

唐阳辉惊骇之间，东应已趁着剑刃透体，两者距离拉近的瞬间挥剑上撩，直取他的脖颈，眼见就要取他的人头，以血耻辱。

生死关头，唐阳辉终于反应过来，无暇收剑，只来得及抬起手臂本能地护住脖颈。

东应这一剑乃是竭尽全力而为，剑锋过处，嚓的一声，已将唐阳辉的手臂齐肘削断。经此一挡，唐阳辉剑上的力气变弱，肩臂处的伤口也因为剑的反震之力而剧痛入髓，长剑只在唐阳辉手中一划，便脱手落地。经此一挡，他剑上的力气衰弱，肩臂处的伤口也因为剑上的反震之力剧痛入髓，长剑只在唐阳辉脖颈的皮肉上一划，便脱手落地。

这一下变故如兔起鹘落，众人目不暇接，直到尘埃落定，才反应过来，齐齐发出一声"啊"的惊叫。再看宴席中心，断臂血剑，一大一小两个血人相对而立，景况惨烈无比。

唐阳辉也不知是惊骇过甚，还是痛得已经麻木，此时他满面呆滞地捂住伤口，仿佛还不敢相信眼前发生的事。呆立片刻，他才反应过来，发出一声惊恐至极的惨叫，那惊叫只发到一半，又倏然回落，一时鸦雀无声，静得连鲜血落在地上的滴答声都清晰无比。

他虽然自号勇武，喜好击剑，实际上却仍是个胭脂堆里长大的娇贵亲王。他学得剑技，却从未受伤见血，而且早已被身边的侍从吹捧为天下无敌。他没想到自己会输，也没想到东应小小年纪，竟有这般勇气，竟然这般狠厉决绝。此时东应以命搏命的暴烈一剑，令他心胆俱寒，他惊恐万状地望着自己的残臂和浑身是血的东应，却生不出半点报复的念头，他连退了十几步，砰的一声被自己慌乱的脚步绊倒，昏死了过去。

东应满身鲜血，摇摇欲坠，但仍咬紧牙关，屹立不倒。他张目四顾，对着满座各有居心的宗室亲王，慢慢地问："还有谁，敢玷污我曾祖母和姑姑的清誉？"

他本来虚弱至极，连说话的中气也不足，然而此时此刻，他低低的一问，竟凛凛生威，这小小的五尺童子气度非凡，令满座骇然。

第四章

雏鸾引

她努力克制，仍忍不住抬头怒视唐阳景，责问："皇兄，御座之前，何人胆敢如此妄为，欲置小五于死地？"

唐阳景踞坐在御座上，看到满座宗室亲王竟然因为一个尚未束发的童子而悚然失语，心里又惊又怒又深觉挫败，不禁暗骂草包。骂归骂，他一想到东应这宁折不弯的性子，原本对东应只是小小的忌惮之意，顿时变成了必欲除之而后快的杀心。

东应身受重伤，对唐阳景的心思却前所未有地明白，只是到了这种时候，他对唐阳景却再无畏惧。他昂首看着唐阳景，虽然身体摇摇欲坠，却不肯倒下，更不肯向他低头哀告求饶。

现下华朝宫内宦官势力强大，以至于他们可以对不合己意的天子、后妃、皇子女明杀暗害；朝中大臣结党相争，操控政务，以己意喜恶妄议天子废立；各地藩镇割据，骄横无礼，全不将天子放在眼里。

唐阳景本就是宫中各派宦官和朝堂大臣为了互相牵制而推出来的天子，从登基之日起就毫无大权，仅是御座上的摆设，各方势力对他也只不过保持着表面上的恭敬。他虽有自知之明，但像今日这样，被一个尚未束发的童子怒目而视，却还是从未有过。他一时按捺不住，拍案而起，怒道："东应，你小小年纪，怎的如此心狠手辣，竟敢悖乱忤逆，意图置尊长于死地！"

东应扬声回答："分明是唐阳辉对本朝国母、长公主出言不逊，悖乱忤逆，东应出剑，不过是维护孝义纲常，以肃不正之风。陛下这等言语，东应不服。"

唐阳景以天子之尊，叔父之长，在宗室游宴上，众目睽睽下，竟无法驯服一个冲龄童子，何止颜面大伤，更感觉是一种彻头彻尾的耻辱。于是他再也顾不得维持表面的威仪，厉声喝道："来人，将他拖下去杖……"

"毙"字尚未出口，远远地突然传来一声朗笑，"今天这芙蓉宴好热闹呀！"

花拂柳处，一个白衣红裳的人影闪了出来。只见她袅袅走来，很快就到了游宴的坡地上，人尚未靠近，目光已先落在唐阳景的脸上，盈盈笑语，"听说皇兄与诸王兄的游宴向来百戏罗列，歌舞升平，热闹得很。瑞羽久慕盛名，今日不请自来，果然在太液池边听到了岛上丝竹流转，欢歌笑语，不负这满池芙蓉繁华盛绽之景。"

她声气高扬，字字清楚圆润，轻重缓急如山涧清泉的流落，又似风过花树的摇摆，隐然又有金玉交击的铿然，让人听了耳目清明，胸怀舒畅。

这芙蓉宴以歌舞升平开端，却以血溅五步收场。与宴诸宗室亲王，都是唐阳景近年拉拢的亲信，虽对此早有默契，但也有预料不及的惊骇，他们面对东应毫不示弱的高傲姿态，此时又听到瑞羽的声音，不禁羞愧恼恨。明知瑞羽此来，必是要救东应，坏唐阳景今日之计，他们却生不出多少排斥，反而隐隐有种为东应松了口气的欣慰。

唐阳景把东应从西内强行带出来，也是情势所迫。他在宗室亲王游宴时兵行险着，就是想借宗室一干亲王的名义来成事，却没想到东应外相怯懦，内里却刚烈不屈。他一着失算，便应对失措，陡然看到瑞羽坦然行来，在座宗室亲王却无一人声援自己，满腔的怒火顿时被堵在胸口，一时竟说不出话来。

瑞羽远远望见东应站在宴会中心，她面上虽然含笑，心中却关切担忧，口中说着话，脚步却不停，"如此盛景佳会，皇兄怎的却面有恼色？"

东应背她而立，她走到近前，才看清东应满身血污、胸插利剑的模样，顿时骇然变色，冲上前来扶住他，"小五，你何以如此？"

唐阳辉那一剑自上而下刺入，虽未刺中东应的心脏，但已伤及内腔。她伸手想将剑拔出来，却又唯恐加深他的伤势，看到他血流不止却仍然不屈的样子，她心痛如绞。

东应身受重创，屹立不倒，全仗胸中一口气撑着。此时见到瑞羽，顿时觉得有了依仗，一口气松懈下来，唤了声："姑姑。"便颓然倒进她怀里，昏迷过去。

瑞羽万分震惊，她身后的青红赶紧上前帮着她扶住东应。青红一面叫随行的军医来救人，一面低声提醒，"殿下镇静！镇静！"

瑞羽强闯东内，就是怕会出现眼前这般景况，心里虽早有准备，但事到临头，眼见自己素来呵护的侄儿身受重伤，她哪里还能镇静？她努力克制，仍忍不住抬头怒视唐阳景，责问："皇兄，御座之前，何人胆敢如此妄为，欲置小五于死地？"

唐阳景眼见瑞羽连军医都有随行，显然她是有备而来，早已洞悉了他的图谋。唐阳景真是羞怒惭恨交加，顿时一张脸涨得紫红，满面狰狞地厉斥："阿汝，此事我正要问你！东应在西内一向跟随你，你是如何管教他的？竟教得他丝毫不知纲常伦理，欺君逆上，罪无可赦！"

瑞羽怒极反笑，"皇兄，小五在西内侍奉祖母一向恭谨纯孝，待人亲切有礼，温和善良，循规蹈矩，怎的今天到东内不过几个时辰，便得了个不知纲常伦理、欺君逆上的罪名？却不知他到底做了什么罪大恶极的事，竟惹得皇兄龙颜大怒，要他血溅当场！"

唐阳景以往与瑞羽见面，都有李太后在场，只觉得她乖巧柔弱，今天见面他大有欺她懦弱之意，想先声夺人，没料瑞羽对他的盛怒恐吓没有丝毫畏惧。他心知这如意算盘打不响，咬紧牙关，忍了又忍，才指着军医正在救治的东应，怒道："他突然狂性大发，持剑行凶，廿六郎一条手臂就断送在他剑下，若不是拦得快，廿六郎今天性命休矣！"

瑞羽看了一眼地上犹存的血迹和昏迷不醒的唐阳辉，怒笑，"皇兄，廿六哥勇武之名长安城里谁人不知，谁人不晓？小五只是个年方十二的童子，身量不足五尺，那三尺长剑他怎能拿动？他又怎敢'持剑行凶'，对廿六哥无礼？"

唐阳景强行把东应带出来，却又不敢明目张胆地对东应痛下杀手，无非是害怕自己在以后的权力争夺中因为落人话柄，有损威名而陷入被动，所以他想方设法给东应罗织罪名，让自己占尽先机。面对瑞羽的质疑，他一声冷笑，"东应悖乱逆上，在座宗室亲王都可以见证。阿汝，你这般放肆咆哮，难道以为朕金口玉言，还有虚假？"

瑞羽听他竟以天子身份压自己，一扬双眉，眼里顿时有了几分讥诮，"皇兄虽然贵为天子，但也不能言出法随。况且以小五的年纪身量、秉性人品，要给他安上这'持剑行凶，悖乱逆上'的罪名，恐怕宗正府那边未必过得去！朝野上下未必过得去！史册丹青上也未必过得去！"

她娓娓道出唐阳景身为天子却没有大权、加罪于人却又找不出借口的尴尬，句句刺中唐阳景的要害。这些话让唐阳景的脸红了又白，白了又青，暴怒之下，唐阳景大喝一声："阿汝，你莫胡闹！来人，将东应拿下！"

他登基近四年，虽然被宦官权臣压得抬不起头来，但还是有三五心腹听令左右。其中一名卫士果然多了个心眼，若不将瑞羽打晕，想拿东应必然受阻。当下这名卫士冲同伴一使眼色，两人随即去拦瑞羽，另外六人则扑向东应。

瑞羽眼疾手快，早已退后几步，站到了东应面前，以身相护，喝问："予乃武皇帝嫡女，你们谁敢动手？"

她的父亲武宗乃是华朝近百年来唯一一位以武功名垂青史的天子，曾经亲自率军清剿作乱的七州地方藩镇，后来虽然英年早逝，但在军中威信犹存。而今他的女儿瑞羽以身蔽着东应，几名卫士不禁犹豫了一下。

这一犹豫，远处公主的卫士便又逼近了十几步，齐齐地发出一声，"候！"

瑞羽随身带的卫士虽然不过二十人，但个个都是精锐。这待令的声音整齐威武，响彻云霄，有着东内卫士所没有的剽悍猛烈，听得游宴座中诸人脸色大变。

瑞羽带了全副武装的卫队前来，只是为了防万一，并不想就这么与唐阳景硬拼，因此她只让卫队停在远处的岸边形成威慑。此时她见拿人的卫士已经不敢轻举妄动，而唐阳景也面色如土，瑟瑟发抖，于是她见好就收，当下放缓声音，软语道："皇兄，小五自幼失怙失恃，年纪又小，我们作为他的长辈，理应垂怜爱惜。纵然他偶有小错，也应好言劝勉，怎能一怒之下，就对他兵刃相见？"

瑞羽一边说着，一边将目光投向诸位宗室亲王。虽然明知这些人幸灾乐祸，都等着看东西相争的热闹，她却不能将他们的居心说破，反而要示弱拉拢他们，给唐阳景找台阶下："近百年来，皇家连遇巨变，人丁单薄。孝宣皇帝本有八子、十九孙，如今只剩下小五一根独苗。诸位兄长平日对他也一向关爱有加，今日眼见他触怒皇兄，何以不出言替他求情一二？"

华朝皇家日渐衰微，稍有眼光的宗室亲王都能看出其中的危机，以眼前的境况，皇室实在经不起大规模的内耗。他们纵然对东应没有多少情分，可一想到唐阳景竟然能打东应这样童子的主意，也不免有种兔死狐悲的感伤。瑞羽一番挤对，便有几个宗室亲王开口求情。

唐阳景本就不是什么英明善断之主，再加上少有遂心之事，个性不免添了几分阴沉懦弱。本想利用宗室亲王会宴之时，把东应带来以立威名，这已是他近年来少有的大胆之举。此时他虽然恨得咬牙切齿，但想到自己势单力薄，瑞羽若铤而走险，他未必能独善其身，于是当即软了下来。

第五章
夏夜寒

瑞羽唇边牵泛起一丝笑纹，双眼里的寒气却陡然重了几分，森然道："只怕你卖的不是香，而是主。"

瑞羽接了东应迅速离开，刚至长乐门，迎面便撞上了李太后的仪仗卫队。

李太后长年卧病，瑞羽不愿惊扰她，但此事动静太大，还是惊动了。

李太后集合了属下的鸾卫，准备强闯东内救人，不料中途遇见瑞羽携东应归来，自是一番惊喜。她因无子而为肃宗所废，因与端敬皇后亲密，共同抚养武宗，才有机会在武宗登基时被尊为太后。瑞羽虽不是她的亲孙女，却被她奉为掌上明珠，待见瑞羽平安无事，她便松了口气。其后得知东应重伤昏迷，生死难料，她虽然也心痛流泪，却终不如对瑞羽那样上心，收了惊慌，她安排内侍和使女收拾给东应治伤养病的房间，并吩咐延请太医等一应事务。

东应因伤势严重，失血过多，到了夜间便发起热来，几名大夫彻夜未眠地守在他身边给他施针下药。

瑞羽满心担忧，却不敢在李太后面前表露出来，她还强笑安慰李太后，"王母，小五吉人天相，定不会有事，您不用思虑过甚。大夫说您身体虚弱，宜清心静养，这守夜的事就交给我，您去睡吧。"

李太后虽然出身卑微，不懂朝政纷争，但一生经历了无数次的宫廷风波争斗，眼见六朝皇权更迭，她自有对人情世故的见解。她知道自己若是强撑着老病残躯守夜，不仅起不了什么作用，反而会让瑞羽担心，更会让西内上下人心惶惶。

只是她到底还是放心不下，由瑞羽送出殿外，仍忍不住回头看看灯火通明的内殿，再看看神色惆怅的瑞羽，眼眶一热，不禁垂下泪来，叹道："是我无能，才让小五受伤，累你担惊受怕。"

瑞羽柔声道："王母何出此言？我和小五身份如此，您还能护着我们。今日事出有因，只怪唐阳景鬼迷心窍，与您全无关系，您何必自责？"

李太后心中酸楚，摸摸她的头发，"不然，我若有竞华妹妹或阿武那样的能力，你和小五又怎会伤在唐阳景那竖子手里？终是我才疏识浅，让你们受了委屈。"

她提到了瑞羽已去世多年的嫡亲祖母和父亲，瑞羽心中也不禁微酸，涩声道："王母，您为我和小五劳心费神十余年，并不曾委屈我们半分。"

李太后苦笑摇头，转念想到她竟能强闯东内，将东应带出来，心里又有几分欣慰，温言道："我只怕你和东应跟在我身边，会消磨了志气。可今日你的所作所为虽然有些冲动鲁莽，但却不失勇敢刚强，大有竞华妹妹和阿武的遗风，好得很！"

祖孙二人一面走，一面说话。瑞羽将李太后送到千秋殿，方折返回来。青红恐夜间露湿生寒，命人准备了披风送来。

瑞羽系了披风，见东应依旧昏迷不醒，忧心之外又多了两分焦躁。她看了一眼因为发热而涨红了脸的东应，突然一拂衣袖，转身出殿，召来周昌，问道："原来服侍小五的从人现在何处？"

周昌恭声回答："薛卫尉派了禁卫守住宫门，安仁殿上下人等，除去乔狸之外，仍在殿内各尽其职，并无一人出走。"

瑞羽微微颔首，起步往安仁殿走去，周昌等人一声不出，紧紧跟在她身后。

东应清早去采集花露，唐阳景能闻风而至，这不可能出于巧合，应该是东应身边有人往东内那边通风报信。

这个通风报信的人，留不得。

东应年纪尚小，并没有太多的从人，除去轮值的侍卫，李太后派来负责起居引导、衣食住行、庭院洒扫的侍者共有二十八名。

从东应被东内强行带走之后，西内卫尉薛安之便将宫门守住，不放任何人进出。安仁殿的气氛骤然紧张起来，虽然没有人向他们明示上谕，但守门禁卫们冷峻的脸色，已经昭示了一种不祥的预兆。几个小黄门和侍从大着胆子探问消息，却被看守的禁卫大声地呵斥了一番，于是这些侍者更是胆战心寒。

最难挨的不是罪名确定，而是等待罪名确定的这段时间。

因此，当瑞羽走进安仁殿时，殿中上下人等虽知她此来必是兴师问罪，却不约而同地松了口气，一齐下拜行礼。

瑞羽本是个妙龄少女，与宫人内侍年龄相差不大，虽然不至于全无尊卑之分，却也极少以长公主的身份压人，在安仁殿的内侍眼里，她不喜威严。今晚李太后没有亲临，却是她来，安仁殿上下人等，无不觉得侥幸。

瑞羽对他们冷眼漠视，既不动怒，也不多言，直到在殿中的正座上坐稳了，方才抬头正视殿中诸人。

一干宫人内侍急于查探消息，都忍不住暗中窥视她的表情，此时她一眼扫来，正将这种窥探尽收眼底。她慢慢地问："东应今日去采集花露，被东内强行带走，受了重伤，生死未卜。予此来安仁殿，是问你们一件事，是谁给东内通风报信的？"

她的话直白道来，安仁殿的宫人内侍愣了一下，接着响起一片参差不齐的喊冤声，这个自称清白，那个大叫冤枉，殿内上下，乱得仿佛炸开了锅。

青红见状，眉头一皱，正想大喝安静，却见瑞羽端坐在上首，静观下面纷乱的人群，两手分按圈椅扶手，面无厌烦之色。青红突然想起今天下午瑞羽强闯东内时的神情，心中一惊，到了嘴边的话又咽了回去，只能静立不动，等待命令。

安仁殿诸人嘈杂一阵，却没有听到任何怒斥喝问，心里都觉得奇怪，不知不觉中也就收了声。虽然他们觉得瑞羽平日好性子，但今天瑞羽带着数十名禁卫戎装而来，不似要息事宁人的样子，现在又一言不发，他们内心的侥幸顿时又变成了惶恐——这远比立即发落更可怕。

瑞羽见他们不再说话，才继续她刚才的问话："向东边通风报信的人，若有苦衷，趁早自首，予可以网开一面，免除一死；若是心存侥幸，意图蒙混过关，那就休怪予不念往日情分。"

人群中一阵轻微的骚动，却没有人站出来。瑞羽不再对他们说话，转头问看守安仁殿的禁卫统领刘春："秀园，安仁殿上下人等的居所，你可查抄过？"

刘春面带愧色，"末将惭愧，查虽然查过了，不过并未查出什么来。失职之处，请殿下降罪！"

瑞羽嘴角微动，脸上却无丝毫笑意，"此人既敢卖主求荣，自是早有准备，不会轻易露出马脚。禁卫并非提刑司，查不出异常也属常事，你不必自责。"

青红见状，忍不住问："殿下，如今宫中事多，安仁殿恐调重兵戍守，详查安仁殿却怕时间不足，可怎么办好？"

刘春已经看守了安仁殿一天，面对这些弱女阉人的哭泣讨饶，早已厌烦至极，加上没及时查出内奸，他更是脾气火暴。他见瑞羽不言不语，一句话就蹦了出来，"殿下何必劳神？这些阉人贱婢既敢卖主，便都不是什么善茬，那也不用查是哪一个卖的，尽数杀了，反倒轻省。"

他这句话一出，安仁殿上下人等却是真的吓傻了，齐呼冤枉。刘春受不得他们的哭叫，拔刀出鞘，又当的一声返刀入鞘，厉声喝道："吵什么，怎么发落自有殿下决断。谁敢乱叫，老子一刀劈了他！"

他这句话比任何安抚都有效，一干内侍贱婢被他的杀气所惊，竟不敢再讨饶，只好看着瑞羽。

刘春一喝之威，再一次让瑞羽感觉到了武力的威慑，瑞羽五指在圈椅扶手上一紧，"东应重伤未醒，此时不宜多杀孽。但那卖主求荣的人，予定饶他不得。"

虽怒到了极致，瑞羽的脸色却异常平静，她看着殿中诸人，慢慢地说："你们也不必喊冤，冤或不冤，予会分辨。现在，你们逐个过来报备所司何职，今日行踪如何，若无嫌疑，予自会放了你们。"

青红虽觉得瑞羽所定的章程过于简单，但感到瑞羽渐有威严，当下遵命维持秩序，让人过来报备所司行踪。

瑞羽坐在主位上，听着他们向青红报备事务，却不出声，任人从自己身前一个一个地走过。眼看二十八人，都将过完，她才抬起头，淡淡地问："紫萱，你偷偷笑什么？"

已经走过去的一个司殿内添香之职的婢女吓了一大跳，"没有，殿下，我没有。"

瑞羽一哂，"你地位不高，用的脂粉倒比紫芝她们好。"

紫萱一张脸顿时煞白，扑通一声跪在地上，抹泪道："奴婢知错，不该暗里将殿中的香料克扣偷卖，用来买胭脂。"

瑞羽唇边泛起一丝笑纹，眼里的寒气却陡然重了几分，森然道："只怕你卖的不是香，而是主。"

紫萱连连叩首，叫道："没有的事，殿下，我冤枉。"

瑞羽的目光落在她的鞋底上，然后娓娓道来，"你说你今天除了安仁殿之外，唯一去过的地方就是承庆殿。可安仁殿到承庆殿，有千步廊相通，廊外便是沙场，你鞋底的苔泥从何处得来？你既然掌管添香的事务，对随身所携香料必然照看周全，不会令之为水所浸，为何香囊和衣裳的印色都有被水沾过的痕迹？"

紫萱这一听，吓得面如土色。瑞羽轻哼一声，"谅你一介宫中女侍也出不了西内，不能直接向东内报信，还不将教唆你卖主的那人供出来？"

紫萱吓得两股战战，唇动齿摇，却只是喊冤。瑞羽怒极，一掌拍在圈椅扶手上，厉叱："混账东西，送你脂粉的人是谁？你不说，难道与你同屋的使女都是死人，会连半点消息也不知？"

紫萱涕泗纵横，突然一跃而起，向殿外冲去。刘春怎容她逃跑，拔刀便砍，寒光一闪，便将她双足齐膝斩断。只听她惨叫一声，扑倒在地，她双足已断，却仍旧匍匐向前，爬到殿门口，厉声尖叫："阮郎，快走！快走！"

第六章 月钩沉

紫萱仰天倒在地上，看到瑞羽走到面前停下，惊恐万分，她下意识地抱紧情郎仅剩下的手臂，满眼敌意地望着瑞羽，神情竟十分倔强。

瑞羽听到她的叫声，不等她话音停下，便命令刘春，"安仁殿周围戍守的禁卫，有姓、名、字、号里带阮字的，都给予先行扣下。"

刘春没想到瑞羽竟会直接下令查找禁卫，不由得愣了愣，过了会儿才想明白：西内在李太后统治下，里外牢固得如铁桶一般，除去禁卫和李太后的几名亲信外，无人能够随意进出宫门。紫萱一介弱女，不可能直接给东内通风报信，其合谋者一定是能够容易进出西内的禁卫。紫萱身受重伤，还要爬到门口来报信，可见那禁卫必然就在附近。

紫萱拖着断腿，已经爬出了殿门之外。鲜血顺着她的断腿涌出，流到殿外的石阶上，在这残月黯淡的夜里，分外恐怖。

瑞羽不是没见过血腥，她看到紫萱血流如注，却仍然挣扎着匍匐前行，甚至句句催促她的同伙快走，不禁一怔，大惑不解。

紫萱若是被刘春一刀砍死也还罢了，但此时偏偏不死，她在血泊里拼命挣扎的样子确实很可怜。殿中脱了嫌疑的宫人内侍都是她以前的伙伴，总有几分香火情意，忍不住对她心生怜悯，于是所有人都看着瑞羽，隐隐有几分哀怨悲愤之意。

李太后自去年发病后，便将宫中处置事务之权移交给瑞羽和东应。因二人年纪尚小，不精理事之道，便恩多罚少，不求有功，但求无过，虽有鸾卫统领薛安之辅佐，也不免弄得西内宫禁日渐松弛。二人统摄西内大半年，却仍然缺乏威严，镇不住宫人内侍，才终有今日事变。

这安仁殿上下人等，明知错在紫萱，但看到紫萱此时的境况，反而对瑞羽有怨愤之意，觉得瑞羽既不令人拿下紫萱，又不令人救治紫萱，乃是存心折磨，其心性过于狠毒。

若在往日，瑞羽多半都会施恩宽恕，但此时她担忧东应之伤，痛恨卖主之人，心生怨恨，于是戾气大盛，对这些哀怨愤慨之声充耳不闻。

刘春带了人出去，不一会儿，便听到安仁殿左边的小花园里有打斗声和脚步声，跟着便是刘春大声呼叫："兄弟们，不可乱动，守紧宫门，别让这几个叛徒冲破了防卫，惊了长公主銮驾！"

其实瑞羽身边禁卫环绕，若只有一个叛徒，怎么也惊不了她的驾。反而是安仁殿小花园那边假山堆砌，花木茂盛，穿过去便是东海，御河通流很是利于叛徒逃跑。刘春的命令瑞羽听在耳里，心头却是一惊，吃不定到底是他少智，还是他有意放叛徒逃跑？

然而打斗声却并没有随着刘春的呼叫而消失，反而更加激烈，只是听起来似乎分成了两路，一路向外，另一路则传向安仁殿这边，隐约还听到有人喊："紫萱！紫萱！"

紫萱显然也听到了那声呼喊，精神一振，随即厉声尖叫："你走啊！快逃！"

远处那人也不知有没有听到紫萱的回应。远处紧接着传来两声痛呼，跟着便是兵器相交的铿锵之声，想来打斗得更加激烈。

瑞羽心中寒意愈重，但仍旧端坐不动。她命令青红将殿门打开，然后一脸凝重地看着淡淡月光下幽深的宫廷。

殿外厮杀声阵阵，庭中呻吟声阵阵。血腥气随着习习夏风吹进殿中，殿中人数众多，此时却无一人出声。

终于，厮杀逼到了殿前。火光中十几个禁卫混战成一团，外围的是刘春属下，里面的五人却是叛变者。

原来叛变者共有十人。其中五人见势不对已向东海那边突围，另外五人则觉得突围不可能成功，索性反攻安仁殿，意图拿下瑞羽，也好向东内邀功请赏。

瑞羽的近身护卫，是李太后从銮卫中精挑细选的勇士，非寻常禁卫可比。叛乱者冲到殿前，便遭到瑞羽近身护卫迎头痛击。为首者被一刀砍翻，左右两翼亦随之中刀倒地，剩下两名一人仍向殿前猛冲，另一名却折向左边，扑向了倒在地上的紫萱。

残月暗光，那人直扑到紫萱的身前，顿时骇然惨呼："紫萱，你怎么了？"

紫萱看到那人，心生惨然，"阮郎，我叫你走，你怎的却反而进来了？"

那人来不及回话，身后追击的禁卫已经赶了上来，刀枪并举，一枪刺中他的后心，一刀砍下他拉着紫萱的手臂。

持枪的禁卫臂力强大，刺中他的后背，还想将他挑飞示威。不料一枪提起，竟意外地挑起两个人。那枪杆是白蜡所制，承重有限，直上挑高五尺，便啪的一声齐中折断，枪上挑的两人也随之摔在地上。

原来刚才刀枪袭来，紫萱眼见自己就要与情郎分开，也不知哪来的力气，竟横身扑了过去，死命抱住情郎的腰不放，两人一起被挑起，又一起被摔回地上。两人都身负重伤，眼看便要生离死别，却仍难分难舍。那人连受重创，早已痛得五官扭曲，却还记得回答紫萱，"你还在里面，我怎么能走？"

原来紫萱通风报信之后，立即就随着情郎一起逃跑，也是时运不济，却在中途遇到了巡查禁卫的西内卫尉薛安之。薛安之镇守西内二十几年，颇有威望，他过来巡查西内禁卫，使得一干叛徒都不敢轻举妄动，只得规规矩矩地等待轮岗。可到了轮岗的时候，又赶上瑞羽传令紧闭宫门，无论是禁卫还是各殿宫人内侍，只能各守其职，不得随意妄动。那情郎终究不忍舍弃紫萱独自逃跑，于是带了人等在安仁殿外，想趁夜深守卫懈怠的时候，带着紫萱从东海御河泅走。谁料眼见就要到半夜守卫松懈的时候，瑞羽却又亲自带了大队人马过来夜审叛徒，一番试探，竟将紫萱逮了个正着。

一番交战，紫萱与她的情郎双双被俘。紫萱听到情郎的这一句话，既欣慰于他对自己这番不舍不弃的心意，又痛惜他将要命丧于此，不禁痛哭，"你这傻瓜！傻瓜！傻瓜！"

这两人命在旦夕，却还这般情浓缱绻，倒让追杀他们的几名禁卫都愣了一下。他们分明已经没有反抗逃窜之意，只是相拥等死，几名禁卫不禁略微踌躇，没有立下杀手。加上其他叛徒都已肃清，战况不紧，禁卫们对这昔日的袍泽，便有些垂怜之意，只是将刀枪架在他们身上，目光却都投向站在安仁殿门口的瑞羽，等她发令。

瑞羽已察觉到刘春手下的禁卫对这些背叛者颇念袍泽之谊。这些禁卫虽然听令自己，却未必会义无反顾地执行自己的命令，若是就此下令将紫萱和她的情郎或刚或杀，这些禁卫难免会离心向背。想到这里，她并不急于下令，而是避开青红的阻拦，缓步走到紫萱面前。

众人不知她是何意，却担心叛徒临死反击，所以更加戒备，压得紫萱和她的情郎倒在地上，一动也不能动。

紫萱仰天倒在地上，看到瑞羽走到面前停下，惊恐万分，她下意识地抱紧情郎仅剩下的手臂，满眼敌意地望着瑞羽，神情竟十分倔强。

瑞羽无视她的敌意，漠然问道："紫萱，自东应入安仁殿以来，太娘娘便精选了你们八个姊妹服侍，你们长他六岁，算是看着他长大的，你且说他人品性情如何？"

紫萱没想到她这一句竟不是问罪，怔了怔，才回答："昭王殿下纯孝仁慈，品行端正，性格温和宽厚。"

瑞羽目光微动，点了点头，再问："九年来，东应对你们八个姊妹，可有打骂侮辱，可曾苛责刻薄？"

紫萱气息一窒，本来已经全无人色的面庞，此时竟泛起了一层异样的紫红，也不知是羞愧，还是懊恼，她嘴唇颤动，一时说不出话来。直到瑞羽淡淡地又问了一次，她才低声回答："殿下这九年来，对奴婢等人不曾有过打骂侮辱，更不曾苛责刻薄。"

她心中有愧，所以声音很低。瑞羽虽然听到了，却装作没听到，"你说什么？我没听清。"

紫萱心中一酸，眼泪流了下来，嘶声回答："这九年来，殿下待奴婢等人一向礼让有加，好得很。"

瑞羽冷然一笑，扫了一眼她的情郎，又盯着她的眼睛，问："你可知道东内把东应强行带走，是要他的命？"

瑞羽这番拷问，虽然并未用刑，却借景诱供，以情动心，彻底摧垮了紫萱的心防。紫萱待要分辩自己不知，可又一想这番狡辩她怎能说得出口，只觉得全身痛入骨髓，分不清到底是伤口在痛，还是心在痛。面对此情此景，她突然觉得羞愧难当，生不如死。

瑞羽见她不答，双眉一扬，大喝一声，"回答我！"

紫萱哪里答得出话来，她一只手拉着情郎，另一只手却早已掩住了面容。她不敢再看四周人的脸色，更不敢与瑞羽目光相对。她不禁泪流满面，哭出声来。如果说她先前的哭泣是因为儿女情长，但此时悔恨的眼泪，却是因为自己卖主求荣，忘恩负义。

她在出卖东应的时候，不是没有丝毫惭愧，但那时候她只想到事情成功，便可与情郎双宿双飞。等到事情败露，她又挂念情郎的安危，一时竟对瑞羽怀恨。直到此时心知必死，软弱心虚，又被瑞羽攻破心防，她无地自容，才深感自己卖主之举实在是忘恩负义，除了哭泣，竟是无话可说。

瑞羽看到她的样子，眼里的寒气陡然迸发，厉声痛斥："东应自幼失怙失恃，入西内以来，便是由你们陪伴，除了太娘娘和我，你们是他最亲近的人。九年来，虽然名分有尊卑，但他待你们的情分，却不分上下，亲如一家！你这般狼心狗肺，居然拿他的性命来换你一时的淫乐快活，你也配为人？"

听到这话，紫萱羞愧难当，痛哭失声。她那情郎待她却是真有几分情义，此时小命难保，竟还记得维护她，连忙道："殿下，这都是卑职的过错，是卑臣引诱了紫萱，她其实并不知实情！"

"我是知道的！"一直掩面无语的紫萱此时突然大叫一声，看了她的情郎一眼，哽声道："虽然你引诱了我，可我知道你要干什么！我……不忍心看到你困在西内这样的园囿之地，壮志难酬，才想帮你争个前程！"

她那情郎怔住了，瑞羽也怔住了。她的情郎震惊，是因为她明知他的诱骗，却仍旧愿意为他舍命；瑞羽震惊，却是因为她为了帮助情郎图个前程，竟然卖主求荣——难道说，在这些下级禁卫的心里，充当西内的禁卫就毫无前途？

瑞羽细细思量着。紫萱一句话说完，惨然一笑，又道："我忘恩背主，别的也还罢了，只是对不住昭王殿下……"

说时迟那时快，只见她顺势往身边禁卫架着的刀刃上用力一撞，顿时鲜血喷涌，顷刻毙命。她那情郎料到她必会走这一步，叫了一声"紫萱"，然后也效她之法自尽了。

这二人的情缘当初也许是出于阴谋暗算，可到如今却能生死相随，恐怕连他们自己也未曾想到。

他们的死虽然不出众人所料，却颇令人动容，一时竟无人说话，空寂的汉白玉石地砖上，他们的血与另几名背叛者的血汇成一片，倒映着天边的月钩，显得寂静清冷。

第七章
迷雾重

李太后年迈多病，东应年幼弱小，她要怎么才能保全自身，保全他们？

这一夜，瑞羽以词锋逼得紫萱自尽谢罪，既平息了因紫萱之事而引起的宫人内侍的怨愤，又震慑了西内离散的人心，也开始树立了她作为武帝嫡长公主的赫赫威信。她把安仁殿上下收拾得服服帖帖，但她心中却没有丝毫得意，反而更加沉重，一口郁气哽着，竟是吞不下去，亦吐不出来。

回到承庆殿，东应仍旧高热未退，昏睡不醒。太医命一名值守医官和殿中尚衣女史青碧守在东应旁边。医官见瑞羽进来，连忙起身行礼，瑞羽摆手，问："东应怎样？"

医官回答："殿下失血过多，想要醒来，恐怕非一朝一夕。"

瑞羽不再问话，在东应榻侧坐了下来，正待细试他额头的温度，便见他倏地睁开眼睛。只见他双目血丝密布，因为高热而通红的脸上尽是惶恐之色。

瑞羽又惊又喜，唤道："小五！"

可东应虽然直勾勾地看着她，却没有回应她的呼喊。明明她就在眼前，他却仿佛没看见一样，只是着急地冲着空处大叫："姑姑，快走！快走！"

瑞羽微微一怔，旁边的医官见状连忙凑上前来，仔细一看道："殿下，昭王殿下只是发热说胡话，并未真正醒来。"

瑞羽见东应的目光呆滞，也知他并未清醒。想来他必是梦见自己身在东内，面对唐阳景的杀机，唯恐她也被人算计，所以他才会如此心神不安，昏迷之中还不忘提醒她离开。

瑞羽听他声音嘶哑低沉，又见他脖颈和额角青筋暴露，显然这昏迷中的一声叫喊，让他十分吃力。她不禁心生怜惜，握住他的手安抚，"小五，你累了，要休息，别想那些伤神的事，睡吧。"

东应的心思陷在凶险的幻境里，手又被人握着，朦胧中他便觉得危险，下意识地用力挣扎摆脱，甚至想坐起身来，这时旁边的医官急得大叫："长公主殿下，快把昭王殿下按住，他动作剧烈会伤及肺腑！"

瑞羽感觉到东应的排斥，手已然放开，听到医官的提醒，她才将东应的手抓住，按紧在床榻边。她的力气是天生的，东应就是强健之时也无法与她相比，更别说是病弱之时。

东应身体动弹不得，嘴里却还在喃喃地叫："姑姑，唐阳景要杀我们！唐阳景要杀我们！"

他这话一出口，给他下针用药的医官却吓了一跳，手里的药差点洒了出来，惶然问道："殿下，昭王殿下今夜怕会胡言乱语，微臣等人需要回避否？"

瑞羽虽然也有些怕东应胡乱中会说一些不应说的话，但她却更担心他的伤病，"他这伤须得医官就地待命，怎能回避？"

那医官忙道："昭王殿下要服的汤剂已准备好，伤口的外敷也都处理妥当。微臣只需每刻检查有无病变，其他时间可在偏殿值房里待命。"

瑞羽也明白医官不愿探听皇家太多秘密，便点头应允，"如此，你们都退下吧！"

东应不知外界纷扰，犹自喃喃叫喊："你们敢污辱我姑姑，就要付出血的代价……姑姑，危险！不能来……姑姑……快走……"

瑞羽听在耳里，酸在心中，她一面紧紧地压住他，一面安抚他，"小五，事情已经过去了，别担心，我们现在安全了，我们安全了。小五，你乖，不要乱动，不要拉伤了伤口，乖……"

良久，东应终于平静了一些，喃喃疑问："安全了？安全了？"

瑞羽轻轻点头，柔声回答："是的，安全了，安全了。姑姑没事，姑姑好好的。小五，你安心养伤，我们安全了，你安心养伤。"

东应听了她的话，这才将无神的双眼渐渐地闭上。瑞羽心中怜惜，刚想替他摆个舒服点的姿势，他又突然睁开眼睛，惶恐地嚷叫："不……不安全！不安全！"

瑞羽一惊，就在这时东应惊慌地抓紧她的手，焦躁地四处寻找，口中呢喃："不安全！不安全！宫里宦官横行，以喜恶废立天子；朝中官员结党营私，无视至尊威严；军中将领拥兵自重，野心勃勃；唐阳景昏庸无能，愚蠢短见；西内宫人内侍又私通外敌，沆瀣一气。两宫不安全，西内不安全，长安不安全，哪里都不安全……"

东应昏迷之中，话却说得比他清醒之时更深刻，一字一句，莫不道出眼下的危困之局。瑞羽听在耳里，心中不由得生出阵阵寒意，但她仍旧平缓温和地轻轻安抚东应，"小五，你放心，姑姑在这里，这里就安全。姑姑会护着你，不让人欺负你，你要相信姑姑。"

东应混乱的思绪因她的安抚而逐渐平静，紧绷的身躯也慢慢放松，只是东应仍旧无法安心，双眼一会儿闭上，一会儿睁开。瑞羽轻轻地揽他入怀，口中不停地柔声哄劝，良久，东应终于完全闭上双眼，头一偏，靠在瑞羽胸前，沉沉睡去。

东应自幼被严厉教导，又亲历了祖父在皇权争斗中死于非命的残酷。四岁时，他方被李太后收养，日常虽然仰慕信赖李太后和瑞羽，但却极少如此亲昵依恋。瑞羽唯恐自己离开会惊醒他，便侧身靠在榻边的迎枕上，任他依着自己安心睡去。

东应一手抓着她的衣袂，一手拉着她的手，五指紧紧扣着，唯恐她会倏忽不见。翔鹤回首灯里微微摇动的烛火映在东应的脸上，给他俊秀的五官洒上了一层蒙蒙的光辉。

瑞羽看着他稚气的容颜，回想起他刚才的呓语，突然觉得心中沉甸甸的，几乎喘不过气来。大内深宫，她父母早亡，没有至亲手足，只有一大群名义上的兄长姐妹，另外全是臣子家奴。这些人环绕在她的四周，对她或忌、或妒、或恼、或恨，只等她稍有疏忽露出破绽，就将她猎而噬之。

李太后年迈多病，东应年幼弱小，她要怎么才能保全自身，保全他们？

东应被紫萱出卖，不是偶然；禁卫认为守卫西内没有前途，那么禁卫里出现背主者也不是偶然；刘春有意放那些背叛者一条生路，更不是偶然。

可是，谁才是她真正的敌人？在这样的危局之中，谁又能让她倚仗？

一夜无眠，清晨她才轻轻地放开东应，起身外出。殿外的空地上浓雾滚涌，她抬眼望去白茫茫的一片，什么也看不见。

第八章

乱纷纷

东应这才醒过神来，但目光仍旧停留在瑞羽的脸上，细声说："姑姑，你真漂亮！"

李太后支撑着病躯联络武帝旧臣，设法召见三公九卿，想要平息因唐阳景的悖乱之举而在外朝掀起的轩然大波，进而消除潜在危机。瑞羽精心照料东应的伤病，并从服侍东应的宫人开始，着手整肃宫禁。

过了两天，在太医署众大夫的精心医治下，东应高热终于消退，只是伤口却还有些肿胀。大夫叮嘱，只要细心照料，待脓肿消退，便不会有性命之忧。

此时李太后和瑞羽高悬几日的心，终于放了下来。李太后不能冷落刚刚笼络的朝臣，所以无法多抽时间照看东应。瑞羽只好将近日繁琐的宫中事务稍稍放下，抽身照看东应。

上面的人心情放松，整个西内的气氛也随之缓和。虽然各人有各人的想法，但在表面上看来，西内已经风平浪静。昏睡不醒的东应却并没有多大改变，依然有些躁乱，常在梦中惊慌地张开五指，似乎想抓住什么东西，一看就知是在昏睡中被噩梦魔住了。

这种时候，往往需要瑞羽陪在他旁边，柔声安慰他，让他抓着她的手或者她的衣裳，这样才能让他平静下来。瑞羽无奈，为了消除东应的恐慌，便将书房移到他的正殿，坐在他榻侧理事。

瑞羽将宫人内侍的事务整肃停当，正在回想薛安之的话，思索整顿禁卫的万全之策，突然感觉后侧有人在注视自己，回头一看，却是东应正目不转睛地看着她。

东应见瑞羽回头，脸上顿时绽开一朵花，轻唤了一声，"姑姑。"

东应卧床昏睡数日，备受伤病折磨，嗓音因此嘶哑细弱。但这轻微的一声传进瑞羽耳中，却如天籁之音，让她又惊又喜，转身惊问："小五，你醒了？"

东应轻轻点头，想坐起身来，腰身方一动，便痛得龇牙咧嘴。瑞羽连忙伸手按住他的手，嗔怪道："小五，莫乱动！你现在伤着，需静养。"

东应没坐起来，此时他再也不敢轻举妄动。听了瑞羽的话，他只好乖乖地躺着，向瑞羽撒娇，"姑姑，我渴。"

瑞羽在他病榻前守了近四天，终于听到他清醒地说了一句话，顿时满心欢喜，连忙让大夫仔细检查东应的伤情，自己也亲自端了蜜水、食物来喂他。

李太后久病，瑞羽曾向大夫请教过怎样侍候病人。这次侍候东应，她喂水喂食体贴周到，并不比宫人内侍做得差。东应嘴里吃着她喂的肉羹，目光却从未离开过她的脸。瑞羽被他盯着不放，下意识地转头问青碧："我脸上可是染墨了，还是有什么不对？"

青碧莫名其妙地打量了她一眼，"没有啊！"

瑞羽大惑不解，回头见东应还在痴痴地盯着自己看，心中纳闷，半开玩笑地问道："小五，你傻望着姑姑做甚？莫非几天发热，糊涂得连姑姑都不认识了？"

东应这才醒过神来，但目光仍旧停留在瑞羽的脸上，细声说："姑姑，你真漂亮！"

芳龄少女谁不在意自己的容貌，被人当面称赞漂亮，即使是自己的亲人称赞，心中也难免羞涩欢喜。瑞羽没想到东应望着她半天，竟是说出这样一句话来，顿时双靥生晕，伸指顺势在他额头上弹了一下，嗔道："竖子，胡说八道！"

东应连忙摇头辩白："我才没有胡说，姑姑是很漂亮！很漂亮！"

为了强调他说得很郑重，他还努力地点了点头，"我还是头一次发现，原来姑姑这般清秀俊美。"

瑞羽忽然明白东应的感慨从何而来，顿时心中一酸，怜道："傻小五，你这是在鬼门关前打了个转，再见到姑姑陪在你身边，所以才会觉得姑姑漂亮。"

东应傻了一下，挠了挠头，疑惑道："是这样吗？"

他在人前少年老成，自持稳重，连李太后也觉得他乖巧沉静，唯有在瑞羽面前，他才骄傲憨厚，表露出童稚天真的一面。他与瑞羽虽然隔了一辈，但年龄相差只不过三岁，一起成长的过程中，瑞羽既是他的玩伴，又是他的长辈，故而他在她面前无拘无束，可娇可嗔，可任性可放纵。

瑞羽如何不知他对自己的亲昵信赖，微笑回答："自是如此。"

东应"唔"了一声，再细看瑞羽的眉眼，又道："姑姑，你清瘦了。"

瑞羽白了他一眼，道："若非你倔强闯祸，累我担忧，姑姑何至于此？"

东应吓得脖子一缩，讪笑，"姑姑，这怎能怪我？是唐阳景不怀好意，步步相逼，我实在无法。"

"在姑姑面前你尚知撒娇装痴，在唐阳景面前你就不知道做小人？唐阳景逼你，你把事往我身上推便是，何必逞一时意气，非要跟唐阳景硬碰，弄得这一身伤，想把姑姑吓死吗？"

东应对她这句话却不赞同，人还躺在床上，脖子却一硬，"我男子汉大丈夫，怎能老躲在姑姑身后避风雨？成何体统！"

此时东应伤情好转，瑞羽一颗心终于落下。听他倔强回嘴，她回想起当日的情景，真是又心疼又生气，忍不住揪住他的耳朵轻喝："你今年多大？就敢在姑姑面前自称男子汉大丈夫了，这才是不成体统！"

东应被她一拧，顿时吃痛大叫："痛！痛痛痛！"

群敌包围之时，他被唐阳辉一剑穿胸，也不哼一声，但在瑞羽面前，这轻轻的一拧却叫得凄惨无比。瑞羽知他多半是耍宝逗乐，但想他此时重伤未愈，却不敢再逗他，于是赶紧松手。

东应见她竟看不破自己这么明显的耍赖，竟然应声放手，甚至还一脸紧张地观察他的表情，唯恐真伤了他。他心中一暖一酸，赶紧转移话题，笑道："姑姑清瘦了些，却比以前更漂亮了。"

瑞羽见他嬉笑调皮，松了口气，凤眼斜挑，还是忍不住在他额头上弹了一下，轻喝："竖子！莫以为奉承姑姑几句，便能逃过责罚！等你伤好之后，哼！"

东应醒来，瑞羽便派了内侍往李太后处报信。按说李太后闻讯之后，便应过来探视。不料过得片刻，青红匆匆进来，悄声回禀："二位殿下，东内那位要亲自拜见太娘娘。太娘娘推说病重不肯相见，那位便赖在千秋殿外不走。他在那里堵着，内谒者也不好向太娘娘报信。"

当日唐阳景算计不成，便派皇后和嫡皇子鸣朝来西内叩见李太后，想修复因为东应一事而破裂的两宫关系。李太后一想到唐阳景要借东应之事让自己十几年的经营化为乌有，便气不打一处来，任皇后和鸣朝皇子再怎么恳切求见，都不令禁卫放行。

唐阳景无奈之下，便亲自摆开天子仪驾，前来问安。天子仪驾，禁卫不便强行阻拦，只好让他进了西内。李太后装病不见，唐阳景便堵在外殿不走，这倒给西内上下添了个不大不小的麻烦。

瑞羽和东应听了青红的回报，不禁都皱起了眉头。东应冷哼一声，"堂堂天子，九五之尊，在内外交困之时，不思联合两宫之力整肃内外纲纪，却想着通过内讧独占大义名分，短视无能至此，也算奇事一宗。今日方知当初不该，晚矣！"

瑞羽长东应三岁，思虑终究周全些，道："唐阳景既能忍气吞声地来西内赔礼，必不会因为王母不见而善罢甘休。只恐他求见不得，便会来承庆殿找你我。"

东应点头，"正是，他连堵在千秋殿外的无赖之事都肯做，他倒是真会死缠到底。"

姑侄二人正在议论，承庆殿的内谒者王聪已经快步走了进来，"长公主殿下，东内那位要来探视昭王殿下，肩舆已经到了承庆廊前。"

果然来了！

二人对视一眼，便打定了主意，当即东应躺好，闭目装睡，瑞羽则起身吩咐一干宫人内侍弄乱一应物件并收敛神色，只等唐阳景进来。

第九章 针锋对

唐阳景和瑞羽的目光相遇，这一次双方都没有遮掩，四目相对，满是浓浓的憎恶与刻骨的仇恨。

唐阳景来看东应和瑞羽，进得承庆殿，却被药味呛得打了个喷嚏。此时承庆殿中的宫人内侍正在忙碌，竟无一人主动向他行礼，直到他走近侍黄门，拦住一名女史喝问："陛下驾临，长公主何在？还不叫她出来迎驾？"

那女史这才抬起头来，满面惊讶惶恐，连声道："奴婢这便去向殿下通禀，陛下恕罪，恕罪！"

承庆殿上下人等对唐阳景貌似恭顺，但唐阳景还是察觉到了这其中的疏离冷淡甚至仇视，心中自然十分不快。但他此次来西内的目的是为了跟李太后和解，而不是再生嫌怨，所以明知对方故意冷落，却还强笑着坐下，等瑞羽出来见驾。

直到他吃完一碗茶汤，瑞羽才由女侍扶着，走一步停一步地从后殿转出来，满面倦色地说："陛下远来，有失远迎。"

她一面说，一面作势要参拜大礼。唐阳景等久了，心中恼怒，本想就让她跪下去，可转念想起当日她强闯东内带走东应时的情景，以及今日自己此行的目的，到了嘴边的话就硬改成了另外一句，"一家人闲暇见面，不必多礼。"

瑞羽本来也只是做个样子，他的话一出，她就顺势起身，在他左侧的座席上坐了下来，然后掩嘴打了个哈欠，倦倦地说："陛下请用茶！"

唐阳景见她神情怠慢，听她直呼陛下，连兄长也懒得叫一声，可见她全无敬意，无意与自己交谈。想到这里，唐阳景不禁汕然，只得借摆弄调羹来掩饰自己的尴尬。过了一会儿，他才叹了口气，道："阿汝，前几天那事，是廿六郎失了分寸。不过廿六郎毕竟是长辈，小五顶撞他也还罢了，竟还敢对他拔剑相向。廿六郎教训一下小五，也是应该的。"

不说东应与唐阳辉的争执起因，单说长辈教训晚辈，是拔剑见血的这种教训法吗？唐阳景这话，说得真是轻巧。瑞羽冷笑一声，"小五横竖不过是个无父无母、无依无靠的孤儿，廿六哥爱怎么'教训'就怎么'教训'，陛下又何必多此一言？"

唐阳景没想到她竟是半点都不客气，强撑的笑容顿时凝固了。瑞羽顿了顿又道："以廿六哥的煞气，不可能将小五这样的孤儿放在眼里，就是我这武皇帝嫡长公主，甚至是千秋殿的敏惠太后，在廿六哥的眼里，恐怕也不值一提，大可以拔剑'教训'！"

唐阳辉所为，若真是唐阳景背后指使，她这番话说出来，无异于当面甩了唐阳景一个耳光。霎时唐阳景的脸色发白，他愣了一下，才强撑着笑容道："阿汝，你这话可过了。你是先皇叔嫡长公主，金枝玉叶；叔王母是我朝太后，母仪天下，谁敢轻慢半分？廿六郎不过一时糊涂，说了些混账话。小五年纪小，下手却狠毒，这才逼得廿六郎失手伤了他。此事虽残酷，但是非难以分辨，你何至于此？"

东西二宫的矛盾由来已久，两宫以前还能相安无事，可东应的事一出，两宫之间便没有了回旋的余地。事已至此，不是东内压倒西内，就是西内压倒东内，和解是没有可能的了。唐阳景一击不中，还想着先暂且缓和一下两宫关系，容后再图谋划。瑞羽却压根没有与他周旋的心思，呵呵一笑，不再说话。

她不说话，唐阳景误以为她肯服软和解，当即振奋了一下精神，温声细语，将上至权臣结党营私，下到地方藩镇割据，再到盗匪流寇横行霸道等种种事情对瑞羽一一道来，晓以宗室团结的利害关系，再说到自己目前的艰难处境。总之唐阳景是想请瑞羽多多体谅，请瑞羽帮他在李太后面前进言，进而协调两宫的紧张关系。

瑞羽并非擅长词锋的人，又不愿和他再争辩，坐在他下首，他说什么，她只一副唯唯诺诺点头应承的样子。唐阳景啰嗦了半晌，她也没主动说过一句话。唐阳景开始以为她是小女子容易心软，到后来咂摸出味道不对，才提高声音问了一句："阿汝，朕说的话，你到底听清了没？"

瑞羽依旧没出声，脑袋却一上一下地点着。唐阳景心中怪异，起身走到她面前一看，发现原来瑞羽坐在那里，哪是应承点头，根本就是在打瞌睡。

这世间，比自己低声下气、对方却完全无视更沉重的屈辱实在不多。唐阳景万万没有想到瑞羽对他竟敢如此放肆，气得脸色青紫交织，胡须颤动。

瑞羽身边的两名侍女虽知瑞羽是有意轻慢唐阳景，但她们也知道唐阳景毕竟还是高高在上的君王，她们还是不太敢完全放纵主人的性子而不予补救，见势不妙，赶紧伏身请罪，"陛下勿怒，因昭王殿下重伤昏迷，生死未卜，长公主殿下日夜守护，五日五夜未曾安眠，才会在陛下面前失态，实非有意。"

她们也算一片好心，却不想唐阳景此来西内是为寻求瑞羽的原谅，于他本身而言，这已是大失身份的无奈之举，甚至都羞于被人知晓，更别提寻求谅解不成，反被刻意冷落的尴尬。她们这份体贴，反而被唐阳景当成了一种羞辱，顿时唐阳景的一腔怒火便都迁怒到了她们的身上，只听他怒喝一声，"小五卧病，居然让阿汝五日五夜不眠不休地亲侍羹汤，难道你们都是死人？"

瑞羽闭目养神，一半是佯睡，一半是因为疲累。唐阳景这一吼，却真将她本来已经涌上来的睡意驱走大半，她睁开眼睛，愕然地看了他一眼，问道："陛下何事如此愤怒？"

她身边的两名侍女对唐阳景本来就心存畏惧，此时被唐阳景一骂，便吓得惴惴不安，不敢多言。唐阳景对瑞羽满腹怨气，却只能另找他途出气，冷睨二女一眼，森然道："阿汝，你身边的侍从办事不力，连服侍小五这样的小事也要你亲自操劳，真是无用之至！这等无用之人，留着何用？"

瑞羽虽对两名侍女的懦弱表现不满，但她们到底是西内的人，更是她的近身侍女。纵然她们再不成器，该打该罚，那也是西内闭上宫门以后的事。唐阳景当着她的面责骂她们，无异于在西内的宫人内侍面前替自己树立威信。

"陛下日理万机，难得竟有余暇关心我身边的侍女是否得力，我十分感激。"瑞羽将身体略坐直了些，慢条斯理道，"不过，这些侍从当不当用、留与不留，却不敢劳陛下过问，她们终究是我身边的人。"

唐阳景是由宦官权臣互相妥协，迎立出来的没落王孙，没有受过正规的帝王教育，骨子里其实有些欺软怕硬。瑞羽的两名侍女在他面前示弱，他便能端着架子呵斥；一旦瑞羽强势，他却反而心生畏惧。一口气哽在胸口，好一会儿他才脸色铁青地问："那你觉得什么才是朕能过问的？"

他这句话，大有悲愤之意，因为瑞羽这一番毫不客气的拒绝，勾出了他那份傀儡天子的无奈与屈辱，这实在令他憋屈难受。

只是他这份悲愤，瑞羽却无法体会，面对他的反讽，瑞羽仍然没有示弱赔罪之意。瑞羽抬头看着他的眼睛，悲愤地说："小五重伤昏迷，至今不醒。小辈幼童命在旦夕，陛下此来西内，除了要替廿六哥开脱，向小五问罪，难道竟无一言抚慰？"

她的话一出，顿时将唐阳景满腔待发的怒气堵了回去。唐阳景一时愣愣无语，好一会儿，方讷讷地问道："小五现在何处？"

"就在承庆殿后寝。"

当日他们欺东应年幼，这一口气，瑞羽一直替东应憋着。此时瑞羽却真的是想逼唐阳景到东应病榻前赔礼道歉，纵然他不赔礼道歉，到东应病榻前说两句软话，也能让人心里的气顺一些。

唐阳景正待真要去探视东应的伤势，可转念一想，却先转头吩咐身后侍立的銮仪卫使道："摆驾承庆殿后寝！"

承庆殿的后寝离前殿，不过七十余步，直走过去便是，何必摆驾。他这样，其实不过是狐疑之心作祟，唯恐后寝会有什么刀斧手之类的埋伏，因此派銮仪卫使前头探路。

对于他这样的小心思，瑞羽无言之余，不禁叹了口气，突然觉得颜面无光——这种行事时而武断、时而多疑、时而无常、时而又弱智的人，居然是华朝的至尊，居然是她的兄长，怎不令她这身为公主的妹子感到羞愧？

銮仪卫使先去后寝打了个照面，这才回来恭请圣上移驾。唐阳景进了后寝，走到病榻前，看见东应面色蜡黄，嘴唇灰白干枯，胸腹间的起伏几不可见。几日工夫，东应就已瘦得眼窝深陷，形容枯槁。

唐阳景迟疑了一下，低声叫道："小五？"

东应一动不动，唐阳景走近榻前再叫："小五？"

东应依然没有丝毫反应，瑞羽在他身后道："小五自那日昏迷后，至今未醒，大夫们也束手无策……"

她说着别过脸去，掩住脸上的泪痕。东应至今未醒固是谎话，但她眼里的泪水与心中的痛惜却不是虚情假意。

唐阳景再看寝殿内侍奉的大夫和侍从个个都面有戚色，料定瑞羽伤心果真不假。想到自己虽然一计不成，但能把东应除去，也算断了李太后这老寡妇废帝重立的念想，心中不禁暗自欢喜。

他一时不慎，没将喜色掩住，让瑞羽看在眼里，瑞羽心头生出一阵凉意，胸中掀起万丈怒火，身体不能自制地微微颤抖起来。唐阳景惊喜之后，又掩饰般地咳了一声，道："阿汝，小五的伤也许是未遇名医，有所延误。朕此次前来，倒是有一名医随行，不如让朕随行的大夫给小五看看，或许有转机。"

瑞羽此时对他满心厌恶，再也无法忍耐，便上前两步，将他拦在病榻之外，冷冷地道："小五身在皇家，受这身重伤，是死是活都是他的命，不劳陛下多费心。"

唐阳景感觉到她对自己的态度急转直下，如果说她先前的冷落，有与自己赌气的意味，那么现在她却完全是一副在对外敌说话的语气。她不留丝毫情面，唐阳景心知必是她看破了自己的心思，顿觉窘迫。不过窘迫也只是片刻，他立即提了精神道："阿汝，你说的是什么话？小五既然伤重，自当召集名医会诊，岂有赌气不看病的道理？"

一面说，他一面冲他带来的大夫使眼色。如果东应伤得不重，这个大夫自然是他带来表达歉意的；如果东应当真重伤不治，这名大夫却是他带来确定东应是否有救，能活多长日子的。

那大夫虽然也知此行的危险，但两边都是他得罪不起的人物，所以只能听从唐阳景的吩咐，走上前对瑞羽赔笑道："长公主殿下请稍微让一让，容卑臣替昭王殿下诊脉。"

瑞羽岂能让唐阳景如意，挡在东应榻前，寸步不让，怒道："谁稀罕你替小五看病？"

那大夫被瑞羽拦住，进退两难，不禁回头去看唐阳景的脸色。唐阳景一脸木然，狠狠地剜了那大夫一眼，那大夫被唐阳景阴狠的目光刺得脖子一缩，额头隐隐出了一层汗，只得继续上前劝说瑞羽："殿下，卑臣专攻外伤，对昭王殿下这类伤有些独到的心得，或许能为殿下排忧解难。"

一面说，他一面伸手去摸东应的腕脉。瑞羽见他竟敢欺身上前意欲强来，不禁羞怒交加，厉声喝道："你敢！"

那大夫夹在中间，左右为难，连连顿足，哀叫："殿下，卑臣只是奉命行事，求您行个方便。"

瑞羽也不多言，指向寝殿门口，喝道："滚！"

那大夫已经明说是奉命行事了，瑞羽的话还这么不客气，这让唐阳景想装聋作哑也不行。只见唐阳景的脸色又难看起来，道："阿汝，小五既然伤重，就该让大夫看病下药，你这是干什么？"

瑞羽冷笑，"小五受不起陛下这份恩赐。"

唐阳景的面部抽搐了两下，终于忍不住怒喝："阿汝，你好大的胆子！"

瑞羽亢声回答：“胆子不大，怎配做唐氏子孙？”

唐阳景羞怒交加，终于直接对那大夫下令，“你上去，给昭王看病！”

瑞羽跟他针锋相对，“我看谁敢动手？”

唐阳景一听，当即火冒三丈，一甩衣袖，厉吼：“你上去！我倒要看看，你就是过去了，她敢拿你怎样？”

两个人都是掌控这大夫生死大权的人，得罪了谁都没有好果子吃，这大夫一张脸皱成了核桃皮，他欲哭无泪，却又不能不按唐阳景的吩咐走上前去。他的左脚刚抬起来，一步尚未踏出，瑞羽一扬手掌，啪的一声打在他脸上。

寝殿中的众人都被这一记清脆的耳光惊得呆住了。

这记耳光，打的不是这名无辜的大夫，而是唐阳景，瑞羽将唐阳景已经所剩无几的天子威严打得粉碎。

那大夫蒙了，顶着五条指印傻站在那里；护卫天子的鸾仪卫使蒙了，目瞪口呆；瑞羽身边的青红等人蒙了，不知所措；唐阳景也蒙了，竟说不出一句话来。

谁也想不到，瑞羽居然敢伸手一掌打出去！

唐阳景和瑞羽的目光相遇，这一次双方都没有遮掩，四目相对，满是浓浓的憎恶与刻骨的仇恨。

他本来只是一个已经没落的皇族子孙，权臣与大阉看中他的卑微无依，将他扶上大位，只不过把他当成一个傀儡，因而他与瑞羽之间根本没有什么兄妹情谊。

他恨李太后，李太后占据了太后的名位，令他的生母只能以藩王母的身份避居甘泉宫。子为皇帝，母却当不得太后，也参加不了正式的祭奠。他不能让自己母亲享受太后的尊荣，却要对不是自己母亲的李太后俯身下拜，恭敬行礼；他恨东应，因为东应是宣宗皇帝嫡孙，由李太后在西内抚养，拥有问鼎帝位的资格，时刻威胁他的帝位；他恨瑞羽，因为她尊贵显赫，朝野上下对她都礼让三分，连那些宫人内侍对她也有一种敬畏，反而他这天子因为出身寒微，每每被宫人内侍背地里指点耻笑。

若是他没被推上帝位，他也不会恨，也轮不到他来恨，可偏偏他被扶立成为天子，却又得不到天子应有的权柄与尊重。他也认真地想过要当一个好皇帝，然而他面前的障碍是那么多：像山一样压在他头顶的是权臣世家，像火海一般横亘在他面前的是大阉藩镇，还有那虽不张扬却时刻侵蚀他意志的西内。

他本该是这天下最尊贵的人，但这些障碍让他看上去像一个在大庭广众之下藏头露尾、缩手缩脚的拙劣倡优。

西内脱于朝政之外，却因为手握鸾卫大权而拥有特殊的尊贵与矜持，它就像一面光洁明亮的银镜，将他所有的狼狈落魄都照得一清二楚。他即便想躲，也无处可藏，他怎么可能不恨？

他对西内的恨，甚至于远远超了他对权臣大阉的恨。对那些权臣大阉，他只是恨和怕，但对西内，他除了恨和怕以外，还多了份妒忌。

他对西内怀有恶意，瑞羽对他又何尝有半分好感？

这样一个完全没有受过帝王教育的没落皇孙，只因出身寒微而被权臣大阉选中，扶为天子。他明明没有什么能力，却做着不切实际的美梦，妄图用那些市井无赖的小手段来夺取至尊权柄。在发现自己无法从权臣大阉的手中夺得权力以后，竟以为西内相对来说软弱可欺，屡次犯忌试探，对西内的宫人内侍收买拉拢、恐吓要挟，意图夺取西内大权。

他欲为他的生母谋太后位，对李太后屡屡不敬，多次暗里勾连宗室、朝臣、宦官，意图废李太后为庶人；只为东应具有问鼎的资格，让他感觉危险，他几次趁祭祀大礼时毒手暗杀；瑞羽对他本来不具备危险性，他却连她也不能容，夺了她的封地，裁了她的汤沐邑，削了她本来拥有的入太庙祭祀先祖父母的权利，指使他的后妃对她多方刁难。

这四年来，她们一直在忍让，他却一直在紧逼。如今他竟设下毒计，想将她们一举歼灭，这使得东应不能不用血溅五步的激烈方式来维护她们的名分。

而今，唐阳景站在东应病榻之前，不但没有丝毫惭愧，反而因为东应危在旦夕而喜形于色。这样浅薄狠毒的豺狼根本没有给她们留下分毫余地，也没有给自己留下任何余地。

如果说，瑞羽看到他出现的时候，还在半分和解与完全决裂之间犹豫，那么现在那半分犹豫，也因他的毒辣而消失殆尽。

满室寂静，连空气似乎都因为他们的对峙而凝固。

好一会儿，一名銮仪卫使才反应过来，惊恐地尖叫："护驾！来人，护驾！护驾！"

唐阳景带来的禁军闻声哗然，向寝殿围拢过来，与此同时，承庆殿内外的鸾卫也闻声冲入内寝，霎时间两边的禁卫刀剑相向，紧张的局势一触即发。

第十章
初询意

我想保护我身边的亲人，我想继承我祖母和父亲的遗愿，我想成为不让所有人感到失望的华朝长公主……

危急之间，突闻殿外的内谒者突然拖长了嗓音大叫："经离先生到！"

剑拔弩张的当口，如此悠长的一声通报，衬得两下的气氛无比诡异。双方士卒不禁都愣了愣，那股锐气都指向随着那声通报走进来的人身上。

承庆殿内外近百名卫士的敌意尽聚一点，森森杀气直冲过去，宫人内侍都被这杀气吓得尽量缩小了身形，躲在荫蔽处。那人却对眼前的紧张局势视若无睹，只见他手提书箱，青须直垂，面容清癯，灰袖飘飘，一派儒雅风范。他步履从容，拾级而上，穿过刀枪剑阵，进入寝殿，直走到唐阳景面前，才揖首行礼，微笑道："郑怀见过陛下。"

他的嗓音虽然温和低沉，但在静得连风吹刀刃的声音都清晰可闻的承庆殿内外，却显得十分清亮。唐阳景愣了愣，才反应过来，忙道："经离先生免礼！"

郑怀欠身致谢，直起身来，这才转向瑞羽，温声道："殿下，你已经逃课两日，请随我去清凉阁继续上课。"

郑怀教导瑞羽近十年，虽然严厉，但其教学一向中规中矩。瑞羽对他虽然敬畏，但却始终不觉得他有什么特别之处，直到今日，在这样的时刻他突然赶来，面对刀剑林立，面不改色，依旧从容自若地请她就学，瑞羽这才觉得这位老师与众不同。

因为这份意外，她心里油然生出一股温意，虽然此时情景诡谲，她却仍然执礼回答："老师，陛下驾临承庆殿，弟子现下恐怕不能随您就学。"

郑怀"哦"了一声，又转向唐阳景，拱手道："陛下，老朽忝为长公主殿下老师，不敢令殿下荒废了学业。想来长公主殿下尚未及笄，并没有多少在御前侍驾的要事，还请陛下令长公主殿下以学业为重。"

做老师的要求学生亲眷劝勉学生勤奋好学，这也是天经地义的事。唐阳景呆了呆，干笑一声，道："经离先生所言极是。"

他虽然无数次地假想自己发动宫变，夺取大权，真正地君临天下，但到了真正能够发动宫变的时候，他的胆子却又候地变小，纵使满腹怨恨，他也不敢真的在瑞羽的承庆殿里跟瑞羽翻脸，不如借郑怀介入之机抽身后退。他又看了一眼扭过头去的瑞羽，勉强端着天子的架子道："阿汝，你用心读书，朕过些时间再来探视小五。"

瑞羽已不愿再与唐阳景周旋，绷着脸道："恭送陛下。"

唐阳景怒哼一声，示意随从禁卫全神戒备，迅速离开西内。

郑怀直到唐阳景走远，才看着瑞羽轻叹一声，道："殿下鲁莽了，无论如何，当他全副武装驾临西内时，在承庆殿内与他刀剑相向，都不是明智之举。"

瑞羽心中躁怒，所以对郑怀的批评很不服气，忍了又忍，还是冲口而出，"老师，您不知道！唐阳景听说小五伤重，竟然敢笑！"

假装昏迷的东应也连忙睁开眼睛替瑞羽辩解："老师，这不关姑姑的事！"

瑞羽见东应情急之下坐起身来，就赶紧压住东应的胸膛，急道："小五，你莫乱动！"

郑怀听了二人的辩解，也不再多说，对东应的假装昏迷却颇觉意外，坐到榻前，挽袖准备查看东应的伤势。

其时学者多精读《黄帝内经》等医学名著，其理论知识远较普通医者丰富，他们只是自矜身份，怕经验不足，很少给人问诊下药。瑞羽不担心郑怀不懂医术，只是担心他少见外伤，见他来查东应的伤势，忍不住问："东应受的是外伤，老师可有比宫中太医署更好的药方？"

郑怀一面唤宫人端了盥盆，一面令宫人将蜡烛移近，净了手后，他仔细查看了东应的伤势。瑞羽提醒他没有把握就不要胡乱诊断下药，他却不以为意，只微微一笑，温声抚慰道："武皇帝征讨南荒时，我曾在南荒游学，救治过那里受伤的士卒和百姓，对外伤治疗颇有心得，你无须担心。"

瑞羽不知他曾有这样的经历，但见他沉着稳重，有条不紊，瑞羽不觉为刚才脱口而出的质疑汗颜。

郑怀低下头，将东应伤口敷的金疮药轻轻擦去，然后闻了闻药味，分辨出了药物，点头道："用药是对的，只是有几味主药，本应用南荒所产，却用了北地的。药方虽好，但药力不足。"

这件事瑞羽听过大夫的回禀，心中难受，却也无可奈何，低声回答："南荒节度使鸡毕溪自我父皇驾崩后，便不再听从朝廷的号令，前些年他又自立为王。南北久不相通，宫里存的南药都已陈年，不堪使用。大夫虽知南药效力更佳，奈何却搜寻不得，只能以北药代替。"

郑怀听她声音里大有凄凉之意，温声道："不必担心，要用的这几味药，我已经带来了。"

瑞羽又喜又惊，"老师这几天没入宫，原来是给东应寻药去了？"

"上等南药虽不易得，但找它倒也不用几天，我只是去找别的事物了。"郑怀细细看了东应伤口的脓肿，点了点头，又摇了摇头，叹道，"太医署的大夫们虽医术高明，却太过于循规蹈矩。"

太医署的大夫都是给贵人看病治伤，一向中规中矩，他们轻易不敢脱离成例，擅自下药，唯恐有个闪失，因此获罪。这样行医虽然慎重，但也有遇到疑难重症束手无策的时候。东应也知道其中的弊端，一听郑怀的话，便心中一喜，问道："老师对我这伤别有治法？"

郑怀心中颇为忧虑，面上却依旧带着微笑，问道："你不怕我治伤的手段惊人？"

东应一怔，顿时明白他的治疗之法定然跟常人不同，这也许能让他的伤好得快些，但也有一定的风险。

瑞羽闻言也是一惊，正踌躇着让不让郑怀给东应治伤，只听东应已经大声回道："我不怕，老师尽管动手吧。"

少年心性大多如此，哪怕明知有危险，也仍然愿意尝试。这样的冒险心理，与人的性格沉稳无关，只与年龄有关。

瑞羽阻止的话到了嘴边，又咽了回去，问道："老师可要太医署派人协助？"

郑怀略一沉吟，道："可以叫几名值得信任的大夫进来看我治伤。"

瑞羽应了一声，亲自出去叫了五名大夫进来。一时东应榻前有些拥挤，瑞羽怕会碍了他们的手脚，自己便连忙退开，郑怀一眼望见，便叫住了她："你守在旁边，也看着些。"

她微微错愕，郑怀又道："医道虽属杂学，你无暇细研，然非常之时，多看些事物，也能让你多些应变之能。你细细看着，不懂便问。"

瑞羽随郑怀学习已经三年有余，他日常教导虽然也算仔细，却循规蹈矩地慢慢教来，态度温和而略带疏远，像今日这样倾心相待，却是前所未有。瑞羽怔了又怔，方道："是，老师。"

她凝神望去，只见郑怀拿出一小药丸，然后劈成两半，给东应服下，等药力散开，东应开始昏睡。这时五名大夫按郑怀的吩咐，洗去东应伤口上的金疮药，露出脓肿腐烂的伤口。郑怀用手指量了一下伤口的大小，然后从书箱里取出一只石青瓷瓶，打开软木瓶塞，用小银勺探入瓶中，从里面勾出一个肥肥白白的物什，放在东应的伤口上。

瑞羽以为那物是郑怀带来的灵药，正因其形状古怪而感觉奇怪时，却见那物突然蠕动一下，居然一下子钻进了腐肉里。原来那不是什么药，却是一条活的虫子！

这一下，旁边潜心观摩郑怀行医的众大夫不禁大惊失色，连瑞羽也不禁"啊"的一声喊出声，便想上前阻止。走了两步，又想到郑怀先前就已经说明这医术有异常之处，于是就强自忍下，看着郑怀继续从那瓷瓶里取出一条一条的虫子放在东应的伤口上。食腐的蛆虫在东应伤口的腐肉里进出了几次，身体便大了一圈，而脓肿的腐肉却越来越少，伤口随即露出里面的鲜肉来。

过不多时，腐肉食尽，群蛆便在伤口上徘徊攒动，情形颇有几分恐怖。瑞羽虽知这是医术，却还是忍不住恶心，有些着急地问："老师，现在怎么办？"

郑怀不慌不忙地又从书箱里取出一只小扁瓷瓶，将瓶口贴近东应的伤口。也不知那瓷瓶里装着什么，在伤口上徘徊的群蛆开始慢慢地向瓶这边聚拢，鱼贯而入，过不多时伤口上的蛆虫便尽数被收入瓶中。此时再看东应的伤口，洁净异常，腐肉已然尽除，肉色鲜活似乎马上就能结痂。

这治疗之法果然怪异无比，看上去却真是神奇。郑怀一面重新包扎东应的伤口，一面道："这是南荒夷人治伤的法子，那里的人以养蛊之术培育当地的一种蝇子，这种蝇子以腐为食，遇鲜则退之长，当地人用它来治疗腐烂化脓的创伤。夷人蛊术虽不为中原人所喜，但对治伤有独到之处。中原人若能不存偏见，采其之长，却是大善。"

瑞羽怔了怔，明白了过来，郑怀此举，不在于教她医术，而在于教她处事之道：在面对诡谲之事时，不要急于下定论；在面对自己无法理解的异术时，不要心生畏惧，要有足够开阔的视野与宽广的胸怀；在面对任何自己不懂的事物时，不要心存偏见，要取其长，用其善。

"老师，我明白了。"瑞羽释然道。

郑怀点了点头，净了净手，然后让几名大夫和侍者守着东应，自己起身示意瑞羽跟着他走。

瑞羽料想他必是有话对自己说，跟在他身后，随他一起来到了偏殿的书房。郑怀见几名宫人侍者端着银炭炉过来煮茶侍奉，便摆手让他们退下，他自己坐到炉边，要亲自烧火。待壶中水声作响，他从小案上的铜盆里取了一柄银勺，舀出小半勺雪白的精盐放进水里，然后微微搅动，水声便转而低沉。郑怀舒臂将壶盖重新合上，望着身边的瑞羽笑问："殿下懂得几种煮茶法？"

"让老师见笑了，弟子平素极少烹茶。"

宫中女子闲暇无事，除去女红以外，平日便以栽花种草、烹茶放鸢为乐，上至后妃公主，下至女史侍婢，无不精通茶道，像瑞羽这样不好烹茶的人实为少见。

郑怀听了她的话，不怒反喜，"殿下平素做何消遣？"

"猜拳斗戏，博弈投壶，与东应射猎游玩。"

郑怀哈哈一笑，道："如此说来，殿下日常生活，颇为单调。"

说话间，壶中的水声呼呼地响了起来。他另拿了柄银勺，揭开壶盖，撇净水中冒出的细碎泡沫，接着再次盖住铜壶。直到壶中水沸如滚珠，他才用一把紫金勺舀出两大勺沸水，倒入旁边的瓷盅内，然后再用一根竹夹子轻轻搅拌沸水，边搅边将碾成碎末的茶叶投入沸水中。

他精于茶道，舒腰展臂间煮水烹茶，一举一动犹如舞蹈，仿佛燕采新泥，鹊停柳梢，韵味全在其间，一时殿中茶香氤氲，沁人肺腑，令人心旷神怡。瑞羽看着郑怀煮水烹茶，早已陶醉，本来满腹的怨怒，也渐渐地消散。

师生二人吃着茶，悠然地闲聊，郑怀这才切入正题，"休课一日，便闻宫变之讯。历来宫变，皆牵一发而动全身，其凶险隐于微处。不知殿下能否将今日宫变之事，细细说来，让我也听一听？"

语毕，他看着瑞羽，又微笑着补充了一句，"我虽老朽，却未必不能为殿下稍解心中的烦忧。"

瑞羽自决意与唐阳景一争权柄以后，便觉得有许多地方筹措不开，难大展拳脚，既需要有人倾听她的心思，又需要有人为她解惑指路。可是李太后抱病周旋于朝臣之间，无暇安抚她的惶恐；薛安之对她寄予厚望，却不能见她示弱求助；东应年纪尚小；青红等人都依靠她，却不能让她依靠。因此这几日时间虽短，但于她而言却漫长如年月，分外难熬。

这样艰难的时刻，郑怀突然到来，打破了她如箭在弦上不得不发的危险僵局，治愈了病重的东应，而后又坐在她面前，对她温言抚慰，充当了抚慰她的惶恐、让她可以依靠的仁慈长者。想到这些，她的心情顿时放松下来，感激之情油然而生，"多谢老师关心！"

这些日子以来，她的神经一直紧绷着。莫说郑怀此来是真的替她分解忧愁，即使不是，他能这么从容镇定地靠近她，陪她说话，倾听她的烦恼，她也已经感激万分。因此，虽然这一场宫变涉及皇家宫闱的隐私，但她直言不讳，详细地说到自己强闯东内抢出东应，说到夜审安仁殿，再说到禁卫军中的异动，直至说到唐阳景刚才的到访。

无论她自幼受过什么样的教养训导，在面临危乱时，她竟然可以在人前保持镇定，已实属难得。说到底，她还只不过是个十五岁的妙龄少女。当她说到唐阳景在看到东应伤重不治时露出得意的笑容，她再也忍不住了，红了眼睛，说不清是对皇家骨肉之间人情淡薄的伤心，还是为唐阳景的狠毒而悲愤。

郑怀静静地听她述说，偶尔在她需要的时候柔声抚慰，温言劝解。如此半日，瑞羽胸中所积块垒尽吐，情绪也平静下来，长长地叹了口气，结束了这次倾诉。

郑怀温和地看着她，柔声道："殿下这几日辛苦了。"

瑞羽摇头，轻声道："我不是觉得辛苦，而是觉得惶恐。"

"嗯？"郑怀微微侧首，问，"殿下因何惶恐？"

瑞羽闭了闭眼，神态中流露出一丝沮丧，好一会儿方道："老师，我想保护我身边的亲人，我想继承我祖母和父亲的遗愿，我想成为不让所有人感到失望的华朝长公主……然而，我却不知道应该怎样做，才能得偿所愿。"

郑怀目光闪动，轻轻转动了一下手中的茶杯，叹息道："殿下，你所立之志听起来简单，实则关乎家国天下。你不过是一介弱小女子，家国天下与你并不相干。你只需安居西内，享受荣华富贵，何必自寻烦恼，意欲图谋天下？宫变至今，不过短短数日，殿下操劳心碎，已深知其中的艰辛困苦。如果当真立志图谋天下，则这样的困苦疲倦，将如附骨之蛆，时时刻刻缠绕着你，除非你死去，否则无法摆脱。殿下，你确定你能承受这样的压力，而不会被击垮？"

他的声音温和轻柔，充满怜惜，但一字一句却如利刃凌厉无比，直刺人心，这让瑞羽不由自主地打了个寒战。

她的身体紧缩了一下，便又舒展开来，望着郑怀笑了笑，"老师，我出生于宫廷，明白权柄对人心的困锁，知道走了这条路，将要面临的最终结局。然而，这是我深思之后的选择，无论结局如何，我都会担着所应负的责任一直走下去。"

郑怀深深地看着她，又问："你不怕前途艰险，有朝一日后悔时也无法退却，摔得粉身碎骨？"

"我怕。"瑞羽深吸了口气，望着窗外遥远的晴空，轻轻地说，"但我更怕有朝一日，我连这样的后悔资格都没有。"

第十一章
解君心

郑怀细细评点出来的利害得失，她听在耳里，恍然大悟之余，不禁目瞪口呆，心头隐约有点凉意，那是陡然明白之后的惊悚。

郑怀脸上的神情，似惋惜，似无奈，更似几分欣慰和欢喜。良久，他才道："殿下，你已经做了最正确的选择，不需要惶恐。"

瑞羽想不到他会在顷刻间改变态度支持自己，惊讶之余，又觉得迷惑，忍不住问："老师，你真觉得我做得对？从宫变之日起，我步步走来，步步心惊，难道竟走对了？"

"嗯！"郑怀郑重地点了一下头，突然之间，笑了起来，"殿下，你这一步步走来，有些鲁莽冲动，全凭着心中一股意气。你的每一步看似凶险万分，但却走得很对。只是你自己并不知道自己做对的原因何在，所以才会觉得惶恐不安。"

当初瑞羽只是依本性行事，并不知道自己的对错。就是现在，郑怀明明已经说过她做得对，她依然不解自己到底对在何处，于是俯首请教，"请老师解惑！"

郑怀娓娓道来："殿下，你不惜一切去救昭王殿下，这是对的！因为昭王殿下虽年幼，但他却是宣宗皇帝之嫡孙，拥有帝位继承权。西内上下，不少卫士侍者对他都有所期待，所以精心守护着他长大，希望日后得以显贵于世。

"你将鸾卫带过去，以武力威慑唐阳景，是对的！因为再好的刀，都不能久藏鞘中。鸾卫闲居西内日久，以往无事便罢，若是遇到这样的大事，恐怕会一味地对外妥协。如果你不令他们出动，鸾卫的锐气则必将受挫，以致朽于鞘中。

"你夜审安仁殿，不因喜怒处罚紫萱，而是在内廷明训问罪，是对的！因为上位者，必须赏罚分明。凡有所赏，必让得赏者知晓功绩所在；凡有所罚，必让受罚者清楚罪愆所在。

"禁卫中有叛乱者，你不立即清查，也是对的！因为当时敌我不明，局势扑朔迷离，禁卫中必有不少人心存犹豫。如果你当即清查，这些犹豫者便会无路可退，最终只能拼死一搏。你不闻不问，正好安抚了禁卫的焦虑，也使得西内转危为安。"

瑞羽行事虽然多是激于意气，但每一步走来，她也不是没有考虑过后果。她行事总保留着最后的底线：太后和东应是她在世间最亲近的人，她要尽自己所能保护他们。如果保护不了，那她就陪着他们一同赴死。

她所有的反击，都是因为这条底线被触及。郑怀说的这些形势，她不是没有察觉，但以她的心思，绝不会把利害算计得如此清楚。

因此，郑怀细细评点出来的利害得失，她听在耳里，恍然大悟之余，不禁目瞪口呆，心头隐约有点凉意，原来那是陡然明白之后的惊悚。

郑怀口中说着话，心里却暗中慨叹：古往今来能成就大业的人，常在前途迷茫的情况下，选择正确的道路。这种选择，很多时候不是因为他们英明果断，而是因为他们遵循了本性。然而后人在研究他们一生的沉浮时，却又会觉得他们这种在本性冲动支配下的选择并非是胡来，而是顺应了形势，从而使得他们在困局中脱颖而出。这种本性只能说是能人异于常者的天赋。

瑞羽和东应自宫变之日起所采取的应对措施，都只能说是全凭一腔热血意气。然而在恰当的时候，他们却能顺应大势的趋向，减少了敌方对自己的威胁，也给自己争取了胜利的机会。这一步步走来，展现出的正是这种天赋。

一个人要想在乱世中有所作为，知识固然不可或缺。但在没有足够的信息，却需要当机立断的紧急关头，临危应变，更需要的却是这种天赋的明断。

若是一个男子，拥有这样的身份，又拥有这样的天赋，何愁无所成就？

可是，她却是女儿身！

并不是说女儿身就不能有所成就，只是这个性别，注定了她若想有所成就，就一定要比男子付出更多的艰辛。

他喜爱这个弟子，就像喜爱自己的至亲小辈。他欣赏她的这种天赋，但他分不清自己到底是欣慰多，还是担忧多，所以他不禁惆怅起来，"殿下，在你心中谁是你的敌人？"

这正是瑞羽彻夜辗转反侧、苦思不解的疑惑，他这一问，让她哑然无语。

郑怀见她不答，便自行推测，"唐阳景对西内心怀恶意，意图一举消灭西内以争名分大义和内宫权柄，所以逼得昭王殿下只能以血明志。殿下心里，可是把他当成了生死大敌？"

瑞羽对唐阳景自然是恨的，也立意要将他除去，但将他看成生死大敌，却还不至于，"唐阳景只是大阉从民间搜来扶立的傀儡天子，说到底，此人不过是一介市井无赖。这等小人物，虽然不能不除，却算不上我的生死大敌。"

郑怀再问："那么，殿下可是把宫中大阉当成了敌人？"

瑞羽双眉一锁，沉吟片刻，还是摇头，"自我朝元贞之后，军权归于阉宦，因此内宫威势日盛。在朝堂上他们参议军国财政大事，在外道上他们则占据一方藩镇，连天子的废立也全凭他们的喜怒。他们看上去权势煊赫，气焰滔天，可实际上他们所有的权力，都是由信任他们的君王或者他们控制的傀儡天子给予他们的，他们没有自身的根基，随时都可能粉身碎骨。我虽是女子，但也不至于目光短浅，把这样一群可怜的阉宦视为大敌。"

将什么人视为敌人，直接体现了有志者的胸襟与眼光。郑怀连续两问得不到答案，停顿了一下，又问："殿下不以唐阳景为大敌，亦不屑阉宦，那殿下可是将朝中的权臣世家视为大敌？"

瑞羽仍觉茫然，微微点头，又微微摇头。隐约觉得郑怀这一问，仍不能道出她胸中之意。

郑怀见她迟疑，又开口问："那殿下以何为敌？拥兵自重的地方藩镇，造反作乱的白罗教众，还是各地纷乱的流寇乱匪？"

他的问题一个接一个，每一个问题与瑞羽心里的念头都有交集，但每一个问题在瑞羽心目中都没有完整的答案。

到底谁才是她的敌人？

她蹙眉凝思。随着郑怀的问题逐渐深入，那完整的答案也一点一点地浮现，终于清楚明确地展露在她面前。

不能明确这个问题时，她茫然惶恐，然而此时这个答案清晰地浮现出来，她却不由自主地打了个寒战，额头的汗涔涔地流下。她不禁喃喃自语，"唐阳景不算大敌，阉宦不算大敌，权臣世家不算大敌，地方藩镇不算，白衣教匪不算，流寇乱匪不算……然而，当这些全都错综复杂地交织在一起时，他们就是我的大敌！"

这些人的汇集，不是简单的力量交合，而是织就一张势力盘根错节的大网，代表着当下世俗的至高权势！

她赫然，是在与世为敌！

人，怎能与世为敌？

那已经不能用螳臂当车或者蚍蜉撼树来形容。

她，一个小小的女子，何德何能，竟敢与世为敌？

一念至此，她突然觉得先前所说的志向都过于缥缈，如镜中花，似水中月，美丽，却遥不可及。远远隔着的水面镜影，似乎也正在嘲笑她的天真幼稚。

郑怀望着她，既怜惜又悲悯，良久才道："殿下，古往今来，与世为敌者，除了需要大智慧外，还需要大勇气。能担负常人不敢担负的重任，能承受常人不敢承受的压力。面对强权时不低头，经历挫折时不气馁，即使历尽磨难，仍旧不改初衷。这些特质，不是你逞一时意气就能拥有的，所以我以为，你的志向过于高远，非一介女流所能实现，执拗下去，只会徒然给自己增加烦恼。你不如放弃，做一个安乐尊贵、逍遥自在的公主。"

瑞羽怔怔地看着他，不知是因无力反驳，还是因反驳的话太多，急切间她竟却说不出一句话来。

郑怀的目光与瑞羽相遇，对视了良久，然后他起身掸了掸衣裳，望了一眼窗外的天空，长长叹了口气，道："殿下，你身处是非之地，举手就能触及令人痴迷的至尊权柄。这诱惑越大，危险也越大，一个不慎，你就有可能失足悬崖，粉身碎骨。作为你的授业老师，我再次提醒你，要慎重选择将要走的道路。"

郑怀离开了许久，瑞羽却仍然纹丝不动地坐在那里，仿佛化成了一尊雕像。

铜壶里的水滚滚沸腾，但这次却无人执勺弄茶。壶中的沸水翻动，蒸气氤氲，直到炉中的炭化为灰烬，水面才再次平静。瑞羽想起应该给自己再煮一盅茶，于是木然伸手，抓住舀水的紫金勺，试图从铜壶中舀水。可那轻巧精致的铜勺此时却仿佛重若千斤，她费力地举起，便听当的一声，铜勺摔了下去，溅起的水珠落在她手背上，烫得她轻呼了一声。

青红等人因他们师徒叙话，没有瑞羽的召唤，不得入内，虽然见郑怀离开，却也不敢进来打扰，一直在门外侍立。直到此时听到瑞羽的痛呼，青红才忍不住隔门问道："殿下，您怎么了？"

瑞羽没听到青红的询问，只是发呆地望着自己被烫红的手背。青红得不到瑞羽的回应，心里疑虑，顿时惊惧急问："殿下，可需要奴婢入内服侍？"

屋里仍旧没回应，青红心中大急，连忙推门而入，见瑞羽坐在炉边发呆，既惊讶又奇怪，又唤了一声，"殿下，天暗夜来，该传晚膳了！"

她说着走过去，伸手想将瑞羽扶起。瑞羽坐得久了，一时全身僵硬，这一站却没站稳，趔趄几步，才醒过神来，一脸倦色，软软地靠着床榻，挥手道："别吵，我不想动。"

青红见她神态萧疏，仿佛疲惫无比，不禁凛然生惧，迟疑了一下，才说："殿下，您该进晚膳了。"

瑞羽厌烦地低斥："我不想吃！你退下！"

青红呆了呆，放开瑞羽，蹑手蹑脚地燃起灯，再回来轻声劝说："殿下，您是承庆殿的主心骨，您有什么不对，整个承庆殿上下都惶恐不安。您就是真的不想吃，也应该传膳呀。"

她不知道郑怀对瑞羽说了什么，在这非常时期，无数人的眼睛都盯着承庆殿的主人，无数人的眼睛都盯着承庆殿的主人，假如瑞羽和东应不能承担身份地位所带来的重责，那么李太后即使权威再重，恐怕也不能笼络人心——李太后毕竟老了、病了，假如瑞羽和东应颓败，守着西内根本没有前程可言，谁还肯陪着一个命不长久的老寡妇沉沦？

站在她的立场来说，瑞羽若是一蹶不振，她的前程和身家性命也就没了，想到这里，她不由得害怕惊惧起来。

瑞羽听出她话里的意思，再看看她的表情，本来已经沉重的心情又被压上了一块大石。瑞羽不知不觉间长长叹了口气：自己还没有决定未来的走向，就已经连饮食起居的自由也没有了。若真决定向前，她的余生，又该是何等的沉重？

她顺了青红的意传了晚膳，却没有食欲，只勉强吃了几口。由青红和青碧服侍洗漱后，她便心绪不宁地靠在软榻上发呆，脑中一片空白，无数念头纷至沓来，头痛欲裂，辗转反侧，也不知过了多久，她才迷迷糊糊地睡去。

睡梦中那些纷乱的思绪纠结在一起，恍惚中竟化成一块硕大无比的圆石，轰隆隆地滚向她。她拼命奔跑躲闪，却无路可逃，一时间巨石当头压下，竟将她碾为齑粉。

第十二章
平生志

瑞羽仰望着天边的云层，眼底也有风云涌动，"即使不承先人的遗志，我也当乘风破浪，笑傲四海九州，方不负此生！"

她惊惧呼救，却听到有人在她身边焦急呼唤："姑姑，你醒醒！你做噩梦了，姑姑！"

是做了噩梦？她恍然醒悟，睁开干涩的眼睛，映入眼帘的却是东应焦急的脸。

东应正拉着她的手使劲摇晃，见她睁开眼睛，这才放下心来，松了口气，"姑姑，你怎么了？"

瑞羽只觉得脑袋沉重无比，脑门更是嗡嗡作响，好像被人打了一记闷棍。她勉强起身，开了开口，声音粗哑，"有点不舒服，可能昨晚没睡好，受了凉。"

东应望着她，脸色惊疑不定，好一会儿才说："姑姑，你睡了两天……"

瑞羽想不到自己这一觉竟睡了两天，怔了怔，笑着安抚他，"哦，大概是前几天累着了，一觉才睡这么久。你身上的伤还没好，怎么不躺着多休息？"

"我已经躺了六天，大夫说伤口愈合得很好，只要不用力触及伤口，就可以随意走动了。"东应虽是由李太后抱入西内的，但并不是由李太后亲自抚养长大的。因为李太后体弱多病，真正与他朝夕相处、时刻照顾他的，反而是瑞羽这个仅比他大三岁的小姑姑。孩子心性，因此他对照顾自己的瑞羽总是依恋倚仗，瑞羽不声不响地睡了两天，怎么叫喊也不醒转，他不由得恐慌忙乱。虽然此时瑞羽说自己无事，但他还是忍不住担忧，"姑姑，要不要传医生看看？"

瑞羽揉了揉额角，颔首道："也好！"

不一会儿，大夫来了，进来以后，便开始望闻问切。瑞羽一面任他们诊断，一面问：“我睡了两天，王母那边可知道？”

东应摇头，“太婆这几日忙着召见老臣，大夫说她的身体也十分虚弱，我不敢惊扰她。”

瑞羽赞许地望了他一眼，再问：“老师可曾入宫？”

提起郑怀，东应却隐隐有些不悦，抿了抿嘴才回答：“昨天来过，看了看你又走了。”

“哦？”

瑞羽蹙眉，“老师没有留下别的话？”

“他说你这几天要决定一件重要的事，让我们不许来打扰。”

东应见她一脸倦色，心里不觉难过，忍不住拉着她的手，轻轻劝说：“姑姑，现在西内没有什么事，您累了就好好休息，别再费神了。”

瑞羽低头看着东应——他发育得要比同龄人晚，看上去像个十岁的小男孩儿，圆脸大耳，秀眉杏目，翘鼻丰唇，一脸的天真稚嫩，正满眼依恋地望着自己。

这样一个可爱的孩子，若不是亲眼所见，谁能相信他有胆量挺身拔剑，血溅五步？为的只是心中一个痴傻的念头：他要保护他的姑姑和太婆，不让任何人伤害她们，哪怕自己的力量微不足道，他也要尽力而为。

郑怀让她慎重考虑，再选择以后要走的路，可实际上，她何曾有选择的机会？

大夫劝她少思虑，她嘴里答应着，心里却仍在想着郑怀的话，想了许久，轻轻叹了口气。见东应一脸担忧地望着自己，便伸手理了理东应有些凌乱的童子髻，温言道：“小五，姑姑无事，倒是你身上有伤，天色尚早，你半夜跑来也够累的，快快回去安歇吧！”

东应因为担心她而半夜都不得安寝，一察觉她被噩梦所魇便跑来将她推醒，但他自己的伤却没痊愈，身上困顿，安下心来便觉得疲累，她一劝就不自禁地打了个哈欠，只是这时候依恋心理发作，加上担忧，便不肯回去独卧，“姑姑，我就在你这里睡。”

“后寝离这里也不过二十几步，你要不想走，让青红他们抬你回去也就是了。”

“我不回后寝，就要在姑姑这里睡。”

瑞羽见他撒娇扮痴，在他额头上弹了一指，轻嗔，“多大的人了，还腻着姑姑，不怕被别人笑话。”

东应不屑地从鼻孔里哼出一声，“我爱腻着姑姑，这关别人什么事，谁要笑话谁笑去。"

说着,他心中突然生出一丝不安,抬眼注视着瑞羽,满目的担忧恐惧,以至连声音都颤抖起来,"姑姑,你会不会嫌我烦?不要我跟着?不许我跟着?"

这样一个孩子,面对生死大劫,尚能无所畏惧,却唯恐被她厌烦抛弃。

他在她面前天真敏感,温柔得似乎有些懦弱,仿佛一只本性凶猛的幼兽在经历了残暴的斯杀之后回到巢穴,在至亲面前不设防地将自己全部的脆弱袒露无遗。

听了他的话,瑞羽忽然觉得气息一窒,胸口闷然生痛,鼻梁间蓦地有股酸涩,不由自主地伸出手去,将他搂住,小心地避开他身上的伤口,柔声说:"傻孩子,这世间我只有你和王母两个亲人,我们相依为命,不离不弃,我怎么会嫌你?你爱在这里睡,就在这里睡。"

她这样对待东应,不免有失分寸,只是她自己却不曾察觉。凡是东应有所求,她必会应允。

东应看她对自己百依百顺,便满足一笑,依靠着她躺下,很快鼻息绵长沉重。他睡得很沉,瑞羽却无法再入睡,轻轻地将熟睡的东应放下,起身加了件披风,慢慢地踱到窗边,望着外面的夜色。

天空漆黑如墨,此时正是漫漫长夜里最黑暗的时刻,夜空深邃广袤,无际无涯,只有启明星孤悬高照,这更显出了夜空的沉重。

她长长地叹息一声,声音却似乎被黑暗吸了进去,没有半分回响。青碧领着侍女端着大夫煎好的汤药进来,见她站在窗边不言不动,连忙劝告:"殿下,您已经受了凉,怎能站着吹风?"

瑞羽点了点头,转身悄悄地走进书房,深怕惊醒了东应。青碧见她已无睡意,便将汤药送上,又传宫人给她准备洗漱用具。

汤药入口苦酸,一股怪味直冲脑门,她喝了一口,便眉头紧皱。青碧怕她不肯吃药,早准备了漱口水和霜糖,正要相劝,却见她只稍微停顿,便又举起碗来,将碗中的汤药一饮而尽,与以往嫌苦不肯吃药的情形大相径庭。

青碧顿感诧异,直到她拿起杨枝齿梳擦牙,吐出漱口水时,方醒过神来,忙道:"殿下,让奴婢侍候您梳洗。"

瑞羽目光一凝,摇头道:"不用,让我自己来。"

她出身皇家,自幼便有侍从环绕左右。除去为了孝敬李太后特地学习的侍疾技艺外,何曾自己穿过衣,梳过头?此时不用青碧等人服侍,足足花了小半个时辰,她才将衣冠头饰整理好。

青碧等人不知她为何突然执意如此，只能在一旁提醒，待到她整理完毕，才嘀咕着抱怨："殿下，若让奴婢服侍，早就已经收拾停当，却也不用磨蹭这么久。"

她身边十二个名字里有"青"的婢女都是自她幼时就贴身服侍她的内使，因此主仆情谊深厚。随着她的年纪渐长，权威日重，这令她们不敢再像从前一样随意地与她嬉闹。但关于这种生活中的琐碎小事，她们对她却没有多少客气。

瑞羽也不以为意，微笑回答："虽然有你们服侍，但我自己也该会做这些事。莫成了那种离了侍者，就衣不会穿、饭不会吃的废物。"

青碧一愕，瑞羽低头将腰间的环佩理了一下，喃了一句，"平日里四体不勤，倒不知道原来穿衣着冠这等小事居然这么麻烦。"

一时穿着整齐，天际也浮出了一线鱼白。瑞羽抬脚出了书房，沿着殿外的抄手游廊徐徐慢行。曙光初现，花草树木上还凝着厚厚的夜露，偶尔清风拂过，露水自叶尖滑落到地上，发出滴滴幽静柔和的清响。庭院一角的几丛水横枝郁郁葱葱，于深浓欲滴的绿色枝叶间开出几朵柔润如玉的白色花朵，花香幽幽飘散，沁人肺腑。

瑞羽驻足欣赏，却听见身后一阵轻微的骚动，回头一看，却是郑怀踏阶而来。

此时宫门未开，瑞羽看到郑怀，却并不意外，微笑道："老师来得好早。"

"不及殿下起得早。"郑怀口中说着话，脚下却不停，待走到瑞羽身边，看了看她面前的水横枝，才笑道，"此花清香可以除汗，晒干能添茶香，根茎入药能解热消炎，熟果可为染料，妙用极多。殿下若能莳花弄草，修身养性，却是极佳。"

瑞羽俯身闻着花香，道："瑞羽随老师学习已近十年，直到今日，才知道原来老师不止精通武艺和诸子百家的经典要义，还对农耕医药等杂学也广有涉猎。"

郑怀笑道："诸子百家、农耕医药等各类学识，若要精研，足以令人穷尽一生的精力，我也只是略通一二。不过，教殿下识别草木的本性，我还是行的。"

瑞羽伸手握住花枝，指尖一用力，将花朵摘下来，凝视着郑怀平静温和的脸良久，突然道："自从应德二年，王母携我赴终南山将老师请来，令我拜在您的门下，我就一直疑惑王母深居宫内，并非是擅长谋篇布局之人，所知有限，又怎么会突然去终南山？并在见到您之前，她就笃信您是一位好老师？您入宫之后，她对您的信任，竟超过了率领鸾卫守护我们十几年的薛安之将军，这又是何缘故？"

郑怀怔了怔，对瑞羽此时提出的问题也颇感意外，但他却没有表现出来，语调依旧温和，"殿下既然有疑惑，想必也会有猜测，却不知殿下心里，对我是如何猜测的？"

"老师，我自幼失去双亲，由王母抚养长大。宫内一向少有待我和善的男性尊长，你教导我，陪伴我，扶持我走到今日，在我心里……"说到这里，瑞羽的声音顿了顿，脸上的神态似伤感，似悲哀，又似无奈，过了会儿，她才低低地说，"你是我尊敬的长辈，我虽然疑惑您的身份来历，却不愿对您多做猜测。只因当此时机，我心中戾气大盛，若做猜测，必然有失偏颇，多半于您不利。不当面询问，却以己心胡乱猜测，暗存偏见，对您太不公平，也不是弟子之礼。"

郑怀眼中光芒一闪，笑意慢慢地溢了出来，望着瑞羽，温和询问："殿下如此胸怀，已经远胜无数世间庸俗之辈。可你既然已经有了这样的胸怀，本不该纠结于心，却为何还要执着追究我的身份来历？"

"每个人都有不为人知的秘密，老师若只是教我读读书，写写字，我本来是不想对您的身份来历追根究底的。"

瑞羽抬头望着郑怀，抿了抿嘴，静静地说："然而，这两天我仔细想来，才发现原来这几年里，老师您虽不动声色，但潜移默化中，已经教给了我很多做人做事的道理。这些道理影响着我的为人处世，推动我往您希望的方向发展。您前天有意诱导我去选择一条危险且光辉的道路，最后却又劝我放弃，前后模棱两可，这让我迷惑，您到底想让我做什么呢？或者说，您教导我，诱惑我，到底希望我成为一个什么样的人呢？"

她一口气说了下去，清晰明了，"老师，若这皇权中心是个万丈深渊，我在未得到您的教导之前，可以是个遵循权力规则安排、庸碌走过一生的瞎子。而如今您令我清醒过来，让我看到了前面的危险，却还驱使我前进，那我总该知道您到底是什么身份来历，为何如此作为？究竟想要我干什么事，做什么样的人？"

郑怀笑了，目光有些复杂，然后感慨万千地道来："殿下，你很好，比我能想象中更好。"

瑞羽不说话，等着郑怀回答自己刚才提出的问题。

"殿下，我想要你干什么事、做什么样的人其实并不重要。人生充满变数，一个人干什么事、做什么样的人不是别人能决定的，有时候甚至于不是自己能决定的，这取决于一个人的性格、能力，以及他所遇到的时机。所以我对你并没有确切的希望，只不过是想知道你心里的抱负，好因材施教，尽我所能把你希望学到的知识全都教授给你。"

瑞羽静静地听着他清朗柔和的声音，既觉得他的话不可思议，又恍然有所悟，忍不住再问一句："老师，你仍然没有告诉我，你究竟是什么人，为何如此待我？"

郑怀双手背在身后，望着晨曦中初露轮廓的万春殿，无数旧时往事都随着那飞檐的勾画与瑞羽的询问涌上心头。

西内自敬宗后就被君王弃置不用，除去历代太后偶尔在这里居住，一直以来都被后宫嫔妃视为阴森恐怖的冷宫，失宠的宫妃宁愿囿居东内狭小的斗室，也绝不愿到此地来独居一殿。

然而在四十七年前，却有一位皇后自愿搬到西内的万春殿里，决然与天子别居。这位皇后虽与天子别居，却未被废黜，当时的天子反而视她有乾坤相合之德，竟然做出同立两后的荒谬之事。那位皇后，生前尊号为"端华"，死后谥号为"端敬"，不是别人，正是英年早逝的武皇帝之母，也就是瑞羽的嫡亲祖母，章竞华。

万春殿因为这位传奇的皇后而在寂静百年后熠熠闪光，又随着这位皇后的逝去而重归沉寂。雕栏玉砌，彩绘金漆，都已在沉寂中留下了斑驳的旧痕，一如岁月划过人的脸，带走了昔日英雄的气概、骚客的风流，剩下的尽是沧桑沟壑。

"我是端华皇后的故人，四十年前，我曾经答应过她，做她后人的老师。我游学海外回来，你父亲已经成人，已经不需要老师。于是当年的约定，便顺时后延，落在了你的身上。"

"原来如此！"

难怪李太后不出西内，就能请到他教授她的课业；难怪李太后如此倚重信任他，连鸾卫中的老人也对他礼让三分。

瑞羽轻喃一声，觉得有些意外，又觉得有些理所当然。她没有与嫡亲祖母相处的记忆，可从李太后那里，宫人的闲谈中，她听过了关于端敬皇后太多的事。西内大到亭台楼阁，小到馨香兰芳，似乎都浸染着那位风华绝代的女子留下的味道，这味道经久不散，历久弥新。

她虽不能由嫡亲的祖母亲自抚养，但却能在诡谲的风波里平安长大，原来这都缘于祖母恩泽的庇佑。

"殿下，我受端华皇后所托，做你的老师，这十年的教导，只算是启蒙，你学的是为人处世的经验，却不是什么高深的学问。而今你已长大，理当正式入学，诸子百家、医药杂学、武艺兵家等你想学哪一门？"

瑞羽静默了一会儿，抬头问："老师，您对我说实话，您游学天下几十年，是不是觉得这世道就要乱了？"

郑怀皱了皱眉，"早在几十年前，这世道就已经乱了啊！只不过，先有端华皇后，后有你父亲武皇帝，修修补补，皇家帝业才没有崩溃。然而他们却英年早逝，余泽能庇佑后世十几年，这已是极致！"

"那么，我要学能令这天下太平清明的治国之道！"

郑怀轻叹，"殿下是准备选择那条无法回头的艰辛路途了。"

瑞羽将指尖握着的柔嫩花朵举到眼前，却又将它抛开，"我这样的选择，不正是老师之意？"

她隐有指责之意，但郑怀却没有反驳她。瑞羽望着这个教导了自己十年的老师，良久，突然一笑，"老师，我出身皇家，自小看透权力纷争。站在这样的高度俯视天下，自会有自己的判断。您以为需要暗示引导，才能使我明白前面面临的深渊，才能逼迫我立定志向，那您却是看轻我了。我身为端敬皇后孙女，武皇帝嫡长公主，岂能一生碌碌，困于牢笼，庸然如众？"

天边的白云鱼鳞般地排开，正好将初升的旭日遮蔽。瑞羽仰望着天边的云层，眼底也有风云涌动，"纵是不承先人遗志，我也当乘风踏云，笑傲四海九州，方不负此生。"

说话间风过长空，红日一跃，倏然挣出重云遮蔽，光临晴宇。

第十三章 谋废立

废唐阳景不是问题，废了唐阳景以后，立谁继承大统，才是取得李太后支持的关键。

西内的千秋殿，是李太后的居所，汉白玉的三层石砌上，斗拱飞檐，贴金绘彩。阳光从镂刻着祥云瑞兽的窗扉上透进去，照在殿中坐姿各异的人的脸上，显得每个人的表情明晴不定。

李太后靠在大迎枕上，双目似睁似闭。在她下面的四张坐席上，正襟危坐着被朝野当面称为"六贵"、背后却被称为"六恶"的宦官中的四人，这四人正等着她开口。

四名大宦官，分别是右神策军中尉旬邑侯胡良成、内枢密使澄侯孙建仁、五坊小儿监察使宜侯谭清刚、内侍省知事昌侯宋平。

左右神策中尉手握本朝兵权，是宦官专权的坚强后盾；内枢密使则参与机要，出纳君命，充当君王的喉舌；五坊小儿监察使兼领少府财赋，搜罗天下珍品以供皇室之用；内侍省知事掌管天子后妃起居饮食，负责内侍宫人的升迁调遣及惩处。这四者相辅相成，把持朝政，共同参与中枢决策，排挤外朝重臣，争夺朝野相权，进而废立储君天子。

唐阳景登基四年，使尽手段拉拢左神策军中尉何宽住，设计斥退另一名内枢密使鱼成濂，试图利用朝堂上的世家门阀与宦官对抗，进而直接掌握朝政大权。可他也不想想，他能想出此计，难道宦官权臣就看不出他的用意？

在这乱世之中，宦官集团和权臣世家争权夺利，水火不容。但有一点他们能达成共识——御座上的天子昏庸与否无所谓，骄奢淫逸无所谓，甚至于残暴不仁也无所谓，但只有一点，他不能有太大的野心，妄图掌握九五之尊的权力。

唐阳景想夺回天子的权力，就触犯了宦官和朝臣的共同利益，他们当然就有了废帝重立的心思。

眼前四位宦官，正是前来试探李太后对废立天子的态度。

唐阳景设计图谋东应，意指太后，无论是出于自保，还是为了华朝的将来，李太后都容不得唐阳景再据天子之位。她连日联络武皇帝部下的老臣旧属，正是为此打算。四阉欲废天子，于她而言，却是正中下怀。虽然四阉的想法于她大有益处，但她行事谨慎小心，却不急着表态。她双眼半闭，手指轻数掌中佛珠，良久才慢慢地说："吾不过西内一老朽妇人，如何能知天子废立这样的大事？四位卿家百忙之中，还记得来看望老妇，吾心甚慰。其余之事，暂且旁置吧。"

四阉里，胡良成因为习武出身而被封侯，他身材高大健壮，相貌颇为威武，若非面上无须，旁人半点也看不出他是阉人；站在他身边的澄侯孙建仁，身高只到他的肩膀，长相白净斯文，竟有几分书生气；二人身后的谭清刚和宋平，前者和善温柔，后者稳重可亲。

华朝任命官员以身、言、书、判为标准，其中身指的就是人的长相气质。容貌差的人往往在加官晋爵方面会大受阻碍。至于在天子跟前侍候的宫人内侍，更是个个容貌上佳。仅凭外表看来，这横行朝野十几年的四人都有一流的品貌，初见者半点也想象不到他们竟是臭名昭著的四大阉人。

他们连日来多次前往西内，大献奇珍异宝，为的是讨李太后欢喜，言语间又极力谴责唐阳景逼迫东应的不仁之举，揭发唐阳景直指西内的野心，他们这么做就是想取得李太后的支持。连续多日的游说后，他们以为此时表明心意，李太后必会支持他们废黜唐阳景，见她居然毫不在意，都觉得有些意外。

胡良成的脾气在四人中最是急躁，他见事不妙，便有些发急，"娘娘，当断不断，反受其乱。东内对您和两位殿下不存好意，这刀都架到您脖子上了，您若不出手，恐怕就晚了。"

李太后一颗一颗地拨动着佛珠，微笑道："天子虽与吾来往得少，但问疾请安之礼却从未怠慢过，又怎会做出大逆不道之事？众卿家虽是一片好意，只怕是误信了谣言。"

宦官主持的废立之事，争的就是瞬间时机，在风声没有走漏之前一击得手，便能消除后患。四阉之所以没有自行其是，是因为在唐阳景之前的六年里，他们已经接连暗中害死三任天子，朝野上下很是不满，如果再没有名目地将唐阳景害死，强行另立天子，恐怕他们会危及自身。

宦官势大，是因为他们能假以天子的权威。他们固然可以策定储君，废立天子，但一废一立的间隙，也能因为天子的交替而失势。连害三帝而没有祸及自身，这已是皇权余威护佑他们。如果没有地位尊崇的皇室中人支持，他们废除唐阳景的危险会太大。

鉴于此，李太后的态度十分重要，哪怕她不出一分力，只要她肯向朝野上下表态，恼怒唐阳景不孝，有失君道，那么他们废黜天子就不必承担太多的责任。

胡良成因为李太后的拒绝而心中焦躁，孙建仁却听出李太后的言外之意：口中虽然不肯说唐阳景半点不是，但提起唐阳景态度却极其冷淡。倘若李太后当真对唐阳景毫无芥蒂，这几日里他们数落唐阳景的失道之处，为何她不严词斥责？假如李太后真的不想废黜唐阳景，她又怎么会对他们如此和颜悦色？

一念至此，孙建仁心里便打定了主意，咳了一声，细声道："娘娘，您仁慈宽厚，感化天下，当今皇上自不会对您不敬，却是旬邑侯言辞失当了。"

他突然转变口风，谭清刚等人顿时都对他侧目而视，只是不便在李太后面前和他起争执，这才忍了下来。孙建仁知道胡良成脾气暴躁，恐胡良成因为自己这一打岔而大怒失态，于是赶紧缓了缓口气，又接着道："不过今上膝下唯有鸣朝皇子一子，偏偏鸣朝皇子手足皆有残疾，今后恐难担当大任。眼见今上年近四旬，仍未立储。而今东宫空缺，皇统久悬而不决，实非国家之福。"

他的话说到此处，胡良成才恍然大悟，对李太后来说，废黜唐阳景并没什么好处。唐阳景这样最初一无所有的没落皇孙，只当了四年天子，竟然都敢来谋算西内，要是废了他，再立的天子如果又是一个不安分的，那对李太后就更没什么好处了。

废唐阳景不是问题，废了唐阳景以后，立谁继承大统，才是取得李太后支持的关键。

果然，孙建仁的话一出，李太后那漠不关心的态度便稍微一敛，颔首道："东宫空缺，确实可虑。"

孙建仁见她果然被这话打动，不禁与胡良成等人对视一眼，一时他们又颇感踌躇，立太子是假，商讨废了唐阳景后支持谁登基才是真。新主他们四人早已暗中达成了协议，刚才也在李太后面前极力盛赞其仁德，她当时连连道好，关键时刻却又另生枝节，明显是向他们传达一个信息：她对这个人选，并不满意。

四阉所提的人，自然是个能维护宦官集团利益的傀儡天子。若要顺应太后的意愿，却要另换人选，这牵涉到利益的分割，他们一时难以决定。

四人暗里恼怒，面上却只能赔笑，随声附和着她，"正是。娘娘贵为国母，理当主持建储之事，却不知娘娘意下如何？"

李太后沉吟片刻，笑了笑，却道："吾已是老朽，这等大事岂能擅自决定？还需与诸位卿家仔细商议方好。"

四阉一听她果然愿意同谋，心中俱是大喜，当下谭清刚试探着问："娘娘若是觉得博陵王孙不能入主东宫，那薛王世子如何？"

他一提薛王世子，另三阉都不禁对他怒目而视。薛王与他交好，立薛王世子于他自是大大有利，于其他人却是大大不妙。

谭清刚既然开了先例，宋平也就不客气，接着道："昌王素有贤名……"

四阉对所提的太子人选都各有私心，这些人选只有一个共同之处：都只是不足十岁的幼童。

李太后听着他们的建议，拧眉不语，直到他们都闭了嘴，方问道："四位卿家还有何建议？"

四阉见她都不同意，心里也惴惴不安。他们自然知道，要让李太后同意建储的人选，根本不必远寻，这个人就在这西内之中，就是那个自幼被她抱养的昭王东应！

东应上有李太后庇佑，中有长公主扶持，下有鸾卫保卫，且看他那日在芙蓉宴上的表现，就知他绝不是任由别人摆弄的无知幼儿。若让他继位，恐怕他们手里的权力很快就会被剥夺。

想到此节，四阉都不禁默然，好一会儿，孙建仁才强笑道："老奴等人才识短浅，愿听娘娘慈训。"

李太后见他们都不愿拥立东应，微觉失望，但她一生最擅隐忍，虽然失望，却也不急躁，捋着手中的佛珠，笑道："吾已是老朽，一向在西内潜心习道，何来许多教训与人？四位卿家不必多礼，且安置吧。"

她连称自己老朽，四阉暗里讥诮：你还老朽，你若老朽，怎么会收了我们那么多金珠宝货，却一点口风都不透？东西两宫，没有哪个人比你这老朽活得长，也没哪个比你精明。

他们虽心里暗恨，但面上却不敢对这位屹立于是非旋涡里数十年不倒的太后露出怨怼之意，见她道了安置，便只得起身告辞，"请娘娘安置。"

第十四章
童子欢

李太后闻言皱眉，轻轻地打了他一嘴巴，呸道："童言无忌！童言无忌！混账小子，这混话也能乱说？"

四阉告退之后，李太后在侍女的扶持下站起身来，问道："阿汝现在何处？"

常侍李浑赶紧出去，过了会儿才转回来禀报，"长公主殿下正随着经离先生在西海习武。"

李太后抬头看了看檐下的日影，皱眉道："日正中天，阿汝居然还在习武？虽说西海那边绿树成荫，略凉快些，但习武也太过了。"

李浑见她有意前去探看，担心她的身体经不得暑气，忙道："日头这么毒，殿下还在习武，想必是经离先生督导甚严。娘娘既然心疼殿下，不妨下道慈旨，宣殿下来驾前侍候，待日斜了，再让经离先生授业。"

李太后沉吟片刻，摇头，"经离先生在授业，我若胡乱召唤，恐怕会令她生娇弱之性。还是我去瞧瞧，也问问经离先生她现在的课业。"

李浑见她打定了主意，只得吩咐内侍准备肩舆，备好华盖、羽扇、拂尘、冰鉴等遮阳避暑之物。一行人沿着步廊往西海那边走去，一路穿月华门，过安仁殿，绕归真观，来到了淑景殿。只见殿前地势开阔，西海风光尽入眼底。

李太后一眼望过去，便看见海边绿树阴下，一个人影临海立马，纤腰如束，刀裁似的鬓角盈盈汗珠，这人正是瑞羽。

郑怀以前同时教导瑞羽和东应，对二人的督导向来都不是很严厉。现在他辞了东应的教席，住进西内外朝的弘文馆里，专心教授瑞羽一人。督导之恳切，课业之繁重，与往日大不相同。

瑞羽在西海边立马练武，郑怀没有站在瑞羽身边督促，而是坐在淑景殿前，阅览卷册。此时他听到众多的脚步声，抬头望见李太后驾临，便起身行礼，道："娘娘来了。"

李太后人在肩舆上，只好略略侧身以示逊礼，并阻止他弯腰，"经离先生不必多礼，快快请坐。"

她心中疼惜瑞羽，虽然郑怀实际上并不算是她招来的授课的夫子，但出于对已故端敬皇后的尊重，她不好直接让郑怀停课，于是下了肩舆在他身旁站定，问道："经离先生，都道是劳心者治人，劳力者治于人。你以前虽然也教阿汝习武，用意却是替她培元固基，强身健体，而现在这样以武为重，文在其次，却是为何？一个女孩子学习武艺兵家，您觉得妥当？"

李太后与历代皇后都不相同，她本是教坊的舞伎，卑微的出身使她缺少手握大权、纵横捭阖的气魄。她有些懦弱寡断，却比世家出身的皇后更懂得人情世故，更能体会民生疾苦，所以她尊重郑怀，而不是倚势相欺，强令他修改课程。

"娘娘，这天下没有什么比手握兵权、身怀武艺更直接的自保之法。若世道太平，或是殿下身边有能相托性命的男子，她自然不必吃苦习武。"

他的话直白无比，李太后愣了愣，喃喃道："鸾卫令薛安之、统领黑齿珍都是忠心耿耿的老臣，难道不足以倚仗？"

郑怀轻叹，"娘娘，殿下尚未及笄，而他们却已年过不惑。他们能保护殿下的时间，长不过二三十载，短者不过十年，岂能倚仗一生？"

李太后沉默了一下，又问："小五能为我和阿汝兵刃加身，想来他长大后必会尽力保护阿汝。"

提到东应，郑怀点点头，却又摇头，"娘娘收养昭王殿下，虽是长久之计，可大祸就在眼前，哪来许久的时间等他长大成人？当此时机，不是昭王殿下庇护长公主，而是长公主庇佑昭王殿下长大成材。"

李太后黯然，良久叹息一声，"是我误了她。"

若是她懂得怎样驾驭臣子，把持朝政，或者她有些胆识魄力，也不至于缩头缩脚地躲在西内。她的身边全是一些故人老臣，就连像瑞羽和东应这样能够长久驱使的人都没有几个，正如三四月间的麦子，青黄不接，当真是窘迫到了极致。

她心中自责，郑怀却反过来宽慰，"不过殿下无可依靠，也不见得是坏事。一则殿下会因此而自强自立，二则此后殿下的所有臣属都将由她自己选拔，到时不怕有人自恃身份，不听她的指挥。"

李太后仍旧满怀忧心，郑怀却不以为意，继续道："殿下性情坚毅，心志稳定，无论她学什么都能有所成就，学武自不例外。昔日我教导她重文而轻武，她能凭一己之力学有所成，现在偏重于习武，日后她必有立于乱世的自保之力，她会一世平安的。"

郑怀不夸奖瑞羽聪明与否，却称赞她性情坚毅，心志稳定，其中自是别有一番意味：须知天下之大，天资聪颖者难计其数。可天资再高，如果没有坚忍不拔的性情，如果没有孜孜不倦的心志，都不可能成为出类拔萃的奇才。

李太后对瑞羽既怜惜又心痛，怅然低喃："习武……习武……难道就真的让她变成武夫不成？"

用武夫一词来称呼正当妙龄的少女，委实不妥。郑怀忍不住一笑，宽慰道："娘娘放心，殿下现在练习这能敌百人的勇武功夫，只是让她有朝一日亲自统率鸾卫时，不至于因为女儿身，而不识兵戈，树不起威信。我并不是真让她去做冲锋陷阵的武夫，她真正要学的是运筹帷幄、决胜千里、能敌万人的谋略。"

李太后这才放心，缓和了紧绷的面皮道："既然她现在学的武功只是小道，那岂不是不需要顶着这般毒辣的日头苦练？"

她绕来绕去，终归只是心疼瑞羽，舍不得金枝玉叶去吃那冬练三九夏练三伏的苦。郑怀被她的用意弄得哭笑不得，好一会儿才道："娘娘，时局紧张，今日让殿下多吃点苦，如果能换得他日殿下无论处于何等险境，都能全力脱身的平安，却也值得。"

这个道理李太后也不是不明白，只是亲眼看到瑞羽汗透重裳，想到往年天稍热些都有冰盘冰鉴消暑的金枝玉叶，如今却顶着夏末毒辣的日头苦练，一时不忍，当她被郑怀驳回之后，才狠下心来不再说什么。问候了郑怀几句，她便坐上肩舆，转驾去承庆殿看望东应。

东应的伤口已经结痂。这次重伤使得他体质大损，气血有亏，他一时半会恢复不了，虽然还需静养，但也能时常下床活动。

李太后来到承庆殿的时候，东应正在殿左的花厅里，令人摆了凉席，正躺着听一名女博士谢明经给他读秦史。东应虽然年龄不大，但开窍得早，又勤勉好学，加之郑怀的授业之法与别人不同——不要求学生死记硬背，却要求学生反复思考诸子百家的长处与不足，养成了他读史也反思历史兴衰的习惯。

谢明经的声音抑扬顿挫，起伏有致，刚读到始皇帝一统天下，"一法度衡石丈尺，二法车同轨，三法书同文。"东应便让她停了下来，道："始皇帝除封建，立郡县，一法度衡，既可消除六国贵族纠集故国旧属造反的本源，又便利天下百姓交通，实为造福天下千秋万代的壮举，然而秦二世为何而亡？"

谢明经怔了怔才回答："始皇暴虐，役使民力过甚。秦制苛刻，六国旧民难以接受。加之赵高把持朝政，倒行逆施，天下怨愤。"

"始皇役使民力虽重，但六国旧民所承役力未必就比七国连年混战时少。若论到暴虐二字，始皇比起楚霸王坑杀降兵二十万、屠襄城、屠城阳、屠咸阳这等手段来，却差了点。倒是赵高篡权，秦制苛刻……"

东应凝神细思良久，摇头道："秦因严制而富民强兵，于关中雄踞天下，可秦制推行天下，却使秦二世身死国灭，真是奇哉！怪哉！"

谢明经沉默寡言，东应不主动向她请教，她就不出声，只让东应自己琢磨。李太后不让人通传，静静地站在窗下聆听里面的问答。东应此时毫无察觉，直到谢明经俯身行礼，他才转过头来，"太婆，您怎么来了？"

李太后怕他起身扯动伤口，远远地就喊住了他，"我的儿，你正养伤，快别乱动！"

李太后这些天联络端敬皇后和武皇帝时期的旧属老臣，周旋于宦官权臣之间，已经极费心力，再加上身体有病，所以很少来探望东应。此时她见东应躺在床上，精神虽然不差，但小脸却苍白没有血色，不禁心头怆然，于是就坐到他的榻边，细细地询问他的身体状况，又埋怨道："你这孩子，大夫既然让你定神静养，你就不该劳神读史，想什么秦亡的根由。"

东应少年好动，哪能长久躺着养伤？闻言一噘嘴，嘀咕道："太婆，我老躺着太烦了。要是不听听女史读书，想想事，我非闷死不可。"

李太后闻言皱眉，轻轻地打了他一嘴巴，呸道："童言无忌！童言无忌！混账小子，这混话也能乱说？"

东应这次重伤把她也吓得够呛，所以她对"死"字分外忌讳，也不容东应浑说。东应体会到她因疼爱自己，才会如此忌讳，所以东应嘴上挨了个巴掌，却并不恼，吐了吐舌头，扮个鬼脸，岔开话题问："太婆，姑姑说她要跟经离先生习武。要说经离先生知识渊博，精通诸子百家，我相信，可他那么文弱，还会武技，我却不大信。太婆，你信吗？"

"嗯。"李太后应了一声，见东应仍然一脸狐疑，便解释道，"经离先生出身颍川世家，自幼习文练武，精通儒学法术，文武双全，少年时名满两京，很是了不得。"

东应想不到现在已经头发花白的老师居然有过这样辉煌的过去，大感惊讶，"那老师为何没有入朝为官？东内那边的人曾在冬至节日找我闲聊的时候问过我和姑姑的老师是谁，我说了老师的名讳，那边的人还嫌老师籍籍无名，说要给我重新找名师呢。"

东应对唐阳景满腔恼怒，连在称呼上对唐阳景也不肯客气，用"东内那边的"几个字就代替了。李太后对唐阳景也甚是瞧不起，哼了一声，道："你老师誉满两京的时候，他还不知道窝在什么地方偷鸡摸狗呢！破落子弟，难登金马玉堂，着了十二章冕服，也担不起日月星辰、山河乾坤。"

东应摸了摸身上的伤，心有余悸，跟着李太后一起鄙视那个唐阳景，"那人只贪眼前小利，全不计长远，经不得丝毫挫折。顺利的时候胆大包天，不利的时候胆小如鼠，整个人就是一市井无赖。"

李太后摩挲着东应的头顶，想着刚才他思索秦兴秦灭时的表情，顿时觉得无比自豪，因为东应和瑞羽不用督促也懂得刻苦学习。想到这里，她竟忍不住微笑，"我听在东内侍候的宋平说，这位天子能耐得很，因为纳言卫辉屡次劝说他多读书，少游宴，他烦了，居然一拳把人家打得满脸是血，连鼻梁都断了。"

东西二内少通消息，而这个消息东应今天才听说，不禁愣住了。东应年纪虽小，却也知道纳言卫辉素有直名。虽然纳言一职因为皇权旁落而成了空衔，但纳言卫辉的为人却与一般的权臣不同，他是少见的视皇权至上的宽厚长者。

唐阳景登基四年，别人多少都对这傀儡天子大为怠慢，只有卫辉秉持纳言之职，对唐阳景真心礼待，并时常督促唐阳景勤勉为学。可唐阳景出身市井，未接受过帝资教育，加上迎立他的宦官权臣无不暗中教唆他斗鸡走狗。卫辉的善言于他而言实是一种折磨，拘得他万分厌恶，以至卫辉进言时竟然被他痛殴。综合唐阳景的出身品行，这一事并不奇怪。只是想到唐阳景既有志重握天子权柄，却对朝廷里难得一见的忠直老臣饱以老拳，真不知该骂他昏庸无能，还是骂他志大才疏，全无识人之见。

李太后说起卫辉挨打，颇有幸灾乐祸之意，顿了顿，又笑，"市井之徒，生就微贱，若人家对他不好，他还巴结；可若谁对他太好，他却又不放在眼里，反而多生疑虑。卫辉愚不可及，根本不懂唐阳景这种小人得志的心理，居然还一片赤心去劝唐阳景就学，真是有眼无珠。"

李太后说的是一种人情世态，东应听在耳里，若有所思，转念想到唐阳景近年的所作所为，不禁叹气，"其实这九五之位金嵌玉镶，看似尊荣华贵，实际上却是刀山火海。东内那位以市井出身登上御座，扬扬得意，以为幸运，实则没有能力，竟敢轻举妄动，意欲收回天子之权，实为取死之道。"

东应这几天熟读史书，偶有所感，本想对李太后细说，却见她手捻佛珠，若有所思。李太后有些优柔寡断，做一个决定要想很久，这些年来养成了一个要捻着佛珠镇定心神，才能下决定的习惯。东应四岁就被她抱养，已熟知她这习惯，见此情形，东应话到嘴边，又咽了回去。

李太后沉吟良久，终于轻声问："小五，你觉得当皇帝好不好？"

东应正在可怜唐阳景，突然听到李太后的话，直觉地回答："当皇帝有什么好？不被累死，就被骂死，要不然就被欺负死。"

李太后大感诧异，"此话怎讲？"

东应于是拿刚才的史事做引子，"秦始皇一统天下，他一天批阅的文书，要以车载；汉武帝北击匈奴，民怨沸腾，骂名千秋；还有像现在东内那样的，常被宦官权臣摆弄欺压，还时时刻刻战战兢兢，唯恐宦官作乱害了自己性命。"

李太后一时无言，东应又道："世人都以为九五之尊金口玉言，生杀予夺，无所不能，人生最痛快的事莫过于此。我看呀，这御座就是座刀山！想做好皇帝，一个人就得担得起乾坤山河，不累死不算完；想做不管国计民生、只管享乐的皇帝吧，又怕百姓造反，一样惶惶不可终日。"

李太后想不到东应小小年纪居然就对皇位有这样深的感触，心里也不知道是什么滋味，好一会儿才摸摸他的头，笑道："傻孩子，你没有当过皇帝，怎么知道当皇帝就没有快乐和好处？如果当皇帝真的这么辛苦，古往今来，就不会有那么多人冒着掉脑袋的危险抢着当皇帝了。"

"也许吧。"东应满不在乎地应着，旋即又十分认真地说，"我最快乐的事就是能和姑姑、太婆平平安安地在一起，对我们不利的人都消失，我们讨厌的人都不用看，想去什么地方玩，就去什么地方玩，没有人阻拦猜忌。"

说话间他满面憧憬之色，李太后看得忍不住发笑，"对我们不利的人都消失，我们讨厌的人都不用看，想去什么地方玩，就去什么地方玩，你倒是想过神仙日子。"

东应快乐地一拍手，笑道："对，就是神仙日子！"

第十五章

兵戈起

李太后闻言大惊失色，慌忙一把拉住她，叫道："阿汝，兵战凶险，你是金枝玉叶，怎能亲身赴险？不行！"

李太后抱养东应的目的，就是想将来扶他登基。如此一来，与东应从小亲密的瑞羽就能得到天子的庇护，而东应也能得到瑞羽和鸾卫的支持，不会像前几任天子那样大权旁落。如果东应和瑞羽可以互为帮衬，即使哪天她死了，也不怕这姑侄二人再被人轻易欺负。

只是她没想到，东应由于看多了围绕在皇权周边的争斗，加上其祖父母、父母还有兄弟姐妹都因此而丧命，虽然偶尔也对皇位有向往之心，但更多的却是厌倦和恐惧。

他现在年龄还小，也许长大后知道了大权在握的好处，会想当皇帝。可让他登基的最好时机却在眼前，机会稍纵即逝，若是此时放弃，她不知有没有时日再为他创造下一个机会。

如果他不愿当皇帝，她强求他登基，他又会怎样？

这个想法只在她心里打了个转，随即便消失得无影无踪。在她的人生阅历里，最深刻的一个教训就是千万不要勉强别人做不情愿的事，因为你不知道对方事后会如何反抗，尤其是关于九五之尊这样危险的事，其中的后果更是难以预测。

一念至此，她不禁黯然，手指急速地拨动掌中的串珠，心乱如麻。

东应见她神情不悦，也觉得惴惴不安，试探着问："太婆，您是不是觉得我很没志气？"

恍惚间李太后并没听清他说了什么，直到他又说了一遍，她才反应过来，勉强笑了笑，摇头，"太婆只盼你和阿汝都一世平安，怎会怪你没有志气？"

"那您为什么不开心？"

李太后终究还是不甘心放弃这个机会，犹豫了一下，道："唐阳景现在与我们水火不容，这皇帝是不能让他当了。可是废了他之后，就应该另立天子，你不愿当皇帝，那些宗室子弟里，又有谁品行端正，堪当大位？又有谁会对你和阿汝好，保你们一生平安？"

东应顿时怔住了：这些年来，皇室人丁单薄，在皇权争斗的倾轧中，亲情日益淡薄。他和瑞羽由李太后养在西内，为防暗算，除去祭奠等必须参与的节庆之日外，他们少与人交往，与那些宗室子弟更是一年也见不了几次面，更谈不上亲厚。如果没有深厚的感情基础，又有谁在登上御座后，还会对他和瑞羽好，保护他们一生平安？

事实上，西内这些年来虽然一直蛰伏，但李太后名分尊贵，即使不声不响，不张不扬，但她鸾卫在手，少府一半财赋在握，朝堂与宗室没有谁敢真正轻视她半分，她是隐约压在天子头上的一座大山。宗室子弟都盼望她能出手支持自己将皇权从宦官权臣处夺回来，她为了自身利益，都没有应允。他和瑞羽因她的庇佑而平安生活至今，也因她的庇佑而集宗室怨恨于一身。

因此唐阳景对他和瑞羽的杀心，不是偶然，而是必然。

废了唐阳景，新立的天子庸碌无能还好，但凡其有半分能耐重建君主权威，他和瑞羽都必会成为君王树立自己权威的牺牲品。可若是新立的天子庸碌无能，又怎能保护他和瑞羽一生平安？

在这诡谲变幻的政局中，哪里都不安全，谁也不能将自己的安危交付在别人的手里。

东应半晌无言，这些天来的恐惧与焦虑一直被他压在心底，此时被李太后的话勾起，他的掌心不由得握出了汗。

花厅里一片寂静，祖孙相对无言的时候，外面传来一阵急促的脚步声，黄门谒者进来禀报："娘娘，旬邑侯胡良成、澄侯孙建仁、宜侯谭清刚、昌侯宋平四人又来求见。"

四阉去而复返，李太后轻咦一声，道："让他们进来吧。"

李浑领了四阉进来，李太后一眼望见四阉面上大有惊惶之色，心中虽诧异，面上却不露分毫，呵呵一笑，"四位卿家今日倒是得闲，居然来陪吾这老朽叙话，不必拘礼了，快快请坐。"

不料四阉急步上前，扑通一声跪了下去，嘴一张，齐声哭叫："娘娘，救命呀！"

一时花厅里哭声大振，如丧考妣。

李太后身体病弱，这些天强撑着上下打点，已是精疲力竭，此时如何受得了他们这种齐声哭号？顿时觉得太阳穴突突直跳，脑仁生痛，她赶紧伸手揉了揉额头，示意常侍李浑叫这四人闭嘴。等他们安静了下来，她才问："你们这是何故？"

四阉哭得眼肿鼻红，十分伤心，压着喉里的哭声回答："娘娘，您不知道，就在刚才，唐阳景纠集了左神策军中尉鱼伏虎、毕式、元度等人封锁了麟德殿，大杀家臣。常侍方参、通事舍人复家、印果等三百六十余名高品宦官都被杀了，麟德殿血流成河。东内已大乱，奴婢等人若不是得到了几个逃出的义子前来报信，如今也死了！"

"什么？"

李太后这一惊非同小可，连东应也吓得一跃而起，骇然问道："你们说的可是真的？"

孙建仁和宋平哭得上气不接下气，连连捶胸顿足，"自然是真的，娘娘，您要为老奴做主哇！"

四大阉的职责各有不同，胡良成掌握着右神策军，孙建仁把持朝政，谭清刚掌握五坊和财富，宋平掌管天子后妃的饮食起居。右神策军和五坊都在东内之外，死的人不多。但孙建仁和宋平的得力手下大多数都在天子身边随驾，基本上被一网打尽，损失惨重，由不得他们不痛哭流涕。

李太后犹自不信，"若真如此，东边想必喧哗阵阵，为何西内全然不闻，事前也没有半点风声漏出来？"

东应转念一想，却道："多半是真的，恐怕这是唐阳景狗急跳墙之举。为免风声走漏，他事前未与任何人商议，因而计划不够周全，四贵一个都没伤着。"

不过也是因为四阉都不在东内，所以宦官们不能及时组织有效反扑，唐阳景才能一举成事，杀得麟德殿血流成河。

唐阳景这一举动莽撞是莽撞，却凶残无比，经此一役，他终于不再是傀儡天子。虽然四阉在外，胜负仍未可知，可至少他有了与宦官一搏的实力。

唐阳景已经被逼到了绝境，奋起反抗也在情理之中。只是他的反抗如此直接，如此暴戾，委实让东应有几分意外。

四阉猝不及防，遭遇这样的迎头痛击，一时慌了手脚。胡良成手握右神策军的大权，却不敢发动叛乱直面唐阳景的锐气。况且唐阳景通过此役已彻底掌控了左神策军，胡良成就算真敢发动叛乱，也未必能占得了上风。因此四阉在外面慌忙逃窜一阵，才又想起西内的李太后来，于是轰然跑来求救。

这种时刻，他们也顾不得先前的种种顾虑，哭诉了一番后，胡良成又道："娘娘，唐阳景倒行逆施，他若再为天子，老奴等人固然就没了活路。以他的忤逆不孝，娘娘您日后恐怕也不能独善其身，长公主和昭王殿下更是处境艰难。"

李太后脸色十分难看，猛地一拍手边的案几，怒道："卿家这是在咒我？"

四阉在这种时候却不敢再惹李太后发怒，忙连声辩解。孙建仁却看了一眼坐在李太后身边的东应，伏首道："娘娘，昭王殿下龙章凤姿，宅心仁厚，实为帝王之质，老奴愿倾力支持殿下登基！"

李太后一心想让东应登基，但她没想到唐阳景被逼到极处，竟敢采用这么血腥的手段。此时名分大义已不能决定帝位的归属，需要切切实实地发动宫变，其中的危险性让她犹豫了一下，她又想到东应对帝位其实也并无意愿，不禁叹了口气，"小五年龄尚幼，脾气倔强非常，如何谈得上有帝王之资？"

四阉见她这种时候却做出清高之态，暗中都在大骂她虚伪可厌，但又不能不委曲求全，同声道："我等确是真心实意地恭请昭王殿下荣登皇位，请太后娘娘和殿下万勿推辞！"

这样的危急关头，他们不得不寻求李太后的支持，拥立之心确是真得不能再真了。

李太后意动之余，却又有所顾忌，不禁将目光投向东应，问道："小五，你意下如何？"

东应心知此时帝位便是刀山，登上去几乎就是死，于是连连摆手，"太婆，谁爱当皇帝谁当，反正我不当。"

他的反应虽在李太后意料之中，但到他真的如此，李太后却还是忍不住失望，无奈苦笑，对四阉道："四位卿家也看到了，非吾不愿维护你等，实因吾有孙女重侄需要维护。亲疏有别，东应不愿参与帝位之争，为了他的安全，这废立之事，吾不能参与。"

胡良成恨得咬牙切齿，只因形势危急，他不敢强求，否则照他们以往的跋扈，此时多半就要对东应大声呵斥，破口大骂了。

宋平情急之下，双膝着地，跪行到东应身前，号啕大哭，"殿下，您现在旧创未愈，难道就忘了当日芙蓉宴上，唐阳景咄咄相逼的情景了吗？即使废了唐阳景，另立天子，只要那个天子不是您，娘娘和长公主殿下仍是众矢之的。为了树立天子权威，新君必然会再次对西内痛下毒手，到时您再后悔，可就迟了。唯有您登基为帝，方能确保您自身安全，也才能真正保护太后娘娘和长公主殿下安全无虞呀！"

谭清刚等人也双目含泪，哭道："殿下，老奴等人确有私心，但这份私心并非要害您。唯有拥立您为帝，有您和太后娘娘垂怜，老奴等人才能安全无忧，不至于为人趁乱害死呀！"

东应手足无措，举目望去，李太后侧过脸避开他的目光。虽未明说，但四阉来之前她已经表明了她的态度，如果东应确实不想为帝，她不会强求，但在她心里，却是极其盼望东应能当皇帝。

因为皇位大权为天下利器，只有操于己手方能确保自身不被他人所伤。

她已经老了，病了，不知道自己还能活多久，她希望瑞羽能够得到至高权力的保护——余生不必提心吊胆，不必看别人的脸色行事。为此，她觉得让东应略微为难一些，没有什么。何况当皇帝并不算什么坏事，等东应长大后知道了权力的好处，他还会感激她的。

这不能怪她心狠，在这两人之间，只有瑞羽才是她从襁褓时就抱大的，她在瑞羽身上倾注了她所有为人祖母的怜爱。东应只是她为了排解瑞羽缺少玩伴的孤独并为瑞羽将来做打算而领养的孩子，她不是不爱东应，只是有轻有重。应该让东应担起男子汉的责任，保护瑞羽，而不是像现在这样，反过来让瑞羽为保护东应而辛苦忙碌。

东应不知道李太后心中所思，但看她侧首沉默的表情，他隐约感觉到了她对自己态度的异样，一时间突觉茫然，喃喃地问："太婆，您很想我当皇帝吗？"

李太后不答，东应又叫了一声，"太婆？"

他的声音娇软，满是恳切又夹着克制不住的哀伤。李太后心一颤，忍不住抬起头来，望着他柔声说："孩子，我知道这有点勉强你，可是唯有如此，你和阿汝才能不受别人挟制。我当然希望……"

她的话刚刚说到一半，窗外却突然传来一声轻喝："不可！"

瑞羽一身戎装，人随声到，几步走进花厅，对李太后说："王母，小五志不在此，怎能强求？何况当此时机，皇权旁落，内有权臣世家把持朝政，外有藩镇拥兵威逼，关东道白衣教匪作乱。九五之位，与火炉油鼎别无二致，怎能让小五小小年纪，去受这样的苦楚煎熬？"

四阉在场，她还少说了一句宫中有宦官欺凌，但这一句她就是不说，在场诸人也自然心中有数。

东应正惶然无措，只见她大步踏入，腰身笔挺柔韧，眉目间神清气爽，仿佛所有难题都可以从容化解，顿时心中安定了下来，感觉有了依靠，忍不住抢前几步，牵住她的衣裳，依依喊了一声，"姑姑。"

瑞羽爱抚地摩挲了一下他的头顶，不等李太后发话，又急声道："王母，我在西海那边听到东边喧嚣之声异常大，遥望麟德殿起火，事有反常，必有妖异。当下第一要紧的事，是紧守西内门户以免为人所乘。至于其他，眼下却是无暇顾及了。"

李太后先听到四阉的传报，还半信半疑，估计他们是为了唆使她而夸大事实，直到此时听到瑞羽说东边麟德殿起火的事，才悚然而惊，也顾不得其他，快步走出花厅，登上承庆殿左侧的小飞阁远眺。举目望去，果见东内麟德殿浓烟滚滚，火苗升腾，火势已然极旺。

虽然事发之地离承庆殿足有五六里地，乱事初起时声音传不过来，但此时大乱之势已成，整个皇宫以麟德殿为中心已经乱成了一片。宫人内侍的惊恐喊叫，禁卫士兵的呼叫喝骂，火烧麟德殿惊动了的禽鸣兽啼，金戈之下无辜者惨死的哀号，不甘受死的宦官拼死反抗的斥骂，全都交织在一起，沸反盈天。

李太后虽然屡遇宫变，但以往多半都是宦官作乱，趁夜除去天子或者后妃，像这种天子收拢左神策军，在宫中大肆杀戮宦官，纵火焚烧宫殿的阵仗她却还是头次见到。于是她赶紧吩咐："李浑，拟诏，令中尉薛安之、统领黑齿珍便宜行事；紧锁宫门，以防大变；召集宫中壮勇有力的内侍宫人，协助鸾卫禁军保卫中宫。"

由于紧张过甚，一连串的命令下来，她的太阳穴突突直跳，眼前白花花一片，身体晃了晃，差点摔倒。瑞羽伸手将她扶住，急声问："王母，您怎么样？"

旁边的四阉见状暗喜，再次上前道："娘娘，情势如何，您也看到了！废立之事刻不容缓，再迟可就来不及了！娘娘，您要及早决断啊！"

瑞羽恼怒他们这种时候还有逼迫之意，扬眉怒喝："你们还敢添乱！给我站到一边去，若再敢胡言乱语，惹王母不快，予饶不了你们！"

李太后头脑昏眩，耳朵嗡嗡作响，好一会儿她才回过神来，轻轻摆手，转头问她："阿汝，大乱在即，你有何打算？"

瑞羽既担心李太后的病体，又忧虑此时的大乱，略一思忖，道："王母，老师初闻哗变之声，已经奔赴太极门查看消息。中宫的九重宫门，有重重禁军守卫，乱军一时也入不了此地，千秋殿和承庆殿暂时安全无虞。您和小五且在此安歇，我去鸾台查看军情。"

李太后闻言大惊失色，慌忙一把拉住她，叫道："阿汝，兵战凶险，你是金枝玉叶，怎能亲身赴险？不行！"

瑞羽习武，她心疼之余还能接受，但要让她看到瑞羽亲赴险境，这却是她万万不能忍受的。

瑞羽苦笑，"王母，以唐阳景的个性，他不得势便罢，若得势，像我这般得罪过他的人，都将死无葬身之地。若让乱事波及西内，还提什么金枝玉叶？"

李太后何尝不知现况，但仍旧攥紧她的手不放，"战事自有薛安之和黑齿珍安排，这二人都是你父亲时负有盛名的战将，且忠心耿耿，有他们在，不需你操心。何况你身为女子，年龄尚小，即使去了也驾驭不了那些骄兵悍将，只会徒然增添他们的负担。乖，你就留在王母身边，这里是最安全的。"

瑞羽无奈地叹了口气，"王母，鸾卫的那些骄兵悍将，我迟早都要统驭，如果当此大难，我连露面鼓舞士气这样的胆量都没有，日后还谈什么统驭？何况老师说得有道理——唯有烈火方能炼真金。只有在这样的大乱中，我才能用自己的行动获得臣属的认同，让他们觉得自己的忠心有所价值；我也能借此机会，看清臣属的品性才能，知道日后应当如何任免。"

下午的阳光照在她脸上，她的五官被映射出一层璀璨的光芒，这不是女儿之态，却是一股骄傲的风致，外面杀声震天，她却跃跃欲试。

这样的神态，数十年前，李太后分明曾在故人的脸上见过，可这样的神态却又与故人大不相同。李太后怔了怔，恍惚之间，不自觉地松开了拉她的手。

阳光下，正值韶华的少女，却有着一种唯有生在皇权中心，被权力倾轧之下仍旧顽强不屈的精神气度。

"王母，让我去吧。薛中尉和黑齿珍驻守鸾台，总管战事，我不会胡乱指挥，只是由亲卫护送巡查一下几道宫门，激励一下士气。"

李太后这才恍悟，自己已经不知不觉地松开了拉着瑞羽的手，既然已经松开了手，她就无法再将瑞羽拉回来。

这两年来，她一直在培养瑞羽独自处世的能力，但到发现瑞羽能够自立于外时，她仍忍不住心头怅然。

瑞羽的一双手，已经能够握枪控弦，而她的一双手，却已经无缚鸡之力；瑞羽的身量已经长到了与她齐高，腰身挺直，而她的头颈却已经佝偻，背弯如弓。瑞羽小的时候，她抱着她，扶着她，拉着她，在这重重宫阙里瑞羽一点点地长大，从牙牙学语到踽踽学步，再到能独自行走。时至今日，瑞羽已经挣脱了她拉紧的手，想要自己走出去，去面对外面的风雨。

这不是孩子了呀！

她长长叹息，万般不舍，手抬起又落下，终究还是没有试图将瑞羽拉到自己身后，只艰难地点了点头，应许了瑞羽的请求。

瑞羽得她应许，心中一喜，俯身向李太后深深地行了个礼，"王母放心，阿汝会安全回来的。"

拜别了李太后，瑞羽刚转身，手又被人拉住了，这次却是东应拉着她不放。她以为他是害怕这场乱事，便安慰地拍拍他的背，温声说："小五，你别怕，这场乱事也没什么了不起，姑姑去去就来。你在王母身边待着，会很安全。"

东应摇摇头。临危关头，他的脸色反而不难看，居然满目沉静，举止从容，"姑姑，我与你同去！"

瑞羽一怔，他接着道："大乱在即，宫门的戍守很重要，但我们也要防着内部出鼠辈。姑姑去巡查宫门，我便去各宫各殿查看上下人等有无异样。"

他的话让瑞羽想起了背叛的紫萱和一干禁卫，瑞羽顿生警觉，低头问道："小五，这可不是闹着玩的事，如果真的有变，你能应付吗？"

东应在知道紫萱背叛以后，也消沉了好一阵，连带地对原来贴身服侍的其余几个婢女也疏远了。听了瑞羽的话，东应情不自禁地握紧了她的手，旋即抬起头来，正色说："姑姑放心，我不是那种被风一吹就倒下的人。"

事实上东应在经历了一次生死考验后，在人情世故上的长进远比李太后和瑞羽所能想象的更大。除去对瑞羽的依恋——因为她这段时间的细心照料而更胜从前之外，东应对于服侍他的宫人内侍，由以前亲密信任变得疏离淡漠。他虽然对待下人依旧宽厚，但已不再是以前的亲密信任，而是疏离淡漠。

今日他主动提出去巡查各宫各殿，可见他已经做好了心理准备，即使再出一个两个"紫萱"，他也绝不会因为伤心而深受打击。

他这时提出去巡视各宫各殿的请求，除了帮瑞羽分忧之外，还因为他怕李太后强求他当皇帝。因此他一得到瑞羽的默许，便立即向李太后行礼告辞，"太婆，我和姑姑一起去看看。"

李太后迟疑道："你的伤……"

"我的伤已经愈合了，我不使枪弄剑，伤口不会绷裂的。我只是由禁卫护着巡查一下各宫各殿有无异常。"

李太后看看他和瑞羽，想了想，回头吩咐通事舍人，"用印，给长公主几张空白诏纸，她可便宜行事。令行者监套上羊车，以供昭王巡查各宫各殿用。"

周围诸人闻言都愣了愣，随即把盖了印的空白诏纸交给瑞羽，瑞羽可自己决定下诏的内容，这跟直接把凤印交给她掌管也差不多。至于羊车，则是只有皇后和太后才能使用的器物，构造精妙，可以在廊庑狭小之地进退自如。

这两年李太后身体病弱，逐渐把手中权力下放，让瑞羽和东应处理西内上下的事务。虽然李太后对他们信任有加，但像今天这样几乎全权交付的情况却从未有过。

大乱在即，她对二人不多加限制，这已经很让人意外，至于全权交付，并放纵他们行事，更让很多人想不通。

众人愕然间，李太后已经拉着瑞羽和东应的手，看着他们殷殷切切，"好孩子，你们已经长大，有了自己的主意。我不阻拦你们，只是你们要记得，一切都小心、小心、再小心！"

瑞羽和东应一齐点头，"王母（太婆），我们一定小心！"

李太后看着他们的眼睛，确定他们真的把她的话放在了心里，才松开手，退了一步，轻道："去吧！"

第十六章
风云变

郑怀也只等了片刻，瑞羽便猛一拂袖，腰间玉带金钩与横刀的刀柄铮铮交击，"宁肯弃守西内，也不可让唐阳景得势！"

瑞羽和东应甫出承庆殿，便听到一阵急促的脚步声，一个小黄门满头大汗地从北面的甬道跑来，满面惊惶之色，险些便撞上东应。

瑞羽侧身将东应护住，喝道："站住，你乱跑什么？"

小黄门这才看清眼前的人，惊慌之下，冲口就是一声，"不好了！殿下！"

这一声喊出来，他胸中提的一口气也就松懈了，喘得胸膛似在拉风箱，下句话该报什么一时都说不出来。

此时东内的动乱已经惊动了西内上下的宫人侍者，小黄门这一声尖叫，增添了承庆殿上下的惶恐，顿时人人侧目。

瑞羽眉头一拧，正要发作，东应已经踏前一步，安抚道："慢慢说，就是有天大的事，我和姑姑在这里顶着，你也不用慌。"

东应和瑞羽年龄都不大，但经历过前次事件后，西内上下无人再敢小觑他们，所以此时东应说话的口气虽不小，却没人敢轻视他。

那小黄门这才把一口气顺了过来，急声道："殿下，安礼门士兵哗变，柳郎将军锁了后五门，领兵前往镇压，两边已经打起来了！"

瑞羽和东应主动站出来，就是要防唐阳景图谋西内，想不到唐阳景仍是抢先了一步。

西内有两道城墙，内城墙环绕着太极宫及与之相附的宫殿群，是瑞羽他们的居住之地，由鸾卫精锐守卫；外城墙则环绕着包括武德殿、东宫、掖庭宫、北海等建筑在内的宫殿群，由鸾卫和禁军混编守卫。那安礼门正是外城墙的城门，是外城几门中离东内最近的一门。

这道门与东内临近，那里的禁卫最易被唐阳景暗中收买策反。瑞羽在上次事变之后，就曾着重观察过这里，因为当时不能彻查出哪些卫士和将领与东内勾搭，索性对安礼门分毫不动，只派鸾卫检校中郎将柳望在暗中布置，严密监视。一旦有变，立即锁闭后五门，把叛兵堵在掖庭宫和内城墙之中，然后派重兵镇压。

西内原本是立国之初建立的政治中心，虽然豪华奢美比不得东内，但论到军备之强，却是东内比不上的。别说只是仅守一门的百十名士兵哗变，就是有数万大军强攻，西内也难被攻破。安礼门这边早有准备，乱事一起，柳望就赶去镇压，倒也不用担心真有大祸。

瑞羽轻哼一声，"果然是安礼门有变，这群不忠不义之徒此时跳出来倒好，省得夜里戍守时，还得担心内奸。"

她不惊不慌，东应则抬头笑道："姑姑神机妙算，我这次算是服了。"

瑞羽轻轻一笑，摸了摸他的童子头，轻声回答："只是对付几个卖主求荣的叛徒，又不是什么难事，值得佩服什么。"

对于所有的宫变，最怕的不是"变"，而是"乱"。只要能控制臣属的情绪，让他们遇变不乱，胜算就已经多了大半。

瑞羽和东应笑语言谈，镇定自若。就这简单的两句对话，顿时安抚了周围宫人内侍担忧害怕的情绪，本来紧张的气氛又恢复了轻松。

达到目的，姑侄二人对视一眼，心有默契地相视一笑。虽然他们面上笑对从容，心里却知事情刻不容缓，二人当即分手，各行其是。

紧急之时，那些銮仪之类的东西是用不上的，瑞羽骑上御宦牵来的马，轻踢马腹，喝了一声，"走！"便领着她手下以公主令丞周昌为首的二十七名随行禁卫往安礼门疾驰过去，马蹄声疾，他们很快就沿着内城宽阔的甬道过了重玄门，抵达安礼门下。

安礼门下的叛乱已经接近尾声，宫门却安然无恙，城墙上的士兵有条不紊地用滚木、礌石等西内城头配备多年的防守器械，将宫门外数百名前来支援哗变士兵的外敌击毙。宫门内的门洞里血流满地，哗变的士兵大多数已被有准备的柳望堵在城门洞里放箭射杀，唯有宫门左侧的小门楼里，还有十几人躲在里面负隅顽抗。

叛兵躲在小门楼里射箭，伤了好几名鸾卫。柳望有着绝对优势，但他爱惜手下士兵的性命，也不让手下冒着箭矢强攻，只让他们站在射程之外的地方远远守着，他想将叛兵拖疲了再一网打尽。

瑞羽登上安礼门的城头时，安礼门禁卫的直属上司旅帅刘春正在对小门楼里的叛兵劝降，"大虎、老彪，你们别再傻了！没有人能救你们，投降吧！柳将军说了，你们只要投降，他就会和我一起帮你们向黑齿珍将军求情！太后和两位殿下也都不喜血腥，只有投降了，你们才有一条活路！"

门楼里的叛兵没人回答，刘春劝着劝着发急了，"东内那个成不了什么气候，你们陪他死也就算了，可你们死了，家里的父母、婆娘、孩子可怎么办？你们再反抗，也不过是多杀几个昔日的兄弟。自家兄弟杀来杀去的有什么好？你们就让兄弟们少流点血吧！"

瑞羽近前，见门楼外的士兵里三层外三层地围着门楼，却没人动手，只听刘春唠唠叨叨地在劝降。柳望一眼看见瑞羽过来，赶紧率兵肃礼参拜，"殿下！"

"临战之际，哪来这等虚礼？请起。"瑞羽摆了摆手，望了望被围困的小门楼，问道，"你们应允保他们不死，他们也不肯降，就这样一直拖着？"

柳望和刘春见她颇有不满之色，不知她究竟是不满他们擅自做主应允保降兵不死，还是不满叛兵不降他们也不令人强攻？一时间柳望和刘春顿觉尴尬。刘春待要上前领罪，柳望却已经抢前请罪，"殿下恕罪，是末将觉得叛兵躲在无水无食的门楼里，已是自陷绝境，若是令人强攻，门楼内备用的守城器械众多，难免会造成兄弟们的无谓牺牲，故此没有强攻。"

虽说他的职衔比刘春高，替属下担当责任是分内之事，但他本是鸾卫的检校中郎将，禁卫虽然杂编进了他旗下暂时听命，但鸾卫和禁卫实际上却还是两个系统，不合之处颇多。他此时也肯为禁卫出头，实属难得。

刘春对柳望暗生感激，但却不能让柳望真替他出头，于是也抢着说："殿下，这不关柳郎将的事。因末将一时妇人之仁，不忍同袍相残，才请求柳郎将暂缓攻势。怠战之罪，请殿下惩处。"

瑞羽夜审安仁殿时，就是刘春护卫的，当时的情景就已让她明白此人对属下十分重义心软，今日刘春有此一说，她也不觉奇怪，"一军之士，同袍同食多年，有兄弟情义是人之常情，想减少兄弟的伤亡，也替叛者求一条生路，不算罪过。"

刘春怔了怔。瑞羽凝视着他，又道："不过任何仁慈容忍都当有个限度。你们已经尽了兄弟情义，为他们谋求生路。他们不领情也罢，反而倚仗地利伤我兄弟，怎能再让他们如此妄为？"

刘春被她深邃的黑眸一望，顿觉身上出了一层冷汗，一时语塞。此时城头寂静无声，听到她话的士兵都觉得她言之有理，且她言语间不把士兵当成属下，而是自然而然地称一声兄弟，这让士兵们顿生亲切之感，少了几分对她的排斥。

柳望惭愧低头，道："是末将行事不当。"

瑞羽笑了笑，"你们总要顾着兄弟情义，这恶人还是我来做吧。"

说罢举步前行，城头的士兵见她近前，不由自主地让出一条道来。瑞羽站在弓箭射程之外，对着门楼扬声道："里面的人听着，降者免死，否则我一声令下，玉石俱焚！"

她身边的卫士开始大声报数，数到"三"的时候，门楼里的叛兵终于忍不住大叫："等等！"

瑞羽挥手让卫士停下，叛兵犹疑不定地问："殿下当真不追究我等的罪过？"

瑞羽冷笑，"因为你们作乱，累我多少忠义将士伤亡，若是就这么轻易地饶了你们，何以告慰伤亡将士的在天之灵？"

门楼里的叛兵闻声都没了声息，刘春惴惴不安地叫了一声，"殿下！"

瑞羽哼了一声，"看在柳郎将和刘春的情面上，你们就给我到骦州种水稻吧！你们的妻儿老小不受连坐。"

骦州是南荒边陲之地，历来是朝廷流放十恶不赦的要犯的地方。这处罚不可谓不重，但也正因为这个原因，一干叛兵反而相信她不是假意诱降。活罪虽然难免，但死罪却可以逃掉，也不累及妻儿老小。众叛兵当即打开楼门，弃械投降。

瑞羽应允了柳望和刘春给叛兵的条件，也帮他们在士兵面前树立了威信，二人不是不明白这些，虽然甲胄在身，他们也还是赶紧大礼拜谢。

瑞羽的目光在他们身上打了几个转，道："柳郎将，你随我来！"

说罢她转身下了城头，直到确定士兵听不到他们说话的声音，才低声斥责："事变之前，我就已请你早做防备，你竟等到哗变之后才匆忙赶来，叛兵竟然敢躲进门楼要地负隅顽抗，你是怎么办事的？"

柳望在事前接受瑞羽安排的时侯，并未将她的话放在心上，虽然也有所准备，但计划不周密，当时他只不过出于服从上命敷衍一下罢了。此时受到瑞羽的斥责，自知理亏，倒还不至于有怨恨之意，闷声道："是末将大意了，请殿下责罚。"

瑞羽瞪了他一眼，"现在罚你有什么用，且待此役结束之后，再评功过。"

柳望年过不惑，乃是鸾卫中的老将。若瑞羽在众人面前如此疾言厉色地指责他，他会大感颜面扫地，十分不快，但瑞羽特意将他叫来，私下低声责怪，他难堪之余，却也心服，拱手道："末将此后一定用心执事，绝不再犯前过。"

瑞羽点了点头，缓和了口气说："这样便好。我虽不是什么英明之主，但有功必赏，有错必罚，却还做得到。"

瑞羽虽经历过多次宫变，但像今天这种发展到刀枪相向、武力攻城的宫变她却很少遇到，不由得心里惴惴，细细地问清敌方攻城前后的经过后，她才挥手让柳望退下，"有劳柳郎将守城，让刘春过来。"

哗变的士兵多是刘春的属下，管教不严之罪是怎么也跑不掉的，甚至今日之事，刘春完全不知情，也不可能。刘春与瑞羽正面接触的次数渐多，明白瑞羽虽是女子，但却不是可欺之主，见她单独召唤，不禁忐忑不安。

瑞羽暗中恚恨，见他走过来时还有些磨蹭，更是不悦，扬眉低喝："刘春！"

刘春听她一喝，才反射性地一挺胸膛，大声应道："末将在！"

瑞羽盯着他，冷然问道："知道我为何叫你？"

刘春心里有数，被她凌厉的目光一逼，顿时头皮发麻，不敢抬头，只好垂首站在她面前，低声说："末将管教属下不严，知情不报，罪该万死。"

瑞羽冷笑一声，厉声喝道："当日夜审安仁殿，我已看出叛徒必是你熟悉的人，念在你并无异动，没有参与叛乱，暂且放你一马，是为了让你自省。可事过二十余日，你竟没有丝毫悔过之心，明知叛徒身份，却不加整肃。今日之变，你不用万死，死一次就可以了！"

刘春额头冷汗涔涔，讷讷不敢言。瑞羽略平息了一下怒气，一拂衣袖，"你私情重于军纪，不是掌军之才，自此刻起，便把手下的军士直接交给柳郎将，自己到公主令丞周昌处当一个小兵吧！"

刘春出身困顿，苦熬了十余年才挣了个旅帅一职，也是为了保住这个职位，他才在东西之争中摇摆不定，既不想冒险与东内合作，又不愿得罪西内，所以对属下的异动睁一只眼，闭一只眼。他爱官如命，可那被他异常看重的官职却被瑞羽一句话给免了，他顿时脸色煞白。

他承认己罪，其实是觉得眼前正是两宫相争需要用人之时，瑞羽为了笼络人心，必不敢轻易处置将士，自己纵然有罪，瑞羽也会施恩，让他将功折罪。这一下处罚，却让他大出意料，惊愕痛惜之后，一想到本应是死罪，如今却只是被免了官职，暗里也还是松了口气，抹了抹额头的冷汗，颤声道："末……卑职领罚。"

瑞羽目光灼灼，确定他没有因为怨恨而生歹意，才缓和语气道："去吧。"

刘春诺诺告退后，郑怀与薛安之也接连而至。二人与瑞羽差不多同时接到安礼门哗变的消息，但他们只是臣子，御者监没有给他们备马，他们只好步行而来，比瑞羽慢了足足一刻。

薛安之面色黝黑，虽不甚高，却极其健硕，站在眼前活似一座铁塔，面相颇为凶恶。其人虽然身为西内中尉，统领着堪称是京师最精锐的鸾卫，又深得李太后倚重，但不善言辞，与人打交道很是木讷。他眼见瑞羽和柳望站着，因心急军情，却连向瑞羽问安也忘了，竟直呼柳望："柳郎将，军情如何？"

柳望看了一眼瑞羽，尴尬地又手道："我军亡二人，伤十九人；叛兵共七十一人，被射杀四十六人，重创八人，降者十七人。敌方前来取城门者约七百人，禁卫与京城无赖混杂，未带攻城器械，已经被我军箭弩射退，遗尸百余具，城门并无毁损。"

薛安之点了点头，这才向瑞羽肃礼问安："请长公主安置。"

薛安之辈分高，又是戍守西内十几年、保护宫中安全的忠义功臣。瑞羽却不能自恃身份受他的礼，便侧身回礼，"薛公安置。"

薛安之问过安置，又道："殿下，末将还要去看看安礼门的现况。"

瑞羽抬手道："请薛公自便。"

郑怀等薛安之告退之后，也向瑞羽行礼问安。瑞羽愣了愣，慌忙避让，"老师何以如此？快快免礼。"

郑怀却执意拱手下拜，全礼方起，然后才对错愕不已的瑞羽道："殿下，自今日起，你就要直接掌握军权。军中不比其他，你是女儿身，不能以推衣服之、推食吃之的方式获得将士们的认同，要以上下尊卑有别、军纪严明无私的方式来约束他们，树立权威，这样他日才能做到令行禁止。我虽是你的老师，但也不能不拘礼节，以免鸾卫中的老臣旧属暗中效仿，倚老卖老。"

瑞羽恍然大悟，心中感动。郑怀一番话说完，又道："殿下，宫乱至此，你觉得如何应对方好？"

瑞羽抬头望着烈焰升腾、浓烟滚滚的东内，喃道："王母一生以谨慎为先，只命鸾卫戍守宫门，不令乱军攻破即可……"

人的胆量是很奇怪的，唐阳景最初发动军变，心里多半会惊惧犹疑，可四阍闻风而逃，西内如果手握鸾卫，再以防守为先，龟缩不出，唐阳景的胆子只会越来越大。

唐阳景现在就已经敢派禁卫和京城无赖混杂的军队来攻安礼门了，等到他发现西内不会主动出击、而四阁又躲在西内时，他会不会竭尽手中兵力，拼个鱼死网破？

不不不，实际的情况只会比她预想的更糟。因为唐阳景和西内早就已经势不两立，他只有借铲除宦官的借口，才能将李太后、东应和她尽数消灭，他才会舒一口心中的恶气，才不怕有人废他另立天子！

自古以来，成王败寇。唐阳景已经起兵做了初一，难道他还会怕做十五？

瑞羽凝眉间，心中念头已是千回百转，沉声道："若是坐守西内，等到唐阳景的实力壮大，大势就危矣！"

郑怀轻唔一声，问："殿下意欲何为？"

瑞羽抿唇，从齿间迸出几个字，"主动出击，斩敌于陛前。"

她这几个字，杀气凛凛，入耳生寒，郑怀摇头道："殿下此言差矣。"

瑞羽愕然，郑怀于是迅速地将她刚才的话粉饰一番，"东内宦官作乱，天子势危，太后为国母至尊，不能坐视社稷倒悬，当务之急派鸾卫精锐之师出击，征剿乱兵流寇，力挽狂澜。"

两句话，本质一样，但唯有郑怀的话才能让西内以大义之名出兵，事成之后才能让西内获得权臣世家的认可，进而号令天下。

瑞羽错愕未消，就忍不住笑了，然而那笑也只是一瞬间，很快就敛了起来。只见她双眉微锁，沉吟道："西内共有鸾卫三千，禁卫六千，事变突然，除去宫中轮值者外，其余将士恐怕无法召集。若是主动出击，则西内防卫必然薄弱……这可如何是好？"

如果坐守西内，唐阳景得势之后必会主动进逼，西内这根本之地，又恐有失，如何是好？

她左右为难，郑怀却并不出言干扰，而是等她自己做决定。郑怀也只等了片刻，瑞羽便猛一拂袖，腰间玉带金钩与横刀的刀柄铮铮交击，"宁肯弃守西内，也不可让唐阳景得势！"

弃守西内根本之地，全力与唐阳景争雄，这听上去像是在冒险，但郑怀听在耳里，却无声地笑了，"殿下此举，妥当！"

瑞羽虽然下了宁可弃守西内、也要阻止唐阳景得势的决定，却想不出该如何谋划，一时彷徨无计，踌躇万分，喃道："然而当如何劝王母应允？又当如何出兵？"

郑怀捋了捋白须，微笑回答："殿下既已决断，我当为殿下筹谋。"

他对瑞羽向来都是千方百计地诱导，让她自己揣度形势，衡量得失，然后自行决断，最多只在她迷惑的时候稍加点拨，绝少主动提出意见，像这种主动请缨表示愿意、出谋献策的时候，绝无仅有。瑞羽此时突然听到郑怀的话，还以为自己听错了，疑惑地反问："什么？"

郑怀温声道："殿下为人主，更需要善断，未必需要善谋。因为谋略可以广集谋士策划，但决断却无人可以代替。殿下身边此时尚未招得有谋志士，我可暂代一时。"

世人多以为多谋者聪明，其实不然，若是一个人满腹经纶，却不善决断，就会举棋不定，以至贻误时机，那么再多的谋略又有何用？还不如善断者，虽然无谋，因其明判大势所趋，却能抓住稍纵即逝的时机，顺势而为，也能一举成功。

如果说事变之初，她去救东应的举动，还是缘于感情的冲动而没有考虑利害关系，在懵懂间做出了正确的选择，那她现在的决定，就是完全明白利害关系之后做出的最有利抉择。

第十七章

鸾初啼

她需要一个机会，来摆脱鸾卫上下将士对她"一介弱质女流"的偏见。还有什么机会，比统领将士、亲临前线更好？

四阉苦求李太后出手而不得，失魂落魄。他们有一手遮天的权势，但那份权势说到底还是倚仗君权才能获得。如果君王被他们束缚在深宫之中，昏聩懦弱，他们固然能骄横跋扈，目下无尘，可一旦君王摆脱了他们的束缚，誓要将他们铲除，那他们的权势顿时成了无根之木，无源之水，转瞬成空。

四阉虽然还有右神策军五万兵力，兵营却在长安城外，城门已经被唐阳景和左神策军控制的情况下，他们就是调动了右神策军，也无法在瞬间攻破京都那高深的城墙，进而扭转乾坤。

唐阳景已经对他们举起了屠刀，在他们猝不及防的时候斩断了他们的半条臂膀，眼看着就要直取他们的项上人头，他们不由得惶恐哀哭，踯躅难行。对李太后，他们既恨她胆小如鼠，又恨她见死不救。再想想，他们也恨瑞羽破坏他们的如意算盘。于是他们一路走，一路哭，一路暗骂，许久才磨磨蹭蹭地走到太极门前，正要请守门的将士开门放他们出去，却听得身后蹄声雷动，一彪人马飞驰而至。

四阉见来的人一身戎装，杀气腾腾，只以为李太后变了心意，意欲拿他们的人头向唐阳景示好，顿时都变了脸色，连连呼叫陪侍的卫士和小宦官护卫。

那彪人马拦在他们面前，兵分之处，一匹青骢马驰出，鞍上端坐的人貔甲鹰盔，正是瑞羽。她一眼看见四阉全神戒备的模样，心里暗自好笑，面上却带着一抹焦急之色，扬声喊道："四位阿翁且住，予有一事相询！"

她单骑过来，显然并无恶意。四阉暗里松了口气，对视一眼，问道："不知殿下有何要事？"

瑞羽凝视着四阉身周护卫的二十几名小宦官和卫士，脸上的神情似笑非笑，却不说话。

胡良成愣了一下，才意识到她在笑什么。西内乃是李太后的根基之地，如果瑞羽追来是为了取他们的性命向唐阳景献媚，她只需一声令下，兵士齐出，凭他们身边这几个护卫者难道还能保得住他们？她现在有事跟他们商量，他们还摆出这样一副防卫之态，不敢亲近，实在是可笑。

四阉能以卑微出身侧居帝位之畔，封侯弄权，无不是聪明伶俐至极的人物。虽然因为大变而一时头脑混乱，但稍微清醒一下，他们便知瑞羽哂笑的因由，都觉得有些尴尬，忙示意从人退开。

瑞羽这才下马走到四人面前，目光与他们一一相对，然后敛去脸上的笑容，凝声问道："四位阿翁，东内那位的屠刀已经架到了你们的脖子上了，你们这般颓然离去，可是甘愿引颈就死？"

四阉原恼怒她反对东应为帝，对她其实也颇为怨恨，此时被她这句话一激，忍不住发作，"殿下应当自省才是。殿下当日在芙蓉宴上好威风，压得东内都抬不起头，却不知东内得势后会怎样对您？"

瑞羽把玩着手中镶嵌着八宝的马鞭，微笑，"有太娘娘在，东内那位再怎么得势，也不敢不守孝道。何况他要收拢天子权柄，面临重重阻碍，满朝皆敌，他自顾不暇，何来空闲对付我这样一个不涉朝政的公主？阿翁替予担忧，却是多虑了。"

她的话也不是全无道理，四阉虽然不信，却又不得不信。宋平哼了一声，正想讽刺她几句，谭清刚却已经拉了他一把，沉声道："殿下此来，不是为了与老奴斗口吧？"

瑞羽侧首一笑，"当然。"

她回答太过爽快，倒让谭清刚愣住了。瑞羽脸上的笑容如风过湖面涟漪漾开，明媚娇艳，眉间的神情像稚童嬉闹玩耍，新奇好动，在这满城风雨的时节，分外显露出一股无畏无惧的沉着稳重。她的眼眸明明清澈见底，却又幽深无边，令人捉摸不定。

"我虽然不怕人家找我的麻烦，但如果被人家盯着，要时刻提心防备，终究不是件痛快的事。"

四阉怔了怔后，笑逐颜开，"正是如此。若让人时刻盯着，岂不是如芒在背，令人食不知味，寝不安眠？"

瑞羽甩甩手里的马鞭，含笑道："故此，予虽不赞同昭王继位，但对其余之事的心意却与四位阿翁一般无二。"

四阉不禁互相以目示意，对她拱手行礼，"老奴等唯殿下马首是瞻，殿下但有所命，老奴等人无不遵从。"

瑞羽侧身笑道："予年龄尚幼，却不敢受四位阿翁大礼，更不敢对阿翁有所指令。不过予和四位阿翁既然立场相同，不妨立一盟约，互为支援，如何？"

四阉只要她出面，便肯拥着她起事，这样既能借太后的名分大义行事，又不怕瑞羽日后独断专行。四阉一听瑞羽愿意与他们互为支援，正中下怀，便齐声问道："愿听殿下玉言。"

此时斜阳晚照，东内的大乱显然已不能用宫中偶然不慎失火之类的借口搪塞过去。京都上至权臣世家，下至小民百姓，都纷纷猜测宫中必然出现了大变，人人惴惴惶恐，惊惧忧虑。

各里各坊本该一遇事变就关闭里坊大门，可坊中的无赖地痞望见东内燃起滚滚烟火，可能是早有准备，也有可能是临时起意，吵吵嚷嚷，阻止里坊关闭门户。趁京都人心惶惶之机，浑水摸鱼，大行盗窃哄抢等发财勾当，一时间京师鸡飞狗跳。京兆尹派出的衙役捉了这边的小贼，又接到那厢的报案；压住东边的斗殴，西边的群架又开了场；此处火头刚刚扑灭，彼处又喧闹着走水。眼看乱象频生，京兆府的人已经无法控制局面，府尹便紧急往南北二衙报信求援，恳请抽调京师守备军或者左右二军的将士帮忙。

岂料此时南衙的宰相要臣或是休沐，或是早被唐阳景诱入了东内，或是见事不妙早早返家另做打算，偌大一座政事堂除去几个勤勉忠良的小官杂吏之外，连一个能做主的要臣皆无。而北衙的守备军将士也被一道乱令拘住，放空了南北大狱、提点刑狱、诏狱等几大监狱的犯人，正分成十几股四处搜杀宦官，逮捕要臣，劫掠府库。

唐阳景因目前手中直属的兵权只有左神策军的五万将士，且号令不畅，不足以压制右神策军和西内鸾卫禁军，便在控制了京都十二门之后，连颁乱令，放出犯人，勾结京师游荡无赖子一同举事。

只是这犯人、游荡无赖子和禁卫混合编成的队伍，却不似他想象的那样因为人数众多而战斗力倍增，没有起到应有的作用也就罢了，反而被那些只贪眼前小利的游荡无赖子带得军纪大坏，不少兵痞也借机大行劫掠之实，局势一时根本无法控制。

此时京师已然喧嚣震天，被乱兵祸害的百姓的惨叫声，抵抗乱兵的喊杀声，纷乱救火的锣鼓声，慌乱逃亡的百姓尖叫声，追来逐去的脚步声等诸般嘈杂声交织在一起，混成仿佛烈火烘炉化钢的咆哮，也带出铁锈般的腥气。

大乱虽然没有波及东内，但已经透过宫门传进来，每个人听在耳里，都不禁暗中变了颜色。瑞羽心中焦急，但她眉梢轻扬，笑容温柔，望着四阉的表情诚挚无比，"我助阿翁打开光化门，阿翁助我除去何宽，夺取左神策军兵权，安稳京师，如何？"

除去何宽，安稳京师，算是两方的心愿，但把左神策军兵权也交给她，合上鸾卫、西内禁军，她就掌握了大半的京师总兵力。届时她纵使仍旧不出现在朝堂上，可谁又敢轻视她分毫？谁又敢妄图夺取西内的大义名分？

胡良成掌管着右神策军，对左神策军早已有了得陇望蜀之想，他本想反对，但孙建仁却抢在他面前回答："好！殿下取得左神策军兵权，支持老奴等人拥立博陵王孙，如何？"

唐阳景骤然发难，损失最大的当属孙建仁，所以瑞羽只要肯与他共谋，助他渡过难关，她要什么他都可以答应。胡良成等人本想反对，但听到孙建仁提出拥立博陵王孙的主张，却又闭上了嘴，想看瑞羽答不答应。

博陵王孙正是四阉意欲废帝后互相妥协提出的继任人选，才十四岁，性情懦弱缺少主见，最重要的是他从小失父，由宦官养大，对宦官集团很有好感。四阉游说李太后时，他们就提出拥立博陵王的意见，可这意见不称李太后的心意，他们才被拒绝。如果此时瑞羽能答应他们的要求，以左神策军的兵权来交换，也是可以的。

四阉的权势是依附天子而生的，天子是谁与他们有很大的关系。反过来，李太后的权势是由以鸾卫为首的军队支持的，瑞羽只看重手中掌控的军队，至于天子是谁，她并不过多留意——反正都是傀儡。

四阉以天子人选来换兵权，瑞羽答应得没有丝毫犹豫，"可！"

双方达成协议，皆大欢喜，当即击掌立盟。商定行动细节之后，四阉汇合了他们留在太极宫外的护卫，而瑞羽则和薛安之、黑齿珍等将领坐在太极门的城楼里展开京都的地图，推演出兵的各种可能。

隔着宫门，外面的喧嚣声越来越近。晚风吹进城楼里，靠近窗子的黑齿珍抽了抽鼻子，望了眼天边的云彩，突然道："殿下，今夜有雨。"

闻风分辨气候变化、观测天象是许多将士都有的本领，黑齿珍曾随瑞羽的父亲御驾亲征，在这方面的才能尤其突出。瑞羽虽然在此之前不曾亲自统领鸾卫，但她知道鸾卫是西内立身之根本，所以她对统率鸾卫的各级将领的长处短处都了如指掌。黑齿珍的话虽显突兀，但她却不加怀疑，问道："何时？"

黑齿珍暗暗计算片刻，道："停风聚云生雨，大约子末丑初吧。"

这正是他们计划出兵的时辰，在场的将领听了都重新振作了精神，其中一人道："雨夜行军，另有讲究，须得重新布置。"

瑞羽初涉军事，所以没有多言，只是坐在主席上静静地听一干将领对出兵的种种调遣安排，以及他们推演将会发生的各种状况。

她在等待，等待李太后准许她出兵的旨意。李太后已经老了，而东应又还小，她要支撑起西内这片天，就必须要掌控以鸾卫为首的这支劲旅，获得鸾卫将士对她的认同。

她需要一个机会，来摆脱鸾卫上下将士对她"一介弱质女流"的偏见。还有什么机会，比统领将士、亲临前线更好？

大危难有大机遇。唐阳景对西内动武，对西内来说既是一次大危机，也是一次大机遇。

在这大难临头的时候，她只要有勇气站出来，做出正确的决断，她就可以作为领导者站在鸾卫的翔鸾旗下，对外平定战乱，对内收拢鸾卫军心。

虽然她稳坐不动，但她的心里其实很紧张。不仅因为宫外的大乱，不仅因为她做出的决定，更因为她不知道李太后会不会同意她领军出兵。

这份紧张交织着对未知的害怕，对未来的向往，对战争的天然恐惧，对建功立业的迫切希望……种种思绪，不一而足，汇在一起，反而变成了一种对眼前这场战事的渴望！

渴望——确实是渴望！

她渴望通过这场战争，消除被郑怀勾起的那种与世为敌的压力，抹去那种看不到前途的恐惧，同时证明自己有不输于男子的能力，确认自己有可以保护亲人安全无虞的信心，坚定自己选择这条路的信念。

她在这里等待，其实一干将领也在等待。尽管等待的心思不尽相同，但将领们的目的，却与瑞羽一般无二。他们也渴望有一场战争！

鸾卫禁军，百战之师，当年他们曾在武皇帝麾下纵横驰骋，所向披靡。

这样的军队，本该由睥睨天下的王者掌控，执之横扫不平，荡尽妖气，澄清玉宇。而不是握于老朽妇人之手，蜗居禁宫，蜷缩不出。

守卫他们的少主，确是他们的应尽之职，然而既然需要他们守护，就不该磨平他们的锋矢利刃——面对挑衅不奋起反击，忍受逼迫而不加以反抗。

十五年来，鸾卫深隐西内，纵使外人没有对他们做出评价，军中的将士自己却是知道：如今的鸾卫，比起当年全盛之时，战斗力已经下降了许多。因为蜗居西内，久不挥戈，将士们已经失去了当年那种百战雄师的锐气与锋芒——刀藏久了，是要生锈的，军队久不打仗，也是要颓废的。

虽然目前的鸾卫比左右神策军和宫中的禁军仍旧要强很多，但如果再没有战事，继续倦怠下去，再过十年八年，恐怕堕落得与神策军也就差不多了。

鸾卫需要一场战争来磨利兵锋，士兵们需要一场战争来激励曾经的斗志，将领们更需要一场战争来唤醒曾经的雄心。

等待的时间显得格外漫长。

终于，城楼外传来沙沙的脚步声。李浑前导，郑怀作陪，东应相随，李太后翟衣钗钿，盛装而来。

城楼内诸人都在等她的旨意，见她亲临，齐齐起身行礼。李太后双手微抬，谢过众将之礼，望了惴惴不安的瑞羽一眼，道："阿汝，你且出去。"

瑞羽怔了怔，缓缓摇头，望着她道："王母，此事因我而起，无论您做什么决定，我都想当面听着。"

李太后略微沉默，室内便一片寂静，却是东应踏前一步，拉住瑞羽的手打破沉寂，"姑姑，老师说你力主出兵？"

东应的双眸明亮，清澈如水。瑞羽被他温软的小手拉着，陡然间觉得平添了一份勇气，忍不住问："小五，你反对吗？"

"不！"

"为什么？"

东应长长地吐了口气，望着她清秀却肃然的脸庞，朗声说："人立于世，应当负重致远，有所作为。怎么能任人百般欺凌，仍然委曲求全，不予反击？"

他的嗓音还是童子声，此时清清脆脆地说来，竟别有一股铿锵之气。瑞羽满腹心事，被这充满朝气的声音一冲，顿有豁然开朗之感，不禁笑了起来，握了握他的手，欣然道："正是如此！"

李太后看着这一双小姑侄，静默片刻，终于轻吁一声，拉着瑞羽的手，重新站到一干鸾卫将领面前。她的目光从薛安之、黑齿珍、柳望等人面上一一掠过，然后轻轻地把瑞羽推到前面，怆然道："诸位卿家，吾今日将端敬皇后之血脉、武皇帝之嫡女托付给你们了！"

以薛安之为首的一干将领齐齐肃礼应和，高声道："末将等誓死护卫长公主！"

瑞羽听得真切，他们会誓死护卫，却不是唯命是从、誓死效忠。这些骄兵悍将虽是在她的祖母手里成军，但想让他们承认她的统领资格，也不是易事。

李太后对他们颔首致谢，望着瑞羽继续道："长公主有端敬皇后之遗风，自幼聪慧，有青云之志，不输须眉。你们随吾困守西内，不是长久之计，自今日起，便随她一起建功立业去吧！"

这次一干将领却没有回应她的话。李太后老了，应该进行权力交接了，她一定会把鸾卫交到自己选定的人手里，这是鸾卫将领心中早就有数的事。瑞羽和东应二者，他们私下不是没有衡量过，以感情论，要让他们决定，自是瑞羽无疑；但以前程论，自然是选择男儿身的东应。

李太后要他们保护瑞羽，他们绝无二话，但李太后要他们承认瑞羽的统率，他们却一时难以接受。

不是排斥她的年龄，而是排斥她的性别。

尽管刚才她召集他们讨论出兵事宜时，有条不紊，忙而不乱，他们可以看出她并非是那种一味娇嗔懦弱、全赖人保护的无能女子。但仅凭这一点，她就想获得他们全部的信任，操纵他们的命运，不可能。

李太后这次，却不管他们的反应，直接从李浑捧着的乌檀匣里取出一只展翅飞翔的赤金鸾凤，放到瑞羽手上，凝声说："你既然决定出兵，吾就把翔鸾符交给你。"

第十八章

京都乱

她的声音高亢明朗，极富感染力，穿透杂乱的夜空，随着鸾卫将士的出击而响彻宫禁深墙，"保卫家国，平定叛乱！"

瑞羽首次掌兵，李太后退开了，郑怀退开了，连东应也退开了。只有她一个人，独自站在点将台前，手握兵符，面对数十名鸾卫将领怀疑担忧的目光。

他们都在等着，等着看这年龄尚幼的金枝玉叶会给他们下什么样的命令，她有没有与手中握着的兵符相衬的智慧和胆魄。

临阵作战不是她的强项，但调兵遣将却是对她决断能力的一次考验。假如连一次考验她都无法通过，她就只能是他们誓死保护的金枝玉叶，永远不可能成为他们誓死效忠追随的统帅。到那时她即使握着兵符，也统率不了鸾卫。

对一个尚未及笄的少女来说，这样的考验也许并不公平，但对皇家的公主来说，这样的考验，已是一份难得的机会。至少，她因为祖母、父亲的遗泽，有选择自己人生道路的机会，而不是随意地被别人安排。

那些试探的、怀疑的、忧虑的目光全都集中在她的身上，刺得她心里不由自主地乱成一片。郑怀望着她，满目鼓励；李太后望着她，满目担忧；而东应望着她，却是面带微笑，坦荡明朗，满心满脸全都是信任。东应始终相信，这个比他大不了几岁的姑姑只要下定决心做她想做的事，就一定会做到。

她在他心中，无所不能。

他那种绝对的信任，让她倍添自信。瑞羽握着手中翔鸾符，镇定了一下，轻轻地咳了一声，沉声道："将士们浴血奋战，不能没有人记录功勋。令，解孝贤为行军记室，详细记录将士们的功劳过错，务必明察秋毫，不得有误！"

她第一道命令，不是分派何人出兵，而是安排记录功劳的行军记室，大出众人的意外。解孝贤本是鸾卫的掌书记，以耿直闻名，虽人缘不佳，却颇得将士们的信任，瑞羽任命他做行军记室，确是恰当至极。

解孝贤怔了怔，才出列应命："诺！"

这道命令顺利颁下，众将士的抵触情绪便少了许多，不约而同地生起一个念头：调兵之前，先立行军记室记录功勋，说明瑞羽不是一个辜负将士热血、松弛军纪的人。如此看来，这位公主虽然是金枝玉叶，倒也不是不通人情世故、将臣属视为蝼蚁的纨绔子弟。只是不知这究竟是出于她的本心，还是受人提点后的虚情。

一念至此，众人都忍不住看向她身后的李太后等人。李太后听到瑞羽头一句话既不是示恩，也不是示威，而是设定行军记室，便大惑不解，满脸纳闷，东应也觉得好奇。郑怀却是实实在在地吃惊：以设立行军记室为第一要务，锋芒半露，恩威俱在，既不凌于人，也不弱于人，这一道命令，可谓是妙到极致。

瑞羽一道命令下毕，见解孝贤欣然领命，心里的紧张顿时消除不少，唤道："西宫中尉薛安之。"

薛安之踏前一步，拱手回应："末将在！"

"你率领三千鸾卫保护太后娘娘，若见银汉台起火，即护娘娘圣驾前往含元殿，不得有误！"

薛安之本来担心瑞羽年幼言轻，压不住众将，本想守在她身边，愣了愣才想起自己若不遵命才会坏事，连忙领命，"诺！"

薛安之担任鸾卫统领十几年，在军中威信极高，他不置一词地领命，给其余将领造成了更大的压力。

瑞羽手执令箭，点将下令，心头的惶恐不安逐渐消失，李太后和郑怀往日的教导一一浮上心来：

阿汝，你要学会镇定，遇到任何让你吃惊害怕的事，都不能在面上表露出来，即使你根本不知道该怎么办，也不能说自己不知道，宁可下一道乱命，也要让你的臣属觉得你高深莫测，这样他们才会对你敬畏服从。

殿下，军中将士都是粗人，你跟他们相处，要多用俚语，少用雅言，传达命令务必清晰明了，不能含糊迂回。你可以多听听将领们的建议，但在需要下令的时候，你必要果断，切不可首鼠两端，迟疑不决。

阿汝，你要懂得人心，对不同的人，不同的事，要做不同的处理，只有人心所向，才能使臣属敬服。

殿下，与人谋事，需知其习性而加以引导；明其目的而加以劝导；知其弱点而加以威吓；察其优势而加以用之……

瑞羽身在权力争斗的旋涡中，祖母和老师都教给了她许多处世、处事的道理。这些道理繁杂纷乱，涉及了方方面面，其中有的甚至互相矛盾，这让她有时无所适从，她不知究竟哪种才是正确的。

究竟哪种说法正确？有一种最直接的办法可以验证，就是处事时将它用上，看它带来的后果。

可是她囿居西内方寸之地，一直没有机会将所学用于实处。直到今日，安危存亡之际，她终于可以将她的潜质尽数激发，把所学用于实践。她处事之妥当，让李太后和郑怀这两个教导者都大出意料。

命令一道道地传下去，领命点兵的将领一一离开城楼，瑞羽这才回过头来，问李太后和郑怀："王母，老师，我所下命令，可有差错遗漏？"

李太后不通军事，也就不予评议。瑞羽又将目光投向郑怀，郑怀满面笑容，这一刻他是真的完全放下心来，便欣然回答："殿下所有命令，恰到好处。只要你亲自压阵，鸾卫这样的精锐之师不会出现太多意外。"

李太后听他话里提到了让瑞羽亲自压阵，面部不禁抽搐了一下，她用力攥紧掌中的佛珠，才忍住没出声反对。东应却大吃一惊，失色问道："姑姑，你要亲自出马？"

瑞羽轻轻点头，温声道："小五，今夜宫中大变，你有伤在身，不能随我们一起奔波。王母走后，你独守西内，恐怕有不少异事，你定要沉住气，不可轻信谣言，误涉险地。直到我或者王母亲自叫门，你才可以打开宫门。"

东应用力点头，"姑姑，我明白。如果太婆和薛安之走了，我会立即紧闭宫门，守住西内五库，等你们回来。"

说完这句话，他拉紧瑞羽的手，又恳切地问："姑姑，行军打仗是将士们的事，怎么需要你压阵？你不要去！"

李太后的嘴唇也动了动，也想劝瑞羽不要涉险。瑞羽俯身理顺东应童子冠上悬的绒球，肃然道："小五，若仅是行军打仗，自然是将军们的事。但今夜之战，关系九五大位的归属，若是没有皇家子弟亲自率领，三军将士谁敢动手？"

她这句话，既是对东应说的，也是对李太后说的。

东应沉默了一瞬，突然大声说："姑姑，让我去！我是男人，兵戈之事，本应是我承担的责任！"

他因心情激动，满面通红，又因努力抬头挺胸，牵动到了肩腰处的伤口，痛得他不禁抽了一口凉气。

瑞羽连忙按住他，低斥："小五，你身上的伤好不容易才养到如今，怎能功亏一篑？安危存亡之际，西内上下，唯有勠力同心，各尽其职，才能渡过难关。现在不是你逞英雄的时候，好好守住西内，让我无后顾无忧，才是你应做之事。"

东应自四岁被李太后抱进西内抚养，就一直和瑞羽同寝而居，直到他七岁时，两人才守礼分殿。尽管如此，他和瑞羽仍旧同食、同学、同乐，极少分离。今夜瑞羽独自领兵，却是第一次真正意义上的和他分离。他不由得泪流满面，突然间扑到瑞羽的怀里，紧紧地抱住瑞羽的腰，低声说："姑姑，你要等我，等我长大！长大后，我来保护你！"

瑞羽一道道命令发出去，她外表看似成竹在胸，实则对情势的发展并无十足把握，心里惴惴不安，只是不露于外。东应这句话，虽然是句空话，她却能感受到东应心里的那份真诚，于此时的她来说是一种难言的安慰，她仿佛看到未来的希望，不禁俯身轻轻地回抱了东应一下，"好，姑姑等你长大。"

太极门下的广场上，三千名身着甲胄的将士驻马横枪，佩刀悬弓，站在金青底色的大旗前。已经装备好的战马也感觉到大战之前的紧张，焦躁地喷着鼻息，刨着地面，却发不出多大的声响。寂静的广场上，旌旗招展的猎猎风声清晰可闻。

瑞羽在五十名亲兵的簇拥下，由郑怀陪着，骑着青骢马缓缓而来。她望着火光处肃然凝立，等候命令的士兵，掌心不自禁地渗出一层汗。她挺直了腰身，目光从左到右，自前而后在骑兵队列里一一扫过，当确定所有人的注意力都没有分散时，才扬声道：

"三十年前，洛王作乱，祸及关中，端敬皇后选拔精壮忠义之士，组成鸾卫三军出征，十战皆胜，一举击溃乱军，安大业于危时；十七年前，西州、南州五大节度使拥兵自立，武皇帝以鸾卫为先锋，纵横天下，所向披靡，挽狂澜于绝境。鸾卫自成军以来，扶持皇统正业，是我祖母、父亲信任倚重的精锐之师。今日，宦官何宽率兵作乱，纠集地痞无赖围困天朝，追杀公卿，抢掠百姓，焚烧民居。天子流失于乱兵之中，下落不明；宰相公卿被流匪所拘，生死难料；百姓受强盗劫杀，生灵涂炭；民居被无赖纵火焚烧，满城凄声。这是天朝的存亡之际，也是诸君的亲朋好友遇难之时，诸君可愿随我出战，扶大厦之将倾，救亲友于水火？"

这次是她亲自点的将，随她出战的鸾卫统领正是柳望。柳望是一干将领中最年轻，跟她接触时间最多，也是心底对她最为服气的一个，当即大声回应："愿战！"

将士们跟着他齐声大叫："愿战！愿战！"

瑞羽一挥手中的马鞭，指着宫墙外升腾的火光与浓烟，高声道："拿起你们的刀枪，挂上你们的弓弦，随我一起去保护你们的亲友，去猎取你们的战功和荣耀，去诛杀乱臣贼子，剿灭强盗流匪。平定叛乱，保卫家国！"

她的声音高亢明朗，极富感染力，穿透杂乱的夜空，随着鸾卫将士的出击而响彻宫禁深墙，"保卫家国，平定叛乱！"

火光照着铁甲，流淌出一股异样的肃杀冰冷，铁骑洪流般地涌出了宫门，奔腾前进，向光化门扑去。

把守光化门的五百左神策军将士三五成群地或立或坐，高声谈笑，因为天气炎热，全挤在城楼内未免气闷，不少士兵贪凉快，不见城外有什么异动，便索性跑到城楼下的空旷地上，将甲胄衣裳都解开，将兵器放置一旁，安心地纳凉。

其实不怪他们懈怠，京都的城墙实在是太高太厚了，墙外又有一条护城河隔着，平日只需百来名士兵把守就足够。倚着这样的雄城，若真有人攻城，等哨兵报敌来袭，他们再着甲执戈也不迟。现如今调来五百人防守这里，人数实在是太多。

他们主要防外面的敌人攻城，故此哨兵的目光很少往城内放。当歇凉的左神策军望见春宁街那边的一溜火光时，他们根本没想到会是敌袭，只是有些诧异。等到他们回过神来，漫天的箭雨已经飞射及体。

来袭敌军的阵势与左神策军的喧嚣截然不同，他们不发一声呐喊，便已经奔袭而至。双方纠缠并不多久，他们便直奔城楼，去夺取控制城门的绞盘。

旷地上的左神策军士卒待要摆脱这队夺门敌军的后尾追杀，身后的春宁街雷霆万钧，一彪骑兵奔袭而来，雪亮的横刀仿佛劈破乌云的闪电，肃肃砍落。只见马势、刀阵狂卷而过，将左神策军士卒本就散乱的队形冲得七零八落。

步卒为前锋，骑兵作后援，不做过多纠缠，他们以迅雷不及掩耳之势猛冲，瞬息间，便大挫左神策军的士气。守城的将军本是宦官何宽的远房亲戚，素无才能，胆小如鼠。他一见势头不对，竟然连半点反抗之意都没有，顾不得衡量双方的实力，竟未发一声，弃楼而走。

除去把守绞盘的士兵之外，城楼左右还各有屯军，再加上城头的守兵，足有二百余人，他们本可倚楼作战，阻止敌军夺门。可主将一跑，他身边的亲卫也就跟着跑了，城头守军见状自然也跟着撒腿就跑。偶尔有几个壮着胆子想指挥士兵作战的将领，奈何军心早已涣散，便也坚持不住了。

顷刻之间，偌大一座城门，数百守军，无一人领兵作战，竟将城门拱手相让。瑞羽初次领兵，本以为要有一番苦战才能攻下城门，却不料有如此便宜之事，惊愕之余，又觉得好笑，勒马下令："步兵校尉关世安率步卒留守光化门！"

关世安应诺。瑞羽想到刚才左神策军弃门而走的狼狈相，难免又有些担心关世安等也不当大用。于是她越过亲卫的护卫，走到关世安面前，郑重地道："关校尉，这光化门是我军最重要的据点，城门在我军控制之下，则西内便可进退自如。城门若失，则我军首尾不能相应，近万袍泽兄弟和他们的妻儿老小都将为逆贼所害，江山社稷也会就此倾覆，你我都将成为华朝的千古罪人！你把守城门务必用心，不可懈怠！"

关世安心中凛然，肃立应答："殿下放心，末将和兄弟们定当勠力同心，誓死护卫城门，人在城安！"

数百位步卒同声大吼："誓死护卫，人在城安！"

鸾卫本就是百战之师，虽然因为长久闲置而有些迟钝，但步卒刚才见了血，骨子里剽悍勇猛的士气又被重新激起。他们同声誓词，精气、神气、杀气交织在一起，厚重凛冽，让人觉得可以信任倚仗。

瑞羽心中满意，展眉赞道："好，你们守好城门，予回师之后，再论功行赏，予定不负你们的忠义勇武！"

第十九章

困兽斗

　　唐阳景将她拖到大殿的金柱前，运足全力按住她的脑袋往柱上撞，只听咚的一声，求饶声戛然而止。

　　唐阳景骤然发动宫变，先是命左神策军何宽领兵围住东内，诛杀四大阉的党羽，而后又兵分三路，一路由他素来信任的禁军旅帅李敢统率，环卫东内，保护他和后妃、皇子、公主；一路交由他的总角之交万荣统领，纠集大批囚犯和无赖子，流窜到各里各坊，擒拿公卿和挟持官员亲眷；另一路则由何宽率领四千名左神策军去京都的东营招降右神策军。

　　左右神策军的统领多半都是御前争宠的宦官，因而两军的将士自然也有诸多纷争。胡良成因为惊慌失措，没有在事发之初就赶赴东营整顿军队，实在是大大的失策。待到他和瑞羽达成协议，有了主心骨后，他再到东营整军，那时东营的营门已经被何宽围得水泄不通。

　　何宽与胡良成钩心斗角已多年，今日何宽手持圣旨前来收缴兵权，心里自然得意，但也忧虑。宦官身体残缺，性格多偏向阴柔，何宽也不例外，他虽然奉命而来，却没有胆量领兵直接冲入营门，斩将夺旗。他只是在营门外驻兵，一面派传令兵在营外高声宣读圣旨，一面做出准备攻击之势。

　　在他想来，胡良成已惶惶如丧家之犬，竟然没有在他将东营围住之前躲进东营，此时胡良成定无胆量再来东营自投罗网。胡良成逃走的话，东营将士内无首领，外有围兵，圣旨一下，他们自然会乖乖投降。

　　胡良成初见东营被困，不知里面情况如何，也吓得面无人色，险些真的转身逃走。好在宋平跟在他身边，看出他的惧意，连忙拉住他，"胡兄这是干什么？"

胡良成指指东营，惶然道："何宽已经围住了东营，你我再去，岂不是自投罗网？"

宋平在唐阳景大杀东内宦官时损失最为惨重，所有下属几乎尽数被戮，其中不乏被他视若子侄的亲信小宦官。宋平因孤儿出身，所以颇重情分，又因身体残缺，不能有后，所以隐然视亲信的小宦官为子嗣。唐阳景突然血洗宫闱，固然杀得他心惊胆战，但惧怕之后失去权柄也失去亲信的孤独和失落，却也激起了他满腔的怨恨，恨到极致，惧怕也就淡了，此时他一心想击垮唐阳景。

"何宽如果真的拿下了东营，早就率兵进营了，怎么还会围在外面？胡兄，唐阳景的贤妃和大公主暗里谋算夺你的兵权，后来却落水身亡，有这个仇在，唐阳景早就对你恨之入骨，他是绝不会放过你的。我如果跑了，他看在我这几年殷勤侍候的分上，或许还会放我一马，但你只要放弃兵权，就立即有杀身之祸。"

胡良成也不是不知道这个道理，稍微冷静下来，知宋平的劝说有理，暗一咬牙，狠狠地道："不错，唐阳景不会放过我，有他没我！这神策军的兵权才是保命的根本！"

胡良成发起狠来，倒也有一股剽悍之气，他望了望何宽摆出的阵势，道："东营战线长，何宽兵力有限，不可能合围，我们可从侧面潜进去。"

东营的将士被困在营中，听到外面传来的圣旨，也乱成了一片，不少人就想打开营门投降。只是神策军由宦官直接统率已成惯例，军中不少将领都是宦官的重要亲属，开门投降攸关生死，他们唯恐被诱杀，所以才没有闻风而降。

等胡良成潜入东营，营中将领已经分成了三派，一派倾向皇帝，主张奉旨开门投降；一派倾向宦官，不肯交出兵权；还有一派主张中立，提议派人出去探听探听虚实，而后再做决定。

胡良成若不出现，这三派会继续僵持下去，胡良成一出现，众将领看到他因为潜进军营而弄得狼狈不堪，便知他已在天子驾前失势。胡良成知情势危急，一进军营便立即大张虎皮，先把李太后的名义抬了出来，"何宽图谋弑君，意欲拥戴略阳王为新帝，宰辅公卿王列、苗期等人皆被其屠戮，他还纵兵在京都大肆劫掠。太后娘娘有旨，命我营即刻起兵，擒杀乱臣逆贼！"

他这番话真真假假，顿时震得众将都愣了愣。

这若是他一人的命令，则师出无名，东营的将领看他落魄，多半都会将他缚了，迎何宽进营。但他拿出了李太后的诏令，情势却又不同。十五年来，几度废立，都是宦官占上风，军中将领早有成见。何宽今日堵在营门口，这让将领们一眼就看出了宦官集团内部的分裂：宦官们也有各自拥立的对象。宦官集团的分裂，顿时让将领们也有了选择效忠对象的机会。

胡良成唯恐自己失去对右神策军的控制，一番话说完，立即命令自己倚重的亲信将领动手收缴兵权，以防生变。他一声令下，亲信将领赶紧逼迫同僚交出兵权，但平素不受胡良成倚重的将领多半在这种有选择余地的时候，不肯放弃手中的兵权。

胡良成在这种时候哪里还有半分耐心，见有人不肯交出兵权，脸色一沉，直接下令："不遵军令，斩！"

一干将领都早有戒备，披了甲胄，带了亲兵，以防生变。胡良成这一声"斩"字出口，不从的将领便立即拔刀冲出军中大帐，呼叫亲信，传令手下的兵将与胡良成的亲信将领对抗到底。双方壁垒分明，杀成一团。

何宽招降不成，但见营内生乱，便知机会来了，就一直冷眼旁观。等到有人在营内大呼愿降，何宽这才举火为号，众军发出一声呐喊，齐向营门冲杀过去。他们顺着降兵打开的砦角冲了进去，和降兵混在一处，直取中军大帐。

东营因是内乱，所以士气低迷；何宽因是有备而来，所以士气高昂，大占上风。胡良成手下士兵有两万左右，比何宽及降兵多，却节节败退。

何宽眼见自己胜券在握，不禁面露微笑，心中无比快意，一会儿想：胡良成这厮跟我争斗十几年，着实可恶，等将他擒住，可不能叫他死得太痛快；一会儿又想：唐阳景派我领兵来攻东营，却让李敢守宫禁，还令他那个总角之交万荣硬生生地从我手里分走了四千将士，就是防我掌控左右神策军权，这分明就是不信任我，以后还是得把他废了，免得反遭了他的毒手；一会儿想道：自己如果真能拿到右神策军的兵权，就可以毫无阻碍地废掉唐阳景，然后立个如意的傀儡天子，到时宫内宫外上下人等都要看我的脸色行事，岂不快哉？

正当何宽想入非非、暗自得意的时候，突然大雨倾盆，神策军哪里吃过冒雨交战的苦？顿时一片混乱，戈折旗倒。就在此时，何宽听到后阵传来金戈之声和一片惨叫之声。

黑夜里看不清发生了什么事，何宽初时以为是后阵剿杀溃逃的残兵，并没在意，但瞬息之间，后阵的骚动就变成了大乱，混乱中有人大吼："敌袭，后阵敌袭！有埋伏！中了埋伏！"

何宽初时犹自不信，"胡良成已经龟缩不出，哪来的兵力从后阵包抄？"

况且夜间行军袭敌，对将士的要求极其严格，左右神策军虽然甲胄精良，是天下军队所不能比，但他们沉溺于安逸，缺乏作战能力。像他和胡良成这样，能够在夜间作战并且保证不发生溃退之事，已实属少见，这缘于双方准备充足，不吝重赏，士卒才会拼命。

何宽很清楚左右神策军的战斗力，他怎么也不相信胡良成有翻天的本事能弄来一支能够夜间行军且不惊不惧的精锐。当下他一面命传令兵约束军纪，一面竭力给将士们打气，"不要慌！不是敌袭，只是奸细扰乱军心！继续进攻，将营垒拿下！"

话音犹未落，后阵已经轰然崩溃，一彪人马紧跟在溃兵之后，趁势追杀过来，顿时将左神策军方阵冲得七零八落。来袭的人马逼近了中军帅旗所在之地，何宽遥遥望去，火光里，金丝、银线、明珠、宝石织就的九面飞凤旗流光溢彩。旗下众黑甲骑士群里，有一人与别人不同，赫然身着白袍银甲，头戴五凤朝阳冠。离得远了，他看不清那人的长相，只能看出此人身形纤瘦，但骑在马上却偏偏挺拔俊秀，凛然有股铮铮朗朗、高华清贵之气。

那个人是谁？

看穿着打扮，不似男儿，倒似女子！

黑甲雄军，飞凤宝旗，白袍银甲，五凤朝阳冠，这样的军队，这样的主将，宛然似曾相识——不，不是相识，而是似曾听说！

那是传说中已经被人遗忘的故事。

何宽傻愣片刻，突然失声惊呼："是端敬皇后！是鸾卫！端敬皇后亲率鸾卫出征！"

刹那间他魂飞魄散，眼睁睁地看着那股钢铁洪流般席卷而来，冲走一切挡在他们面前的障碍。他吓得拍马便跑，他这逃跑的本领，与他那守光化门的亲戚倒是如出一辙，都利落非凡。

主将都被吓破了胆，左神策军顿时兵败如山倒。受困的胡良成听到外面的动静，连忙打开营垒，指挥手下向外冲，与鸾卫里应外合。

一时间东营里外三层混战不休，数万士卒敌我难分，乱成了一团。何宽手下本来还有人想继续反抗，奈何主将逃匿，军心已经散乱，他们根本无法组织有效的抵抗。暗夜里惊慌逃窜的士卒，互相踩踏，一时间死伤无数。

鸾卫冲锋陷阵时损失不重，反倒在败兵乱成一锅粥时，阵势被冲开，他们如同一脚踩进了烂泥沼，折了数十名勇士。鸾卫乃是西内立足的根本，这意外的折损，令瑞羽十分痛惜。瑞羽连忙下令，停止骑兵与败兵近身纠缠，只需在外围射杀。

鸾卫是骑兵，真正的长处是借助坐骑之力冲锋陷阵，与败兵短兵相接，马力受限，实为下下策。柳望其实已经令传令兵吹号收缩阵线，只是鸾卫毕竟已经十几年不曾作战，再怎么精锐，临战时也不免有些反应迟钝。直到瑞羽连连催促，军令连下，鸾卫才缩回兵锋，稳住阵脚。

胡良成也趁机率兵突破重围，与鸾卫合兵一处，大叫招降："投降免死！投降免死！"

唐阳景此时在紫宸殿里焦躁地打着转，自从将最后能调用的五千机动左神策军分派去夺取光化门和围困西内后，他的双眼就一直通红，衣领上的汗水干了又湿，湿了又干，反复已经数次。

这次政变是他人生里最重要的转折，也是他这辈子最大胆的决定，由不得他不紧张。

如果这次行动不能成功，他将要面临什么？他连想都不敢想，嘴里只是不停地低念："不会输的，我不会输，不可能输！"

何宽夺兵权，万荣捉公卿，李敢守禁宫，包海夺光化门，杜梁围困西内，应该说一切安排都很妥当，没有任何漏洞了。

只要兵权在握，明早临朝，我就能真正拟诏安排亲信入主南北二衙，从此以后，我就是真正的九五之尊，就能真正地一言九鼎，再也没有人敢视我为废物！他在心里一遍遍地念叨着，汗水浸湿的衣裳贴在身上，被风一吹，他不由自主地打了个寒战，然后勃然大怒，吼道："人呢，都死光了？"

东内的宦官或是被杀，或是逃跑，宫女们目睹了主人突然间的血腥手段，无不心惊胆寒，连大气也不敢喘。此时几名宫女听到他发怒大吼，赶紧跑过来，伏身问："陛下有何吩咐？"

"朕要沐浴更衣！"

"诺！"

宫人刚要退下，他又喝住了，问："皇后和鸣朝呢？"

"方才奴婢看到皇后在教殿下背书。"

唐阳景猛然间听到一个"书"字，本来已经忧心如焚的情绪轰然爆发，他也不管是不是说此战要输，就歇斯底里地咆哮："贱婢你敢说朕会输？朕不会输！不会输！"

他这一吼使得他额头青筋跳动，面色狰狞无比，仿佛吃人的野兽，吓得那宫女两股战战，连忙叩首，"奴婢不敢！不敢！奴婢回答皇后娘娘和殿下在做什么，不是说您会……"

宫女情急分辩，前一句还记得要避开忌讳，后一句却一不小心顺了出来，吓得她赶紧捂住自己的嘴，才把那个"输"字咽了回去。只是唐阳景此时此刻已经被重重压力压得失去了理智，她虽没把话说完，却仍让他暴跳如雷，"贱婢，你还敢咒朕！"

那宫女被他一把揪住发髻拖起，心胆俱裂，忙惨叫求饶："陛下饶命！奴婢不敢！陛下饶……"

唐阳景将她拖到大殿的金柱前，运足全力按住她的脑袋往柱上撞，只听咚的一声，求饶声戛然而止。可怜那宫女只因一句话不慎触了他的忌讳，便被他撞得头破脑碎，鲜血和脑浆溅了唐阳景一脸。可唐阳景却丝毫不觉，扔开那宫女的尸体，咯咯地尖笑两声，恶狠狠地骂："贱婢！朕此战必胜，朕必然君临天下！"

此时所有的宫女看到同伴惨死的一幕，再看到唐阳景满面鲜血脑浆、狰狞大笑、形如恶鬼的模样，都惊恐万状，齐齐发出一声惨叫，连滚带爬地后退。她们这尖叫后退的举动，却更深地刺激了唐阳景，"不许跑！朕劈了你们！"

血腥味让他亢奋无法自制，宫女们在利刃前被吓得花容失色，无能柔弱的反抗更让他陡然生出一种操纵他人生死的快感，他挥刀砍！砍！砍！

没有人能冒犯他的威严，没有人敢反抗他的命令！他才是九五之尊，才是天下人的主宰！

直到大殿里再也没有一个活物时，他才停下来，提着刀喘着粗气，踩着血泊，望着殿内倒下的宫女们的尸首，发出一阵令人毛骨悚然的大笑。直到他笑得痛快了，才扬声大叫："李敢！"

李敢一直领着禁卫守在紫宸殿外，唐阳景刚开始追杀宫女的时候，他听到响动曾经进殿查看，见唐阳景杀红了眼，怕惹祸上身，便又无声退了出去。直到此时听到唐阳景的叫喊，李敢才走了进来，拱手回应："末将在！"

"万荣回来没有？"

李敢有些不忍看殿内枉死宫女的尸首，迅速回答："还没有万将军的消息。"

唐阳景焦躁地怒骂："快一整夜了，这个万荣这么一点小事都办不好！你去丹凤门等着，他一回来就命他快速见朕！"

李敢不敢多言，诺然退下。

唐阳景抹了抹脸上的血腥，又大吼一声："来人！"

他刚才的疯狂杀戮已经把所有侍从吓得魂飞魄散，那些未被他斩杀的宫人皆仓皇出逃，因为禁卫守在外面，才不至于让这些出逃的宫人狂奔出宫，此时他们个个躲在角落里瑟瑟发抖，听到有人喊，却无人敢出来应命。

唐阳景吼了几声，不见人回应，狂怒地虚劈几刀，吼道："是不是要朕把你们统统杀了，你们才出来？"

他已经杀红了眼，明证在前，此时无人敢怀疑他说的话，几名胆子稍大的宫女战战兢兢地走出来，遵照他的命令将殿内的尸体拖出去，而后提水冲洗殿内殿外的血迹。

或许老天垂怜这些屠刀下无力反抗的柔弱女子，就在她们慌慌张张地从远处的深井里提水清洗殿外的走廊和台阶时，大雨倾盆而下，一瞬间将地面的血迹冲得干干净净。

万荣回来交差，一入大殿看到唐阳景的身影，便得意扬扬地禀报："陛下，臣已经把所有宰辅公卿都押到了立政殿，他们的直系眷属，也尽数投入了诏狱，不怕他们反了天！"

他是唐阳景微时的总角之交，一直被权臣大阉压着不能得官，陡然间他手握兵权，看到那些平日里完全不将他放在眼里的大人物，今日却成了自己的阶下囚，不免有小人得志的轻浮和得意。唐阳景听到他大呼小叫的声音，面色一沉，问道："那些宰辅公卿在立政殿里干什么？"

万荣匆忙地把人拘到立政殿，便被李敢传来见唐阳景，怎知那些人现在在干什么，但看看唐阳景阴沉的脸色，却不敢说自己不知道，连忙回答："宰辅公卿也是凡夫俗子，他们的亲眷都被扣了，自身又被拘在立政殿里，现在都乖得很。"

唐阳景虽然没有帝王资质，但坐在御座上已经四年，却也不是全然无知，万荣的假话哪里瞒得过他，他冷哼一声，"这群王八蛋个个狼心狗肺，乖个屁！"

他在万荣面前说话粗俗不堪，万荣心里正暗自想笑，唐阳景打了转，又问："这群王八蛋被抓来，少不得要骂骂咧咧，都骂了些什么？"

万荣讪笑道："都是屁话，也没什么。"

说了这句，他心里一动，想起一件事来，"有几个老不死的被抓之后，口口声声说要去西内请太后做主，我听得烦躁，捆了他们，塞了他们的嘴。"

万荣去抓捕宰辅公卿的时候，曾经奉命派人去佯攻西内安礼门，以此恐吓李太后，让她不敢派兵出来捣乱。虽说他是佯攻，但安礼门在有内应的情况下还是没能被他拿下，这让他心里很是不悦，以致听到有人说起要请李太后做主，就十分不耐烦。

唐阳景不知万荣心里的这番曲折，万荣的话他听在耳里，面色更加狰狞，一刀恨恨地砍在地上，怒道："西内那老妖妇一日不死，我寝食不安！"

那些朝臣哪个会肯将手里的权力交出来，若是李太后不死，他们随时随地都能借李太后的名义来跟他抢夺权力的归属，甚至于废了他重立天子。

一念至此，他猛一咬牙，对万荣道："你带上所有的兵力去会合杜梁，把太极宫给我拿下，顺便告诉你的那些将士：第一个攻入太极宫的，赏金万两，封千户侯！对太极宫内守城的人你也可诱降：开门投降的，赏金万两，封千户侯！快去！"

万荣自一早奔波到四更，已经疲惫不堪，听到唐阳景的命令，不禁呆呆地反问："现在？"

"对，就现在！"

万荣指指外面的倾盆大雨，哭丧着脸道："雨这么大，怎么攻城呀？"

唐阳景焦躁至极，见他推三阻四，更是急火攻心，双眼血红地大吼："万荣！西内那老妖妇有名位，有声望，有大义，还有精兵强将。如果不趁现在把她除了，我们都要死，都要死！你懂不懂？皇权之争，不像我们在市井里赌钱那么简单！"

第二十章
定风波

东应不紧不慢地走到山腰上，目光从宫人侍者惊惶的脸上掠过，等他们停止窃窃私语后，他才缓声说："孤在这里，天塌不了。"

风声雨声交织在一起，掩盖了将士们身上的铁甲兵器相撞的金声。由薛安之护送的李太后一行人没有经过被人围困的七门，走的却是一道将北面堵塞封闭了十几年的旧门，他们穿过西内苑的一条荒芜小径，迂回出城。走得远了，灯火长龙也变成了黑暗中的一个小点。

东应目送李太后一行远去，思绪万千。他在宫门口沉默良久，才回到承庆殿，让宫人引燃殿中的尽数灯火，然后招来明经博士给他读书。

这是一决胜负的政变之夜，西内上下留守的宫人想到主力已经尽数调走，而他们现在还要防守空虚的宫门，不禁都暗生寒意，紧张不已。

东应静静听着明经博士的朗读，遇到自己不明其义的地方，便开口询问，神态自若，没有半点因为宫变而生出的紧张恐惧。这一刻，他半点也不似在瑞羽面前那个撒娇的小童，更像一个胸有成竹、指挥若定的少年王者。

黑齿珍留守西内，由于兵力不足，便收缩兵力，将西内的外城守卫内调，布置在内城的城墙处。换防完毕，他来承庆殿向东应回禀防务，问道："殿下还有什么安排？"

东应想了想，笑问："将军自觉防务可有疏漏之处？"

黑齿珍向东应征询意见，不过是表明一个效忠的姿态，却不认为东应真能提出什么有用的意见。东应这么直白地一问，倒让他愣了愣，略觉尴尬地说："当局者迷，旁观者清，末将自己感觉怕是做得不周全。殿下目光开阔，或许另有看法。"

东应坐直身体，笑道："将军乃是沙场宿将，善于守城，既然将军认为没有疏漏，那定是没有疏漏。"

黑齿珍低头道："谢殿下信任。"

东应笑道："将军，太娘娘和长公主虽然出去了，但她们很快就能回来。你只需做好分内之事就可以了，不用太担心。"

黑齿珍又是一怔，这才知道自己的疑虑和烦乱竟被眼前这个瘦瘦小小的童子看在了眼里，便更觉尴尬。尴尬过后，再见东应一脸从容坦然，全无半点忧虑恐惧，心里微觉惭愧：这么个未经阵仗的黄口孺子面对大事尚能面不变色，相形之下，自己却无能。

"末将惭愧。"

"将军的才干出众，素得太娘娘赞誉，孤也久仰。"宫人将夜宵奉上，东应挥手让宫人给黑齿珍在旁边设了一席，道："将军辛苦了，请用。"

黑齿珍忙碌了大半宿，也早已腹中饥饿，当即道谢入席，大快朵颐。东应待他吃饱，才问道："将士们一夜不避风雨地守城，不知可曾吃过消夜？"

黑齿珍忙道："末将换防时，辎重营已经将肉粥滚汤等物送上了城头，将士们衣食充足。"

东应细问了夜宵的样色和将士的食量，判定黑齿珍并没说谎。想到刚才赐食时，黑齿珍进食的样子，他不禁笑了笑——守城的将士都吃过消夜了，黑齿珍却没吃就跑来回禀军情，虽说此人临变时紧张不安，胆色不如薛安之，但也算得上忠心勤勉。

这念头打了个转，他的口气不觉温和了许多，道："城防大任有将军在，孤放心得很。"

东应本身资质就不俗，历大难而不死，更是平添了两分气度，此时东应临变不乱，说话的口气虽然老练，与年龄不衬，却不显张狂。黑齿珍看到东应那从容自若的神态，心中的忧虑尽消，然后俯身告退。

黑齿珍退走后，东应面上的微笑依然，心却不经意地沉了下来。黑齿珍为一军统领，都不免对瑞羽和李太后的主动出击心怀疑虑，看来抽调了精锐之士的禁卫将士，也失去了主心骨，人心散乱超出了他原来的预料，整体作战能力也要比原来降低不少。恐怕西内再生大变的话，所能倚赖者不多。

想到这里，他站起身来，正想叫人准备蓑衣斗笠，亲自巡视宫城，鼓舞士气，便听到远处似乎有什么异样的声音，那声音夹杂着风雨声，模模糊糊，让人听不真切。

东应侧耳倾听，那模糊的声音逐渐清晰，原来敌军在宫城外一面击鼓鸣金，准备攻城；一面齐声叫喊，劝降西内的守城将士献门。待到东应镇定，听到这连风雨声也遮盖不了的诸多声音时，不禁心惊。

他正犹疑不决，青红已经和三名传令兵冲了进来，脸色难看地回禀："殿下，外城的重玄门失陷，唐阳景的人来攻打内城了。"

西内将兵力内缩布防，致使外城守备空虚，外城被攻陷是意料之中的事。东应初闻异声时忍不住心惊，但看到宫人内侍个个面色发白，他反而十分镇定，于是点头向青红等人示意自己知道了，问："是何人领兵？兵力总数多少？战斗力如何？他们是包围了内宫，还是集中兵力主攻哪道门？可有哪道城门告急？黑齿珍将军令你等回报军讯时又有何吩咐？"

他一连串的问题问下来，青红和三名传令兵都敛了惊慌的表情，顿了顿才回答："敌方主将姓名不知，兵力约有二万，旗帜甲胄杂乱不堪，看上去像左神策军和囚犯无赖混编的杂军。他们没有包围内城，而是兵分三路攻打阳明门、日华门和承庆门。黑齿珍将军亲自督战，令我等回禀殿下：敌军虽众，但内城稳固，又有天时相助，请殿下安心坐镇，不必惊慌。"

东应闻言一笑，朗声对两名传兵道："知道了。告诉黑齿珍将军，孤应允的：所有守城将士，赏赐千钱；若杀敌一人，则另赏万钱；若有将士奋勇作战以至牺牲，则按其功勋重赏眷属，其父母妻子都由孤建忠良祠加以抚恤。"

"诺！"

青红在一旁看着东应有条不紊地应对，颇为自己刚才的紧张汗颜，接过宫人送来的斗笠给东应戴上，细声问："殿下要去哪里？"

"我去巡视各宫宫禁。"

青红听东应说要去巡视宫禁，不禁皱眉，"殿下，外面攻城正急，也不知各宫各殿究竟谁是奸细，您去巡视实在太危险，还是不要去吧。"

东应摇头，"西内的宫人内侍从未经历战事，现在听到外面攻城正急，加上又有人以高官厚禄引诱，恐怕他们免不得疑忌慌乱。我若不巡视宫禁加以安抚，真让他们乱起来，必会多生事端，这于战不利。"

若是大雨不停，攻城者迎面而上，必会多方不利，于西内却大有益处。可天公不作美，东应刚出了承庆殿，大雨竟然停了。这夏末秋初的雨来得猛烈，去得也爽快，晚风一吹居然又是晴空明月。

东应大皱眉头，攻城的万荣却高兴万分，大叫："上苍庇佑天子，所以才拨云现晴！兄弟们，我们受天命庇佑，必然大胜！"

天晴得及时，攻城的左神策军大受鼓舞，仗着人多，将撞车、云梯等器械一一用上，攻势顿时猛烈起来，守城的将士压力大增。

内城城墙高七丈，厚三丈，各个城门都设有哨楼以及武库，滚木、礌石、弩炮、钢钉、挠钩等守城器械，准备充足。虽然守城的人数少，但城池坚固，居高临下，足可以一敌十，因此内城不易攻克。

东应的脚步停了一下，想到黑齿珍既然胸有成竹，料那敌人再强也攻不进来，于是他又坦然往东园行去。

不料他刚刚巡视完两宫，便见东北方向冒出一股浓烟，紧跟着火光大亮，竟然失火了！

青红算了一下方位，大惊失色，"佛堂失火了！"

佛堂位于西内东北角，乃是李太后常住之地，陡然间起火，让东应措手不及。他连忙吩咐一个小黄门，"快去看看究竟是怎么回事。"

西内上下的宫人内侍足有五千余人，各司其职，如果是失火，自然有司掌此职的典侍组织救火，倒不用东应亲自前去。怕只怕这不是失火，而是有人蓄意纵火。

奉命查看佛堂失火的小黄门尚未回来，西南角的三清殿又起了火。这一左一右西内两个供奉之地接连起火，显然不是意外。

东应心中大怒，索性停下脚步，冷然道："孤倒要看看，除了这两个地方，宫里还有哪些地方会'失火'！"

没让他等太久，安仁殿、咸池殿、甘露殿先后起火。宫内建筑多是木材构筑，数百年沿用下来，风吹日晒，木头早已干透，被人泼油纵火，再加上西北风一吹，火势便轰然蔓延开来。火势太猛，加之又有人暗中唆使宫人内侍四散逃窜，一时间场面混乱。

此时火光冲天，宫人四散逃窜，守城将士的军心也为之一乱，连黑齿珍也怔了怔，他拿不定主意要不要派兵去救火或者去救昭王。他念头方起，便听到当当的击锣救火之声，跟着又听见内侍舍人四方奔走大喊："昭王殿下有令，将士们各司其职，守卫宫城，切莫误信流言，自乱阵脚。所有宫人内侍，由各自的直属首领约束编排，入东海珍岛避火！"

黑齿珍验过内侍舍人诏令上的印鉴，心中大定：昭王殿下年纪虽小，行事却条理分明，轻重缓急拿捏得不差分毫。有主如此，后顾无忧，前程定会大有希望。

西内有东、南、西、咸四大湖以及一条御河，其中东海汇集三湖之水，水域最大，海中心的人造珍岛十分开阔，用来豢养珍禽异兽，其间建筑皆以青砖条石构筑，因而难以起火。只要将宫人内侍都送到珍岛上，奸细即使放火将立政、万春、千秋等主殿尽数烧了，也伤不了人，也就无法制造恐慌，这西内也就乱不起来。

东海共有两条道通往珍岛，一是浮桥，二是大小三十一条船舶。所有宫人内侍在各自的直属首领安排下排成两列，或走浮桥，或上船。此时东应一脸沉静地坐在五牙大船的甲板上，数十名精锐侍卫刀出鞘、箭上弦地在他身后侍立，偶尔有人想占先抢前，立即被侍卫兜头痛打，挨了打的宫人内侍既觉得害怕，又觉得心安。

对于大部分宫人内侍来说，最怕的不是有人用铁腕手段对他们从严管理，而是没有一个主人让他们值得依靠。宫中这种大变，若是东应不出现，他们难免会像没头苍蝇似的到处逃窜。东应出现了，他们就自然而然地唯他马首是瞻，丝毫不会因为被那些侍卫打得头破血流而怨恨他。

过不多时，所有宫人内侍都尽数转移到了珍岛。东应又命人驾船将浮桥的桥板抽去，等船尽数入港停妥，他才下船上岛。宫人内侍密密麻麻地站在渡头旁边的山坡上，惊惶地等着他上岸。

东应不紧不慢地走到山腰上，目光从宫人侍者惊惶的脸上掠过，等他们停止窃窃私语后，他才缓声说：“孤在这里，天塌不了。”

大火蔓延之际，他当机立断，传令撤退，他俨然已经成为宫人内侍的主心骨，此时这句话虽然平淡，却自有一种气势，山坡上惊慌失措的宫人内侍听得真切，便有人大呼：“殿下千岁！”

那人一喊，便有人跟着高呼，霎时间珍岛上下齐呼千岁，声音响彻云霄。欢呼了数十遍，人人的惶恐都大消，虽然困于一岛，前途未卜，他们却不觉得害怕，反而对东应生出一股崇敬之意，觉得只要有他在，天就塌不了。

东应待他们欢呼过后，才开始安排众人暂时的居住。因珍岛上的建筑多是用来圈养异兽的笼舍，除去供贵人观赏异兽后歇脚的停云馆和饲兽侍者的居所外，都不宜住人。东应首先将伤、病、老、残安置进了停云馆，其余人等依旧按原属的宫殿编排，由直属首领管束，在岛上长长的步廊里暂时休整。

五千宫人内侍中必然有奸细，当此时机，东应宁肯认错，也不肯放过。他先令各宫首领、宦官、女史将衣服鞋袜上沾了油脂等引火之物的宫人缚了，押到鸵鸡苑看管，而后他又挑选了八百名健壮有力的宦官，遍寻各种铁器兵刃，把守两个渡头，以防万一。

第二十一章
败者冠

唐阳景明知大势已去，可事到临头却不甘不愿，拼力挣扎，"朕受命于天，你们谁敢动我？朕是天子，朕受命于天……"

唐阳景在紫宸殿里坐立难安，一个时辰不到，他已经连续三十几次向李敢询问万荣的战况。李敢心知西内城池高深，即使有内应在内城纵火，若是西内的主事者不自乱阵脚，西内的城门就不会失陷。万荣率领的那群杂兵别说是一个时辰，就是十个时辰、百个时辰也不可能攻下西内。知道归知道，李敢明说却是万万不敢，只能找个借口搪塞过去。

五更过后，天色微亮，唐阳景终于拂袖道："不等他了。来人，给朕更衣着冠，准备车驾前往立政殿。李敢，你派人先去安排一下，朕今日朝议要撤换宰辅。"

立政殿里，担惊受怕的宰辅公卿经过一夜的折腾，已经没有了乍遇宫变时的惊诧和恼怒，只有无奈和痛恨。此时他们被士兵紧密监视，就连说话也不方便，彼此只能以目传意，各自有着心中的盘算。

金字时牌，东内钟鼓齐鸣，声音震天。随着钟鼓声响，头戴绛色鸡冠头巾的绿袍鸡人执事走进殿内，在朝堂下首站定，开始模仿鸡鸣声报时，提示朝官时辰已到，诸臣肃立，静候天子驾到。

比起以往的朝议来说，今天的情况很特别——大多数朝臣的身边，都有武士"陪同"，还有几位老臣，更是被捆成了粽子，连嘴也被塞住了。

唐阳景走进殿内，本应诸臣一起俯身行礼，但典侍的提示已过，所以行礼的人并不多，大多数人对这位天子只是怒目而视。

唐阳景目不斜视地登上丹墀，以最端正的姿势在御座上坐了下来，平静地开口，

"今日朝议，朕要撤换凤阁鸾台的五位平章事。"

他也不按朝议的次序询问朝臣的意见，而是一连串地发布命令，然后毫无顾忌地提携皇后的外戚。他摆出的阵仗一干朝臣都看在了眼里，所以对他的命令并不感觉意外。须发花白的十几位朝廷重臣被武士押着聆听天子的命令，他们一直都很安静，直到唐阳景的声音停下来，才开口，"臣反对！"

十几个人，异口同声地说出了这一句话。这是唐阳景早已预料的结果，但此时亲耳听到，仍旧情不自禁地攥紧了拳头，他的眼里几乎冒出火来。

这些朝臣，一直都瞧不起他，从不听取他任何意见，只拿他当傀儡，甚至直到今日，他们沦为阶下囚，仍然如此！

他才是天命选定的天子！这些人，应该在他脚下臣服！

恍惚中，他听到老宰相大声说："陛下，臣已老朽，不堪驱使。然而，臣请问，樊亮何许人物，有何德何能执掌天下？"

"就凭他是朕的岳父！"

唐阳景隐忍四年，终于在自认大权在握的时候咆哮出声，说出了他很久以来一直想说却不敢出口的话："朕要封自己的外戚和故交为官，几时轮得到你们来推三阻四？莫说朕只封他做凤阁鸾台平章事，朕就是封他为异姓王，那又如何？"

老宰相顿时目瞪口呆，一干老臣也哑口无言，望着这一夕之间面目迥异的天子，他们竟然说不出话来。

立政殿内一片寂静，越发显得殿外嘈杂，只是殿中人人都各有所思，没有留意这些。直到甬道上一群提刀执盾的甲士猛冲上来，与殿外守卫的禁卫战成一处，殿中诸人才发现情况有异。

唐阳景痛快淋漓地发泄过后，猛然看到殿外的混战，顿时面色苍白，指着李敢大吼："你去！快拦住他们，拦住他们！"

四重宫城都没有阻挡住这群甲士的脚步，仅是立政殿外用来挟持朝廷重臣的五百禁卫，又怎可能挡住他们的锋芒？这次兵变，真正一决胜负的地方，不是立政殿这方寸之地，而是陛下的眼前，因此这胜负之势早已明朗。

唐阳景内心深处未尝不知大势已去，但他既已放手一搏，不到最后关头输得一无所有，他是断然不会认输的。他也不能认输，因为他根本没有认输的余地——其实他一直都没有退路，也没有立足的余地。自他被宦官权臣们从穷街陋巷里找出来，推上那金碧辉煌令人头晕目眩的御座之日起，他就已经站在了悬崖边、火山口。

大殿内外，十丈之遥，步步皆血。李敢身边的禁卫越来越少，终于只剩下他一人跟跄倒在了殿内。至此，唐阳景身边的最后一个守卫也被彻底击垮，只剩下唐阳景孤零零地站在高高的丹墀上。

这一刻，没有人挡在他面前，即使忠诚的纳言卫辉，亦因为他突如其来的挟持之举而心灰意冷。

甲士兵戈森森，直入大殿。他们放开被捆的十几名老臣，绑了大殿中唐阳景新任命的外戚及故人，又将所有的角落都检查了一遍，确定此地再无威胁，才收起横刀，恭请诸位朝臣各归其位。

自始至终，他们不曾多看御座上的唐阳景一眼，也没有将他拉下来，更不曾对他挥刀相向。然而，唐阳景坐在御座上，却感觉到了比被人直接打倒更深重的侮辱！

这一刻之前，他大权在握，对那些瞧不起他的朝臣生杀予夺，感觉到了前所未有的畅快和荣耀。他本来以为，他已经摆脱了所有的束缚，真正成为了天之骄子、九五之尊。

他忍了那么久，等了那么久，终于得到了这份梦寐以求的荣耀，终于握住了至尊的权柄，然而就在他飘飘然的时候，他所有的荣耀、快活，就像那充气皮囊被刺了一个洞一样，噗的一声干瘪下去。

原来他所有的光辉与荣耀只不过是昙花一现，他所做的一切都只是在为别人铺路，为别人添加一抹异样的鲜亮。

他看着不知从哪里冒出来的一群宦官将战死将士的尸体拖走；看着宫人将殿外的污血冲刷干净后，又在地上铺上厚厚的锦绣地毯；看着甲士在立政殿内外分列肃立，等待他们的主人。他只觉得眼前的一切都不像真的，不是真的！是幻觉！

殿前广场的宫门层层打开，鲜艳的五彩飞凤旗，素锦丹红翔鸾旌，映入眼帘，而后便是骑着毛色光亮的白马、身披坚硬盔甲的威武卫士。行障坐障绵延，华盖幢幢，重翟宫车辘辘而来。

一夜宫变，天阙之下，多少人血肉模糊，这一行人马逶迤走来，却光鲜夺目，华彩非凡。

立政殿外侍立的宦官侍女匍匐于地，立政殿内犹疑观望的朝臣拜伏于地，立政殿内外戍守的甲士拱手于胸，他们全都对这次兵变中的胜利者恭迎欢呼，"太后娘娘千岁！"

重翟在殿前停下，女史撩起翟车的重重垂帘，瑞羽扶着李太后慢慢地走出车厢，在胡良成等人的簇拥下，他们踏着地毡一步一步地走进立政殿。这一夜亲率鸾卫出征，承担生死存亡的重任，瑞羽眉眼依旧，只是在那绚丽的颜色中，她猛然生出一股有异于寻常女子的决然戾气。

李太后面含微笑徐徐行进，摆手示意诸臣免礼，当看到十几位须发凌乱、形容憔悴的老臣跪在地上时，她连忙快行几步，亲自将他们扶起来，温声安慰，"老爱卿受委屈了。"

一干老臣一夜担惊受怕，直到此时见李太后稳占了上风，才将悬着的心放下来。想想阴沟里翻船，竟然栽在唐阳景手里的屈辱和家眷被挟持的煎熬，不禁悲从中来，忍不住老泪纵横，"娘娘，您要为老臣做主！"

李太后脸上的皱纹深刻得仿佛霜刀划过，一夜之间，她仿佛又老了几岁。她秉性善良软弱，即使在宫廷中沉浮了数十年，仍然未改，虽然起意要废了唐阳景，但此时一想到唐阳景落败之后，必然性命难保，突然有些不知如何开口，于是重重地叹了口气。

瑞羽看见祖母的神态，知她有不忍之心，便踏前一步，疾言厉色地质问踞坐在御座上的唐阳景："祖母驾临，陛下却踞坐不迎，轻慢至此，难道这就是天子的孝道？"

唐阳景面如死灰地看着瑞羽，冷笑，"你们要来抢朕的大位就明说，何必到了现在仍遮遮掩掩，用孝道来做借口？你们已经暗里筹谋要逼朕，难道要朕在老妖妇面前做出一副恭顺之相，你们就会善罢甘休？"

到了最后的时刻，他已经不耐烦再做遮掩，竟当面直呼李太后为"老妖妇"。胡良成等四阉早已拟好了请求废帝的奏折，正在寻找宣之于众的机会，此时听了唐阳景的话，当即吵吵嚷嚷，和一群朝臣一起对唐阳景痛加指责。

胜负已分之际，这一番口舌，是每个参与者都不得不极力投入的表演。那篇指责唐阳景失帝王礼仪、乱皇家制度、当被废黜的奏章，骈四俪六，宫沉羽振，华丽非凡。

废帝的奏折读完，立政殿里一片寂静，所有人都看向了象征最高权威的李太后，尽管他们都知道结果如何。在等待结果的这一刻，所有人都因为紧张而屏息凝视。

李太后轻轻地点了点头，这一次却是没有半点犹豫和不忍，道："除其印玺冠冕，废为隐王。"

四阉手下的宦官一拥而上，去抢唐阳景的印玺冠冕。唐阳景明知大势已去，可事到临头却不甘不愿，拼力挣扎，"朕受命于天，你们谁敢动我？朕是天子，朕受命于天……"

他大杀宦官，与宦官集团已经结下了不共戴天的死仇，宦官们借此机会，对他绝无半分礼让，当即拉手的拉手，按脚的按脚，把他身上的天子印玺强抢了来，并且扯下他的九旒冕、大裘、玄衣，然后捂住他的嘴将他拖了出去，冷诮："太后有诏令废黜天子，哪来的天子！"

瑞羽为李太后废帝寻找借口，但后面的一切她听在耳里，看在眼里，却生出一种世事荒谬绝伦的惆怅，她对唐阳景陡然生出一丝同情。其实，站在唐阳景的立场来说，他不甘做傀儡天子，想收拢皇权，乃是再自然不过的事，根本无所谓"错"。他唯一的错误，不过是没有成功而已。

成王败寇，他所有的过错，仅仅在于这一仗他败了！

她暗里轻轻地叹了口气，握紧了悬在腰间的横刀把手，感觉就像握住了自己一生的平安——唯有手里牢牢地握住天下无敌的兵权，自己才是安全的！这个念头她早已有，但在这一刻，她比任何时候认识得都深刻。

唐阳景和他的党羽被拖出了立政殿，李太后坐上了御座，她轻轻地摸了摸摆放在案上的玉玺，感慨万端，良久没有说话。瑞羽看了眼朝臣们的脸色，俯身轻轻提醒道："王母，据说宰辅公卿的亲眷都被隐王投入了诏狱，是不是该将他们放出来？"

李太后轻啊一声，"正该如此。阿汝，你执我诏令，前往诏狱将被隐王所害的人放出来。"

瑞羽犹豫一下，见李太后面含微笑，目光里别有深意。她怔了怔，刹那间明白了李太后的用意：李太后让她去释放朝臣们的亲眷，是要让这些朝臣记着她的人情，也是要故意支开她，以免在等会儿商议继位人选时，她因涉入过深，会被其中的利益纠葛伤害。

"诺！"

她本来也不愿在朝臣面前多露面，李太后既然做此安排，她也没有拂逆的道理。当即退出立政殿，持了诏令去放人。

唐阳景骤然发难，宰辅公卿的家眷毫无防范地被拘入了诏狱，已经一天一夜滴水未沾，个个饥肠辘辘，神情沮丧。

既然做了好人，自当把事情办得妥帖，瑞羽将一群落难贵人领到了弘文馆稍做休息，又令周昌去东内的库房领取米、粮、布、帛等物，给客人准备衣食。周昌去了片刻，便转了回来禀报："殿下，东内几座库房里的东西，都被隐王昨日犒军用得差不多了。"

瑞羽皱眉，"难道唐阳景挥霍了一下，库房就空虚到连请宰辅公卿的家眷吃一顿饭都请不起的地步？"

"那倒不是。贵客们的膳食，臣已经令人准备了。"周昌向瑞羽靠近了些，轻声道，"殿下，经过昨夜这一乱，恐怕不只宫中库房空虚，宰辅公卿家中也难保就有余粮，还有被乱兵流匪祸乱的普通百姓……恐怕京都很快就要闹饥荒。"

瑞羽的心思都围着政变打转，她还没有想到这一层，陡然被周昌提醒，她霍然一惊，转念又想到此时民间已经收了夏麦，仓廪尚足，长久的饥荒倒还不至于。只是眼下京都缺粮，颇令人头痛。

宫廷政变固然攸关生死，但比宫廷政变更棘手的事情，却是京都闹饥荒。瑞羽心头一闪，抬头对周昌道："周昌，安置宰辅公卿亲眷的事，还是交给孙建仁去办。你管束好我们的人，莫让他们在东内乱走乱动。除了接太娘娘回宫之外，别的事你都不要管。"

周昌愕然不解，"殿下，若是此时撤回我们的人，无异于把大好河山拱手让给四阉。这一番政变于我们而言，岂不是全无益处？"

瑞羽笑了笑，"这种明面上的好处，我们占着无益，让别人占了去吧！"

周昌心中不甘，迟疑了一下，问道："殿下，要不要向太娘娘禀告一声？"

瑞羽侧首看了他一眼，道："太娘娘知道了也会赞同。去吧，别耽误时间！"

第二十二章
生死决

　　瑞羽意识到其中的艰险，想到东应身处险境，不自觉地出了一身汗，惶然问："老师，你没有让东应试试垂索下来，看能不能从岛壁上爬下来？"

　　落难贵人不需要她再出面安抚，她留在东内又有违李太后要她远避是非的本意，问了去打探立政殿消息的宦官，听说李太后有薛安之、柳望保护，又有四阉和一干老臣支持，完全控制了大势，她便放心地领了一众亲卫回到西内。

　　一早控制住东内的形势后，郑怀就带着胡良成借出的三千神策军回援西内。除去少部分无赖子见势不妙偷偷弃械逃跑之外，几乎所有攻打宫城的杂兵都被围困在内外两层宫城之间，被郑怀和黑齿珍里应外合尽数歼灭，万荣也被乱箭射杀。

　　瑞羽赶回西内，见武英殿外的沙场上捆了一串串的俘虏，顿觉奇怪：郑怀做事素来首尾利落，像这样把俘虏捆了扔在地上，任得胜之后的神策军打骂的潦草事却不像他的所为。

　　她心中忧虑，急忙催马进了内城，扬声问守门的令丞："黑齿珍将军和回援的经离先生现在何处？"

　　那令丞见瑞羽率着数百鸾卫精锐回来，便一喜又一忧，苦着脸低声道："殿下，昨夜内宫有奸细作乱，逆贼明攻城门，暗里却派了精锐潜入御河，他们与内奸合力打开了西南角的拦河栅……"

　　御河自西内西南角流入，从东北方向流出，正好将东西两宫分隔开来。相对于坚实高厚的宫城来说，御河虽然有三重栅栏，但却是防御工事最薄弱的地方，且北人多不习惯水战，这个薄弱的地方很容易被人忽视。内奸能够想到偷袭这里，说明指挥者颇有眼光。

瑞羽初闻此讯吃了一惊，但又一想如果敌人这偷袭之计发挥了大作用，此时西内早已易主，就不是这样的光景了，想来即使有些意外，却也无关大碍。

"战况如何？"

"六百名叛军从御河泅入，夺取宫门不成，就转而攻打东海珍岛。黑齿珍将军和经离先生歼灭敌人后，唯恐珍岛有失，于是就率兵赶去救援了，到现在也还没有消息。"

珍岛不过是豢养珍禽异兽的地方，毫无作战价值，如果上面没有重要的人物，断然吸引不了叛军。陪同李太后进立政殿废黜唐阳景，她并不紧张，在她看来那只不过是一场并不精彩的较量，但听到这个消息，她的心一下悬了起来，惊问："昭王在珍岛上？"

不待那令丞回答，她已经挥鞭猛催坐骑，往东海方向急驰而去。还隔着几座院落，她就远远地听到了珍岛上传来的厮杀声。作战双方因为都没有充足的水战准备，所以用不上器械，只能短兵相接，拼的是双方将士的勇猛。

瑞羽遥见军中大旗所在，便奔了过去，身后的鸾卫连忙举着帅旗护着她直入军中。郑怀此时正皱着眉头观看湖面上的战事。

瑞羽急步走过去，问道："老师，战况如何？"

郑怀叹了口气，道："若是论战，我军必胜。"

瑞羽心一紧，"那小五呢？"

郑怀轻轻展开手里握着的珍岛地图，送到她面前。珍岛是由奇石为基垒构筑的人造岛，为防异兽逃逸，也为了增加岛上的奇趣，便把岛造成了盆地的形状。除了珍禽异兽放风的地方是缓坡和平地外，四周都是怪石嶙峋，临海更是石壁高悬，只有两个长长的石阶连接着渡口，供人出入。

此时东应正率领得力的宦官守在石阶上端，正面抵挡敌军，郑怀派去的援兵正从背后袭击敌军。从渡口入珍岛的石阶长不过二百多步，却密密麻麻地挤满了敌我双方五六百人，这阵势活似夹心馍。

仅从大势而言，敌军两端都是我方的人，敌军必败无疑；但以实际战斗力而言，岛上的宦官根本就不是敌军精锐的对手，他们能支撑到现在已经是奇迹。一旦石阶入口失守，珍岛内便无反抗之力，东应立刻便要落于敌手。

瑞羽意识到其中的艰险，想到东应身处险境，不自觉地出了一身汗，惶然问："老师，你有没有让东应试试垂索下来，看能不能从岛壁上爬下来？"

"行不通，岛壁高峭，又长满青苔，加之珍岛边缘假山怪石林立，难以攀登。若不是有此地势，敌军也不至于被困在石阶上进退两难。"

郑怀见瑞羽忧心忡忡，又道："人虽然上不去，但方才我已经让岛上的人吊了甲胄兵器上去，想来对昭王殿下有所帮助。"

他们援兵虽多，但受地势所限，却偏偏对夹在石阶上的敌军束手无策，只能期望岛上的宦官勇武，能再拖延些时间，或者敌军见大势已去，弃械投降。

瑞羽心中焦躁，自然无法静候，便唤人备船，想靠近些观战。郑怀皱眉道："殿下，你是主帅，责在坐镇中枢，掌控全局，怎能涉险阵前？"

瑞羽笑道："敌人全被堵在了石阶上，我远远观望不会有危险。何况现在有老师亲自主持战事，我前往阵前鼓舞士气岂不正好？"

她说的是歪理，郑怀正待反驳，但转念一想此战的大势已定，战局只限于一小部分地方，远远观望并无危险，身临其境能让她体会到环境对战争的影响，于是便没再阻拦。

瑞羽上了船，掌舵手便来问："殿下，岛上的迎曦港和夕照港都在混战，您要去哪一处观战？"

"哪一处我军将胜，我就去哪一处。"

这船给自己的战士送过补给，所以舵手对基本的战况也略知一二，闻言回报："夕照港那边的敌军弱些，想来胜他们会比较容易。"

船刚驶到夕照港外，便听到破阵的鼓声和欢呼声，夕照港石阶上的敌军鏖战半日，早已饥渴疲惫，最终被尽数歼灭。援兵上岛增援，瑞羽担心东应的安危，也随军登岛。

万荣不知李太后早已离开了西内，并与瑞羽合兵反围东内，所以他对经过水门并且有内奸接应的军队，寄予了擒王的厚望。他挑选的都是东内禁卫和左神策军中百里挑一的精锐，人数虽然不多，战斗力却很强。

珍岛的两条石阶上，攻防之战都异常惨烈，污血从最上一阶淌了数百台阶，一直流入东海里，染得港口暗红一片，敌我双方的伤亡人员和断枪残刃、破甲烂盔、石头木块满地都是。相对石阶处的惨烈而言，珍岛内却秩序井然，没有被抽调去守关的宫人内侍仍旧按照原属的宫殿分片安置，他们遵照命令往关口运送各种重要的守关之物，虽然紧张，却并不慌乱。

见到援兵上了岛，一众宫人内侍都忍不住欢呼出声，自动让路，好让援兵畅通无阻地往东边的迎曦港增援。瑞羽往人群里一望，不见东应，不禁皱眉问路边的宫人："昭王何在？"

那宫人忙答："迎曦港战事吃紧，昭王殿下亲自前往督战，鼓舞士气，一直没有回来。"

瑞羽闻东应竟然自陷险境，也顾不得什么公主仪态，拔腿便往迎曦港方向飞奔。刚跑到岛中的坡地上，她便听到迎曦港内传来一阵异样的欢呼，不是己方击溃敌军，而是敌军终于攻破了由宦官把守的岛上关口，正在大叫："生擒李氏，活捉昭王！"

守迎曦港的宦官们面对敌军孤注一掷的强攻，能支撑到此时，已是奇迹，关口一破，宦官们顿时士气大泄。此时东应身边的五十名亲卫皆已死伤殆尽，难为这些宦官狼狈逃命之时，竟还有几人记得拥着东应一起跑。

瑞羽远远地看见东应被十几名宦官拥着逃命，而在他们身后，数十名敌军正穷追不舍。瑞羽连忙拔出腰间的横刀，举刀下令道："接应昭王！"

溃逃的宦官也看到了援兵，纷纷向这边奔来，寻求庇佑，可他们不懂作战的常识，不知归队时切不可莽撞地往前冲，他们杂乱一团地奔过来，竟将援兵本来排好的阵势冲散了。这时追兵借势猛冲，传阵而出，竟然咬住了东应一行人的尾巴，眼看就要将他们屠杀殆尽。

瑞羽见东应势危，惊骇至极，顾不得自身安危，一面急令所有亲卫上前救援，一面大叫："小五，到姑姑这里来！"

东应此时也见到了瑞羽，赶紧向她这边狂奔，瑞羽的亲卫让路放东应过来，然后径直去迎战东应身后的追兵。瑞羽见他已经被自己的亲卫护在了身后，不禁松了口气，岂料她这口气刚松到一半，却又憋住了——追杀东应的敌军中，竟有一员身着明光甲的敌将异常骁勇，一杆长槊肆意横扫，她手下的亲卫竟无一人能敌。

那敌将挥槊直前，连杀十余人，竟又赶到了东应的身后。瑞羽此时离东应尚有五六步远，眼见亲人相聚就在眼前，却发现亲人命悬一线。一刹那间她无暇思索，猛地扑过去将东应护在身下，然后顺势侧倒，避开锋芒，挥刀挡住追击而来的长槊。那敌将力大无穷，一槊震得她虎口出血，半边身子发麻，横刀几乎当腰折断。

生死攸关的当口，她陡然生出一股异乎寻常的蛮力，尽管如此，她仍不撒手，横刀顺势沿槊杆前推，去削那敌将握槊的手指。那敌将应变灵活，当即回兜槊锋，大喝一声，槊杆弹甩，将她手中的横刀震开，唰的一声，又是一记直刺，向她的面门袭来。

瑞羽学习武功的时间只有一个月，她再怎么有天赋，也不可能胜过沙场悍将。那一槊刺来，她根本无法挡开，只得拼尽全力将手中的横刀掷出去，意图阻止敌将。

那敌将眼见横刀横空而来，却并不避让，只将槊杆微侧，便将横刀扫落，而槊锋的方向不变，只是顺势由直刺化为了横扫，向瑞羽的脖颈抹去。

"姑姑！"东应心胆俱裂地尖叫，猛扑过来，想将她撞开。

"殿下！"公主的亲卫也吓得失声惊呼，连忙挥动兵器，想将敌将打退。

电光石火的刹那间，瑞羽除了看见长槊袭来带起的青黑影像，听见锋刃划破长空的轻微嘶啸，其他什么也看不到，什么也听不到。

她的瞳孔猛然收缩，脖颈气流逼近的一块地方，密密地起了一层鸡皮疙瘩。自出生至今，她一直生活在危机四伏的权力中心，时刻都能感觉到生命受着威胁，但从来没有哪一次，她如此亲密地靠近死亡，真切地体会临死的恐惧。

原来直面死亡，怕到了极致，除了害怕脑中便什么都没有！

槊刀锋冷，却在触及她身体的瞬间倏地换了方向，刀脊击在瑞羽的颈上。东应也在此时扑到瑞羽的身边，将她撞倒在地，公主亲卫也赶到，将那敌将逼退。

瑞羽颈间剧痛，耳朵嗡嗡作响，眼前金星闪烁。直到东应大声哭叫，她才意识到自己居然没有死。

东应趴在瑞羽身上，一面尽力地张开手臂想护住她，一面哭叫："姑姑！姑姑！"

瑞羽虚弱地叹了口气，惊魂未定的她却不能不开口安慰看上去已经吓坏了的东应："小五，别哭！姑姑没事，没受伤！"

东应听到她的声音，这才放下心来，只是哭声一时收不住，仍旧哽咽着问："姑姑，你真的没事？"

"真的没事。"瑞羽用手摸了摸脖颈。除了耳　被击碎，耳后一片头发被削断之外，脖子上就只有一条肿痕，伤得并不重。

那敌将为何在将要杀死她的时候，又放过了她？想活捉？

瑞羽抬头看去，那敌将正与公主亲卫混战成一处，那杆长槊左挑右刺，横扫竖劈，每一式都简练有力。那敌将虽然被数十名亲卫围攻，却是越战越勇，毫不畏惧。

瑞羽怔然间，远处突然一支破甲锥飞入战团，正中那敌将左臂的手肘，紧跟着第二箭射中了他的右臂。那敌将的关节要害连中两箭，终于拿不稳手中的长槊，被众亲卫一阵攒刺，仰天倒了下去，也不知是死是活。

瑞羽和一干亲卫与其较量，不禁暗生佩服，见他倒地，竟也没有再扑上去补两刀。

瑞羽见敌将受制，这才觉得被吓飞的魂魄落回了原处，想到射中敌将的两箭竟能恰好射在甲胄连接的关节间，一举重创敌人，她不禁对那射士的准头也好生佩服，于是便向来箭处张望。

对面的缓坡上，郑怀手持长弓，正疾步向这边赶来，看来刚才那两箭竟是他所射。郑怀虽然也教她武艺，却一向做文人打扮，在她心里实在没有他能上阵杀敌的印象，乍见他身披甲胄、手持长弓的样子，她不禁呆了一下。

郑怀是在听到瑞羽由夕照港上了珍岛的消息后，才匆忙乘船赶过来，恰好当时迎曦港的石阶口被敌军攻陷，己方的援兵也很快杀退了敌军，郑怀于是就率兵从迎曦港登了岛，正好看到瑞羽受伤。他两箭将那敌将解决，便往这边急赶，一把将坐在地上还没有醒过神来的瑞羽拉起，急问："伤势如何？"

他待瑞羽和东应一向严厉，瑞羽对他又敬又怕，今日第一次看到他这么直白浅露的表情，不由得瑟缩了一下，才醒过神来，连忙道："只伤了些头皮，没事。"

郑怀的目光在她脖颈处扫了一眼，确定她所言不假，这才将胸中憋着的一口气吐出来，瞪着瑞羽和东应，厉声怒斥："千金之躯，不立危墙之下。你们身为人主，怎么连这点自觉性也没有？"

他这一骂倒比平日里不温不火地否定更让人觉得亲切，东应忙道："对不起，先生，姑姑是因为我才受的伤。"

郑怀也远远地看到了事情的经过，恼怒之余，心里也颇为欣慰，顿了顿才道："你们姑侄知道长慈幼孝，很好。但救人应该仔细判断形势，切不可如此莽撞，否则救不了人，还会伤了自己。"

师生三人话毕，一齐去看那逼得他们险象环生的敌将。那敌将已经被亲卫绑成了一只肉粽，其人经过一夜苦战，满面血污，已是难辨五官。瑞羽隐约觉得此人有几分面熟，仔细端详片刻，才想起他是谁，"元度？"

第二十三章
帝星晦

如今政局飘摇，山河震荡，天下皆反。京都是非之地，不宜久居。我欲
寻一处桃花源安置王母和小五，遍数天下州郡都不可得，老师有何指教？

李太后和权阉朝臣互相妥协，立淄博王唐阳林为天子，即日登基。

李太后的权威大盛，虽然她依旧以养病之名长居西内，并不参与朝政，但朝野上
下无不对她毕恭毕敬，不敢稍有违逆。

四大阉没能如愿扶立他们满意的人选，瑞羽也放弃了最初约定的右神策军的兵
权。作为补偿，四大阉答应从少府中拨一批钱粮、甲胄、器械，支持瑞羽组建一支
三千人的亲卫。

每个人几乎都遂了心愿，只是政局越发动荡。被唐阳景纵容的犯人和无赖子，该
杀的杀，该抓的抓。京都此时因为缺粮而闹起了饥荒，令天下各道往京都输粮的命令
刚下，便传来西北伊吾诸郡自立为王的消息，安西都护府被攻破的消息。朝廷诸公
刚支出十几万钱，勉强打发走前来寻求补给的西北边军，关东又报旱灾，南荒也报大
涝。灾情尚未查清，蛰伏的白衣教又揭竿而起，衣食无着落的灾民纷纷响应。刚按下
葫芦又起了瓢，天下十道，乱了五道，另外五道也摇摇欲坠。

天下处处着火，朝廷便是被火烤着的一只铜炉，天子后妃、公主皇子也好，宰辅
公卿也罢，都只是铜炉里煮着的豆子。

李太后虚弱不堪，一次废立之事，便已耗尽心血。大局初定，她就旧病复发，卧
床不起，虽然没有性命之忧，精神却越发不济，所以需要安神静养。不过经此一役，
她对瑞羽和东应信任有加，尽数将西内的事务交付下来，从此不再操劳。

瑞羽在东应重伤归来后怒气交加，既对自身的处境心焦，又对整肃宫禁之事急于

求成。情急而不能静心的时候，她经常觉得一切都不尽如人意，到此时大局在握，缓下气来，平心静气，反而觉得顺心如意，眼前一片晴朗。

直到此时她才恍然大悟，原来这是因为自己历练不足，虽然从小就被教导要临变不乱，但一遇挫折，她还是有些手足无措。找出了毛病，放宽了胸怀，她的眼界也就自然广阔起来，开始真正地掌握了身处权力中心而静观风云变幻的窍门，并学以致用。

这一番蜕变，让她的恐惧慌乱尽去，举止间带出的从容镇静，无声无息地安抚了西内上下人心。

她此时眼界已然与过去不同，应对西内的风云变幻她已游有余刃。再看看这左右天下大势的宦官、权臣、世家、地方藩镇、白衣教匪，看看这天灾人祸，便不再心存畏惧，而是觉得身处这盘根错节的利害关系之中，实在难以独善其身，倒不如退出局外，全盘放弃，而后再重整河山。

然而，若要退出这盘迷局，她就应当先有个稳定的立足之地。这纷乱的天下，到哪里去找一处可以让她立足的地方？

她展开舆图，目光在舆图上巡视，从北而南，自西向东，一点一点地扫过：陇州、梁州、庆州、洛州等地离京都太近，地虽富庶，却仍在是非之中；延州、并州、云州等地处北疆与诸胡交界处，连年交战，士卒虽强劲，民生却艰难；矩州、姚州、袁州等地藩镇割据，绝不可能容她入驻，且地方偏僻，不足为倚；魏州、兖州、寿州、光州等地有白衣教作乱，盗匪流寇四处为祸。

她在舆图前站了许久，却始终未能找到一个如意之所，正拧眉沉吟，殿门被推开，郑怀走了进来，拱手行礼，"请殿下安置。"

瑞羽见他进来，眉头松开，微笑还礼，"请老师安置。"

行过安置礼，郑怀便道："殿下，新招募的五千青壮之士已经安置在灞上，由镇护将军柳望负责安抚。老朽已将花名册及一应粮草甲胄的账册带来，请殿下过目。"

瑞羽错愕无比，"征召令颁发至今不过二十日，消息最远只及关东，怎的就能招募到如此多的青壮之士？据闻父皇征召天下志士讨伐割据的藩镇时，招募十万将士足足花了一年的时间。难道这皇位几度更迭的十几年里，民间青壮之士反而比我父皇在位时更多？"

郑怀脸上不无苦意，摇头道："殿下，不是民间多添了户口，而是北旱南涝，白衣教又作乱，劫掠关东，逃荒者众多。灾民听闻征兵，踊跃报名，以图温饱。"

瑞羽哑然，接过郑怀递来的花名册和账册，默默地看了起来。那账册的精细之处自有专人处置，她只需看缺损盈余的大概数目。少时她便看完，合上账册问："钱五万，马二百匹，甲胄兵器的缺损替换略少罢了，怎么军中余粮只得二千石？这还不够五千士卒十日之供。是没去五坊处领取，还是五坊使不肯给？"

郑怀欠身回答："殿下，军中原有钱十万，米二千五百石。只因所招募的士卒多是灾民中的青壮，尚有家小需要供养，因而不少人恳请柳将军恩典，先支些钱米养活家小。老朽以殿下之名，拨了五万钱、五百石米分发给士卒。当时情急，未及向殿下请示，请殿下降罪。"

"老师说的哪里话，新军筹建是我托付给您的事，您便宜行事，也是应该的。"

瑞羽也知郑怀是在避收买士卒之嫌，一语既毕，有所感触，又道："赈灾抚民，实是朝廷职责所在。难道朝廷就没有一个稳妥的赈济安抚之法，以致灾民现在只能靠投军来养家糊口？"

郑怀叹了口气，"殿下身在宫中，不曾目睹。"

瑞羽惊怔，"老师言下之意是灾情比我想象的更重？"

郑怀点了点头。瑞羽呆怔片刻，强笑道："西内不闻朝廷政事，罢了。老师，军中钱粮马匹等物资短缺，是没向五坊处申领，还是他们不给？"

"柳将军四次派人到五坊小儿处领取钱粮，内知使皆以京都粮荒没有余粮为由，拒绝了。"

瑞羽轻哼，"五坊小儿历来打着天子的旗号，卖官鬻爵，广收贿赂，不知积了多少财富。纵是没粮，钱必是不缺的。四阉答应助我筹建长公主亲卫，如今又不肯出钱，这是欺我王母不理事呢！"

郑怀不答话，瑞羽却也没有再发作，先将账册放下了，对他道："只要五坊小儿在，要钱倒不难。只是眼前却有一件极难抉择的事，弟子深感惶然，想问问老师的意见。"

她说得郑重，郑怀不禁整肃了脸色，认真对待，"殿下请讲。"

"如今政局飘摇，山河震荡，天下皆反。京都是非之地，不宜久居。我欲寻一处桃花源安置王母和小五，遍数天下州郡都不可得，老师有何指教？"

郑怀霍然抬头，吃惊问道："殿下在这等时机，竟舍得放弃权柄，隐逸世外？"

瑞羽道："细察天下之势，如今就算真有人能掌握京都至尊权力，那也不过是沙上垒塔，海中筑楼，翻覆只在顷刻。与其大难临头时惊慌逃窜，不如在风平浪静时从容抽身。"

郑怀怔住了，好一会儿才道："时局艰险，殿下心生畏惧了？"

"不是。"瑞羽凝视着宽大的舆图，轻声说，"我只是觉得不破不立。"

郑怀这一下，却是真的悚然而惊，腾地站起身来，失声道："殿下，你竟预备放任天下大乱，而后再从头收拾？"

瑞羽颔首，反问："难道不可以吗？"

"这太大胆了！实在太大胆了！"

郑怀这一生也算大起大落，但陡然听到瑞羽这样的打算，仍然觉得不可思议，喃了两句，方正色问：

"如今世族豪强兼并土地，大阉权臣把持朝政，西北自立，西南、北疆、东北十几大镇的节度使也久不听号令。关东大旱，南荒大涝，白衣教又兴风作浪，趁火打劫。天下大乱，百姓流离失所，社稷倒悬只在顷刻之间。太后和鸾卫若在京都，皇室尚有最后的名分大义和武力依仗；若是太后和鸾卫退出京都，就相当于从本已倾斜的皇室中再搬走一根栋梁，这会使无能鼠辈更加肆无忌惮。不破不立四字说来好听，然而殿下有何倚仗？你以为退出京都，放弃大部分权柄之后，仍然能够重新得到权柄，再立宗庙？若是你撒手之后，有人以经天纬地之能，翻转乾坤，夺了华朝帝位，那么你退出京都之举，就无异于背弃了祖宗社稷，大华江山。殿下，你异想天开，可想到了这些吗？"

祖宗社稷在恪尽孝道的瑞羽心中，分量之重，非同一般。其实她早在有了退出京都的心思时就已经想过社稷江山，当郑怀再次说起，她脸色仍不由得白了白。

在这如山般的重压之下，她的腰身始终不曾弯曲半分，仍然笔直秀挺，她轻轻地说："老师，你说的我都想过了。尽管这个念头有些疯狂，但除此之外，我不认为还有别的好办法。"

她站起来，指了指书房内的书墙，道："这些天，小五和我翻看从弘文馆借来的本朝史书，发现货殖志里的记载每况愈下。自我父皇晏驾，朝廷对藩镇软弱，对北方诸胡妥协，已经十五年未有州郡大战。然而我父皇在世之时，天下十道，有八百六十五万户，田亩六千九百万顷，盐铁岁入四百万缗。十五年太平盛世，户口田地不增反减，如今只有四百万户，田亩二千一百万顷，盐铁岁入二百万湣。那些户口、田地、盐铁、岁入都到哪里去了？难道突然发了一次瘟疫，变没了不成？

"不是这样的，是因为田地被权阉、官宦、世家等豪强兼并了，失去田地的百姓或是成为游民，或是变成了他们的奴婢。这些豪强有一部分免除赋税的特权，在他们名下的户口田地是他们的私产，为了逃避向官府纳税，他们隐瞒了户口田地。

"他们因为隐瞒户口田地的数量，因而获取了巨大的财富和权势，而这些财富和权势又为他们继续兼并田地提供了更有力的保障。因此这些豪强盘踞一方，个个不是皇帝，却形如皇帝。官府收取的赋税还需要用来支付官吏的俸禄、将士的军需等种种开销，地方豪强的财富却仅用来安闲享乐。

　　"更要命的是，明知他们的种种作为已经践踏了法纪纲要，皇家却偏偏还不能动他们。因为这已经不是某一处的弊病，而是天下的惯例，如果天子按律令去约束他们，山河立即就会震动，御座立即就会不稳。

　　"放任他们下去，时间久了，此消彼长，纵使皇室还想再容忍他们，当土皇帝当久了的世家，也难保就不想尝尝当九五之尊的滋味。"

　　她说到这里，不自觉地激动起来，霍然转身看着郑怀，"户口、土地、盐铁、收入减少了，而朝廷每年收取百姓的赋税却仍旧是二千五百万贯，这意味着什么？意味着老百姓现在承担的赋税，是我父皇在世之时的三倍！赋税如此沉重，老百姓能吃饱饭吗？有寒衣穿吗？养得起妻儿老小吗？遇到生病或者灾年，他们有余粮余钱熬过难关吗？"

　　郑怀轻轻地摇头，道："若是能熬，白衣教也乱不起来。"

　　瑞羽嘿嘿一笑，面色中却有股异样的严厉，轻声说："老师，我不似我已故嫡祖母般有耐心，肯用二十几年时间去慢慢改变政局。在我看来，这天下的腐败已经深入根本，用汤药来治，是怎么也不可能治好的。天下早晚都要乱，那还不如让这些乱民拔了旧根，再建新朝。"

　　郑怀心中百感交集，良久无语，半晌才道："中枢之权让出，只需一退，再想夺得，却艰难至极。殿下这是置之死地而后生的涉险之法，只怕置之死地容易，后生却难。"

　　瑞羽笑了笑，一指身后的舆图，"正因为艰难，所以才要请教老师。天下十道，三百五十八州，何处可供我和小五暂居休养？"

　　郑怀震撼犹存，但他看天下大势的目光仍在，目光在舆图上巡视片刻，他便指着舆图上的一处地方，道："此地甚好！"

　　瑞羽大惑，"这里？"

　　"正是。"郑怀点头，徐徐道，"殿下既然已经放弃中枢，就当取边角之地安身。然而细察如今天下之势，四角之地虽富，但不足以为根本：民虽殷，但不足以供军资：地虽险，但不足以遏兵锋，只可暂居一时，却不足以积蓄殿下他日再取天下的力量。唯有此地，虽然看似荒芜不堪，却可以安居；西望中原，又可以新立城郭，且正合殿下心意。最重要的是，此处……"

　　师生二人正对着舆图指点江山，外面的青红急促敲门，禀报："殿下，昭王殿下遇刺！"

　　瑞羽大惊而起，匆忙道："劳烦老师替我在此值守，便宜理事，我去看看小五。"

　　郑怀近期因为将全部心神都放在瑞羽身上，不定课时，随时教导，因而也就没有再充当东应的老师。但他与东应过往的情谊也不薄，听到东应遇刺的消息，二话不说便应诺："殿下自去便是。"

第二十四章

隐王故

东应冷笑一声，"她们敢谋算我，有这方面的原因，但也不仅如此。说到底，她们不过是欺我年幼罢了！"

自立政殿之变后，京都大势已定，鉴于西内两次出现内奸，瑞羽便开始清查宫人内侍，整肃鸾卫和禁军。鸾卫和禁军有异心者被大批撤换，宫人内侍也被大批地放出了宫。

原本在安仁殿近身服侍东应的宫人内侍，共有一百二十余人，除去乔狸等几个历经事变、忠实可靠的人以外，也被尽数撤换，这其中就包括了与东应最亲近的几个以"紫"命名的执事女史。

这几个名字中带有"紫"字的婢女都是服侍东应从小长大的，所以彼此情分厚重。她们受叛变的紫萱牵连，不可能再留在宫中。今日一早遣她们出宫时，东应念旧去送行，刺杀便发生在重明门外的通衢下。被遣散出宫的阉人里，几名刺客借机向昭王殿下谢恩，挨到东应身前，突然伤人。

东应随行的亲卫都是李太后亲自挑选的高手，几个刺客本来根本就近不了他的身，但这时候，站在他身边的紫砚和紫晶突然推了他一把，将他推出了亲卫的保卫圈，刺客的匕首正好刺中了他的胸口。幸好瑞羽一直强求他穿金丝软甲，刺客接连两刀都被软甲挡了回去。

这两刀虽然没有伤到他的身体，但对他的感情却是个沉重的打击——他身边的八个"紫"，是他一直信任倚重的人，彼此感情深厚。紫萱背叛，他并没有亲眼看到，而是事后听说，他只是稍稍难过，可眼下紫砚和紫晶当面背叛他，欲置他于死地，他的伤心和愤怒实在是难以言表。

他最信任的八个执事女史，居然有三个心怀不轨，那岂不是说明她们辜负了他一直以来对她们的亲近和喜爱，他看错了人，也信错了人？这何止是感情遭遇背叛的愤怒和伤心，这更是眼光和智慧都受到质疑的委屈和难过。

瑞羽得到消息时，刺客已经被他的亲卫剿灭，他也安全地回到了宫中，只是心绪难平，一口恶气堵着，难受至极，乔狸请了大夫过来给他看病，他忍不住大发雷霆，吼道："我没伤没病，不用看，问什么？滚！滚！滚！"

他一向温柔和善，自入了西内，这还是他第一次发这么大的脾气，侍人和大夫都被他吼得不知所措。

瑞羽还在外面，就已经听到他的吼声，连忙快步疾行，扬声问："小五，你可是疼得厉害？"

东应一眼看见瑞羽，便喊了一声："姑姑！"言毕，双眼就不由自主地湿了。

瑞羽吓得连忙过来细看他身上的破损处，有些纳闷，"好像没伤着啊？"

她正琢磨着，东应双臂一张，搂住了她的腰，脑袋抵在她的颈窝里。她一怔，连忙挥手将乔狸等人屏退，这才柔声问："小五，你怎么了？"

"姑姑！"东应声音哽咽，委屈至极，却不知该怎么诉说，只是眼泪汪汪。瑞羽既怜惜又奇怪，想了想才恍然大悟，"可是那刺客……那刺客莫非是昔日服侍你的近人？"

东应的郁结终于有了发泄的出口，哽咽道："姑姑，我并不曾亏待她们，为何她们会一而再、再而三地欲置我于死地？"

瑞羽一时不知该如何化解他的伤心难过，她的身份和东应相若，都为人主，知道被信任的人背叛，会是什么样的心情。平民百姓，也希望自己信任的人不会辜负自己，更何况像他们这种人上之人。他们一举一动关系重大，若遭遇背叛，必然牵连者众，所以他们比普通人更希望自己信任的人能够对自己忠诚。

可是自古以来人心最难测，谁又知道自己信任的人是否真的忠诚呢？

瑞羽心中怅然，好一会儿，才轻轻地拍着东应的肩膀，安慰道："小五，这不是你的错，莫伤心了。不要为了几个卖主的叛贼伤心，不值得。"

因为在立政殿之变中戍守西内表现出非凡的才干，东应这些日子在宫中的地位急剧上升，连清查宫人内侍、进行替换这样大的人事变动，他也能做主，他正式尝到了掌握权柄的滋味。但同时，臣属对他的敬重惧怕也渐多，而亲近狎昵也渐少。

他自被李太后收养，就被封为亲王，但用一个"孤"字自称的时候并不多，他是直到现在才真正体会到。

"姑姑，如果连她们都能背叛我，这些臣属还有谁值得信任？"

瑞羽见他受挫极深，以致疑心，恐怕他钻了牛角尖，心胸就会狭窄，日后看人就会狭隘猜忌，难成大器。

"小五，诚然有人背叛了你，但同是你的近侍，乔狸等人却陪着你经历生死。可见这世间固然有丧心病狂卖主求荣的无耻叛徒，但也有忠心耿耿以死报效的义士。若是因为一两个叛贼你就疑心所有臣属，岂不是因噎废食？"

东应得她温言抚慰，渐渐平了怨愤，只是仍旧闷闷不乐。瑞羽想了想，拍拍他的手，问道："小五，想必此时亲卫正在审讯刺客，应该已经问出了指使者，要不要姑姑带你亲自去复仇？"

东应犹豫片刻，心头仍旧不平，狠狠地说："好！"

瑞羽不提这件事，他此时不会想到要去找指使者复仇，起意待要去寻仇，他便有些急躁，奔进内室换了衣裳，拿了宝剑。

姑侄二人走出门来，正好遇见审讯刺客的侦骑司都尉赶了过来。瑞羽一眼看见那旅帅脸色青黑，神情恼怒，便问："欧长，刺客供了些什么？"

欧长跪拜行礼，回报："殿下，隐王暴毙，刺客供述是隐王妃所遣，为夫报仇。臣以为事有蹊跷，想对同谋的两名宫女动刑，只是宫中有旧例，不得对女子用杖刑，故来请二位殿下特许。"

唐阳景被废，落入宦官之手，自是难逃一死。他已经死了，但要说他的王妃、旧日的皇后还有能力派遣死士策划这场谋杀，瑞羽却是半分也不相信。既然已经决定退出京都，她也就无意再纠缠下去，正待否决欧长的提议，又想起此事起于东应，便将目光移向了东应。

东应心中愤怒犹存，却也知此案若查，必然牵连极广，他也不愿在局势稳定的时候再掀惊涛，便摇了摇头，道："既然招供了，是隐王妃所遣，就不必再问了。"

欧长以为他是念旧情，不忍对两名宫女用刑，便问："那两名宫女，当如何处置？"

东应抿了抿嘴，猛一咬牙，决然道："斩！"

他下的命令决然无悔，但手不自禁地拉紧了瑞羽，他似乎想靠着她的支持而站稳。她安抚地握了握他的手，轻声道："小五，你也不用太伤心，也许她们有什么苦衷，迫不得已才做了糊涂事。"

"不管她们有什么样的苦衷，她们陷我于死地就是忘恩负义。"

东应仰面朝天，以免被外人看到自己失态，"她们有什么样的苦衷？如果是被人财帛收买，那是卖主求荣；如果是受了别人的恩惠不得不报，难道说我就不曾给她们恩惠？若是她们遇到艰难之事，予必会伸出援手；若是她们受人挟持来谋害我，那么别人有权势要挟她们，难道我就不值一提了？"

瑞羽没有想到他的想法竟如此长远，怔了一下，陡然有所感悟，轻声道："人往往对距离远的人莫测深浅，心存敬畏；往往对太过亲近的人，轻视忽略，看低其才干能力。"

所以普通百姓对皇家、对皇帝敬若神明，而在皇帝身边侍候的宦官，则完全无畏皇权的威严，谋害后妃皇子只当等闲，操纵天子废立也凭喜恶。想来东应身边的女史，在紫萱之事后，仍然敢暗害他，便是因此之故。

东应冷笑一声，"她们敢谋算我，有这方面的原因，但也不仅如此。说到底，她们不过是欺我年幼罢了！"

虽有瑞羽开解，但他话音里仍有不忿不平之气。瑞羽虽然有所觉察，但又一想东应原来的性格并不利于他日后立于乱世，便不再多言。

自唐阳景被废黜为隐王之后，就连同他的妻儿被关在了五坊，由孙建仁派人看守软禁，等到新君登基大典之后，再做处置。事实上，等候新君最终处置只是一句空话，唐阳景得罪过宦官，如今落到了宦官手里，必死无疑，只是不知究竟怎么个死法罢了。

五坊的宫监宦官听说近日权威正盛的西内长公主及昭王殿下驾临，连忙打开中门，将二人迎了进去。他们一面安排各种歌舞百戏，一面谄媚地笑道："二位殿下一向少出西内，难得今日来五坊。恰好近日坊内新排了百戏歌舞，老奴这就令人去点召班头，定让二位殿下不虚此行。"

五坊原是皇室蓄养歌舞百戏诸般伶人戏子的地方，中期之后，宦官为了掌权，往往多方引诱天子沉溺游乐，因此多年积累下来，坊内蓄养的伶人戏子过千人，歌舞百戏等杂艺妙绝天下。若是普通少年见了，难免喜爱进而沉溺。

只是瑞羽和东应得郑怀教导，数历宫变，深知五坊的利害，他们虽然也喜好游戏，却懂得克制，并不沉迷，"不必了，听闻隐王薨逝，予和昭王是来探视隐王妃的。"

那宫监听到他们是来探看唐阳景遗孀的，脸色微微一变，强笑道："殿下有所不知，隐王妃伤心隐王之逝，积虑成疾，已经得了失心疯。若有生人靠近，就会骤起伤人，情状可怖。二位殿下千金之躯，还是不要轻涉险地吧。"

"疯了？"

二人都怔住了，半信半疑，瑞羽略一沉吟道："也罢。不过隐王薨逝，予和昭王既然来了，不能不到他灵前祭拜。还请阿翁前导，带予和昭王到灵堂致哀。"

人死为尊，灵前上香是应有之义，那宫监也不能拒绝，只是脸色更显尴尬，嗫嚅片刻，方硬着头皮道："殿下恕罪，近日坊内为操持新君的登基大典，人手不足，尚未来得及替隐王设灵堂。"

唐阳景"暴毙"不出人意料，他的遗孀"失心疯"也不出人意料，但他死在五坊之内，宦官们却连灵堂也不设一座，却实在出乎姑侄二人的意料。

瑞羽愣了一下，才问："隐王可入殓安葬？"

那宫监虽知唐阳景正是被西内李太后所废，唐阳景死了，想必西内不会有人怪罪，但他们所做的事实在过分，见瑞羽问得仔细，不由连连顿首请罪，惶然道："殿下，老奴等人本要将隐王入殓安葬的，怎奈隐王妃发狂阻止，绝不许人靠近半步，故此隐王的遗体仍在杂芜院。"

东应皱眉道："隐王妃再怎么发狂也只是个女流，能有多大力气？你们先将她抓住，将隐王的遗体入殓了再说。"

那宫监出了一身汗，连忙应道："是，老奴这就派人去办。"

东应怀疑这些宦官会因为唐阳景生前的作为而拿唐阳景的遗体出气，于是便拉了拉瑞羽的衣袖，悄声问："姑姑，我们要不要去看看？"

他的担心瑞羽如何不知？只是唐阳景已经死了，这些宦官要拿唐阳景的遗体作践，也就作践了，此时他们再去看也于事无补，却会令宦官多生猜忌，很是无谓。

"不必了，我们还是等他入殓之后，再去灵前上香，也算尽尽心意。"

那宫监见二人果然无意追究唐阳景之死，暗里松了口气，派了亲信手下去安排隐王的后事，又殷勤地奉茶献舞，连对二人的亲卫也礼让有加，不敢有丝毫怠慢。他的手下办事倒也利落，过不多时便来回报："二位殿下，隐王已经更衣入殓，安放在灵堂里了。"

第二十五章

识险恶

隐王妃磕头磕得眼黑耳鸣，好一会儿才发现儿子已经气息断绝，呆怔片刻，发出一声撕心裂肺的厉叫："儿啊！"

宫监前头带路，领着二人往临时搭起的灵堂走去。唐阳景是宦官的大仇，在东应催促之下，他们才为唐阳景入殓设灵，自然没有宗室亲王大行的礼仪，简陋得很，只是临时去找了副薄皮棺材先将他装了进去，然后安排五坊内现成的乐人奏哀乐、唱挽歌，以此来糊弄瑞羽和东应。

姑侄二人虽然看得出其中的猫腻，却也懒得追究，挥退乐人，然后到灵前供了两炷香，彼此对视一眼，都意兴索然。因为刺客招供隐王妃，他们才来这里兴师问罪，哪料到了五坊没有兴师问罪，反而帮唐阳景收尸送葬，这一行真可谓难堪。

东应出了灵堂，蓦然想起一事，又问："怎么不见鸣朝？隐王连生六子皆夭，唯他幸存。父亲大行，他理当披麻戴孝。"

安置灵堂的小宦官忙赔笑道："鸣朝王子方才伤心过甚，哭昏了过去，故此奴婢让人把他移到偏厢安歇。"

说话间，偏厢突然传来一阵砰砰的轰响，紧跟着是一阵嘈杂声，有人惨叫："啊！疼死我了！"有人大喊："快按住他！小兔崽子好狠！"

这一听就知其中发生了什么事，瑞羽待要装聋作哑，又想唐阳景毕竟做过天子，是皇室子孙。这人虽然死不足惜，但皇室尊严却也不容人任意践踏。一念至此，她停住了脚步，道："放了鸣朝！"

那宫监犹豫不决，他的手下也就不敢妄动。瑞羽早知，皇室在东内的宦官眼里威严大减，却没有想到竟然减到这种地步，不禁冷哼一声，问道："阿翁可是要予亲自派人去放人？"

瑞羽和东应随行的亲卫都是精选的高手，他们在一旁虽不言不动，但精神面貌却与普通士卒大不相同，自有一股肃杀冷厉。那宫监看了一眼护在瑞羽身边的亲卫，再想到立政殿之变，于是一面示意手下去放人，一面道："岂敢！老奴只是担心鸣朝王子体弱，不堪再为父亲举哀。"

偏厢的门打开，一个瘦弱的身影猛然冲了出来。东应定睛一瞧，吓了一大跳，眼前那人又黄又瘦，鼻青脸肿，脸上全无半分血色，唇边带着血迹。整个人衣衫褴褛，头发蓬乱纠结，哪里还有一丝锦袍金带、粉雕玉琢的皇家皇子的样子？就是街上的小乞丐，也要比他多些活气灵动。

无论他和瑞羽事前怎样设想，也没想到就在五坊之内，短短十几天时间，这群宦官就能对一个才十来岁的孩子下这般狠手，将他凌虐成这副鬼样子。

那宫监偷偷地看见瑞羽和东应脸色铁青，连忙辩解："二位殿下休要误会，鸣朝王子身上的伤，乃是已故隐王病中殴打所致……隐王身患疾病，发作起来剧痛难忍，不免就对同居一室的王妃和王子挥拳相向。老奴等人阻止不及时，还盼恕罪。"

瑞羽见这人谎话说得顺溜，连眼睛都不眨一下，不禁一笑，并不多话。东应见到鸣朝的惨相，心中凄然，连忙大步上前，想伸手将他扶住。不料鸣朝望着他，却是满眼的仇恨和怨毒，他嘶声厉叫："你们杀了我父皇，却又要来害我母后，我杀了你们！"

鸣朝说话间倾身向东应撞去，他手里握着一根鎏金簪，簪尖锋利，直刺东应的咽喉。危急之间，东应身后的亲卫飞蹿上去，猛地攥住鸣朝的手臂，用力夺下簪子，再飞起一脚将他踢了出去。

瑞羽这才将东应拉回身边，这突生的变故也惊得她出了一身冷汗。无论鸣朝有多么可怜，但此时他想伤东应，绝不可饶恕！

"鸣朝！你好生歹毒！"

当她确定东应无恙，正待发作时，却听到一声尖厉的凄叫："朝儿！"

那声厉叫比她的呵斥声要大很多，惊得她一愣，却见一个衣衫褴褛的女人从偏厢里冲出来，扑到鸣朝身边痛哭流涕。原来唐阳景一家自落入宦官手里，就备受凌辱，早已虚弱不堪。救护东应的那名亲卫，一身武功，力大无穷，只一夺一踢，便已经将鸣朝的手臂拗断，踢得鸣朝摔在石阶上，头破血流，不知生死。

那女人正是隐王妃，她抱着鸣朝哭得声嘶力竭，泪如雨下，终于把鸣朝叫醒。鸣朝醒来看到隐王妃，便呻吟着挣扎道："母后，我疼……"

隐王妃手忙脚乱地去捂他后脑的血口，一面哭，一面哄："乖儿，不疼了，不疼了……"

她哄着哄着，又陡然想起应该叫医生，慌忙转头求助："快叫大夫！给我儿找大夫！"

那宫监只当没听到她的叫唤，关切地过来问东应："昭王殿下，您没伤着吧？要不要紧？您受惊了！"

东应对他厌恶至极，自然不肯答理他，只是安慰瑞羽："姑姑，我没事，别担心。"

隐王妃见身前人数上百，却无一人出声替她找大夫，顿感绝望，双膝着地，连连叩首，嘶声厉叫："求求你们，发发慈悲，快叫大夫来救我儿吧！求求你们了！我求求你们！"

东应无恙，瑞羽心中的憎恶便减了几分，她见隐王妃救子心切，磕头出血而不自知，不禁动了恻隐之心，于是便向那宫监道："你还不快派人去传大夫？"

宦官一系都恨不得唐阳景满门死光死绝，整日对其百般折磨，让他们多受活罪。此时他们在瑞羽面前露了落难之相，宦官们已经很是不悦，怎肯真心找人给鸣朝治伤？应虽然有人应了，但那找来的究竟是治病的大夫，还是催命的鬼差，那就难说了。

鸣朝已经神志不清，但还有一分对外界的感知，听到母亲哀求的声音，他便摸索着扯住她的裳角，气若游丝地说："母后，别求……别求这小人……我宁肯死了……不求他们……不求……"

他的声音渐渐低下去，手脚抽搐了片刻，便不再动。隐王妃磕头磕得眼黑耳鸣，好一会儿才发现儿子已经气息断绝，呆怔片刻，发出一声撕心裂肺的厉叫："儿啊！"

瑞羽暗暗叹了口气，怕东应见了这场面害怕，便催道："小五，我们走吧！"

"嗯。"东应刚才差点死在鸣朝的手里，心里也还存着芥蒂，虽然鸣朝死了，但他心里还是有些紧张，转身之际，他突然一声慨叹，"鸣朝鸣朝，当年隐王给他起这样的名字，可见对他的期望很高啊！现在这些期许寄望全都化成了泡影。"

瑞羽轻"嗯"一声，转身要走，身后的隐王妃却突然发出一声凄厉至极的叫骂："唐东应，你不得好死！"

这突然的一声叫骂，令东应脸色唰地白了。东应有李太后和瑞羽替他遮风挡雨，就是有什么骂名也落不到他头上，这一次他却被人当面骂这么恶毒的话。回头一看，隐王妃已经弃了儿子的尸身，满面狰厉，张牙舞爪地向他扑来，直欲将他撕碎以泄心头之恨。

东应身边的亲卫怎能容她伤及自己的主人，远远地将她架住，堵了她的嘴。她口不能言，但鼻音哼哼，仍能听出她的骂声。她的叫骂含糊，五官扭曲，双眼赤红，满眼怨毒浓烈得似乎要滴出血来，此时她这凶恶之相却比最恶毒的叫骂更令人心悸。

东应一眼正撞上她的恶毒目光，不由自主地退了一步，打了个寒噤。瑞羽伸手将他扶住，目光在隐王妃和鸣朝的尸身上一扫，再看一眼唐阳景的灵堂，几个念头纠结在一起：今日若不痛下杀手，免不了被那与事的宦官坏了名声，但她终究还是下不了狠手，于是拉了东应便走。

那宫监紧随其后，想到鸣朝死于东应和瑞羽之手，自己可以借机将隐王和隐王妃的人命官司也推在他们身上，自己落得干干净净，不禁心花怒放——杀个废黜的天子对他们来说没有半分为难，既能顺心如意地斩草除根，又有人替他背了恶名，这真是人生畅快之事。

瑞羽别有所思，不曾理会那宫监的神态。东应正想唤那宫监替他做事，一眼便看见了那宫监险恶自得的表情，不禁怔住，到嘴的话便又收了回去，转而唤他的亲卫："阿迭宪，你带几个兄弟回去照看一下隐王妃，将刚才对王妃和王子不敬的七个侍人拿下……就地正法！"

他这命令下得突兀，连瑞羽都吓了一跳，正暗自欢喜的宫监更是吓得失声惊叫："殿下，万万不可！"

东应疾言厉色，"那群混账东西，竟敢对王妃王子施暴，罪无可恕。孤派人将在场的几人就地正法，不牵连余众，已是法外容情。"

对隐王一家施暴，出自四阉的指令。因唐阳景到底还是个虚设的王，四阉虽要拿他出气，却终究不敢大张旗鼓，于是挑选了心腹之人去行事。若是这些心腹让东应杀了，那着实会令五坊宫监心疼加头痛，于是连忙叩首求情道："殿下误会了，隐王妃和王子身上的伤乃是隐王发狂时所致，实与侍人无关。殿下明察秋毫，万万不可误杀了好人啊！"

东应听他满嘴鬼话，不由大恼，再想唐阳景一朝天子，与宦官争权失败保不住性命也还罢了，连妻儿也受尽这群恶奴的凌辱，一股兔死狐悲的愤懑油然而生，加之鸣朝因他而丧命，内心的愤懑与愧疚交织在一起。那几个他亲眼看见的施暴侍人，他无论如何也不肯放过，于是冷笑一声，"隐王果然发狂吗？要不要孤把西内太医署的大夫调几名过来，验看他的尸身？"

连隐王妃和鸣朝的身上都满是受虐的伤痕，唐阳景的尸身又会是怎样一番景象？可想而知，那宫监无论如何也不敢真让人来验尸。想到那几个侍人，如果东应派人将他们就地正法，那宫监也舍不得，"殿下得饶人处且饶人，饶了那几个贱奴的性命吧！日后他们必然知恩图报，任殿下驱使，不敢有违。"

所谓店大欺客，奴强欺主。宦官成势已久，有头有脸的宦官在犯错之后，向上位者求饶时，口中说的虽然是知恩图报的话，但神态和口气却是哀求里又带了胁迫。

东应见宫监这副神态，今日因遇刺而积了一天的恨意霎时喷涌而出，忍不住指着他的鼻子破口大骂："尔等本是我家家奴，占我家所赐高位，食我家所给厚禄，供我家驱使是分内之事，怎敢还以此要挟？几个恶奴凌虐旧主致死，忘恩负义，死不足惜。你一再阻挠，难道是想跟他们一道吗？"

瑞羽虽对东应的命令颇感意外，但在人前却不露半分怀疑，而是鼎力支持东应。她一眼望见那宫监身后的小宦官借口道路狭窄将阿迭宪等人堵着，便面色一沉，也不多话，直接对身后的传令兵下令，"召集卫队。"

她和东应出宫有三百亲卫相随，但入了五坊，却不可能令所有亲卫都跟随，故而真正随行的亲卫只有二十名，余者都在五坊百戏院里观赏百戏。传令兵的号角声传出只片刻工夫，便听脚步声声，亲卫已经列队奔来。

这卫队里的人都是从参与立政殿事变的鸾卫里挑选出来的精锐之士，经历战事不久，此时正是锋芒毕露的时刻，所以杀气腾腾。瑞羽一令召集，个个都精神抖擞，握刀待命。只要瑞羽令旗所向，他们便挥刀直前，令人见之生寒。那宫监悦主媚上的阵势是常见的，但这等刀剑相向的场面却是少见，顿时面色大变，结结巴巴地问："殿下，您……这……是干……干什么……"

瑞羽轻舒了一下手臂，挥手令亲卫将堵门的小宦官尽数拿下，这才徐徐反问："宫监暗使手下阻拦昭王的亲卫处决恶奴，又是干什么？"

那宫监做梦也没想到瑞羽和东应表面看上去弱小，行事却如此强硬，于是他一下子泄了气，只是一个劲地喊冤，"二位殿下，老奴等人一向尽忠尽职，并无懈怠，您要明鉴呀！"

那群被拿下的小宦官脖子上压着凉飕飕的刀，他们唯恐瑞羽纤手一抬，亲卫就将他们的脑袋咔嚓砍下来，因而他们吓得面无人色，纷纷求饶，场面顿时一片喧闹纷乱。

便在这时，远远地听到谒者高声通传："陛下驾到！"

第二十六章
见新君

瑞羽嘴角勾了勾，眉梢尽是冷意，"原来此事孙翁不知？予还以为孙翁是过河拆桥，有意如此呢！"

在场诸人都愣了愣，瑞羽看见亲卫将自己和东应团团护在中间，阻塞了道路，她迟疑了一下，随即挥手示意亲卫改变阵列，然后携了东应一起到穿着玄色香云纱常服的新君唐阳林驾前行礼问安。

唐阳林之所以登基，得益于西内和宦官发动的宫变，故此他对瑞羽也就分外的客气。不等瑞羽下拜大礼，便快步赶上前来扶住她，朗声笑道："阿汝，切莫多礼。我正想来五坊挑些有趣的把戏，去西内给太娘娘问安置，也给你解解闷，想不到就在这里碰到你了。"

说着，他又转头来看东应，笑道："这就是前阵子身受重伤的小五吧？唔，脸色还是有些不好呢，要好好休养啊！"

东应这还是头一次见到新君，见他热情洋溢，心中纳闷，受宠若惊地道："谢陛下关心。"

唐阳林见他拘谨，便哈哈一笑，拍拍他的肩膀笑道："都是自家人，不用拘礼。"

说着又转向瑞羽，笑问："阿汝，你来这五坊，可选了什么好玩的？"

唐阳林自与他们相见，就不停地说话，竟没有半分冷场，对面前这明显诡异的场面连看也不看一眼，也不知是真的无知，还是假装愚蠢以图自保。瑞羽与这位新君也只见过一次，私下并无交往，见他丝毫不见外地亲热招呼自己，暗叹了口气，摇了摇头，轻声道："陛下，隐王和隐王世子死了。"

"啊？"新君脸上浮出一丝错愕与困惑，居然问，"隐王是谁？"

在他身后随侍的内侍首领正是孙建仁，不待瑞羽回答新君的问题，孙建仁已经抢先回答道："隐王是宗室里的一个不肖子孙，并不重要。陛下，您不是要去看百戏吗？不如携了长公主殿下和昭王殿下同去，热闹些。"

唐阳林连连点头，道："极是！极是！阿汝，小五，难得巧遇，我们一起去观百戏吧！"

难为他说了这句，居然还想到问瑞羽一句："那隐王既是宗室里的不肖子孙，想必真的不重要吧？"

一股心灰意冷的悲凉涌上瑞羽的心头，瑞羽面上却笑，"是，不重要。"

唐阳景虽与西内势不两立，但他既为天子，好歹还曾真正有过为皇为帝之心。可眼前这位新君，虽然和蔼可亲，却是真的全无半分为君的自觉，登基十几天，却连隐王是谁都不知道，也对皇权周围诡谲的风波毫无警觉。

这华朝的天子朝臣，权阉世家，每细看一次，都让她失望，每细察一次，都让她绝望。她终于决意离开，她终于彻底地心灰意冷。

秋阳炎热，她却觉得手足冰凉，怔然间，手掌一紧，被人握住。她低头看去，正对上东应关切的目光，他满眼的关切，低低地说："姑姑，你别难过。"

他的手掌纤瘦见骨，掌心还有些汗湿，但却温热柔软，这温热将她指尖的微寒驱除。渐渐地，她心头浮起一个空前清晰的念头，她微笑起来：别人怎样，她管不了。她手里牵着的这个人，她却知道，他长大了必然是个勇敢而富有智慧、温柔而负责任的好男儿。他在自己的身边，她就能握住希望。既然如此，自己又何必介怀其他呢？

一念转折，她已解开了心结，扫去愁绪，对新君道："陛下，隐王的侍者欺主，臣妹已派人将其就地正法，以儆效尤。除此之外，臣妹斗胆想请陛下诏令宗正以王礼安葬隐王。"

唐阳林更无二话，笑道："既是宗室亲王，以王礼安葬那是理所当然呀！孙建仁，你给我拟份诏令给宗正吧。"

孙建仁听到瑞羽说已经派人诛杀恶奴时，脸色变了变，强笑着敷衍了新君。他见瑞羽和东应寻借口拒绝了唐阳林邀请他们一同观戏的请求，便令小宦官们好生伺候着新君，自己也寻了个借口退了出来，想找五坊的宫监问个究竟。

不料他出来没看见一直冲他使眼色的五坊宫监，却有个小宦官慌忙迎上来，"侯爷，长公主殿下和昭王殿下在前院等您。"

孙建仁听说瑞羽在外面等着，面色不禁变了变，踌躇一下才跟着那小宦官向前院走去。他刚出来的时候脸色阴沉，待到了前院，看见瑞羽和东应时，已经是满面春风，远远地就大礼拜了下去，"老奴拜见二位殿下，请殿下安置。"

瑞羽坐在圈椅上，两手扶着圈椅光润的把手，任他恭恭敬敬地叩拜行礼，她连句客套话也懒得多说，直入正题，"当日予助四位阿翁成事，曾有约定，五坊出钱出粮供予组建新军，充当卫队。但昨日新军的掌书记解孝贤前来五坊领取钱粮，五坊却推托不给，这是何故？"

孙建仁的心思还在瑞羽派人处死了对隐王一家施暴的侍人一事上打转，见她连提都不提这件事，直接追问五坊推托不给钱粮的原因，以为她突下毒手是为了警告自己，并无其他的意思。他松一口气的同时，脸上的笑容也凝固了一下，讷讷道："殿下，只因近日新君初立，诸事繁杂，老奴一时忙乱，实不知有此事。"

瑞羽嘴角勾了勾，眉梢尽是冷意，"原来此事孙翁不知？予还以为孙翁是过河拆桥，有意如此呢！"

孙建仁吓了一跳，连忙俯首请罪道："老奴怎敢怠慢殿下，此事老奴实是不知呀！"

他一面赔礼，一面转头去斥问五坊的宫监："长公主殿下派人来取钱粮，你因何不给？"

其实截留瑞羽所建新军的钱粮，本是出自四阉的授意。因为她最初说好新军士卒人数只有三千，实际却招募了五千。虽说这其中有淘劣取优的意思在内，但他们却唯恐她一再扩军，势力膨胀，会威胁他们的地位。故此他们下令五坊在新军前来支取钱粮的时候，故意刁难，以此来控制军队的人数。

这样的用意自是不能明说的，所以孙建仁明知故问。那宫监赶紧摆出一副苦脸作态地回答："殿下，侯爷明鉴，京都闹粮荒，东内要修葺，阵亡的将士要抚恤，新君登基要花费，官员的俸禄要支付……这用钱的地方到处都是。五坊实在是应付不过来，只能拆东墙补西墙，给殿下新军拨付的军饷，已经是竭尽所能，绝无半点懈怠！殿下纵然怪罪，老奴也实在是无话。"

这人见上司在侧，自恃有了依仗，又心疼被瑞羽派人杀了的心腹，口气便有些冲，大有死猪不怕开水烫的架势。他却不知瑞羽在五坊经历一番见闻后，联想东应遇刺一事，对他已经起了杀心，只听瑞羽冷笑一声，"京都粮荒这些事，自有南衙的宰相调动国库支应，五坊不从中渔利已是高抬贵手，何曾出过半分钱粮？你这狗奴才，当予是不通俗事的深宫皇女，由你这么糊弄？"

孙建仁毕竟跟她打过两次交道，知她的品性与常人不同，这话里的杀意既起，只怕她就要真的杀人，连忙道："殿下息怒，万事看老奴薄面！"

瑞羽目光深沉，看了他一眼，缓声道："孙翁，我欲看你的情面，只是你这属下，却未必将你的恩德和教诲铭记于心！"

此言一出，孙建仁疑道："殿下何出此言？"

瑞羽盯着他的眼睛，一字一句地说："孙翁难道不知吗？今日一早，昭王遇刺，刺客声称受隐王妃指使。隐王一家全在五坊，受你这属下控制，隐王妃如何能丝毫不惊动五坊内使，传出命令？"

孙建仁骇然失色，刹那间已经明白了取舍：无论那刺客是不是真的由隐王妃指使，他必须配合瑞羽此时追查到此为止的意愿，不令此事再有过多牵涉。她既然要杀这宫监，那就顺从她的意愿罢了。打定了主意，他立即对那宫监横眉怒目，厉声呵斥："狗奴才，你竟敢阴谋行刺昭王殿下！"

那宫监根本不知出了什么事便被定了罪，不禁惊恐失色，连连喊冤："殿下，老奴冤枉！此事与老奴无关，这……"

瑞羽暂时还不愿与四闾翻脸，怎能让他把话说完，供出事情始末，以致令事情没有回转的余地。于是她一拂衣袖，厉声喝道："谋逆大罪，还敢狡辩！刘春，堵了他的嘴，拖下去乱杖打死！"

刘春应声上前将那宫监拖了下去。瑞羽看了看刚才被缚起的一群宫监亲信，再看了看孙建仁，见他目光闪烁，并不出声，便一指那几个小宦官，道："这几个狗奴才助纣为虐，图谋不轨，罪不可赦，堵了嘴一并拖下去打死！"

东应在旁边心思一动，起身外出，将刘春召近，低声吩咐："将这几个宦官拖到五坊外的楼牌下行刑，令军士对观刑民众宣告罪名，就说五坊内使目无法纪，竟趁京都大难之时勒索市井，搜刮坊里，中饱私囊，故此长公主下令将其正法。"

刘春吃了一惊，心中凛然：这位昭王殿下，小小年纪却已经知道移祸江东，收买人心。明明是宫内权势之争，却化为公事义举，既除了敌人，又立了己方义名，当真非同小可。他有此心计，又得西内太后和长公主的扶持，日后前途不可限量！

"诺！"

他应声而去，果然领了三十名卫士将一干宦官拖到五坊外的楼牌下公示行刑，依言大声宣告他们的罪责。他这时候对东应已经另存了一番心思，着意讨好，宣告之时，便将东应的英明决断褒扬了一番。

五坊内的宦官媚上祸下，横行京都，常在市井间贱价强买，榨取钱财，他们把本应是天下首善之地的京都弄得乌烟瘴气。百姓深受其害，对其深恶痛绝，今日竟得见五坊的宫监被当众杖毙，真是大快人心，当即对下令处决他们的人好生感激，昭王也因此而在京都民间得了个善名。

瑞羽不知东应拿了一众宦官去做戏，她下令将那宫监处决后，听到孙建仁殷勤赔罪，表示一定将新军的钱粮如数奉上，便笑了一笑，也不管他是真心还是假意，直言道："既然如此，予明日便派人来领。"

孙建仁唯唯诺诺，"老奴明日一早就派人去河阴院清点辎重，殿下明日也不必派人再来五坊，令人直接往河阴院去取便是。"

瑞羽点了点头，心中恶气稍舒，突然想起一件事，又回头看着他，缓声说道："孙翁，予和王母素来不喜与人议朝政，更厌与人争权，只要日子过得平安，便觉得舒心惬意。若有人敢让予不舒心了，予也会让他过得不舒心！"

孙建仁脸色一僵，旋即连连点头，"老奴一定竭尽所能供奉太娘娘和二位殿下，让殿下过得舒心惬意。"

他小心奉承，直到将瑞羽送出了五坊，并面带媚笑地目送瑞羽和东应走远，才转身回坊，敛了脸上的笑，恨恨地踢了门槛两脚，咬牙切齿地出了半天神。

第二十七章
转圜地

郑怀沉默片刻，突然站起身来，微笑道："自今日起，殿下可自行设立幕府，延请谋友幕宾。"

瑞羽和东应回到西内，天色已然黑了。

瑞羽下了马，却没有立即回承庆殿，而是站在宫中正道上，看着宫中明亮的火光发呆。东应见她不动，便上前拉她，"姑姑，走吧。"

瑞羽回过神来，转头问道："小五，你今日遇刺一事，必然与四阉有牵连。我却未替你讨回公道，你怪不怪我？"

东应摇头，笑道："姑姑，我又不是不懂事的三岁小孩儿。若是将这件事追查下去，必定牵连众多。如果有人从中推波助澜，刚刚稍稳的局面又要再次动荡，华朝江山，再也经不起这样的折腾。这件事能到此结束，那是最好，既出了气，也安了人心。"

"嗯。"瑞羽见他并无不快之色，便想起一件事来，侧身与他对视，肃然道，"小五，我问你一件事。"

东应见她郑重其事，也敛了神色，认真地说："姑姑请问。"

瑞羽抿了抿嘴，"你可愿意舍了京都的繁华，随我一起到荒芜之地去？"

东应并不迟疑，点头道："我愿意！"

他答得爽快，反倒令瑞羽怔了怔，提醒道："小五，京都奢华富丽，宗室子孙都眷恋不已，视两都三辅之外的地方为畏途，百余年来，没有王子公孙肯外出到他地。你可想好了。"

"这不用想。"东应的回答十分干脆，也十分认真，"姑姑，什么皇权御座，什么京都繁华，那都是虚假的。只有我们平安无事，那才是真的。只要我们在一起，无论在什么地方，都好！"

瑞羽甚感安慰，展颜一笑，正待将她的打算详细告诉东应，便听到前面一声呼唤。千秋殿的通事舍人疾步走了过来，"二位殿下，太娘娘在千秋殿里等你们一同用膳。"

李太后吃素，所以一向与他们别居而食，今天她突然特意派人来传他们一同进膳，颇令人意外。二人都猜必是李太后有事要跟他们商量，于是赶紧往千秋殿走。

千秋殿的值房里，早有宫人迎上前来，奉上盥洗之物，服侍二人洗手更衣。

初秋酷暑，为了通风纳凉，千秋殿内重重湘帘半卷，连分隔内寝的落地大屏风也被收了起来，四面墙角也都摆着冰盘，几个小宫女站在李太后身边一直摇着羽扇。

二人走上前去，齐声道："王母（太婆），我们回来了。"

李太后正握着佛珠发呆，二人上前行礼，才将她惊醒。她将目光从空虚处转回来道："怎么这么晚才回来？你们出宫去干什么了？"

为了让她安心颐养天年，西内上下在她把权力下放到瑞羽手上之后，除去花开、鸟飞、猫打架一类的趣事之外，那些烦心事都不敢让她知道。东应遇刺这样损神劳心的事自然更是瞒得她紧紧的，谁也不敢多嘴多舌。

东应头脑灵活，她一问就已经有了答案，规规矩矩地坐在下首，一本正经地说着谎："新君邀姑姑和我去五坊观赏百戏，我们去了。不巧遇上囚居五坊莱阳院的隐王暴病身亡，所以回来得晚了。"

他的话假中有真，真中有假，李太后听得怔了怔，并不起疑，听到唐阳景"暴病身亡"的消息，不禁叹息一声。不过唐阳景是敌非友，他的结局是众人早有预见的，所以她并不意外，更提不上伤心，也就不多问。但听到二人居然和新君一起观赏百戏，她的脸色却沉了下来，有些发怒，"你们正当求学的大好年华，怎么能随着那傀儡天子沉溺于游戏？"

东应被她一呵斥，不敢作声，只是垂首听训。瑞羽既得她的严厉教导，也得她的全心宠爱，所以这时蹭到她面前笑嘻嘻地说："王母，你冤枉我和小五了。我们完成了老师的课业，妥善处置了宫中事务，才去五坊的，并没有因为游戏而荒废大好年华。"

瑞羽拍了拍手，又笑道，"王母，四阉服侍新君倒是尽力，五坊八院添了很多游戏，据说东内还开了宫市以供天子游乐。"

李太后闻言不禁冷笑，"四阉巴不得新君沉溺于游乐，全不问朝政之事，为了把持大权，他们自然要多花些心思搜寻一切游戏，引诱唐阳林纵情享乐。唐阳林沉溺于这些游戏，骄奢淫逸，于性命长久倒是大有好处。"

说到这里，她正色看着二人，严肃地说："你们一定要记住，绝不要以为变着法子哄你们高兴的人就是好人。如果以后你们身边出现了像四阉这种人，一定要铲除。"

东应凛然俯首受教，瑞羽却嬉笑着说："王母，这话您耳提面命已经很多遍了，我就是做梦也不敢忘的。您放宽心，我时刻都警惕着呢！"

她不愿看到李太后再追究此事，于是便凑近李太后，仔细端详了一番，笑道："王母，您这几天的脸色可真好，白里透红，看上去年轻了二十岁都不止……近期负责给王母调养身体的大夫是谁？我应该好好地谢谢他，谢他让王母容光焕发，貌美不逊盛年！"

女人无论年龄大小，被人夸赞好看都会心情舒畅，李太后也不例外。虽然明知瑞羽有意转移话题，但因对她一向放心，却也乐意顺着她的意，轻嗔道："傻丫头说什么疯话，以为奉承一下我，就能过关了？"

瑞羽睁着眼睛，满面无辜地说："我哪有奉承嘛，我是说的实话！"

李太后忍不住笑了起来，在她头上轻轻拍了一掌，骂道，"要想假话有人信，前面的长篇大论最好都是真的，关键的短句才说成假的，哪有像你这种说法。傻丫头连说谎都不会，还想来哄你祖母，讨打吧？"

瑞羽也忍不住笑了起来，"王母，您这是在教我撒谎的要诀吗？"

李太后哭笑不得，"阿汝，你呀！还有两个月，你就要及笄，若在民间都可以出嫁为人母了，怎的还这么小孩儿脾性？"

"就是我五十岁了，在王母面前我也可以做小孩儿，何况我现在只有区区十五岁呢。"说着她靠近李太后，腻在她怀里轻喃，"同样的，王母在我心里，什么时候都跟年轻的时候一样美丽温柔。"

李太后因为身份尊贵而保养得宜，但毕竟因为体虚，精力损耗过甚，虽然肤色还好，却遮掩不住眼角的皱纹和神态里的苍老憔悴。若是旁人奉承她貌美温柔，她必会大怒，但孙女的甜言蜜语听在耳里，她却只觉得可怜可爱，十分快慰，半嗔半怒，"小丫头就知道说假话骗我开心！"

东应在旁边看着她们祖孙说笑，嘴角虽然含笑，低垂的眼皮下目光却有些黯淡。

李太后侧头看见，以为他身体疲惫，于是连忙传膳。

膳食摆上来，果然俱是素菜。瑞羽和东应正是长身体的时候，加上近日来课业繁重，又有诸事缠身，所以消耗大，他们虽然吃得不少，却仍觉得肚子在闹饥荒，暗里都在打主意——回去再吃一顿。

李太后看到二人在下面递眼色，打暗号，如何不知他们在干什么，只觉好笑。转念间她却又有些心酸，摆手令宫人撤下残羹，轻咳一声，才问瑞羽："阿汝，经离先生说你想避开京都的是非，另外寻觅栖身之所？"

瑞羽没想到自己还没说，李太后就已经知道了，怔了怔，认真地说："王母，这些天我一直在想京都的局势。眼下政局已经是一团糟，直如一个大泥沼，多留无益，我们何不索性退出京都，置身局外？"

东应也在一旁帮着瑞羽说话："是啊，太婆！我们留在这里白担了个虚名，几乎成为天下众矢之的，唯有退出京都，才能保持超然地位，既对京都政局有所威慑，又不被人猜忌。"

李太后虽然不理西内事务，躲在千秋殿里养病，但身在局中，还是难免对时局有所挂怀。这些天来，她反复思量，也觉得政局腐败，权阉朝臣还在争权夺利，一时风雨交加，只恐过不多久，天下又将有人称王，又将有人称霸。

若东应肯登基为帝，凭借鸾卫和这次平乱的威势，或许还有机会整肃山河。可东应不愿为帝，京都于他们而言，已经是一局死棋，恋恋不去只会毫无益处。

只是她半生沉浮都在京都，最落魄悲惨的时候与最辉煌灿烂的年华也都在此度过，这里承载着她几乎所有的感情，她眷恋不舍。听到二人都赞同退出京都，她心中黯然，幽幽地叹了口气，语意苦涩，"年轻人总是别出机杼，敢想人所不敢想，敢为人所不敢为，细思起来也不无道理。只是兹事关系重大，一时难以决断，即便要退，也要好生安排才行。"

瑞羽只怕李太后固执不肯去，但见她竟然没有当面驳斥，吃惊不小，旋即想到这必是郑怀事前就曾游说过，于是本来存着的些许不快顿时烟消云散，连忙道："王母放心，我一定妥善安排此事。"

出了李太后的千秋殿，东应压抑了一天心情豁然开朗，他兴奋不已，"姑姑，要离开京都，需要准备很多事，我陪你一起去着手准备。"

瑞羽也因为李太后的准许而忍不住喜形于色，"好，我们一起去。"

二人再怎么沉稳，毕竟还是少年心性，兴致一起，也顾不得时间早晚，直奔书房筹划相关事宜。也许是郑怀在二人启蒙的时候，就对他们诱导各有偏重，东应对人财统筹一类的经济之道有惊人的天赋，瑞羽则对山川地理等一类的大局布置有独到的见解。当即两人分工合作，东应计算撤离的人数，瑞羽查看地理方志，选择路线。

东应略估了一下必然会随驾而行的人员，便凑过来问瑞羽："姑姑，我们退出京都，究竟要去哪里？"

瑞羽一面查看地方志，一面指着舆图边缘上的一角。东应低头细看，吃了一惊，"姑姑，这地方闹旱灾，还有白衣教作乱，又偏远狭小，我们怎么能去那里？"

"你怕吃苦？"

"这不是吃苦不吃苦的问题。"东应凑过来细看舆图，直皱眉头，"如果照前段时间孙建仁他们抄过来的条陈看，这个地方因为旱灾，百姓流离失所，地方官也逃得无影无踪，加之白衣教作乱时几度从此过境，这里现在恐怕已经荒无人烟，只剩千里赤地。我们若去此处，岂不是自陷死地？"

瑞羽放下手里的地方志，一边笑，一边摇头，"小五，你怎么只看到了这块地的狭小，它的北方和东方你都看不见吗？至于当地官员逃亡，这又有什么不好呢？"

他低头细看，"它的北方靠近河水，东方是空白……哦！空白处应该是大海吧？"

她点头，眉眼里微显得意的神态，问："海里面有什么？"

"海里面有鱼！"他一句话脱口而出，自己也忍不住笑了，想了想道，"海里有琉球、倭国、大越、堕罗钵底等属国。四年前唐阳景登基大典，他们还来朝觐过。"

说到这里，他愕然瞠目，"姑姑，难道你想以这些属国为根基？"

瑞羽扬了扬眉，反问："不行吗？"

东应的嘴巴张得好大，好一会儿才道："自古以来就没人想过这个……姑姑异想天开……不行不行，我得去鸿胪寺把这些属国的记录拿来看一看。"

瑞羽一指身后的书架，"第二架的十四格有老师游历天下时所做的笔记，各属国的风土人情都有记载，比鸿胪寺的记载要齐全。"

一宿无话，郑怀早晨过来督导瑞羽的早课，看到她的眼周有些阴影，不禁皱眉，却没说话。瑞羽因为睡眠不足，精神自然差，练习射艺的时候，有两支箭不仅没中靶心，甚至还飞出了靶外。

瑞羽自小学习射艺，素来眼准手快，除去初学时，平日极少出现这种手误，不禁暗暗惭愧。郑怀直待她练习结束，才过来指点，问她："殿下以为是劳逸相宜、张弛有度于事有益，还是劳累过度于事有益？"

瑞羽昨夜因为筹划退出京都的事宜，太过兴奋，以致劳累，所以日间的练习才大失水准。郑怀若是一早就指责她不应熬夜，她难免会有逆反之心，而现在郑怀再来询问，她却自知裨益，惨然道："使力无所节制，不是长久之道，会令人临变反应迟钝，应该劳逸相宜、张弛有度。"

郑怀松开绷紧的弓弦，一抚弓策，淡淡地说："疲师老兵，不足以迎敌；神虚气弱，易令人做出错误的判断。你现在主持西内事务，手握兵权，应该比以往更明白身系万人安危的道理，切不可一时兴起就熬夜损神，这不是上位者处事的长久之道。"

瑞羽讪讪地低头受训。郑怀缓和了神态，道："殿下忙了一夜，可理出了个头绪？"

提到这个，瑞羽精神一振，笑道："老师请随我来。"

她将昨夜整理汇集的资料拿出来，郑怀一目十行，略带吃惊地问："这都是殿下昨夜弄出来的？"

"不是我一个人，还有小五。"

郑怀沉默片刻，突然站起身来，微笑道："自今日起，殿下可自行设立幕府，延请谋友幕宾。"

瑞羽大出意料，怔了会儿，才喜出望外地问："老师，您这是觉得我能够独当一面了？"

无论是李太后，还是郑怀，近几年对她的教导，都以引导她独立处世为主。在她遇到困惑时，他们会给她解答；但在她没有主见的时候，他们却绝少主动提出自己的意见，也绝少代替她做决定，更不允许她招募谋友幕宾为她效力。

因为他们知道一个孩子在还没有完全长大、拥有独立的能力、能够对人情世故做出清醒的判断之前，就将事事交给谋友幕宾去做，势必会让她养成过分依赖他人的习惯，反而让她失去磨炼自己的机会，甚至于会出现主弱臣强的严重后果。

汉高祖不如各有长处的张良、萧何、韩信，却能驾驭他们取得天下，其中原因不仅是因为汉高祖能识人容人，更是因为他本身也有才能，通晓各方知识，进而在临事之时能够做出明智的判断。

一个上位者若是万事不通，也没有主见，其纵然能够识人容人，也无法驾驭有能之士，做不到会"用人"。不能用人的主上，贸然地招徕一批谋臣幕宾，将一应事务都交给臣属去做，自己则不思进取，那与将一只白兔扔进野兽群里并无多大区别。

若是遇到忠厚的野兽，虽然主上大权旁落，他们却能清闲享乐；若是遇到凶恶的野兽，他们就会欺上瞒下，祸乱一方，主上甚至性命难保。

要想驾驭贤士能人，首先主上必须是个通晓世事、洞察人情、明辨是非、善断局势的有能者。所以这些年来，尽管李太后也怜惜瑞羽辛苦，但在瑞羽拥有足够的自立能力之前，一直不允许她设立幕府。

直到今日，瑞羽能够亲自统兵，处理立政殿之变，又能不被眼前的繁华迷惑，做出急流勇退的决定，郑怀这才觉得她已经完全具备了驾驭贤士的能力，拥有作为人主的资格。

教导了瑞羽近十年，郑怀心里未尝不曾迷惑，不知自己倾一生所学教导的弟子，究竟能学到些什么？能走到哪一步？会不会偏离了他教导的方向？如果她达不到他预期的目标，这会让他愧对故人的托付。

瑞羽学到今日，果然偏离了他教导的方向，甚至出乎他的想象，但这种偏离，除去让他担忧唏嘘之外，也让他由衷地高兴，他忍不住微笑拱手，"恭贺殿下。"

第二卷

鹏起

等到天下太平，人民丰足了，我们就一起出来，到各地走一走，到各处去看一看，看遍这大好河山的每一个角落，这才不枉我们付出的全部心血。

第二十八章
东京行

郑怀也知她所言有理，琢磨了一下，道："殿下若是降低对谋友品性的要求，城北长芳里倒是有个人可堪大用。"

移师离开京都，东行齐地，并不是嘴上说说就能办到的事。除去随行人马，所需的钱粮等物之外，还得顾及朝堂动向，以免为人所乘。瑞羽实在不耐烦这些繁琐事务，所幸有东应照应，东应小小年纪处理这些事务时，竟能不急不躁。

瑞羽见东应于此有意，索性将西内大迁移的庶务完全交给他，自己则请了李太后的懿旨，前往陪都东京，查看东京的水军现况。

北方除去有河水之外，缺少大型的湖海，水军没有多少用武之地，故此水军也并不常设。东京现在的一支水军，乃是她父皇武帝镇压据石头城称王的藩镇后，为防其地有人再恃长江天险和水军精锐作乱，便将当地最精锐的一支水军与东京驻防的水师混编，这才组成了现在的这支水军。

成立这支水军的用意，不在于真正用它，而在于将之困于浅滩，以防范其作乱，故此十几年来这支水军形同虚设。四阉将京都看得死死的，生怕西内或者朝臣从他们手里分出一丁点权力。瑞羽在京都招募新兵，他们不乐意，但瑞羽去看如同鸡肋般的东京水军，他们并不忌惮，甚至乐见其行。

水军这些年来一直被闲置，瑞羽对其军容也没有抱什么期望，故此在见到水军军纪松弛、战备破旧不堪后，并不意外。她绕着水军的营寨走访了两天，连已经废旧的船坞都细细查看了一番，然后才正式传令水师将军郭涛及掌书记伊化成觐见。

郭涛虽是水师将军，但在几朝天子更迭之下，靠着家族庇佑才走到今天。让他骑马打仗，他或许还能要上两个回合的刀，让他上船作战，他却是个实实在在的花架子，中看不中用。这些年来除去吃吃空饷、支使支使水军向周围几大水系里通航的商船抽头捞油水外，他没做过别的事，倒将自己养得肥腻壮实。

瑞羽是女儿身，却召人询问军事，若是靠着出生入死升上来的将领，脾气性格自然刚硬，恐怕会难以容忍她。反倒是郭涛这种靠着关系升上来的将领，惯于媚上求宠，反而对她没有反感之意，只是难免会揣测她此来的用意。见过礼后，郭涛就在下首恭恭敬敬地站着，等她发话。

瑞羽请他坐了，又令青碧上了茶，这才问他："郭将军，水师近况如何？"

郭涛连忙叉手站好，他除去鄙俗之外，也并不完全是一个草包。他还记得东京水师成立的初衷，恭声回答："陈胶、温征洛、李在田几人都安分守己，并无异常。水师船舶除了到内海操练外，平时不出水寨，一切安好。"

陈、温、李三人都是昔日降将，在水师里威望极高，他们如果安分守己，水师就不会出大乱子。但水师的船舶平日不出水寨，却是鬼话。因为水师不受重视，军饷多有克扣，军中那些脑子活络的将领暗里都在打主意，以船生财，自行贩货，给商家运货、载客过渡等种种行径不一而足，甚至于用军船扮强盗、打劫过往船只的事也一定会有。

瑞羽有备而来，自然知道郭涛的话半真半假，但她没有当面拆穿，等他述职完毕，又令掌书记伊化成述职。

伊化成掌管军需辎重，时刻想着的都是从各方追索钱粮补贴军需，所以他的话里十句足有九句在说军需不足。他口齿伶俐，条理分明，一出一入都说得清清楚楚。哭穷的时候，哄得连瑞羽也不自禁地生出一缕愧疚之意，仿佛那拖欠军饷的人就是她一样。

瑞羽耐心地听完伊化成的述职，微笑道："卿家所言拖欠军饷之事，予定会加以查证，若是情况属实，自当补偿。不过此事关系重大，予一时不能擅自决定。这样吧，郭将军，明日你召集水师将士点卯，予会亲自带人前往水寨，清查历年积欠。"

郭涛和伊化成听她要求水师点卯，并亲自前往水寨清查积欠，顿时大惊，连忙开口阻止："殿下，这不妥吧！"

瑞羽自然明白他们不愿让自己驾临水寨的原因，却不点破，只是面带不豫地道："如今南荒大涝，又有白衣教匪起事，太娘娘和圣上对水师寄望甚高，临行前亲嘱我务必亲自前往水寨安抚三军。予奉旨而来，前往水寨有何不妥？"

郭涛连忙赔笑道："殿下是金枝玉叶，尊贵无比，可水师将士却都是山野鄙夫，末将只恐他们不懂礼数，冲撞了鸾驾。"

瑞羽一笑，摆手道："予既然奉了太娘娘和圣上的旨意前来，岂会对此一无所知？无妨。"

她态度坚定，郭涛和伊化成也不好再当面反对，只是在毫无准备的情况下，他们确实没有胆量请她驾临水寨。伊化成心思一转，上前道："殿下，毕竟男女有别，将士粗鄙不知礼仪，不能奉迎鸾驾，还请您宽延两日，让臣等稍做准备，以免您言官诉病。"

他还怕这理由说不动瑞羽，顿了顿又道，"臣等纵然不在乎自己，但殿下尊贵无比，若因为臣等的原因而令您清誉受损，臣等万死莫赎其罪！"

他故意夸大其词，瑞羽听在耳里，不由得看了他一眼，似笑非笑：伊化成说的理由她并不放在心上，但经过这两天的查访，她也知道水师的大部分将士和船只此时都不在水寨里，不知外出做什么勾当去了。她若坚持明日去巡查水寨，检阅水师，恐怕三军将士里不少人都赶不回来。

对朝廷来说水师不值一提，但对她来说，水师却是必不可缺的重要力量。虽然笼络水师之后，她必然会整肃军纪，去粗存精，但在完全笼络水师之前，她却无意过分紧逼，以致有些将士因为整军行动而索性叛逃不归。

郭涛和伊化成见她脸上的神态三分含笑、三分豁达、三分宽容，还有一分讥诮，不禁心头一跳，大感不安，油然生出一种莫名的心虚。正以为她会出言反对，却听得她清脆的声音道："也罢，那就过两天予再前往水寨检阅三军。"

二人喜出望外，连忙应诺。瑞羽温言加勉两句，便放了二人出去，转头询问郑怀："老师觉得这两人怎样？"

郑怀沉吟片刻道："再看看吧。"

若以水师的重要性而言，本来应该在鸾卫中精选忠诚的将官编入水师，奈何鸾卫出身北方，精通水性的人本来就不多，懂得弄船远航及水战的人就更是千里挑一。因此水师即使汰换旧人，也不可能真的尽数撤换原有的将官，只能从旧人中挑选合用者留下。

淘汰什么人，又留下什么人，关系重大，瑞羽慎之又慎，连郑怀也深感棘手。

连日无事，瑞羽便易服和郑怀游走于东京市井，寻访当地贤士能人。市井中的贤能之士论到才干，很少有人能比得上世族门阀子弟，但此次离都东行，世族门阀子弟未必会愿意跟随，瑞羽也无意招揽世族门阀子弟为己效力。

华朝盛世时，为了削减世族的权势，朝廷曾在各大州郡设立县学，免费让有志就学的庶族子弟入学。后来因为皇朝由盛转衰，以及世族门阀对官员选拔的控制，县学传承百年来，民间精通百家六艺的庶族子弟却越来越少。

这些庶族子弟，拥有可以与世族子弟一较长短的才能，有些甚至拥有超过某些世族子弟的财富，但他们却没有得到相应的社会地位，因此他们往往有着比一般人更强烈的功利心，他们也比一般人更乐意为了光耀门楣而抛头颅洒热血。

瑞羽想找的正是这个群体里的有志之士，只是她选择人才也十分慎重，品格卑下的不要，迂腐呆板的不要，心胸狭窄的不要，狂放不羁的也不要。如此挑剔，虽然东京人文荟萃，有才能者众多，但她亲自点名延请的人，却只有寥寥数十人。

郑怀推荐了十来个少年时的故友，可惜岁月如梭，与他同龄的贤者已经不多，余者也垂垂老矣，不愿再外出奔波。瑞羽择其后辈子弟中的贤能者，仍旧觉得人才不足。

郑怀见她愁眉不展，便安慰道："殿下莫急，天下有能者众，慢慢寻找就是了。"

瑞羽叹气，"若是在中原腹地都没能招揽到足够的人才，东行之后地方偏芜，又遭天灾人祸，只怕到时更觉人手不足。"

郑怀也知她所言有理，琢磨了一下，道："殿下若是降低对谋友品性的要求，城北长芳里倒是有个人可堪大用。"

郑怀评点东京的人才时，大多数时候都是说某人有何长处，可堪一用，但评说人才可堪大用，却是头一次，这让瑞羽一愕，问道："那人是谁？有什么才能？品性有什么缺陷？"

"此人名叫林远志，五年前在京都曾名噪一时。我曾经仔细观察过他，此人行事不拘一格，于经济之道有独到见解，确实有经天纬地之才，堪称当世少有的鬼才。可惜其人薄情寡义，不值得深交，富贵则易妻、易友、易主，难托心腹。"

瑞羽一听这种品性，心里便十分不喜，摇头道："这等不仁不义不忠的小人，就是有天大的能耐，我也不用他。草莽之中，自有英雄豪杰，反正待在东京的时间还长，我再细细查访就是了。"

"天下人才济济，奇才却少有。殿下为人主，需要有广阔的胸襟容人，只要驾驭得当，就是阴毒小人也能为你所用，并非一定要属下品性高洁才好。"

瑞羽何尝不知为人主者对人才应该兼收并蓄，不必太苛求对方品性，但她暂时不愿如此，摇头道："与善人居，如入芝兰之室，久而不闻其香；与不善居，如入鲍鱼之肆，久而不闻其臭。为人主用才，哪有用人才干，却不受其性格影响的？我身在皇家，自幼耳濡目染，品性已经不敢自称高洁了，若再与这种只为逐利不择手段的人相处，那还了得？"

她对郑怀全心信任，连自评也毫无顾忌。郑怀呆了一呆，久久无话。她转念间侧首望着郑怀，笑道："何况我有老师在侧指点，并不是非他不可。"

患难之时感情倍增，她以前对郑怀敬畏有加，亲近不足，经历了这段时间，虽然郑怀对她依旧严厉，但她已经完全信任并且依赖他，所以在他面前她显得轻松自在，也多了几分仰慕亲昵。

郑怀一生漂泊，一直未娶。算来瑞羽是他用心最多、相处最久的小辈，心中自然对她有几分视如近亲的感情。虽然他谨守上下分界，为瑞羽在人前树立威信，但瑞羽偶尔也在他面前娇嗔置气，他也颇感老怀欣慰。

"殿下，我已经苍苍将老，近年体力大衰，恐怕能在你座前效力的时日无多。像这样的人才，应当早做准备呀。"

瑞羽体会得到他的拳拳爱护之心，沉默了一下，叹道："或许过些年，我会变了心性，想招揽这样薄情寡义、行事不择手段的人，但在我心性不变的时候，就不用了吧！"

她为人固执，决定的事难以更改，郑怀见劝说无效，也就不再劝了。师生二人慢慢地在东京狭小的巷道里走着，前面一个拐角处，隐约听到阵阵喧嚣声，似乎有人正在打斗。

瑞羽久处深宫，何曾见过市井斗殴，听着那声响，既好奇又兴奋，想去看看又怕郑怀反对。她这边犹豫，郑怀那边已经明白了她的意愿，道："我们去看看吧……殿下日后离开京都，想必会有许多时候需要与市井打交道，理当熟悉一下市井风情。"

郑怀松了口，瑞羽大喜，禁不住快步前行，绕过墙角，选了个视野开阔的地方，看起热闹来。

郑怀见她一副竟似寻常少女摆脱了长辈约束、看热闹看得津津有味的娇俏模样，又好笑又怜惜，于是暗暗示意跟在她身后的亲卫，退开一点，让她更自在一些。

不过认真一看，人群里的打斗完全是一边倒，十几个家丁打扮的壮汉正对一个蜷缩成一团的灰衣汉子拳打脚踢，旁边一个被人架着的秀丽女子正一边哭诉，一边求饶道："崔公子，你放了姜郎吧！我跟他说清楚了，他不会再来了！"

那崔公子满面戾气，揪住那女子的发髻，反手一掌甩在她的脸上，厉骂："贱婢，你还敢多嘴！"

那女子被这一掌打得面颊红肿，口鼻出血，她见求情无用，便冲右侧的人群大喊："你们不是姜郎的朋友吗？怎能见死不救……"

那崔公子见她这种时候竟还护着那灰衣汉子，便飞起一脚将她踹翻在地，接着又踢了几个窝心脚，直到踢得她再也叫不出声。

人群里站着的几个人，正是地上那被打得已经昏迷不醒的汉子的同伴。崔氏乃是本朝名门望族，他们委实不敢得罪，除了赔笑求情之外，他们并不敢出手阻拦。

瑞羽见那崔公子长相俊秀，身材高大，但他当街对一弱女子下手，竟无一丝犹豫，也没有半分忌惮。瑞羽不禁皱眉，"崔氏是本朝第一等高门，听说对子弟管束极严，少有不肖，怎么这个公子性情却如此暴躁顽劣，全没有半点修养气度。"

"崔氏枝繁叶茂，再怎么管束也难免会出现枯枝腐叶。何况人生百种，品性不一，有些人天性暴躁乖戾，不是一时就能纠正的。"

郑怀见惯了高阀子弟的飞扬跋扈，所以对崔公子当街行凶并不感觉惊讶。他仔细打量了一下被打汉子的脚下，忍不住皱眉，低声对瑞羽道："殿下，被打的人，脚下的鞋子是西园士卒的。"

西园士卒正是瑞羽新组的亲卫队，这支新军放在京都训练太过惹眼，已经让四阉和朝臣很不悦。瑞羽来东京时索性将五千新兵尽数带了来，一是利用长途跋涉训练新兵，二是随行护驾，以免水师出什么乱子。

郑怀亲自整顿西园士卒的军纪，掌管后营辎重，一看就认出这几人虽然穿着寻常百姓的衣裳，但穿的鞋却是西园士卒的式样。如果这几人是西园士卒，怎么会突然跑出来跟崔氏的子弟纠缠，以至于被人当街痛打。

瑞羽与郑怀有相同疑惑，挥手招来身后的刘春，吩咐他："过去问问那几人的身份，是西园士卒便救下。若不是的话……就不要多事了。"

第二十九章
立军心

瑞羽自知性别所限，自己无法像男人那样用推衣服之、推食吃之的办法让将士归心，因此只能严肃军纪。

刘春带了几个亲卫过去，问明那挨打的汉子确实是西园士卒，便客气地请那崔公子高抬贵手，放那士卒一马。可那崔公子满腔怒火，不把那汉子打死出了恶气又怎肯放手？刘春见他不肯，也不废话，直接领着几个亲卫，将家丁打倒在地，然后驱散围观的人群，将已经昏迷不醒的士卒救下。

瑞羽虽然站得离人群稍远，但她是一行人的首领，明眼人一眼就能看出来。崔公子火冒三丈，冲她怒吼："你是何人，竟敢插手我的家事！"

若是按他的性子发作，即刻就要令人回府再调集人手，迎战刘春等人，但看到瑞羽容色殊绝，自有一番高华清贵，手下的身手也不凡，并非身边的姬妾一样可以任他凌辱欺压的人，于是他稍稍压抑心中的恶气。

瑞羽没听崔公子在说什么，于是问郑怀："伤势如何？"

"断了两根肋骨，五脏受损，伤势不轻，性命倒是无碍。"

瑞羽秀长的眉梢一扬，转头看着犹自大声质问她身份的崔公子，徐徐道："崔公子当街指使家丁痛殴我的属下，让他受此重伤，威风不小，胆子也很大。"

崔公子何曾被人这样不留情面地奚落过，不禁呆住了。另外几个西园士卒这才透过人群看清瑞羽的面容，大惊失色，连忙跑过来行礼叩见。

瑞羽对他们看着袍泽兄弟被崔公子痛殴，却不出手相助的行为十分厌恶，只是此时不是追究的时机，于是瞪了他们一眼，厉声喝问："这是怎么回事？"

几名士兵被她吓了一跳，连忙简略地将事情始末说了一遍。原来那挨打的士卒名叫姜济生，崔公子抓的那女子名叫罗云，是姜济生的未婚妻。罗云本是滑州人氏，因为其家土地被当地豪强觊觎，为了避祸才举家投奔崔氏。

罗云貌美善唱，因而被崔家的内知事选上，做了东京府的伎人。世族的大家闺秀为主公服役是分内之事，这不算什么，本来并不影响她的婚姻大事。因此姜济生一到了东京，就忍不住跑来找她商议婚事。

谁想婚事没谈成，却招来崔公子一顿骂。崔公子要解除他们的婚约，姜济生气不过，拉了罗云就想走。崔公子暴怒之下招来家丁，对姜济生一顿狠揍。

瑞羽轻哼一声，问道："你们可告诉了崔家人，你们是西园士卒？"

几名士卒脸色僵硬地摇了摇头。这次来东京练兵，按照规定将士不得出营，他们因是东京本地人，虽然没有家眷，却迷恋故乡的风情，于是就跟着姜济生偷偷出营，来寻热闹，不料遇上麻烦。他们又怎敢在闹出事情之后暴露出自己的真实身份？且这几人贫苦人家出生，对世族大家有种天然的畏惧，他们并不认为报出自己的真实身份，崔家的公子就会放过他们。

瑞羽虽不知他们的心思，但麾下的士兵被崔家人打成重伤，她不可能不管。不过她想罗云终究是崔家的伎人，她也不好直接把人抢过来，沉吟一下，前行两步，客气地对崔公子道："崔公子，方才的混战双方都有过错，也就罢了。只是按照户婚律来看，这位罗娘子虽是崔家的伎人，但你也不能毁她的婚约。我愿为罗娘子付钱赎身，请崔公子说个数吧。"

崔公子连番被瑞羽轻视，愤恨之余，反而敛了戾气，暗自揣测瑞羽的身份，强笑道："娘子有所不知，并非崔某要取消贵属和我这伎人的婚约，而是我这伎人自己不愿嫁与贵属，她已经另觅了良缘。新郎官不是别人，正是东京留守应国公家的十郎。"

罗云没有出声反驳，只是看了崔公子一眼，满眼绝望凄凉。

瑞羽沉下脸来，冷然道："罗娘子和我这属下的婚约是父母所结，若要解除，也应该由双方父母向地方官递书，哪能由她说了算？至于那应十郎与罗娘子的婚约，可有媒聘婚书为证？"

崔公子正欲狡辩，一直昏迷不醒的姜济生在郑怀的救治下醒了过来，正好听到瑞羽的最后一句话，立即反驳道："他说谎！他是要把云妹送给姓应的做奴婢！云妹虽然在崔家服役，可她未曾卖身，仍是良家女子，又怎能被姓崔的当成奴婢送来送去？"

姜济生口齿清楚的一句话，顿时让瑞羽的脸色沉了几分，她望着崔公子森然道："崔公子，强迫良家子为婢，这可是大罪。你强拆他人良配，以良家子为奴婢送礼，是想与纲常法纪一较长短吗？"

　　她掌权日久，形之于外的威严也愈来愈重，沉声质问，自有一股久居上位断人生死的凛然气势。崔公子并非没见过世面的市井小人，对上位者的气势变化认知极深，他见瑞羽颐指气使，不怒而威，不自觉瑟缩了一下，惊问："你究竟是谁？"

　　崔公子问话的同时，姜济生也认出了给他急救的人是郑怀，帮他说话的是瑞羽，顿时感觉有了倚仗，不禁又惊又喜，只是看他们的打扮，明白他们是微服出访，于是不敢说破他们的身份，只是低声恳请："先生……主上，你们一定要救救云妹，她不能去做应府的奴婢啊！"

　　郑怀拍拍他的肩膀，温声道："罗娘子毕竟是崔府的伎人，是否去做应府的奴婢，要问问她的意思。免得主上出手，反招埋怨。"

　　郑怀思虑周全，恐那罗云贪慕应府的荣华，甘愿身为奴婢，反倒使瑞羽平白得罪崔应。他这话直指罗云。

　　姜济生听得出他的言下之意，心中大急，连忙挣扎坐起，大叫："云妹，你说话呀！"

　　崔公子几次询问，却没有人告诉他瑞羽的身份，他心里的怒火和怨毒交织在一起，恨不得将他们碎尸万段，以泄心头之恨，只是心有顾忌，不敢当面撕破脸。他抓着罗云的手指暗暗用力，把一腔怒火都发泄在了她的身上，她顿觉臂骨剧痛，几欲断裂。

　　罗云在崔家服役已久，深知崔氏的这位公子性情暴戾恣睢，若不顺着他的心意，日后他追究起来，自己恐怕会被凌虐致死。久在淫威之下，崔应暗里这一握顿时将她所有的胆量都抓走了，她泪如雨下，哽不成声地嗫嚅："我……我……是自……自甘……"

　　姜济生又惊又怒又急又气，双眼瞪着崔公子几乎喷出血来，然后顿足大骂："云妹，你好糊涂！这种时候竟还不敢说实话！"

　　崔公子却不管这些，略带得意地望着瑞羽，笑道："这位好管闲事的小娘子，你听清楚了吧？并非我强迫良家子为婢，而是留守府富贵，罗云自甘前往！"

　　瑞羽看了他抓着罗云的手一眼，道："放开她！"

　　崔公子终于按捺不住性子，怒斥："小娘子，你休得放肆！"

　　瑞羽背着双手，道："你不放，难道还等我亲自动手？"

　　刘春早在一侧候命，她一示意，刘春便和一名亲卫上前扭住崔公子的手臂，然后把罗云带到瑞羽面前。

　　崔公子哪里料到，瑞羽明知他是崔氏子弟，竟然说动手就动手。他被按倒在地后，呆了呆，才反应过来，恼羞成怒，破口大骂："贱人，你敢对我无礼……"

刘春听他竟敢出言辱骂瑞羽，又惊又怒，一掌将他的下巴卸下，怒喝："混账东西！再敢胡言乱语，我割了你的舌头！"

罗云从未见过崔公子这么狼狈，不禁目瞪口呆。瑞羽看着她，问："你是自愿为婢，还是受他胁迫？"

罗云讷讷无语，瑞羽见她不成器，也熄了插手之念，转向姜济生道："姜济生，这位罗氏娘子自甘为婢，并不在意婚姻之约，那便罢了。"

姜济生扑地跪下，急声道："主上，云妹只是胆子小，不敢违抗姓崔的，并不是真的甘愿为婢！"

瑞羽见他急得脸都红了，嘴唇直打哆嗦，显然他对这个罗云情深意切，不禁叹了口气，"人贵自救，方能得他人之助。我平生最厌这种不知自救，一味哭泣求饶的人。"

只是事情已经插手了，姜济生毕竟是她的属下，如此切切地恳求，她若不予理会，不免太伤臣属的心。一旁的罗云看了看崔公子，又看了看把崔公子治得服服帖帖的刘春等人，再看了看对她使眼色的姜济生，仍旧无语。

瑞羽踱了两步，对她道："我再问你一次，你是自甘为婢，还是受人胁迫？"

罗云嘴唇动了动，终于跪了下去，流泪道："娘子明鉴，哪个良家女子放着明媒正娶的新娘不做，却自甘下贱，去做任人摆布的婢妾？这都是崔公子与应十郎的主意，在他们眼里，我不过是个物件儿，毁了自身的良缘去做婢妾，那都是抬举了我！"

瑞羽再问："你在崔家服役，可有卖身契？"

罗云忙道："我家只是投奔崔氏，我被选来为崔家服役，并不曾卖身为婢，确实是良家女子。"

瑞羽看了眼崔家众人，轻"哦"一声，再问："可愿随我们一起走？"

罗云犹疑了一下，回头看了眼崔公子，低声道："只恐家人受我牵连。"

她对家人友爱，虽然仍显得懦弱，但也不是毫无可取之处，这让瑞羽长舒了口气，沉声道："这倒无妨。刘春，你带几人执我名谒，往崔氏正门投递，面见崔公，将此事理顺。"

"诺！"

刘春领命而去，一行人再无二话，归营去了。

瑞羽自知性别所限，自己无法像男人那样用推衣服之、推食吃之的办法将士归心，因此只能严肃军纪。姜济生等人私自离营，还被她撞见，这顿罚是免不了的。不过让她更愤怒的是：这群人一起出营，看到袍泽被崔氏的家丁打成重伤，竟没有一个人出手相助！

这样没有袍泽之谊的士卒，如果上了战场，谁敢把自己的性命托付给他们？他们又怎么可能成为精锐之师？

在军营外，她还能强压着怒火。入了军营大帐，她召集了三军将领议事，再看到那几个畏畏缩缩的士卒，她的一腔怒火便再也控制不住，一鞭甩在帐内的案几上，将案几上的笔墨纸砚都震得跳了起来，她指着几人的鼻子厉叱："看着袍泽被崔氏家丁打成重伤，你们竟然袖手旁观！不敢救助！你们算什么汉子？还当什么兵？滚回家去，永远不要出来算了！"

她长于深宫，教养极严，这些天亲自领军，风言风语听得多了，她才骂出这么粗鲁的话来。帐内的一干将领和亲卫吓了一跳的同时，倒觉得这金枝玉叶的尊贵公主跟他们亲近了许多，忍笑之余，又觉好奇，不知究竟出了什么事，让这位举止一向从容优雅的殿下如此暴怒。

柳望跟随瑞羽的时间久些，到底对瑞羽熟悉一些，见郑怀坐在一旁不说话，知道郑怀是故意让瑞羽立威，便赶紧上前行礼，"殿下息怒，不知这几个混账小子究竟犯了什么错？"

他过来询问，瑞羽也不能不给他几分面子，于是稍敛了怒气，指着他们道："让你们自己说！"

几个士卒已经被瑞羽的暴怒和众将追问究竟的架势吓傻了，结巴了好半晌，才把一件事说清，听得众将面面相觑。好一会儿那几个士卒的直属统领才大着胆子讷讷地说情，"殿下，崔氏数百年是世族高门，这几个小子不敢得罪他家的公子，也是常理……"

袍泽被崔氏所伤，竟还畏惧崔氏势力，不敢出手，这种毫无胆量的士卒，他日遇到了强大的敌人，只怕还未作战就已经被吓得魂飞魄散，还提什么扫荡不平、澄清玉宇？

那将领不求情还好，一求情便把瑞羽气得脸色铁青。瑞羽厉声斥问："入伍从军，同伍兄弟就应相约生死与共，不离不弃！畏惧崔氏势力，对袍泽见死不救，这叫常理？这是什么地方的常理？"

那将领碰了一鼻子灰，本来还想说姜济生跟他的几个手下虽然一起跑出去了，却不是同伍，幸好他旁边站的将领暗里猛踢了他几脚，他才没有继续说下去。

行军主簿魏岳山出列道："殿下的指责是正理。一军将士，若遇到崔氏孺子这样的小小豪强，就弃袍泽于不顾，那还提什么生死与共？这等行径，理应责罚，只是新军初成，军纪还有疏漏，卑臣还请殿下今日定刑，以供日后援引应用。"

瑞羽眉头一拢，旋即决定下令击鼓召集三军，然后将几名士卒绑了押去校场，当众打了三十鞭，逐出军营。

打三十鞭不算重刑，但逐出军营，却让军中一位与几名士卒交情深厚的队正越队而出，伏地求情："殿下，西园士卒尽是流民，全赖殿下收留在军中，才得衣食活命。殿下今日若将他们逐出军营，他们就将衣食无着，与死无异！求殿下开恩，再给他们一次机会！"

西园将士对这名队正的话心有戚戚，不自觉地脸上都露出了赞同之意。几名士卒也频频叩头求饶，就连魏岳山也忍不住劝说："殿下，新军设立不过月余，士卒训练不足，犯些过错也在所难免。如果犯了错，不给他们一个改正的机会，这有失公允。"

瑞羽也不因他们的反对而恼怒，沉声道："魏主簿，并非我刻薄，不能容人，而是有些错误不可原谅！一个小小的崔氏子弟就能吓得他们弃袍泽不顾，如果遇上凶恶的敌人，他们还会有胆量迎战？谁敢将性命托付给他们？这样的人留在军中，又有何用？"

"我招募士卒，是要组建一支遇到强敌敢挺身迎战、面临危难而不畏惧的勇武之师，而不是收纳一群连袍泽兄弟都可以轻易抛弃的酒囊饭袋！"

一干将士顿时无言。瑞羽长身玉立，目光从三军将士面上掠过，朗声道："我虽是女子，但绝不会轻易地抛弃袍泽兄弟，你们在我麾下，也当牢记此训！同袍同食，生死与共，临敌背弃袍泽手足者，重刑处罚，绝不宽贷！"

流光溢彩的旌旗在她身后招展，她的身姿修长挺拔，站在点将台上，赫然有股君临天下的凛然气度，令人不敢轻视。

郑怀低头掩去脸上欣慰的笑容，传令兵将瑞羽的命令传遍三军之后，他俯身下拜，高声回答："谨奉殿下钧令！此后无论何时何地，遭遇何等强敌，都与袍泽兄弟生死与共，绝不背弃！"

柳望愣了愣，也跟着行礼，随着将领的追随，三军将士齐声应诺："谨奉殿下钧令！此后无论何时何地，遭遇何等强敌，都与袍泽兄弟生死与共，绝不背弃！"

这一日，瑞羽未曾重利施恩，也不曾重刑施威，但她亲手组建的西园军，日后更名为飞鹰卫的精锐之师，却开始有了军心。

第三十章
安水师

瑞羽气得俊眉倒竖，森然道："郭将军，若水师上下都似你这般，也就没有存在的必要了！"

这天风和日丽，水师的水寨里，玄武、白虎、青鸟、飞羽、游鱼等诸船一字排开，郭涛和伊化成等几名水师属官在前，引着瑞羽和她的几名随侍乘小船在水面上穿行。他们一面赔笑，一面解说各船的详情。

瑞羽漫不经心地听着，目光从各船一一掠过。郭涛等人经过两天忙碌，才勉强将水师的架子搭起来，见瑞羽对他们的话不感兴趣，巡视船舶的目光却锐利无比，偶然垂询，无不问到他们急欲掩饰的地方，正中点子，不由得身上冷一阵热一阵，唯恐瑞羽看出了他们的心虚。

此时虽然边疆有几道大乱，但两京心腹之地，民心却仍在唐氏。郭涛等人捞钱的胆子大得很，但反叛的胆子却小得很。瑞羽此来东京，不仅有三百鸾卫精锐随行，而且还带着五千新军，不论她来意如何，几千士兵跟在她身后，这阵势也吓得他们够呛。

"殿下，日头毒得很，小船又没个遮挡，您不如登上五牙大舰安坐，也免受曝晒之苦，让末将安排各船到舰前操练。"

瑞羽微笑道："十停路已经走了八停，剩下区区两停若不走完，岂不是有头没尾？何况这日头将士们都晒得，难道我就晒不得？"

说话间她转过头来，对身后掌凤旗的人道："元度，你个头高，又掌着旗，过来和郭将军换个位置，给我挡挡太阳。"

郭涛和伊化成二人随行陪侍，实际上站的位置相当巧妙，若是瑞羽想仔细打量四周，目光就会被他们挡住。他们这点小心思，瑞羽虽然看在眼里，却并不愿说破，只是聊到这里，就借势将元度叫上前来。

元度自政变之日在珍岛因重伤被俘，就被瑞羽安排在鸾卫设在西内侧的营房里。郑怀因瑞羽对这俘虏另眼相看，也在他养伤的时候过去观察了他几次，发现此人有将帅之质，且祖籍南荒，对水军有所涉猎。这次东京之行，郑怀就将他安排在公主卫队里，让他跟在瑞羽身后，看看水师的近况。

元度自来瑞羽身边充当近卫开始，就一直沉默寡言，别人问一句，他答一句，别人不问，他也就一声不吭，并不引人注意。此时瑞羽一声令下，他也不多说废话，直接就擎旗往前一步，将郭涛挤开。

郭涛连话也没来得及说，就被他挤到一边去了，直气得干瞪眼，便要发作，又一想这出自瑞羽的命令，只得忍着，忍得脸上表情丰富，连眼睛都鼓了起来。

瑞羽摆了郭涛一道，暗里也颇为愉快，脸上的神色轻松了几分，含笑问元度："你觉得水师如何？"

元度出来本就是瑞羽的授意，他深知瑞羽此举的目的，便不客气，直接批评道："纸糊的灯笼，入水就散了。"

他这话说得实在太尖锐了，顿时让郭涛等人大怒，"这位兄弟，你也太过分了！"

元度冷笑一声，目光往前面几艘船的船身一瞟，问道："郭将军嫌我的话难听，何不让人将丙字号下的船只放到河水里走一趟，让殿下看看？"

郭涛和正欲开口说话的伊化成顿时噎住了。水师的船都以天干地支排号，近日因为有很多船已经外出，去做些捞钱的勾当，根本来不及归航，因此这两天他们就紧急招募了一批民船夹在船队里充数，又把船坞里已经腐朽不堪的旧船修饰一番，排将出来。

民船也还罢了，那些腐朽的船却只能靠岸停着，连在水寨里浮着都勉强，何况到汹涌的河水里行驶？若真是下河，那可真是入水就散了。

朽船的号位就排在丙字号下，为了掩饰这个，他们费尽心机，却不想元度目光如炬，竟能从纷杂的旗号里分辨出来。

元度揭了他们的掩饰，又道："只怕郭将军没有这个胆量放丙字号的船下河吧？"

郭涛恼羞成怒，却不敢真的将朽船放出来，只能嘴上狡辩，"兄弟是宫中禁卫，不谙水……"

瑞羽一直不动声色，这时候却突然开口打断他的话，"郭将军，京都八水汇聚之地，弄水操舟的人不少，宫中禁军虽然不善水战，但也不是连船好坏都分不清楚的傻瓜。"

郭涛一口气被憋在了胸口，脸色发绿叫道："殿下……"

还是伊化成反应灵敏，他立即跪下请罪，哀声道："殿下恕罪，不是卑臣等人欺上，实在是因为水师的军饷拖欠太久，莫说打造新船了，就是连将士们吃饭穿衣、旧船的修缮补漏都没有钱。船舶腐朽，实在是无可奈何啊！"

瑞羽一笑，悠然道："伊记室，元度不是不懂水军的深宫卫士，予也不是不知世事的深宫贵女呀！"

伊化成所有的辩解都被瑞羽堵在嘴里，他的脸唰的一下白了。只是看到瑞羽并无当场发作之意，他才略微放心，暗想：水师这么大的纰漏，精明些的人看出来并不奇怪，且法不责众，只要她不过于苛责，倒也不怕。

他心思稍定，再一想瑞羽此行的目的，并无痛下杀手之意，便更觉放心一些。他虽然被当面揭穿，此时却反而心平气和——最糟糕的事都已经被发现了，往后再怎么样，也不可能比现在更难过吧？

水师一干人等不再吭声，瑞羽这才继续和元度说话，"你笑话别人容易，真要让你来水师就职，你未必能做得比郭将军好。"

这句话才是她的真实意图所在。元度哈哈一笑，轻蔑地扫了一眼旁侧的郭涛，自得地说："殿下，昔日的水师纵横无敌，今日竟然残败到要靠强征民船来充场面的地步，真是可笑至极！其实水师根基牢固，只要统领者稍有头脑，水师都不会沦落至此。若是我来经营水师，不出一个月，我能让殿下站在水寨前都不记得水师还有过今天这样的落魄！"

郭涛顿时脸色大变，如果说刚才他还顾忌瑞羽的身份，但现在人家都要抢他的饭碗了，便什么顾忌也没有了，不能不出声争辩一下，他当即冷笑道："小兄弟说话也不怕风大闪了舌头！"

元度神色不动地回话："若论说话的本领，我可比将军差远了，就是风大，也有将军在前面挡着，闪不着我。"

瑞羽不料元度一向沉默寡言，此时竟有如此锋利的唇舌，他的每一句都合她的心意，让她忍俊不禁，轻咳一声才道："军中只论功勋，不比口舌，两位要一较长短，何妨他日军功上见英雄？"

郭涛不敢在军功二字上接话，元度却一副急切功利之相，大声道："殿下如果不信，何不让我坐坐郭将军的位置？看看我说的是真是假？"

他这话明抢水师将军的头衔，气得郭涛嘴唇上的胡须都直了起来。瑞羽心里好笑，嘴上却道："郭将军德高望重，你小小年纪怎能跟他相提并论？莫说是水师将军，你若能在水师做个称职的长水校尉，予已深感欣慰了。"

瑞羽的年龄在众人里最小，说话却老气横秋，水师上下对她无不心中愤愤。但她带着太后和天子的诏令，倚重兵挟威而来，水师除非举旗造反，否则整顿在所难免，因此水师上下虽然对她不满，却不敢当面反对。

一行人乘船走了一圈，把所有船只和水寨都看了一遍，才转回作为旗舰的五牙大舰上按地位高低坐下，观看水军操演。

水师散漫，已久不操练，临时两天拉人上阵，当然是号令不清，指挥不灵，将官无能，士卒颓丧。更有甚者，竟有橹手把船不稳，以致当场翻船，船上十几个临时被郭涛等人招募来充数的水兵竟然被淹死了两个。

瑞羽虽然经过这几日的明察暗访，早知水师腐败，但总想水师昔日是纵横无敌的精锐之师，烂船还有三斤钉在，怎么也想不到水师就在水寨里演练，竟还如此不堪。

这样失败的演练，由不得瑞羽心里发恨，她转过头来瞪着郭涛和伊化成，咬牙切齿地冷笑，"水师准备了两天的演练，就是让我来看翻船淹死人的？"

这样的场面却是连郭涛也没有想到，他对属下也恨得咬牙切齿。此时他额头涔涔落汗，声音发颤，但还是觍着脸奉承道："殿下威仪凛凛，士卒敬畏惶恐，才举动失措……"

瑞羽气得俊眉倒竖，森然道："郭将军，若水师上下都似你这般，也就没有存在的必要了！"

满船将士顿时哗然，水师再怎么缺钱少粮，终归还在朝廷的庇佑之下，是他们的栖身之处，若真是撤掉，他们顿时成为水上浮萍，无所归依。虽然他们背地里骂天、骂地、骂朝廷，想想自身的处境都恨不得造反，但若真要将水师撤了，他们却是万万不肯，当即纷纷乱叫道："殿下息怒……""殿下恕罪……""殿下……"

船上一片嘈杂，什么话也都听不清。元度站在下首，大声呵斥："你们乱叫什么！都住嘴！"

水师众将被他喝住，还想再辩，但看到瑞羽身边的一众亲卫个个对他们怒目而视，也知道这乱成一团的争辩于事无补，于是陡然增加了对瑞羽的痛恨。正犹豫间，瑞羽已然下令："自今日起，予将亲驻水寨岸营，督促水军整编！元度，你以长水校尉身份为水师将军郭涛的副将，整肃军纪，操练水军；诸葛亮节，你以行军文书为水师记室伊化成的副手，清点水师辎重，辑录水师将士姓名，清查朝廷历年拖欠的军饷；奚右，你为水师主簿……"

　　一连串命令下来，水师众将又急又慌又惊又惧，但水师中真正有分量有威望的高级将领受到十几年的刻意打击，早已退下，剩下的这群人没有反对瑞羽的资本。何况今天操练出了这么大的纰漏，瑞羽没有当场大开杀戒，就已经给足了他们面子，现在她只是安插几个人进来，架空主将的权力，他们也实在无话可说。

第三十一章
四海志

瑞羽仿佛没有察觉到他的心思，微笑问道："元度，你可愿舍弃京都繁华，随我一起东去建功立业？"

瑞羽将新军的营盘与水师的水寨岸营连接起来，亲自坐镇中军大营，操练西园士卒，早晚巡视水师的整顿情况。

元度虽有才干，但水军盘踞当地十几年，已经十分霸道和懈怠，他想真正号令这支水师，并且让腐败已久的水师恢复昔日雄风，确实需要一段时间。然而时值入秋，若不能尽快整顿好水师，到了十月天寒，离都东行一事就得拖到明年。

瑞羽心中，渴望能早一日带李太后和东应离开京都那是非之地，再拖一年实非她所愿。她心里着急，对水师的关注也就超出了寻常。

元度虽然不知东行计划，但瑞羽对水师的关注，他却看在了眼里。这日下午当瑞羽巡视水师船坞、扶着刚刚成形的新船发呆时，他忍不住唤了一声，"殿下！"

瑞羽正神游天外，忽然被他叫醒，下意识地回头，茫然问："什么事？"一问之后，她赶紧又收敛了神态，稳稳地笑问："可是水师整顿还有什么难处？"

元度本想问问她为何对水军如此关注，但又一想自己归入她麾下不久，说不上亲近，问这话不免过于唐突。他不禁暗觉尴尬，便顺着瑞羽的话回答："殿下，水军的旧船大多已经朽坏，船坞造船又慢，供应不上，这对水军的操练大为不利。"

水师没落，水寨里的老匠人很多都已经流落在外，人手不足，船料也不足。这件事诸葛亮节已经向瑞羽提过，此时元度再次提起，瑞羽便一笑，摆手道："我离京之时，经离先生就已经令将作府调集三千名匠户送来，以他们的行程，明日也该到大营了。且东京陪都也有不少匠户，我已经发文东京留守府，让他们召集熟练匠人前来听令。此事你不必着急，船是会有的。”

除了从京都调三千匠户出来之外，又发文东京留守府征调熟练匠人，这不可能仅是为了给水师打造新船？元度细想瑞羽的行程和举动，电光石火间明白了她的用意，失声惊问：“殿下，您要离开京都，不再回去？”

瑞羽猛然转头看着他，待要否认或者发作，转念间却又想到离开京都繁华之地，去荒芜之地重建功业，必须要有愿意忠心追随的属下。元度是她选定的水师将军，在已经决定走水路东下、倚水师纵横海域的情况下，若连元度也不信任，还谈什么图谋将来？

一刹那她又缓和了脸色，轻轻点头，“不，也不是不再回去，而是有朝一日再回去。”

元度见她如此反应，便知她这是真正地准备将自己视以心腹，心里蓦然有股别样的滋味——他出自行伍世家，因此被征为东内禁卫，唐阳景看中了被宦官排挤得不到重用的他，于是调他去把守宫门，这是他获得的最高赏识和提拔，可惜唐阳景谋事畏首畏尾，用人而不信人，提拔他却又怀疑他，这令他无所适从。虽然他有心报国，却始终没有机会。

唐阳景孤注一掷，想杀掉太后以绝后患之举与他自幼所受的忠孝庭训大相径庭，只是知遇之恩在前，他也不能不报，因此他虽知难以取胜，却拼死一搏以报君恩。

那一日事变，他自忖必无幸理，果真他重伤将死，不料瑞羽竟还命大夫细心救治，在宰相下令缉拿乱党时，瑞羽对他问罪而不处罚，而且还带着他离开了京都是非之地。

瑞羽让他充任身边的禁卫，这已经让他很诧异；又让他任长水校尉，掌管水师，这更是让他意外至极；直至此时，瑞羽肯定地回答他的问题，并且将最机密的事告诉他。这一步步走来，都让他觉得难以置信。

瑞羽仿佛没有察觉到他的心思，微笑问道：“元度，你可愿舍弃京都繁华，随我一起东去建功立业？”

她直白的话，让他不由得全身一震，低声问道：“殿下，我曾经与您为敌，您真敢重用我、信任我？”

她笑了起来，“重用一个有才能的人，信任一个肯效忠的人，我有什么不敢？”

秋阳斜下，金红的光芒照在船坞前的湖面上，波光粼粼，涟漪折射的水光在她脸上投下阴影，光影幽幽，她的笑容却明丽无比，全不见半分阴暗。

他一直希望自己能得到上位者的赏识，成就一番经天纬地的大事业。唐阳景第一次提拔他，却将他放在了局促之地，令他无用武之地。就在他以为到了绝处的时候，他的敌人却比任何人都赏识他、信任他。

他梦寐以求的东西，就在眼前，只要他踏前一步，便唾手可得！然而眼前的少女尚显柔弱，她选择的道路也必定艰险。她重用他，信任他，因为他值得她托以心腹，全心信任？

这关乎一生的重要选择，却又掺杂了一些他也说不清道不明的感情在里面，这让他突然间有些畏缩，喃喃地问："殿下只见了我两次，两次我们都是死敌，您又如何能判定我具有才能，且肯效忠君王？"

"我留意了，自然会让人去查你的履历。"瑞羽朗朗一笑，眸光一转，看到他的表情，见他问得认真，便又想了想，微敛笑容，轻声叹道，"我识你用你，也是一时念起，若非这一念闪动，也不会去查你。只能说是人生际遇有玄妙之处，哪里会追究得那么多？"

见元度默不作声，瑞羽的神色便严肃起来，看着他缓缓地说："元度，我再问你一次，你可愿舍弃京都繁华，随我东去？"

元度长长地嘘了口气，侧身退步，单膝点地，仰望着她郑重的容颜，一字一句地说："殿下，您的刀尖所指的方向，就是我前进的方向！"

瑞羽浅浅一笑，抬手请他站起，温声说："那么从今往后，还请你为我尽力而为，也为你自己的将来竭心尽力！"

元度听着她清朗的声音，突觉胸襟开阔，忍不住微笑应诺，转眼再看这几天让他千头万绪的水师水寨，竟觉得以前的烦恼都太过无谓，当即直言相问："殿下，南方虽然藩镇割据，但中原腹地也不安定，所以也不可能调水师去南方平乱。您这么着急训练水师，究竟是为什么？"

"难道不去南方，水师就用不上了？"

"末将以为如果不是镇压南方藩镇，水师确实没有多少用武之地。"

瑞羽忍不住一笑，指着水寨外浩浩荡荡东去的河水，道："沿着这条蜿蜒数千里的河出去，水师的用武之地比之九州，不知大了多少，怎么会没有用呢？"

天空被傍晚的山峰阻隔，阴影重重，显得狭小局促。元度顺着她手指的方向望去，不禁豁然开朗，惊道："海？"

"正是！"瑞羽望着那看不到尽头的滚滚波涛，悠悠地说，"水师雄悍，怎能囿于成见？九州之外，四海无涯，那才是我们展翅翱翔的地方！"

一瞬间元度怔住了，心中微有酸涩，然而更多的却是睥睨一切的豪情。

京都调集的匠户在次日中午赶到，安顿之后便在郑怀的安排下轮班倒换，昼夜不停地开工造船。他们携带着造船的器械，借水力牵引器械，奇工精巧，一天就能造出一艘大船。

船造得快，木料很快就供应不上了。虽说河岸边的山上密林重重，百年老树随处可见，但湿木造船，结构不紧密，船下水就会裂开，根本不能用，必须要用晾了一年的干木，船才能密不进水。

诸葛亮节费尽心思也搜罗不到造船要用的木料，无奈之下只得前来请罪，"殿下，水师现在的船也够用，倒是兵器甲胄储备不足。眼下木材紧缺，造船是不够的，打制兵器还可以，臣以为应该让船坞暂停造船，打些兵器甲胄。"

瑞羽正因西园士卒狩猎练兵时，聚阵、分兵、合围等演练颇有章法而高兴，听到诸葛亮节的话，笑道："诸葛文书，兵器甲胄东京武库还有，不急着打制。船却是要用的，绝不可停下。"

"殿下，兵器甲胄再多也没有余的，但这船再造下去就有余了！船余了，就只能放在水里朽坏，那不是浪费吗？臣不赞成！"

"这些天造的船，只有不足，怎么可能有余？诸文书，我造船另有他用，不仅仅用于水师淘换旧船。"

她接过青红递来的手巾，抹了抹脸上的汗，问道："造船的木材不能再找商人买吗？"

诸葛亮节不知除去水师用船之外，还有什么地方需要用船。见瑞羽固执己见，他心有不满，口气就不怎么好，"造船的用料要求极高，臣已经把东京所有能买的、能用的木材都找来了，木材不会再有了。"

瑞羽凝神一想，笑道："买不到不代表没有呀！虎子，去把船坞的老行首叫来，让他随我到东京去。"

瑞羽自来东京，就直接在城郭外安营扎寨，除去寻访贤能之士外，平时她很少踏足东京城。陪都洛阳宫的宫监在得知靖康长公主驾临东京之时，还曾殷切地前往侍奉，请她入驻洛阳宫。可瑞羽来东京为的是练兵谋退路，又不是游山玩水，一个时辰掰作两半用，她都觉得不足，哪里还有时间跟洛阳宫的宫监磨叽？于是她叫幕僚将他哄走，连面也没见过他。

此时她领着卫士直趋洛阳宫，宫门卫士看到陌生的旌旗节麾，都觉得奇怪，不知对方到底是什么来路。两名亲卫捧了长公主的金印和节仗上前叩门，卫士验证了好一会儿，才惊疑不定地打开宫门，一面将他们迎了进去，一面使人飞报宫监出迎。

洛阳宫自瑞羽的先父武皇帝东征时驻扎过，已经十几年没有天子驾临，宗室亲王也来得少，宫人内侍难免有懈怠之心，除去几大主殿整洁之外，偏宫侧殿都破败不堪。

宫监听闻瑞羽驾临，慌忙令人洒扫除尘，拾掇东宫，请瑞羽上座传膳，在东宫留宿。瑞羽摇头拒绝他的好意，道："我暂不休息，阿翁，洛阳宫最破败的宫室是哪间？"

宫监不知她是何用意，愣愣地回答："洛阳宫近年缺少钱财，无法将所有的宫室都一一修缮，很多宫室都有了败相，但要说最破败的，当数东苑含芳阁。"

"有劳阿翁带我去看看。"

她不在东宫歇息，却要去看洛阳宫最破败的地方，这让那宫监心里好生糊涂——难道这位公主殿下来洛阳，竟是特地跑来查看我们有没有用心看护宫室不成？唉，含芳阁那边的宫室都倒了五六个月了，其余各宫破败之地也不少，她若是借题发挥，我的罪过可不小啊！

瑞羽哪有心思揣摩这宫监心里的想法，领着船坞的匠户老行首直奔含芳阁的废墟。含芳阁弃用已久，值钱的物件早已是毁的毁、失的失，故此宫室垮塌以后，宫监就没有派人清理。原本的宫室顶梁木板等物件都原样堆在砖块瓦砾上，瑞羽指着地上的木梁，问："这些栋梁可能用来造船？"

老行首手脚麻利地爬上屋架，用腰间别着的标尺在木梁上敲打着，欣喜地道："修建宫室用的都是最好的百年大树，这些木材又经过了防虫防潮的处理，虽然年月久了，但朽坏的不多，能用，能用，很好用！"

"那就用它——把含芳阁和洛阳宫破败的宫室拆了，造船。"

瑞羽一声令下，造船缺少木材的大难题便迎刃而解。洛阳宫宫监目瞪口呆之余，也暗暗高兴：他这些年来暗里盗卖了不少宫中之物，很多宫室里的财物都对不上账。靖康长公主要拆宫室造船，拆得好啊！宫室都拆了，谁还来管里面丢了什么东西？

瑞羽拆了宫室之后，一不做二不休，又令元度率领水师前往河阴埠，以清偿水军历年积欠的军饷为名，将南方沿河运送来的秋赋截留了一半；又以修缮陪都宫室之名，派柳望带兵往河北截取北疆入贡的牛马等物。

　　无论水师，还是西园士卒，都穷困已久，陡然间衣裳甲胄光鲜，嘴里吃食香辣，兜里还有制钱响当当，他们不禁挺直了腰板，精神大振，因操练太紧而起的怨言也都平息了许多。他们暗自觉得跟着这位长公主虽然做错事有重罚，但做对事也有重赏，这似乎也不错。

　　南方运往京都的秋赋和北方的牛马，每年都是由东京留守府清点整理之后，再运往京都，今年瑞羽差不多明抢了许多的钱财牛马。水师和西园士卒过得顺心，可东京留守府的上下官员过得却极不顺心，他们对这位恣意妄为的长公主头痛至极。

　　东京留守的应国公对瑞羽没有好感，但瑞羽身份尊贵，又有重兵护卫，他自己是对付不了她，故此便连上奏章，发往京都，弹劾她拥兵自重、毁坏宫室、纵兵抢掠朝廷贡税等十余条重罪。

　　这些罪如果每一条都落到实处，能让瑞羽轻则封号被削，重则下狱丢命。瑞羽虽不将他的弹劾看在眼里，心里却知道东京留守府必须换人了，否则自己率众离开京都时，东京后院起火，那就糟了。

　　恰好她及笄之日将近，于是她安排好新军和水师，让郑怀代她坐镇中军大营，自己则带了三百亲卫，回转京都。

第三十二章
青梅弄

他叫了一声，突然不知该说什么，只是站在楠木隔间前傻笑，笑了会

儿才反应过来，道："姑姑，你可回来了！"

秋高马肥蹄行疾，东京到京都八百里驰道，瑞羽率领亲卫轻装简从，早起晚宿，快马加鞭急赶三日，就来到了京都高大的城墙下。

西内李太后和东应虽然知道瑞羽及笄必会还都行礼，也准备届时去城门外亲迎，却不料瑞羽竟会回来得这么快，信使才到，随后人就已经到了。她的旌旗到了宫阙前，禁卫于是赶紧开门，派人回报。

东应去了东内，面君未归。李太后却是一听到瑞羽回来的消息，便立即令御者驾车出来相迎。瑞羽遥见太后车驾过来，便下马迎上去，叫道："王母！"

李太后爱她如珍宝，将她自小养在身边，从来没有这么长时间分开过，也不待她下拜行礼，就一把将她搂住，含泪笑道："乖孙，你可回来了！想死祖母了！在外面有没有吃苦？青红她们服侍得好不好？"

李太后一连串的问题问出来，瑞羽都回答不过来，于是连忙说："王母，我好得很，一切都好，你看……"

李太后心疼地打量着她，抚摸着她的手掌道："还没吃苦，都晒黑了不少，手也粗了，还有这一身一脸的灰尘……唉，你快马加鞭地赶回来，饿了吧？快去洗漱一下，李浑快去传膳！"

瑞羽近段时间亲自领兵，养成了做事务求实效的习惯，于是很快就洗浴完毕。李太后拿着一条洁白的布巾细细地替她拭擦湿发，仔细询问她在东京的生活起居。瑞羽报喜不报忧，择了一两件事说了，又开始询问李太后的病情以及宫中的事务。

李太后自然说身体康健，道宫中平安。这些天瑞羽不在身边，她对东应十分倚重，说起宫中事务，便说到了东应，李太后欣慰地说："阿汝，小五原来比我想象的更能干，小小年纪处理宫中事务却井井有条，没有半点疏漏。你们两个长到如今，有这样的才干，我也算教养得不错，可以放下心来了。"

瑞羽笑道："王母对我们的教养怎么能说是不错呢？是很好呀！"

李太后一点一点地把瑞羽的头擦干，又令宫人端上梳篦，亲自拿着象牙梳给她梳头发，一面梳，一面略带感慨地说："再过两天，你就绾髻及笄。这童子总角，往后我就不能给你梳啦。"

说话间，殿外传来一阵匆忙的脚步声，东应直冲进来，大叫："姑姑！"

两人自幼没分开过这么长的时间，以至他初见瑞羽，除去别后重逢的欢喜外，还有一种莫名的陌生。他叫了一声，突然不知该说什么，只是站在楠木隔间前傻笑，笑了会儿才反应过来，道："姑姑，你可回来了！"

瑞羽仍坐在李太后身前，让李太后梳理着总角，所以不能乱动，见他站在隔间前傻笑，眼光一转，惊讶道："哎，小五，你似乎长高了呀！"

东应正在为他的身高苦恼，怎么也不信瑞羽说的话，"跟姑姑分开才两个月呢，怎么会长高？姑姑能一看就看出来了吗？"

"怎么不会，其实你从隐王事变后，就已经很久没有量身高……肯定长高了！我记得你以前站在隔间旁，眉尾正好与隔间上镂刻的芝草第一茎齐平，现在都到第二茎了。"

瑞羽指着隔间上雕刻的芝草比画着，看他还不信，不禁瞪他，"你当我说谎？你就不会自己比比看？是真的长高啦！"

东应这才站过去认真地比了比，不禁惊喜交加，欢呼雀跃，"咦，真长高了，高了一寸多！"

他说着举手比画了一下芝草刻文上的蝙蝠，笑道："我现在高了一尺，照这样算，我很快就能比姑姑高了！"

瑞羽呸了他一下，"你又不是这两个月长高了这一寸，是很久没量了！想长到我现在这么高，够你长几年的，而且我自己也还会长高，你想很快就超过我，做梦呢！"

姑侄俩争执了一番，陌生感顿消，相依为命的亲昵感觉又涌上了心头。东应脱了外衫，噎噎地跑上来，一面殷勤地给李太后递东西，一面对瑞羽说："姑姑，你及笄要用的玄服等物，昨天宗正府和少府已经送来，我和王母亲自检查了一遍，放在万春殿的正殿里供着。玄服以蜀地明光云纹锦织成，光华璀璨，姑姑穿上一定很好看，要不要等一下就先去试穿？"

李太后瞪了他一眼，嗔道："孺子浑说什么，玄服是正典礼服，哪是拿来随便穿的？你姑姑一回来，就被你闹得晕头转向。"

东应挨了训，咋舌不说话，见李太后对着宫人捧上来的首饰盘犹豫不决，想选一对串金铃的银绞丝绳发饰给瑞羽扎角辫，他便努嘴反对，"太婆，姑姑现在位高权重，怎么能用这种轻浮的东西？该选红宝石紫金冠才显得稳重高贵。"

李太后想着瑞羽做童子打扮的时间只剩下几日了，所以一门心思想要将她打扮得稚气可爱些，被东应一提醒，这才放弃打算，怅然若失地说："你们小的时候呀，我恨不得你们一夜之间长成大人，什么都不用我操心。可到你们真长大的时候，我又觉得年月太短，恨不能留你们再多一些日子。"

祖孙三人一起吃了晚膳，李太后精神不济，早早地回了千秋殿休息。瑞羽和东应却精力旺盛，拉着对方的手，不停地询问别后情况。

两人絮絮叨叨说了两个时辰，茶水都换了四五遭。殿外巡警报时的宫人击着金鼓，高声唱道："戌时已过，熄烛安枕；秋高露重，添被御寒；卧起合宜，清健长康！"

宫人的报时提醒了青红，她连忙进来催瑞羽和东应睡觉，"二位殿下，这是太娘娘担心你们不记得时间，特意令巡时宫人过来提醒呢！有什么话明日再说也行，不一定非得挤着今晚。"

东应连忙道："姑姑，你远途归来，肯定累了，安置吧。"

瑞羽起卧都有规律，此时也已有了倦意，当即跟他道了安置，便歇下了。

一夜好眠，次日清早，晨光熹微，瑞羽刚睁开眼睛，便看到榻前有人在她枕边半蹲半坐着，嘴里还念念有词，她吓了一跳，本来还不甚清醒的神志顿时清醒过来，定睛一看，却是东应。

"小五，你怎的这么早就起来了？这是在念什么呢？吓我一跳。"

"我在数姑姑的眼睫毛，姑姑，你的睫毛真密，我数这么久，居然没数清。"东应眯着眼，嬉笑回答，他顿了顿，又雄心勃勃地说，"姑姑，薛安之说我最近的射艺进步不少，我想和姑姑比一比！"

瑞羽哈哈大笑，拍拍他的脑袋瓜子，"小五，你一早来找姑姑比射艺，是没睡醒吧？"

东应受她奚落，忍不住握拳挥舞，"姑姑，你别把我看扁了！"

"我没看扁你呀，是你自己本来就这么圆！"

瑞羽得郑怀悉心指点，近段时间武艺进步神速，东应无论如何进步，也不可能是她的对手。为了不伤他的自尊心，瑞羽射箭时并没有出全力，只箭中草靶便罢。

比了两轮，两人成绩相当，随侍的宫人内侍欢呼喝彩。瑞羽也意外地夸奖东应，"小五，你的射艺确实长进了，很好！"

东应受她夸奖，却郁闷地放了弓箭，道："不比了，我知道姑姑让了我！"

瑞羽虽没尽全力，但射箭是她的晨课之一，她也没有懈怠，闻言愕然，"这话从何说起？"

"我射一箭的时间，都够姑姑射三箭了。一样中的，我射靶要开弓瞄准，姑姑却是开弓即射。"

瑞羽射艺已经娴熟，上手便自生反应，她却没想到东应居然看得出来。

她愣了愣，笑了起来，"小五，射艺只是手熟即成的小道，我比你长三岁，多练了两年，有今日的成绩也不足为奇。倒是你现在眼光锐利，强过以前，这才是真正值得高兴的事。"

少年心性不肯服输，东应自不例外。很快他又鼓足了劲，大声说："不错，我比姑姑小三岁呢！再过几年，我长大了，我就一定能赢你！"

瑞羽笑道："好，我等你两年后再来赢我。"

她像是在纵容晚辈，却不是真的以为他过两年就能在射艺上赢过自己，东应听出了她的意思，不禁转过头来，认真地说："姑姑，我是认真的！我一定会赢你的！"

瑞羽见他居然跟自己较劲，正觉得奇怪，便见青红一路小跑地过来，面色急切地说："长公主殿下，太娘娘急召！"

李太后的脸色很不好，看到瑞羽进来，才勉强给了一个笑容，对她招了招手道："阿汝，你过来，看看这个。"

瑞羽在她下首坐了下来，接过她递过来的一沓文书，打开一看，不是别的，正是东京官员弹劾她的奏章。

李太后怒道："东京留守半个月前就弹劾过你一次，我让宰相驳回了，本来以为这事也就罢了，没想到这老匹夫却不识趣，居然又纠集了一伙人上奏章。"

瑞羽翻了翻奏章，笑道："王母莫气。我截留了东京道的岁赋，他们不好向朝廷交代，上奏章弹劾我也是为了自保，这算不得什么。"

"若只是东京留守府来了弹章，自然算不得什么，可恨的是东内的新君今天居然令人把奏章送了过来，要你今日亲自去立政殿解释。"

这个消息出乎瑞羽的意料。李太后哼了一声，眉眼里尽是阴霾，冷然道："我只当新君唐阳林为人尚可，如今看来，他也是翻脸不认人的无义之徒，并不是合适的天子。"

瑞羽回想与唐阳林的几次会面，每次他都在纵情享乐，怎么也不像是有野心的人。这样的人，怎么会突然生出这种主意？

"王母，废立之事干系重大，可一不可二。我们都已经决意退出京都了，这新君合不合适，您就不要多管了。至于叫我去立政殿解释，我就去一遭，看看究竟是什么情况，回来再说。"

李太后想了想，道："这种弹劾要你去解释，他们分明就是不怀好意。我和你一起去，压一压东内的气焰。"

瑞羽想了想，觉得不妥，"王母，如果我们两个都去了东内，到时有什么变故，小五一个人根本撑不起西内。您得在西内坐镇，只要有您在西内牢牢地掌控鸾卫，我去东内就没有危险。"

李太后想想也是，虽不放心，也只得让薛安之抽调了鸾卫高手，护送瑞羽前往东内。

东内经过上次政变，宫人内侍死伤甚多，很多地方都来不及补充人手。入了昭训门，瑞羽便感觉到人数大减的各宫各殿居然有股穷途末路的冷清。

瑞羽一行人来到立政殿外，才看到孙建仁笑容可掬地迎上前来。孙建仁先向她请了安置，才躬身道："殿下，陛下和两位宰相等候多时，您可来了！"

瑞羽见他神色无异，便对身后的亲卫做了个手势，让他们留在外面小心戒备，自己随孙建仁往立政殿里走。

立政殿里，唐阳林和两位宰相正谈笑风生，看到她进来，唐阳林笑眯眯地招手，"阿汝，快过来坐！"

他丝毫没有九五之尊的架子，亲切随和得如普通人家的兄长。瑞羽却没有丝毫逾越君臣之礼，规规矩矩地行礼叩拜之后，才垂手在他所赐的席位上坐下。

唐阳林兴致勃勃地继续他刚才的话题，对两位宰相说："……把河豚的头剁了，掏尽内脏，放干血液，毒性就不强了。吃起来鲜嫩无比，且食后略有些舌麻头晕、身体酥软的感觉，真可谓飘然欲仙……"

在瑞羽来之前，他就已经拉着两位宰相许久，闲话天下美食，只听得两位老宰相耳鸣眼花，恨不能早早告退。现在瑞羽都来了，他还在喋喋不休，执政事笔的吏部平章事忍不住打断他的话，道："陛下，长公主还有要事在身，您那些话还是稍后再说吧。"

唐阳林还意犹未尽，但执政事笔的吏部平章事乃是众相之首，他发话催促，唐阳林也不能不从，当即闭嘴不言，转头来问瑞羽："阿汝，东京留守府的应国公及东京度支使、转运使等十七位官员上书弹劾你专横跋扈，那些弹劾你的奏章你看过了吗？"

瑞羽离席，俯身道："陛下，臣看过了。"

唐阳林轻唔了一声，又道："老宰相他们认为此事干系重大，应当召你到御前解释，你有什么话要说的吗？"

瑞羽听他话里话外对自己全无责备，反而处处透露着维护之意，心里觉得十分奇怪：难道这次召她来，不是出于唐阳林的意愿，而是宰相们为了削弱她的势力，才这样做的？又或是她得罪了东京世族大家，触犯到了他们的利益，以致他们联合起来对付自己？

她暗里揣测，口中却流利地说道："陛下，臣妹冤枉！臣妹此次前往东京水师的水寨是为整顿水军……"

关于东京官员的弹劾，回都之前郑怀就已经教了她反驳弹劾的应对之道，因此她的自辩十分从容。她条理分明地将所有罪名推开后，又反过来弹劾东京留守因玩忽职守以致陪都附近乱匪流寇作乱等二十六项罪名。

执政事笔的吏部平章事安慧与东京留守私交甚厚，听瑞羽自辩之余，又弹劾应国公的罪名，几次想询问细节，却都被瑞羽早有准备地驳回。眼看东京留守应国公弹劾瑞羽不成，却反被弹劾，且天子明显偏向瑞羽，孙建仁等几大阉也在旁边支持瑞羽。见大势已去，执政事笔的吏部平章事安慧便黯然告退，出了立政殿，再回望殿中的情形一眼，暗叹，"皇华二百年江山，便要断送在竖阉妇孺之手……"

唐阳林显然平日颇受宰相们的压制，安慧他们一走，他便一哄而起，唤瑞羽道："阿汝，这事已经过去了，待在这立政殿里气闷，我们出去再说话。"

瑞羽只觉得今日东内之行诡异离奇，她想看看他葫芦里究竟卖的是什么药，也不推辞，便跟在他身后往外走。孙建仁等人也连忙跟在他身后，笑道："陛下欲往何处？容老奴等人召銮车前来侍候。"

唐阳林拒绝道："我和阿汝就在宫里走走，坐什么车。"

出了立政殿，瑞羽的亲卫便迎了上来，想将瑞羽护在中间，孙建仁等人的属下见他们过来抢位，便大为不满，低声咒骂："不懂规矩的蛮人，乱抢什么？以为这宫里也是由你们横行霸道的乡野？"

唐阳林听到身后的争执，立即回头斥责那小宦官："禁卫跟随护主乃是分内之责，你不懂也罢，吵吵嚷嚷地干什么？"

瑞羽心一动，知唐阳林这是有意要将随身跟着的宦官赶走，略微踟蹰，拿不定主意是不是要遂他的心愿。

那小宦官挨了训斥，被孙建仁狠挖了一眼，只得退开，让瑞羽的侍卫跟上来。这样一挤，跟随唐阳林的宦官便少了许多，只有几个高位的宦官还跟在他身后。

唐阳林面对瑞羽时，又笑容满面，亲切地问："阿汝，你会下棋吗？"

瑞羽欠身道："惭愧得很，臣妹是个臭棋篓子。"

唐阳林哈哈大笑，"我的棋艺也差，昨天还被小五说成臭棋篓子呢！"

"小五？"瑞羽有些错愕，她一向告诫东应要深居简出，少与东内有牵连，却不料自己离开京都两个月，东应竟与唐阳林亲近了不少。唐阳林毕竟是名义上的九五之尊，东应跟他下棋也就罢了，竟然还当面说他是臭棋篓子，不是十分亲近的人，不会开这样的玩笑。

唐阳林似乎没有察觉到瑞羽表情有异，笑嘻嘻地接着说："来来来，阿汝！前面的来清亭景致甚佳，我们去杀一局。"

瑞羽心念电转，笑道："陛下有意，臣妹自当奉陪。"

孙建仁连忙招手令小黄门去准备坐席、棋盘、焚香等物，然后亲自侍候二人坐下对局。

猜枚争先后，瑞羽执棋先行，下了小星占角，唐阳林却将一粒白子放在了天元中间。

都道是金角银边烂肚皮，边角可以用最少的棋子占最多的地，是走棋者起手的最佳之地；至于起手就下在中腹地段，那占地不易也便罢了，还四面受敌。棋艺出神入化的高手，如果起手不占边角，直取中腹，那简直是自寻死路。

瑞羽看到他这起手，愣了一愣，笑道："陛下行棋的手法，真有大家风范，出人意料啊！"

唐阳林笑道："我下棋习惯起手中腹，所以小五才会骂我是臭棋篓子。"

瑞羽心中恍然大悟，面上却不动声色，略微沉吟，挥手示意站在她身后的亲卫，"下棋要静心，你们站在旁边气息杂乱，烦人。你们站远些，到亭下守着。"

孙建仁等人不退，瑞羽手执黑子，却迟迟不落。唐阳林等了半晌，催她道："阿汝，这才刚起手，怎么就下这么慢？"

瑞羽不答，侧身抬头，拧眉望着孙建仁他们，神色不悦。唐阳林顺着她的目光一看，也不悦地说："阿汝不喜有人打扰她下棋，你们愣在这里干什么？还不下去？"

孙建仁赔笑道："陛下，若是老奴也下去了，就没人在近侧侍候啦。"

瑞羽见他们居然时刻都跟在唐阳林身边，不肯放松丝毫，比之当初对唐阳景的看管更严密了许多，不禁暗觉同情，转动了一下指尖的黑子，徐徐道："孙翁，你这是为了讨陛下高兴，盼着我输棋了？"

她不张不扬，但清冷的眸光在孙建仁身上一扫，却让他如同被泼了一盆冷水，油然生出一股念头：最近这位长公主殿下的煞气是愈来愈重了，只怕比以前更不好惹！横竖她只顾着昭王，绝不可能与陛下结盟，与我争权，我又何必为了这么点小事开罪她？

一念至此，他连忙笑道："老奴岂敢？"

赔了罪，他便退了下去。霎时间来清亭周围安静了下来，卫士和宫人都站在三十步以外的亭台下，等待传召，来清亭四面敞亮，不怕有人偷听。唐阳林轻轻一笑，低声道："阿汝威望很高啊，倒让我这当兄长的狐假虎威了一把。"

瑞羽满腹狐疑，面上却十分平静，落下指尖的黑子道："陛下说笑了。"

唐阳林摇摇头，不再纠缠于这个话题，落下一子，轻声道："阿汝，既然你取了边角，我取中腹，我们就以这天下为局，下一盘棋，如何？"

第三十三章

枰天下

　　既然如此，我们一局决胜负。你若胜了，我全力助你经营你的世外桃

源；我若胜了，你反过来助我经营天下，如何？

　　若以天下为局，落子中腹，正可比如今的京都；落子边角，正可比瑞羽图谋离都
落脚的齐地。

　　唐阳林的话，实在出乎瑞羽的意料，但瑞羽又不是十分意外，反而生出一种果然
如此的顿悟：唐阳林原来是个有心人，居然看出了她取道东京的用意。

　　"陛下为天子，自然可以天下为局。瑞羽是一个小小女子，却没有那么大的野
心，无意谋求非分之势，无非是想与至亲谋一处世外桃源，苟全性命于世罢了。"

　　唐阳林也不反驳她的话，轻声笑道："既然如此，我们一局决胜负。你若胜了，
我全力助你经营你的世外桃源；我若胜了，你反过来助我经营天下，如何？"

　　瑞羽诧异无比，放下手中的棋子，作色道："陛下，这天下是男子的棋盘，却不
是女子能够立足之地。臣妹自顾不暇，岂有余力他顾？您高看太多，令臣妹不胜惶
恐。您若是闲来无事，要臣妹作陪，臣妹当尽力而为；但若以天下为局，臣妹却万万
没有这等胆量与您对决。"

　　唐阳林呵呵一笑，执子落盘，道："阿汝，你执黑先行，已占了先；你取了星角
利地，又占了一次先。反观我只能坐困中腹，四面环敌，处处受制。这样棋局，你胜
算已经占了七成，为何还如此谦让？"

　　瑞羽不再答话，一展袖袍，将棋盘上落的棋子拂乱，道："陛下大量，臣妹无
能，不敢对局。"

　　唐阳林眼明手快，一把拉住她的衣袖，叹道："阿汝，你若不愿，我也不能强

求，何必如此？”

瑞羽不喜欢与人接触，唐阳林与她只见过几面，并无深交。唐阳林唤她的小名，都已经让她觉得这样的亲昵太过于怪异，此时唐阳林伸手来拉她，更让她觉得汗毛都竖了起来。她不自禁地将手腕一翻，五指翘张如兰，指尖叩在唐阳林拉着她衣袖的指节上，劲力透处，唐阳林痛得闷哼一声，却仍旧紧抓着她的衣袖，不肯松开。

唐阳林毕竟是天子，瑞羽一击，他仍不退却，瑞羽再出手，显然不行。她猛然抬眼，便见他满眼恳切，甚至于哀求。

这个人，跟他之前的四任天子，都不一样！他最初的时候隐藏很深，但此时在她面前，却似乎只有坦诚。这是为什么？

她看看他的眼，再看看他拉着自己的手，便在他前面又重新坐下，轻叹，“陛下的言谈举止，真令臣妹如堕五里雾中，茫然不知所措。”

唐阳景松开她的衣袖，一颗颗地将棋子照原样摆好，笑道：“其实说明白了，什么事都很简单……”

“嗯？”

唐阳景望着她，温柔又果断地说：“我只是想请你助我一臂之力，改变这天下的格局，还我唐氏江山清明，再现华朝盛世！”

什么事明白说，果然是很简单。当他把意愿清楚地告诉瑞羽时，瑞羽愣住了，只觉得荒谬绝伦，完全不明白他为何会突然对她说出这么推心置腹的话来。

“陛下何出此言……”

唐阳林打断她的话，沉声道：“阿汝，我坦诚相待，你也不要虚言！立政殿之变，足以让我认识你在西内的地位；东京之行，足以让我知晓你的胸襟与能力。你不是没有能力帮助我，而是你不愿意帮助我！”

他顿了顿，脸上浮上一抹凄凉之色，摇头苦笑，“你有东应，就有回环转折的余地，故此你不愿帮我，是吗？”

他的话完全剥去了一切的遮掩，再次让瑞羽措手不及。无论她怎样成长，终究年龄还不足，脸皮还没有厚到剥去一切遮掩，还能睁着眼睛说瞎话的地步。刹那间瑞羽呆了一呆，勉强地道：“陛下，小五根本无意问鼎，否则太娘娘也不会拥立陛下……”

“他不是无意问鼎，而是因为此时的帝位聚集天下凶险，他自忖暂时没有能力化解这些凶险，所以避开锋芒，积蓄力量，谋取将来！”

瑞羽陡然一个战栗，指尖的黑棋落在了她想落子的地方。

唐阳林跟着她落下一子，轻轻地说："阿汝，东应还没有成人，他的将来有太多的不可预测，于你未必有利。与此相反，我已经立位于此，不会再变。你将来从小五那里能得到的尊荣与权势，我现在都能给你。"

瑞羽暗笑一声，轻嗤，"天道尚有沧桑，东应将来有所变化，也是理所应当。而陛下说自己将来绝不变化，却是虚言。"

唐阳林摇头，"阿汝，你明知我说的不是此意。"

瑞羽一笑，扫开心中阴霾，笑道："陛下是在说禅吗？可惜臣妹愚钝，无此慧根呢！"

她顿了顿，抬头看着他，认真地说："陛下有志于此，瑞羽自然盼您能遂心所愿，大展宏图。然而瑞羽资质平庸，实不堪供陛下驱使。纵观天下，雄才济济，无数豪杰欲求君王垂青，满朝俊杰亟待为天子效忠。陛下放眼天下，奈何为难瑞羽一介小小女子？"

"天下雄才济济，不是欲求君王垂青，而是时刻想翻覆我皇华江山，取而代之；满朝俊杰亟待为天子效忠，怎奈道路壅塞，无法近身。阿汝，我虽为天子，却不得自由，只有你一人能救我，救我唐氏二百年基业啊！"

唐阳林目光灼灼，望着她幽幽叹息，"阿汝，东应的未来还有无数的选择，并非帝位不可；而我已经处在这个位置，却只能选择你帮……不，这不能说是选择，只能说是唯一的能够解开死劫的救赎。"

他的表情悲哀而无奈，带着一种如临深渊的惨烈。瑞羽也不禁动容，勉强笑道："陛下，您登基不过三个月，来日方长，何至于此？"

唐阳景握着棋子苦笑，道："我本来也以为来日方长，可以慢慢筹谋。可水师已经被你掌控在手中，随时可以远航千里。明日你及笄礼后，怎会还留在京都这是非之地？"

瑞羽顿时语塞，有种心底私密尽被看透的窘迫，只好闷头下棋，好一会儿才道："陛下，您既然已看出我准备离开，就当明白我已无他意。京都凶险苦闷，远不如外地逍遥自在，我只顾惜自身的性命，实无余力再来助你。"

她说着，陡然又想起自身的性别，拒绝的话便流利起来，"何况千秋大业，本是丈夫之事，陛下奈何将之托于妇孺？我无意亦无力，砥柱之责，实不敢当！"

匆匆数语毕，她投子认输，推盘而起，敛声告辞道："陛下，臣妹明日及笄，按理今日就当开始准备。王母还在等我选择笄簪，臣妹这就告辞了。"

有了前车之鉴，这次离开，她做好了避开唐阳林阻拦的准备，召集了亲卫，转身就走。孙建仁本想献献殷勤，但看到瑞羽身边亲卫杀气腾腾的样子，却又有些心虚害怕，只远远地行礼恭送。

瑞羽回到西内，李太后满怀焦躁，看到她回来，这才放下心来，问道："阿汝，事情如何？"

"无碍，唐阳林和四阉准了我对东京留守的弹劾，执政事笔平章事安慧已经写了诏令，罢免了应氏东京留守之职。"

瑞羽安抚了李太后，一眼看见东应在旁边也一副松了口气的样子，脑海里陡然想起唐阳林刚才说的话，不禁怔了。东应见瑞羽望着自己发呆，上下打量了一下自己的衣饰，并无不妥，不禁莫名其妙，"姑姑，你怎么了？我身上有何不妥？"

瑞羽这才醒过神来，笑道："没事，我想到了驻扎东京的新军和水师，所以有些走神。"

李太后信以为真，点头道："不错，你不在东京，新军和水师无主，必然有人觊觎。好在有经离先生代为照看，你及笄礼后就回去，倒也不怕出什么乱子。"

东京留守的弹劾既然不足为惧，李太后也就不再关注，叮嘱了瑞羽几句，便回千秋殿继续清点离开京都要带走的钱财。她于政治上的才能实在不足，但敛财理家的手段却着实了得，西内的藏甲、收粮、敛财库大大小小不计其数，分别散布在京都和京辅行宫，连她自己也不清楚究竟有多少钱财。

贪财爱货这是很多老人的通病，他们无时无刻不想着攒些家底留给后辈子孙，李太后攒了这么多年的钱财，到现在准备和瑞羽一起离开京都时，自然舍不得交给唐阳林和少府，是要一起带走的。这批钱财数额惊人，从瑞羽前往东京之日起就陆续发送，至今仍然没有运完。

瑞羽及笄之礼在即，钱财的运送便显得急迫，她不能不打起十二分的精神来打点。东应这些天一直都在协助李太后清点钱财，安排运送，此时他见李太后要走了，便也想跟去帮忙。

瑞羽心里有事，冲东应一使眼色，示意他留下来。东应会意，落后李太后几步，又转回来找她，问："姑姑，你有什么事？"

瑞羽心里有种奇怪的感觉，沉吟一下才问："小五，这两个月你是不是常去东内和……陛下一起下棋？"

"我没怎么去东内。不过我在弘文馆学习的时候，陛下倒是常来找我下棋。"

东应目光一闪，反问，"姑姑，陛下找你说了什么？"

瑞羽待要如实告诉他，却又止住了话，拍拍他的头，笑道："也没什么，反正我们都要走了，管他打什么主意。"

东应有些不高兴地躲开她的手，瞪着眼睛，恼道："姑姑，我是大人了，你别再像拍小孩子一样拍我的头！"

此时的东应白净红润，浓眉大眼，翘鼻丹唇，俊俏异常。鼓嘴瞪眼的他躲避着瑞羽的手掌，一脸又恼又羞的表情，就像只被人惹怒了的小青蛙，让人又怜又爱，又觉好笑。

瑞羽一愕之后，忍不住一手捏住他的鼻子，一手重重地在他头顶上揉了两下，哧哧笑道："小鬼，还没长到我胸口这么高呢，有多大？有多大？哈哈哈！"

瑞羽最近专心学武，武功已经略有小成，东应怎么躲也躲不开，鼻尖都被她捏红了。东应很是恼怒，气得直跺脚，"我很快就会长高的，高到比你高！长到比你长！你不许再像哄小孩子一样来哄我啦！"

一干宫人内侍亲卫眼见两个少主人嬉闹，都暗觉好笑，但他们调转目光，却不敢看。瑞羽逗了东应两下，突然想起东应最近都在主持西内上下的庶务，不宜在人前这样戏弄他，便赶紧收了手。

东应逃出魔爪，立即脚底抹油，溜之大吉，跑出十几步远，才回头冲瑞羽大嚷："我不理你了！不理你了！哼！"

东应一个大大的鬼脸扮出来，让好不容易收了玩心的瑞羽又忍不住哈哈一笑，心情顿时愉快起来，被唐阳林勾起的不快一下子烟消云散，不复存在。

第三十四章

长贵主

一念至此，她嫣然一笑，抬头道："既然如此，就请皇兄将东海赐给我做汤沐邑吧！"

九月二十一日，天高云淡，秋高气爽。

西内所有的宫殿都洒扫一新，空气中浮着浓郁的犀香，往来络绎不绝的宫人内侍个个穿着崭新的衣裳，脸上都洋溢着微笑。

武皇帝嫡女，出生即有封号的靖康长公主今日十五岁，行及笄礼。凡其臣属皆有赏赐，天子与五位宰相亲临观礼。

李太后亲自充当她的笄礼正宾，拿着嫩白的牙梳将她的头发绾起，结为成人的发髻，为她拢上巾帼，插入脂玉凤首簪，然后引她起身脱去童子的彩衣，换上玄服。

她父母早亡，又无兄弟姐妹，唐阳林是李太后所指的承她父亲之嗣的天子，也就是她名义上的嗣兄。唐阳林既是她的嗣兄，又是天子，便坐了正堂之位。

瑞羽出了东房行礼时，看到坐在堂上满眼赞叹等她过来行礼的唐阳林时，突然有股异样的酸楚——眼前这个人，自己没有见过几次，可他却是她名义上的嗣兄。虽然他承她父亲之嗣，是李太后为了巩固自己的身份地位趁势挑选出来的天子，但名义上他应该是她在世间最亲近的人。

或是因为笄礼这样特殊的场合，能够让人感慨万千；或是因为他看她时，表情太过温柔，仿佛真的将她视为了手足。一瞬间她的心柔软起来，在他伸手扶起自己的时候，蓦然有些愧疚。

三加礼成，堂下歌舞陈列，唐阳林将瑞羽唤到身边，让她在他下首安坐，欣赏舞乐。就在大家评议曲艺优劣时，唐阳林突然轻声问："阿汝，我昨天的提议，你当真不肯吗？"

瑞羽早猜到他今日必有一问，因此并不推辞他的召唤，坐到他下首，留神听他说话。他这一问为了避开近侍的耳目，几不可闻，她却听得清楚，涩声回答："兄长，小妹力弱，不能担此重任，只想独善其身。"

她想着笄礼之后自己远走高飞，今生几乎不可能再与他相见，撇下这个因为西内的私心而被推立出来、孤据御座的嗣兄，她觉得自己有些残忍。

唐阳林抱着最后一线希望再问她一次，听她依然拒绝，虽不觉意外，但还是忍不住黯然，笑了笑低声说："申生居内遇害，重耳逸外而安。你和小五在外，也好。"

瑞羽轻"嗯"一声，不再就此话题多言，转而指着堂下的舞伎笑道："兄长观此舞甚为入神，若是喜欢，这二十一名伎人，我便送给兄长，如何？"

唐阳林看着堂下出神，却不是因为舞伎，而是另有所思。瑞羽的话说出来，他却呵呵笑道："如此，我便笑纳了。"

目光在瑞羽脸上一掠，他暗里叹了口气，轻声道："你要离开，必有许多不便。若是需要用天子名义的话，你可以趁今日笄礼说出来。"

瑞羽顿时怔住了，西内的人要离开京都，只需太后一句移驾养病便可，但他们离开京都，落脚齐地，仅以李太后的名义下诏，没有执政事笔的宰相拟诏，终究在名分上还是有些勉强。他们落脚齐地，如果能由唐阳林下令，有执政事笔的宰相拟诏，却是再好不过了。只是瑞羽心中有愧，这个要求她一时有些说不出口。

唐阳林也不催她，看着堂下的歌舞，饮了口酒，放下酒杯，拍了拍掌，示意歌舞撤下，满堂顿时肃静。他有天子的名义，在这种无关政事的典礼上，无人想故意落他的面子。当即乐止舞收，众人都整肃了神情，等他说话。

唐阳林展了展袍袖，道："今日吾妹加笄成人，依本朝旧例，嫡长公主者，应加封号，授一州为汤沐邑。朕欲参照旧例，为吾妹加封号，授汤沐邑。"

堂中诸人自李太后以下，尽皆愕然，好一会儿安慧才急忙抗议道："陛下，长公主出生之日即被封为'靖康'，已有封号了。"

李太后正欣喜于唐阳林主动提出要给瑞羽加封号，赐汤沐邑，见安慧阻挠，便没好气地说："阿汝的封号'靖康'，乃是因她未生即失父，出世即失母，吾为求她平安康健而加的美号，并非朝廷所加！而今她加笄成人，正该按例授予汤沐邑，取其地名为正式封号，并以天子诏令公示天下。安卿家，你岁数不大，却已糊涂了不成？"

安慧无论如何也不愿在这种时候让瑞羽得到一州汤沐，见李太后支持瑞羽，他便恳切地望着唐阳林，沉声道："陛下，嫡长公主曾得一州为汤沐邑，是因为太宗朝所封的长公主有大功于国，且当时我皇华天朝正当盛世，疆域辽阔，国土富饶。然而如今……"

他的话说到这里，又有些难以启齿，顿了顿才勉强道，"边境四面，西面诸戎、北疆狄族、东北诸胡蠢动；中原腹地则东有白衣教作乱；南有藩镇割据。朝廷诏令出了关东，便难以通行。当此危局，陛下应以重振我皇华江山为念，奈何存小儿女心态，只顾为妹求膏腴之地，添脂粉钱？"

这些隐忧就是在平日朝议，朝臣们也都尽量不提。瑞羽笄礼之日，安慧却明明白白地将这份遮掩撕去，以此来阻止唐阳林的提议。李太后不由得脸色铁青，重重地哼了一声，待要发作。

唐阳林虽然也不高兴安慧阻止自己，但安慧肯出面将话说得这么明白，除了私心之外，总还存着两分公义。就为他这两分公义，唐阳林也不愿看见安慧被李太后记恨，当即开口道："老宰相，朕孑然一身，并无嫡亲手足，及至承武皇帝之嗣，才有阿汝一妹。吾妹身份尊贵无双，但身世却颇为凄凉。无论天下之势如何，这封号与汤沐邑之事，朕决意不肯委屈她半分！"

瑞羽见两方争执，心念一动，笑着离席道："皇兄莫急，宰相休恼，既然是定瑞羽的封号与汤沐邑，还请容许瑞羽说句话！"

唐阳林听她出声，脸色便缓和下来，望着她温和地说："吾妹但说无妨。这封号与汤沐邑理当由你自选，无论你选择何处，朕都准。"

安慧气得胡须都吹了起来，怒道："陛下怎可视国家大事为儿戏？此举已然超乎国法，即使长公主选了，臣也不敢奉诏！"

另外四位宰相深感唐阳林此举出乎意料，大违常理，便一齐离席道："臣等亦不敢奉诏！"

照正常的程序，天子诏令应当由执政事笔的宰相手书，由与议的门下省宰相附签姓名，再加盖玉玺后，才算合法，才可以告示天下。现在五名宰相一齐出列反对，以不奉诏相要挟，李太后气得把手里的金杯当的一声掷到他们的面前，就待开口大骂。东应连忙劝道："太婆，且息怒，且息怒！姑姑还没有说话呢！"

那边的瑞羽看了一眼五位宰相，然后又望向唐阳林，笑道："皇兄，五位宰相都反对，您还要任小妹选吗？"

唐阳林笑了笑，慢慢地说："朕一言九鼎，岂能悔改？"

他的表情诚挚温和，瑞羽看在眼里，呆了一呆，油然生出一股莫名的感动，暗想：无论你这番言语是真情还是假意，你能在宰相面前说出这样的话来，我都承了你的情！

一念至此，她嫣然一笑，抬头道："既然如此，就请皇兄将东海赐给我做汤沐邑吧！"

"咦？""呀？"……

殿内一片怪声，正准备力谏的宰相呆住了，连唐阳林自己也呆滞了片刻，才反应过来，问道："阿汝，你要哪里？要东海？"

瑞羽含笑肯定回答："正是！"

唐阳林皱眉道："海上纵有岛屿，也少子民，能有多少出息？且地属蛮荒，海域相隔，来往不便，怎能以此为汤沐邑？阿汝，你另择富州吧！"

瑞羽摇头，"皇兄，我就要东海！"

海上的岛屿因为不便管理而没有赋税收入，又不与陆上诸方势力冲突，她要东海为汤沐邑，却是没有哪位宰相再反对了。

唐阳林怔忡片刻，想到瑞羽在东京收拢的水师，蓦然一笑，叹道："好，吾妹既然有此志向，朕岂能不成全？"顿了顿，他又道，"吾妹妙想绝世，岂能只做东海公主？应当四海成凤！"

瑞羽一愕，他已经一拂衣袖，对安慧大声道："拟诏，以四海为吾妹之汤沐邑，东京水师随吾妹驾前，为其邑卫！"

封瑞羽为四海公主，安慧绝无异议，但把水师也送给瑞羽做邑卫，他却犹豫不决，想要反对，但抬眼看到李太后冰冷的脸色，又想到瑞羽其实已经控制了现在的东京水师，只是差个名分。而这名分天子不给，太后也会给，于是他便苦笑一下，不再吭声。

瑞羽谢过龙恩后，唐阳林目光在东应身上打了个转，招手示意他，"东应，你过来！"

东应不料唐阳林突然叫自己，好生奇怪，连忙起身上前，疑问："陛下？"

唐阳林看着他还略显稚气的脸，道："男儿功名只在马上取。我皇华高祖起于草莽，十一岁冲龄即随父兄征战沙场，才创下我唐氏二百年基业。你今年已经十二，不知有无胆量上马征战？"

他这一问，好生突兀，东应惊讶至极，眨了一下眼睛，迷惑地"啊"了一声。

安慧等人也不知他是何用意，只好静候下文，却听他道："百年来，皇室子弟沉溺于安逸，早失了高祖英武之气。朕少年不肖，及长仍一无是处，朕只盼后辈子弟中，能有人承先祖之志。"

东应愣愣地回答："是。"

瑞羽唯恐唐阳林设什么圈套，哄了东应去钻，插口道："皇兄，你这是要干什么？"

唐阳林微微一笑，仍旧看着东应道："青齐等十二州连年干旱，赤地千里，百姓流亡，白衣教趁火打劫，肆虐两道。平卢、横海两大节度使战败身亡，贼势猖獗。朕问你，你有无胆量当此乱世远赴青齐，为平卢节度使，招募当地忠义之士，替朕扫清妖孽？"

此言比刚才他让瑞羽自选汤沐邑，更令人惊愕。安慧等人惊愕，是因为唐阳林一直以来骄奢淫逸，好享乐而厌朝政，不料今天却迭出非常之令，竟意图让一个才十二岁的童子领节度使之职，去朝廷早已失去控制的青齐之地，募兵镇压乱党。

李太后和瑞羽、东应惊愕，却是因为青齐之地，正是他们原先预定的落脚点。李太后本是齐地女，故此他们本打算以奉太后回乡省亲休养为名，到青齐落脚。却不料唐阳林竟然出人意料地主动提出让东应为平卢节度使，这样东应就可以名正言顺地统治十二州。

一刹那间，所有人都被震撼了，感觉眼前这位素来表现一般的天子，其实深不可测。

众人无言，唐阳林又问了一声："东应，你可愿去青齐之地？"

东应被他的目光逼着，一刹间心潮澎湃，踏前应诺："愿去！"

第三十五章

少年游

姑姑，我只怕你突然抛下我，不管我了。至于随你一起漂泊，我却不怕！无论到哪里，只要你在我身边，我都不怕！

靖康长公主笄礼日，天子诏令，以四海为长公主汤沐邑，东京三万水师为其邑卫，侍奉左右；同日，以昭王东应为平卢节度使，统治青、齐等共十二州，可自行招募忠勇义士，征讨白衣教乱匪。

两诏一出，朝野一片哗然——一则海外蛮荒，二则齐、青早已陷落，皆属绝地。朝廷上下均感天子此诏看似恩厚，实则等于放逐了最有资格问鼎的宗室亲王。

就在各方都在揣测西内必然对此诏不满，会废帝重立时，李太后的反应却又出乎众人意料。李太后不仅没有斥责天子，反而下诏，以自己年老多病、愿归故乡休养为名，携长公主及昭王同往齐地。

李太后年纪已大，离开京都前往齐地，以后几乎没有再回来的可能，相当于将西内的权势尽数让出，彻底远离皇权中心的纷争。

她这决定，几家欢喜几家愁，但对于京都所有的权势人物来说，名分大义最高的太后彻底放权，无疑是他们求之不得的大好事。至于她离开以后怎么分配她留下的权力，让自己沾上一点利益，那又是以后的事了。

西内众人离开京都，除去鸾卫、新军和水师及其家眷之外，还有许多侍从、匠户随行。与此相应，兵器、甲胄、钱粮、布匹等物也必须逐渐分批东移。

这些庶务，东应此前已经领着一群文书整理了两个多月，并且从往东京派匠户起，就开始慢慢地运送。随他们一行最后出发的多是将士及轻便之物，因此他们离开的时候，队伍繁而不乱，整齐有序。

天子携百官亲送太后銮驾至东郊，李太后屏退一众宦官和臣属，招手示意唐阳林近前，轻声道："陛下，老身别无所求，一生只求平安。离开京都，将西内在京都的势力留给你，不使你在名分大义上受制于人，这是我能为你做的最后一件事，你以后好自为之吧！"

他昨日对瑞羽和东应和善，李太后对他也就温和了许多。

唐阳林拱手应诺，"我虽不敏，也当竭力不使祖宗蒙羞。"

瑞羽在旁边听到他的话，陡然有种遗憾：在她父亲去世后，各方挑选继任天子时，为何没有早早地选中他？若是早选了他，今日的政局，应该不会败坏至此。然而她的念头闪了闪，又变成了无奈——十来年，若不是围绕皇位的争斗剧烈，宗室亲王死伤惨重，血脉凋零，又怎么轮得到唐阳林？

唐阳林别过李太后，转向瑞羽和东应，道："阿汝，小五，此去青齐，万事艰难，你们要好好保重。"

瑞羽和东应点头应道："陛下在京都风云变幻之地，也要珍重。"

李太后进入京都时，正值豆蔻年华；今日离都时，却已经是满头白发。她一生最落魄、最光华、最尊荣的岁月都消磨在了这灰墙黑瓦间，许多次她午夜梦回，都想离开这令人压抑沉郁的地方。但到今日，她真的要离开了，不禁回首西望，怅然若失。

不止李太后惆怅，就是随行的数万臣属一想到要离开熟悉的京都，远走陌生的齐地，也满怀离愁，心中惴惴不安，其中不少女子已经忍不住心酸抹泪。与此相比，倒是瑞羽和东应以及一干将士，虽然也有离愁，但一想到终于可以摆脱京都的束缚，却也雄心勃勃。

一行人先到东京与水师和新军会合，然后分批登船，顺流而下。水师船坞所造的新船大大小小有三百多艘，加上水师的旧船及雇用的民船、商船，上千只船在河面上穿梭，一时蔚为壮观。

十几万人丁、钱粮、马匹挤在东京，必须要有人坐镇东京，因此李太后到了陪都，并不急于东下，而是领了鸾卫入驻洛阳宫，安镇全局。

瑞羽掌兵权，东应领卢平节度使，他们都是要早到齐地，使军民齐心的要人，因此登上了第一批东去的船。

河水滔滔，江风猎猎，瑞羽和东应站在五牙大舰的甲板上，望着逐渐消失在视线里的东京城墙，两人心里各有所感。良久，东应长叹一声，道："终于离开京都，开始我们自己的生活了！"

他的语气里充满惆怅与失落，瑞羽听在耳里，忍不住问："小五，离开最容易取得至尊权力的京都，随我东去荒芜而战乱的齐鲁之地，你怕吗？"

东应脆声回答："不怕！"

他顿了顿，望着瑞羽，认真地说："姑姑，我只怕你突然抛下我，不管我了。至于随你一起漂泊，我却不怕！无论到哪里，只要你在我身边，我都不怕！"

瑞羽看着他充满信任与依赖的明眸，蓦然间心头微酸，忍不住拉住他的手，轻声道："小五，你放心，我将你带出京都，也会将你带回来！我此时让你放弃的东西，以后也会重新帮你拿回来。"

东应反握着她的手，摇头道："姑姑，我放弃什么，这是我自愿的！而我想要什么，我也会自己去争取，并不需要你为我劳累奔波，我不愿坐享其成。"

长风拂过，少年的衣袂飘动，眉目间的神情坚定而沉稳。他骄傲地挺立，望着两岸如画的江山，大声说："姑姑，你不用把我当成孩子，别顾忌着我，尽管往前走！我很快就会跟上你的脚步，赶到你的身边，与你并肩而战！"

瑞羽惊诧，看到东应认真的表情，心神为之一动，展眉一笑，道："好！"

齐青一带的干旱已经持续了两年多，赤地千里，百姓能逃走的早已逃走，没逃的不是死了，就是已经沦为流寇乱匪。

干旱之初，各地还有世族大户结盟抗旱自保。但随着旱情的持续与白衣教的日益强大，连平卢、横海两大节度使府都相继被攻破，这些世族大户便再也支持不住，或者从贼以保全性命，或者被尽数屠戮。连绵千里之地，除去或大或小的贼匪，绝少再有人烟。

朝廷收到的当地奏报，还是当地官府还能维系时官员所写的，距今已经大半年，实情比之当时更糟。

瑞羽和东应来之前，就已经无数次地翻阅过这些州县的黄册和地方志，猜想过当地的模样，但当他们第一次踏上这片寂静无声的焦土时，仍然深受震惊。

郑怀俯身捡起一土块，黄褐色的土块本来应该是庄稼地里最肥沃的泥土，如今却已经被太阳晒得酥脆，他拿在手里，只是轻轻地一握，土块立刻化为了碎粉。

"沿海靠河之地，水汽充沛，应该绝少出现持续的干旱，像这种近三年不下雨的气候，更是闻所未闻。"郑怀慨叹一声，回头看到瑞羽和东应目瞪口呆的表情，不禁笑问，"怎么，二位殿下怕了？"

二人不约而同地深吸了口气，瑞羽摇头道："不是怕，而是看到这样的情景，突然间觉得有无数事情要做，千头万绪，难以理清！"

东应赞同地点了点头，叹息，"不是亲临此地，我们是怎么也想不到原本还算富足的齐鲁之地，居然会荒芜到这个地步，一时之间，竟不知该从何处开始收拾！"

郑怀轻笑，"万事开头难，开了头再往下做，就好了。"

瑞羽和东应齐声问："那该怎样开头？"

"派出游奕侦察四方风物，择地扎营，埋锅造饭。"郑怀呵呵一笑，拍拍手里的泥尘，接着又认真地说，"大旱之后，当防大涝，先安下身来，然后兴修水利。"

在几乎已经旱成绝境的地方安身，是件艰难至极的事。所幸他们这一行早有准备，青壮多，老弱少，妇孺大多跟随李太后驻扎在东京，暂时不会过来。没有拖累，他们先度过了最初的几日，往后便习惯了许多。

过不久，天气变化，秋雨潇潇地下了起来，旱情暂时得到了缓解。

第三十六章
鹏雏翼

果然不出所料，次年春天雪化，白衣教马复普打着旗号，带了五千兵马来劫齐州。

旱情稍缓，他们便开始修整城墙和清点地方装备，修缮太后宫和节度使府，然后修桥铺路，兴修水利，种植冬麦。大家分工合作，齐头并进。

齐鲁当地百姓皆弃乡逃亡，东迁而来的水师将士家眷和招徕的少量流民在内，人数最多只有二十多万，人手着实不足。好在东迁之事准备的时间久，随驾而来的诸人都已经做好了吃苦的准备，到此绝境他们也不能不为自家的性命着想，于是都忙碌不停，进程倒也不慢。

经过一番埋头苦干，待到十一月天寒地冻，以太后宫和节度使府为中心的齐州府城便焕然一新。街道井然有序，虽然旷野仍旧人烟稀少，但已经种下了冬小麦的田畦却生机勃勃，到处是一片百废待兴的景象。

东应看到境内不复最初千里无人烟的情景，心里大为欣慰，琢磨着待干旱过后，招徕流民，并举四业。以齐鲁的地利，再过两三年，这片土地便可逐渐恢复旧观。他再用心经营几年，厚积民力，他日得势之时，便是问鼎天下之日。

与东应的轻松相反，瑞羽却一日比一日紧张，无论天气如何，她每日必定亲自领兵操练，并且派出侦骑四下侦察，一有风吹草动立即回报。她治军严厉，绝无懈怠，将士们都暗中叫苦，连鸾卫中的老兵也有不少人对她心生不满。幸而齐鲁之地除去新立的齐州城及附近小县之外别无去处，且天气寒冷，即便将士逃跑，也跑不了多远，一不小心还会在野外冻死饿倒。因此军中虽暗流涌动，但却似危实安，波澜不惊。

如此过了一段时间，众将士渐渐习惯了瑞羽的严厉，转过来想到瑞羽堂堂长公主，娇生惯养的金枝玉叶，操练士兵时，居然也能和将士们一同栉风沐雨，没有丝毫娇弱之态，也从不借故躲着旁观，且过有重罚，功也有重赏。想到这些，众将士心气便平了许多，对她的命令便执行无违。

瑞羽整日泡在军营里，李太后心中惦念自不必说，东应也忍不住冒雪赶来军营求见。瑞羽的大帐里没有火盆，因此并不比外面暖和多少。东应闯进来，脱下身上的羽缎貂皮里大斗篷，使劲抖了抖上面的积雪，然后打了个喷嚏，忍不住埋怨道："姑姑，你这大帐里居然一个火盆也没有，你未免也太过节俭了吧！齐鲁这几年天旱，草木枯死，遍地都是朽树枯枝，随便派个人出去，也能拖一车回来。"

瑞羽正站在一张高案前，提笔写些什么，听到他的抱怨，只是一笑，道："我要节俭也不会节俭在这种事上，我这是站桩太热，不得不撤下火盆。你冷，就叫青红给你备上火盆。"

东应细看，她脸色红润，肌肤细腻光洁，果然一副气血活泛的样子，与旁人瑟缩畏冷的样子截然不同。东应十分羡慕，恨不得自己也跟她一样，甚至强过她，连忙道："姑姑，你现在学的是什么武功？也教教我吧！"

他这副百爪挠心、不得安宁的样子惹得瑞羽好一番笑，"这就是小时候老师教给我们的墨家苦砺洗身之术，只是你中途放弃了，而我现成却已经学成了。你既然不喜欢墨家，对这苦砺洗身术也就没有至诚之心，再学也体会不到其中的奥妙，还是随你的新夫子学习霸王之术，研究经济之道吧。"

两人现在已经各择了不同的道路，可以想见以后必定一个擅武，一个能文。东应想到瑞羽以后武艺日渐高深，自己却变成了文人，不禁打了个寒战，"姑姑，你可得答应我，以后你武功大成，绝不能打我！"

"莫名其妙的我打你干什么？"

"我怕以后不小心做了什么错事，会惹你不高兴，你一怒之下，一掌把我打出去呀！"

瑞羽笑睨了他一眼，"自古以来有讨丹书铁券的，还没见过讨免打文书的！"

东应右手握拳，在左掌手心一击，"对，就是应该讨个免打文书！姑姑，来来来，我给你铺纸磨墨，你赶紧给我写份免打文书！"

有东应在旁边说话，时间过得极快，不多时瑞羽便将案上的文书处理完毕，然后收了脚下站的桩，问："天气这么冷，你不在宫里陪王母，跑到我这里来有什么事？"

"太婆见你常在军中，只带了青红服侍，怕你人手不够，让我把承庆殿的十二个'青'全送过来。"

"军中又不是宫中，怎么能把女史送来？"瑞羽俊眉微拢，转念想到这是李太后的拳拳爱护之心，再让她们回去，不免让老人担忧，想了想又道，"不过她们来了也好，我在军中以军眷的名义设了个救护营，用来救护伤兵。现在正缺整理文书的人，青碧她们从小跟着我，也识字会算，派她们去救护营正好。"

东应在旁边提醒道："姑姑，她们识字会算，就是留在你身边也用得上的，不必全派去救护营，省得太婆问起来还是担心。"

瑞羽点点头，问道："你处理政务感觉如何？"

"冬季事少，不过是些小事，处理起来倒也顺手。"东应有些愁眉不展，接着道，"不过明年春季必有归乡流民，加上耕织、农桑、市井、匠商等诸般事务繁杂，恐怕县乡之治会无才可用。"

"幕府空虚，人才不足，确实可虑。"

其实瑞羽军中人才也不足，不过她毕竟在东京招揽了一批人才，却不像东应现在就打起了饥荒。

她正想从自己麾下抽一些人过去给东应帮忙，便见东应轻轻地搓了搓下巴，很遗憾地唏嘘自己还没有长胡子，然后道："我想仿本朝旧例，设招贤馆，引天下有志之士。"

瑞羽笑道："此事大善！"

东应得她鼓励，大感兴奋，朗声道："好，我即日下令招贤。凡天下有才之士，不拘门第，不论出身，不分学派，不限性别，凡有才华者，只要投到我平卢节度使幕下，予都委以重任！"

"不限性别？"

若说前面三个"不"，还是招贤的应有之义，但后面这个"不限性别"，却实在是首开先河，连瑞羽也震动了一下。

东应笑吟吟地反问："难道姑姑希望我招贤时限制性别，不许女子出仕？"

"不，不，不，当然不是！"瑞羽连忙反驳，心情也激动起来。自汉以来，女子地位每况愈下，除去宫中偶然出现的几个明史通经的女博士外，千百年来罕闻女官。东应这份招贤令，确实给了女子一个堂堂正正站在朝堂上的机会。

虽然这是特定时期所开的特例，未必会有女才子前来应诏，也未必能够做到取才公正无私，但这毕竟是千百年来头一次，有人给了女子一个出仕的机会，可以让其中的佼佼者施展才华。

她用别样的眼光看着东应，良久，长长地舒了口气，伸手抚了抚他尚显幼稚的容颜，轻轻地说："海不择细流，故能成其大。小五，你居然有这样的胸襟与目光，我现在才算真的放心了。"

东应反握着她的手，微笑道："姑姑，你只管看着，我一定不会叫你失望的。"

"好，我会一直看着。"

两人相视一笑，东应问道："姑姑，你最近似乎有些紧张，为什么？"

瑞羽一笑，拉起他走到大帐东面挂着舆图的屏风前，指着上面的齐鲁以及周围的藩镇图，"小五，你看这是老师所设的军情司收集来的情报，红色的是干旱四年以上的地域，橙色三年，黄色两年，嫩绿一年。如此看来，除去本镇的横海外，天平、魏博、兖海等地，灾情都很严重。白衣教本是邪教，信奉者勾结流匪，挟持灾民起事。自教首王满善病死之后，其麾下的六个义子各自争权，使得白衣教早已四分五裂。教匪不事生产，以劫掠为生。除去劫掠不成的州府，能劫的地方都已经被他们劫成了白地。我齐州新立，他们未得消息，以为是死地，无人无物可劫。但若他们得知太后銮驾在此，节度府重立，只怕便会扑过来。"

"姑姑怕他们兴兵来犯？"

瑞羽点头，指尖在舆图上滑过，道："这群乱匪就是因为今年消息不通，加上雪路艰难，才来不了。待到明年开春雪化时，他们必定会来的。"

果然不出所料，次年春天雪化，白衣教马复普打着旗号，带了五千兵马来劫齐州。

瑞羽养兵一冬，怎能让这些流匪靠近齐州，踏坏了冬麦？一得到军情司的消息，瑞羽便留下鸾卫护卫州城，自己率领两万大军，在东山之外等候。

按军情司的消息推算，两军应该在五日后相遇，谁料鸾军足足等了八日，才见到山外的坡地里，一群衣衫褴褛的人出现在视野里。情报里说有五千兵马，可用望兵之法略微一算，只怕三千都没有。

这群人差不多个个面黄肌瘦，别说甲胄了，就是兵器也很少，多半人拿的都是些柴刀、斧子、钉耙、锄头一类的农具，还有些人干脆连农具也没有，拿的就是削尖了一头的木棍。若不是中军的大旗上写了"白明圣师六合军马"几个字，让人怎么也想象不到，这就是纵横关东的白衣教。

瑞羽率领两万大军，严阵以待，等了足足八天，等来的却是这么一群乌合之众。三军将士都有一种举巨石砸蚂蚁的感觉，说不出是恼怒还是失落，又或是庆幸——竟然是这样的军队。

柳望叹了口气，道："这样的乌合之众，别说是甲胄、兵器、粮草充足，又经过一冬严训的两万精锐之师，就是有一千人，我们也足够将他们荡平。"

柳望说的是一干将领的心声。瑞羽嘴角抽动了一下，表情却仍是一派严肃，冷声道："骄兵必败！白衣教纵横关东十几年，必有其独到之处，切不可轻敌！"

她的脸色一沉，威严就更重，柳望不敢再多话，众将领也默然。瑞羽接过指挥用的小旗，依旧按照最初的设想，令前锋全军出击，中军压阵。

前锋就是从禁卫中挑选出来的五千西园士卒，这些士卒从未上过战场，难免有些慌乱，明明甲胄兵器等都强过敌人，可胆气竟然无法与白衣教这群劫掠乡里、横行霸道的乱匪相比。交战之后，这些西园士卒畏首畏尾，不少新兵连刀也不敢举，便抱头鼠窜。

瑞羽治军严厉，受训已久，新兵中总有些胆气豪迈之人，这才没让阵线溃乱。好在后面又有中军压阵，逼着这些新兵只得勇往直前，加之敌我实力悬殊，骚乱一阵后，这些新兵又随着鼓声向前冲。

以多欺少，恃众凌寡，只要那些新兵最初没有冲溃本阵，这场战事的胜负便没有悬念。双方交战一个时辰，马复普全军覆没，敌军主将竟被姜济生这样的无名小卒活捉。

瑞羽第一次在没有郑怀或者鸾卫老将领帮助的情况下，独立拟定计划，亲自指挥作战。虽然敌人弱小，但这毕竟是她率兵取得的第一次胜利，她再怎么强装镇定，也兴奋得有些忍不住手指发抖。为了掩饰，她将双手插入袖中，褪下李太后所赠的佛珠，然后一颗颗地拨弄着细数，数了两圈，才道："把那个马复普带上来。"

马复普以为敌人要招降，便一路骂不绝口，结果一进中军大帐，发现主位上坐的竟是个女子，顿时傻了，"敌军主帅，是个臭娘们？"

瑞羽被人当面骂成"臭娘们"，却是生平首次，顿时不知应该如何反应。帐中诸将也愣了一下，才反应过来，纷纷对着马复普破口大骂："混账东西，你敢对长公主无礼！""再敢胡说，割了你的舌头！""王八蛋，你才是臭的，你全家都是臭的！"……

马复普再怎么伶牙俐齿，也架不住帐中七嘴八舌的回骂，他险些被唾沫淹死。

瑞羽面对此时的混乱，除了生出一股女子确实不宜从军的感叹外，更有一种说不出的好笑。她用力捏了捏指下的佛珠，咳了一声，道："罢了，先把俘虏带下去。"

俘虏二字激得马复普暴跳如雷，大吼道："老子才不是俘虏，你这臭丫头有什么本事？居然敢说老子是俘虏！你不过人多势众罢了，仗着甲胄精良，兵器锋利，趁我军饥寒交迫之际捡了个便宜！单论将士勇武，你那废物手下两个也打不过我一个！我不服！我不服！"

瑞羽冷笑一声，"我何必要你服？我只要你的头颅来告慰我军阵亡将士的亡灵！"

新兵第一次上阵打仗最要紧的是敢不敢挥刀杀敌，会不会因为血腥而迷失本性。初战胜利之后，瑞羽便令军中的下级军官帮助士兵调整心态，安抚过后，新军中没出现什么骚乱，但有了明显的变化，他们开始有了冷戾的杀气。

随着齐州重立了节度使府，太后銮驾驻扎此地的消息传开，来齐鲁之地劫掠的白衣教流匪越来越多。幸亏白衣教内乱，各自为政，瑞羽才得以从容应对。

大大小小的战役连打了二十余场，新军的战斗力日益强大，而瑞羽对于兵法的认识也日益加深。瑞羽已经能够灵活自如地指挥将士作战，不再被动防守，而是主动出击。

战事越来越顺，俘虏和来投的流民也越来越多，于是便出现了一个问题，平卢节度府自备的粮食用来养京都带来的人是绰绰有余的，但养那些俘虏和来投的流民却是远远不够的。且此时正是青黄不接的时候，周围的藩镇情况比他们这里还要糟糕，根本没有多余的粮食储备。

一筹莫展的时候，东应却突然提出一个奇思妙想，派水师带上钱往新罗等国购买备荒的粮草。也亏得华朝立国近二百年，海外诸番国无力铸钱，都以华钱作为流通货币，只要水师乘船到海外诸国，就能直接用钱购买到粮食。

且华朝瓷器、丝绸、茶叶等物，诸番皆以为奇，也可以物易物。这场春荒，虽然齐鲁之地一片凋零，民间更无仓储，但水师的大船来往近海，运回了从海外各地收集而来的粮草、布帛等物。不仅京都迁来人马口粮丰足，连俘虏和收容的流民也都不必忍受饥寒之苦。

挨过了艰难时刻，齐鲁的局势便开阔起来。

第三十七章
乐还家

瑞羽待营中一切善后事宜处理完毕，也按捺不住回家的迫切心情，当即纵马出营，直入齐州城。

春风掠过柳梢，初绽嫩芽的柳条随风婀娜起舞，迎送从身边经过的路人。

青州通往齐州的驰道上，一彪骑兵向北奔驰，错落有致的蹄声在田野里传出很远。农田里忙活的农人循声望去，看不清将士们的面容，却能看得出将士们个个肩宽腰直，坐在马上沉稳非凡，身上的青唐甲反射出黑亮的光芒，腰间悬着一长一短两柄刀，马鞍两侧分别挂着长矛、长弓、箭袋、备用横刀等物，坐骑匹匹油光发亮，一起一落间平稳异常。

这队骑兵恐怕有两千人，除了节奏平缓的马蹄声外，没有发出一丝嘈杂之声。这样整齐有序、沉稳异常的军队走在驰道上，竟然有一种震撼人心的威慑力，令人感觉到一股杀气正随着他们前进的脚步慢慢弥散开来，不管前面有什么样的阻碍，他们都能一举扫清。

队伍前面迎风招展的旌旗上书着"四海镇东军"五个字，中军力士高举的素白色筒细布底大纛上，以金丝银线绣羽，八宝嵌眼饰边的一只青鸾栩栩如生，展翅欲飞。

在农田一角给耕牛套笼头，装犁铧的两个少年看着这队骑兵走过，不禁生出敬畏之意。其中一个少年虽不敢多看，却又忍不住低声啧啧称赞，"听说他们用的一把横刀，就相当于咱们辛苦一年的收成，贵重得很呢！那他们这一身的打扮，那得要多少钱才够啊？"

同伴也啧啧称赞，"我要是有这么一身兵器甲胄，那可真不知有多威风！"

起头的少年此时听到同伴的这声感叹，鄙视地瞄了他一眼，嗤笑，"能穿这样的甲胄、佩这样的横刀的将士，据说都是长公主身边的百战精兵。这些年，白衣教四处劫掠，将士们一年到头都在外面征战，这身打扮是要用百战不死的荣耀才能换来。就你那胆量，叫你打条狗你都不敢，还想这个？"

在沿途百姓的窃窃私语声中，军队不疾不徐地靠近齐州，在营盘前的校场上停了下来，然后井然有序地列成方阵。

这些士兵多是当初从京都招募来的青壮，他们的营盘和家就在齐州城内外。这次大军返乡，正是大战之后的休整。因为白衣教势力猖獗，将士们连去年过年也在外面征战，此时回到齐州，想到就要见到阔别的亲友，饶是他们久经沙场，一身铁骨刚强，也不禁动了儿女心肠，急着回家一探亲友。

瑞羽何尝不是如此，但仍旧沉静微笑。她策马而出，朗声道："清明节的卯时三刻全军聚集，往英烈祠祭祀战死的袍泽。现在，大家回营，解下甲胄，领取功赏钱财，各自归家，去和你们的亲人至友团聚，好好地享受你们用热血和生命换来的清平安乐吧！解散！"

这正是将士们的心头所盼。大家当即轰然应诺，欢呼声震天。不过瑞羽治军纪严明，将士们虽然个个急不可耐，但归营解散仍旧井然有序，不见杂乱。

瑞羽待营中一切善后事宜处理完毕，也按捺不住回家的迫切心情，当即纵马出营，直入齐州城。马蹄轻疾，不多时便到了城东的太后宫。

李太后名分尊贵，太后宫本来应该是要按祖制大造的。但创业之初，万事艰难，李太后心疼孙女和曾从孙，宁肯让公主府和王府造得富丽堂皇些，也不愿自己占用过多的钱财人力。因此这太后宫便由李太后亲自选址，依山傍水而建，景致虽好，但宫室却很朴拙。李太后还在自己的寝殿后开辟了一块田地，闲来无事种些庄稼花草，以此来修身养性。

在京都时，身处险境，李太后时刻都悬着心，唯恐一时照应不周，让人算计了瑞羽和东应。到了这齐州，再也没有了能够威胁瑞羽和东应的势力，李太后这才放下心来。日常饮食供奉虽不如在京都时，但心情舒畅，远非以前在西内时可比。

瑞羽走进太后宫时，李太后正在闭目午休。李太后的常侍李浑远远地迎上来，看见瑞羽风尘仆仆的样子，两眼就红了，匆匆行了礼，然后抬起头来上上下下地打量了瑞羽一番，既欢喜又埋怨地说："小祖宗，您这一去一年有余，可把太娘娘想坏了！"

瑞羽笑道："我这不是回来了吗？王母呢？"

"太后娘娘午休未醒。殿下远道归来，是让老奴立即去叫醒娘娘，还是您先休整一下，用过午膳，沐浴更衣后，再来相见？"

瑞羽久不见祖母，思念极深，本想立即进去见她，转念想到自己一身戎装满是灰尘，对于见惯清平繁华的深宫富贵人来说，形容着实狼狈，不如梳洗一下再去见她，让她看了少一些心疼和担忧。

"我先去沐浴更衣，用过膳食后，再去见王母。昭王呢？你派人去节度使府问一问，如果他没有公事，就请他来和我一起用膳。"

李浑派去请东应的人直到瑞羽用过午膳也没有消息，更不见东应来。瑞羽猜想东应必是公务繁忙，脱不开身，她也就不多问，便独自去了千秋殿谒见李太后。

李太后年老血亏，夜里睡不踏实，白天却十分困倦。瑞羽蹑手蹑脚地走近，撩起帐幔一看，李太后卧在云榻上睡得正香，她睡容安详，显然在做着好梦。

瑞羽轻轻地将李太后脸侧的一缕花白的头发撩开，细细端详祖母的面容。见祖母面色白皙红润，比她记忆里的模样要略胖一些，显然她不在身边的这段时间，祖母的生活甚为舒适。想到这里，她不禁一笑，轻轻地放下帐幔，退了出去。

李浑和一干内侍候在寝卧外间，她走过去轻声道谢："这一年多，多谢诸位精心服侍王母。"

李浑等人如何敢邀功，连忙谦逊地说："不敢当，不敢当，这本是老奴等人的分内之事。"

寒暄过后，李浑问："殿下是不是照幼年的习惯，在前殿做做女红等娘娘醒来？"

瑞羽闻言怔了怔，不自禁地走到前殿那架挂着线的纺车旁，摸了摸已经织成的半匹白布。匆匆几年，她感觉仿佛已经过了一世。十四岁前，那依在祖母身边、跟着祖母一起纺线织布、学做女红的深宫女子，跟此时的自己相比，似乎已经判若两人。

"阿翁，这纺丝抽得比麻还细，却又不像生丝，王母从哪里得来这么奇异的织丝？"

李浑笑道："殿下不是爱穿筒细布裁成的衣裳吗？这是娘娘为殿下纺的筒细布啊。"

岭南种有木棉树，木棉树春季开花，所结果实裂开后有五瓣棉毛，从棉毛中抽出极细的丝绵，以此丝织成的布细密柔腻，有丝绸的柔软，着之于身熨帖舒适。这样的布多为进贡之用，非大富大贵者穿不起。瑞羽自幼习惯穿筒细布裁成的衣物，但东行到齐之后，要在废墟上重建家园，要艰难创业，她不敢再带着以前的习性，于是有什么就穿什么。怎知李太后却还一心惦念着她的穿着，竟亲自动手替她纺布。

瑞羽既心酸又高兴，摸摸这织着祖母一片爱心的柔软布料，轻喃道："难怪我去年所着衣裳与前些年不同，我竟没留心。只是齐鲁北地，怎么会有木棉的棉毛？"

"这不是木棉的棉毛，而是娘娘偶见棉花的果实裂开，里面丝细绵密，跟木棉的棉毛差不多，便试着以它纺线，织出来的布果然细密柔软。这布虽然比不上进贡的筒细布，但贴身穿着也十分舒适。娘娘织好后，这才让人给殿下送了去。"

李浑见瑞羽有懊悔之色，笑着摇头，轻声劝解道："殿下在外征战辛苦，哪能注意这些无关紧要的细节？何况娘娘最初之意虽然是为了殿下一人，但棉花的妙用被发现后，却恩泽十二州。"

瑞羽轻轻地嗯了一声，道："王母年纪渐高，做这些事难免吃力，于身体有损。阿翁是王母的心腹近人，日常还请多劝劝她，莫让她劳累了。"

"殿下放心，老奴省得。"李浑应了，又笑道，"其实殿下也不用太担心，娘娘日常做这些事，想着能照顾到远在千里之外的您，也很是开心。"

瑞羽在纺车前坐下，本想动手纺布，等李太后醒来，不料她久不为此道，纺布不成，还差点把线碰断了。

虽说她以前只是略懂女红，也并不擅长，但此时的笨拙，还是让她不禁讪讪。她当即撒开手去，自嘲地笑道："术业有专攻，我现在做不得这个了，还是不做了。"

李浑也忍不住发笑，温声安慰道："殿下巾帼不让须眉，在外建功立业，本也不是做这闺阁之事的人。是老奴糊涂了，老奴这就去给殿下煮茶，顺便拿几本书过来给殿下消遣。"

正说着，他刚才派去请东应的小黄门急匆匆地走了进来，回报道："殿下，昭王今日卯末时分，就被招贤馆的舍人请了去。昭王正与一个应招而来的贤士对席而谈，连午膳也是在招贤馆用的。"

招贤馆是东应亲自设立，用来招募贤能之士的驿站，常年有各方贤士到此展示才能或者寻找学术同道。近年来，天下大乱，各地动荡不安。独青齐等十二州安若磐石，不仅仅是因为瑞羽领兵在外，征讨乱匪流寇，保一方太平，也是因为招贤馆招徕了大批各有所长的人才，能够安抚百姓，稳定人心。

招贤馆设立不过三年，招徕的人才却近千，能令东应抛下节度使府的一应事务，清早就跑去造访，并且与之对席相谈、过午不散的人才，这却是头一个。

这样的人才，自然是大才！瑞羽也不禁兴起，问道："那位贤士叫什么名字？是何方人氏？"

小黄门一脸惭愧地说："奴婢打听了许久，只听说那人雅言纯正，像是两都人士。请殿下恕罪。"

"不要紧，想必那位贤士为了引人注意，故作神秘，未曾告诉馆舍人他的名字。"

瑞羽被挑起了兴趣，极想去见见东应和那位贤士，却又忍不住抬头望了望内寝。李浑察言观色，笑道："娘娘午憩，多半要到未时三刻后才起，现在还早着呢，殿下若想去招贤馆见昭王殿下，就去吧。"

他这提议正中瑞羽下怀，她嘱咐了他一番后，便让人备车，往城北招贤馆赶去。薛安之待要安排一队禁卫护送她，却被她摇头拒绝了，"薛公，平卢节度使府仿秦制治城。齐州为府城，是州内首善之地，若是这里能出现什么刺客杀手，那才叫怪事。我有两个亲卫随侍，就足够了。"

薛安之细想也是，齐州城安定，有两名亲卫跟着瑞羽，就已经足够了。

齐州重建已经四年，因为地处交汇要地，且太后宫、公主府、平卢节度使府都建于此，所以齐州城已经相当繁华。且东应有感于里坊制太过封闭，多有不便，因此建市时便不再建坊墙，任凭人们往来，街道上的行人自然也就极多，俨然一派清平安乐之象。

瑞羽到了招贤馆外，下车步行。馆舍虽有童子侍立，但却大门敞开。两名童子不认识瑞羽，见她下车往里走，便有些不知所措，愣了一下，才上前道："这位娘子，招贤馆是节度使招纳贤能之士的地方，不是旅舍。"

瑞羽笑问："招贤馆建立之初，并不限定贤能者的性别。难道明里虽然没有限制，但暗里却不允许女子入内？"

两名童子呆了呆，其中一人挠头犹豫道："说来本馆确实没有限定贤能者的性别，不过这几年却极少来女贤者……而且看娘子您的样子，也不像是来招贤馆毛遂自荐的呀？"

这童子在这招贤馆门口迎来送往的，倒也有几分识人的眼力。他话说得还算顺畅，瑞羽也不欲为难他，示意亲卫拿出腰牌给他看，又问："听说昭王今日会见大贤，不知那位贤者叫什么名字？是何方人氏？这招贤馆的试题他选的是哪一家？"

两个童子见亲卫拿出来的腰牌是太后宫的，以为瑞羽是太后派来看东应的女官，倒是知无不言。不过他们所知也很有限，只能惊叹地说："那位贤士未报姓名，但他选择试题，可不是哪一家，而是一日连走六院，把法、墨、儒、兵等十几家的题目都做了一遍。据他自己说，诸子百家，他都有涉猎。昭王殿下若是还想考他，尽管出题。"

瑞羽这下真的是吃惊不小。这招贤馆诸院的考题分门别类，涉及方方面面，乃是郑怀亲自手书，力求务实致用。若是真有人连走六院，十几家的题目做一遍下来，都能切中要点，惊得馆舍人清早就去告诉东应，那这人一定是非同一般。

"昭王和那位大贤现在哪院对谈？"

那童子迟疑一下，才回答："引凤台。"

瑞羽二话不说，直取东路，往后院引凤台走去。引凤台位于招贤馆的后山，山道上守着几名东应的亲卫，见瑞羽上前，连忙现身阻拦，"这位娘子留……"

一句话未完，那亲卫已然认出了瑞羽，便跪下行礼，"卑臣叩见长公主殿下！"

瑞羽挥手请起，含笑问道："昭王何在？"

那亲卫指了指山上花团锦簇之处，道："殿下正在那里和贤士席地而坐，畅谈经济之道。"

"可要散了？"

"难说，不过卑臣方才上去送茶时，殿下正和那位贤士相对大笑，谈兴正浓，料想这一时半会还不会散。"

瑞羽正想上前看看东应和那位贤士，那亲卫却一脸难色，讷讷地说："殿下，昭王殿下有令，他与贤士对谈，任何人不得打扰。"

瑞羽一怔，这才想起东应如今乃是一方主政大员，可不是以前那个跟在她身前身后的小小童子，要在人前替他树立权威。于是她当即止步，笑道："嗯，你尽忠职守，这样很好。"

不过到了这里，若不上去看看他，心里还是有些不甘。她想了想，又道："我上去，不过我只远远地站着，听听他们的谈论，不去打扰。"

她这提议合情合理，几名亲卫也没有反驳，对视一眼，便引着她上了山。沿着青石阶转了几个弯，亲卫轻声道："殿下，这块山石视野开阔，位于下风，正合您用。您且在此稍候，卑臣下山去为您准备锦垫和饮食。"

瑞羽摆手挥退那亲卫，还未站好，就看到了东应。接着她便听到风里传来一阵轻松愉悦的笑声，那声音略有些深沉，听来似乎熟悉，又似乎陌生。

循声望去，海棠花一枝一枝繁密地横斜，簇簇盛艳，仿佛春光都已被它占尽。花树之下，一个红衣如火的少年长身玉立，正开怀大笑。他弯眉黑眸，直鼻丰唇，一举一动都鲜活灵动，仿佛一簇正在欢快跳动的火焰，灿烂夺目。

暖阳、花色、春光，每一样都是夺人耳目的天地灵秀，他站在那里，却似乎变成了天地灵秀的根源，仿佛只有他才能主宰万物春生。

刹那间，瑞羽呆住了！

第三十八章

共老约

　　姑姑，不如这样吧，我们约定，用十年打天下，用十年治天下，而后的十年，我们一起游历天下，去看看这壮丽的河山，去探访那奇人异事！

　　小五长大了啊！只是看上去却不像以前那样熟悉亲切了！

　　瑞羽长长地叹息一声，心里略有些惆怅，却也有说不出的欣慰与欢喜。她目不转睛地上下打量着他，连站在他对面的人也懒得多看一眼。

　　她在僻静处静静地看着，那边的东应似有所感，猛然转过头来，目光正与她相对。刹那间东应眼里的稳重成熟都变成了热烈和欢喜，他向她这边跑了过来，"姑姑！"

　　她看着东应那热烈欢喜的表情，刚才的陌生感顿时消散，也不禁快步上前迎住他，"小五！"

　　东应奔过来拉住她的手，惊喜交加地问："前天淄州传信说大军要后天才能到家，怎么你今天就回来了？"

　　"思乡心切，将士们请求急行军，因此到家得早。"瑞羽一句话带过回家的缘由，握握东应的手，示意他收敛一下表情，身后还有外人在。

　　东应也猛然想起身后的人，微觉赧然，于是赶紧转身，将刚才与他相谈的人介绍给瑞羽，"姑姑，这位是东京大贤林远志，精通诸子百家，有经天纬地之才，实是不出世的奇士！"

　　林远志的目光从东应和瑞羽握着的手上掠过，然后他整了整衣裳，拱手过额，长揖及地，道："叩见长公主殿下！"

　　瑞羽仔细打量，此人五短身材，鱼眼鹰鼻，相貌虽略显丑陋，但举止从容，双眼开合间，却极有神采，自有一番气度。他的名字似乎有些熟悉，只是一时却想不起究竟在何处听过。

"先生免礼！"

林远志礼毕起身，目光与瑞羽相触，又极快地收回。瑞羽从他的眼神里看出一股别样的幽暗，心一悸，隐约觉得不妥，待要再与他说两句话，东应已经开口道："先生，若不嫌弃，请在招贤馆暂居两日，待孤替先生备好住处，再来亲自接先生入住，早晚向先生请教经济之道。"

林远志本是名利中人，来此正为求官。他颇有自知之明，在已经接受东应招贤的情况下，立即对东应执下属礼，面对东应的礼遇，他连称不敢，然后拱手告辞。

瑞羽和东应一年多未见，只靠书信和邸报知晓对方的情况，都有许多话想说，也有许多问题想问对方，但这时候可以两人静静说话了，却一时都不知说什么好，相对大笑。瑞羽笑了一阵，看了看东应的身量，道："这一年来，你长得倒快，身高都赶上我了。"

"何止赶上你了，我现在应该比你高了！"东应哈哈大笑，站到瑞羽的对面，挺直了腰身，道，"不信我们比一比！"

瑞羽本来不信，但二人站在一起比了比，东应果然比她高出了约莫寸许，以前她要低头跟东应说话，现在东应却可以俯视她了。

东应得意扬扬，笑道："我现在已经比姑姑长得高了，过两年我的骑射功夫也要比姑姑好！"

瑞羽被他孩子气的话逗得忍俊不禁。她这几年常在军中，多忧思而少欢乐，也只有在东应面前，她才能完全放开束缚，因此也不让他，轻嗤一声，"你想骑射功夫强过我，再过二十年吧！"

二人说说笑笑，刚走到山下，李太后就已经派人来催他们回宫。这一夜合家团聚，欢歌饮宴，自不必说。李太后久不见孙女，对瑞羽有说不完的话，这一夜李太后便留瑞羽在千秋殿和她同寝。

东应不能在千秋殿留宿，又舍不得早早离开瑞羽，直磨到夜深，李太后连打哈欠，他才恋恋不舍地说："太婆请安置。姑姑，郊外春光正好，我们已经很久没有一起出去踏青了，明日一早，我来找你。"

李太后嗔道："臭小子，你就不叫太婆我也一起去？"

"太婆要踏青，卫队侍从前呼后拥，不方便呀。"

李太后年老体弱，除去祭奠和节庆之外，平日也不喜出宫游玩，她只是逗逗他们罢了，祖孙三人说笑几句，便散了。

一夜好眠，次日清早，瑞羽还在梳洗，便听到东应在外面和青红打招呼，然后又听东应问："姑姑，我可以进来吗？"

他以前进她的寝室，都是不问就直闯进来的，今天倒是难得彬彬有礼，这让她忍俊不禁，"进来吧！"

透过镜奁前的铜镜，她看到东应手里拿着东西走过来，便问："拿着什么宝贝？亲手拿着，进到屋里也不放开。"

东应将东西放到瑞羽的妆台上，嘻嘻一笑，"正是宝贝呀，姑姑你看看喜不喜欢？"

她侧目一看，东应端来的漆盘上叠放着的是套珠络缝金带红衣，海天霞色花笼裙，浅黄银沧飞云帔，上面铺放着的却是祥云半月镶宝象牙梳，烘云托月如意簪，日月恒升累丝金步摇，瑶池集瑞清芳华胜等首饰，件件都华美瑰丽，雍容别致。

无论怎样的女子，都鲜有不爱华饰美服的，东应摆开的衣服首饰着实精细华美，璀璨流光，纵然瑞羽出身宫廷，自幼见惯珠宝首饰，也不得不赞叹这些物件的华美，笑问："你清早过来，是要拿这些宝贝送给我？"

东应眉开眼笑，"姑姑在军中一待一年有余，恐怕已经不知道时下女子装扮的式样啦，今天出去踏青，穿着打扮怎么也不能落于人后，是不是？姑姑快把衣服换上，看看合不合身。"

青碧等人自然早已给瑞羽准备了衣服，但那些都是昔日旧衣，确实比不上东应此时送来的华服。东应催得急促，瑞羽也不拒绝，拿了衣服转到屏风后重新换上，然后舒展了一下手臂，点头道："剪裁得当，穿着正合适，难为你有这份心了。"

她身高颀长，所着海天霞色的花笼裙上纷繁华丽的瑞兽祥云纹绣随着她的走动而灵活闪动，栩栩如生。

东应兴奋地赞道："姑姑穿这衣服果然好看！哎，姑姑，快把头发梳起，看看首饰配不配。"

姑侄二人自幼亲近，绝少有避嫌之念。瑞羽让青碧给她绾头发，东应也没退出去，就围在梳台旁，摸摸这个，碰碰那个，有说不出的好奇。他一会儿拿起螺黛和胭脂在手绢上试色，一会儿又拿起胡粉闻香，突见瑞羽无意着粉施脂，不禁诧然，问道："姑姑，你不敷粉？"

瑞羽自习武有成后，肌肤就变得敏感起来，因此她不喜欢施粉，便道："施粉糊脸，不舒服。"

东应细看她面庞光洁如玉，肌肤细腻柔润，晶莹剔透，双靥泛着粉红，却是不着脂粉也比施朱着粉的宫人明艳无数倍。东应不禁心头一跳，忙道："姑姑不爱着粉，那就在额间绘个别致些的妆吧。"

瑞羽点头，下意识地问："时下女子都爱绘什么妆？"

青碧跟在瑞羽身边从军，也是久不理红装了，这个问题却让她很难回答，她不禁向东应求助地看了一眼。

东应对于时下女子的装扮说得头头是道，实际上除了服饰之外，他对女子面容如何修饰实在不曾多留意。他怔了怔，一眼看到寝殿一角盛开的春兰，便计上心来，笑道："这个容易，姑姑你面向我这边坐好，我来给你绘妆！"

说着他打开镜奁，从里面找出绘妆的细毛笔，蘸了胭脂在她额间描绘。瑞羽笑问："你到底会不会绘妆啊？别把我画成了大花脸！"

东应手臂平稳，细细地在她额间描出春兰的轮廓，而后又沾了金粉，点了个花蕊。他一面画着，一面开口说话："我现在簪花小楷写得十分漂亮，绘绘额妆那还不是手到擒来。你就放心好了，我保证你成不了大花脸！"

晨光透过窗户洒在少年认真的脸上，仅是绘一个额妆，少年脸上的神情却肃穆得近乎虔诚，仿佛这比世间任何事都重要。

瑞羽含笑着任由东应在她脸上画着，她只觉得喜悦和满足。那些沙场征战、金戈铁马、鼓角刁斗、血雨腥风在她胸中留下的许多伤痕都被东应的画笔抹平了。她在外征战，所求之大者，是盼着有朝一日重整山河；所求之小者，则是希望太后和东应这两个至亲平安快乐。脱下征袍时，她能被祖母搂在怀里温言抚慰；对镜理妆时，会有小五提笔为她绘额妆，这便是她最幸福快乐的时光！

"好了！"

东应放下手中的妆笔，把妆台前的小银镜递到她面前，问道："看看，满意不？"

瑞羽看看额间的兰花妆，点头表示满意，突然想起一件事，忍俊不禁，"小五，你这妆绘得漂亮，以后若要讨哪个女子的欢心，只需给她绘一次妆，肯定能顺心如意。"

"都已经能够清晨绘妆了，哪还用讨什么欢心？"东应嗤了一声，一扬头，又道，"再说了，天底下除了姑姑，又有哪个女子配让我趋至妆台前，亲手绘妆，以讨欢心？"

说话间，青碧已经给瑞羽梳好了头发，接着又给她戴上了步摇华胜，钏镯环佩。理妆完毕，瑞羽站起身来，只见她瑰姿丽绝，风鬟雾鬓，顾盼神飞，刹那间仿佛玉树临风、芝兰照水，整个寝殿都因她而明亮起来。

青碧等人和东应虽熟识她亮丽的姿容，但乍见她这么华丽的打扮，也一齐惊呆了，竟看得痴迷。东应情不自禁地叹道："姑姑，你这样打扮真好看。"

瑞羽忍俊不禁，"难道我平日就不好看了？"

东应刚说出这句赞叹的话，突然满面通红，赶紧别过头去，听到瑞羽的反诘，便讷讷地说："不是，只是这几年姑姑尚俭，甚少着华衣。陡然盛装打扮，有种令人人难以想象的惊艳。"

瑞羽被他难得一见的羞涩逗得哈哈大笑，忍不住在他头上弹了一指，"小五，难为你奉承得脸都红了，竟还能把话说得这么顺溜。其实你就算说真话，我也不会生气呀！"

"我不是奉承，我说的都是真的！"东应脸上的红一路往耳根处延伸，最后连脖颈也红了。瑞羽看不清他的表情，却听得出他的声音竟十分认真，甚至认得有些激动，"你是这天下最美的女子，再不会有人比你更好看！"

"油嘴滑舌！"

二人说说笑笑，用了早膳，别了李太后，便策马出了西门，一路闲散游去。郊外春光明媚，花团锦簇，红、紫、黄等色彩鲜艳的花开得热烈，就连白色的花也开出了一种动人心魄的美丽，让人见了精神抖擞，豁然开朗。

待到中午，二人远望前面山腰里炊烟袅袅升起，有村庄坐落山间，他们便骑马过去讨要水食。吃过午饭，出了热情的农家，二人攀到了山顶，极目望去，大地苍茫，山河壮丽，风景如画。

转回目光，再往近看，只见田野里阡陌交错，冬麦碧绿；市井中道路纵横，行人、商贾、游子穿梭往来，一派兴旺繁荣的景象。

此时天下大乱，安稳之地不多，齐鲁能有如此风光，是瑞羽在外征战、荡平贼寇，威慑觊觎者和东应坐镇节度使府、安抚百姓、兴农旺商的功劳。

为了这里的平安繁华，二人都付出了极大的心血。今日闲来一游，望着山下的繁华景象，那些辛苦都变成了欣慰和欢喜。

瑞羽慨然叹息一声，轻轻说道："能有这样的空闲，出来看看人民丰足的大好河山，真是人生的乐事呀！"

"嗯。"

"可惜这样快乐的时光，真是太少了！"

东应赞同的叹气："是呀！"

两人说完，便不约而同地长长叹了口气。

良久，东应眼睛一亮，笑道："姑姑，我们现在的时间少，等以后天下太平了，时间就会多起来，到时我们再一起出来踏青吧！"

瑞羽笑答："好呀！等到天下太平、人民丰足了，我们就一起出来，到各地走一走，到各处去看一看，看遍这大好河山的每一个角落，这才不枉我们付出的全部心血。"

东应朗声大笑，道："对！姑姑，不如这样吧，我们约定，用十年打天下，用十年治天下，而后的十年，我们一起游历天下，去看看这壮丽的河山，去探访那奇人异事！"

"好！我们击掌为约，不得反悔！"瑞羽笑道。

第三十九章
市井趣

瑞羽见他表情诡异，便忍俊不禁，大起戏谑之心，侧首对他眨眨眼，

"很香，你要不要吃一个？"

难得瑞羽闲暇，东应便将许多政务都交给臣下处置，自己只是最后签押，偷得空闲，便陪着瑞羽闲游齐州城。

这日，二人听闻西市有家新开的胡姬舞榭，便好奇心动，相约一起去观赏。待到黄昏散场，随行的亲卫请示回宫坐车还是骑马，两人对视一眼，东应提议道："姑姑，我们一起散步，走回去吧！"

"好呀！"瑞羽想到她近日所见的市井繁华，忍不住夸赞道，"小五，你治理地方，治理得很好！安东、成德、天平、武宁等几大藩镇治理得一塌糊涂，只有在你的辖区，百姓才能安居乐业，民间才能丰足太平。"

东应眼睛一亮，"当真？"

"当真！"

两人决定步行，瑞羽的随行亲卫近前想将两人簇拥在中间，以防不测。东应微觉不悦，"我平卢节度使府治下律法严明，州城更是平安稳定，我们不需你们围得这么紧。"

"臣等是防有人会无礼冲撞了二位殿下。"

东应一心想在瑞羽面前显示一下他治境的能力，所以讨厌他们围着扫兴，于是不耐烦地说："市井中能有什么冲撞，真要有什么事，唤你们一声也来得及。"

瑞羽也笑道："围在身边让人气闷，你们跟在身后二十步外，也就够了。"

街上行人如织，虽然不是每个人都衣着光鲜，但绝大多数人都衣裳整洁，看上去

安乐怡然，全然没有瑞羽在外征战时看到的那些小民百姓脸上常有的惶恐不安。

东应一路为瑞羽介绍沿途的风物，这在废墟上建立起来的全新的齐州城，实是他的心血所在，长处和不足他都一清二楚，解说起来如数家珍。瑞羽面带微笑，认真倾听，偶尔向他提些不解的问题，他不假思索的回答也令瑞羽赞叹不已。

二人徐步行来，走过几道街衢，前面一阵异常的香味扑鼻而来，却是有人当街煮油糖果子叫卖。民间风味，虽然没有宫中膳食的精工细胰，却也浓香沁人，满街都浮着这香甜的气味。

瑞羽在军中的生活一向俭朴，少有闲暇逛街，此时她心情舒畅，闻到这股香味，居然唇舌生津，想过去尝尝那看上去金黄香酥的油糖果子到底是什么滋味。但转念一想，自己一向不在身上带钱，都是由青碧等人照料，今日出来没带侍女，又不愿让亲卫近前扰了兴致，却是连买个糖油果子的钱都出不起。

她略懊恼地止住脚步，东应却欢快地一笑，"姑姑，我身上带了钱。"

"哦？"瑞羽见他果然从袖袋里摸出十来枚制钱，便微觉诧异，低头细看，疑问："除了铜钱，还有银钱、金钱，小五，这是节度使府新制的钱？"

"嗯，这是今天才送过来的样钱。姑姑，你觉得怎样？"

瑞羽接过他手里的制钱，认真细看。铜钱按铜七铅三的比例铸成，重一钱三，正面是"靖康、四海"四字，背面却是喜福图案和"平卢节度制钱"几个小字，钱币上的花纹十分清晰精美，竟比朝廷的少府监制铸造的铜钱还强几分。铜七铅三，重一钱三，这钱显然是按华朝国力最鼎盛时期使用的货币制式铸成的，莫说天下各藩镇私铸的钱远远比不上，就是现在朝廷所铸的钱也差了许多。

那卖油糖果子的掌柜每日收钱，认钱的眼光自然高明，一看瑞羽手里把玩的铜钱，便主动迎了上来，包糖油果子的动作都快了许多，然后他手脚利索地将糖油果子送到东应的面前，"娘子，小郎君，四个糖油果子，应该需二钱。娘子如用手里的铜钱，只需一钱。"

瑞羽被那掌柜的热情逗乐了，果然就给了那掌柜一钱，然后接过荷叶包着的糖油果子，笑道："你这掌柜的眼光倒好，也不欺人。"

掌柜乐呵呵地将钱收入柜中，笑嘻嘻地应承："那当然，做生意欺人，招不了回头客。娘子这钱成色足，一个新钱抵两个旧钱。"

东应见那商人喜爱新钱，也很是高兴。二人出了果子铺，瑞羽一面走，一面看手里的银钱和金钱，成色都好，制式与铜钱相若，只是重量只有一钱，银钱上书"当十钱"，金钱上书"当百钱"。

瑞羽细看了手里的制印，有些担忧地道："小五，有史以来，铸大钱来当小钱用，容易变成损害民利的恶政。平卢府经过四年治理，好不容易使得四民安乐，市井繁华，你可别贪了这一时之利，损了大业根基。"

"姑姑放心，我省得。大钱当小钱用会变成恶政，是因为钱值不够。但用金银铸钱，钱值与币值就相符了，以后只要不粗制滥造，就不会害民。"

东应顿了顿，笑问："姑姑，你觉得这四年，平卢府能发展到四民安乐、市井繁华的地步，是为什么？"

瑞羽近年专注习武而少理经济，在庶政方面的才能已经弱于东应许多，这个问题她想了想才道："近年风调雨顺，灾民纷纷东来寻求庇佑，因而子民大增？"

"不尽然。"

"还有什么原因？"

"还有两个原因：海、商。"

"嗯？"

"水师纵横四海，从周围诸属国带来了救平卢府于危难的钱粮和各种珍奇财货，这让百姓丰衣足食；商人闻风而动，纷纷到平卢州治下做买卖，则给府库带来了殷实的赋税，这可供将士给养。"

东应眉开眼笑，又指了指瑞羽手里的制钱，"商人如此重要，我这节度使当然应该给他们方便。铜钱太重，不便于商人交易，但如果有金钱和银钱当小钱用，岂不是大为方便？"

他笑得有点贼。瑞羽心思转了转，恍然大悟，忍不住指着他大笑，"小滑头！你用这么足的成色制钱，根本就是想让这些商人喜用新钱，让新钱流往安东、成德、天平等闹钱荒的藩镇！"

东应嘻嘻一笑，"这就叫与人方便，自己也方便。"

世上最能聚财的，当然是做生意；而做生意中，最能聚财的，却是铸钱！

铸钱容易，但让铸出来的钱受人信任，却很难。铸钱的铜等贵重金属普遍稀缺，铸钱之初，钱的成色往往足够，钱的数目也与天下财货大致相当，那么铸出来的新钱可以用来支持民间财货的流通。但随着经济的发展，民间财货越来越多，钱也就不够用了。朝廷为了让财货更好地流通，便增加了钱里非贵重金属的比例，结果使得钱币贬值。

　　钱币本身只能作为一种交易信用的凭证，能不能与本身价值相符，并不重要。重要的是铸钱时，要使钱数与天下财货的产出大致相当，因而给予钱币公信力，才能使人们可以忽略其本身价值，只看重其面值。可惜的是把持铸钱的有司，往往为了搜刮民脂民膏，便损民肥私，一味地铸钱，使得钱币贬值。

　　钱币贬值在盛世不过令民间困顿一时，在乱世却能令百姓断绝商贸，民间财富干涸。

　　平卢节度使府四周的诸藩镇，不似东应有水师可从海外诸国运回铜、银等贵重金属，可以铸足色的钱。诸府所铸的钱都不当值，因此也不得民间信任。

　　东应铸这种成色足的钱，势必很快取代诸藩镇自铸的小钱，成为当地交易的信用钱币。如此一来，他虽然居平卢一府，势力却可以辐射至周边诸镇。世间之人要么对钱币的重要性认识不足；要么认识虽有，却无财力铸钱；要么知晓利害，但却只贪眼前利益。只有东应抓住了这把可以帮助他成就大业的利器。

　　东应有见识，有胸襟，更重要的是，他还有李太后和瑞羽做他坚实的后盾。因此有朝一日，他必会掌握天下财源，进而逐步向他心中的目标靠近。

　　瑞羽心中高兴，把玩着手里的钱币，笑道："那我们今天下午就专程去试试这新钱有多少商人肯用吧！"

　　"好！"这个提议正是东应所想，于是他满口赞同。东应兴高采烈地想拉着瑞羽一起走，手一动，才发现包着糖油果子的荷叶包渗了些油出来，这令他苦恼，"姑姑，这个东西怎么办？叫亲卫先上前拿着？"

　　瑞羽四下一看，选了条僻静的街道走了过去，趁面前没人，她将糖油果子拿过来，打开荷叶，捏了一个放到嘴里。果子酥脆多油，咔嚓一声一口咬下去，她的双唇抹上了一层油光。

　　东应目瞪口呆，看着这自小仪态万方、举止端庄的小姑姑，居然以手捏食，做出了当街吃食如同市井小儿一般的举动来！

　　瑞羽见他表情诡异，便忍俊不禁，大起戏谑之心，侧首对他眨眨眼，"很香，你要不要吃一个？"

　　她这副表情娇俏活泼，与她少年老成的形象大不相符，令东应疑是时光倒流，返回到了她十三四岁的时候，那时她在郑怀和李太后的严厉督促下努力学习，根本没有机会如此放松。

　　刹那间，东应百感交集，慢吞吞地伸手捏了个糖油果子，轻声问："姑姑，是不是急行军时，将士们经常一边走路，一边吃饭？"

"急行军时怎能一边走路，一边吃饭？将士要是腹痛生病，就会影响战斗力，不可取。"瑞羽明白东应问这话的原因，笑问，"小五，我这样看上去是不是很难看？"

"不，当然不会，姑姑是这天下最好看的女子，无论怎样都好看！"

瑞羽轻嗔一声，怡然自得地又吃了一口糖油果子。她也不愿再纠缠这个话题，转而道："小五，弓不可常张满弦，人不能久耗心神，总要想些办法让自己放松一下。偶尔做做自己平常难以想象的事，就当自己是另外一个人，任性胡闹一番，也不错。"

"这是经离先生教你的？"

"也不全是，老师只提醒我应该张弛有度。教我做这些事的人，是翔鸾武卫救护营的校尉罗云。"

他们生在皇家，自幼虽受着严格的训练，但也享受着普通人家的孩子穷尽一生也难以享受得到的荣华富贵。但普通人家的孩子能够得到的欢乐，他们却未必能够得到。若不是如今他们已经有了足以自保的能力，他们也绝不敢有半点放松，也只能继续过着钩心斗角的生活。

二人一边说话，一边毫无目的地漫步。偶尔看中什么小吃，便停下来买些尝尝，倒也别有一番滋味。

转了几条街，前面却是卖布帛首饰一类的街市，多是少年男女在此往来。瑞羽一眼看过去，见人群中有个熟悉的人影，不禁微觉惊讶，停下了脚步。

第四十章
情初萌

更让东应吃惊的是，瑞羽看到秦望北时的表情也十分奇特：尴尬、拘束，隐约还有些羞涩和恼怒。

东应顺着瑞羽的目光看过去，前面一座商铺的招旗下，有两个人正在说话。那两人身量差不多，肤色也都被阳光晒得发黑。左首那人五官分明，带着刀锋般逼人的气势，威武雄壮，一看就是行伍出身；右首那人则长相清俊，有种超凡脱俗的感觉，温文尔雅，看上去有隐士风范。

"水师将军元度，他身边那人是谁？"

瑞羽的表情有些奇怪，顿了顿才回答："秦望北。"

就在他们看到元度和秦望北时，元、秦二人也看到了他们，于是二人不约而同地一起向这边走了过来。

瑞羽的脚动了动，想到元度是她麾下的头号大将，自己若是明明看到他想过来打招呼，还转身就走，不免太伤人心，不是驭下之道。元度走到他们面前，拱手长揖，待要出声叩见，才想起这是大街上，不能直接道破他们的身份，于是踌躇了一下。

秦望北却完全没有这个顾忌，拱手齐眉，落落大方地行了一礼，"久未相见，娘子风采更甚往昔。"

"公子谬赞。"瑞羽干巴巴地回应了他一声，抬手示意元度免礼，"不必多礼。"

元度口中答应，神情却仍旧恭谨，叉手祝颂，"娘子千秋。"

元、秦二人的注意力都放在瑞羽身上，他们虽然也向东应行了一礼，却并没有真正地在意东应。元度为一方主将，难免有些傲气，如此反应不足为奇。但那秦望北看东应的表情，与元度相差无几，这却让东应觉得奇怪。

更让东应吃惊的是，瑞羽看到秦望北时的表情也十分奇特：尴尬、拘束，隐约还有些羞涩和恼怒。这样的表情，在过往的十几年里，他从来没有见她有过，甚至于根本无法想象她居然也会有这样的表情。

在最艰难的时候，无论面对什么样的险阻，无论面对什么样的敌人，她的表情都一定是平静而镇定的，哪怕真的害怕到了极致，她自幼所受的严格教导，也能让她不露丝毫异样，依然保持平静。

这个人，究竟是谁？怎么能让她如此动容？

刹那间，东应从心底里生出一种被人侵犯独占领域的危机感。在还未理清思绪之前，他的直觉已经促使他做出了最直接的反应，他向瑞羽再靠近了一些，与她并肩而立，然后亲昵地用手碰了碰她，笑问："这位秦先生是何方人氏？怎么认识你的？"

他这一步一问，清晰直接地向外人传递出一种信息——瑞羽是他的，有他在，别人休想靠近瑞羽。

秦望北不知他的身份，却清楚他所表露的意思，于是笑容里的笑意浅了许多，不等瑞羽回答他的问题，便主动拱手致意，先行了一礼，"海外之人，久闻平卢节度使治下安乐丰足，今日得见治境之主，荣幸至极。"

东应万万没有想到秦望北居然能够一眼看出自己的身份，虽然他的礼仪无可挑剔，但他的举动全无真正的敬意，他根本就没有将自己放在眼里，这一礼仅仅只是敷衍。分不清是因为他对自己的忽视，还是因为他认出了自己的身份，东应满心的怒火腾地直冲上来，冷冷地道："海外天地广阔，先生泛泛一句，含糊不详，莫非出身之处有什么不能告知于众的地方？"

他这番话着实出乎在场诸人的意料，不仅秦望北想不到，瑞羽也想不到，就是连他自己，也想不到。

瑞羽眉头微拧，轻斥："东应，秦先生祖上本是三辅百年世族，避五胡之乱而渡海隐居琉球岛。水师初次东去南海之国，多亏秦先生派出家臣领航，才得以顺利往返。及至以后水师远征扩张等诸般要务，都承蒙秦先生鼎力相助。秦先生虽不显名于外，却实是我水师的良师益友，你怎可如此无礼？"

她的声音虽不高昂，但口气却无比严厉。东应不由得脸色一变，十分难看——这十几年来两人相依为命，无论发生什么事，她都一定护着他，极少对他疾言厉色，在外人面前这么严厉地指责他，她还是头一次。

东应顿时心里一阵焦灼，就好似被人捏了鼻子强灌了一碗滚烫的浓汤，烧得他由喉至胃都火辣辣地痛。他看看瑞羽，再看看秦望北，动了动嘴唇，想说什么却又打住了，蓦然一拂衣袖，转身就走。

"小五！"

瑞羽叫了他一声，他却走得更快，竟是丝毫不加理会。瑞羽又惊又急，忍住性子对秦望北一笑，道："舍侄失礼，秦先生勿怪！"

东应为宗室亲王，少年亲领平卢节度使之职，实是治下十二州至尊王者，有些脾性也是理所当然。莫说他只是暗里讽刺秦望北一句，就是他再嚣张几分，在齐州府城里秦望北也不能将他如何。瑞羽肯代东应说一声得罪，已经表现出了极大的诚意。

"娘子无须如此。"秦望北对东应的反应一笑而过，全不在意，道，"娘子今日出来，想必是为了探访市井风情。望北和衡平兄月初就已经抵达齐州，对州城内的风物人情十分熟悉，愿为娘子马前行走。"

元度对秦望北当面邀请瑞羽同行的举动颇感惊讶，但他并不反对，拱手道："主上年余没有检阅水师，今日难得偶遇，属下恰好回禀一二。"

秦望北满面含笑地凝视着瑞羽，元度也以公事为借口极力邀瑞羽同游齐州府城。瑞羽待要说话，却感觉后背被人狠狠地盯着，如芒刺在背。她专心武道已久，若是谁对她怀有恶意地偷窥，她都能有所感应，何况东应就站在不远处，光明正大地盯着她，满眼的怒火仿佛都要喷出来。

"多谢秦先生美意。不过齐州是我平卢府根基所在，风物人情我极为熟悉，不敢有劳先生。"

她拒绝秦望北时表情有些僵硬，声音也略带羞涩，但转向元度时，她却从容了许多，"我虽年余没有检阅水师，但衡平的邸报和水师的移文我却一直细心阅读。这一年来，辛苦衡平亲自率领水师航行于南洋诸国，文报上不能尽言的事且等明日述职再说吧。"

元度虽然失望，却也只能应诺。秦望北不是她的臣属，还曾施恩于她，因而在她面前举止甚少约束，笑道："娘子今日无暇也罢，不知何时有空闲，能容望北觐见芳驾？"

秦望北紧逼不舍，令瑞羽尴尬万分，然而她被秦望北专注的目光凝视着，感受到来自异性直接而热烈的爱慕之意，恼怒之余，又有一种异样的羞涩，光洁的面庞上不禁微微泛起一片桃红，怒道："秦先生若肯为我效力，我幕府之中有虚位以待。"

秦望北闻言，朗声一笑，道："娘子有大志，望北岂能不全力相助？然而相助可以，入幕府为宾友却万万不可。"

他的五官俊朗，有温柔敦厚之气，隐然超尘脱俗，但这一笑一答，眉目间却尽是狂放不羁的洒脱，举止间却尽是笑傲王侯的风流。

瑞羽几度延请秦望北入幕府为谋友，都被他拒绝，再次受拒也并不意外，哼了一声，也拒绝了他的请见，"我在齐州俗务缠身，没空。"

秦望北被她拒绝，却毫不沮丧，笑吟吟地长叹一声，"望北年余出海南行，航程上万里，写就航程志近百卷。此来齐州，本是为求知音赏识。不料娘子吝惜时间，遗憾之至！"

茫茫大海中，无论怎样庞大的船队，都不可能逆天而行，须看天气和大海的脾性行事。因此对于水师来说，最宝贵的东西，便是前人留下的关于航道、水文、气候等方面的各种航船经验。

这些经验关系着船队的生死存亡，一般由父子师徒口口相传，绝少外流，更别提有相关的文献航志了。放眼四海，也只有秦望北一人，是秦氏数百年航海经验的集大成者，他整理汇集了关于海上航行的所有知识，自成一家，俨然是海上无冕之王。

昔日水师入海，为求稳妥，只敢走皇室有记载的，航行者比较多的，离神州比较近的东、南诸岛国的航道。再远一些的航程，便是折损了三分之一的海船及许多水师将士的性命探索得来的。及至瑞羽听闻秦望北之才，便亲自登上琉球岛求贤，得秦望北之助，瑞羽重新整编水师，才避开了这种血泪斑斑的探索方式。

秦望北胸中所知，手中所持，正是瑞羽想要的，此时他虽有诱逼之嫌，却也令人无可奈何。元度在旁边听得大为恼火，不禁对秦望北怒目而视，道："秦兄，你这做法，也太令人不齿了！"

瑞羽无奈苦笑，摆手示意元度住嘴，转而对秦望北道："先生大作每每有独到见解，我若能早见佳作，不胜荣幸。请问先生哪日有空？我定当登门拜访，请先生赐教。"

"望北今年春夏，都将在齐鲁游学，只要娘子召见，都有空闲。"秦望北笑得很灿烂，接着又温柔又狡猾地补充一句，"望北必不让娘子失望。"

瑞羽隐约觉得手脚有些发痒，真想将眼前这人狠揍一顿。忽然听见身后的嘈杂声有异，是东应在说话，便转头看去，只见东应去随行的亲卫那里夺了匹马，扶鞍上马，一鞭打得那马撒蹄狂奔。虽然他这几年着意练习，骑术极佳，挑的又是人少的僻静街道，但马嘶声仍旧惊得附近的行人惊呼连连。

瑞羽料想东应必是不忿自己与秦望北说这么久的话，却不理他，因此他任性发怒。瑞羽真是又好气又好笑，对元度道："我还有事，衡平替我好好招待秦先生，若有不便之处，往公主府找……令丞周昌支应便是。"

她这一句话却是亲疏内外有别，元度虽然隐约羡慕秦望北在瑞羽面前的地位，但听到这种肺腑之言，却又高兴，又手应道："诺！"

瑞羽别过二人，转身再看东应已经不见了踪影，一干亲卫除了两人还牵着马在等她，其余人都已经策马尾随东应而去。

瑞羽接过亲卫递来的缰绳，飞身上马，扬鞭向东应所去的方向追去。

元度和秦望北目送她离去的身影，表情各异。秦望北沉吟片刻，收回目光问元度："衡平兄，听闻长公主与昭王是姑侄关系，不知这亲缘有多近，可出了五服不曾？"

元度心头一愣，横眉作色，怒道："秦兄问这话，意欲何为？"

秦望北笑看他一眼，"这位昭王殿下在长公主面前的举止可不同一般，难道衡平兄当真全不放在心上？"

元度对他话里所蕴含的深意却丝毫不予理睬，盯着他厉声说："非议尊上，不是军人应该做的事；守卫尊上，才是军人应尽之责。长公主是四海至尊，我水师之主，秦兄若能得到她的垂青，自是大好。秦兄如果不能凭自身的能力得到她的垂青，却想走什么偏路，一旦伤及长公主分毫，我水师上下必将踏平四海，扫清妖孽。"

秦望北听着他的警告，脸上的笑容却依旧不变，扬眉道："我秦望北要获得她的青睐，自然是要与她真心相待，怎会有失礼之举？"

顿了顿，他望了一眼元度，又笑，"衡平兄虽是军人，却也是君子，说话简单直白，不见丝毫私情。只不过，若有一日，我当真能得到她的眷顾，不知衡平兄是否还能如今日这般正直？"

元度握在腰间横刀上的手不自禁地收紧了一下，面上的表情却更显冷漠，冷声道："秦兄，秦氏在海外虽有名声，但论到真正的实力，却远远不能与朝廷堂堂水师相提并论。你现在能有这么非凡的地位，说到底不过是长公主对下属怀有悲悯之心，所以才对秦氏如此礼遇，并非我水师就真的要靠你成事！你可别太过得意，主动挑衅生事。"

一句话说完，他转身就走。秦望北笑眯眯地喊道："衡平兄，你往哪里去？贵上可是说了，要你好生招待鄙人的呀！"

元度停下脚步，脸色有些发青，回头道："你这段时间不是在康乐坊住得好好的，每日会饮，十分快活自在？还要我怎么招待？"

秦望北摇头，"那是因为贵上没有回来，现在既然贵上要盛情款待，我怎能辜负美意？"

"不知秦兄要我怎么招待？"

"劳烦衡平兄带路，往贵上府第走一遭，我好借住！"

元度琢磨一下，大惊失色，"你要借住在我主上府第？这怎么可以！"

秦望北慢条斯理地反问："怎么不可以？刚才贵上不是说有什么事可以去贵府找令丞支应吗？"

元度郁闷，大声道："我主上只说有什么事可以找令丞支应，却没说你可以去府上借住！"

"可她也没说不可以借住。"秦望北弹了弹衣袍上那看不见的灰尘，笑道，"既然如此，我到贵上府第借住，想来她是不会反对的。"

元度的一张脸从本来的略黑变成了黢黑，好一会儿他才从齿缝里挤出两个字，"无赖！"

秦望北脸不红，心不跳，依旧一派从容不迫、仙风道骨的样子，谦逊道："过奖，过奖！不敢当，不敢当！"

　　她松了一口气的同时，一股怒火直冲脑门，她掷下手里血淋淋的横刀，任东应横在马鞍上挣扎，一挽缰绳，掉转马头往来路走。

　　瑞羽上马一阵疾驰，直到靠近州城西门时，才看到东应出了西门，策马往郊外疾行。跟在东应身后的亲卫叫了东应几声，想将他劝回，可他也不予理会。眼见郊外行人渐少，他更是无所顾忌，往坐骑身上狠抽数鞭，便纵马狂奔。

　　他最初不理瑞羽，只是在赌气，并非真的不理，若当时瑞羽追上来，好生安抚，不过几句话的工夫，他就会消气。可他没想到，从小到大万事先为他考虑的人，今天竟没有顾惜他的想法，竟然还在与秦望北说话，并且神态明显异于平常。

　　看到她那异样的表情，他在见到秦望北之时，那份领地被人觊觎的危机感陡然从隐约可见变得无限清晰。电光石火的刹那，他明白了秦望北对他的威胁！

　　秦望北对瑞羽有好逑之心，甚至于瑞羽可能已经明白秦望北的心意，虽然她没有接受，但她对秦望北，无疑有着异于常人的感觉！

　　因此她面对秦望北时，表情会那么尴尬、羞涩、窘迫，甚至不知所措。与其说那是在面对秦望北时的退让，那是受了恩惠不知如何回报的感激，不如说那是女子面对追求者时的羞涩和尴尬。

　　在她过往的十几年岁月里，从来没有哪个男子在她心目中占据重要的地位，只有他。

　　然而今日，终于有别的男子让她萌动了异样的感情。这份感情对于女子来说，可能代表着生命重心的转移，也许从此以后，她以往所有喜欢的、关注的、爱护的人，与这份感情相比，都将黯然失色，不再重要。

　　在她心里，他已经不再是第一重要之人！自此之后，她会将以往对他的那些关爱转移到别人的身上。终有一日，别人将占据她所有的感情，进而取代他在她心目中的地位！

在他心里翻腾的，何止是酸楚，更是一种发自内心的恐惧，这些都令他慌乱！

他纵马出城，本是想理清思绪，但跑到旷野时，他的思绪不仅没有理清，反而更加混乱。这份混乱让他失去了理智，尽管坐骑已经筋疲力尽，他还是狠狠地挥鞭催促。

他身后的亲卫看到他在马背上摇摇晃晃，却仍策马奔驰，不禁大惊失色，连连大叫："主上，住手！马要惊了！马要惊了！主上！快收缰……"

瑞羽的骑术要比节度使府的这几名亲卫精湛，反应也快，她虽然后来，却很快追上了他们。她一看东应的状况，便知马已经受惊发狂，于是立即纵马直追。将要超过几名亲卫时，方想起自己微服出行，没有带兵器，便喝道："刀来！"

亲卫里有反应快的赶紧将佩刀奉上，瑞羽在疾驰中伸出长臂，锵的一声将刀抽出，拿在手里，没有丝毫停顿，便直追向东应。

东应的坐骑受惊，此时已经失去了控制，若不是他的骑术也曾经过一番苦练，此时他恐怕早已被马甩脱。虽然如此，他在马背上也还是险况迭出，看得在后面紧追的瑞羽是又惊又急，忙叫道："小五，甩开鞍镫，抱紧马颈！"

东应也被惊马的这阵狂奔吓得出了一身冷汗，危急之际，他下意识地抱紧马颈，这才回过神来大叫："这马发狂了，控制不住了！"

眼看那惊马驮着东应奔进了一块麦田，然后又直线奔出，冲上了田间小道。小道另一头晚归的农夫结伴走来，那马再不控制住，就要伤人，此时瑞羽也已赶到东应的身边，与东应并驾齐驱。只见她双腿御马，腰间用力，侧身外倾，左臂长舒，一把抓住了东应的衣裳，而她紧握横刀的右手闪电般地劈出，将那惊马的头颈一刀斩断，就在马还没有因为骤失重心而前甩的刹那，她一下子将东应拎到自己的坐骑上。

这一下当真是惊心动魄，紧追而来的一干亲卫还没来得及看清究竟是怎么回事，东应已经被横放在了瑞羽的身前。那被杀的惊马此时依旧照着原来狂奔的方向冲出了十几米远，最后才轰然倒在被突如其来的变故吓呆了的一群农人的面前。

瑞羽一击得手，将东应救出险境，又避免了无辜者的伤亡。松了一口气的同时，一股怒火直冲脑门，她掷下手里血淋淋的横刀，任东应横在马鞍上挣扎，一挽缰绳，掉转马头往来路走。

几名亲卫见状大惊，急问："殿下，您这……"

瑞羽不答，目光在他们面上一扫。这时候她已经恢复了平静，但这一眼扫来，却给人一种绝大的压力，几名亲卫油然生出一种错觉，仿佛自己正身处悬崖的谷底，万仞悬崖就在自己的头顶，轻轻一动，就能将他们压成齑粉！

只在这一瞬间，他们身上的热汗还未散尽，冷汗又冒了出来。其中一人想伸手将瑞羽的辔头拉住，手臂却不自禁地颤抖起来，他只觉得全身没有了力气，手臂软得竟然伸不直。

这一群亲卫虽然也是被选拔出来的精锐之士，但论到勇猛，他们却无法与军中久经沙场的将士相比，所以此时他们无法直面瑞羽的锋芒，被瑞羽这么一瞪，不自觉地尽失胆气，呆立不敢发出一声。

此时此刻，倒是被瑞羽横放在马鞍上的东应除了干呕之外，还记得吩咐几名亲卫，"惊马践踏了农人的麦田，你们要找到田主补偿，受惊的人你们也要好好安抚！"

瑞羽不发一言，策马直到僻静无人的山坡，才驻马让东应下来。

这一番追逐，前后不到半盏茶的工夫，若说惊险，比起她所经历的战争来说，也算不得什么，只是因为陷在险境中的是她一直关心爱护的人，她不由得惊惧惶恐。而惊恐之后，随之而来的却是一股滔天怒火——她真想狠狠地抽东应几鞭！

如果有人对东应不利，想置他于死地，毫无疑问，她会替他挡开所有的危险。然而，他身陷险地，不是因为敌人的谋算暗害，却是因为他自己的任性胡闹。她一直那样小心保护的人，明明应该有足够的智慧应对一切风波，却无视她的关心和爱护，自陷险境，这算什么？

"东应，你这样任性胡闹，惊得满城风雨，觉得很好玩吗？还是你觉得王母管教不力，需要再给你延请严师？"

东应一时任性，不曾想过会引发这样恶劣的后果，虽然瑞羽言辞不善，他却没有反驳。只是他心里终究还放不下秦望北的事，明知自己错了，但这时候要他道歉，他却万万不肯，面对瑞羽的怒火，反而挺起了胸膛，一句话也不说。

瑞羽气得扬手就想给他一掌，见他不但不避闪，反而一脸倔强地迎上来，瑞羽那一掌停在半空中，随即又转了个弯。但这一来，她心里的怒火更是旺盛，指着东应的鼻子怒斥："好，你长大了，有主见了！我管不了你！我不管你了！"

这些年，她统率水陆两路七万将士，也曾恩威并施，但罕有气急败坏的时候，此时在东应面前，她却怒火攻心，什么冷静、理智全都被她抛到了九霄云外。

一句话说完，她便不再理东应，纵身上马，掉转马头，一抖缰绳，绝尘而去。

东应想不到瑞羽说不理他了，就真的不再回头看他一眼。见瑞羽纵马而去，终究忍不住大叫一声："姑姑！"

瑞羽已经去得远了，绕过一排白杨树，身影就消失不见了。东应望着远处，突然觉得胸口一阵疼痛，忍了又忍，终于没能忍住，扑到一棵树旁，用力踢了那树几脚，眼眶不自觉地热了起来。

一干亲卫赔偿了农人的损失后，寻到此处，看到主上拿树出气，都连忙转身，不敢细看。

东应狠踢了那树几脚，大叫："啊——啊——啊——"

直叫得嗓子哑了，他才收声，然后一直站在树下发呆。不多久，弦月东升，一阵还带着寒意的春风吹来，他不由得打了个寒噤，才醒过神来，回头道："回宫！"

太后宫近日因为瑞羽的归来而充满了节庆日才有的欢乐，李太后心情愉悦，也带着宫人内侍个个精神抖擞。东应一回来，侍者见他一身风尘，便赶紧奉上梳洗等物。内谒者立即飞快地奔进去通传，小黄门一面领着东应往千秋殿走，一面小心地献着殷勤，笑道："殿下，太娘娘可是念叨您很久了！"

东应嘴里应着，心里却在想究竟怎样才能消了瑞羽的怒气，正准备踏上千秋殿前的台阶，前面灯火陡然亮了许多，却是一队青衣侍从掌着宫灯，抬着一座肩舆出来。那肩舆明明跟他相距不过二十步，却不肯跟他照面，沿着殿左的游廊径直往北面去了。那肩舆上的青纱帐低垂，里面的人背倚靠枕，一动不动，似乎已经睡着了。

东应只需上前几步，就能将肩舆拦住，他却怔怔地站在台阶上，呆呆地目送肩舆离去。

就在这时，刚才去通报东应回宫的内谒者一脸尴尬地走过来，擦汗道："殿下，您回来得不巧，长公主今日疲倦，跟太娘娘说着话就睡着了。太娘娘怜她辛苦，让人抬她回公主府休息了。"

恐怕睡着是假，装睡避开他才是真！

东应苦涩地笑了笑，举步进了千秋殿，给李太后请安置。李太后心情愉悦，也没留意到瑞羽和东应之间有什么问题，留了东应用膳，两人说了会儿话，然后东应才道了安置。

东应告退后，出了千秋殿，在门口踌躇了一下，才下定决心去公主府。

昭王府和公主府都依太后宫而建，虽然只是一左一右，但相距甚远。瑞羽在外的时候，东应常过来查看公主府的管理有没有疏漏，府中用的人也皆是从西内带出来的旧人，所以东应在公主府的威信极高。瑞羽如果没有禁止东应进府，那么东应在公主府可以畅通无阻。

此时东应走到瑞羽安寝的重华殿前，只见瑞羽随身的十二个"青"迎出来，赔笑着请他留步。

青红下午没随瑞羽出府，她不明白这姑侄二人之间究竟发生了什么事，使得瑞羽下令不许东应入见。青红心里虽暗暗嘀咕，脸上却是满面笑容，"殿下，长公主连日行军，劳累疲倦，已经安寝了。您要探视，还是明早再来吧。"

东应看了看满脸笑容但口气强硬的青红，脸色不禁黯淡了下来，过了会儿他才说："我就在窗外看看，不出声，也不进去。"

他虽然软话相求，青红等人却不敢答应，只好鞠躬赔礼道："殿下，长公主下令，您不得靠近她的寝殿，阻拦失职者，按军法论处。长公主近年来惯于用军法治下，号令严明，功有重赏，过有重罚，奴婢等人实在不敢违令呀！"

在这几年里，他和瑞羽各为一方之主，早已在各自的臣属面前建立了无可替代的威信。瑞羽下达不见他的命令，如果在西内时，青红她们可能还会迫于他的强求而不执行，但在如今，她们却绝不敢稍微有违。同样的，若是他下达不见瑞羽的命令，他的属下也必然义无反顾地执行。

他和瑞羽都长大了，不再是以前的孩子了，也做不到像以前那样同食同宿、亲密无间了！

他从小就活在瑞羽的阴影下，无论是出于人类争强好胜的本能，还是出于心间深藏的一个念头，他都希望自己努力地成长，尽早地超越她。然而到了今日，当他们因为成长而有了鸿沟时，他却没有想象中的喜悦，反而十分失落。

青红见东应站着不动，便赔笑道："殿下，天色已经晚了。您明日还要处理节度府的政务呢，早些回去休息吧！"

东应动了动，又停住，扬声叫道："姑姑！"

重华殿里寂静无声，没有人回应。东应一咬牙，大声说："我错了，姑姑，你原谅我吧！"

青红暗里也盼着两个少主人不再斗气，此时她们也左右为难，忍不住向重华殿望去。

重华殿里果然有个梳着双鬟的身影慢慢地走到了殿门前，打开殿门，却是女史青碧。

东应一喜，以为有好消息，青碧却对他歉然道："殿下，长公主已经睡了，您还是明天再来吧。"

东应默然，良久叹了口气，转身离开。

青碧见他神色有异，唯恐他心里记恨瑞羽，又道："殿下，从这里到王府相距数里，您劳累一天，还是乘了长公主的肩舆回去吧。"

这个提议极好，东应点头对八名抬舆的力士致了谢，便登上肩舆，倚着柔软的靠枕发呆。这肩舆瑞羽刚才用过，靠枕里还留着她的馨香。他闻着这股淡淡的芬芳，突然觉得身上燥热，赶紧拨开帷幕，让夜风吹进来。

月夜下的公主府，殿宇楼阁错落有致，奇峰清溪相映成趣，繁花碧树相得益彰。春风吹来，芬芳沁人心脾，令人超然忘俗。

这公主府并不是一次建成，府中的建筑与摆设是陆续添加的，也都是他亲自过目的。他用在其中的心思，她其实未必会放在心上啊！

他望着府中的殿宇，轻轻地叹了口气，待要放下帷幕，却发现左边的小院落里灯火通明，来往的宫人侍者举止与平常不尽相同，便问："怎么，鹿鸣院有客入住？是哪里人？叫什么名字？"

掌灯引路的侍者回答："是的。听说这是长公主殿下让令丞周昌接待的客人，姓名小的却没留意。"

东应心里咯噔一下，忙让力士转个方向，"去鹿鸣院。公主府建成三年，除了经离先生就没有其他留宿的嘉宾，孤倒要看看这位客人是何方人氏。"

鹿鸣院的院门大开，花木扶疏的庭院里，有人席地煮茶，灯光明亮，照得那人脸上的笑容也格外灿烂，那人不是别人，正是秦望北。东应一看到秦望北，额头的青筋不禁抽动了一下，他咬牙切齿地说："果然是你！"

秦望北也发现了东应，便举起手中的茶盅，示意了一下，笑问："昭王殿下，可来吃杯茶？"

东应哼了一声，也不跟他搭话，然后回了昭王府。回去以后，东应心烦意乱地洗漱了就寝，却在榻上翻来覆去半宿也睡不着，终于忍不住呼的一声坐起身来，大叫："乔狸！"

乔狸睡眼惺忪地跑进来问："殿下有何吩咐？"

"让牛五明天去查查公主府那个叫秦望北的来历和底细，打听清楚他要做什么事，要赖在公主府多久。有机会的话，想办法把他赶出府去！"

他一连串地吩咐了下去，心里才少了一些烦躁不安，然后眯上眼睛，又倒在床上。

第四十二章

乱初生

秦望北起身走到她面前，明亮而清澈的双眸直直地望着她，没有以往的狡猾善变，也不带丝毫侵略的意图，他将所有的心事袒露在她面前。

秦望北居然直接住进公主府来，这却是瑞羽也没想到的事。直到次日元度和几名水师述职完毕，瑞羽留他们用膳，席间闲谈时，她才知道此事。她愣了愣，待要将秦望北赶出府去，可一来秦望北曾施恩于她，这脸实在有些抹不开；二来她与秦望北也算相识已久，知道以他的狡猾善变，既然赖进了公主府，想让他出去也不是件易事。

元度偷偷瞥见瑞羽的脸色，知她对秦望北赖进府也并不欢迎，心中惨然，道："是末将无能，没能拦住他。"

瑞羽知他忠直有余，除了在战场上外，于与人交往一道上的临时机变，却着实差了许多，怎么也不可能是秦望北的对手。因此瑞羽也不怪他，道："是我的命令有漏洞，才让秦望北有机可乘，衡平无须太过自责。反正公主府宽阔，也不少待客的地方。"

想到秦望北就在府中，瑞羽暗里也觉头痛，想了想道："秦望北说他会带航程志，来探讨远航经验。那你就在前来述职的水师将士里挑十个杰出的人才，让他们也住进公主府来，跟秦望北一起探讨探讨。"

能成为公主府的座上宾，那是极大的荣耀；而能跟南海的无冕之王秦望北探讨远航心得，则是极大的实惠。这样的大好事，让元度等人大喜，连忙应道："诺！"

瑞羽又询问了前来述职的水师将士在齐州城的生活状况，然后沉吟一下，道："水师将士一年才能换防休息一次，实为不易。这次随几位将军一起来述职的将士，此时在齐州城的共有多少人？"

元度虽不懂人情机变，但对随行手下的情况却了如指掌，立即报了具体数目上来，"一共有七十三人。"

瑞羽一笑，挥手道："好，上巳日后，公主府大宴英勇无畏的水师精锐！"

瑞羽在军中待得时间久了，也知道将士的很多习性——一放松下来，为了贪图一时之快，他们就会将身上所有的财物挥霍一空。为了免去将士们为了赴宴，还得弄一身衣服的麻烦，瑞羽又补充了一句，"将士们的服装我会让令丞周昌在宴会前送过去。"

她的前一个命令令几个水师将军大喜，后一个命令竟令他们欢呼雀跃。欢呼过后，有人看了看瑞羽的脸色，小心翼翼地问："殿下，末将等人近日在齐州城，听说太后宫里年满二十五岁的宫女要外放婚配。既然如此，能否在宴会之日请那些姑娘出来，让我们相一相？"

瑞羽才刚回来，比不得这些水师将领，他们已经在齐州城里住了半个月了，虽然是太后宫的事，她却真没听说过。不过宫中多怨女，军中多鳏夫，能成就他人姻缘，倒也两全其美。

只是瑞羽终究是个姑娘家，这样的问题对她来说，实在有些尴尬。她表面上还得故作镇定，"哦，宴会时令宫女们出来虽然可以，却不方便商议婚姻之事……"

她沉吟一下，叩了叩桌面，又道，"也罢，我说动太后娘娘上巳日率领这些宫人到清河祭祀，届时我安排你们过去。至于能否促成姻缘，你们各凭手段。衡平，此事琐碎，你让掌书记好生谋划一下。"

"诺。"

一群水师将领心情紧张地前来述职，回去的时候，却是笑容满面、脚下生风。

水师将领告辞后，瑞羽屏退了参赞水师军务的主簿和幕友，然后双手拂面，揉了揉脸，闭上眼睛，休息了片刻，才道："传周昌进来！"

令丞周昌就在外候着，瑞羽久不居府中，对有些事不是很熟悉，她需要询问一下。令丞周昌听到传唤，连忙进来，问道："殿下有何吩咐？"

"昨日在府中留宿的秦先生住在哪里？至今有什么要求没有？"

公主府建成至今，留宿的客人除了郑怀之外，就只有秦望北一个。虽然秦望北逼着元度引见，借着一句模棱两可的话赖进来的，但周昌也给予了他足够的重视，一应事务都亲自打点，没有半分怠慢。

瑞羽一问，周昌便对答如流，"秦先生住在鹿鸣院的苹居，对饮食衣着没什么要求。不过他很在意他的手下送来的两只书箧，连打扫的侍者也不许触碰一下。"

鹿鸣院里花木葳蕤，芳香宜人，赏心悦目。秦望北住得十分舒适，在瑞羽没来见他之前，他根本无意出院一步，只管在院里烹茶煮酒，读书抚琴。

瑞羽走到鹿鸣院外，便听到悠扬的琴声与鹿鸣院里风过松林、鸟啼花间、清泉石上的天籁之声相和相应，顿觉清风雅气扑面而来。

瑞羽循声找过去，发现秦望北正坐在后院松林里的石鼓上操琴。

在她心里，秦望北虽然狡猾善变，但知识渊博；虽好享乐，好生事，但又不计较方寸得失，因此他会操琴，不算奇异，也不算意外。他既然静坐操琴，这种时候她却不好打扰，当即挥退侍从，在距他不远的松树下找了个裸露在地面上的松树根，坐了下来，静静地听他鼓琴。

秦望北的心境与世间大多数人都不相同，他好在红尘中厮混，却不在意名利得失，他熟谙钩心斗角，却又不沉醉其中。他的琴声也因此不拘一格，洒脱悠扬，轻松自在。

瑞羽听着他的琴声，初时还在想，待他收琴之后便与他搭话，但听着听着，她却被琴声里的音韵拨动了心弦，竟悄然忘了初衷，慢慢地放松了警戒，倚着松树，合上双眼，品着琴韵，神游天外。

许久，琴声渐缓渐平，寂静下来。瑞羽长长地舒了口气，整理好散乱的思绪，起身走到秦望北的面前，在与他相对的石鼓前坐了下来。秦望北压住琴弦，望着瑞羽笑问：“望北这一曲琴，抚得如何？”

“秦先生的琴技算不上十分高超，但秦先生胸襟气度不凡，所以琴韵极佳。先生指下一曲，仿佛风过松林，溪流山间，迂回曲折，令人闻之心旷神怡。”

瑞羽刚来的时候，心里已做好了与他周旋的准备，因此对他敌意极深，但听到他这一曲后，瑞羽被琴中的韵意引动，心情放松，纠结散去，也愿意放开繁杂琐碎的事，和他闲谈曲艺。

“望北常年出海，琴技疏于练习，自然难登大雅之堂。然而琴中韵意能得殿下一赞，却也足慰平生。”

秦望北松开琴弦，仔细地理了理琴，笑了一声，“殿下可愿再听望北奏上一曲？”

瑞羽笑道：“求之不得，先生请！”

秦望北拂弦，试了试音，又奏了一曲。瑞羽双目微瞑，沉心听罢他这一曲，心有所感，道：“这一曲山水之音虽佳，然而却是独奏，过于清冷，与先生上一曲相比，颇有寒意。”

她这评价虽然中庸，但也不算全盘否定。秦望北听了，殊无恼意，呵呵一笑，道：

"殿下此评，是知音之言。不知殿下认为此曲应当如何协调韵律，才能弥补不足？"

"我于此道不精，先生问我如何协调韵律，却是为难我了。"瑞羽微微侧首，沉吟片刻，又道，"韵律如何协调我不知道，不过琴声古寒幽雅，箫声则清婉温和，若奏此曲时，能用箫声相和，料来会温和许多。"

此时秦望北脸上的笑意荡漾开来，凝视着她，笑道："此曲本就是琴箫合奏之曲，殿下一语中的。"

他说着又从书箧里抽出一支紫竹箫来，笑问："殿下可会抚琴或吹箫？"

瑞羽见他拿出乐器，便笑了笑，摇头道："我不精此道已久，听听别人奏乐还可以，自己却是无能为力。"

秦望北见她根本无意于此，也不强求，只是叹了口气，道："音乐之道怡情养性，殿下弃文从武，便少了很多的乐趣呀！"

"武学一道，也有音乐所不能及的欢乐。"

瑞羽这几年潜心研究武学，早已经习惯了习武的艰苦，觉得武学之道远比争权夺利、倾轧残杀更简单质朴，自有乐趣在其中。虽然那乐趣无论如何也比不上秦望北隐逸世外、乘风破浪、纵横四海、闲来烹茶煮酒、抚琴吹箫的逍遥自在，但她也不赞同秦望北的看法，于是随口反驳。

秦望北也不再继续纠缠这个话题，信手又抚了一曲，而后才漫不经心地说："殿下初至时，躁乱之气缠身，眉目间也隐带郁色，可是有什么不快之事？"

瑞羽心中的不快，自然是因为昨日和东应的争执。她虽不知东应究竟为什么突然任性，但她知道事情的起因与秦望北有关，这却是毋庸置疑。

她已经惯于维护东应，哪怕是在李太后和郑怀面前，也很少说东应的不是。秦望北在她心里的地位虽与寻常人不同，但离让她破例还远着，于是对他的问题摇了摇头，却没有回答。

一想到东应，她的思绪又有些杂乱，整理了一下心情，才问道："秦先生，你究竟为何而来？"

秦望北起身走到她面前，明亮而清澈的双眸直直地望着她，没有以往的狡猾善变，也不带丝毫侵略的意图，他将所有的心事袒露在她面前。只见他单膝点地，虔诚地低喃："殿下，我正是为你而来！"

瑞羽自小便处在权力争斗的中心，见惯了钩心斗角，因此她不像寻常女儿家对儿女私情有着美好的向往。虽然她偶尔也有心情烦躁的时候，却一直没有找一个可以相许之人的想法。且她位高权重，等闲之人根本无法接近她，能接近她的人，却又未必有那份胆量在她面前表露爱慕之意。

秦望北是第一个向她表露爱意的人，也是第一个在她明白地拒绝以后仍然锲而不舍、屡败屡战的男子。这样直白的表达，这样执着的追求，哪怕她对他没有丝毫情意，也不能不为之动容。

瑞羽心头一动，百般滋味交错，轻叹一声，"秦望北，我要多谢你的心意。然而，我不能像闺阁女子一样安于家室，因而也就无法与你结成秦晋之好。"

这已经是瑞羽第二次正面拒绝他，虽然他已经做好了准备，但当再次听到瑞羽的拒绝时，他的眼神还是黯淡了下来，不禁低下头去。

蓦然间，瑞羽喉头涌上一股浓厚的苦意，她的声音却更显清冷，缓缓地说："五年前，我选择了这条路，立誓继承我父遗志，至死不悔！儿女私情虽然温馨甜蜜，但那并非我所需，也并非我所愿！"

秦望北定定地望着她，沉声道："殿下，问鼎河山，千秋大业，这本是男儿之事，你终究是个女子，无论如何惊才绝艳，要得到世人的认同，就要比常人辛苦千万倍。这条路如此艰难，你若坚持走下去，将会多么孤独寂寞？"

"我在选择之初，就已经知道将来要面对什么，不需你提醒。"瑞羽淡淡地一笑，悠然道，"秦望北，你说问鼎河山是男儿之事，那你何不留下来参与其中，看我究竟能不能成就大业？"

秦望北也再次拒绝了瑞羽的邀请，摇头回答："不！殿下，你幕府里的幕友和臣属已经很多，我不愿像他们一样站在你的身后，只能仰望你而无法接近你。"

瑞羽垂下眼睫，起身而立，道："既然如此，恕我这府邸不接待外客，请先生自便！"

她当真不留半分情面，也不要他的航程志了？这可不是理智的举动，或者说在她心里，他的地位终究与旁人不同，可以化解她对儿女私情的淡漠？

他望着瑞羽准备离开的身影，微微一笑，扬声道："殿下！"

瑞羽微微侧首，问："还有何事？"

秦望北走到她身边，微笑着说："殿下，你身边有最尊贵的亲人庇佑，最博学的老师引导，最忠诚的下属护卫，却没有一个能够为你抚琴解闷、让你偶尔也能放松心情的朋友。望北斗胆自荐，愿为殿下之友！"

他这提议委实太过异想天开，瑞羽错愕无比，愣愣地反问："朋友？"

第四十三章
苦肉计

东应将身上的薄衣脱了，趴在床榻上，不耐烦地说："孤令你执笞竹打孤十下！"

东应延揽林远志入幕，对其礼遇有加，处理完节度使府的政务后，亲自将林远志接到王府旁的紫气东来院安居，并待之以师礼，又陪他一起吃过晚膳，才告辞回太后宫。

东应本来以为瑞羽必然在陪李太后闲聊解闷，不料到太后宫一看，李太后却是在和常侍李浑等人猜谜。李太后见东应进来，连忙冲他招手，"小五快来，红云这丫头出了个怪谜，我猜了几次都没猜中，你也来猜一次看看！"

李浑等人陪李太后猜谜，无非是想讨李太后欢喜，出的谜当然也不会太难，东应略微一猜，便中了。东应陪着他们玩了几次，见李太后心情极好，便忍不住问："太婆，姑姑没来你这里？"

"阿汝呀，午时来了我这里，报了晚膳不在这里用，想来她有什么事吧。小五，你用过晚膳没？"

东应连忙道："吃过了。"

李太后看看他的脸色，笑道："瞧你这样子，是不是昨天跟阿汝赌气了？难怪你们两个没有一起来我这里。小五，你也真是的，你是男子，阿汝又是你的姑姑，就是有什么事，你也要多让让她才是。"

东应垂头听训，好在李太后也不啰嗦，说了两句就挥手道："你要去找阿汝，就去吧。晚了，我也要安置了。"

东应只恐她详问二人究竟为何闹脾气，见她不问，便连忙请了安置，去找瑞羽。

瑞羽不在公主府，东应问了周昌，才知道她下午就出去了，到现在还没回来。再问到秦望北居然是和瑞羽一起出的门，东应的脸色顿时难看起来。

周昌见他脸色不对，也不敢多话。他踱了几步，又问道："你知不知道姑姑去哪里了？"

"殿下没说，不过殿下叫了府里的两名文书，带了两箱纸，料想是要去抄写什么东西。"

东应心中一动，令周昌给他备车，带了乔狸径直往外走，边走边问："那个秦望北在没有赖进公主府之前，住哪里？"

"这秦望北曾借住在善见坊长安巷一户姓孙的人家，据消息称，那孙姓人家并非秦望北的亲友，秦望北只是在那里租借。"

乔狸早有准备，回答得十分详细。东应点头，挥手道："去善见坊看看！"

齐州城没有宵禁，夜里人来人往，店铺也开张，很是热闹。善见坊离太后宫和节度使府都不远，正处于繁华地带。他们找到那户姓孙的人家时，只见院门紧闭，透过门缝看见院子里放着辆油壁车，一看就知不是这样人家用的东西。正房和东西厢房都亮着灯，人影绰绰，说话的声音却还不如隔壁那家响亮，显然说话的人有所顾忌，怕吵到别人。

乔狸先下了车，然后去叩门，叩了许久，有个略显苍老的声音问："谁呀？"

东应踏前几步，亲自走到院门前，扬声道："院公，听说秦望北先生在此借住，我是慕名拜访他来的。劳烦院公通报一声，就说城东林远志来访。"

老院公拿了盏灯出来，望了望东应一行人，略带歉意地说："小郎君有所不知，秦先生昨日就已经不在我这里借宿了，现在西厢住的是他的四个从人。"

东应皱了皱眉，指着院中的油壁车问："院公，既然秦先生不在此居住，那车是何人所乘？"

老院公呵呵一笑，道："这是两位来抄书的先生拉纸的车。"

"秦先生今日没有回来？"

"他带着两位抄书的先生回来了一趟，但没有停留，很快就走了。"

"他去哪里了，老院公知道吗？"

"秦先生没说。"老院公说着似乎又想起了什么事，脸上的皱纹舒展开来，道，"不过秦先生与一位光彩照人的小娘子同行，想来去了东市一带吧！"

东应愣了一下，拱手谢过老院公，便转身离开。

乔狸小步跟在他身后，小声问："主上，这里去东市路途遥远，您还是乘车吧。"

东应"嗯"了一声，御者于是把车赶了过来。东应没入车厢，而是直接坐在了御者的旁边。

那御者知道他在找人，便放慢了车速，驰车悠悠地驶着，转过了几条街道，来到了临近东市的南湖。东应的目光还在湖边来往的行人身上打转，旁边的乔狸突然叫道："停！停车！"

东应拿不准乔狸究竟是什么意思，叫住车后，乔狸才压低声音说："主上，长公主在那边的船上。"

仲春时分，南湖新柳疏影，湖光潋滟，在东应等人对面不远处泊着的一艘画船上，瑞羽和秦望北相对而坐，正欣赏着歌伎的舞乐。灯光灿烂，灯下对坐的二人，男的儒雅潇洒，女的风神隽秀，恍若一对相映生辉的璧人。

春风拂过瑞羽的鬓角，只见她丹凤回首，金步摇颤颤悠动。水面倒映的湖光从步摇的滴水圆晶坠上流过，在她光洁如玉的面庞上欲走还留，光影明灭不定，却更显得她沉静巍然。即使她不言不语，也没有人能够忽视她的存在。

无论是谁看见她，都会有压力，只要她在，没有人不看她，没有人不为她怦然心动。

远远的，东应看见瑞羽好像听了句什么话，眉梢微动，明眸略弯，红唇上翘，宛如春光、春色、春意、春情都浓浓地聚到了她的眉梢眼底、唇边靥上。这满湖的风景，天地的精华，好像都被她占了去。

秦望北凝视着她的笑脸，也灿烂地笑了。他执起酒壶给她斟了杯酒，然后举杯相邀，她也端起酒杯和他碰了碰，浅浅地抿了一口，笑着和他继续说话。

东应看着看着，胸中一股灼热开始蔓延开来，仿佛要将他灼伤。他猛然握紧双手，闭上了眼睛，低声下令道："回府！"

驰车掉头离去，经过公主府门口时，东应却又令人停下，乔狸惴惴不安地问："殿下，是不是今晚借住公主府，等长公主回来？"

东应摇摇头，沉吟片刻道："你去把长公主身边的女史青碧给我请来，说我有事相询。"

青碧自幼跟在瑞羽身边，知道东应在主人心里的分量，听到东应的召唤，她不敢怠慢，连忙过府请安。

东应把青碧叫来后，又觉得有些难以启齿，好一会儿才问："青碧，姑姑是不是还在生我的气，所以不肯理我？"

青碧心里早有准备，立即回答："殿下，您与长公主是至亲，情急斗气只是一时，她怎么会不理您？"

东应心中烦躁，顿了顿忍不住又问道："那个秦望北究竟是什么人？怎么好像跟姑姑很熟悉的样子，而且姑姑对他似乎也跟对旁人不同？"

青碧随瑞羽从军也有三年有余，深知军法严苛，所以不敢妄自揣测主上的心意，向别人透露。东应得不到答案，索性便问得更直白一些："那个秦望北，究竟是不是姑姑的……姑姑的心上人？"

青碧吃了一惊，"殿下，奴婢身份卑微，如何知晓这等私密之事？"

东应连连被她搪塞，得不到一点有用的消息，不禁勃然大怒，吼道："你只说你看着像不像！别在这里假模假式地敷衍孤！"

他在人前一向温和谦让，极少当众发怒，此时怒吼一声，把青碧吓了一跳。此事涉及她主上的隐私，在没有得到主上允许之前，她不敢外泄丝毫，虽然挨了东应的斥责，青碧诚惶诚恐，却依旧硬着头皮说："殿下，奴婢如何敢擅自揣测主上的心意，然后四处乱说？"

无论东应如何动之以情，诱之以利，青碧总归还是不敢开口多说一句有关瑞羽私事的话。东应无可奈何之下，更感觉到了在他与瑞羽之间横亘的沟壑，那几乎是无法跨越的距离——无论幼时他曾经与瑞羽多么亲密，而如今他们都不可能再回到从前。随着年龄的增长，他们终究要踏上不同的人生道路，因为选择的道路不同，他们也会越走越疏远。

此时青碧已经离开很久，乔狸悄悄地走进来，轻声回禀："殿下，长公主殿下回府了，您要不要现在过去一趟？"

东应指尖一颤，仿佛被针刺了一下，他连忙握紧了手，从牙齿间挤出两个字，"不去！"

乔狸偷看了他的脸色，又道："殿下，夜已深了，您也累了一天，让人侍候您沐浴就寝吧。"

几名内侍准备好了兰汤，请他宽衣沐浴。他自当年西内宫变，侍女背叛他之后，对侍人的戒心就重了许多，所以他不喜有人时刻在侧窥视，便只留下乔狸一人给他按摩。他心绪悠然飞出很远，喃道："我还记得我被太后领养的前几年，虽然她们待我很好，但我总觉得她们待我的好都不可靠，因此我经常故意做些出格的事，看她们会怎么样。"

乔狸已经习惯于在给东应按摩的时候，听东应说说烦心的事，因此他对此也不以为意，只是默默地听着。

"有一次，我和姑姑一起去珍岛看鸵鸡，回程的时候，我们刚好遇上海里的鱼群溯流产卵，我想去看，姑姑不同意。于是我就趁侍从不注意的时候，一个人偷偷地跑去了，不承想岸边的石头都长满了青苔，我一脚滑进了湖里，差点淹死。好在姑姑发现得早，赶紧跑过来，跳下水救了我。那时候我八岁，她十岁，她哪有那么大的力气背我上岸？何况我又抓着她的手不敢放。当时两个人一起往水里沉，如果不是侍从来得及时，我们就没命了！"

乔狸是在东应十一岁时被调来服侍东应的，所以他对东应以前的事不是很清楚，这件事他是头一次听东应说。主上回忆往事，他不敢插嘴，连呼吸也放轻了些，听到东应继续喃道："事后两人都生了场病，姑姑怕太后怪我，只说是自己贪玩，不小心才落水的。等她病好以后，她藏了笞竹，然后骗开我的侍从，狠狠地在我背上抽了十下，并且勒令我不许胡闹任性。"

东应说着，又叹了口气，脸上不自禁地浮出一抹幸福的微笑，轻声道："我那时候被打得睡觉都只能趴着睡，心里却不恼怒，反而觉得欢喜。欢喜的是有个人不计个人的安危，在生死关头，能够救我。我知道，她打我是关爱我，这说明她是真的把我当成了至亲，而不是……而不是……"

东应说了两句"而不是"，就再也没说出后面的话来。乔狸这些年近身服侍他，得到他的信任，对这位主上的性格已经有所了解。他知道东应城府深藏，表面待人温和，实际上极难信人。

当年东应的祖父和父亲都死于皇权争斗，所有亲族都无一幸免，大难之际，李太后没有出手援救，却在全家仅剩东应一人时，才将他带入西内抚养。恐怕在他的内心深处，对李太后未必没有别的想法，这句"而不是"，实际道出了他真正的内心感受。

这样的真实感受，乔狸就算听了，也会恨不得自己没听到，听到东应居然自己住嘴不言，不禁暗中庆幸，在心里掂量了一下，小心翼翼地说："殿下，水凉了，您快起身吧。"

东应不动，却道："你去拿根笞竹进来。"

乔狸奇怪地问道："殿下要笞竹干什么？"

"你去悄悄地拿来，莫惊动了旁人。"

乔狸联想到他刚才说的往事，暗猜他必是为了让瑞羽消气，所以才准备负荆请罪。乔狸连忙答应，退出去寻了个借口，悄悄地找了根笞竹，回来复命。

待乔狸回来，却见寝殿门窗大开，所有宫人侍者都被逐得远远的，而东应只披了一件单衣，正站在风口里吹风。仲春的夜间寒意犹重，东应已被冻得脸青唇紫，连打喷嚏。

乔狸大惊失色，慌忙将殿门掩上，一个箭步扑过去，取下屏风旁挂着的大氅，想给他披上，"殿下，您这是干什么呀？"

东应重重地打了个喷嚏，推开乔狸的手道："你先去将窗户关了！"

乔狸连忙奔过去，将大开的窗户关紧，道："殿下，奴婢先去叫人烧两个火盆！"

"不用，东西拿来了没有？"

乔狸这才想起他刚才的任务，连忙将笞竹拿出来，道："拿来了！"

长二尺、宽寸余的笞竹是府中用来惩罚犯了过错的侍者的，用得时间久了，表面的竹纹也变得光滑起来。东应看了眼那笞竹，吩咐道："你过来，在我背上打十下。"

他这吩咐令人匪夷所思，乔狸傻了一下，以为自己听错了，忍不住问道："什么？"

东应将身上的薄衣脱了，趴在床榻上，不耐烦地说："孤令你执笞竹打孤十下！"

乔狸这次听得真切，顿时吓得双腿一软，扑通一声跪在地上，连连叩头，"奴婢不敢，奴婢万万不敢！"

东应瞪了他一眼，怒道："这是孤的命令，你有什么不敢的！大惊小怪的，想让殿外的人知道？起来！"

乔狸虽知东应这是在向瑞羽施苦肉计，要他配合，但他实在没有胆量，便哭丧着脸道："殿下，奴婢宁肯自己挨板子，也不敢对您动手！您就饶了奴婢吧！"

东应知道乔狸的顾虑所在，冷哼一声，道："你随侍孤这几年，知道孤多少私密之事，若孤是那种只为自己谋算、不肯饶人的人，你就是有十条命，也早没了！今日要你做这么件小事，比之你闻孤的私事又算得了什么，起来动手！"

乔狸心一寒，知道他说的是大实话，自己随侍他这么些年，是他最亲近信任的侍者，也已闻他许多私事，若他真是那种杀人灭口的主，自己即使有十条命，也早就没了。

昭王之尊身遭笞责，那是极损威严的事，当然要秘而不宣，除去他之外绝不会再让任何侍者目睹耳闻，他既然参与了想不沾手，那是在做梦。

"殿下，奴婢……奴婢……实在……"

东应见乔狸还在畏惧犹豫，大怒喝道："狗才，你也敢不听孤的命令？"

乔狸见东应动怒，吓得一个哆嗦，连忙道："奴婢不敢！不敢！"

"不敢就起来动手！"

乔狸无奈，战战兢兢地趴在地上，重重地叩了个响头，哭道："奴婢遵命！"

他虽然迫于东应的命令，拿了笞竹在东应背上打了一下，但此时心惊胆战的他哪敢真用力，他那一下跟挠痒痒差不多。

东应恼怒，厉声低斥："你没吃晚饭是不是？给孤用力点，十道印子，事后要看得清楚！"

"是……"乔狸狠了狠心，抹了把眼泪，执起笞竹，用力地打了下去。

东应背上吃力，不自觉地抽了口气，但他咬紧牙关，将那声痛呼咽了下去。

瑞羽随秦望北外出，尽兴回到公主府时，已近未时，她摘了首饰，沐浴更衣，然后正准备就寝，便听到外面一阵喧哗。

"什么人在外面吵闹？"

青碧连忙进来回报："殿下，是昭王的近侍大黄门乔狸，看样子昭王殿下似乎出了什么事。"

"快让他进来！"

乔狸气喘吁吁地跑了进来，只见他满头大汗，汗水滚落下来，将衣领都打湿了，眼眶发红，嘴唇煞白，满脸惊慌地叫道："长公主殿下！"

叫了一声，他涕泪俱下，竟被口水呛得连连咳嗽，说不出话来。

瑞羽一见乔狸那神态，心一沉，霍然站起，迅速穿上挂在床头的衣裳，一边束腰着履，一面冷静地吩咐："乔狸，你慢慢说！"

乔狸好不容易才止住了咳嗽，抽抽噎噎地叫道："殿下，昭王殿下突发急病，您快去看看他吧！"

"可传了大夫？大夫如何诊断？有没有禀告太后？"

瑞羽虽然还能冷静地询问详情，但见到乔狸这等情状，不禁吸了口气，也顾不得梳妆打扮，便大步往外走。

第四十四章
春已深

东应却对她的话充耳不闻，舌尖仍在她脖颈上舔舐，并且往下移动，然后在她左乳侧上的一颗小痣上咂了一口。

东应心情郁结，虽然他故意施苦肉计，让自己着凉，但外冷内热，加上那十板笞伤，病情来势汹汹，却也出乎他自己的意料。前后不过两个时辰，他居然头重脚轻，脑袋迷糊地发起热来。

瑞羽赶到他的寝殿时，他已经热得满面通红，嘴唇发干，身上的肌肤烫手，却不见出汗，大夫开了药方，正急匆匆地去煎药。

瑞羽细问了东应的病情，见东应趴在床上已睡着，待要将他翻转过来，略一动被子，却见他露出来的肩颈上有条青肿的印子。她心中大惊，连忙掀开他的被子，扒开他的衣领，只见他背上十道青紫的印子纵横交错，显然他是受了笞杖。

齐鲁等十二州，他是说一不二的至尊，就连太后也不会在这重孙已经长大、主政一方时，还这么教训他，他身上这伤究竟是怎么回事？

疑惑之余，瑞羽勃然大怒，回头厉喝："乔狸！东应身上的伤是怎么回事？"

乔狸被瑞羽瞪上一眼，顿时吓得浑身发抖，嗫嚅道："长……长……殿……殿下……恕罪！这……这是昭王殿下自己……自己……下的令……令……"

瑞羽对他的话不以为然，俊眉一锁，盯着他冷冷地哼了一声。

乔狸已被瑞羽吓得体若筛糠，瘫软在地上，结结巴巴地说："是真……真……的……奴……奴婢……不敢说……说谎……"

瑞羽见乔狸的样子不像是在说谎，于是怒气稍退，但她对东应这荒谬绝伦的命令却十分不解，疑惑道："好端端的，东应为什么要下令鞭笞自己？"

乔狸振作了精神，大着胆子道："这都……都是……为了长公主殿下……您您您……"

瑞羽错愕无比，想了想才猜到其中的缘由，但她还是不敢相信，诧异自问："我?"

瑞羽和乔狸在旁边说了这么久，床上的东应才稍微清醒过来，嘶哑着嗓子叫了一声："姑姑……"

瑞羽听东应有气无力地叫唤，心里一紧，连忙道："我在这里，小五，你乖乖的，大夫已经去煎药了！"

东应一直努力想让瑞羽觉得他已经长大，不是那个只会跟在她身后、受她庇佑、围着她打转的孩子。此时此刻，他见瑞羽依旧将他当成孩子一样轻声哄劝，温柔抚慰，眼里突然涌出一股暖流，忍不住抓住她的手，低声说："姑姑，我知道错了！你别生气……要不你就还像小时候那样，打我几板子，不要不理我！"

他是她最关心爱护的人，就是她再怎么恼怒，对他的怨愤也是有限的。何况他此时的样子尤其可怜，这么轻轻地一说一哭，早就让她心里酸软一片，连忙道："小五，这世间除了王母之外，你就是我最亲的人啊！我只说说气话，怎么可能真的不理你? 我不理你，我还能理谁呢? 你好好地养病，别胡思乱想！"

东应见苦肉计生效，却还怕她只是随口哄骗自己，仍旧抓着她的手不放，喃道："姑姑，你不生我的气，就在这里陪我吧！"

瑞羽的手被他抓得紧紧的，不免有些啼笑皆非，"好，我在这里陪你。"

说话间，大夫已经拿了治外伤的膏药进来。瑞羽让乔狸将东应上身的衣服褪到腰下，自己亲自拿了药抹在他的伤痕上，然后双掌慢慢地在他背上推拿，将药力化进去。

东应初时吃痛，渐渐地背上的药力化开，挨打淤伤的地方损坏积压的血气被她掌中送过来的劲力推散，他既感到热辣辣的微痛，又有一种气血活泛的舒服，身上的不适感消除了许多。然后他吃过大夫端来的汤药，便昏昏沉沉地睡着了，只是他仍恐瑞羽弃他于不顾，孩子气地抓了瑞羽衣裳的一角，以防瑞羽趁他睡着的时候走了。

这样的情景，与当年还在京都、他被唐阳景所伤时的情形类似，这让瑞羽好笑好气之余，又不禁心疼。瑞羽也不忍拂逆了他的意，令人抬了张竹榻摆在他的床边，自己和衣而卧，守在这里。

夜已深沉，她倦意涌上，很快便入了梦乡。她潜心学武，郑怀便教授她最精妙的养生之道，因此她的饮食起居皆有规律。如今武艺有成，她只需少量睡眠，就可以抵过旁人整夜的安寝。醒来后，她摸了摸东应的额头，发现东应的热已经退了不少，正表情安详地沉睡，她不愿惊动东应，便又闭上眼睛，以五心向天之势运气，修习早课。

也不知过了多久，她突然感应到身外气息有异，睁开眼睛一看，便见东应一头扑了过来，将她抱住。

她初时以为东应是在向她撒娇，所以也不推拒，任他抱着，偶尔拍拍他的肩膀取笑，"好了，已经行冠礼了，还这么孩子气，也不怕外人看了笑话，快起来！"

东应没有回答她的话，身上的热力却透过她身上的衣裳，直直地传过来。东应含糊地喃了句什么，便紧紧地搂着她的脖颈，唇上的两抹髭须蹭着她柔嫩的肩窝，舌尖不停地在她锁骨上游动，痒得她忍不住笑出声来，嗔怪道："小五，你又不属狗，舔什么，快放开我！"

东应却对她的话充耳不闻，舌尖仍在她脖颈上舔舐，并且往下移动，然后在她左乳侧上的一颗小痣上咂了一口。

刹那间，瑞羽全身一颤，身体里隐藏着的一股热流陡然骚动起来，猝不及防之际，仿佛雷电当头劈下，将包裹这股热流的重重外壳击得粉碎，让她一时战栗失神。

"小五！"

她厉斥一声，双臂一抖，挣脱东应的搂抱，并将他扔了出去，然后猛然拢上被他拉开的衣襟，怒道："你敢对我如此无礼！"

被瑞羽扔出去的东应木然地倒在床上，目光呆滞迷蒙，怔怔地看着头顶上帐幕的五福纹，整个人呆若木鸡。

在外间守夜的乔狸听到瑞羽的怒斥，便慌忙跑进来。当他看到眼前的情景时，也觉得莫名其妙，但他的头脑转得极快，联想前后，蓦地明白发生了什么事，顿时吓得脸都白了。好在他跟着东应也算经历了许多险境，到了真正的绝境，他反而镇定起来。他也不去问瑞羽究竟发生了什么事，只慌慌张张地跑过去查看东应的情况，一摸东应的额头，立即失声惊呼道："殿下，你怎么又发热了？您这是热糊涂了吗？怎么睁着眼睛发呆，也不动一下？"

瑞羽见乔狸急得满头大汗，扶着东应着急，她略微一怔，心里陡然疑惑起来：难道东应刚才真是热糊涂了，并非有意如此？

一念至此，她心里的恼怒和羞耻便消了许多，近前一些，探了探东应的腕脉，果然气血紊乱，脉象不稳。她这些年戎马倥偬，无暇他顾，对男女情事虽非无知，却也实在说不上熟悉，一摸他的腕脉有异，肌肤滚烫炽人，双眼血丝密布，脸上的神情僵硬时，只以为东应的病情有变，也顾不得再去细想方才的异常之事，连忙叫大夫进来，给东应看病。

乔狸在旁边一惊一乍，吵得她本来就混乱的脑袋嗡嗡作响，于是她便转身离开。

东应居住的昭明殿外是一片开阔的广场，带着寒意的晨风没有任何遮挡地吹在她的脸上，拂起她未曾梳理的长发，撩开她身上单薄的衣裳，也吹凉了她本来燥热的身体。她负手迎风而立，慢慢地转动着指尖的佛珠。虽然她的表情依然冷静，但一颗心却怦怦地乱跳，声声急促，仿佛要从她喉头跳出来似的。

今早东应的举动很不对劲，那绝不是小辈对长者的眷恋，而是一个情窦初开的男子，在面对心动的女子时，恨不能将之占有征服的强烈欲望！

东应是病得糊涂了，把她当成了什么人？还是真的对她……不，他一定是病糊涂了，错认了她的身份，他绝不可能真有那种悖逆之念的！他是她从小看着长大的，他一直都那么温和敦厚，善良正直，怎会如此悖逆，怎可能如此悖逆？

又一阵寒风扑面吹来，她全身的寒毛刹那间都竖了一下，一阵冰冷的急汗涌出，她不禁打了个寒战！跟着出来的青红，连忙把从昭明殿带出来的披风给瑞羽加上，提醒道："殿下，清晨别站在风口里，会着凉的！"

青红的话适时地打断了她纷乱的思绪，她猛然惊醒：是自己会错意了，是自己猜疑错了，是自己多心了！

那不过是一次误会而已，别的什么都不是！

她重重地摇了摇头，将脑中所有的杂念抛开，又看了一眼昭明殿。殿门口，乔狸正一脸笑容地陪着大夫出来，见瑞羽站在外面，赶紧拉着大夫小跑了过来，回禀道："长公主殿下，大夫已经给殿下诊脉了。"

瑞羽轻喔一声，问道："东应的病情如何？"

那大夫嘴角抽搐一下，低头回答："昭王殿下因为连日劳累伤神，又被外伤牵引，所以外感内热，以致伤寒侵体，清晨略感凉意，昭王殿下的病情就反复了，所以一早又发起热来。"

瑞羽对那大夫不自在的表情视而不见，继续问道："病情严重吗？"

大夫怔了怔，才道："依卑职的诊断来看，昭王殿下的病情虽然有些反复，但年轻人底子厚，发身汗，好生休养一阵也就好了，算不得严重。"

"如此甚好，有劳大夫了。"

瑞羽对那大夫微微颔首致谢，然后抬脚下阶往外走，并吩咐青红去牵马。

乔狸见瑞羽要走，便大惊失色，想阻拦，却又不敢上前，只能跟在瑞羽身后急急地道："长公主殿下，昭王殿下还在昏睡，如果他醒来没有见到您，不知会有多难过，您难道不等他醒来之后再走？"

"东应已经长大，不是小孩子了，偶感风寒的小毛病哪里用得着有人日夜不离地守在他身边？"

忽然间，瑞羽不自觉地忆起了过往的岁月，轻叹一声，"他当年面对强敌时宁折不弯，身受重伤时也不多喊一声痛。他刚强坚韧，怎么会是那种遇个小病小痛，就只会撒娇置气的人？"

这时青红牵来了瑞羽的坐骑，瑞羽便上马坐好，抖了抖缰绳，催马出了王府。

昨夜她来王府的时候，快马加鞭，只恐迟了一步，就会有什么不测发生；但今日她回公主府的时候，却是缓辔徐行，脑中一片茫然。

公主府因为主人的外宿而显得格外寂静，作为赖在公主府里的客人，秦望北出现在中庭甬道里的时间，却显得太早。瑞羽驱马直入中庭，见秦望北正站在前面等她，不禁怔了怔，有种主客颠倒的错乱感。

秦望北见她发怔，便微微一笑，道："殿下回来得正好，我听说东山日出景色壮丽，与海中日出相比别有一番景致，不知殿下是否愿同我前往欣赏？"

第四十五章 上巳日

李太后眉头一皱，惊诧之外，暗里却也欢喜，转头问瑞羽："阿汝，那个秦望北是你看上的男子？你为了他，把小五都冷落了？"

三月三日上巳节，清水河边芳草萋萋，两岸河滩上衣着亮丽的人们往来如织。齐州府附近来此祭祀的人家铺陈的席位、搭的帷幕一座连着一座，连绵几十里，一眼过去，竟望不见尽头。

李太后透过翟车的车窗，看着河边熙熙攘攘的人群，不禁笑容满面，转头对与她同车的东应道："平日在宫中，听人说平卢节度使治下政治清明，人民丰足，我都不敢全信，今天看到河边的节庆之景，我才真放心了。这样繁华兴盛的景象，足可与昔日京都相比，这都是你抚民有功啊！"

东应一场病下来，面容清瘦了许多，但也越发显得沉稳，甚至于顾盼之间有种与他年龄不相称的沧桑感。当他听到李太后的夸赞时，浅浅地笑了笑，全无过往受到肯定时的得意扬扬，"齐鲁褊狭之地，因为水师强盛而商贸大兴，这才使得属国外客、邻镇游民纷纷来投。今日这清水河边的景象，我不敢居功自傲。"

李太后看看东应，再看看另一边靠窗看着外面风光的瑞羽，笑道："不错，齐鲁能在这么短的时间里，有这样的繁盛，不是你一个人的功劳，而是你和阿汝同心协力的结果。"

瑞羽和东应闹了矛盾，李太后是知道的，她虽不知内里详情，但想这姑侄二人从小感情融洽，就是有什么矛盾，也会很快化解的。谁想这次二人僵持了近半个月，也没和解，虽然二人在她面前仍旧装出一副和气的样子，但内里的疏离和尴尬，却是越来越明显。

对李太后而言，这两个小辈就是她所有的希望，小姑侄斗嘴赌气也还罢了，若是真有什么嫌隙，她也不乐意见到。因此她今日特地将两人一并找来，想以此化解两人之间的矛盾。

瑞羽如何不知李太后的用意，只是她对东应的嫌隙已生，想再像过去一样，毫无芥蒂地与他戏谑嬉闹，却是难以做到。李太后另有所指的话她听在耳里，酸在心中，勉强笑道："王母，我和小五当然会同心协力……"

她的话才说到一半，对面的东应却双眼一瞪，气鼓鼓地说："太婆！姑姑现在根本没有把我放在心上！"

瑞羽唯恐李太后更加担心，便回头扫了东应一眼，道："王母，别听他胡说！"

东应迎着她的目光，竟毫不怯弱，重重地哼了一声，脸上的表情既恼怒又沮丧，既失落又委屈。他直着脖子对李太后道："太婆，您不知道，姑姑结识了一个海外蛮夷之人，明知那人心怀不轨，却也不把那人赶走，还整天围着那人打转，哪里还记得我？"

他若像瑞羽一样想故意遮掩，李太后难免会担忧。然而他这七分真三分假地做作了一番，直言不满，李太后反而放下了心来，摆摆手道："慢来，慢来，究竟是什么事？小五你都把我说糊涂了。"

东应朝翟车后的某个方向撇了撇嘴，咬牙切齿地说："太婆，姑姑认识一个叫秦望北的海外蛮夷之人，她把他安置在鹿鸣院，礼遇有加。自从那厮住进公主府，姑姑的大半个月时间里，除了在您宫中跟我打个招呼，就没去看过我！甚至连我求见，她也经常借口推托！"

李太后眉头一皱，惊诧之外，暗里却也欢喜，转头问瑞羽："阿汝，那个秦望北是你看上的男子？你为了他，把小五都冷落了？"

瑞羽无论怎样洒脱，被长辈这么直接地问，也不禁有些尴尬，忙道："王母，没有的事。"

"太婆，我说的句句属实。姑姑待那蛮子极好，简直形影不离，连今天上巳节也把他带来了！"

李太后"啊"的一声，然后摆手示意瑞羽先别急着分辩，道："人在哪儿？且指给我看看。"

瑞羽这阵子和秦望北接近，一方面是为了截断东应不该有的杂念，另一方面是因为秦望北确实是个与众不同的人，与他接近能令人忘忧解乏。无论是出于何种心态，她都不希望秦望北因为东应的诋毁而遭到李太后的厌恶。

瑞羽无奈地将靠窗的位置让了出来，卷起湘帘，将与元度结伴同行的秦望北指给李太后看。

春光和煦，妩媚多娇，秦望北身着天青色镶白边的长衫，骑着大红马，整个人便如一缕清泉，清泠有世外风气，鲜活却又立于尘世之间，令人见之忘俗。

李太后望着秦望北的身影，眼睛慢慢地眯了起来，轻叹一声，"好人才！难怪阿汝你动心。"

东应在一旁接话道："黑不溜秋的一块炭，顶多只能算五官端正，也没见得多俊俏。"

秦望北常年在海上行船，难免被太阳晒得有些黑，但也不像东应说的那样不堪。李太后听到东应不实的诋毁，不禁摇头，笑道："小五，你这话偏颇了。秦望北气度不凡，不是一般人能比的。"

瑞羽见李太后坐回了凤座，便分辩道："王母，你别听小五乱说，秦望北只是我的朋友，绝不是什么……"

她虽然不是俗人，但当着长辈和小辈的面，却也不好张口闭口地说什么"意中人"，因此她这话便说得含混不清。

"海外蛮夷之人，哪配做姑姑的朋友？"

"好了，小五！"李太后轻声喝住了东应，道，"男大当婚，女大当嫁。阿汝今年已是双十年华，若是普通女子，早该成婚生子，结识一个秦望北，也算不得什么。"

东应眼里幽光一闪，刹那间青筋突起，他忍了又忍，突然一甩衣袖，怒道："就算姑姑该成婚了，天下男子尽可为其夫？何必一定要这个秦望北？这个人我一看就讨厌！"

他在李太后面前向来恭顺，也绝少用这样的语气说话，此时他突然冒出这么一句话来，李太后不由得眉头一皱。

瑞羽心中也微恼，轻喝一声："小五！"

东应斜了瑞羽一眼，满目的委屈和难过，勉强向李太后告了声罪，道："太婆，坐在车里气闷，我出去走走。"

"哎！"李太后喊他不住，他也不等车停，便从御者旁边的空位上跳了下去，引起一阵骚动。等到他去得远了，李太后气得怒哼一声，"这孩子，真是不像话！"

瑞羽难以接受东应那日的所作所为，因此对他避而远之，但东应毕竟是她从小的玩伴，一起长大的至亲，她不希望东应因此而招致李太后的不满，连忙道："王母别跟他这孩子一般见识，没有他，咱祖孙俩正好闲话家常。"

"阿汝，你别老拿小五当孩子！他去年春天就已经举行了冠礼，能主持宗庙祭祀祖先了，是一方节度使，也能当一家之主。"李太后嗔怪地扫了瑞羽一眼，道，"远的不说，就说他刚才的举动，难道有分寸吗？"

瑞羽怔了怔，默然：东应刚才提及秦望北，表面看来任性骄纵，可实际上对于相依相持一起走到今天的祖孙三人来说，却远比暗里做任何手脚都来得直接有效。

李太后打开座椅旁的小格，取出一盘蜜饯，拈起一颗放进嘴里，慢慢地问："阿汝，那个秦望北，你很喜欢？"

若问瑞羽天下大事、兵法谋略，她可以对答如流，但问到这儿女私情，她着实不知道该怎么回答。好一会儿，她才说："王母，他是第一个敢对孙女表达爱慕之意的男子，和他相处起来不易让人生厌。"

"唔。"李太后沉思了片刻，又问道，"阿汝，你明白你的婚姻所代表的利害关系吗？"

瑞羽不自觉地挺直了腰杆，抬头回答："我明白。"

她的身份太过尊贵，她的权力也太过强大，现在几乎能够决定齐鲁的归属，将来或许能够决定皇位的归属。无论是谁娶了她，都将获得世间最尊贵的地位，甚至获得世间最至尊的权力。

因此她的婚姻不仅是她嫁给她看上的人这么简单的事，而是她交给别人一场泼天的富贵，极易激起他人的野心。她若想让东应安安稳稳地成长，直到坐上至尊之位，那么她对婚姻的选择就必须要慎之又慎。

李太后听到瑞羽肯定的回答后，嘴角的皱纹又加深了几分，又问："你觉得秦望北是个好人选吗？"

瑞羽一脸茫然，"我根本没有思虑及此。"

"上巳这样的定情节你都把他带来了，还没思虑及此？"李太后笑了起来，沉吟片刻，道，"小五对秦望北如此厌恶，你觉得怎样处置才好？"

瑞羽不能明说东应的异样，但当日之事在她心里已结下了疙瘩，令她很不舒服。她忍了又忍，还是略带试探地说："王母，秦望北真的只是一个相处起来还算有趣的朋友，小五对他的厌恶有些莫名其妙。"

"莫说你和小五一起长大，情谊非比寻常，就是普通人家的兄弟姐妹，陡然看到手足至亲待别人比待自己要好，心里肯定也不是滋味。这秦望北突然冒出来，以小五的性格，如果连一点醋也不吃，那我才要担心他这几年里暗藏了什么心思。"

瑞羽习惯性地摸了摸腕间的佛珠，轻轻点头，"王母说得是。"

说话间，瑞羽的目光不经意地往外一瞟，突然发现刚才还在元度身边的秦望北不见了。这个人出门的时候就说过不会乱跑的，怎么这一眨眼的工夫，他就不见了？

瑞羽一怔，想起刚才因为恼怒而下车的东应，突然有种不祥的预感，赶紧找了个借口下车，向元度询问究竟。

元度也正暗自纳闷，见瑞羽来问，赶紧回答："殿下，方才昭王殿下不知因何事把秦望北唤走了。"

瑞羽心里咯噔一下，忙问："他们往哪里去了？"

"东边那个山坡……殿下，可要末将率兵护驾？"

瑞羽一面令元度下马，夺了他的坐骑向他所指的山坡追去，一面道："不必，你带着兄弟们好好过节吧！"

第四十六章
诉衷情

东应转过头来，凝视着瑞羽的容颜。他唇边的笑容似是苦涩，又似欢喜，然后叹息地说道："姑姑，我也是倾心爱慕你呀！"

转过弯道，瑞羽便看见东应和秦望北相对而立，似乎正在说些什么。秦望北淡淡微笑，洒脱不羁；东应紧抿双唇，满面厉色。

瑞羽转过弯道的瞬间，两人都看到了她，目光同时落在她身上，都复杂难明。而后，东应退开几步，左手抬高，轻轻一挥，数十名禁卫便分成了两拨，一拨向秦望北扑去，另一拨则守住了通向山坡的路口。

东应将秦望北带走，不是出于什么阴谋，他将秦望北带到这毫无遮掩的山坡上，等到瑞羽出现，才光明正大地下令禁卫动手追杀。他的用意，不是要将秦望北铲除，而是要看看秦望北在瑞羽心中究竟有什么样的地位！

若说这么一个突然冒出来的外人，怎么会比他还重要，他不相信！

瑞羽眼见东应令人动手，心中一惊，赶紧催马往山坡上跑，堪堪跑到路口，便被人拦住了去路，为首者是东应的亲卫队队正胡克武，也是她昔日亲自选拔出来的忠勇之士。

"长公主殿下，请留步！"

瑞羽眉梢微微一挑，沉声道："我要去见昭王，你们给我让开！"

胡克武虽对这昔日的统帅心存畏惧，但仍硬着头皮道："长公主殿下，末将奉昭王殿下之令，不得放您上坡。"

瑞羽再看一眼山坡上，秦望北已经拔刀反击，与东应手下的几名禁卫战在一处。她心中惊急，目光与东应相触，远远地只见他眸光幽暗，面色平静，但那平静之下，却蕴着一股深沉的杀意！

他是在试探秦望北对她的意义，也是真的要杀了他！

瑞羽心中一悸，低头看了看拦在她马前的胡克武等人，厉声喝道："予令你等立即退下！"

胡克武因久在瑞羽积威之下，此时几乎真的遵命退开，但这念头也只是动了一动，旋即被他抛开，"长公主殿下，昭王殿下令人在山坡上缉拿海盗，任何人不经他允许，不得上山。末将等人奉命在此戍守，不敢违命。殿下若要强行上坡，请从末将等人身上踏过去！"

"你们奉令职守，很好，很好！"

瑞羽冷笑一声，便不多言，顺手摘下元度挂在马鞍旁的长枪，策马横枪，厉声喝道："那予便从你们身上踏过去！"

胡克武等人终究不敢对她拔刀相向，枪尖直指，只敢连鞘出刀，乱砍她的坐骑的脚。瑞羽也未摘枪囊，只是提枪横扫，在挑飞了胡克武手中的兵器后，她便纵马直前。长枪上的红缨闪动，快如急雨，挡者披靡，骏马几个起落，就已经冲出了围堵，向山坡上驰来，瑞羽扬声喝道："东应，你还不住手？！"

胡克武等人的围堵，只是东应设下的第一道防线，东应是要看瑞羽会不会为了秦望北强行突破。见她果然突围而出，东应的脸色更显阴沉，对她的呼叫置若罔闻，反而转开目光，对围攻秦望北的五名禁卫道："杀！"

秦望北本身武艺并不高强，只是他贴身所着的软甲乃是海外异兽兽皮所制，坚韧厚实，才护住他的胸腹要害。他本就招架得勉强，东应一声令下，经过一番打斗，已经摸清了他的底细的禁卫们下手更不留情，挥刀便直取他的四肢。

秦望北躲开了左臂的袭击，右手的横刀便被磕飞，侧腰再中一枪，随即被撞下马去，紧跟着当面一枪直刺，直取他的眉心。他挡无可挡，避无可避，心里只生出一个念头：我命休矣！

危难之际，眼角余光里只见一骑飞来，快如闪电，如火的红缨在他面前一闪，猛然挑开已经刺到他额前的枪刃，而后便在他身周翻飞舞动，仿佛一朵来自仙界的天火，蔓延之处，化开阴阳生死，斩断一切向他围来的森然杀气。

一阵金戈交击的刺耳锐响过后，围攻秦望北的五名禁卫手中的兵器被瑞羽以枪杆挑飞。五名禁卫还待要起身捡回兵器再战，东应已经下令道："退下！"

瑞羽一击得手，便提枪立马，横在秦望北身前。

春风拂过，她鬓间的朝阳五凤翩然欲飞，凤口所衔着的珠串微微摇动，被她额间坠着的红宝石映得分外鲜艳。这是极动人的风姿，但她凝立的神态却极其严肃。

秦望北想对她笑一笑，却发现在她这样严肃沉稳的目光注视下，他根本无法多做思考，连浅浅地勾一下嘴角，也是不能。

他一直知道瑞羽是四海之主，天朝最尊荣华贵的长公主，但他初见她时，由于水师受了他的恩惠，她因此对他格外优待。他虽然因为她的风华气度而倾心，却从未感受过她驾驭众生的气势、统驭千军万马的威严。

直到此时，她一怒挥戈，立马临山，简简单单的一立一望，那刀裁似的鬓角眉眼，柔美起伏的五官剪影，才让他知道什么才叫倾倒山河、执掌社稷的天之骄子。

这样风华绝代的姿色，这样不可一世的骄傲，上天竟似把他所有的用心，都放在了她身上，才塑造这样一个占尽人间光芒的女子！令人不敢平视她，却又不忍不看。秦望北的一颗心在胸腔里剧烈地跳动，似要从喉头蹦出来，他的一口气深深地憋着，唯恐会惊动她分毫。

山坡上一片寂静，良久，瑞羽才轻唤一声，"秦望北！"

秦望北低声回应，"殿下！"

瑞羽放下手中的长枪，翻身下马，华丽的裙尾一层层地散落在碧绿的草地上，仿佛一朵明丽的花朵，开在他的身前。在那令人目眩的丽色里，他听到瑞羽清亮的声音，"予以四海之主、靖康长公主的身份，赦免海外秦氏百年海盗之罪，凡在翔鸾旗所佑之地，秦氏子弟劫掠非我天朝人氏所有的商船，官府不予问罪！"

秦望北怔了怔，踏前两步，在瑞羽面前深深地俯首，道："海外秦氏，拜谢长公主大恩！"

东应以海盗的罪名缉拿他，而瑞羽却赦免他的罪名，让他从此以后再无后顾之忧，再不惧怕官府借机为难。

东应对瑞羽的赦免不觉意外，拂袖令所有禁卫都退下山坡，然后才望着瑞羽徐徐问道："即使明知秦氏百年来就是海盗，劫掠商船，杀人放火，仅因为他是你所悦之人，你就要法外施恩，赦免他吗？你是参与制定律法的长公主，却无视律法的约束，又怎能令治下臣民敬畏律法，遵守规则？"

"海外的生存环境，与陆地大不相同，不可以陆上律法独断。且秦氏在海外所为，并未损害天朝利益，秦望北又有大功于水师，我赦免秦氏，于理于法，并无不当！"

瑞羽抬头凝视着站在山坡上的东应，饱满的额头下，俊眉斜飞，眸光清亮，她冷然反问道："你要杀秦望北，难道真的是因为秦氏在海外累世为盗？"

她强大的威慑，足以令秦望北屏息心悸，东应在面对她的质疑问难时，却没有避闪，而是挺直了腰身，与她对望，冷冷地承认她的指责，"不错，我要杀他，不是因为秦氏在海外累世为盗，那只是我要杀他的一个借口而已！"

这只是一场由于嫉妒与憎恶而引发的争斗，罪与非罪，都只是一层掩饰。然而，即使是秦望北，也万万没有想到东应会直承其非，不禁吃惊地看着东应。

瑞羽闭了闭眼睛，涩声问道："为什么？"

青天绿地，春光明媚，东应身姿挺拔，长风吹动他的广袖，翻开他腰间的蔽膝，金红色的典章礼服随风猎猎飘动。他玉洁的额下，剑眉浓黑，眸光深邃，嘴角却扬起一个浅浅的弧度，"当然是因为他对你怀有不轨之心！"

秦望北冷笑，"长公主风华绝代，丽色无双，秦某倾心爱慕，顺理成章，却不知这'不轨'二字，从何说起？"

"草虫之属，竟敢妄图与鸾凤相配，贻笑大方！"东应轻嗤一声，淡淡地又说，"她与孤同生皇家，十几年来相依相持，共图复兴我华朝盛世，日后也必然会携手君临天下，直至百年后合葬皇陵。"

瑞羽只疑自己会错了东应话语中的意思，骇然问道："你说什么？"

东应转过头来，凝视着瑞羽的容颜。他唇边的笑容似是苦涩，又似欢喜，然后叹息地说道："姑姑，我也是倾心爱慕你呀！"

他的声音不高，但瑞羽听在耳里，却如晴天霹雳，震得她手指不自禁地颤抖起来，脚下连退了几步，许久才涩声道："我是你的姑姑！"

"那又怎样？"他抿了抿唇，漆黑的眼眸仿佛无际无涯的夜空，深邃得能将他目光所及的人整个收纳进去，重重束缚，使其无力挣扎。

他轻轻地说了这一句，然后直直地望着瑞羽的眼睛，没有丝毫犹疑，又重复了一遍，"那又怎样？"

在青天白日之下，绿水青山之中，面对所倾慕的女子和所憎恶的情敌，他终于将他隐藏多年的心事轻轻地说了出来。

对着昭昭天日、朗朗乾坤，他毫无畏惧，轻问轻答。

姑姑，我对你也是倾心爱慕，即使伦理羁绊，人言可畏，那又怎样？

上部完

图南志

张晚知 /著

TU NAN ZHI

【下】

典藏版

青岛出版社
QINGDAO PUBLISHING HOUSE

第三卷

图 南

　　瑞羽率三军将士朝西方京都的方向跪下，叩首盟誓，"以血还血，以眼还眼，誓灭逆贼，重复河山！"

第四十七章

错中误

瑞羽拂袖将他挡开，把心里最后一丝犹疑掐断，看着秦望北，问道："既然如此，你是否愿意一生守在予身边？"

春风里，清水河边嬉戏的少男少女们在欢快地唱着情歌，仲春之月，奔者不禁，这样的定情佳日，第一次有人在她面前直抒胸臆，表述倾慕之情。

她与东应自幼相伴长大，携手离开京都的诡谲风波，熟知彼此的性情，虽然近年来离多聚少，她没能及时察觉东应感情的变化，但在那日早晨他失控胡为之后，她对他的心意便有所了悟，只是拒绝承认，想继续欺骗自己。

今日今时，她于懵然中问出一句为什么，得到他如此清晰明确的回答，她心里没有意外，更没有丝毫欢喜，只觉得身上发冷，清晰地看见了东应那沉静的容颜下透出来的一股决绝的狠戾。

他不仅是在表露他的情怀，也是在逼她杀秦望北灭口！

眼前这个少年，她依稀熟悉，又仿佛陌生。她记得初见之时，他被宫人带到她面前，疑惑而畏怯地看着她；他在西内生活日久，依赖地跟在她身后，仰慕而尊敬地望着她；他长大成人，渐渐地站在与她并立的位置，信任而倚重地凝视她。

他和她一起长大，她看着他从小小稚童变成翩翩少年，在她的记忆里，他是可怜而可爱的，是顽皮而懂事的，是骄恣却沉稳的……他会在她面前撒娇使气，会向她耍赖纠缠，会对她温柔体贴，会努力使自己变得强大，并且试图反过来保护她和李太后……

她从来没有想过，有朝一日，他会用这样的目光看着她，用这样简单直接的阴谋逼她杀人，她记忆里那顽皮可爱的小男孩，在此时已经化为鲲鹏，张开已然丰满的羽翼，露出掩在顺滑毛羽下的犀利爪牙，对她咄咄相逼，锋芒毕露！

他静静地看着她，瞬息之间，仿佛已经过了千万年。

却是秦望北悠长的一声叹息，打破了令人欲窒的沉默，他轻声说："昭王殿下，长公主一心盼你修德立身，成为一代英君明主，重振先祖伟业，再创华朝盛世，你却欲以一己私欲，陷她于不伦之地，你于心何忍？"

东应自幼磨砺心志，已达心若磐石、不为外物所动的地步，一旦认清所求，便不惧因此而要承担的责难与非议。任何人对他的责骂他都可以不放在心上，只有一件事他无法容忍，那就是他人因此将所有罪孽归咎于她！

秦望北这轻轻的一句，正中他的命门，登时令他脸上的血色褪得干干净净。

瑞羽微微敛目，垂下袍袖，转过头来看着秦望北，目光如炬，慢慢地问："你说你对予倾心爱慕，可是真的？"

东应与秦望北都未想到她会在这样的时刻问这样一句话，都怔了怔才反应过来，东应霎时惊惧骇然，秦望北却是惊喜交织，当即朗声回答："秦某对殿下之心，绝无虚假！"

瑞羽长吸了口气，又问："予手持兵权，身份迥异于他人。所择相伴一生的人可以得高爵，却不可授高官；可以享尊荣，却不能握实权。你可知道？"

秦望北心中明悟，她虽然不可能回应东应的悖逆之情，但在她心中始终将维护东应看成第一要紧之事。哪怕是她未来的夫婿，她也不容许他有任何威胁东应权势的可能，故此未雨绸缪，早立规矩，不许他人逾越——甚至也不许她自己逾越！

明明东应已经在她面前露出了如此不善的一面，她却仍旧维护他至此。秦望北心中酸涩的同时，却也深知这是一次极佳的机会，让他可以再靠近她许多。

"殿下，秦某虽然不是全不理世俗利益的世外之人，但对权势纷争并没有太多的野心，否则也不会弃置海外根基而随您西来。"

瑞羽双目不眨地看着他，目光如炬，直直地射进他的心底。她与他认识已非一日，自然知道他所言非虚，只是她此时要做的决定，委实太过重大，关系着她的一生，饶是她再杀伐决断，此时也不禁有些踌躇。

东应从她对秦望北的几句问话中猜出她的用意，心胆俱裂地扑上来，惊慌阻止，"姑姑！不可以！不可以！"

瑞羽拂袖将他挡开，把心里最后一丝犹疑掐断，看着秦望北，问道："既然如此，你是否愿意一生守在予身边？"

秦望北心中百感交集，到最后却化为了一片纯粹的欢喜，他深深地俯首，应诺道："殿下，我愿一生守在你的身边，回报你的眷顾，绝无二心，誓不背离！"

东应逼她杀了秦望北，是他鱼死网破的一击，虽然他已经感觉到了秦望北的威胁，但他从不认为在她心里秦望北竟会比他更重要！看着瑞羽和秦望北定情立誓，他颜白如雪，发出一声绝望的呻吟，"姑姑！你不能弃我于不顾！"

瑞羽漠然道："东应，你错认亲情依恋是男女之思，这都是我长年不婚误导你所致。既然是错误，那今日我便纠正它！"

她胸口阵阵闷痛，心乱如麻，待要再说什么，瞥见东应苍白的面容，竟说不出来，猛一咬牙，转身就走。东应伸手想将她拉住，却只触摸到她袍袖光滑的绸面，未及抓牢，她已拂袖离去。

瑞羽纵马一阵急驰，远离了清水河畔嬉戏的人群，毫无目的地沿着驰道游荡，直到马力虚脱，不能再前，她才跃下马来，心中一阵空茫的酸痛，脑中一片混乱，喉头仿佛哽着什么东西，令她窒息生痛，似乎胸膛都要炸开一般。

秦望北骑术远不及她，落后许久才近到她身后。他这一个时辰里从生到死，又由死而生打了转，危急之中竟得瑞羽相许一生，虽知她此举权宜多情爱少，但终究表明了他在她心中的地位不同一般。他暗里欢喜无限，赶上她后，见她惆怅孤寂地立马荒途，背影大有惶惑凄凉之感，心里不禁一紧，沉吟片刻后才下马轻轻走到她身边，轻声唤道："殿下。"

瑞羽神思游离，被他连唤两声才恍惚回神，见他跟在身后，大感诧异，微微一怔，拧眉问："你有什么事？"

她当着东应的面允诺下嫁秦望北，一是为了断绝东应的不当之思，二是因为不忍杀秦望北灭口，虽然于内心深处对他有些异样情思，却没有真正认为他是伴自己一生的人。

秦望北对此心中有数，因而对她的话也不觉得难过，笑了笑道："我来陪殿下散心。"

瑞羽愣了愣神，摇头道："不必如此。"

秦望北轻叹一声，"殿下何必拒人于千里之外？"

瑞羽满腔愤懑无处发泄，他纠缠不去，正好让她找到了出气的人，于是怒骂："谁稀罕你在这里？滚开！"

她近年杀伐之气太重，为了不给身边侍者造成太大的压力，只要不涉正事，她都会尽量和颜悦色。秦望北得她礼遇，更是从未直接承受过她的戾气，虽然被她骤变的脸色吓了一跳，却不肯此时离开，苦笑一声道："殿下心情不好，我怎能弃你不顾。"

"不退？"瑞羽震怒之下不假思索摘下马鞍旁挂着的长枪，抬手便是一枪直刺他的面门。秦望北反应也极快，抬手横刀挡住。可她此时含怒出手，力沉枪重，他手中的横刀只略挡了一下便被磕飞，眼前红缨闪动，又是一枪反兜下刺，直取他的小腹要害。

瑞羽所习武艺皆是军中搏杀之技，起落之间便分胜负生死，秦望北一刀脱手，大骇躲避，却终究无法完全避开，好在那枪的尖刃囊袋未取，这一枪侧掠过去，只将他腰间革带上的玉钩击得粉碎，却未伤及肚腹。

瑞羽两枪刺出，怒气略消，才想起不可乱伤人命，猛地将手中长枪一掷，枪势汹汹，当的一声插在路边一棵百年古树上，将树扎穿，树上的枯枝俱被震落。

秦望北当此威势之下，出了一身冷汗，不过他毕竟常年出海与惊涛骇浪为伍，见惯天地自然之威，初时的惊惧过后便恢复坦然。若是常人见瑞羽以长公主身份发作的一怒之威，只怕立即便要对她敬惧而不敢亲近，但秦望北毕竟不是俗世凡人，又曾得她亲口允婚，待她的心思自然比旁人多了许多温柔体贴，虽然她满面戾色，令人不敢平视，他却只觉得她此时伤心孤寂，无人堪与其为伍，亦无人堪与其为伴，其实形单影只，令人怜惜。

瑞羽长枪脱手，见他仍旧不退，也不再驱逐，瞥了他一眼，望着天边变幻无常的云朵发呆。她鬓边的一枚华胜经过这番颠簸有些松脱，滑落下来，正打在她的手背上，她下意识地反手一抄，将它收在掌中。

这枚华胜，加上她公主府里的所有服饰，都是东应令人精心制作的，当世无双，每个细微处都透着赠与者的心意。放在东应没有挑明他的心意时，她只当这是他的孝心，但在他已经挑明心意的情况下，她再看这些华服美饰，分明能从每个细微之处看到他小心讨自己欢喜的慎重与紧张。

他与她自幼相依相恃，亲密无间，她只以为那是亲情的依恋，岂料他却别有情思。

怎会如此？怎可能如此？

她用指尖细细地摩挲华胜上的镌刻纹，一股深隐的痛楚深深地渗进她的心底，痛得她不自禁地俯下身去，握紧指间的华胜，发出一声压抑沉郁的低咽。

她这声叫喊声音不高，但其中的郁结愤懑之意却让秦望北听着心生酸楚，他想了想，踏前一步，柔声道："魏晋政乱之时，贤士多遭困厄，郁郁寡欢。故此雅好谈玄，饮酒聚啸。殿下若还觉得不快，何不学学这些魏晋贤士，扫涤胸中积郁？"

瑞羽自出生便循规蹈矩，偶尔才敢稍稍放松，像秦望北这样的提议，却是从未有人对她说过。秦望北见她拘束，便对着辽阔苍茫的大地纵声长啸了一声。他常年在海上远航，海船再大也只有几层船舱，长时间不着陆地难免郁闷，站在甲板上纵情啸叫以抒胸臆之事他是常做的，这一声长啸起伏悠扬，张舒弛缓有致，合乎韵律，极为动人，又别有一番抒发胸臆的情意。

瑞羽本就想大喊大叫一番抒发心中抑郁，只是恪于修养强自压抑，此时受他鼓动，也纵声长啸。初时她还有些拘谨，渐渐地放开拘束纵情于声，将胸中抑郁心结借这一声长啸吐出。直到一口气吐尽，她才收声，脑中一片空白，眼眶却酸涩难当，泪水潸然而下。

这一刻，她胸中一片空虚，再没有丝毫伤心难过之意，连她自己也不知道为何明明已经不伤心难过了，却会突然泣下如雨。

秦望北牵着两匹马静静地站在她身后，替她挡住远远跟在后面的一干护卫的目光，任她无声地哭泣，既不近前看她，也不出声劝解——像瑞羽这样的天之骄子，自有其傲然风骨，并不需要谁的同情，更不需要有人看着她哭泣并自以为是地劝解。

许久，瑞羽站起来，自袖中取出手绢抹去脸上的痕迹，深深地吸了口气，徐徐吐出，平复了心境，才略略侧首，对秦望北道："谢谢。"

秦望北笑了笑，问道："想来清水河边的高媒祭祀也该开始了，我们回去吗？"

瑞羽此时已经恢复了平静，轻轻摇头，道："祭祀高媒自有王母和……他主持，我就不回去了。"

"那殿下意欲何为？"

瑞羽对远远跟着的几名亲卫招手，让他们近前听令，"洪业，予不欲回去参加上巳祭祀，恐太后娘娘担忧，你且回去报奏太后娘娘，就说……"

她沉吟一下，咬了咬牙，道："就说予已在上巳之日自行择取了驸马，欲趁军中无事，外出游玩数日，请太后娘娘万勿担忧。"

一干亲卫都大吃一惊，忍不住看了秦望北一眼，不过瑞羽治军极严，无人敢质疑上官的命令，那名叫洪业的亲卫愣了一下，立即领命打马离去。

秦望北心里暗暗欢喜，但这种时候自然不敢外露，只是镇定地问："殿下想去哪里游玩？"

瑞羽举目四顾，看看路途，道："且沿着驰道前行，寻个地方安宿，其余事情明日再做打算。"

她不愿此时回齐州去见东应，索性信马由缰，毫无目的地漫游。这一路燕往莺来，蝶舞蜂鸣，繁花似锦，春光明媚，然而瑞羽心中再也没有当日与东应同游时的欢快，所幸秦望北在侧作陪，此人能诗能文亦能谈，雅时有出尘气，俗时有诙谐心，可以令人解颐忘忧，又不至于太过烦扰。

第四十八章

春雨长

瑞羽耳闻他箫声里的声声诉情，目见他眼里片片温柔，不知不觉心动神摇，渐渐迷于情思。

风景如画，又有不拘世俗规矩的秦望北在侧解颐，瑞羽心中的烦闷消解了许多。每到心乱的时刻，她就刻意转开心思另寻欢乐，如此竟过去了十来天。此日，雨下得特别大，无法前行，一行人便在昨夜借住的杭姓富户家中逗留下来。

瑞羽一行七人，五名亲卫是军中精锐，自有一股威严气势。瑞羽和秦望北更是气度不凡，杭家虽然不知他们是什么人，但细察他们的言行举止，也知他们必定身份高贵，有结交之心，难得天公留客，杭家便设宴请瑞羽一行赴宴。

席开玳瑁，筵设芙蓉，钟鼓罗列，舞伎下陈，杭家用心操办，宴会自也十分气派。杭家毕竟吃不准瑞羽的身份，便安排秦望北坐了正宾之位，却把瑞羽安排在了偏席，与待客的女眷相处。

瑞羽不愿露出行藏，对杭家所安的席位并不在意，见秦望北以目询问，便一笑摇头，让他去坐上首。酒过三巡，菜过五味，行礼过后，六名舞伎在堂下跳起了《胡腾》。

瑞羽和秦望北之间只有一道矮屏相隔，既利于观赏舞蹈，又方便他们说话。秦望北一面观舞，一面转头笑问瑞羽："听闻京都教坊司舞乐分十大部，《胡腾》正是其中最受人追捧的舞乐。我观此舞风流雅致，仅是六人为舞都已经令人目眩，不知京都教坊司以一百二十人组成天魔舞阵时，究竟是何等恢宏大气？"

瑞羽看罢一舞，评道："《胡腾》一舞人多人少皆可成舞，六人组舞虽不似京都教坊的天魔舞阵般规整堂皇，却灵动轻快，民风糅杂，也令人耳目一新。"说罢想了想轻叹一声，又道，"近十年阉权势大，为诱君王耽溺享乐，教坊司的天魔舞阵选取舞伎往往以貌美为先，技艺沦为其次，奢侈淫靡日盛，但论到舞乐水准，却是大有下降。"

激烈奔放的《胡腾》过后，便是纤婉柔丽的一曲《白纻》，此舞配乐以丝竹管弦为主，因连日阴雨，管弦受潮，乐声难免有些呜咽，转折关头不尽如人意。瑞羽听惯了高妙乐音，秦望北更是自身精通乐声，听到这种破音之声，都觉得刺耳。

杭家虽然请来最好的舞伎乐师招待客人，但终究是商人之家，这真正需要见识和修养来品鉴的细微妙处，他们是听不出来的，只看到舞女纤腰如素、折俯柔韧的舞姿便大声赞好。

瑞羽虽不会当面辜负主人家的盛情，形之于色地挑剔舞乐的不足之处，但听到乐师吹奏的尺八连破了几个音，连琵琶声也遮不住那刺耳之处，还是觉得耳根子有些发痒，忍不住摸了摸耳面。秦望北见状忍不住暗暗发笑，只是也不便当面安慰，只得冲她眨眨眼，以目示意。

觥筹交错，酒意渐酣，瑞羽知道若按男人聚宴的规矩，接下来就该由主人家的家妓上堂来向客人邀舞或共席了。虽说华朝民风开放，不忌男女杂处饮宴作乐，但女子在堂也有许多顾忌。秦望北已被她择定，也还罢了，她手下的几名亲卫却未成家，这样的机会不让他们轻松一下，殊为刻薄。

正待借口退出宴会，她的几名亲卫已经转了过来向她敬酒，俯首祝颂道："为主上寿，愿主上千秋！"

瑞羽饮尽杯中酒，温声道："这不是家中，你们不必拘束多礼。"

她御下虽然法度森严，但在日常生活中难免有女性特有的细腻体贴，她的臣属因此对她除了忠诚敬重之外，更有一种微妙的仰慕维护，虽知秦望北是她选择的人，却难以认同他的身份，就好像狮群里闯进一头老虎一般，虽然那老虎也同属一方之主，但种属不同，狮子们怎样也不能将之视为同类。

他们将秦望北撇开，上前向瑞羽敬酒，正是出于心底对他的排斥。好在秦望北得到了对他而言最重要的东西，其余人等的排挤他都不放在心上，准备以后慢慢再说。

瑞羽虽然心事重重，却也从几名亲卫的举动中看出了其中的隔膜，避席回应了他们的礼敬，道："主人殷勤待客斗酒，秦先生独自一人恐不是敌手，你们且过去一同饮酒作乐吧。"

几名亲卫虽然心里仍有不愿，却只能遵命行事。

瑞羽是凤子龙孙，虽然收敛了许多，但天生威仪，终究无法完全隐没，杭家女眷与她相处本就十分不自在，待见几名亲卫对她的态度，更是惊疑敬畏，语无伦次。瑞羽不愿见她们难受的样子，当即借口离了宴席，拒绝了她们的陪伴，自去客院休息。

淫雨霏霏，天空阴暗，室内更显得压抑。瑞羽靠在窗边转腕弄枪，沉浸于所习枪术的精妙之处，于身外无染，倒也自在。

秦望北借醉离了主人的宴会，远远地见到她在窗边傲然孤立的身影，整理了一下衣裳，沿着走廊来到她面前，笑问："殿下，又在苦练武艺？"

瑞羽摇摇头，道："我现在根基稳固，欠缺的是突破境界的契机，不是苦练能够达成的，只是要多体会枪意。"

秦望北并非潜心学武之人，体会不了她的境界，只是觉得她沉浸于武道时脱出尘俗，分外柔和，让他在她面前本来就已经柔软的心更加绵软。他心里只有一个念头：这个女子从来只知承担责任，却没有体会过什么叫作无忧无虑，我当待她好，好到这天下再也没有第二个人能像我这样待她，让她一生想到我，便会敛去身上的刺，抚慰心间的伤。

瑞羽不知他心中所思，却能感受到他对自己的善意，抬头笑问："这么早就回来了，怎么，杭院公没有令家妓陪你？"

秦望北哑然失笑，道："殿下，我曾在你面前立誓，一生陪伴你的左右，绝无二心，怎能与杭家的家妓鬼混。"

他们这些天相处，一直都避免提及与上巳相关的事，这还是秦望北第一次提到当日的誓言，瑞羽怔了怔，心一紧，又有一股抗拒之意升起。

秦望北感觉到了她的抗拒，却当作无知，从袖中取出一支箫来，笑道："刚才见你听那乐师的箫声听得耳朵发痒，我特意把箫带了过来，帮你洗洗耳朵。"

他的话风趣，瑞羽忍俊不禁，点头道："好吧，那你就吹奏一曲《听雨》来洗洗耳。"

秦望北哈哈一笑，以箫就口，试准了音，便吹奏起来。他精琴擅箫，箫管受潮污声之处被他轻易掩过，竟然半点也听不出来，听在耳里曲意清明，令闻声心弦放松，融进这春雨箫声里，陶然忘机。

瑞羽沉迷曲意，一曲听毕，竟忘了喝彩。秦望北抬眼看到她的表情，心中欢喜，便又吹了一曲《春江花月夜》。箫声温润柔和，幽幽咽咽，如丝如缕，令人为之神醉。

一曲《春江花月夜》之后，瑞羽心境平和，目光更加柔软温煦。秦望北含笑凝睇，在她抬头看他的时候也不躲避，而是坦然与她四目相对，指下按孔，又变了一调，却是她在水师海船上常听船员们唱的一曲俚俗小调。

"我心爱的人儿坐在身边，我想把心里的话儿对她讲，又怕她怪我轻薄浮浪；可不对她说，我心里又堵得慌。我心爱的姑娘，我想送上珍珠珰给你添妆，请你收下莫嫌……"

这支曲子盛行于海船上，由于海上远航的船员比陆上军营里的将士还要寂寞清苦，歌词也就格外大胆奔放。瑞羽为了加强对水师的控制，每年必有一两个月前往水师水寨检阅居留，这首歌是她从水师将士嘴里听熟了的，初闻秦望北所吹奏的曲调时没想起来，后来想起这首曲子顿时便记起了那大胆奔放的歌词，心弦一震，微羞带恼。

秦望北口中吹箫，未对她多说一语，但他目光里的坦荡温柔，箫声里的诚挚爱慕，却比任何甜言蜜语都婉转缠绵，令人为之心动神摇。瑞羽耳闻他箫声里的声声诉情，目见他眼里片片温柔，不知不觉心动神摇，渐渐迷于情思。

许久，箫声停顿，他也走到了窗下，与她隔窗相对。春雨蒙蒙的水雾在他们身边萦绕，传递出一片异乎寻常的旖旎情思，秦望北轻轻地握住她放在窗台上的手，在她指尖轻轻一吻，虔诚地仰望她，轻声道："殿下，随我走吧！天地广阔，大海无垠，神州之外，还有无尽异域风光，可以任你纵横驰骋，无拘无束，肆意开怀。"

瑞羽摇头，轻声道："我生于天家，目睹朝政败坏，国朝大势每况愈下，曾经立下誓言，此生必要澄清玉宇，看到天下海澈河清，重现我朝天华盛世。为此之故，我劝王母和东应离开帝阙，抛弃祖宗，背叛子民之望，东来齐青。若不重掌大权，扶持东应君临天下，我就抽身后退，与临阵脱逃何异？我自幼习武，耻于偷生。"

她抬眼望着他，又道："我幼承庭训，纵是枪林刀阵，我处身其间也不能有半分退却。秦望北，你若真伴在我身边，少不了忧思苦楚，我再问你一次，你可真愿一生追随于我？"

秦望北望着她清明的眉眼，潇洒一笑，"殿下，我已立誓不改。"

瑞羽轻叹一声，虽然仍未对他完全放开，却比过往更多了几分情意，两人隔窗相对，连厌人的春雨此时也变得柔婉缠绵起来。良久，客院外传来一阵喧嚣之声，人喊马嘶，乱成一团。

二人对视一眼，摘下楼门前挂着的蓑衣斗笠，相携出了客院，沿小路走到杭家的院门口，只见外面的道路上，一溜十余辆马车排着，当前的两辆车辕断裂，马儿受惊乱窜，伤了乘车的人。

那十几辆车式样不一，看上去杂乱无章，已经下了车的十几名乘客倒是个个正值弱冠之年，衣冠楚楚，文人打扮，看上去像是游学天下的士子，只是车队中间的几辆车里却传出女眷的声音，一时倒令人难以断定他们的来历去意。

行人在自家门口断了车辕，杭家的家丁已经上前帮忙把伤者抬了进来，只是那受惊乱窜又被绳缰拘着跑不远的马儿他们却是无法驯服，一时间人仰马翻，乱七八糟，十几名士子与车上的女眷都忧心忡忡，唉声叹气。

瑞羽看清门外的混乱情形，又见她的几名亲卫也走出来探热闹，便令他们过去帮忙。他们骑术精湛，安抚几匹驽马自然不在话下，过不多时便连折了车辕的车厢也被他们抬进了杭家。

那群士子也很有礼貌和眼力，对杭家道过谢后便来谢瑞羽。瑞羽抬手虚扶道："出门在外多有不便，既然相逢，出手相助也是应当。"

那几名士子终因她是女子，不便多做交谈，拜谢之后，其中一人便与秦望北搭话，"小可姓沐，行二，乃颖川学院游学士子，未知这位兄台尊姓大名？"

颖川自古出贤士，自秦汉以来孕育了无数才高德勋的士子。这士子名不见经传，但颖川学院却是极负盛名，秦望北虽然偏居海外，闻得这士子的出身也不禁震撼，拱手道："原来是沐兄，某姓秦，行二。"

他气度翩然，潇洒出尘，一干士子也乐于与他结交，当即纷纷过来自我介绍。瑞羽好奇他们此来的目的，便暗里冲秦望北使了个眼色，让他探听一下关中的消息。秦望北对她的眼色十分受用，做了个明白的手势，对那群士子稍作示意，索性过来邀她一起听他与众士子交谈。

众士子多是儒家出身，对陌生女子坐于尊位听他们谈话内心多少有一些排斥，不过瑞羽清华高贵，秦望北言谈见识不凡，他们初时略微有些不悦，再一想也就算了。只不过看看仍是未婚女子打扮的瑞羽和对她温存体贴的秦望北，难免在心里奇怪他们的关系。

秦望北也不介绍瑞羽的身份，与沐二等人攀谈一会儿，便问："这么大的雨，沐兄还冒雨赶路，不知将往何处？"

提起行程，沐二等人都不禁苦笑，道："我等听闻经离先生近日在青州学院公开授课，欲往听闻，因恐消息滞后，迟了不能面见前贤，故此冒雨赶路，岂料欲速则不达。若非杭院公和这位女公子相助，几乎困在途中，进退维谷。"

瑞羽听沐二说他们竟是要去青州学院听郑怀授课，微觉讶异。近年齐青之地从海外迁来的人口甚多，这倚海称雄的藩镇没有前例可循，她为了使海陆相接无碍，在青州设立学院，专授海外之事。郑怀在主持军情司和长公主幕府之余，也偶尔前往授课，但所授多是海外风土人情或商航之事，一向为文人士子轻视，这还是她第一次听到有人丝毫没有轻蔑之意地要去听他授课。

"经离先生所授商航之事，素为贱业，想不到诸位竟然还有意前往听课。"

瑞羽试探性地问了一句，回答的却是沐二身边的白姓学子，"齐青近年因商航而雄踞虎霸，足见商航之事于国有益。既然于国有益，则无论贫贱富贵，我辈都应该悉知其中之理。难得经离先生肯公开授课，我等自然应该前往聆听教诲。"

他说的话虽然不免自恃清高，但有眼光看到海外商航对齐青的作用，又不以人言废事，也算是有些涵养肚量的，瑞羽不禁含笑点了点头，道："经离先生博闻强记，实为天下难得良师，诸位能有求教之心前往，此行定然不虚。"

她对自己的老师难免偏爱推崇，一句话便透露出了她与郑怀熟知的事实，沐二等人都不禁看了她一眼，忍不住问："女公子与经离先生相熟？"

瑞羽笑而不答，秦望北在旁边岔开话题，又问沐二他们："听闻关中最近形势不妙，白衣教的大教首王衣锦集结了五十万大军，在潼关与朝廷对抗，可是真的？"

二十几名士子的脸色都黯淡下来，好一会儿才有人叹道："是真的。王匪在关东劫掠百姓养兵，官兵屡战屡败，龟缩潼关不敢出，东京虽然还未陷落，但也是早晚之事。东京若陷，则朝廷的半壁江山尽入匪手了。"

瑞羽虽然十几天不闻政事，但军情司消息灵通，这个消息她早就知道。她神色不动，镇定自若地端起面前的酒杯浅浅抿了一口，含在嘴里久久没有咽下去。

秦望北看了她一眼，疑惑地问："听闻朝廷的神策军和三辅郡兵、东京周围诸度使麾下都兵精将勇，怎会不敌白衣教那些乌合之众呢？"

沐二摇头，满面苦涩地说："秦兄有所不知，你所提及的诸军各有其主，谁也不肯自损实力为君分忧。关东之败，与其说是匪徒横行，不如说是各方豪强拥兵养贼，为了一己之私坐视朝政溃败。"

秦望北虽在海外，但也知道造成这种局面的根本原因，不禁长叹一声，"一姓之利，重于一国之利；一家之私，先于天下之所急。朝廷百年来优待世家大族，世家大族却未必肯在艰难之际破家为国啊！"

十几名士子里就有几人出身世家大族，秦望北的话令他们赧然低头，但这些正当热血的少年，虽然知道世家的生存要旨，且未必完全赞同，但秦望北的话直斥其家人做法，也有人硬着头皮强辩，"秦兄所言差矣，朝廷百年来沿袭科考取士，立于朝堂上的人，未见得全是世族大家。比如今上信宠，孤意提拔的门下平章事曾浮就是庶民出身。"

唐阳林这几年深感世家大族、地方豪强之害与宦官难分高下，但相对于御座上的人来说，宦官为家奴，欺凌天子、把持朝政的欲望是有的，但取天子之位而代之的野心却是没有的。故此在李太后他们离开京都之后，他就努力拉拢宦官，大胆擢升科考取士的官员与世家大族争权，试图重量土地核查人口，限制地方豪强兼并土地和人口。

限制兼并土地和人口的行为，打击世家豪强，这确实是治本之法，只是在政局已经糜烂的情况下，却是猛药成毒，反而使朝政更加混乱。

秦氏昔日移居海外，一方面是为了避战乱，另一方面也是受了世族豪强排挤，因此秦望北虽然也算世家子弟，但对关中大世家的好感不多，于是轻哼一声，不与他争辩。

一时间座中沉默，幸好杭家好客，令几名与诸士子同龄的子弟出来招待客人，活络气氛，他们见气氛不对，赶紧邀众人举觥畅饮。

瑞羽慢慢地咽下口中所含渌酒，突闻左侧传来一个女子的声音，向她发问："那位女公子，吾等在关中听闻平卢节度使有招贤令，不限性别，允许女子入仕，不知可是真的？"

第四十九章

哀国殇

东应的声音发涩，嘶哑地说："姑姑，安氏毁我唐氏宗庙，搜杀唐氏宗亲，已经自立为帝了！"

瑞羽循声望去，便见诸士子身后五名男装女子正目光殷切地看着她，显然急于知道答案。

瑞羽看得出她们眼底的那份渴望，略觉怜惜，声音也柔和了许多，点头道："自然是真的。"

"啊！"五名女子惊呼一声，满面激动地问："招贤令下，有多少女子应募？又有多少女子得以授官？她们都做了什么职司？这其中官位最高的是什么人？官位最低的……"

她们一连串的问题问下来，十分失礼，好在瑞羽同为女子，能理解她们的激动心情，不以为忤，和颜悦色地回答："应募的女子至今年二月底共计四十三人，皆依其所长授官，其中官位最高的是户曹司农少丞哥慕华，官位最低的是州城工曹匠户所铁肋海船铸造特使白帆……"

见瑞羽对招贤令应募来的女子如数家珍，几名女子惊叹不已，却又略觉失望，道："这些女子多以农匠末流之学入仕，岂不令人轻看？"

"农匠末流？几名小娘子此语吾不敢认同。"

瑞羽虽知轻视农匠工商是旧有固习，却不愿让这些看来有意在齐青游学或者应募的士子持有这种观点，笑道："今人言必称三皇五帝、上古贤人，然而有巢教民筑巢、燧人教人取火、伏羲教人结网渔猎、神农尝百草为医、轩辕造箭护族、尧舜禹诸贤无不亲躬农耕匠作水利诸事，使先民安居避害，取食便利，由此而得子民敬重。

今人敬称古贤，却忘了其立德根本，以农匠工商诸般利民之事为末流之学，岂非本末倒置？"

说话的那女子愣了一下，略觉惭愧，待要反驳，她身边的同伴已经暗暗拉住她的手，笑盈盈地说："是我等想岔了，女公子勿怪。请问女公子，那位户曹司农少丞哥慕华是何方人氏？芳龄几何？以何才能列此高位？"

瑞羽沉吟片刻，道："哥少丞本是在海外番女，年四十有二，慕我神州华采而来。因其栽种三熟稻和海外诸般作物有功，解齐青地少人多粮荒之难，故此得授高官。"

沐二等士子意在探听齐青内政与关中不同之处，任那几名男装女子向瑞羽发问，自己仔细聆听，待到此时终于忍不住开口问："那位哥少丞栽种的三熟稻可是指从南海蛮荒传来的一年可以三熟的水稻？"

瑞羽微微点头，杭家的一个少年在旁边忍不住插了句嘴，道："诸位士子自西而来吧？其实就在诸位刚才经过的路边，那大片大片的冬地瓜也是哥少丞从海外寻来的物种，去年才开始放到民间种植。齐青之地，可以一年轮种不断，家家仓有余粮，这哥少丞功绩不小。"

沐二稍一回想，笑道："我等沿途见那浓绿成茵的地里作物原来名叫冬地瓜吗？不知它年产几何，如何食用，择地否？"

瑞羽不管庶政，对这些问题一无所知，倒是杭家那少年管了家里田地的收成，所以回答得头头是道，"这冬地瓜有些挑地，还有一种夏地瓜却是不挑地的，什么地方栽下去都能成活，去年我家在后山种了一顷荒地的夏地瓜，吃得真是好。可惜这东西还是第一年种，不会收藏，入冬就烂了许多。据说哥少丞还在找这东西的食用和贮藏之法，找到了就会令教农使来传授。"

一群士子自西而来，自入齐青之地便少见百姓有饥馑色，心中意动，听到杭家少年矜然自夸，便不吭声，直到他收了声，才有人点头道："这哥慕华有这样的功绩和才能，做个司农少丞倒也合适。"

几名男装女子也十分高兴，更有一番跃跃欲试的意味，看向瑞羽的目光也热切了许多，其中一个面目姣好、稚气尚重的女孩子忍了又忍，还是忍不住问了出来："这位姐姐对齐青招贤令所得之人了如指掌，身份也必定不凡，不知您在节度使府供任何职？"

她的话问得极其冒昧，却正是众人极欲知道的事，故此竟无人出声阻截。秦望北知瑞羽不愿暴露身份，哈哈一笑，接口道："小女公子也有儒雅书卷之气，想必才学过人，何不前往招贤馆应募，谋个一官半职？"

自古以来劝男子争个美好前程的话常闻人言，但一个男子当众劝女子谋个一官半职，却是真的前所未有，在场诸人不由得都愣了愣。

瑞羽放下酒杯，含笑道："不只这位小女公子可以前往招贤馆应募，在座诸位若自忖怀才不遇，皆可前往招贤馆谋取前程。我平卢节度使招贤令早有明言，不拘门第，不问出身，不限性别，唯才是用！凡有才者，尽可前往招贤馆应募，一展其能。"

她虽未明言身份，但言谈之间也没有刻意遮掩，一干士子细细品味她话里所蕴之意，心中凛然。

瑞羽抚了抚衣袖边缘的藻纹，目光从各人的脸上滑过，笑道："你们自西而来，一路游学，想必也看到了齐青与他处不同的地方。这是一块生机勃勃的热土，到处充满有志之士梦寐以求的机遇，有让你们一展长才的广袤天地。前程志向，功名利禄，皆在眼前，若有本事，你们尽管去取！"

她虽不刻意张扬，但举止之间自有一种惯居人上的尊贵气度，这番话淡淡说来，却又别有一种诱惑力，激得不少人心动面红。

好一会儿，沐二才如梦初醒地说："昭王殿下如此招贤，能人异士来投者定然不少，只是对人品的筛选却有不足。只恐平卢节度使府幕中之士，泥沙俱下，君子与小人同朝而立。"

他这句话正中唯才是举的弊端，瑞羽垂下眼帘，心有感触，轻叹一声，"世族子弟多才俊，也多品性高洁者，可惜其往往重家多于重国。"

世族子弟修养较高，轻财而好名，多品性高洁的才俊，但往往自恃门第，与皇室争权；而庶族子弟全凭自身能力方可高升，能忠心王事，但因为出身所致，贫而乍贵，往往品性大变，把持不住重私欲而害民。

有出身世族的士子高声反驳瑞羽的话，道："这位女公子所言不当，君以国士礼遇世族士子，士自以国士报之。君不能笼络士心，使得其重家过于重国，是人君有不足，怎能独怪一方？"

瑞羽尚未回答，厅堂外突然传来一声略带沙哑的轻笑，"历朝以来，天子将相之权尽付世族豪强，与之共享天下，遇有争端，多天子避让。这样礼遇世族豪强，还不算以国士相待，那要怎样才算以国士相待呢？"

这个声音入得耳来，瑞羽顿时面上变色，倏地站起。

大厅门口，一个颀秀的身影被众人拥簇着走了进来，外面的暴雨打湿了那人的衣冠，几缕墨黑的头发沾在他额边，或是因为风雨摧残，他的脸色苍白，不见血色，但那双眼眸被雪白的脸色映着，更显黑亮幽深，看不到底。来者不是别人，正是瑞羽急欲避开、不愿相见的东应。

数日不见，他身上的气质比之以前又有了变化，若说以前他是刚铸就的宝剑，尚未试用，剑刃还有瑕疵，那他现在就是已经试用之后，再行磨砺了一番，把所有瑕疵都磨去了的一柄绝世奇刃，威煞凌人，光耀刺目。

一干士子本来也是各有傲气的人，此时见他面容冷峻地走进来，没有丝毫礼让谦逊，他们却根本生不出半点不服气，只觉得这人天生就该这样被人拱卫拥簇，受人仰视臣服。他们此时心里只有一个念头：天下竟真有这样的人物，明明年纪不大，明明被雨打得衣裳狼狈，却依旧龙章凤质，气宇轩昂。

瑞羽自听到他的声音，腾地站直身，身体便不自觉地紧绷，与他深邃的眸光一对上，便移开了目光。

东应看到她明显带着警戒之意的身姿，心头一涩，脸上的表情却平静无波，近乎冷漠，一步一步地踏上堂来，冷冷地说："你在这里算什么？抛弃年迈的祖母，背离重振大业的誓言，好色贪欢？携美享乐？"

瑞羽心痛如绞，在她自己尚未反应过来时，已开口与他针锋相对，"莫说我只是闲暇游乐，便是我当真好色贪欢，那又如何？"她讥诮地转头，冷笑，"莫忘了，我是你的长辈，我欲如何行事，还轮不到你来管！"

从小到大，无论什么样的争执，他们都会彼此顾惜，舍不得说出太过尖锐的话，唯恐伤了对方。但在今日，他们两相对峙，丝毫没有口下留情的意愿在内，只想重重地伤害对方，在彻骨的伤痛里保持自己的理智。

秦望北唯恐二人在争吵中泄露什么不应该的口风，虽然姑侄二人的争吵中有意无意地把他卷进去，使他变成了"红颜祸水"，但他啼笑皆非之余，却不能不上前一步提醒他们，"这不是在家里，有什么话且回去再说吧。"

满堂外人在看热闹，二人受他提醒，都压下心中的气，不再说话。

东应抿紧双唇，雪白的脸色不知是因为春寒，还是心中气极，隐约透出一股灰色。瑞羽瞥见他冷漠的神态，心头又是一痛，负手暗里扣住腕间的珠串，慢慢地问："你冒雨赶来，总不至于只是为了与我赌气吵架吧。说吧，你究竟有什么事？"

东应冷笑一声，"原来，你还没有忘本。"

瑞羽没有理会他话里带的刺，又问："究竟何事，要你亲自前来？"

问了这一句，她才发现他今日的服饰颜色不对，不似往常那般矜贵华美，而是一身素白，赫然是在戴孝！而且跟在他身后的几名亲卫，也身上戴着孝！

她刚才看见他的时候把所有注意力都放到了他的神态表情上，并没有留意他的服饰用品，此时陡然发现他身着孝服，心中骇然，惊问："你怎么这副打扮，是谁？"

她最担心李太后的身体，差点以为李太后出了事，转念却想到以李太后的教养情分，若真是太后山陵崩，他必会着斩衰大孝，而不是服小功细布衣裳。不过他们现在安居齐青，需要他服孝致哀的长者却是少之又少，连她也想不出来有谁。

东应低头看了一眼身上的缟素，慢慢地说："这是国殇！"

"国丧？陛下晏驾了？"

"不仅是国丧，也是国殇！"东应望着她，惨然一笑，道，"接军情司鸿翎急报，二月二十八日，安氏纠集郑氏、崔氏、应氏等世族豪强谋反，弑君篡政，绞杀了陛下！"

他这个消息可谓石破天惊，不仅瑞羽呆了呆，就连大堂上一干游学的士子也都呆滞无语。

东应的声音发涩，嘶哑地说："姑姑，安氏毁我唐氏宗庙，搜杀唐氏宗亲，已经自立为帝了！"

自古以来，乱臣篡位往往都会扶持无能之主，多方掩饰，最后以禅位方式登基，像安氏这样弑君之后连幼主也不加扶持就直接登基的做法，当真令人难以置信。

瑞羽回想当日那个看上去忠厚耿直的老宰相安慧，怎么也想不到他居然有胆量弑君自立，因而有些怀疑地问："安慧那老朽居然有这样的狗胆？军情司的消息准确无误吗？"

"安慧已经病死，登基的是他的幼子安立礼。军情司回报，京都如今已大乱，左右神策军互相攻伐，三辅府兵也混战不休。详情究竟如何，还待打探，因安氏弑君自立这一消息急迫，故军情司先行回报。"

安立礼为帝，或许是因安氏利欲熏心，又或许因为唐阳林打击世族势力过甚，世族豪强联手弑君，然后故意将安立礼推上御座，以转移世人的目光，转嫁唐氏遗臣的仇恨。然而无论真相如何，让瑞羽和东应同时感觉惊怒悲伤的消息只有一个，那就是唐阳林死了，宗室遭戮，宗庙被毁！

他们和唐阳林相交不算深厚，但在离开京都之际，曾多受他的照拂，虽然他们之间的那份感情里也掺杂了不少犹疑，但他被人杀害，仍让他们由衷地感觉悲伤与愤恨。

瑞羽胸中的怒火熊熊升腾，也不知是因祖宗英灵受辱，还是因亲人被杀，她胸中恨意激荡，从齿间迸出一句话，"安、郑、崔、应，好显赫的世族豪强，弑君自立，灭我宗亲，迁我宗庙，好大狗胆！"

她也骂过宗室亲王手足相残，争夺帝位；她也恨过唐氏子弟骄奢淫逸，鼠目寸光；她亲自指挥过宫廷兵变，逼死天子；她甚至在齐青经营根基，图谋有朝一日以武力荡平天下，重返京都，夺回御座！

国朝天家子弟绵延至今，耽于安乐贪于淫奢，少人才而多废物，少温良和善，多阴险刻毒，包括她自己在内，都不算什么好人。但朝政再腐败，国家也是唐氏的；唐氏子弟再不好，也是她的宗亲，由不得他人篡夺江山，也由不得他人乱杀她的宗亲！

相较于国仇家恨，她与东应之间那点恩怨，登时轻若微尘，不值一提。

东应看着她暴怒的表情，心中一松，面上的神色却仍旧平静无波，望着她道："我已令人持节前往京都探听详情，令各州府县警戒备战，你呢？"

平卢节度使府庶政由东应管理，军权归于瑞羽，东应可以备战，但若真要开战，则要瑞羽手中的兵符。

在过往的几年里，他们勠力同心，无论做什么事都以对方为先，但经过上巳节的变故，他们的心里都存了芥蒂，不约而同地想：他（她）可还能像以前那样与我相处，没有隔阂吗？

一刹那，两人的目光交接，将对方眼中的疑虑都看进眼里。

曾经以性命相托的人，今日竟彼此怀疑！

曾经爱对方胜过爱自己的人，今日却恍如陌路！

瞬息之间，两人心里都涌上一股难以言喻、几乎无法承担的悲伤，就那样直直地望着对方，许久没有说话。

第五十章
复国志

瑞羽长眉一挑，眼眸深处一点幽光慢慢地浸染开来，冷笑一声，"我有的是时间，不怕难。"

外人只看到他们相对无言，秦望北却清楚地感觉到他们之间那种不容外人插足的无形牵绊，于是咳嗽一声，道："殿下，世族作乱的威胁远比白衣教更大，你要早做打算。"

瑞羽醒悟过来，略一思忖，扬声唤道："阿武，你即刻前往中军大营，传令五边备战！杨习，你往两淮，给南河水师将军传令，堵截海、楚、杭、润、泉五州海港，非经我昭王府批令的海船，寸板不得下海！安、郑、崔、应诸世族尚在海外的船只，尽数扣押，其子弟与主事者就地枭首！"

一干士子在侧旁观，通过他们的对话，对瑞羽和东应的身份猜得八九不离十，震惊之余，听到瑞羽所下的命令，沐二傻乎乎地问道："就地枭首，连罪也不问？这不合乎律法啊。"

诸世族都已经弑君谋反了，对他们的亲族，还需要问什么罪？

他问得傻气，但瑞羽对这种单纯的书生意气却没有多大反感，只见她目光流转，扫了他一眼，森然道："山河多娇诱人，至尊权势动心，他们既然已经选择了谋逆篡位，就该做好流血的准备！这群乱臣贼子，杀我皇兄，毁我宗庙，我一个也不会放过！"

沐二愣愣地问："如果有人悔过投降呢？"

瑞羽遥望天际青灰的雨雾，杀气一分分地浸染了她的眉梢眼底，只听她一字一句地说："若是弑君篡位的大罪也能一降即免，还要军队何用？东应，你传檄天下讨逆，务必使人明了，凡附逆弑君者，枭首夷族，绝无赦恕！"

沐二无言以对，他身边一名世族士子却惊道："殿下，若真如此传檄，便是斩断了与事诸族的后路，他们必然誓死抵抗王师，与他们声气相通的世族也因此而不敢归降，这岂不是一檄传下，便与天下诸世族为敌？"

瑞羽此时已经不再与他们说话，大步走出客堂，猛然想起应服国表，不可艳饰红装，便抬手将头上的簪钗环饰拔下，满头乌黑的长发霎时瀑布般倾泻而下，在风中如云飞扬，配着她刚健婀娜的背影，有一股迥异于常人的风情与戾气。

东应眼眸微动，跟在她身后往外走，冷然回答那士子的话，"乱臣贼子，定诛不赦，若天下世族因此而附逆与王师为敌，尽管来！"

秦望北望着他们并肩离去的背影，只觉得他们的一举一动无不相合相契，旁人万难插足其间。但这感觉在他心中也只是一闪，旋即展颜一笑：无论东应心中对她何意，但限于伦理大义，他们绝无可能；自己有一生的漫长时间去介入其间，而后取代东应成为与她相携的人，自己又何必急于一时？

杭宅之外，玄漆银纹四轮辂车停在驰道中间，披着襄衣的马匹和御者都蓄力待发，等主人登车。

以前瑞羽和东应没有隔阂的时候，共乘一车都是一起坐在中间正位，阶下留给侍者，但今日瑞羽见东应上车，便推开车窗，冲外面骑马的秦望北道："中原，你上来与我同乘。"

秦望北字中原，瑞羽以前对他礼遇却不愿过分亲昵，今天首次当面唤他的字，顿时让他喜上眉梢，笑道："谨遵殿下教谕。"

东应瞥见他脸上毫无掩饰的喜色，顿时如鲠在喉，黑眸微眯，脸上的表情似笑非笑，凝睇着瑞羽，侧过身来，凑近她耳边轻声问："姑姑，你这是……怕我吗？"

是怕吗？这是怕吗？

瑞羽的指尖陡然一颤，在她未来得及正视，或者说根本不愿正视的内心深处，她竟是真的在怕！

看过多少风云变幻，经历过多少惊涛骇浪，面对多少生死难关，她都有勇气冲杀过去，唯有这次的心关，她竟不敢直视。

怕什么呢？

她回过头来，与他咫尺相望，慢慢地说："小五，我只怕你误入歧途。"

他的眸底墨色氤氲，深浓难化，口中却轻笑一声，"姑姑，你放心，我会选择最正确无误的道路。"

瑞羽看着他的眼睛，轻轻点头，道："那就好。"

秦望北登上辂车，便听到瑞羽温和地说："中原，你坐到我身边来！"

是要他来阻隔东应在这狭小车厢里张扬出来的威胁感吗？秦望北笑了笑，毫不犹豫地走到她身边，将东应隔开。

辂车辘辘行进，东应倚窗而坐，突然伸手拉开榻下的一个暗格，从中取出一个卷宗，目不斜视地看着，就好像车上除了他，再也没有别人。

他摆出不纠缠于私情小事的姿态，瑞羽也不能示弱，起身打开另一个暗格，看了看里面的东西，微微抿唇，从中取出一样来，对秦望北道："帮我把这张舆图挂起来。"

这辆车是她与东应的常用物具，里面的东西都按照他们的习性摆放，也不知多少次他们曾经一起挂起这张舆图，看着上面的疆域指点江山，然而今日再将它悬起，帮手的那个人，却已经不再是他。

瑞羽心里有瞬间的怅惘，旋即被她挥散，站在舆图之前，她用手指抚着上面的线条，轻声道："世族豪强作乱，必然与重丈土地、禁止私买奴婢的元安诏令有关，大行天子已经笼络了宦官，且神策军在握，叛军绝不可能做到突然发难置陛下于死地。既然双方没能速战速决，那么大行天子在与世族豪强的叛军交锋时，应该有诏令下来召集藩镇府兵勤王，就算潼关被白衣教所围，召兵勤王的使臣绕了远道，此时也应该进了齐青，他们定然知晓乱起的详情……西面诸州、县难道现在还没有接到使臣吗？"

东应回答："没有。不过使臣如果绕过潼关前往诸藩召兵勤王，则必是走西南方向的路，我已令捉不良司前往西南各要道查找。"

瑞羽轻轻点头，看着舆图，根据军情司历年打探来的消息，在脑中估测了一下各方世族的动态，叹了口气，"关中以西是世族盘踞之地，勤王诏下之后会有多少人应诏而起，不得而知；关东世族势力较弱，但诸藩镇在朝廷诏令围剿白衣教时，都养兵自重，不肯出力。如今世族已经弑君篡位，大行天子的勤王遗诏我真想不出有谁会奉行。"

华朝立世三百年，面临国破君亡，竟无忠义之臣誓死为君复仇、遵大行天子遗诏勤王，未免太令人寒心。

秦望北见她神色凝重，便问："你若接到勤王诏，怎么办？出兵勤王吗？"

瑞羽抬头和东应对视一眼，良久，东应才道："这是自然！"

当初他们离开京都，就是因为朝政已经被各方势力架空，政权摇摇欲坠，覆灭只在旦夕之间，他们觉得居于皇权中心向各方势力妥协，修补已经四处漏水的堤坝，还不如索性放任它垮塌，借垮堤之势将沉积水底的重重污垢尽数冲洗一番，破而后立。

华朝必败是他们早在五年前就达成的共识，但真的到了国倾君丧的一日，他们才发现，无论他们原来有过多少设想，对混乱的政局有多少怨愤，都比不过他们对华朝的依恋。

国仇家恨，不能不报，就是没有勤王诏，他们也必然会让那些乱臣逆贼付出代价！

秦望北虽然很少参与陆战，但也不是一窍不通，他看了一眼舆图，道："齐青与关中相距万里，诸藩镇阻隔，又有白衣教盘踞东京，前往勤王，殊为不易。"

若不将白衣教彻底剿灭，压制住各有异心的藩镇，要前往京都勤王，岂止不易？那是一不小心就会被群狼撕咬吞噬的艰危之局！

瑞羽长眉一挑，眼眸深处一点幽光慢慢地浸染开来，冷笑一声，"我有的是时间，不怕难。"

瑞羽和东应自那日同车而归之后，也不再避而不见，虽然为了不让李太后担心，在人前仍旧和气相处，却再也不复过往的亲昵。纵使在他们心里仍旧将对方视为最重要的人，仍愿意为对方付出一切，但他们之间的感情，再也不像过去那样纯粹了。

郑怀改变他前往青州学院讲学的行程，令军情司全力打探京都政变的始末和详情。

清明时分，安氏篡权弑君自立为帝的消息终于传出潼关，在白衣教有意的宣扬下遍传十道，无人不晓。

当乔装打扮穿越重重藩镇阻隔的使臣在军情司的护送下，将勤王诏送到齐州时，瑞羽正在给牺牲的英烈奠酒。郑怀在她耳边轻轻告诉她确切的消息时，她放下了手中的酒觞，深吸了一口气才转过身来，对看着她的三军将士道："近日坊间传言尘嚣日上，想必兄弟们也听说了。"

堂下站着的将士们见她表情肃穆，也自凛然，倾耳听她说话。

"我现在可以告诉你们，传言里有一句是真的，那就是安、崔、郑、应诸世族豪强互相勾结，弑君篡权，谋害了陛下，已经自立为帝。皇子公主，宗室亲王，共二千七百五十三人被逆贼所杀。我华朝天家子弟，几被屠戮一空！"

三军将士早在坊间听过相关的传言，但听到瑞羽亲自证实传言，仍感震惊不已，纷纷呆怔立在当地。

瑞羽举手将忍不住溢出眼眶的眼泪拭去，身体挺立如松，沉声道："我翔鸾武卫将士受先帝倚重，立军之初就以卫国保家为首诫，忠君任事，从无懈怠！逆臣贼子作乱，我军竟然不及勤王救驾，致先帝在京都被逆臣贼子所弑，这是翔鸾武卫最大的耻辱！"

翔鸾武卫训练有素，又久历胜战，荣誉在他们心中高于一切，在听到君亡国倾后都有强烈的耻辱感，瑞羽此话一说，他们更是热血沸腾，纷纷高呼："诛杀乱臣逆子，为先帝复仇！"

"勤王卫国，以血耻辱！"

瑞羽率三军将士朝西方京都的方向跪下，叩首盟誓，"以血还血，以眼还眼，誓灭逆贼，重复河山！"

山河翻覆，国倾君亡，天下震动，齐青遍地缟素，子民同悼国丧。郑怀、薛安之、柳望、水师诸将及平卢节度州治下十五州太守等真正主事者都齐聚州城，下令急征民间适龄男子入伍，应对将至的大变。

第五十一章
休相负

他的吻，很柔软，很温暖，她不反感。

有这样的人在身边，是件能让人放松心情、忘记忧愁的事吧？

水师雄踞海上，虽不能远侵关中内陆，但沿江水、河水逆流而上，能凭借强大的水上作战能力运送兵马上岸，威胁沿岸重镇，以此稳立不败之地。在战场上能够稳立不败，就已经胜券在握了。

若说五年前瑞羽一意孤行苦练水师、大兴水运还不为大多数人理解的话，现在海运给齐青带来的富足，以及水师给昭王府带来的军事优势，则让人不得不佩服她的筹划之长远。

瑞羽在整顿陆军之后，便将元度召来赐宴，闲述水师上下的琐事。水师如今已经拥兵六万，招揽的海外水手、船员等奇人异士十万有余，海船和江河航船近万艘，在海上纵横无敌，比起翔鸾武卫在神州的实力甚至更胜一筹。

水师实力如此强大，却几乎全被元度一人掌握，全无制衡，不是件好事。

瑞羽在神州大变之际将元度召来，就是想从他手里分权。只是他这些年来对她唯命是从，尽心竭力，为水师立下了汗马功劳，身握一方重权，年过而立却因为全心任事，无暇他顾，以至家也未成，称得上是忠心耿耿，绝无错处。

这样的人，要从他手里分权出去，她真有些说不出口，几次话到嘴边都吞了回去，转而笑谈，"上巳节那日未婚女子倾城而出，往清水河边戏水，据闻不少将士都在那日结了良缘。衡平人才出众，料来必多受青睐，可有结缘之人需要我奏请太后娘娘赐婚？"

元度怔忡一下，摇头道："殿下，正值国丧期间，怎好谈婚论嫁？"

"国丧守制臣子守三个月就可以了，不必连婚姻大事也搁置。"瑞羽摆手笑道，"你是水师大将军，不比常人，婚礼马虎不得。若是真的要成婚，应由太后娘娘下旨赐婚，方显隆重。"

"末将的婚事，不敢劳殿下操劳。"元度的声音带着冲口而出的暴躁，瑞羽一愣，不明所以。

元度放下手里的酒杯，脸色有些僵硬，顿了顿才缓和过来，道："殿下，末将暂时没有家室之念，此事不提也罢。您召末将前来，除了询问这些琐事，还有什么吩咐吗？"

瑞羽此时情窦已开，霎时间从他倏然转变的神态里窥见了他的心意，大吃一惊，好一会儿才醒悟过来，原本犹豫不决的心意顿时下定，望着他道："衡平，我欲将水师分成北海、东海、南海三部，各主一方。你往后只领北海水师，东海水师给钟季洋，南海水师则由郭涛统率。"

元度几疑自己听错了她的话，身体晃了晃，脸色难看至极，好一会儿才涩声问："殿下，你疑心我会拥兵自重？"

他问得直接，瑞羽也就答得直接，"不，我这是在断绝我怀疑你的任何可能，也让别人没有机会中伤你。衡平，水师在海上纵横无敌，出入沿江沿河诸镇若入无人之地，实力已经太厚，我若再不将你一手所握的权力分出一部分来，日后就是伤害你。"

水师的实力太过强大，若大权长久握在一个人手里而没有任何制衡，纵使他自己没有野心，他的手下也难免因为这特殊的环境而别起心思。元度不是不明白他手里的权力太大容易招人疑忌，将水师权力分开进行约束制衡，的确算是对他的一种爱护，但这样的关心并不是很快就能让人愉悦接受的。

他拉着脸，咬牙道："殿下，末将对您忠心耿耿！"

瑞羽迎着他的目光，叹了口气，才道："我不是怀疑你的忠心，我只是怕你太过忠心！"

元度愕然，瑞羽突然问道："衡平，若有人要杀我，你怎么办？"

元度不假思索地答道："末将自当誓死护卫，将敌人斩尽杀绝。"

"倘若他人要杀我，是因为我有害江山社稷、纲常伦理呢？"

元度愣住了。

瑞羽将他的神色变化尽数收入眼底，轻轻一笑，道："衡平，你对我的忠心高过了你对国的忠心，这正是我所担忧的。"

元度的目光与她一触，电光石火的刹那倏然明白，原来她已经看破了自己的心意，故而才有此说。

"殿下！"

他失声惊呼，心中五味俱全，却不知道该如何表述胸臆。他胸中热血滚涌流窜，难堪羞赧之余，却又难以抑制地升起一股期望得到回应的痴想。

风华正茂的男女，若知自己被一个并不讨厌的人所仰慕，不管有没有回应其心意的准备，羞赧之外都很难说没有一丝自得的欢喜。

瑞羽和元度四目相对，片刻之后，她轻轻移开目光，低声道："衡平，世间人情有难制之处。若是对一个人怀有了别样的心思，那么无论对方是否回应，都难免有将之视为禁脔的占有之心，由此心态失常，若临大变很难再以平常心应对危机。"

元度见她移开目光，便知自己期望成空，登时如同身置冰窟，满怀苦涩，颤声低喊了一声，"殿下……"

他素来正直严肃，刚强硬朗，少有情绪外露的时候，此时这一声低喊，却是声音转折，虽未有哭泣之音，却委实有苦楚之情。瑞羽纵然对他没有男女之情，但多年主臣情谊深厚，闻声也不禁怅然，好一会儿才说："衡平，这么多年来，你一直尽心竭力，忠诚无二。水师能有今日之局，你功劳巨大，我感激得很。"

元度满心苦楚，惨然一笑，回答："元度身为殿下臣属，得主上器重，委以心腹，自当勠力尽效。"

瑞羽沉默片刻，心里暗叹一声，道："水师虽是我四海公主名下的私军，但我的愿望是要让它成为戍守神州大地的国之干城，而不是沦为个人私器。你对我的忠心，我很欣慰，很满足，也不忍伤害分毫。然而人总是要受一些规则约束制衡才好，不然就容易失去理智，变成以私欲祸乱天下的暴主。我不愿自己变成暴主，就只能事先给自己定下不能破坏的规则。"

元度只觉她的话有些古怪，于是皱眉不语。瑞羽又道："衡平，你仍是水师大将军，东海水师与南海水师应该如何分立，你可以现在就去筹划。等你把大略理出来，我才下谕。"

风雨交加之际，瑞羽处理了水师事务之后，就带着秦望北去太后宫觐见李太后。

李太后曾在上巳节见过秦望北，今日见瑞羽把他带来正式觐见，心里便有几分明白她的用意。但于李太后私心而言，这个引起东应和瑞羽不和的人，并不是最佳选择，因此她对秦望北的态度便不冷不热，问过他的家世和喜好后，便懒懒地说："你且去安置吧！"

秦望北受此冷遇，虽然表现得很洒脱，但心中难免微郁，含笑告退，望见瑞羽的目光，则隐去了苦意。瑞羽也觉得歉然，正待随他一起告退，便听李太后发话，"阿汝，你留下。"

瑞羽只得对秦望北投去一道歉意的目光，示意他先归公主府，而后回身坐在李太后身边，轻声问："王母，你讨厌秦望北吗？"

"算不上讨厌，只是谁也不会喜欢一个引得家庭不睦的外人，是吧？"李太后拉着她的手，略有些歉意地问，"阿汝，你很喜欢他吗？"

瑞羽低头道："他对我一片真心，我对他亏欠甚重。"

李太后自然知道世间最难还的便是人情债，沉默了一下，才问："你带他来是想嫁给他？"

瑞羽心中惴惴，反问："王母，您不同意吗？"

李太后眉头一皱，道："阿汝，只要你喜欢，任那人是谁，我都不会反对。但眼下正值国丧，你的婚事恐要延后。"

少年情切，急于成婚，兴头也就那么一阵。待过些日子，情淡了，那婚事就算李太后不阻止恐怕也难办成。至于说瑞羽自己将来会不会找到如意郎君，那自然是无须担忧的事。天家女子，手掌实权的公主，几曾见过有喜欢的人却得不到手的？

瑞羽将秦望北带来正式拜见李太后，只不过是向东应表明态度，并非此时真有下嫁之意，于是点头赞同李太后的说法，"王母说得是，眼下举国服丧，同仇敌忾，岂有主帅战前成婚之理。"

过了一会儿，瑞羽突然想起一件她一直疏忽了的事，抬头道："王母，小五已经快二十岁了，也应该给他定门亲事。"

李太后没好气地挥手，恼道："这小鬼借口大业未成不肯成家，连我送给他的几名侍婢也先后被他打发走了。一会儿说他的嫡妻之位虚席，在日后可以有大用，一会儿说他要找个容貌品性、风华气度都当世无两的绝代佳人，总之我怎么安排他都不肯听。"

瑞羽一愣，李太后顿足叹气，道："儿大不由娘，你和小五都长大了，主意一天比一天大，我管不着你们了也懒得去讨你们嫌，你们爱怎么办就怎么办吧。"

辞别太后回到公主府没有见到秦望北等她，瑞羽微觉奇怪，问过周昌，便向东内苑的敛珠亭走去。

东内苑是瑞羽亲自选地方造的院子，倚山构势，虽然也以人力造了些景，但更多的是保持了自然野趣。敛珠亭因它临瀑而建，瀑布宛如飞珠敛入湖中而命名。正值春末雨多水急之时，瀑布倾泻而下，水声隆隆，震耳欲聋。

瑞羽还未到敛珠亭，就看见秦望北倚着竹靠闭目养神，衣裳不整，垂在竹靠上的头发还没有干透。

秦望北生于海上，长于海上，自幼与水为伴，养成了心中不快便下水潜游的习惯。瑞羽也知道他的这个习惯，料想他在自己身边的这些日子着实过得委屈，心中微觉惭愧，走到他身边，忍不住叹了口气。

秦望北睁开眼睛，看到她的瞬间，脸上的阴郁顿时烟消云散，笑道："你这么早就回来了？我还以为你要很晚才回来呢。"

"没什么事，就回来了。"瑞羽凝视着他清瘦了不少的脸，终于忍不住道，"委屈你了，对不起。"

她生平极少有说对不起的时候，这句话说出来着实有几分生涩。

秦望北有些吃惊地看着她，怔了怔，才笑着摇头，"殿下，你这样说，客气了。"

瑞羽回想他当日纵横大海、乘风破浪时那神采飞扬的样子，心里一阵酸涩，怅然低喃，"你待我极好，我却负你良多。"

秦望北看到她为自己发愁，心里十分欢喜，微微一笑，问道："殿下，你还记得我们什么时候认识的吗？"

"当然记得，那时水师初下南洋，不识当地水文，遭遇风暴损失惨重。我为了寻找熟悉航路的老船员十分忧愁，听说秦氏在海外称雄百年，立即前往琉球岛拜见求助。时光易逝，转眼已近五年了。"

秦望北忆及往事，也顿生感慨，笑叹一声，"殿下，你可能不知道，其实在你去琉球岛之前我就已经见过你了。"

瑞羽微讶，"什么时候？"

"殿下初临舟山群岛检视水师的时候，曾经坐在祥庆号的船头看着大海发呆。"秦望北双唇上扬，悠然道，"我那时正从石头城出来，远远看到殿下坐在船头，好生好奇，这是谁家的女郎，为什么对着大海发愁？"

他说着抬头，柔声道："殿下，我当时就想，像你这样的女子，应该拥有天下所有的珍宝，坐在绮罗丛里，笑点胭脂，快乐无忧，而不应该眉宇锁愁、眼隐重忧。我若有机会，理当倾尽所有，让你展颜。"

瑞羽心里感动，情不自禁地坐到他身边，轻轻握住他的手，低声道："中原！这些年来你对我所做的，我很感激。"

秦望北摩挲着她指间的薄茧，微笑着道："殿下，能为你做些事，减轻你眼里的忧愁，我很高兴。而我之所以不远万里追随你直到齐州，是想给你带来欢乐，而不是增加你的忧愁。你无须因为太后娘娘和昭王殿下对我的态度而心怀忧虑，那不是我的意愿。"

瑞羽因为他的温柔体贴更怀内疚，叹道："中原，无论如何，我对不起你。"

"但殿下不管出于什么原因，总是真心对我，并且已经尽力。"秦望北看到她脸上有飞瀑流溅的几点水珠，便神态自若地伸手替她抹去，悠然道，"殿下，不能得到太后娘娘青睐，我也很难过，但那并不是很重要，只要殿下心里有我，那就好了。"

他的手指沿着她的鬓发滑下，轻轻地抚过她的眉梢，眸子上也笼了一层迷离之色，凝视着她低声喃道："只要殿下心里有我，那就好了。"

他缓缓地向她靠近，仿佛害怕惊动了树梢上停着的那只黄莺，一举一动都柔和得像是花间轻轻拂过的微风。

瑞羽看着他靠近，近到一个除去李太后和东应再也没有人如此近的距离，她却没有抗拒，而是微微瞑目，让他靠近，直到他在她眉梢落下一个吻。

人与人之间，如果离得太近，会给对方一种侵略感，秦望北在靠近她的时候，她却很奇异地没有这种侵略感。

他的吻，很柔软，很温暖，她不反感。

有这样的人在身边，是件能让人放松心情、忘记忧愁的事吧？

第五十二章
勤王师

她的话只说出一个字，双唇就被他重重地吻住，他似一头爪牙尽露的猛兽，狠狠地扑住它的猎物，尽情噬咬。

五月，平卢节度使、昭王唐东应以勤王诏传檄天下，召集天下诸藩镇共讨国贼。檄传天下，响应者云集，但真正愿意出力出兵的人，却少之又少。

好在瑞羽和东应对这种情况早有心理准备，并不感到意外，只是将他们召集所有幕僚谋友的计划换成了另一种，一面向关东几大观察使投信借道，一面着手准备向齐青周围的五大藩镇出兵。

在齐青周围的五大藩镇曾经被白衣教祸害，当地官府和富户、宗族少有在经历了十几年的战乱之后，仍旧全须全尾保存下来的，因此五大镇都人才奇缺，军政庶务相当混乱，但也因为混乱，反而多出枭雄。

那些靠白衣教作乱而起于草莽之间的枭雄，个个桀骜不驯，没有哪个是甘愿身受拘束，或仅凭一纸檄文就乖乖放弃手中权力的人。要取这五大藩镇，绝无可能招降，只有一条路可行——战，直至将他们斩杀或者打服！

这几年翔鸾武卫与周围诸镇交战的次数不下百次，但都是小规模的野战，没有攻城略地，而这一次却不仅仅是要打败他们，更是要将之征服，连土地带子民尽数收入囊中，归于昭王治下。因此，这次出兵便需要有大义之理由。

太后在齐青安居，有她的凤印在，佐以使臣带来的勤王诏，平卢节度使府还缺什么出兵的理由？

东应手持太后诏令和勤王诏、讨逆檄文亲率幕府之下两班臣属，前往城郊大营校场誓师祭旗，登台拜将。

这些年来翔鸾武卫的直接统帅虽然是瑞羽，但为了树立东应的权威，每次出征或者犒军，瑞羽都会请东应登上主位，以此培养将士们对他的敬畏和爱戴。

誓师祭旗、登台拜将都有固有礼仪，东应驾轻就熟，很快就完成了全套礼仪，目送前锋出发。

瑞羽为一军主帅，要居中调度，前锋已经出发，她仍在中军大营对此次出征的军务做最后的确认。大营门口影影绰绰地进来一个人，她以为是青红，习惯性地下令，"去请经离先生，让他带上闻声部新传的定州消息。"

来人没有回答，室内光线一暗，营门被他掩上了。瑞羽霍然一惊抬头，果然看见东应从门口走过来，他的每一步都走得很慢，脚步也放得很轻，却给她带来一种奇异的压力。不是因为敌对，也不是因为他有什么威严，而是一种玄妙的只针对她一人的感觉。

与秦望北的宽厚温柔不同，东应带给她的是一种切切实实的威胁，整个身体乃至心灵都受到了侵略的威胁感。

这个人是她从小到大爱逾珍宝的人，她的意识里从来没有对他生过防范之心，但她的本能却可以清楚地感受到来自于他的威胁——男子对女子有淑女之思时，所有女子都会感觉到的威胁感。

这种威胁感让她不由自主地低喝一声，"你怎么来了这里？"

东应轻叹，"姑姑，你就要出征了，难道我不能单独见你一面，给你送行吗？"

往年在她出征之前，东应都会亲自来给她送行，姑侄二人单独说说话，但今时不同往日，她对他已经不知应该如何应对，又如何能再如过往那样亲密无间？

她抿嘴缓和了一下情绪，才道："五镇境内天灾人祸连绵不绝，民力不足，虽然府兵都是百战之士，但师老兵疲，不足为惧，你不用担心。"

东应一步步地走近她，站到她书案前，轻声低语："姑姑，你是我最亲爱和爱慕的人啊！你去打仗，我怎么可能不担心呢？"

他的声音很轻，但每个字里的蕴意都很重，似乎带着千钧之力，压得瑞羽喘不过气来，无言以对。

他隔着书案直视着她，黑眸深幽迷离，"姑姑，这些天我寝不安枕，食不知味，这里，痛得很！"他的手按在胸口，深深地呼吸，似乎要用所有的力气才能将胸臆间的痛楚压下去似的。

这是他十岁前为了吸引瑞羽的注意力，好从她那里博得怜爱的惯用伎俩，骗别人骗不到，只有骗她才会出矢必中，绝无例外。

因为近二十年的相处，关心他、爱护他、呵护他早已成为了她的习惯，就如同鱼要游水、人要呼吸一样自然。

她看到他现在的表情，就像看到了他小时候，明明不爱习武，却偏要跟着她习武，直到弄得自己受了伤，又捂着伤处委屈地说："姑姑，我疼！"

他那样可怜地看着她，便令她心中也丝丝地抽痛起来，尽力克制才忍住已到嘴边的安慰之辞，轻声说："小五，这种悖德逆伦的情感本就礼法不容，为世人所耻，纵使它当真甘美如醴，也不值得去想，何况它还会令你伤心痛楚？不要再想了，好吗？"

"我何尝不想放弃？我只是无法控制！"

他满眼的凄厉，无奈何地苦笑，"姑姑，我从小被身边的人教导要敬你爱你，追随着你的脚步长大，你一直站在我身前，是为我遮风挡雨的屏障，是扶我蹒跚行进的倚仗，是让我全心信任的依恋，是令我倾情爱慕的向往……尤其是你又那么夺目耀眼，所有的女子在你面前都黯然失色！姑姑，当你这样璀璨夺目地站在我面前，占据了我所有的心思，你让我怎么能不想？"

他的脸色涨得通红，眼眸深处初时只有一点火星闪烁，渐渐地扩散，最后倏然炸开，化为焚天之火，将她包裹在其中。

"姑姑，我喜欢你，尽管那悖德逆伦的恶罪压得我寝食不安，可是我没有办法不想，没有办法放弃……"

她看着他如痴如狂的迷离眼神，以及颤抖着向自己伸过来的双手，如被魔魇，心头一恸，两行珠泪从颊旁滚落。

他颤抖地拉紧她的手，依稀似幼时在她身边撒娇那样地用力搂住她，却又有他幼时绝不会有的炙热与痴狂，喃喃低语着，"姑姑，你还会为我落泪，你是心疼我的……"

他滚烫的气息喷在她脸上，仿佛想直接透进她的肺腑，一呼一吸都带着她所陌生的激烈浓情，令她有瞬间的失神迷茫。他炽热的嘴唇落在她眉间和颊上，仿佛急风骤雨，急欲将她吞噬其中。

"你……"

她的话只说出一个字，双唇就被他重重地吻住，他似一头爪牙尽露的猛兽，狠狠地扑住它的猎物，尽情噬咬。

不同于秦望北的温柔缠绵，东应的这个吻是进逼的、侵略的，生疏、青涩却又浓腻、激烈、痴狂，足以撩动任何人内心深处那丝叛逆情怀，愿意与之同谋一醉。

她在战栗中猛地清醒过来，恐惧如惊涛骇浪般排空压下，压得她摇摇欲坠，她双臂用力一甩，将他推得飞了出去，撞倒了屏风。

屏风轰然倒地，他双唇红艳润泽，眼底水汽氤氲，身上吃痛，心里却情欲未消，怔怔地抬眼看她，喃喃唤道："姑姑——"

屏风被撞倒的声音把外面侍立待诏的青红吓了一跳，急忙奔上前来，一面推门，一面询问："殿下……"

瑞羽闪身背对门口，挡住东应，暴怒大喝道："滚出去！"

青红不知自己因何触怒了主上，怔了怔，应了一声，退了出去。

满室的迷障终于被打破，瑞羽低头，鬓下及额角已是冷汗淋漓，她双手颤抖得连想握紧腕间用来静气的佛珠都无法做到。

东应捂着后脑，又唤了一声，"姑姑，我疼……"

这声呼喊如针刺般将她扎得连退几步，前所未有的恐惧令她惊惶大怒，"住口！住口！你给我住口！你这丧心……"

她倏然收声，将已到唇边的怒骂咽了回去，仿佛落荒而逃般地冲出大营，高声下令，"备马！"

蹄声嘚嘚，马儿托着她风驰电掣般地去远了。东应坐在屏风上，摸着高肿的一块皮肉，望着她盛怒离去时一脚踏得粉碎的足踏，微微地笑了起来。

秦望北听到外面的声音有异，出来一看，却只见到瑞羽一骑绝尘而去，离去的背影流露出一股滔天怒意。

她制怒的静气修养非同小可，极少有情绪外露的时候，何况这种大怒形态。秦望北心中诧异，问旁边也是一脸惊色的青碧，"殿下怎么了？"

青碧虽不知瑞羽动怒的详情，却猜得到必然与东应有关，只是不经瑞羽允许，她也不能多嘴，"奴婢也不知道。"

东应整理好衣冠走出房门，满面春风，一脸得意，陡然看到秦望北站在外面，吃了一惊，恼怒地问："你怎么在这里？"

秦望北看到他出来，顿时明了瑞羽发怒的原因，不由自主地就想将东应脸上的得意表情驱散，微笑道："这都要感谢殿下您的好意啊！"

因为他对秦望北的杀意太强烈，对瑞羽的心意太执着，瑞羽为了保护秦望北，也为了断绝他的非分之想，故此将他时刻带在身边，同食共话，亲密相处。

东应的脸色变了变，冷笑道："你以为这样赖在她身边，你就赢了吗？你做梦！"

秦望北笑得很温和，慢慢地说："无论如何，我现在得到她以对待未来夫婿的态度相待，总比殿下只能躲着强。"

东应双眉一凝，旋即平静下来，冷冷地看着秦望北，道："秦望北，孤承认你挑了个好时机，运用得很巧妙，但你若以为你真强过了孤，那你就大错特错了！"

他抿了抿嘴，唇齿间似乎还存着吻她时的柔软触感，这让他恍惚了一下，而后望着秦望北，嘲讽地一笑，"你从来不是孤的对手，我真正的对手是她，只有她一个！"

秦望北看到他凌厉的眼神及似乎惆怅又似乎欢喜的脸色，突觉心中一寒，不是因为被东应看轻，而是因为他这句话，正好说中所有事件的中心——无论怎样艰难，其实都难不过最重要的这一点，就是打动她！

东应拂袖而去，秦望北陡然反应过来，喝道："站住！"

东应讶异地侧首，挥退听到声音想围上来的护卫，冷睨着他，微笑，"秦望北，孤未下令将你拿下，你倒敢对孤大呼小叫，你胆子可真不小。"

秦望北没有理会他话里的杀意，脸色铁青地问："你就真的为了一己私欲，置她于必被世人唾弃和厌憎的尴尬之地，全不顾念她对你的恩情？"

"这是我们的事，与你无关。"

第五十三章

取博州

> 长公主以太后和天子遗诏之名，挟正统之威，兵临城下，传诏节度使府，只问你降或不降！

夏雨滂沱，博州守城的士兵躲在哨楼里看着外面的十里连营，大声地议论外面的军队，从围城的布置到旌旗的颜色，由将士的武器到主帅的衣冠，无所不谈。

"连围城应当围三阙一的武经要理都不懂，他们的主帅到底会不会打仗啊？"

"他们的主帅是长公主，女人嘛，煮饭裁衣生孩子是肯定会的，打仗不会那不是在情在理吗？"

"也不一定吧，这些年来齐青的军政似乎都由长公主掌控，白衣教的乱匪流寇硬是没能从她手中讨得便宜去，都不敢在齐青边境晃荡了，照她以前的功绩看也不像是不懂战的人……"

"那也算是她的军功？薛安之、黑齿珍、柳望、贺西州等人都是沙场宿将；刘春、阿迭彦、姜济生、卫武、曲要等人都是少见的将才，我要是像她那样手下能将云集，别说只是小小的白衣教，就是京都也早拿下了。至于被困在齐青五六年，连祖宗基业都丢了才起兵勤王吗？"

一阵哄笑过后，话题转向了与战事无关的琐碎之事，"听说在翔鸾武卫治下还有一个收治伤兵的救护营，里面差不多全是女人，而且一个比一个水灵。他娘的，那伤兵进去养伤可就是享受吗？"

"那有什么，这场仗如果打胜了，那什么救护营、女营的娘们全都是俘虏，咱们冲进去还不是想要哪个就要哪个？"

"那什么救护营、女营的女人再怎么水灵，恐怕也比不上长公主吧……啧，那天长公主率人绕城巡视时，我远远瞅着，人家那气势真是与众不同！"

提到长公主，快活的笑声不约而同地涩了一下，好一会儿才有人壮着胆子大声嘲笑，"啧，瞧你那没魂的样儿，要真那么想，交战的时候你冲过去把人掳下来，人不就归你了？"

"我倒是想啊，可咱也得有那种本事……那可是国朝最尊贵的先帝嫡长公主，就算真的战败被俘了，也不是咱们说能够得上就能够得上的人啊！"

华朝治世近三百年，虽然腐败以至倾亡，但在大多数人心里，一时半会儿仍然对其有着刻入骨髓的敬畏之情，一不小心这种敬畏之情就会升起来，让这群已经久历战事的老兵也发怵。

"听说这位长公主随身有一百二十人服侍，连幕府里的幕友谋士也分三班轮换，随时候召……这位长公主是真的忙碌于军政，还是好养……面首？"

伴随着干笑说出来的奚落调笑，在众人都静默了许久之后，才引起一波热烈的讨论，"这不可能吧？养三班面首轮流伺候，还带在军中迁走，难道太后娘娘不会管吗？"

"太后娘娘怎么管？本朝历代公主养面首算是常见之事吧？风气是这样，也没的管。"

"说起来，这位长公主已经是二十一了，还没成婚，说她没养面首都没人信啊！"

……

有时候统帅是女人，确实会引来很多非议，但同时这件事也为士卒们提供了聊天话题，令他们颇解军中的无聊和苦闷，无论我方还是敌方。

大雨倾盆而下，不利作战，尤其对于攻城方来说，仰头一看就会被雨水呛得咳嗽，那仗还怎么打？且雨下得大，弓弩俱受潮阴湿，连对城头轮射骚扰都做不了。

天时利守不利攻，守在城头上的士兵自然不紧张，快活地大吼大叫，大声讨论所知的敌情。

与守城方士卒们的轻松相反，博州城内的节度使府大厅里却气氛紧张，坐着的人都脸色阴沉。工曹记事常松抬头看了一眼坐在帅位上的新任节度使李芳，看看书案上的黄麻诏纸，再看看泥塑菩萨似的一干同僚，惴惴不安地挪动了一下屁股，想舒展一下手脚，却不小心碰倒了茶盅。

一片寂静里，茶盅破碎的声音格外响亮刺耳，人人侧目而视。常松赧然干笑，李芳哼了一声，问道："你有什么要说的？"

面对外面的勤王之帅，节度使府上下主降者和主战者分为两派，泾渭分明。常松心里倾向议和，但李芳是弑兄取得节度使之位的，为人刻毒暴戾，这话常松却不敢明说，干笑道："下臣刚才在想翔鸾武卫的攻城器械，围了这么多天，怎么也没见他们伐木造车？"

攻城器械大多粗笨，又损耗极大，不可能全部从远处过来，多半都是围城的时候就近取材，这种围城许久却不取材造车的战法，实在少见。

"难道长公主真准备围而不攻，将我们困死？"

博州城城池坚固，粮草丰足，如果敌人真准备围而不攻，不敢说守三年五年，守两年是没问题的。

常松这句话一冒出来，李芳的脸就黑了一半，一拍桌子，吼道："你没脑子？长公主现在急于荡平地方藩镇和白衣教，据有关东之地给先帝复仇，怎么可能在博州城下久围？就是她真的只围不攻，难道我们就由她围着，让她轻轻松松地把各州府县扫平？"

"大帅息怒，大帅息怒……"

众人唯恐受池鱼之殃，连忙七嘴八舌地劝解，挨骂的人缩头缩脑地躲在人群里，不敢再说话。

李芳的目光在一干属僚身上打了个转，砰的一声将桌上装着黄麻诏纸的书匣扫倒，烦躁地大吼："是战是和，你们倒是给我说句话！"

诏纸掉在地上摊开，露出里面书写工整漂亮的字迹，但那些字凑在一起传递的意思，对他们来说却不怎么漂亮，"见字起三日内，投降奉诏，则虽失藩镇之位，仍可保一家荣华富贵；如若不然，王师挥师进城，则诛其九族，夷其宗祠，绝无宽赦！"

没有所谓的"和"，只有降与不降。

长公主以太后和天子遗诏之名，挟正统之威，兵临城下，传诏节度使府，只问你降或不降！降，则削除藩镇实权，仍赐以高位尊荣；不降，则挥兵直下，破城杀头，夷灭家族。

主战的行军司马集国清出列道："大帅，我魏博节度使府雄踞河北，北望河东，西窥都畿，占有十七州之地，经营三代五十余年，兵多将广，深孚人望，纵使没有非分之想，也不至于被东边的妇孺所欺，何惧一战？"

"正是，太后此诏不在取一时一地之利，而是图谋削平藩镇，进而扫平关东，重新一统中原，再开唐华之治。然而唐氏早已失了民心，江山倾覆，谁还肯再奉她之令？"

"她要削藩，就是跟所有的藩镇为敌，关东二十几个节度使谁肯乖乖地把大印让出去，不出一个月，他们肯定也会联起手来对付她的。"

一时间主战派众口哓哓，直数敌方必败之理。在他们的话里，齐青早已败了几十次；亲自统军的长公主更是死了无数次；那城外围攻的都不是强兵悍将，而是他们一口气就能吹走的飞灰。

节度使权力极大，受命时赐双旌双节，军事专杀，行则建节、府树六旗，上马管军，下马管民，集军、民、财三政大权于一身，杀官可至刺史，其僚佐文武俱备，与一方诸侯无异。坐上了节度使之位的人，那是谁也不肯轻易将位置让出去的，面对太后招降的诏令，无疑是主战更投李芳所好。

主和派多数都是文官，见李芳听着集国清他们的话连连点头，满脸喜悦，明显倾向主战，都不吭声。

"苗公是不是有话要说？"

李芳得意之余，看到旁边的支使苗高升唇动齿摇，便分开神来懒懒地问了一句。

苗高升与李芳的父亲同辈，为人公直，掌管一镇钱财度支，在镇中颇有人望，他要说话，大厅里的喧嚣声便止了。

苗高升连连点头，"集司马只知本镇有多少兵马，可知近年本镇有多少丁口，岁入多少钱财？"

集国清愣了愣，皱眉道："苗公，民生丁口这些事是支使、判官、推官之责，与我这行军司马有何相干？"

"那集司马是不知道了？"

集国清怒哼一声，"这是苗公自己的事。"

苗高升转头面向李芳，道："主公，我镇今户不过二十万，人口九十六万，岁入不足百万贯，却养了三十万大军，上下官吏万余。人民无度荒之粮，只能挖野菜充饥，百姓缺蔽体之衣，民力虚疲已极，不堪再使。

"反观昭王治下表面看来只有齐青之地，实则卢龙、横海等沿海四镇早已受其节制，安东都护府为其供养战马，外有水师取四海人口财资，内有昭王招徕神州游民商贾。近五年时间，已积百万大户，人口六百余万，贫者亦日有两餐之供，富者则三食有余。若以双方民力而言，老朽深以为魏博实非其敌。"

李芳听得脸色发青，冷道："苗公不免虚夸过甚。太后老朽昏聩，长公主无知女流，昭王乳臭未干，他们能有多大本事？这些流言妄语，何足采信。"

苗高升叹道："主公，流言或有夸大，但也不见得尽是虚言。我魏博本是关东富庶之地，有户六十余万，虽受白衣教之乱，也不至减丁如此之众。这皆是因为……百姓往东潜逃，以此算来，昭王府治下纵使没有百万之户，五十万当有富余。"

集国清被他屡屡打击士气，勃然大怒，喝道："苗支使，百姓出逃，都是你这主理的支使羁縻不力！"

支使管理钱财岁入，也熟悉人丁户口，但羁縻人口这样的庶政却不归苗高升管，集国清无端指责他，好没道理。苗高升不禁恼怒，喝道："百姓出逃，皆因你等护境不力所致！你领兵近三十万，年年要钱要粮，口口声声剿匪，不见丝毫功绩，只见匪徒越剿越多，祸乱越来越重，还敢信口污蔑老夫，真不知羞！"

两人互相攻讦，众人有的劝架，有的添言相帮，乱成了一锅粥。李芳头昏脑涨，大吼一声："统统给我住嘴！"

万马齐暗，李芳忍了又忍，才对苗高升道："苗公，你年纪大了，议事已久，恐也累了，且安置吧。"

他驱逐主和派的领头人物，自然是想战了。苗高升大急，"主公，长公主和昭王有太后撑腰，乃是天下正朔，名分大义俱在，与之明里为敌，实属不智！"

"连天子都已经被安氏绞杀，宗庙被迁，唐氏早已失了民望和人心，哪还配称什么正朔？"

苗高升瞠视说话的人，"倘若唐氏果真早失了民望，诸位刚才的言谈为何仍以王爵、公主之称呼之，更无一人敢以言辞亵渎他们？若是诸位对唐氏都还怀有敬畏之心，又怎能说唐氏非人心所向？"

众人都愣了愣，过了会儿集国清才怒道："谁说我不敢？李氏就是个老寡妇，唐东应鼠窃之辈，唐瑞羽无行妖女！"

他顿了顿又转头对李芳道："大帅，魏博若降，支使这类治民官吏总是有用的，换了主公一样当官！只有大帅若失所倚，轻则削去藩位，重则性命不保，家族受累！"

这句话正是李芳心中所虑，却也把一干主和的文官全扫进去了，登时大厅上又吵成了一团。李芳连连呼停仍不能制止，登时勃然大怒，大吼一声："来人！"

厅外的卫士应声上堂，李芳的目光在主战、主和两派的中坚人物身上逡巡片刻，咬牙指着苗高升道："苗公累了，解了他的印绶，送他回家休息！"

苗高升大惊失色，叫道："主公切莫相信小人谗言，老臣自先公起就为李氏家臣，素来忠心耿耿，凡有所言皆以李氏之利为先，并无私欲！"

李芳揉着太阳穴道："苗公休再多言，本帅已在年初就与成德、天平、兖海三镇有约，联手应对翔鸾武卫。三镇与我唇齿相关，博州被困，他们不能不救。救兵很快便至，我何必投降，受辱于妇孺？"

"主公，成德节度使谭九功自顾不暇，哪有余力助我博州？天平节度使简通贪财忘义，不足与谋。兖海观察使田健忠直敬上，顺服朝廷，以前遏制昭王府乃是忠职任事，防其独大之后危害社稷。现在安氏弑君篡位，大杀宗室，昭王外据重镇，手绾重兵，奉诏勤王，又有太后撑腰，顿时成了皇统所依，田健定然归顺，怎会出兵助我魏博割据？"

苗高升又急又气，顿足道："就算他们真的来助，那也是远水不解近渴。主公看看外面翔鸾武卫的士气精神、兵器甲胄，难道真以为我博州能守两个月？"

李芳被他连番顶撞，这次真的暴跳如雷了，吼道："博州城城池坚固，粮草富足，别说是连白衣教乱匪都屡剿不灭的无知女流，就是京都神策军来，也守得三年两年！"

苗高升被卫士挟腰拉走，急得手脚乱抓乱踢，大叫："主公怎可如此短视？长公主初临齐青的前两年，连白衣教副纲首所率的二十万大军也能一阵破之，两战歼灭；随后几年她将白衣教匪驱而不灭，逐出齐青便罢，不是力不能及，而是借之削减邻近几镇的势力，砥砺兵锋啊！"

第五十四章
天命寄

两个时辰之内，天雷屡降，连劈李芳两面大旗，摧垮他一角城楼。若说这不是天意，真是无人肯信！

博州节度使府内争吵不休的时候，博州城外的军营里，瑞羽正和郑怀手谈。师生二人的黑白子各自据有边角厚势，正在中原腹地一争高下，杀伐之气浓烈得似乎棋盘之外都能感受到那股凌厉之势。

秦望北亲自煮了清茶端上来，分别放到二人手边，看看盘面，吓了一跳，道："好凶的棋势！"

郑怀端起茶盅喝了口茶，笑道："殿下这棋艺算不得精湛，但论到棋势之凌厉，却堪称天下无匹，确实凶狠。"

瑞羽轻笑，"若没有这样的气势，又怎么破得开老师布下的重重阻难？"

郑怀哈哈一笑，投子认负，笑道："到底是年轻人锐气重，老朽不敌呀。"

其实盘面上虽然瑞羽锋芒正利，郑怀略有亏负，但也不是绝无胜机，只不过眼下的围城临战与此时的棋局相仿，他也有意让她得个上佳的兆头。

秦望北笑道："恭喜殿下攻城略地，旗开得胜。"

瑞羽何尝不知郑怀的用意，嘻嘻一笑，"多谢老师相让。"

师生二人拾棋归篓，与秦望北围炉品茶，听雨谈天。

秦望北不熟悉神州的各方势力，一面喝茶一面笑问："招降的最后时限将到，殿下觉得李芳会投降吗？"

"当然不会，此人能亲手杀了兄长、侄子二十几人，权欲心之重可想而知，怎会舍得将节度使之位拱手相让？况且其人刚愎自用，行事总有侥幸之心，死到临头也未必知道悔改，不可能会降。"

军情司近年发展极快，虽然太远的地方情报仍不能做到精准详细，但自家门口的魏博节度使府的上下情况却是了如指掌，因而瑞羽评断李芳并不困难。

瑞羽握着茶盏，悠然道："取博州是我军第一次攻取坚城，不仅要胜，而且要胜得迅速快捷，干净利落，杀鸡儆猴，威慑四方。李芳不肯投降，甚合我意。"

突然营外雷电光芒大亮，紧跟着一长串霹雳炸下，震耳欲聋，仿佛那雷电离营区极近，似乎就是挨着人的头顶劈下来的，惊心动魄。

三人虽不惧雷响，但当此天地自然之威，却也不由自主地停止交谈，直等到雷声过了，正待说话，却听到外面一阵骚动。

瑞羽的耳力在几个人中最佳，眉头一皱，放下茶盏道："似乎是旗被雷劈了，我去看看。"

大军在外，凡遇风吹旗倒之类的事，皆被认为是不祥之兆，很影响士气。三人一齐出帐，正待召使询问详情，喧哗声却变成了欢呼声，紧跟着一名亲卫狂奔进来报喜，笑道："殿下，天谴逆贼，刚才降雷把李贼竖在城头的大旗劈得焚烧起来，护旗的卫士也不知伤了多少，城头现在正乱着呢！"

有这么巧的事？瑞羽诧异地穿上高齿雨屐，快步上了哨楼，极目望去，果见对方高耸的博州城头所立的大旗已经不见，城头的守卫也慌作一团。

她看了看天空低压的滚滚乌云和倾盆而下的滂沱大雨，暗叹一声可惜，若非暴雨不利攻城，趁此机会挥师攻城，实为良机。

郑怀跟在她身后，看到对面城头的混乱也暗叹可惜，口中却安慰道："望这云色，雨大约还要下两个时辰。两个时辰后，正是招降之期到限，敌人也正是全军都知道了倒旗之兆的气沮时分，届时再下令攻城也不迟。"

瑞羽点头，笑道："大旗被雷击毁，正是细作兴风作浪的好时机，两个时辰后雨歇攻城正好。"

敌人连大旗都被天雷击毁，令翔鸾武卫将士哂笑不已，虽然天下大雨，他们仍忍不住跑出营房来看敌方的笑话。

柳望和几名主将也登上哨楼，看到城头上敌众人心惶惶的样子，忍不住齐齐叹息大雨延误了良机。

瑞羽见诸将愤愤不平，沉稳地笑道："有一弊则必有一利，虽然此时不好攻城，但延迟一些也好给博州城里的细作一些活动时间。等天谴雷击的流言传遍博州上下，这场仗我们就又胜了一分。"

博州城头的大旗被雷击毁，李芳又惊又怒又恐惧，连忙率了亲兵亲自带着节度使的大旗跑上城头，将毁坏的大旗替下重新竖起。为了给士卒鼓气，他便留在城头坐镇。

翔鸾武卫这边的作战方案早已拟定，敌人午时三刻若不投降，则挥师攻城。为了养力，午饭提前了一个小时。

瑞羽和诸将在哨楼下用了午饭，再看对面城头上李芳也是一副酒足饭饱、精神抖擞的样子，正大声吆喝着给将士鼓气，瑞羽便对亲卫下令，"让游奕使护送一队传令兵去城下数落刚才雷击旗落之事，劝说守城士兵投降。"

军中自有声音洪亮、口齿伶俐的传令兵专司骂阵招降，瑞羽一声令下，游奕使便护送着传令兵冒雨前往博州城下招降。

这些传令兵个个是骂阵的一流高手，无中生有他们也能说得活灵活现，何况有雷击落旗这样的现成好例子。他们奉令前往招降，先用天谴之说指责李芳不得天意人心，再问他降是不降，李芳怎肯投降，也派出传令兵与城下的劝降者对骂。

大雨倾盆而下，城上城下的骂阵士兵也口水齐飞，终究是翔鸾武卫的传令兵训练有素，据有大义名分，挟天谴之威占了上风，直把李芳手下骂得声哑音暗。他们骂得顺风，既数落李芳弑兄杀侄等穷凶极恶的种种暴行，又大声煽动守城士兵献门投降。

城头上刚被李芳鼓起的士气，被这一阵劈头盖脸的咒骂打得七零八落，气得李芳暴跳如雷，连声下令士卒射敌。可大雨哗哗下不停，普通的羽箭离弦不远就被雨水打落，强弩射出的箭勉强射到人前也劲力不足，被护卫的游奕使挥枪击落。

李芳气结，亲自夺了一柄强弩，探身出来对准城下传令兵中的发令者准备发箭。城下一名游奕使眼明手快，一见敌军主帅居然探出来半个身子，大喜过望，拍马前冲，摘下鞍侧挂着的投枪，用足劲力掷了出去。

投枪力大身沉，雨打不歪，那一枪直取李芳面门，绝无半分凝滞，危急之际，李芳身体一侧，堪堪避过这一枪。原来是李芳的一名亲卫觉得主帅不可轻身犯险，强行将他拉离城垛口，正救了他一命。

那游奕使一枪投出，虽未命中敌军主帅，却把那亲卫的头盔击落，吓得城头上连李芳在内的众人皆悚惧失色。

瑞羽偕诸将在哨楼上看到这兔起鹘落的一幕，都喝了声好，而后又齐叹一声可惜。

城头上的李芳回过神来，再看城下，一干游奕使哄然大笑，骂阵的传令兵更是满面红光，嗓音越发响亮，把他数落得不堪至极。他气得两眼血红，厉声吼叫："把床弩调近了，给我杀了这群王八蛋！"

床弩虽然威力奇大，但笨重不好使用，用来射宽阔的城下灵活性极强的游奕，命中率也太低了。集国清待要出声劝阻，可看到李芳额上青筋跳动的狠戾模样，话到嘴边又吞了回去。

床弩架好，李芳正自发狠狞笑，天边一阵狂风吹来，雷电光芒刺得城上城下所有人都不禁闭上了眼，城头上轰隆隆的声音不绝于耳，既像雷声，又像房屋倒塌声。

这一记雷电，居然又劈在了李芳竖起不久的节度使大旗上！不知是雷劈所致，还是大旗所压，立旗的城楼一角也轰然倒塌！

两个时辰之内，天雷屡降，连劈李芳两面大旗，摧垮他一角城楼。若说这不是天意，真是无人肯信！

这一下，不仅博州城头的上下人等惊惧无言，就连远观的翔鸾武卫将士也个个目瞪口呆，好一会儿才哄然大笑。

柳望和一干将领乐得直捶拳，捧腹狂笑，"李芳今天怎么这么倒霉，这可真是倒了十八辈子的霉！"

郑怀也忍俊不禁，捋须笑道："博州城四野开阔，李芳不懂避雷之法，又性喜奢华，好在大旗杆上饰以金顶银尖，该有此报。"

瑞羽抚了抚腕间的佛珠，笑道："天助我军成功，有这两雷，博州可一鼓而下！"

诸将深有同感，都恨不得此时就挥师前进，柳望擦擦笑出来的眼泪，道："殿下，末将即刻前去备战，雨过之后，发军攻城！"

瑞羽挥手道："去吧！"

辎重营拉开大帐的帐幕，露出里面摆放得整整齐齐的各种组件，熟练的工匠飞速将之安装妥当，临车、冲车、梁桥、旋风炮等各种攻城器械罗列在博州城下，只等风过云移，收了夏雨，便准备攻城。

博州城头的守军目睹大旗接连两次被天雷击落，士气低迷，任李芳如何鼓动也难以高涨，加之城外翔鸾武卫的传令兵仍在大声鼓噪，威吓劝诱，他们更是人心不齐，本来就有的李芳不得天命的感觉更是成倍扩散。他们心中隐隐有个念头：为这么个人卖命，并不值得。

李芳连遭重挫，也正心头惊惧忧虑，格外敏感，眼见得军心散乱，外面敌人煽动手下献门投降的劝诱越来越起劲，不由得心里发寒，唯恐哪个手下真的抵不住外面的劝诱，砍了他的头卖主求荣。这样一想，他的疑惧之心大重，连望向素来倚为心腹的集国清的眼光中也带了异色。

集国清正一面苦思对敌之策，一面宽慰李芳，"大帅，骂阵这样的口舌之争只是小事，博州城城池高固，白衣教全盛时四十万大军日夜不停地围攻都没能攻陷，长公主只有区区十万人马，根本无济于事。"

李芳此时哪里能听进他的劝慰，焦躁地喝道："你少说空话，且想个法子鼓起士气。"

士气低迷至此，仅靠赏钱许官是提不起多少的。集国清望了一眼城头，再看看在城下耀武扬威、大声谴责李芳并劝诱士卒献门投降的翔鸾武卫游奕使和传令者，献策道："大帅，城下的敌人不过百余，且骄狂不备，敌军主力相隔又远，若我军派一队虎贲之士出城冲杀，就算杀不了他们，也能将他们驱退，重振我军士气。"

李芳正疑心成病，唯恐有人献门投降，集国清这提议正中他的顾忌，顿时让他大起疑心：难道集国清有异心？

李芳凶残狠戾，疑心一起顿时有杀人之念，冷声问道："是吗？那你觉得让谁领兵冲杀比较好？"

出主意归出主意，要集国清自己出去做这么冒险的事他却是不肯的，于是他想了想，道："都虞许告勇武过人，让他率兵去吧！"

说话间集国清对上了李芳冰冷的目光，不明所以，愣了愣，忽然心中一寒：他想杀我！他怕有人献门投降，他也怕了天谴，更怕了外面的翔鸾武卫！

尚未对阵就已士气萎靡、将帅离心，这仗还怎么打？

第五十五章

砺兵锋

入城的翔鸾武卫分出几队在街道上高呼传令，"王师讨逆平叛，只问首恶！降者免死！百姓安居室内勿惊！"

雨收云散，博州城的四门外，翔鸾武卫已经排好攻城之阵。瑞羽手执帅旗，面向三军将士，一指博州城，提气高声问："将士们，那屡受天谴的叛逆是谁？"

众将士齐声回答："是李芳！李芳！"

瑞羽再问："那逆贼的头颅，你们可愿为予取来？"

她治军严苛，制度明细，罚过极严，但赏功也极厚，众将士一举一动都有章可循，她抚慰将士的后方家小也从不吝啬，在她麾下的将士只要奋勇杀敌，就能获取军功荣耀，即便战死也身后无忧，名字能够刻入石碑，牌位供入英烈祠年年受飨。她在军中极有人望，其形象堪称公正严明，加之她美丽非凡，高贵尊荣，全军上下的将士除去对她有畏惧之情外，更隐隐有种绝不愿被她瞧不起的争强念头。

她这句话一问出，三军将士的情绪顿时如水滴油锅，轰然炸开，呼声震天，"愿取逆贼头颅，为殿下寿！"

以人头祝寿，这场景自然说不上美好，但三军将士的士气之高，足以令博州城本就已经低迷的士气更受打击。

瑞羽微微一笑，帅旗一挥，下令道："攻城！"

传令兵飞驰而去，高呼传令，"攻城！投石！"

随着命令下达，数十台旋风炮旋臂一齐转动，无数圆石呼啸着飞上城头，登时将城头炸得砰砰震动。圆石密集如雨，四下飞溅，守卫砸着就死，挨着就亡。

城头的李芳等人躲在城楼里不敢露头，大惊失色，"这是什么东西，投石也能这么密集。"

普通的投石机威力虽大，却笨重难以控制，要很久才能投一次石，像旋风炮这样能够连续不断发射的武器，博州城上下从未见过。

魏博军与白衣教对峙十几年，各有胜负，临战的特点是魏博军武备精良，白衣教教众悍不畏死；博州城被围的次数极多，但像旋风炮这么厉害的攻城器械却从未遇到过。一阵炮轰，压得城头守兵连头也抬不起来，垛口、城楼垮塌无数，一时间博州城似乎摇摇欲坠，马上就要被攻陷。

集国清心中骇然，一面指挥躲在夹道里的士卒架起床弩反射，一面令助守的百姓冒着石雨强行抢修城墙。

"兄弟们别怕，投石打制不易，不可能有太多石头让他们挥霍，挺过这段时间就好了。"

果然不出所料，旋风炮将城头的垛口等掩护工事摧毁之后便停了下来。城头的守军刚松了口气奔上城头抢修工事，翔鸾武卫军中上万张长弓强弩便分批轮射，嗖嗖的箭雨又落了下来。与此同时，五架梁桥也移到了护城河边，身着重甲的士兵冒着城头倾泻而下的滚木和礌石将桥段架开，搭上城头。

集国清连忙令士卒冒着箭雨探出头来试图将梁桥推翻，不料这梁桥是昭王府下工曹部特制之物，采临车等诸般攻城利器之长，坚固沉重，博州城备用的挠钩根本钩不动它分毫。待要泼油焚烧，却发现那梁桥上裹着一层铁皮，竟是烧不起来。

眼看守城卫士连受投石雨和箭雨所伤，损失惨重，集国清连连下令后备士卒上前将伤亡人员替下，并许以重金高位鼓舞士气。

李芳不敢再在城头待着，躲到远离战场的鼓楼里看着攻城战，骇然变色，"四门的攻城之战都是实打实的硬战，没有半点虚假，长公主难道竟想一战而得全功？"

翔鸾武卫甲胄精良，悍不畏死，攻城器械也大异于那种临时赶制的使用一次即废的粗糙器械，打造得犹如钢铁怪兽。攻城之战展开不过半个时辰，城头的守兵已经换了两茬。

照这样凶猛的攻势看，这博州恐怕一天都守不住！

李芳嘴里吩咐亲兵持令往博州城征召百姓上城助战，心里却惶恐不安：翔鸾武卫兵锋之利，实在出人意料，难道除了投降真的没有别的办法吗？

他连受重挫，骄狂渐去，畏惧大起，可这节度使之位是他弑兄杀侄才夺来的，要他交出去，却是终究不舍。他在节度使府抱着印绶犹豫不决，外面震天的厮杀声里突然传出一阵清晰的大叫，"北门陷落，快去救援！"

攻打北门的是鸾卫老将黑齿珍，翔鸾武卫经过这近五年的磨砺虽然已是百战雄师，却长于野战，对于攻打博州城这样的坚城经验不足，到底还是没能夺得破城首功，让老将军麾下拔了头筹。

北门陷落，集国清连忙将手里备用的精兵往北门调遣，想将北门再夺回来。可他自己所守的东门由柳望指挥攻城，瑞羽亲自坐镇，翔鸾武卫士气比西南二门更是高昂，没能得破城首功，将士们个个肚子里都憋着气，不计伤亡地往前冲，已从重重封锁里撕开一道口子，抢上了城头，立稳足跟去夺吊桥绞盘。

集国清手里已无备用之兵，眼见事急，只得亲自驱赶临时征召的新兵去堵缺口。双方在狭窄的城头夹道上对面相遇，那些弩炮弓箭等远程射击武器便都用不上了，短兵相接，杀成一团。

魏博军的武器装备放在与白衣教对阵时，占有绝对优势，但与翔鸾武卫相比较则差几筹。且瑞羽治军严苛，翔鸾武卫军心之齐可说天下无双，绝无临战相疑之事，越是狭路相逢的战局，越是配合默契，日常训练的已经习惯了的节奏使他们临阵不乱，长枪远刺，横刀近劈，节节进逼。

集国清所驱的新兵其实就是临时抓来的充数的壮丁，一群刚放下锄头连操练也没经过几次的农夫，短兵相接又怎是百战之师的敌手？集国清连砍了十几名转身逃跑的新兵，强压着新兵往前与翔鸾武卫交锋，但城头的缺口还是越来越大，并向吊桥绞盘处逼近，终于有人砍断了绞索，放下吊桥。

城下浑身包着铁皮裹着烂泥的撞车蓄势待发，一见吊桥落下，躲在撞车两翼下的劲卒立即推动撞车往前冲，奋力撞向城门。城头还未完全溃败的守卫急忙往下泼滚油，可推车的劲卒个个满身烂泥，外套铁衣，内着皮甲，连眼皮上也护了一层突檐皮抹额，又躲在撞车舒张的两翼之下，滚油下来能烫伤的地方有限。城头守卫又扔下火把引火，火势旺不起来，偶尔有人身上着火，便在烂泥地里打几个滚，将火苗压灭了又继续往前冲。

雨后攻城，这遍地泥泞让翔鸾武卫吃亏的同时，也给城头守军的火防带来了巨大的不便，在天时地利上双方算是战了个平手，但论到人和，士气萎靡不振的博州军是无论如何也赶不上翔鸾武卫的。

双方鏖战至申时末，博州城北门、东门尽陷，大军入城，先夺了四门控制权，而后各按计划奔袭节度使府、州府、军营几大要害之地。

入城的翔鸾武卫分出几队在街道上高呼传令，"王师讨逆平叛，只问首恶！降者免死！百姓安居室内勿惊！"

往返传令安抚了半个时辰，惶恐不安的博州百姓见翔鸾武卫果然没有破户劫掠之迹，逐渐定下神来，虽然不敢外出，却忍不住好奇地透过门窗缝隙往外窥视。

战事进入尾声，整个博州城除去军营里还有一队魏博老兵死战不降以外，连节度使府也已被攻破。瑞羽在众亲卫的簇拥下缓缓而行，巡视着在博州城的官府民宅，心有感慨，叹道："魏博节度使府昔日乃是国朝有名的富庶之地，鼎盛之时有户近百万，却不想破败至此。"

郑怀道："魏博底子虽厚，奈何这十余年来旱涝灾害不断，又有白衣教为乱，加之李芳骄奢淫逸，挥金如土，有今日之景，不足为奇。"

说话间已经靠近了节度使府，柳望迎上前来，拱手道："殿下，李芳投降，请求叩见殿下。"

虽说战前瑞羽就有言，不奉诏投降者就地格杀，但李芳在战败后又投降就缚，情况特殊，柳望不愿背了专权擅杀一方节度使之名，以后落人话柄，故此特意前来问一句。

瑞羽知他的用意，一皱眉头，道："也罢，把他提上来。"

节度使府的正厅也遭了刀兵之灾，中堂绘着猛虎下山图的壁面还插着几支羽箭，青碧率人上前把乱箭拔了，草草打扫了一下，请瑞羽上座。

瑞羽的目光在节度使府正厅里富丽堂皇的装饰上转了一圈，掸了掸衣裳，问绑得如同粽子般扔在堂下的李芳："你还有什么话说？"

李芳挣扎着叩头哭道："殿下，臣一时鬼迷心窍，听信小人谗言，做下了这等糊涂之事，悔之不及，还盼殿下看在臣父、兄两代忠良的分上，恕臣这次罪过。臣今后一定洗心革面，重新做人……"

瑞羽不耐烦地打断他的话，问道："是哪个小人？"

李芳抱着侥幸心理觍着脸皮前来求饶，早编排好了一肚腹稿，连忙道："是行军司马集国清，押衙师明，军马使李二流……"

瑞羽看着帅案上摆着的一枚羊脂玉如意，淡淡地问："七年前你弑兄杀侄，篡节度使大位，也是他们唆使的吗？"

李芳一时哑然，瑞羽一拍帅案，厉声喝道："无耻之尤！弑兄杀侄之后，竟还敢用父兄的忠义来博予赦免你的谋逆之罪！你这种狗彘不若的畜生，活在世间天理难容！拖下去斩了！"

李芳吓得魂飞魄散，体若筛糠，尖叫："殿下，您说过降者免死！您欲成大业，不能失信于天下！"

瑞羽冷笑，"予初临博州之际，便已传诏明令：奉诏投降，虽除镇帅大位仍可保一家荣华富贵；敢藐视君威，拒诏谋逆者，夷其九族！你抗拒王师，谋逆叛乱，累我无数子民枉死，竟还敢怀侥幸之心图个降名谋生，你以为予软弱可欺？"

李芳还想求饶，瑞羽一摆手，刀斧手立即将他的嘴堵上拖走。柳望犹豫了一下，又问："还有李芳的家小，是按军法从事，还是入狱待昭王府接管魏博后明正典刑？"

"自然是军法从事，警示诸镇！"瑞羽眉梢一挑，冷声道，"昭王府发兵勤王，奉诏传檄天下，诸镇或战或降，只有这两条路可以走！若是谁以为能够在顽抗王师杀伤我部属子民之后，借口投降免除一死，那就大错特错。招降诏令，是命令，不是给人讨价还价的商书！"

临阵招降，最怕碰到降反无常的事。若是开了宽口，难免有人仗着投降即能免死这一条，打不过的时候就降；休养整顿后，又树反帜，反反复复，拖得翔鸾武卫和治下子民受之连累，多增枉死。

瑞羽一战攻破博州之后，立即将李芳枭首示众，并夷其九族。翔鸾武卫略加整顿，待昭王府派出的文官抵达博州接收了节度使府后，立即挥师西进，扫荡魏博其余州县。

翔鸾武卫选拔武卒时，以士卒能负全副盔甲、五斤食物、持枪佩刀，且半日急行军能走七十里为基本条件，此段时间虽然天气不好，但每日行军仍有三十里以上。一个月下来，便将魏博十七州尽数拿下，直逼成德节度使。

成德节度使府辖下只得五州之地，势力远不如魏博，但其倚着身后与东胡相通，认为昭王府必然有所顾忌，竟也桀骜不肯奉诏。

殊不知翔鸾武卫出击博州之前，鸾卫老将薛安之早已亲率五万大军，由水师运载过海，直取幽州安东都护府故地，捣东胡心腹要害。东胡面对老将军的锋芒，又被水师沿岸袭扰，自顾不暇，哪有余力来驰援成德？其鼓动成德与翔鸾武卫对抗，不过是指望他能拖拖昭王府的后腿罢了。

成德与东胡来往亲密，马匹极多，又学了胡人的骑马战术，骑兵在诸镇中称得上一方雄军。成德节度使谭九功也知若像李芳那样守城，纵然能守得镇州不失，但若节度府治下所有州县都被她扫平了，自己的这一座孤城又能济什么事？因而他不愿踞守死城，听闻翔鸾武卫将至，便亲自统率骑兵主动出击，准备与翔鸾武卫野战分胜负。

翔鸾武卫有水师经海路自诸胡部落运得马匹，骑兵自也不弱，完全可以与成德铁骑对战。

谭九功见翔鸾武卫阵式严整，毫无破绽，便下令骑兵变阵，准备以楔形阵强闯敌阵，将之分割切开。

不料他大军之阵一动，对面的翔鸾武卫的阵势也变了：骑兵分于两翼却露出中间一座雪亮的刀阵来，正是自华唐中期便因为太过耗钱而废弃不用的陌刀阵。此阵正是骑兵的克星，当日北胡全盛之时骑射之精天下无双，遇到陌刀阵却是屡战屡败，绝无胜例。

谭九功一见此阵，顿时目瞪口呆，"不说翔鸾武卫的兵器甲胄，就仅是这陌刀阵……昭王府哪来这么多钱把它堆出来？"

骑兵作战分出胜负的速度比攻城战还要快，前后不过个把时辰，便大势已定。在陌刀阵和翔鸾武卫骑兵的配合冲击下，成德节度使军溃不成军，谭九功被一队亲兵簇拥着落荒而逃。

翔鸾武卫分成南、北、中三路，北路由老将薛安之率领，收安东都护府，拒东胡于檀州之外；南路由刘春及南海水师郭涛配合，取淮南两浙诸临海藩镇；中路则由瑞羽亲自统率，连克魏博、成德、义武等几镇，连战皆捷，挡者披靡。

太行山以东十几镇，初时皆有自立之心，不肯轻降，但随着翔鸾武卫战无不胜及李芳拒诏不降、大旗连遭雷击、败后九族尽诛的消息遍传诸镇，诸镇主事者的骄安气焰大受打击，义武、宣武等几镇都奉诏而降。

为了表示对降者的优待，凡肯奉诏归降者，东应都亲自前往受降，以太后诏封以高爵，赐象牙、香料、珠宝等海外奇珍近百万缗。

拒诏者受雷霆之谴，有灭族之祸，绝无赦恕；受诏者得高爵厚禄，有百万之资，荣宠不衰。两相比较下，昭王府和翔鸾武卫尚未正式投书问降与否的诸镇内都人心浮动，不少人自忖不是翔鸾武卫之敌，暗中思量，只等昭王府投书询问立即归降。

偏偏就在翔鸾武卫兵锋正锐、临近之镇有降意之时，兵分三路的翔鸾武卫不约而同地暂敛兵锋，以太行山为界，停下了征战的脚步。

被翔鸾武卫的凌厉兵锋逼得心惊胆战的诸镇，见其收兵过冬，都松了口气。与邻近诸镇的侥幸欢喜相反，远在洪州的江西观察使韦宣在听到翔鸾武卫收缩兵锋的消息，再看了一眼儿子韦岭秀游学齐青带回来的游记后，悠悠地舒了口气，道："我只道昭王少年得志，突然有此机遇，难免得意忘形，贪功冒进。想不到他小小年纪，却有这般坚忍心性，能在这种大好局面下忍得住不出手。"

韦岭秀道："翔鸾武卫士气正旺，河阳等诸镇可一檄而定，昭王在此局势之下，竟收缩兵锋，错失良机，谨慎有余，开拓不足，终究不是大器量。"

"不然，昭王此际收兵，正是恰当时机。齐青虽富，不足以支撑扫平天下的大战，若是不稍作休息，继续向西与白衣教交战，虽然仍可获胜，但在潼关外便师老兵疲，易为安氏所乘。且……"这个"且"字之后是什么话，韦宣却不再说了，沉吟一下又道，"昭王年纪虽轻，却稳健老练，当为唐氏光武之主。大郎，为父修书一封，你与二郎亲自前往昭王府投信。投信之后，昭王殿下若留你在幕府听用，你就留下，让二郎回来便可。"

第五十六章 闲读书

> 瑞羽潇洒地再饮一杯，笑道："以前我不知市井之间原来还有此等精彩好看的传奇故事，倒是我见识浅薄了。"

秋去冬来，小雪时分，虹藏不见，天气变寒，翔鸾武卫在邯郸古城暂驻整顿。不必领军出征，瑞羽的日子悠闲了许多，天气晴好便与郑怀或秦望北出游，天气不好便召集诸将会宴游乐。

这一日，天气阴沉，近午时分，纷纷扬扬地下起雪来。青碧见她有外出之意，赶紧取出斗篷给她披上，又替她正了正腰间的玉玦，抱怨地说："这集羽氅还是以前在京都的时候少府送上的，穿了近十年，两肩的翠羽都有些脱落，边角也磨损不少，早该送新的。织造司是怎么回事，天都下雪了，还不把新氅送过来。"

瑞羽拢了拢发鬓，笑道："天下未靖，不是奢靡浪费的时候。这氅一件要集上万只翠鸟绒羽和上百织户五年之功，奢华太过。有旧的穿着就好，换新的就不必了。"

青碧反驳道："殿下富有四海，节俭也不在一件大氅。再说了，您节俭不用新衣，固然是好意，可您不穿这衣服，那些捕鸟的、织造的又该去干什么？那不是断了他们的生路吗？您不缺穿这衣服的钱，何妨赏他们一口饭吃？"

"满口歪理。"

"歪理也是理。殿下，您想啊，禁绝奢侈之物，使匠户多去种田虽然也可稳固国本，但我们现在农耕之技大进，五口之家种五顷地还有余暇，算起来其实已经地少人多了，且我们又有海运可以用匠户所造之物去东海、南海诸国换粮。逃到我们这里的匠户无地可种，如果不能靠一技之长挣饭吃，那不是又要出乱子了吗？"

她的话一串一串的，这些话虽然"歪"，但也真有几分道理。瑞羽微觉诧异，笑道："这可真是士别三日，当刮目相看。你也就休息了一天，居然能有这般见识，好得很啊！"

青碧哧哧一笑，"奴婢可没这么多见识，这都是听人说的。"

"说这话的人很有见识，在任什么官职？"瑞羽笑问一句，心中一动，转头问道，"是东应说的？"

青碧点头，笑道："是呀，奴婢也觉得昭王殿下的话很有道理。"

瑞羽眉梢微动，漫不经心地问："你一向在我身边，何时听他说过这样的话？"

"昭王殿下每十日便有一封信来。"

每旬一封信件往返，正是她与东应没有嫌隙之前通信的频率，只是自她清明节离开齐州，除去公文，他再有私信传来，她便不拆看也不回复。

压了这么长的时间，他的信已经不再递到她面前了，却没想到居然是拐了弯，写给了青碧。瑞羽怔了怔，问道："他给你写信？干什么？"

"昭王殿下来信吩咐奴婢留意照料殿下的饮食起居，也问您的近况。"

瑞羽不悦皱眉，"东应来信问我的情况，你怎么回答的？"

"奴婢不敢擅自透露殿下的近况，是按照您日常给太后娘娘请安时的内容告诉昭王殿下的。"

瑞羽轻"嗯"一声，淡淡地再问一句："你当真没有私自向东应透露我日常生活起居的详情？"

青碧听到她轻淡的话里隐隐约约透出一股难测的意味，突然身上一寒，连忙道："殿下，奴婢自幼服侍您，知道轻重，绝不敢背主擅传，确实没有将您的生活起居告诉过昭王殿下。"

"没有就好。"

青碧偷偷擦了把汗，暗自庆幸自己没有多事。瑞羽受她提醒，才想起东应这些日子以来给她写的信，心念一转，问道："东应给我寄的信，你可收着了？"

"收着呢，奴婢这就去取来。"

她将东应这半年所寄的信件取来，瑞羽低头打开装信的锦囊，里面的信件整理得十分齐整，已是厚厚的一沓，一封封按照来信日期依次叠放，信封上的笔迹锋利如剑，遒劲张狂。

青碧见她摩挲着信封，眸底光芒明灭，脸色阴晴不定，便问："殿下可要坐下来看信？"

瑞羽摇头，示意青红把信收起，然后转身出门。青碧打起油纸伞替她遮雪，跟在她身后走了许久，才鼓起勇气轻声道："殿下，您与昭王殿下从小亲厚，奴婢也不知道您现在为何生他的气。但奴婢想家和万事兴，您与昭王殿下和气，奴婢这些下人也好做事；您和昭王殿下生气，奴婢等人都心中惴惴，不知如何应对昭王殿下的好意。上行下效，恐怕军中与昭王府也难免生隙，于大局不利。"

瑞羽冷哼一声，"我是不是和东应生气，几时轮得到你们费心猜疑了？"

妄自揣测上意投其所好，是十分犯忌的事，青碧吓了一跳，连忙道："殿下，奴婢绝无此意！"

瑞羽心中烦躁，转头盯了她一眼，冷声道："予虽不愿日常对下属多加苛责，但若有谁敢妄自揣测上意，对外泄露一丝我与东应不和的风声，使翔鸾武卫和昭王府不和，可别怪予不留情面。"

青碧弄巧成拙，吓得出了一身冷汗，不敢再多话，连忙道："敬诺。"

瑞羽胸中烦闷，疾行两步，挥手道："你们都退下！"

青碧愕然，惊慌问道："殿下？"

"退下！"

她厉喝一声，也不管一群惊慌求情的侍者，扔下他们向秦望北的住所快步走去。

秦望北正在屋里拥炉看书，见她满面郁色地走进来，微觉诧异，却也不出言询问，只是笑道："殿下莫非有'千里鼻'，我这里刚得了两坛好酒，正准备雪再下大一些就请你过来对饮，还未下帖相邀你就过来了。"

他的神态悠闲，自有一股安详平稳的气质，风趣开朗，逗得她笑问："什么好酒？"

"这酒是我的属下用两担盐跟黎人换来的，也没个名字。我尝了尝，味道却是真的不错，甘芳醇厚，别有一股异香。"

他口中说着话，伸手自然地接过她解下的集羽氅挂在屏风檐上，把她让到炉边坐下，令人准备下酒菜。

瑞羽看了一眼他刚才撇在炉边的卷册，见封面上写着"传奇十记"几字，微觉好奇，笑问："似乎前阵子听我几个侍女也在说什么传奇，难道就是你看的这个？"

秦望北哈哈一笑，将书递给她，"殿下以前没看过这种市井传奇吧？不妨看看。"

瑞羽自开蒙学习的就是经史子集，极少接触这类市井俚俗的传奇小记，便接过来随手翻开，一目十行地看着，笑道："这是人物传？可比不得太史公所记人物传精简凝练，写这东西的士子穷极无聊吧？"

"这是消遣用的杂记，自然比不得史官家言，不过闲暇无事，也可以据此下酒。殿下看看，是不是颇有意趣？"

"语多粗俗，文理不通，于人物渲染过分，虚假可笑。"

瑞羽初时一面与他闲话指摘传奇中的毛病，一面翻页，看得极快，渐渐地却被其中精彩的故事吸引，凝神细看，将一篇看完之后，又翻到前面被她刚开始时跳过去的部分重看了一遍，而后意犹未尽地舒了口气，叹道："竟有人能编出如此曲折离奇的故事来，当真令人叹为观止。"

秦望北斟了一杯酒，笑问："殿下看到书中的随五郎向游侠儿习得一身武艺，报仇雪恨之后，心中有何感觉？"

"大快人心，当浮一大白。"瑞羽接过他递来的酒，一饮而尽，只觉得胸中血气犹未平息，大叹了口气，"提三尺剑，斩仇人头，跨飞云马，共美人游，真可谓恩仇快意，人生极乐。"

秦望北击节举杯，笑道："殿下的点评酣畅淋漓，亦当浮一大白！"

瑞羽潇洒地再饮一杯，笑道："以前我不知市井之间原来还有此等精彩好看的传奇故事，倒是我见识浅薄了。"

"这些传奇故事说到底都是不得志的文人为解心中不平气编造的，殿下尊贵无双，睥睨天下，平日里忙得连观赏雅乐的时间也没有，哪有空闲来看这种市井传奇？就是有时间，你的属下也不敢进献。"

瑞羽点头赞同。二人围炉共话，品评优劣，以文下酒，不知不觉天已近黑，瑞羽舒了口气，完全忘记了最初的郁闷，转头问正在吩咐侍者传膳的秦望北："你这里还有什么好看的传奇故事？"

"还有《黄须侠传》《牡丹记》《柳五娘》……邯郸古城风流，市井间不少这些传奇，我这两个月来无事常去游荡，搜罗了上百本，就放在暖榻旁边的矮柜里，殿下可以自己找找。"

瑞羽按他的话走到矮柜前，打开柜子翻看里面的书籍。这些书都是秦望北从市井间收罗来的，大多数是手抄本。瑞羽选了几本字写得漂亮的书搬到火炉旁，信手选了一本打开。

秦望北吩咐了侍者，转回炉边，笑问："殿下选了些什么书？"

瑞羽一面翻页，一面道："《妖十一娘》……"

秦望北一听她说的书名，脸色一变，连忙快步上前，叫道："殿下，这书不行！"

瑞羽瞥见他神色古怪，一脸急切地想阻止她看书，不禁奇怪，"这本书辞藻浓艳，细腻富丽，比刚才的《传奇十记》更胜一筹，有什么不好……"

秦望北满面尴尬，伸出手来想把她手里的书夺走，可论到身手，这天下能胜过她十年苦练的人还真不多，她轻轻一避便让他伸手莫及，然后翻开了第二页。

秦望北见她翻页，急得额头都出汗了，徒劳地叫道："殿下，这书当真是……是那个……那个……"

他那了两句，也没说出那个究竟是什么。瑞羽一目十行，早已将翻过来的那页书扫视了半页，脸上的表情也顿时凝滞住了。

秦望北一见她的表情，便知她已看到了书的内容，简直是无地自容。原来这本书是坊间新兴的淫书，除了第一页介绍人物，从第二页起便描写青年男女偷情合欢的种种淫乱场面。这也罢了，更要命的是他自己看了这本书，居然在书上注了眉批！评道："男女交欢，当以情为先。若是无情而为，便是禽兽之举，虽然畅快，却终究只是一时之欢，无甚余韵，寡淡少味。"

瑞羽太过惊愕，好一会儿才反应过来，顿时觉得手里如同捧了团烧红的炭火，掷之不迭，满面羞红，尴尬得恨不得自己根本没出现过，又羞又急又气又怒，瞪着秦望北想痛骂他两句却又说不出话来。

秦望北慌忙将那本闯祸的书一脚踢进角落里，手足无措地干笑着道歉，"殿下，这……这……对不起……实在是……"

瑞羽此时已经回过神来，转身就走，秦望北连忙追上去，拦在她面前连连躬身行礼，赔罪道："殿下，这真是意外，你原谅则个！"

瑞羽羞窘至极，一掌把他推开，怒道："你不是好人！"

她虽然常年统军，也曾与秦望北有过拥抱亲吻的亲密之举，不似寻常女子对男女之事扭捏，但那书中描写的场面委实太过淫乱，且又是两人相处时看到，也由不得她羞愧无比，落荒而逃。她这一声嗔骂，有五分是怒，更有五分是羞，一刹那间竟流露出一种于她而言极少出现的女儿娇羞之态，让秦望北心中一荡。

第五十七章

雪夜梦

刹那间她惊骇欲绝，脚下一个不稳，砰然倒地，终于自梦中醒来，猛然睁开眼睛，满额冷汗，一身潮湿。

瑞羽夺门而去，见他并未追上来，才松了口气，压下擂鼓般的心跳站在庭院里，镇定了一下才往寝殿走。

被她呵斥退下的青碧等人不敢跟在她身后，一直在秦望北的居所外提心吊胆地等着，见她出来，赶紧迎上去高举华盖，张开雨伞替她遮风挡雪。

青碧一眼看见她的集羽氅没穿，本想开口询问，却又想到自己上午刚触怒她，心里惶恐，终究不敢直问，低眉顺目地说："殿下，青红遣人来报，经离先生在东暖阁等您。"

"老师什么时候来的？有什么事？"

"经离先生未时二刻就来了，没说什么事。"

瑞羽微觉不悦，道："你们怎么也不进去通报一声，老师偌大年纪了，让他冒着风雪来却空等这许久。"

青碧细声细气地说："青红说这是经离先生吩咐的，若是您在与秦先生叙话，那就不必惊动。"

既做这种吩咐，想必是没什么要紧事的。瑞羽心念一动，突然想到：老师吩咐青红等人若见我与秦望北叙话，就不必惊动，看来他对秦望北的印象极好，不仅仅是乐见他跟我在一起，甚而是支持的。

她心里想着，快步走到锦成楼，见楼内灯光甚暗，郑怀正半眯着眼坐在灯下打谱，便嗔怪服侍的青红，"光暗了坏人眼睛，你怎的也不多点几支蜡？"

郑怀摆手道："殿下勿怪，这是老朽自己的意思。闲来打谱，光太亮了叫人看着扎眼，反倒失了轻松之意。"

瑞羽轻应一声，走到棋盘前帮着他一起将黑白子分装入匣，笑问："老师可是在等我回来手谈？"

郑怀笑道："天晚了，且用膳之后再战。"

青红连忙令人端来盥洗用具，摆上饭菜，师生二人吃了饭，以茶漱了口，才重新摆开棋枰，对坐手谈。瑞羽的棋势一贯凌厉进取，郑怀却是绵和柔韧，双方缠斗不休。

郑怀抢占上风后，看了瑞羽一眼，道："殿下今天落子略显散乱，却是为何？"

瑞羽所有的烦忧都缘于东应的非分之想，这是根本不敢对人言只能自己苦恼的死结，压得她心事万千，却无一字可说，叹了口气，道："老师似乎对秦望北很是看重？"

郑怀轻"唔"一声，道："这孩子胸襟广阔，有隐士风范，处之令人有如沐春风之感，在同侪中出类拔萃，确实不错。"

郑怀自身胸怀丘壑，眼光自然也就高，能得他一言之褒的人已经很少见，得他满口赞誉的人更是凤毛麟角，秦望北能得他这么高的评价，连瑞羽也微觉吃惊，沉默了一下。

郑怀落下一子，提了她几枚断了生路的棋子，又道："更难得的是这孩子遍历红尘，精通人情世故，机巧善变，竟还有一颗至情之心。"

他说着笑了起来，"虽说他缠在你身边的做法有些无赖，但他对待你的心态却是俗人所不能及，颇令人感动。"

瑞羽一怔，脱口问道："老师此话怎讲？"

郑怀望着她，认真地说："殿下，你身份尊贵无双，世俗男子或是仰望你的风采却不敢靠近；或是怀着攀龙附凤之心献媚求进；即使偶尔有人既不贪图功利，又敢接近你，但在你图谋大业的胸怀之下也难免局促不安；或是因为你重公事大过私情而心生怨恨。这秦望北竟能将你的权势视若平常，坦然自若地接近你，既不怨愤，也不气馁，屡挫不退，这份韧性，我此前从未在他人身上见过。"

瑞羽愣了一下，略带不解，"老师是说，秦望北可以……那个？"

她再洒脱也没办法主动将婚姻之事提在嘴边，以"那个"二字支吾过去便罢。好在郑怀也完全理解她的意思，沉吟了一下，道："此人能令殿下在抑郁不快时忘记忧愁，老朽以为他可以。"

瑞羽沉默不语，闷声下棋，一局终了，双方数目，瑞羽竟输了足足十一目半。她心有不服，一挥手，道："老师，我们再下一盘！"

郑怀却是见好就收，哈哈一笑，道："晚来大雪，若是回去晚了，路不好走。殿下且安置吧，不劳远送。"

瑞羽送走了他，回头再看室内，虽然侍者丛立，却寂寥满室。

青碧坐在她身后轻轻替她除去钗环，梳理头发，柔声问："殿下是早些安寝呢，还是再看看书？"

"把床头的灯留着。"

瑞羽的目光从放在她床前装信的锦囊上滑过，突然问："青碧，你想不想出朝为官？"

青碧一怔，摇头道："奴婢能在您身边服侍，已经是旁人一生难以企及的荣耀，不想出朝。"

"可你机灵通变，博闻强记，仅在我身边服侍起居，不免屈才。"

青碧大惊失色，急道："殿下，可是还在为奴婢早晨的胡言乱语生气？奴婢说错了话，殿下要打要罚都可以，可别驱逐奴婢。"

她越说越急，眼泪如泉涌，只是知道瑞羽的脾气而不敢大声哭叫，抹泪道："殿下，奴婢虽然一时胡言，但内外有分还是时刻谨记于心的，并不敢心向外人。"

为仆者自然应该极力维护主上，因为主上的权柄利益安泰，他们自身才能安泰。青碧不过是自忖长公主与昭王合则两利，破则两败，因此一见他们有所嫌隙，便忍不住想弥合他们的裂缝，却不是真的有背主求荣之心。

她毕竟是从小就在瑞羽身边服侍的人，虽然用错了办法，瑞羽如果对其太过苛责，却也易使臣属寒心。

瑞羽抚额道："罢了，你不愿出朝为官就不去，何至于哭成这样。我只是问你一问，免得你有所愿时我没留意，却误了你的前程。还有，青翠、青蓝、青橙你们几个可有谁对前程有什么念想的，也可以明说。我的空闲时间不多，忙起来怕是顾不着你们。"

她身边近侍的十二个青这几年增补轮换，宦官以青红为首，侍女以青碧为首，听说她要给各人赐个出身，都面面相觑。过了好一会儿，才有一个名叫青苍的宦官上前问："殿下，若是奴才外放，也能去地方为官吗？"

瑞羽对服侍她的众人有什么才干了如指掌，见他出列询问，便点了点头，道："你精于案牍整理，处事亦颇有眼光。如果外放之后，能够勉强任事，虚心求教，好生历练一番，日后为一州刺史还是可以的。"

青苍喜道："那奴才愿外放为官。"

瑞羽摆了摆手，道："且慢，我说你以后可以为一州刺史，却不是说放你出去立即就让你当州刺史。你自幼长于宫中，出任地方官难免有眼高手低的毛病。我若放你出去，最多只能给你一个小县的民曹主簿之职，此后要你自己好生历练才能升职。"

小县治下人口不过五万，任一县的民曹主簿，对他们这些离权力中心极近的人来说，官职真是小得不能再小了。青苍略觉失望，但转念间又精神一振，道："奴婢明白，想为一州刺史，得先做好民曹主簿，学会了治一县之民，才好谋一州，不能连一县都治不好，却跑去祸害了一州百姓。"

瑞羽见他明智，不禁一笑，又肃然道："青苍，还有件事你要明白。宦官自国朝中宗以来，为祸天下甚剧，朝野上下难免对之有抵触情绪。你出任地方官，恐怕要被同僚另眼相看，多吃苦头，你想过没有？"

"奴才想过了。"

"出去以后，无论吃什么样的苦头，都不得倚我欺人！"

青苍肃然答道："奴才身体虽然残缺，可并非心气也缺了。奴才离开殿下正是想磨砺自己，也谋个为官一任，留名一方，哪有仗殿下之势欺人的道理？"

身为宦官还能有这种抱负，让瑞羽宽慰地一笑，道："你有这心气，好得很。"

有青苍的前例在，有意离开的人便都上前说了所愿，瑞羽也不多言，当即用印给他们写了手谕。

十二人中走了五人，还有七人留下。瑞羽看了看青红，"你不出仕？"

青红欠身道："奴才只会伺候殿下，且年纪也大了，就不出去和年轻人一起凑热闹了。何况想要留名史册，没有比留在殿下身边的机会更好，奴才还是跟在您身边比较好。"

他是瑞羽身边功名之心最重的宦官，却不想他居然不愿出仕。瑞羽一笑，收了纸笔大印，挥手将他们屏退，然后环顾四周，长叹一声，终于伸手将装着东应信件的锦囊拿在手里，把信取出来。

信中东应仍旧用以前那种亲密无间的语气问她的饮食起居，絮叨他最近读了什么书，接见了什么人，处理了什么政务，遇到了什么烦恼，做了什么大快人心的事，就好像他们从来没有过争执，也从来没有什么芥蒂。

他这种写信形式，她是惯见的，以前她只当他是出于对亲人的依恋才事无巨细都写信告诉她，也要求她同样将自己的生活起居告诉他。到现在她才明白，这种没有丝毫保留的亲密，是怎样的一种暧昧——他是在极尽全力地束缚她啊！

这样的亲密，让双方无论相离多远，都清楚地知道对方在干什么，从而让她感觉到他一直就在身边，充满了她的生活空间，让她即使努力抑制，仍旧不可避免地将他时刻记在心里。

信笺一张张从她指间滑过，直到床头的蜡烛熄灭，她才停止看信，放开信封，闭上眼睛。

这一夜睡梦深沉，所梦者光怪陆离，奇诡无比。她觉得自己是在做梦，又似乎是在看传奇故事。心头沉甸甸的，在重重压抑下却又有股异样的燥热涌动，从小腹蔓延，散到四肢百骸，变成一种源自本能的渴望，令她辗转反侧，想抓住什么舒解心中的饥渴，却又因为陌生不解而不知所措。

在这令人难受至极的燥热中，她似乎看到前面有人站在离她不远的地方看着她，那个人的面目模糊不清，给她带来一种奇异的压力，还有莫名其妙的吸引力。这是谁呢？为什么会对她有这样的吸引力？

那人慢慢地向她靠近，站在了离她咫尺之遥的地方，似乎在说什么，但在那迷雾似的梦境里，她却听不真切，只觉得身上燥热难忍。她想将他驱逐，却伸出手去将他拉住，在他张开双臂时，她的身体完全不听使唤地迎上前去，和他紧紧相拥，亲吻，爱抚，抵死缠绵……

这是做梦，赶紧醒来！可是明知是梦，她却偏偏醒不过来，甚至于沉醉其中。她想看看那个人她梦来的人是什么模样，却一直看不清，急得她大叫："你究竟是谁？是谁？"

像是回应她的斥问，重重迷雾倏然散开，露出那人的面容，他靠在她身边，似笑非笑，轻声低语，"……我也是，倾心爱慕你呀……"怎么是他？怎么能是他？怎么可以是他？

刹那间她惊骇欲绝，脚下一个不稳，砰然倒地，终于自梦中醒来，猛然睁开眼睛，满额冷汗，一身潮湿。窗外白雪皑皑，雪光明晃晃地透进屋内，床头银镜荧荧反光，照着她的面容，颊边春情萌动的红潮犹未褪尽，双唇却煞白无色，满目惊慌恐惧。

外间侍候的青碧听到动静，连忙跑进来，惊问："殿下，您……做噩梦了？"

瑞羽侧目看了她一眼，张了张嘴，干涩冷冽地从唇间吐出一个字，"滚！"

她一向认为控制情绪是修身养性的基础，怒形于色已经是静气功夫不足，至于控制不住情绪，无缘无故对臣属恶言相向，则更是她所不齿的事。因此她约束臣属纪律严明苛刻，却极少因为自身的缘故而对臣属发泄恶气。青碧陡然听到她这一声斥骂，惊愕无比，愣愣地问："殿下，您怎么了？"

瑞羽厉声呵斥："滚！"

哗啦拉一阵刺耳的声音响起，她床头的银镜、妆台、几案统统被她拂袖一扫，轰然寸断，碎屑迸溅，粉尘弥漫。

第五十八章
退隐心

二人临窗煮酒，赏花论雪，谈天说地，时间倏忽流过，不觉酒酣耳热，醺然欲醉。

小雪绵绵下个不停，青红急匆匆地走近内院的小校场，问守在院门口的青碧："殿下还在练武？"

青碧点头，满面忧虑地看了一眼小校场紧闭的院门，喃喃地说："殿下从五更时起直到现在，已经练武四个多时辰了，早膳也没用。"

青红急得团团转，闷声问："殿下究竟为何事恼怒？你半点也不知道吗？"

青碧委屈不已，道："殿下的怒气突然而来，我真是摸不着头脑。"

两人听着院内长槊破空的锐响，相对无言，过了一会儿，青碧悄声问："要不，我们去把经离先生请过来安抚殿下？"

"经离先生年纪已经大了，等闲之事殿下都不让他担忧，这种时候去将他请来，不是再给殿下添堵吗？"

青红反驳了她一句，一跺脚转身走了，直奔紧邻的客院。

客院里居住的秦望北正在整理书籍，看见青红冒雪快步走来，面有忧色，微微一愕，问道："可是殿下有什么事？"

青红知道他在瑞羽眼里着实有非同一般的地位，且此时是为求助而来，当即上前恳切地道："先生，殿下不知因何动怒，五更时分便起来练武，直到现在也没停。奴才等人劝阻无用，恳请先生移步走上一遭。"

秦望北吃了一惊，连忙跟着他一起往外走，走了几步又想起一件事来，转身吩咐侍从，"午膳多备一些，菜要换过新鲜的小菜，把东厅的地龙烧起来，温好酒……"

青红打断他的话，急道："我的好先生，您快随我去吧！若您能劝动殿下，奴才立即令人将一应杂务打点妥当，包管您和殿下饭来张口，衣来伸手，要什么有什么。"

两人快步穿过重重院落，赶到小校场外，青碧看见他们，赶紧通报，"殿下，秦先生前来求见。"

院内风雷激荡，无人回应，只有长槊破空的呼呼声不绝于耳，也不知她究竟是没有听到青碧的通传，还是不想见秦望北。

秦望北上前一步，扬声笑道："殿下，雪落景清，正宜红炉煮酒，对饮长歌。这样的天气你却只顾着埋头苦练武艺，岂不负了这美酒丽景，且歇一歇也不迟。"

话到人到，他不等院内的瑞羽回答，就自顾自地推开院门走了进去。他不请自入，瑞羽狂躁暴怒，怒哼一声，一槊直刺过来。

秦望北面带微笑，对这足以追魂夺命的一槊视若不见，温言笑语，道："殿下，随我一起去饮上一杯吧。"

长槊呼啸着从他身前擦过，刃风将他腰间悬着的丝绦吹起，他却连眼光也未移分毫，仍旧望着瑞羽，微笑盈盈。

瑞羽反手将长槊收回，冷然道："我没兴趣饮酒。"

她语意不善，秦望北也不着恼，反而笑问："那我们就去做殿下有兴趣的事吧。殿下现在想做什么？"

她现在想做什么？他这轻轻一问，却将她问愣了，怔忡抬头，茫然不知所措。

一上午不惜体力地挥槊，已将她的体力耗尽，宣泄出胸中提着的那口气后，便觉身体酸软。梦醒时分的惊慌、恐惧、羞耻、狂躁、暴怒等情绪在她体力抽空之际，便都变成了一股空茫的寂寞。

她在人前一向都是骄傲自信的，绝少有这样软弱的神态出现，她这一瞬间的空虚寂寞看在秦望北的眼里，顿时让他心头一紧，不由得唤道："殿下！"

她听出他声音里的关切，淡淡一笑，振腕将长槊抛出，插在兵器架上，道："走吧。"

"殿下要去哪里？"

她讶然抬头，问道："你不是邀我去饮酒吗？"

没有挥槊时的罡风吹散，悄悄降落的雪花便沾上她的鬓角眉边，她的脸上带着笑，眼底却有着不容错认的苍凉和孤寂。像她这样的人，即使面临最凶险的难关，也只会努力向前，思考攻克之法，而不应该出现这样的表情。

究竟是什么事让她这样难过？或者，是什么人让她这样难过？蓦地，东应当日说的话浮上秦望北的心头，"我真正的对手是她，只有她一个！"

东应既然以她为对手，行事恐怕便会针对她而来，纠缠不舍，步步紧逼。她今日的伤心，可是因他而来？是了，能伤人心之人，从来都是被放在心上的人。除了她从小关心爱护的人，又有谁能令她如此灰心，露出这么寂寥的神态？

秦望北暗里喟叹，解开斗篷，送到她面前，轻声道："雪冷天寒，殿下先添衣避避寒吧。"

共衣同袍，太过亲昵了些，瑞羽待要推拒，转念一想却站到他面前。

这是纵容他再进一步、愿意接受他更亲昵举动的意思啊！秦望北一怔，微笑着替她披上斗篷，将她额边汗湿的头发拂开，柔声说："殿下，我们走吧。"

瑞羽一扬头，似乎瞬间把所有的烦恼忧愁都摒弃了，只记得昨天她与秦望北一起笑说传奇时的愉悦，然后展颜一笑，仍旧光彩照人，"你昨日说过有种无名的好酒请我饮几杯，结果给我喝的却是寻常的汾酒，今天你请我饮酒，不会再以次充好了吧？"

"以大快人心的侠客传奇下酒，宜用烈酒，可我得来的无名好酒，却入口绵软柔甜，只适合红炉温酒，慢品绮丽婉约辞赋。昨日不是我故意以次充好，而是境界不相配。"

校场外的青红等人见秦望北果然将瑞羽带了出来，都喜出望外，只是看到她身上披着的斗篷竟是秦望北之物，又都有些愕然。

不过他们见多了世面，很快便掩饰了惊异，一拥而上，七嘴八舌地说："殿下，该进午膳了。""殿下，您穿得单薄，又出了汗，要不要沐浴？"

瑞羽摆手挥退他们，转头对秦望北笑道："中原，我要去沐浴更衣，有劳你去暖阁稍候。"

秦望北潇洒一笑，拱手道："殿下请自便。"

青红见状连忙上前，弯腰相请，"秦先生，请随奴才往暖阁暂歇。"

瑞羽一入室内，便有人奉上热汤，细声催促，"殿下，您早起到现在还没用膳呢，先进碗米汤垫一垫，再去沐浴吧。"

瑞羽目光一转，见众近侍虽然力持镇定，但眉目间难免惶恐不安，想来她今日失态，吓得他们不轻。

她接过女侍奉上的热汤饮尽，笑了笑，温声道："我只是有些烦躁，想出口气，现在已经好了，你们不用一个个如临大敌。"

众人见她面色如常，又得她温言抚慰，都心神一松，笑着应诺，拥着她去沐浴更衣，只是谁也没有注意她的眸光幽幽，倦意深藏。

青碧拿着瑞羽换下的衣裳，踌躇一下，还是忍不住说："殿下，奴婢看秦先生的衣裳也不多，要不这件斗篷奴婢还是拿去还给他吧。"

瑞羽心知她这是担心有什么流言飞语，也不在意，轻应一声，自顾自地踏入浴盆里，屈膝坐下。

女侍轻轻地在她头发上抹上皂角，恰到好处地揉搓，洗去头上、身上的汗水和污迹。兰汤热气腾腾，幽香芳馥，泡在其中，令她身心放松，所有的疲倦似乎都被热水吸走了。

她坐在兰汤中，低头望着水中的倒影，笑了笑，倦怠至极。

秦望北最初说动她，让她将他留在身边的话说得不错，她什么都有，只是没有朋友，没有一个可以流露真性情、倾诉烦恼的朋友。

身处高位，除去掌握天下大权、一言决定他人身家性命的快感之外，更有肩负臣属的期望、为他们谋取前程的重任。看上去可以随心所欲，实际上却不得有丝毫任性。

这个道理，她十年前就已经明白了，只是历练到了今日，理解更深了一层。

"殿下，水凉了，您该起了。"

侍人展开簇新的衣裳，她看了一眼，转头问青碧："这新衣可是东应送来的？"

青碧连忙摇头，"今天上午，昭王府给殿下送冬衣的使者确实已经到了，但新衣不是昭王殿下送的，而是太后娘娘亲自做的。"

"嗯？昭王府的使者除了送礼，还有什么事没有？"

青碧见她毫无恼意，主动问及昭王府的使者，心下大宽，笑道："使者除了捎来太后娘娘给您做的冬衣，还向殿下的幕府投了公文，据说昭王殿下要趁冬季农闲巡视一下新收州县，大约再过十天，王驾就会抵达邯郸。"

瑞羽不由得一怔。青碧顿了顿，问道："殿下，昭王殿下来邯郸定然要由您接待的，您有什么吩咐吗？"

"东应又不是第一次来我这里，该怎么接待以往都有章程，你们照旧就好。"

秦望北打完一张谱，抬起头来，便见瑞羽出现在左侧的楠木宝瓶门口，素衣淡妆，乌发松绾，对他道："走吧！"

青红连忙令人跟在他们身后，亲自打了伞想给她遮雪。她虽然面上带笑，令他们退开的眼神却认真无比。

秦望北接过青红手里的伞，笑道："殿下想清静地赏雪，你们就退下吧。这刺史府里三层外三层都有翔鸾武卫护着，从主寝到客院不过里许路，能有多少事要你们侍候？"

撒盐似的细雪絮絮地飘落，秦望北擎着油伞遮住瑞羽，笑道："琉球地暖，天寒的时间少，深冬的时候降些霜，小水洼表面结层薄冰已经算是冷得厉害了。没想到神州大地的北方，居然这么早就下这么大的雪。"

"现在这雪还算下得小的，真正的大雪雪花极大，可不是现在这种细碎样子。"瑞羽由他的话而想起一件事，侧首问他，"神州的北方严寒，你可适应得了？"

"我身体强健，这点冷还是受得了的。"

二人共在一把伞下同行，穿庭过院，到了秦望北的居所。一入东厢，融融的暖意扑面而来，屋内的大火炉烧得极旺，炉边的高脚花几上两盆早开的水仙绽银吐金，幽香阵阵，为室内平添了一股生气勃勃的意境。

瑞羽一眼看到开得令人惊艳的水仙，心中欢喜，笑道："早开的水仙多半贫瘦，少有开得这么饱满有神的。中原，你这里名琴好书，美酒鲜花，应有尽有，真是世外神仙居呀。"

秦望北笑道："我又不似殿下忙碌，一天到晚无所事事，自然就把心思花在这些吃喝玩乐、声色犬马上。"

秦氏雄踞海外百年，在水师未称雄之前，几乎垄断南海航路，富可敌国，论到吃喝玩乐、声色犬马，真的是比普通世家精通。秦望北在公主府为客卿，仍有八名倭僮随行侍候，食不厌精，脍不厌细，比已经习惯与三军将士同食的瑞羽要讲究得多。

说话间僮仆在炉边摆开食案，温酒上菜，酒香浓甜，倒进白瓷素盏里色泽金艳，略呈红色。瑞羽端起酒杯微微一动，竟有些稠意，仿佛新蜜，入口柔软细腻，醇正厚实，酒香由鼻端直透五脏六腑，回味无穷。

瑞羽身在天家，天下最好的酒少有没喝过的，但今天秦望北拿出来的这种酒，她是真没喝过，不由得惊叹一声，"真想不到，天下还有连天家都不曾听闻的好酒。"

秦望北哈哈一笑，"殿下，其实天家未吃过、未饮过的好东西多了去了。"

"怎么会？"

"殿下，你想想，天下子民供奉天家，进献的饮食当然最好是分量足够、一年四季都能不断供奉的。若是那东西太过稀奇，或者不合时令，引得天子后妃皇子公主们兴起又献不上来，或者分不均引起纠纷，那尚膳司的主官岂不是要大大倒霉了？"

瑞羽却是头一次听到这种说法，忍俊不禁，"有道理，照你这么说，天家的饮食岂不是糟糕得很？"

"别的不好说，论到新奇独特，肯定算不得天下第一家。"

他执壶为她斟酒，笑道："殿下，天家诸多约束，哪能随心所欲？这世间真正能够遍尝天下美食美酒、活得逍遥自在之人，乃是有钱有地位却不握实权的富贵闲人。"

他在瑞羽身边除去陪她消烦解闷之外，常常提到海外的诸般好处，只差没明着劝她放弃神州大地的事务纷扰，仅做四海公主。瑞羽如何不知他的用意，但笑不语。

二人临窗煮酒，赏花论雪，谈天说地，时间倏忽流过，不觉酒酣耳热，醺然欲醉。

瑞羽一时兴起，持箸敲击酒盅，和着节拍唱道："蓬转俱行役，瓜时独未还。魂迷金阙路，望断玉门关。献凯多惭霍，论封几谢班。风尘催白首，岁月损红颜。

落雁低秋塞，惊凫起暝湾。胡霜如剑锷，汉月似刀环。别后边庭树，相思几度攀。"

她这一歌隐然已有退意，只是心中还有牵挂，仍割舍不下。秦望北听在耳里，心中欢喜，也击节唱道："蟾光堪自笑，浮世懒思量。身得几时活，眼开终日忙。千门无寿药，一镜有愁霜。早向尘埃外，光阴任短长。"

第五十九章
婚姻许

瑞羽脑中混沌一片，怔怔地坐起，收拾凌乱的衣裳，闭上眼睛呆坐良久，突然道："中原，我们成婚吧！"

瑞羽醉意渐浓，再看秦望北，想起他放弃在海外逍遥度日的自在生活，跟在自己身边大半年，却谨守她最初的约束，不越雷池半步，毫不触及军政要事，被他人视为她养的面首，屡受排挤，于是愧疚之心大起，叹道："中原，你回去吧！"

秦望北的酒量比她要好，此时还清醒得很，闻言反问："为什么？"

"你对我好，我却没有什么能够回报你。"

秦望北潇洒一笑，道："殿下，我对你好，并不是想要你回报。"

瑞羽摇头，似醉似醒地轻笑，"中原，不是这样的。大恩如仇，你若不走，我只怕有朝一日会因为无法回报你，反而对你别生愤恨。"

这是她对他说过的最危险的话，同时也是她真正不设心防的时刻。在过往的时间里，无论她与秦望北走得多近，她都在心里保留了一块地方，心关紧锁，不让他靠近分毫。只在这一刻，她连最隐秘的心房一角都对他开放了一丝进入的缝隙。

她已经两次对他有了剪除之心，虽然最后都因为一丝不忍而收了回去，可有一有二，未必没有三，若再有一次，他未必能逃得性命。

秦望北何尝不知自己再跟在她身边的凶险，但面色仍旧不改，稳稳地给她斟满杯中酒，微笑道："殿下，若有那么一天，你尽可以杀了我。"

他这样的反应委实令人惊叹，瑞羽怔了怔，诧异地问："你说什么？"

秦望北面含笑意，神色却认真无比，悠然道："殿下，我自认识你之日起就知道你是什么人，也知道若要跟在你身边可能会出什么事。若真有一日你要杀我，只请你亲自动手。"

瑞羽呆怔半晌，待要说什么，可与秦望北清亮明透的眼眸相对，竟是什么话都说不出来。

秦望北举杯向她致敬，然后痛饮一杯，又是一笑，"殿下，我爱慕你，自然应当倾尽一切去获取你的爱怜。若是我倾尽所有仍不能得你顾惜，性命又何足道哉？"

他久居海外，性格放荡不羁，论到直抒情怀比神州子弟直白了许多，半点也不觉得对心上人诉情有什么尴尬的，这一番话说出来，竟是光风霁月，毫无迟滞。

瑞羽心中百感交集，唯有哈哈一笑，举杯饮尽杯中物，道："上酒。"

秦望北这种舍弃一切来博取她欢心的气概，已经让她不知所措，亦不知如何应对。秦望北也不再说话，只是频频给她倒酒。

她有很重的心事，即使她不说，他也可以想象得到，当一个本应锦衣玉食、安享荣华的弱质女流要在祖宗基业破败之际挺身而出、承担起光复重负时，将会面临什么样的压力。更何况她在统率十几万大军之余，还要面对东应那不当的感情的步步紧逼。

他想尽自己的所能让她在被别人逼得疲惫不堪的时候有个安歇之地，可以倾吐心中的忧郁，缓和紧绷的心弦，没有任何负担地放纵一回。

瑞羽酒量甚好，喝酒也不显得脸红，只是双眸比起平日来水汽浓了不少，淡化了往日的锋芒，显得明亮却柔婉。

酒温了十壶，炉中的炭也添了三次，窗外纷纷扬扬的雪停了下来。秦望北也醉意上涌，望着外面的皑皑白雪，突然问道："殿下，你可堆过雪人？"

瑞羽双眼迷离，呆愣了好一会儿才恍惚回答，"堆过的。"

京都年年都下大雪，在她十五岁之前，几乎每一年东应都会和她一起堆雪人，而且往往一动手就会堆两个。

"堆一个男娃娃，一个女娃娃，男的是我，女的是姑姑。我和姑姑在一起，不分开。"

那些她以前以为是童言稚语的话，原来她一直都记得。然而他们怎么可能在一起不分开呢？

他和她隔着那么遥远的距离，隔着无法跨越的鸿沟，他们应该在成年以后就各自朝着自己选择的道路走，直至走到不同的归宿。

"我久居南方，极少见到这种大雪，也没堆过雪人，不如殿下陪我一起去堆个雪人吧。"

秦望北撑着案几，站起来往外走，可是头重脚轻，刚斜挪了两步，膝盖一软便倒在地上，砸得柚木地板砰的一声响。

瑞羽斜着眼睛看到他的狼狈样子，嗤嗤发笑，幸灾乐祸，"堆雪人是小孩子的玩意，哪个大人还玩呀，看，摔跤了吧！"

秦望北摔得眼冒金星，耳朵嗡嗡作响，趴在地上起不来，不由嗔怪，"我都摔成这样了，你也不来拉我一把！"

"好，我拉你。"

瑞羽晃晃悠悠地站起来向他那边走，可她的酒喝得比秦望北只多不少，在着意放任自己的情况下，虽然还有一分警醒留着，但身体已经有些不听使唤。她刚迈出两步便左脚绊右脚，两腿打结，砰的一声玉树倾倒，一跤摔在秦望北身上，把他正努力以手撑地刚离开地板几寸的身体一下又砸得趴了回去，胸中的一口气都险些被砸断。

在门外侍立的青红听到里面声响有异，正想上前叩门，便听到屋里瑞羽的声音在问："中原，你没事吧？"

秦望北缓过气来，有气无力地回答："殿下，你压得我很痛。"

瑞羽赶紧移开压在他背上的身体，待要起来，却感觉两腿无力，索性侧身卧在地板上，仰望着屋顶的横梁喃喃地说："这房子盖得真不结实，连屋顶也晃个不停，也不知建造这房子的匠人是谁，该拿了抽十板子。"

秦望北摔了一跤，再被她一砸，酒醒了几分，闻言大笑，"殿下，不是房子没盖结实，是你喝醉了头晕。"

瑞羽虽然有意放纵自己谋一醉，但警觉惯了的人无论如何也不可能真的理智全无，只是反应比平日迟钝很多，束缚也会消除大半。秦望北提醒她喝醉了，她也不似一般的醉鬼说自己没醉，而是若有所悟地点头，道："哦，原来是喝醉了，这就是喝醉了啊？"

她不起身，秦望北也不起来，翻了个身，也在地板上躺着，有一搭没一搭地应和她的话，"是呀，喝醉酒的感觉不错吧？是不是觉得好像要飞起来了？"

"没觉得，屋子晃得厉害……不好，要被扔下去了……"

她下意识地伸手一抓，正扣住秦望北的手臂，将它当成了能阻止己身在深渊中下坠的救命绳索。

她的力气可真不小，虽在醉中这一拉也把秦望北拖得向她靠近了两步，正与她并头而卧。要知道酒醉之后那种天旋地转的感觉，可不是手里抓着东西就能镇定下来的，在这意识涣散的时刻，面对这种无所依仗的飘浮感，她不由得惶恐形之于色。

秦望北自身也常尽兴醉酒，知晓其中关窍，任她抓紧自己的手臂，道："殿下，如果觉得房子晃得厉害，就把眼睛闭上吧。"

瑞羽眨眨眼，依言把眼睛闭上，但只片刻工夫她又睁开了眼睛，"闭上眼睛感觉更不舒服。"

她已经习惯于掌握一切，闭上眼睛后虽然看不到房子晃动，但脑袋的昏眩感不减，眼前漆黑一片于她而言更像充满未知的危险。

秦望北无奈之余，灵机一动，道："殿下看着我吧，我被你抓着总不会晃的。"

瑞羽眼底波光流转，脆笑一声，"好啊！"

她此刻娇姿外现，风情尽显，嫣然一笑，摄人心魄。秦望北初起之意只是安抚她，但被她这盈盈目光一望，顿时气为之一屏，刚刚压下去的醉意又升了起来。

瑞羽目光迷离地看着他靠近，那迷醉而热切的神态让他为之痴迷。她醉了，她知道，她若不想醉，随时都能调运气血把酒气压下去，但这种时候，她只想让自己深深地醉下去。

秦望北轻轻地吻住她柔软的红唇，由浅而深，由温柔而热切，初时她只是被动地接受，而后她却是主动地索取。

室外寒风凛冽，室内则暖意融融。

他和她相拥亲吻，他的手在她柔韧的腰肢上游走，渐渐地深入。她没有抗拒，反而去解他的腰带，探索他身上与她不同的地方。两人的衣裳都凌乱半褪，只差一点就要没有遮掩地贴合在一起。

她身体里昨夜梦中不安的燥热此时已经被完全勾起，亟待找到宣泄的出口。他也已经深深地迷醉，爱抚着她柔美的身躯，喃喃低语，"殿下，我爱慕你……"

她微敛眼睫，低头将他推倒，轻轻地"嗯"了一声，眉梢的神态近乎急切。他也已经蓄势待发。就在此时，炉中的炭突然毕剥一声，爆炸开来。

这一声轻响，犹如暮鼓晨钟，惊动他心神的最后一丝清明，使他在刹那间稍稍避开，猛然醒悟，"不可以……"

她愕然抬头，迷惑不解地望着他，问道："为什么？"

她的脸上春情仍浓，眉目间的艳丽妩媚勾魂摄魄，只一眼就让他溃不成军。他全身颤抖地抓住地板，用尽全力才闭上眼，克服心中的妄念，说："我们还未成婚。"

她怔了怔，低低地一笑，"中原，你素来放荡不羁，不拘礼俗，怎么……"

"那不同的……不同的……"

他勉强镇定几分，望着她绝色无双的丽容，轻声道："殿下，若你是因情而欲，愿与我共效于飞，无视礼俗自然可以……然而，殿下，你现在是真的因为动情生欲呢，还是别有原因？"

瑞羽如被针刺般地一颤，想要起身退开。秦望北却双臂一收，将她紧紧搂住，涩然一笑，轻声道："殿下，你这时候这样对我，只是因为你心里有事，喝了些酒，又逢此情境，一时意动才有此念，并不是真的对我倾心以付，事过之后只恐你会后悔。"

瑞羽哑然，过了一会儿才轻声一笑，"中原，我已经二十一岁，若是平常女子儿女都已成行，你莫当我是无知少女，对情事全然不知不解，做了什么事，事后又后悔。"

"殿下，若是今日我们就这样糊里糊涂地成就夫妻之事，你纵然不后悔，我也怕我会后悔。"

秦望北直直地望着她，全身都因为强行平息欲火而忍得生痛，慢慢地说："殿下，我对你倾心以付，自然也盼你能如此对我。纵然你因为心怀大业做不到如我这般，但至少在这样的时刻你应该是清醒的，没有其他原因促成。"

他对她倾心爱慕，可以放弃许多世人看来不能放弃的东西，可以做很多世人看来十分愚蠢的事，可以不在乎别人的流言飞语，可以对他人的排挤视若无睹；但有一点他独有的骄傲他绝不会放弃——至少在得到她的那一刻，他在她心里是纯粹的一个人，不是任何人的替代品，她完全交付于他没有其他原因。

那一刻，一定要是她深思熟虑后所做的选择，她已真切地将他放进心里。

瑞羽脑中混沌一片，怔怔地坐起，收拾凌乱的衣裳，闭上眼睛呆坐良久，突然道："中原，我们成婚吧！"

秦望北意外至极，呆了一下，仍不敢相信她的话，问道："你是说真的？"

瑞羽睁开眼睛，醉意早已消失，眸光清亮，缓声道："自然是真的，只是你愿意吗？"

第六十章
邯郸行

　　他痛得龇牙吸了口凉气，抬头看着瑞羽，满眼委屈又满面倔强，轻叫了一声："姑姑！"

　　雪过天晴，前来犒军巡边的昭王车驾踏着一路泥泞靠近邯郸城，东应远远地看到城门口候着的翔鸾军左武卫将军刘春率领大小将官身着正式拜见长官的礼服站在城门口等候他们的到来。

　　东应一眼望过去，没有看到瑞羽的旌旗，脸上的笑容便略微一黯。他的谋士林远志得他格外礼遇宠信，得与他同车而坐，在旁侧察言观色，便知缘由，只是默不作声。

　　刘春率诸将士迎上车驾，上前行礼如仪，呼声整齐洪亮，"末将等奉长公主钧令前来迎驾，殿下舟车劳顿，一路辛苦。"

　　东应振作精神，下得车来回礼，双手虚抬含笑道："诸位请起！孤此次前来，是来看为我华朝大业浴血奋战的将士们的英姿，犒谢将士们光复我唐氏山河的辛劳，诸位不必多礼。"

　　他语言平易近人，肯定了将士们的功绩，夸奖了他们所付出的辛劳，对他们的功绩不吝奖赏赞扬，甫一见面，就让这些将士大起好感。加之他在来之前就仔细看过军中重员的相关资料，刘春一加引介，他便知道哪位将军在此前的西征战事中立了什么功劳，有什么可以称道之处，随即把臂将其足以骄傲自豪的地方点评两句，顿时令其眉开眼笑，如沐春风。人人都在想：原来昭王殿下一直都关注着战况，我等所立功劳他都记在了心里，也不枉我等卖命奋战。

　　这是上位者的御下之道，瑞羽亦可对帐下将士的功绩劳苦如数家珍，只是她受性别所限，只可以从严治军，赏功罚过，不能像东应这样与将士们把臂言欢。且她作为将士们的统帅，了解帐下将士的功绩才干是分内之事，同样的行事方法，她若行来，却远不如东应能令将士们震动。

人情如此，惯于对距离遥远、自己不了解的高位者怀有莫名的敬畏和崇拜，而对于离自己近的人，哪怕其人的才干他也了解敬佩，但在已知与未知二者之间比较，往往会对未知者怀有更多崇敬向往。更何况瑞羽为了使东应日后在问鼎至尊之位时，三军将士对他敬畏服从，有意在诸将领面前抬高他的身份，为他塑造完美形象，使得这些将士对他自然就有向往之心。

一圈礼叙毕，昭王车驾才继续前行，直奔长公主临时设为行辕的刺史府。

瑞羽一身戎装地肃立在刺史府门前，见东应下得车来满面笑容地往她这边急步行来，也下意识地抬脚，但只是脚步一动便蓦然惊醒，随即收了回去。

东应不管她的反应，也笃信她在人前必然会为了维护他而不拒他于千里之外，三步并作两步地踏上台阶，笑道："姑姑，我来了。"

瑞羽心中百般滋味缠绕，苦涩之中也有一丝欢喜，点头轻"嗯"一声，"这一路舟车劳顿，辛苦你了。"

东应摇头道："我只跟在大军身后接管庶政，犒劳将士，怎么比得上姑姑你统率三军在前征战的凶险劳累？我不辛苦，是姑姑辛苦，五个月不见，姑姑又清瘦了许多。"

"庶政通畅，民生国计安稳，才是三军将士没有后顾之忧、奋勇当先的根基所在，我军屡战皆捷固然可喜，但王府在后策应运筹，又岂能说不辛苦？"

她看到他新蓄起的短髭修剪平整地贴在唇上，一股莫名的惆怅心酸油然而生，客套两句，转开话题，问道："王母一向可好？"

"太婆身体康健，一切都好，只是姑姑久不归家，老人家好生挂念。"

瑞羽无可奈何地一叹，道："强敌窥视在侧，大军分营而居，主帅不可轻离。是我不孝，惹得王母忧愁。"

东应十分自然地伸手来拉她，安慰地说："姑姑，太婆知道你的难处，并无责怪之意。且太婆近日迷上了市井传奇，我令有司请了善讲俗经的人每日为太婆讲说传奇，她老人家并不寂寞。"

众目睽睽之下，他借安慰之名一举握住她的手，她怎么也想不到他竟有这么大的胆子、这么厚的脸皮，顿时如受雷击，想将他的手甩开，但他在宽袍大袖掩盖下的手却紧紧地将她攥住，怎么也不肯松开。她又不能在率领麾下将士出迎的场合里太过用力，让人瞧出端倪，以至引起两方离心，只得任他握着，连脸上的笑容也不能有分毫差异。

二人携手并肩走进刺史府，她趁着转身的瞬间在他耳边说："放手！"

"不放！"

只道他蓄了胡须，也应该成熟稳健了，却不想仍旧如此任性，肆意妄为！瑞羽心中大怒，力透指尖，用力一捏，登时将他捏得直欲断骨，指节无力撒开。

他痛得龇牙吸了口凉气，抬头看着瑞羽，满眼委屈又满面倔强，轻叫了一声："姑姑！"

瑞羽满腹怒气却无处发泄，顾惜着他的脸面只得在人前笑了笑，道："有司已经备好宴席为你接风洗尘，我们进去吧。"

她稍假辞色，东应立即眉开眼笑，跟着她大步往前走，边走边问："姑姑，你都给我准备了些什么好吃的？我可饿坏了。"

外人只见他们姑侄亲密无间，言笑晏晏，哪想得到暗里波涛汹涌，别有纠葛。一时间众人鱼贯而入，分席入座。侍人奉膳献酒，伎人歌舞下陈，融融泄泄，宾主相欢。

瑞羽下意识地想对东应远走避让，加之宴会中她若在场众人便要拘束不能尽兴，故此献酬礼毕，便起身告退。

除去传召麾下将领小会，她参与宴会每每如此，已成惯例，她属下众将都已习惯，不以为异。待她一走，受命主持宴会的刘春便唤了美婢上前侍奉酒席，一时间堂中莺声燕语，酒食之外别有活色生香。

东应坐拥群芳，虽然与众人一般和艳姬调笑戏谑，但终席不乱，眉目清明。刘春见状暗暗佩服，像东应这般年纪正该是对女色渴慕非常的时段，他能与艳姝肢体交接、耳鬓厮磨而不迷于色，这份定力可真是非同小可。

林远志在席中敬陪，把众将的表情一一收入眼中，散席之后，便对东应道："殿下，这位刘将军可用。"

东应自嘲地一笑，道："业成，姑姑根本就没有收拢人心、独揽大权的意愿，所以翔鸾武卫的将领才会对孤尊敬。倘若她对孤如此相待，孤还暗里谋划怎么夺权对她不利，那算什么。"

林远志笑道："殿下姑侄相睦，自是唐氏之幸，只不过武可以立国，但不能治国。大业若成，日后军务政务牵扯必然极大，即使不与长公主争权，也应当对军中将领早做防备。"

东应怫然不悦，哼道："大业未成，先困于鸡虫之争的小事，岂不是本末倒置？此话休再提起。"

林远志一向得他礼遇，还是头一次被他这样不留情面地数落，顿觉窘迫。好在他们说话涉及机密，无人在侧，也不至于在人前丢丑让他尴尬。陈远志当即微微躬身，道："是臣鲁莽了。"

其实他也不是鲁莽，而是他太过善于察言观色，早已发现东应在提及瑞羽时便情绪有异，看准了他们早晚必会离心，故而未雨绸缪，不自觉地生出了忌惮之心，却不想拍马屁拍到了马蹄子上。东应对瑞羽心怀芥蒂不假，两人日渐离心也不假，但两人自幼相依为命，彼此的牵扯纠缠之深，已经深入骨髓，这一时半会儿绝不会互相谋害。

抑或说，即使有一日二人决裂对敌，那也是他们之间对敌，任何人主动插手，都无功有过。

东应一句话堵了林远志的嘴，但想到瑞羽对他的态度，也着实愁得慌。正在此时，突闻谒者通报，只见青红走进来恭敬地对东应行礼，"殿下，长公主有请。"

东应闻瑞羽主动邀请他，顿时大喜，连忙起身，问道："姑姑在哪里？"

"长公主正率检讨刺史言诤等人在书房相候，请殿下领臣属接管邯郸庶政。"

东应一腔欢喜顿时凝结，愣了一下才苦笑一声，吩咐林远志，"业成，把子厚、眠生叫来，让度支郎把黄册带上，准备接管邯郸的庶政。"

翔鸾武卫攻城略地，往往后面跟随着昭王府派遣的官员接管庶政，但这邯郸为长公主鸾驾亲驻之所，为免掣肘，收归治下后是用长公主幕府下的谋士言诤充任检校刺史。如今她将邯郸城的庶政让出来，除去向臣属表明不与昭王争权以外，也是准备放弃邯郸，另寻地方安驻。

东应一想到自己冒着风雪前来见她，她却避若蛇蝎，心里便一痛。虽然邯郸城一接就确定了他主理政务、被视为皇储的地位，他却没有喜意，反而心中怅然。

两派官员有条不紊地交接庶政，瑞羽和东应只需最后加印，却不必事事亲躬。

东应吩咐属下两句后，对瑞羽笑道："姑姑，庶政交接不是一时半会儿就能办好的，这屋里气闷，你陪我去看看府库吧。"

素以亲密见闻半年未见的姑侄二人，若是当众以公务相邀也出言拒绝，不啻于当众宣告他们嫌隙已深。

瑞羽与他慧黠的眼眸一触，明知他是仗着自己对他的关心爱护得寸进尺，但也无可奈何，问道："你想看什么？"

"姑姑先陪我看看市井民生，还有邯郸城的黔首黎民日常饮食起居如何，我也想去看看。"

于是二人换了便服，扮成商贾，令从人卫士远远跟着，不得召唤不可近前，自身则安步当车，出得刺史府，在邯郸城的市井间徐步而行。

第六十一章
依稀旧

东应追上来看到这情景，忍俊不禁，"姑姑，我先背你到前面的人家歇着，等一下再去买鞋。"

邯郸千年古城，虽然几经兴衰废立，但街道市衢的底子尚在，城虽不算繁华，民居商宅却错落有致。瑞羽近日和秦望北也曾数次便服出府游玩，对城中诸事皆有所知，此时引导东应并不生疏。只是她引导东应前行时，虽不能远远走开，却也尽量避免与他接近。

东应几次想与她接近都被她不露声色地避开，十分苦恼，突见前面有间酒肆，不少闲人坐在其中高谈阔论，灵机一动，笑道："姑姑，我们去前面的酒肆里坐坐。"

"你不是说要去感受当地的风土人情吗？"

"是啊，可是哪里还有比市井酒肆更能探听当地人情的地方？"

瑞羽叹了口气，推托道："我没带钱。"

东应笑得圆眼都变成了弦月，从袖袋里拿一只小钱囊晃了晃，"我有。"

像他们这种身份的人，极少需要亲自买什么东西，身上不带钱才是常态，像东应这样随身带钱，反而少见。

瑞羽没有借口推托，只得随他踏入酒肆。东应举目四顾，找不着一个空座，正想使钱让店伴给他腾个空座出来，瑞羽却在一旁似笑非笑地看着他，悠然道："别坐而踞，可无法感受当地风土人情啊。"

东应见仍是找不到与她亲近的机会，心中暗恼，但见她此时眉目疏朗，显然因为识破了他的用意又加以刁难而暗里喜悦，消除了一些对他的戒备，又觉得高兴，笑道："我只是担心姑姑跟市井俗人共座嫌腌臜。"

瑞羽一展衣袖，曼声道："出门在外，哪有那么多讲究。"

当即二人选了个看上去人多嘴杂的坐席，让店伴领过去跟人搭桌共席，向人探问当地出产以及柴米油盐等物的价钱。

二人虽然变装易服，瑞羽戴了帷帽，东应在脸上涂了遮掩脸色的姜黄，但通身的气度依然令同席的酒友猜测他们身份不凡。回答了东应的问题之后，一位酒友忍不住好奇心，反过来试探询问，"二位口音和本地人不同，不知是哪里人氏？问这些干什么？"

东应笑道："实不相瞒，我是青州行贾，只因邯郸一带新附，便想来此探探风物，以备行商。"

那酒友恍然大悟，旋即哧哧发笑，道："郎君，只怕你这生意做不成。我们这里先是白衣教作乱劫掠一番，节度使剿匪再征募一番，匪过如梳，官去如篦。梳来篦去折腾了七八年，老百姓家里穷得没有锅，没口粮，哪还有钱照顾你的营生？"

东应不信，"要真是老百姓饭都吃不饱，官府早就禁酒了，这酒肆还能开张？"

那人叹了口气，"公子且先尝尝这'酒'的味道吧！"

东应虽然叫了酒，但见那酒色混浊，酸味刺鼻，故提不起吃兴，只摆着看。这时见那人神色中一副别有隐情的样子，正待尝一口试试，忽然听到瑞羽在旁边轻咳一声。

他们的出身养成了外面的食物不经检测不沾口的习惯，瑞羽一咳，他便知道其意。只是转眼看到瑞羽制止了他，却自己端起了酒碗，顿时一惊，连忙道："姑姑！"

瑞羽眉梢一扬，唇边微带笑意，道："我不怕这个。"

她自武功大成，五感便敏锐无比，食物有毒无毒入口一尝便知，就算这真是一碗毒酒，她喝了也能事后尽数吐出来，完全不受其害。

东应放下心来，转念又想到她这举动所表现出的关怀之意，顿时神思飞远，十分高兴，静静地看着她喝了一口酒，细尝了味道后，才问："如何？"

瑞羽皱了皱眉，把酒放下，叹道："这酒又酸又辣还有馊味，酒味薄淡如无，简直就是涮锅水。"

那酒友被她的评语逗得哈哈大笑，道："娘子灼见，我也说这是涮锅水，老板却不承认，偏说是他家祖传秘方，不用五谷也能酿成的美酒。"

东应好奇心起，"究竟是什么味，我也尝尝。"

瑞羽摇头劝阻，"真没什么好尝的，还怕你吃坏了肚子。"

"你都吃了，我当然也得吃一口，有福同享有苦同吃嘛！"

东应说着端起她刚放下的酒碗，转了一圈，就着她刚才喝酒的地方也喝了一口。瑞羽不意他在大庭广众下居然行此荒诞之事，怔了怔，顿时满面燥热，心中气结，怒踢他一脚，起身就走。

东应见她嗔怒，连忙追了上去。可是瑞羽脚程之快又岂是他所能比的？他全力奔跑也追赶不及，他想要大声叫她停下，又恐旁人注目，急得出了一身冷汗。

好在他追过一坊，前面道路泥泞，她停了下来。原来她含怒出走，落脚失了分寸，脚步走得太重，一个不察竟把木屐踩断了，踩了满脚的泥浆。东应追上来看到这情景，忍俊不禁，"姑姑，我先背你到前面的人家歇着，等一下再去买鞋。"

瑞羽对他躲避不及，怎肯让他背，拧眉道："我自己走，你去给我买双鞋来替换。"

东应连忙答应，见前面一个院子门口坐着一位老婆婆晒太阳，连忙过去向她借地暂歇。那老婆婆十分好客，一眼看到瑞羽两脚泥泞的样子，便赶紧让他们进屋，大声说："化雪路不好走，天又冷，踩泥冻伤了脚可不是闹着玩的。小郎君，你要好生照顾你婆娘啊，哪有夫妻一起出门却一前一后分开走，你也不上来帮着扶一把的？"

老人家的误会让瑞羽愣了愣，转身就想另找人家，东应偷笑之余连忙拦住她，道："老人家无心的话，不值得计较。我们都已经叩门求助了，再转身就走岂不是辜负了老人家的一番好意？"

瑞羽睇了他一眼，冷笑道："我看你对老人家的误会，倒是欢喜得很！"

东应心里暗笑，却又怕她恼了，连忙道："哪里哪里，这粗俗村话刺耳得很，我怎么会欢喜？姑姑且坐着，我去把那没眼色的老人家抓了来给你赔罪。"

正说着那老人又端了盆水出来，笑着道："娘子，我这穷人家冬天也没余多少柴火，委屈你用冷水洗脚了。"

伸手不打笑面，瑞羽就是有再大的火，也只得按捺下去，哼了一声，不再说话。东应略一皱眉，取出钱递给那老人家，道："老人家，这么冷的天用冷水洗脚实在不好，还是劳烦你帮我烧锅热水吧。还有，请问这附近哪家有鞋卖？"

瑞羽在侧接口，"我不畏寒，冷水就可以了，不必麻烦。"

"这么冷的天怎么能用冷水洗脚？不行不行。"

老人家耳背，没听清东应的话，更不知他们争执的内容，只为他递过来的钱惊诧，"小郎君，只是借盆冷水洗脚，用不着这么多钱呀！"

东应连比带划地说了几遍，她才明白过来，只是又会错了意，把冷水倒了去生火烧水，然后匆匆忙忙地找了一双她自己穿过的旧鞋出来。

天潢贵胄，富足时连自己的衣服都是稍旧既弃，再节俭也不可能穿老妇穿过的旧鞋。东应又好气又好笑，看了瑞羽一眼，摇摇头，亲自端了水放到她面前，道："姑姑，你先洗脚，我等一下再去问别人哪有鞋店。"

瑞羽待要褪下足衣洗脚，见他仍旧蹲在地上不起身，不由得又一惊，问道："你干什么？

"给姑姑量一下脚的尺寸，好去买鞋。"

瑞羽望着他，沉默片刻，道："不必了，你去随意买双七寸的鞋回来就可以。早去早回，我有话对你说。"

东应明知她的推拒，却倚仗着她对自己的关爱，无赖地黏腻着她丝毫不肯放松。无论她如何避让，东应仍旧步步紧逼，到此刻她突然愿意对他说话了，他反而有些惊惧，问道："姑姑，你要对我说什么？"

他脸上滑过的那抹怯色已然久违，她看在眼里，怅然若失地叹了口气，放缓了语气道："还有，你让人备桌酒菜来。"

东应犹疑不定，他自恃对她的心性了如指掌，但这时候看到她沉静的面容，突然觉得难以预测，摸不清她究竟想做什么。

瑞羽笑了笑，挥手道："你先去吧。"

东应怔忡良久，站了起来，笑答："好。"

然后他施施然走了出去，招来身后追随的亲卫，向他询问何处有鞋店。一干亲卫莫名其妙，想了一会儿才记起来，"似乎前面的左街有户人家门前挂着鞋样子，殿下要买鞋吗？臣去就是了。"

"不必，孤自己去。还有，回去让乔狸带桌酒菜过来，简单点儿，要快。"

他亲自去寻了鞋店，虽然她说了不拘式样，但他仍旧仔细挑选。他喜欢当她有需要时为她做些事，那样可以让他觉得自己并非她的负担，并非负她太多恩情。

今日她只是因为湿足而在等着他，什么时候她才能不为外因，单纯地为了他而停下一直向前走的脚步，等着他呢？

又或是，她这一次等候之后，就是决然的转身，永不回头？

他微微低头，指尖摩挲着唇下的短髭，呵呵地轻笑：不会的，她对待敌人绝不手软，但对待自己人太过心慈手软。莫说他是她尽力爱护的人，就是她身边那些近侍宫人犯了错，只要不触及底线，她都会睁一只眼闭一只眼。

无论他做了什么事，她会恼他、怒他、厌恨他，但绝不可能放弃他。

她太重情分，因而很难割舍过往。更何况他是她一直关心爱护的人，他几乎独占了她生命中所有爱一个人的心，她又怎么可能割舍得下？

这是她严厉冷硬的外表掩饰下存于内心的致命弱点，也是他的机会所在。

第六十二章
斩情孽

她推开他的纠缠，站了起来，慢慢地说："我已决意下嫁秦望北，大婚之礼延后再办，但合卺之期就在今夜！"

瑞羽没等多久，就等来了她需要的东西。东应没有造次，笑盈盈地等她穿好鞋袜，才转过身来给她斟酒，在她对面坐下，笑道："接风宴太喧嚣热闹，就是有山珍海味，也不如两碗粗蔬小菜，让我们清清静静地小酌舒适。"

都是匆忙送来的寻常菜色，只是在寒冷的冬日里热气腾腾地端上来，却也颇令人食指大动。瑞羽举杯慢饮一杯，悠然道："我们很久没有在一起这样小酌闲叙了。"

东应点头，"我们身在这样的位置，每日忙碌不休，少有闲暇，论到这样的轻松适意，却远不如寻常人家。"

瑞羽一哂，"若是寻常人家，生逢乱世衣食不足，亲友皆不得周全，更见凄凉，又哪来时间想这些事？何况大丈夫当称雄一世，君临天下，哪来这余暇做无谓感叹。"

东应笑了笑，抬眼问："姑姑，称雄一世，君临天下，这就是你对我的期望吗？"

瑞羽反问："这难道不是你自己的期望？"

"不错，这也算是我的期望，但我的期望不止于此。"

东应望着她，眸光明灭不定，墨瞳深沉如夜，淡淡地一笑，"醒掌天下权，醉卧美人膝，这才算是我所有的期望。"

他的话意有所指，她却似浑然未觉，没有丝毫尴尬之意，反而点头赞同，"天家子弟当有此愿，江山在握，美人在怀，才不枉一生。"她平静无波地说了这一句，转了一下手中的酒杯，慢慢地道，"小五，你已经不小了，应该成婚生子了。你若自己不选妃，那么我将以你的亲长身份，在明年四月你生日之前替你选取昭王妃！"

"姑姑，你这是什么意思？"

瑞羽淡淡地说："昭王府在乱世中独秀至今，已经令不少原本怀有敌意的人生出了归附之心。那些人既想此时归降博个从龙之功，从此飞黄腾达，又见你至今无妻无子，后嗣未立，恐怕不能与王同贵，万世其昌，因此犹豫不决。你的婚事拖到今日，已经刻不容缓。"

因为数大世族门阀兼并土地，侵吞财赋危害政权，唐氏与他们成了死敌，欲除之而后快。然而打压旧世族仅凭唐氏自己出手，难免吃力，自然需要招揽一批小世家充当打手。而要令这些打手心甘情愿地效力，就需要给他们一个希望，让他们感觉追随新主不仅此一时风光，还能子孙后代都与新王的后代共荣，同享天下。为此，东应即使不愿养一族外戚，也必须要有继承人。

子嗣的重要，东应岂能不知？瑞羽的一番话淡淡说来，却有万钧之力，压得他额头渗汗，挣扎道："姑姑，你明明知道的，我只喜欢……"

"住口！"瑞羽双眉一挑，厉声低喝，"你这混账东西，我是你的姑姑，名分早定，一生无改，就只能是你的姑姑！"

"你算是我的什么姑姑？我这一支从中宗时起受封，到我祖父这一代，若按亲疏论，与嫡系早已出了三服！若按血缘论，中表之亲就能成婚……"

他说着惨然一笑，"假如你我有谁不姓唐，别说只差了一辈，就算差了两辈三辈，若要成婚又有谁会说一句有违伦理？"

瑞羽心头一震，冷笑道："你这番话可敢对王母说？可敢对你的臣属说？可敢对天下万民说？"

东应抬起头来，定定地看着她，大声道："我有什么不敢说？我爱慕你，敢对着朗朗乾坤而俯仰无愧，更不怕昭告天下！"

瑞羽厉声喝道："而后气死对你有抚育之恩的曾祖母，离散忠心追随你的臣属，抛弃对你殷殷期望的子民，摧毁我们辛苦多年经营的大业根基，无视你身为天家子弟应该承担的责任，令你九泉之下的父母祖宗蒙羞，使唐氏数百年基业毁于一旦？好一个不怕昭告天下，好一个对着朗朗乾坤而俯仰无愧！"

她对他退避，是她以为他应该记得自己的身份地位，一时的头脑发热分离一段时间就足以清醒，从而放弃不应有的妄想。没想到再次见面，他不但没有忘记，反而更加热切。

退避忍让、软语劝导都没有用处，却要怎样才能让他绝了这个念头？

他看着她咄咄逼人的神态、锐利决绝的眼神，胸口一阵窒息的闷痛，猛然发作，"我只不过是爱慕你而已，难道就成了十恶不赦的罪人？"

"忤逆不伦，本来就是十恶不赦的大罪！"

"什么忤逆不伦，什么十恶不赦！若我们不是天家子弟，若我们不用站在现在的位置，以我们的血缘之远、辈分之疏，就算我们成婚，又有谁会非议？"

他心情激荡，忍不住站了起来，走到她面前，慢慢地说："姑姑，其实无关什么忤逆不伦，而是在你心里把这王图霸业看得比我重要，也比你自己重要。所以无论什么事，但凡有一点可能危害到复国大业，你都会将它剪除！"

瑞羽一怔，还未说话，他已经俯身下来，紧紧地握住她的手，热切地望着她，"姑姑，你也喜欢我的，不然你不会容我这样亲近你，更不会纵容我至此！"

他的眼眸深处闪动着一簇火焰，滚烫的手掌上全是汗，那股热仿佛能烙进人的心里，将人心深处的寒冰烧化。

她眉目间却有一股发自内心的疲惫透出来，冷冷地说："你错了，我不喜欢你！我关心你，爱护你，那都是因为你叫我一声姑姑，若你不愿做我的侄儿，那么我从此不会再容你亲近，更不会纵容你！"

东应怔了怔，笑了起来，"姑姑，你休想骗我，我们从小一起长大，正如你了解我一样，我也了解你！"

她看着他，默不作声，眼底波澜不惊，一片空茫，只有倦意，仿佛面对他时，除了疲倦再没有别的感情。

东应脸上的笑容渐渐地僵硬起来，心里涌上一股惊惧之情，再看她秀丽的容颜，只觉得那清亮的眼眸里寒气森森，透进他的心里，化成了足以将他冻僵的冷气。

难道她对他真的只有厌弃？

"姑姑！"他惊慌地大叫一声，张开双臂将她紧紧地搂住，颤声道，"你别吓我！我这一生中，真正全心爱我的人就只有你一个！"

这个世间，我只从你这里感受到了完全不需要我回报的关爱，若是你当真厌倦了我，我该怎么办？

瑞羽没有推拒他的怀抱，也没有回应他的话，只是静静地看着前面虚空的一点，感觉仿佛苦胆的汁液从喉头涌了上来，浸透她的口腔，浸染了她的全身。

许久，她才轻轻一笑，慢慢地说："小五，你对我究竟是出于孩子心性想要霸占亲长呢，还是倾心爱慕，恐怕连你自己都不能分清吧！"

其实他这就是一种孩子的行为，因为得他信任不易，于是当他确信她是真的待他好之后，对她就抱有了独占之心，不容许别人将她的心分去一丝半缕。

"小五，你根本就不懂得什么是男女之间的爱慕之情，你对我无关爱慕，只不过是想独占我所有的关爱，这一生永不离你左右而已！"

"纵然是独占，那又如何？我们一起长大，一起学习，一起玩耍，一起光复华朝大业，互相扶持，我独占你的关爱，你同样占据我所有的心思，直到我们一起老去。"

她任他拥着，神色不变，眼里却掠过一抹苍凉，淡淡地说："不可能！"

"有什么不可能？我们本就是世间最亲近的人。"

她笑了起来，冷然道："小五，你年龄尚小，可以只要顺遂所愿，就无视汹汹物议，我却做不到！我更做不到的是无视自己追求的至诚之道，而去践踏纲常伦理，为了一时的荒淫，竟毫无廉耻！"

"男女爱慕才是天理人情，怎么会是荒淫无耻的？"

"男女爱慕固然是天理人情，但对自己的侄子生出这等心思却是禽兽之举，是我所不齿之行为！小五，我是你的姑姑，就只能是你的姑姑，其余妄念再也休想！"

她推开他的纠缠，站了起来，慢慢地说："我已决意下嫁秦望北，大婚之礼延后再办，但合卺之期就在今夜！"

东应惊呆了，以为自己听错了她的话，好久才反应过来，恍惚问道："你说什么？"

是他听错了吧？肯定是听错了，这天下的婚事，哪有大婚之礼未成，却先行合卺同宿的！

瑞羽直直地看着他，脸色阴冷得就像泛着冷光的玉石，清清楚楚地再说了一遍，"我会嫁给秦望北，就在今夜成婚合卺！"

她的目光没有丝毫偏移躲闪，神态镇定自若，就好像她说的事坦荡无亏，没有丝毫惊世骇俗之感。

那样清楚的表述，那样明白的回答，令他根本无处躲避，无法自欺。

东应一个趔趄，用手撑着桌沿想控制住全身的颤抖，却不成功，眼睛瞪得大大的，充满了血丝，好一会儿才涩声道："太婆不会同意的！经离先生也不会同意的！天底下没有六礼不过却先行合卺的婚姻！"

他颤抖得推倒了桌上的酒壶，咣的一声，酒水飞溅，洒满了他的袍摆，也似乎惊醒了他吃惊过甚飞远的神魂，令他发出一声怒吼，"我也不同意！"

她冷笑地说："我的婚事，还轮不到你来非议！"

"谁说的！"

她果然是想弃他不顾，完全无视他的心意，去嫁给一个不值一提的小人物！

她不要他了！居然为了那样一个人，她就抛弃他！

将要失去她的恐惧和对秦望北的妒忌愤恨犹如一团烈火，轰然炸开，几乎将他整个人焚化。

他猛地扑上来，拉住她的衣袖，用力将她抱紧，恨不得将她整个人揉碎了，吞进腹中，完全地占有，不让任何人窥视，没有任何人能够觊觎，"姑姑，你是我的，你只能是我的！"

他近乎疯狂的拥抱竟令她无处躲避，她用力想将他推开，但他抱得那样紧，犹如溺水者抱着救命的浮木，尽管知道无用，尽管连手足也不听使唤了，但仍旧紧紧地勒着，怎么也不肯松手。

"松手！"

"不松，死也不松！"

她不愿伤了他，故此一再留手，但这时候她再也不愿有丝毫的拖沓，于是双臂直挥而下，咔嚓几声脆响，他的肩、臂、手骨便被她卸开了关节，无力地垂下。

"你……"

他不敢置信地瞪大了眼睛，直直地看着她——她居然真的对他出手了！她居然真的出手伤了他！她竟真的出手伤他！

一瞬间，他只觉得关节处的疼痛一寸寸地攀爬而上，浸染了他的全身，剧痛入髓，无可抑制。他一直以为，无论她怎样恼怒他，都不可能伤害他。但她这轻轻的一击，如泰山压卵般将他一直秉持无疑的信念击得粉碎。

太过荒谬的事实让他在剧痛之余，怀疑自己身在梦中，明明是真切的事实，他却觉得根本不可信。他望着她秀美而冷峻的脸，喃喃地说："如果真的这样讨厌我，那你就杀了我吧！"

她神色不动，长袖一拂，指尖在他后脑上轻轻一弹，然后接住他昏倒下坠的身体，放在圈椅里，五指再沿着他的手腕、臂肘、肩膀向上游走，把他的关节重新接上，深深地看了他一眼，转过身去长长地叹息一声，推门离开。

瑞羽一笑，道："老师，秦望北很好，我想今夜成婚，明日就和他一起去北大营。"

刺史府门口，青红和青碧都在门房里等着，见瑞羽进来都露出喜色，连忙迎上去，拥着她一边往后院走，一边道："殿下，经离先生在屋里等您。"

"有什么事？"

"经离先生没说，正和秦先生在东来阁手谈呢。"

瑞羽颔首，往东来阁走去。东来阁里的秦望北和郑怀正一面下棋，一面说话，也不知秦望北说了什么，郑怀哈哈大笑。

瑞羽脚步微顿，停了下来。郑怀没有亲眷，孤身一人，小的时候为她启蒙，长大后是她的良师益友，将她视为子孙看待，又替她打理方方面面的琐事，烦恼的时候多，欢快的时候少，却是秦望北来了以后，常与他来往，每每总能令他开怀。

秦望北亲切温和，只要他有心，就能令与他相处的人如沐春风，真是个难得的人。

她站在门前静静地看着，好一会儿，脸上才浮出笑容，走了进去，笑问："老师，老远就听到你的笑声了，什么事这么可乐？"

郑怀转头见她进来，笑道："中原正在说他在海外游历的趣事，十分有趣。"

瑞羽看了秦望北一眼，笑道："老师快别上他的当，他哪里是说什么趣事，这是哄着你分心，好赢你的棋呢！"

郑怀闻声看了眼棋盘，一拍棋案，"哎呀，本来都要赢了，被他这一哄，不注意居然让他首尾连了起来。"

秦望北呵呵笑道："经离先生，话可不能这么说，我棋力不如你，不用些盘外招怎么行？输给先生这么多次，不管怎么说，这次轮到我赢了，看样子大约能赢先生……"

棋面已经到了收官阶段，能赢多少目略一估算就能猜个大概，秦望北正低头细看，郑怀却一拂衣袖将盘面拂乱，哈哈一笑，"既然不拘盘外招，那这盘棋还是我赢了。"

秦望北一脸的得意之情顿时凝滞，活似正在吃什么美味可口的东西却一个不小心哽住了，逗得郑怀大笑起来。

秦望北对下棋其实没有好胜之心，意在陪郑怀消磨时间，目的达到，见瑞羽回来便起身道："殿下，经离先生等了你许久。"

瑞羽点点头，对他陪郑怀消遣一事以目示意致谢，而后随着郑怀一起往右厢的小书房走去。小书房是她处理公务的地方，除了按时巡逻的哨兵以外，屋前屋后还守着专门看守的亲卫，戒备森严。

直到入了书房坐下，郑怀才缓缓地道："殿下，军情司新收上来的谍报里有两条消息，可大可小，老朽斟酌良久，觉得还是应该把谍报的原文带来，让殿下亲自过目才好。"

军情司的间谍遍布天下四十镇，包括两都在内，每日收集的消息数以万计，平时都是各级斟酌轻重缓急，去芜存菁之后再选择重要的和瑞羽下令要探听的消息上报到郑怀这里，再由郑怀把有用的消息送到瑞羽案前，供她采用。郑怀才干非凡，眼光独到，善于从海量的信息中过滤出有用而紧急的消息，分析整理之后再令书吏誊写清楚呈来，像今天这样把谍报的原文带来的事却是极少。

瑞羽将他递来的谍报打开，仔细一看，也愣了一下。两个消息，一个说的是昭王府幕府主簿林远志上书，建议昭王在淮西增设军营，招徕流民入伍，以备南下；另一个消息说的是昭王府应齐青大商家之请，出面组建行人司，专司探问各地民情商讯。

自太后移驾东临齐青驻跸，设立公主府和昭王府，军权一直都握在瑞羽手中，凡是征兵或者出战，都由公主府下令；而庶政则由东应掌控，举凡地方官员任命，民生财赋都由昭王府下令；二者相依相持，又互不干涉。除非战时需要或者一时不便，瑞羽不会直接任命地方官吏，东应也不会管军营设立或者征兵。

林远志上书打破默契建议东应增设军营，还有行人司这样一个功能暧昧的间谍组织成立，传递出一种令人心头沉重的信息。

瑞羽怔怔地把手里的谍报一字一字都看清了，愣了好一会儿，才笑道："这两件事果然可大可小。"

郑怀的脸色也没有了刚才与秦望北说笑时的开朗轻松，只是也说不上十分沉重，睿智的眼睛里透出一种早就预料到的不好之事果然成真的无奈。

这两件事透露的信息，往大了说，是两府不和，昭王府对公主府怀有顾忌，准备自设军营以防将来；往小了说，则只要瑞羽对昭王府退让，摆一个姿态告诉别人昭王才是太后选定的皇统之选，兵权也在东应控制之下，那就什么事都没有。

郑怀轻叹一声，道："林远志为其主谋取大义名分，以图将来，是应有之义，这也罢了。只是这行人司的设立，却实在……"

军情处也好，行人司也罢，名分虽有不同，但说到底都是探听消息的间谍组织。在已经有了军情司的情况下，再设一个行人司，这其中的防备之意实在太浓了。

"这行人司又是谁倡议的，由谁主持？"

瑞羽心中恚怒，脱口问了两句，旋即想到刚才被她扔下的东应，心头一痛，恚怒顿时烟消云散，也不等郑怀回应，又自失笑，将手里的谍报扔进炭盆里，看着它冒烟冒火，而后迅速地化为飞灰，道："罢了，我本就无意与王府争权，随他们怎么办吧。"

她的声音里并没有不忿，平静得没有丝毫波澜，却也没有她平素行事的锐气。郑怀听在耳里，一怔，问道："殿下，发生什么事？"

他对瑞羽关切真挚，但究竟发生了什么事，瑞羽如何敢对他说？她勉强一笑，摇头不答，沉吟一下道："老师，王府要做什么事，就由他们去做吧！把军情司打听昭王府消息的人收起来，以后我们只看邸报上有的消息，也就不必多探听了。"

她避开王府的锋芒，给他们让道，也是为了局势稳定着想。郑怀明白她的意思，只是想到两府竟终究难逃窠臼，开始生隙争权，而她为了不使矛盾激化，甘愿放弃耳目，避免与之冲突，不禁为她心疼，叹了口气，道："齐青有太后在，军情司其实并没有安排人打听王府的消息，这两件事都是在齐青已经传开了的琐事，并不算机密。尽人皆知的事，传到幕府的邸报竟是一句也没提……"

瑞羽闻言有些茫然，好一会儿，才抚着腕间的珠串，慢慢地说："或许只是一时疏漏，没有传报……毕竟这大半年来都在打仗，军政庶政纷繁复杂，两府俱忙碌不堪，有些疏漏也属常事。"

她说着微微侧首，低声喃喃，"其实王府未必是要在此时争权，而是……因为名分未定，故此先行试探？"

名不正则言不顺，公主府的权力太大，想来王府那边的谋事者担心没有名义上的节制，日后如有分歧，会完全被动吧。

她一直说王府，却没有单指东应，是因为两府分立至今，已经各有为之效忠的人马，双方的臣属都必然会为了自己的利益而试图为各自的主上谋取更多的权力。瑞羽掌握军权，武人惯于服从命令，人心还简单一些，只要她威名不坠，臣属敢瞒着她做的小动作就有限得很；而庶政多靠文人掌握，文人心思复杂，管理起来就复杂了很多，各方利益衡量间，东应这做主公的有时候也不能不稍微妥协。且庶政诸事繁琐，他未必方面面都能顾全。

郑怀轻喟一声，道："殿下预备如何处置？"

瑞羽有些疲倦地摆手，道："老师，你替我写份奏折，请王母立东应为太子吧。"

郑怀深思良久，坐直了身体，目光炯炯地看着她，沉声道："殿下，这一步可不仅仅是让个名义给昭王，还是你对自己人生道路的选择，你得想好了！"

瑞羽被他的郑重表情刺得微微一惊，长叹一声，道："老师，我知道你和王母其实都盼我能女主临朝，可是……"

她踌躇了一下，想到郑怀和李太后对她的殷殷期望，这么多年为她所做的努力，后面的话一时间竟无法说出口。

郑怀望着她，道："殿下如今手掌重兵，执霸者之刃，宰割天下，为何却不愿为女主？难道走到今天这一步，你突然拘于世俗，不敢临朝？"

瑞羽修长入鬓的黛眉一扬，道："比起成为女主，更惊世骇俗的事我都做过了，还怕什么世俗眼光？"

她顿了顿，声音低了下来，问道："可是，我为女主，东应怎么办？"

"这都是以后的事。"

"老师说的以后，其实已经不远了。太行山在我军手里，最迟后年我们就能打下东京，逼近潼关。为了与伪朝争正朔，届时就应该立新君……若我为女主，东应怎么办？"

郑怀沉默不语，瑞羽望着他，柔声道："老师，王母和你，还有薛公、鸾卫诸老将最初来照看我的时候，曾经想过拥我为女主临朝吗？"

郑怀哑然失笑，道："我和太后受端敬皇后托付时你还未出生，薛安之和鸾卫诸将受命时，你出生不满周岁。那时我们只想扶持着太后娘娘，护佑你平安长大，哪曾想过一个尚在襁褓中的女婴竟有这样的胆量、气魄与才干，长大后居然选择了最艰难险阻的一条路，并且一步一步走到今天。"

瑞羽心中一暖，满腔沉重心事都被冲淡了几分，微微一笑，道："老师，你们待我好，对我并未抱有什么期望与算计；但东应不同，王母将他带到西内养育，就是为了有个人替我遮风挡雨。"

郑怀已知她心中的打算，只是在目标唾手可得的时候，他实在无法不多劝一句，"殿下，太后娘娘无论出于什么目的将昭王殿下带到西内去，他都因此而得以保全性命，并且拥有别人无法企及的尊荣，得到最好的养育。西内于他，并无亏负。"

"是啊，若他当年有知，不愿去西内，宗室之中尽多皇子龙孙愿意替代他，获取王母的青睐。然而他在西内与我相伴成长，十几年相处，西内对他没有亏负，我却对他心有所愧。"

瑞羽早在少年时期就已经察觉到了身边所有人对待她和东应的不同之处，故此对他有一种发自内心的怜惜。念及此，她不由得叹息一声，"老师，我这一生拥有的东西已然太多：嫡亲祖母、父亲的遗泽；王母爱逾珍宝的关爱；老师你毫无保留的教导扶持；薛公及鸾卫诸将士的忠心守护……可是东应不同，他只有掌中所握的权力……"

郑怀反问："殿下，别的我也不好多说，只是你若今日上书太后，奏请以昭王为尊放弃名分的同时，也必然导致你的权力被削弱。失去了权力若反悔起来，你又怎么办？"

瑞羽轻轻地说："老师，放弃这些东西虽然也会令我失落难过，但若获取这份权力就要和东应争夺，我实在不忍心。"

郑怀回思昭王府的作为，叹息一声，道："殿下重情重义，我只恐昭王殿下未必与你同心。"

瑞羽一直回避东应在刚才所知的两件事里所起的作用，此时郑怀揭破她回避之处，令她心头一紧，深吸了一口气才道："东应是我从小看着长大的，面对权力诱惑心胸开阔，并不是十分热衷权力的人。或许他会为了取得至尊权力而动些心思，但不至于为此绝情忘义。"

郑怀久已看出她无意与东应争锋，一方面觉得失望，另一方面也为她的选择而松了口气，道："殿下既然决定立昭王为天子，那也罢了。"

瑞羽和东应都是由他启蒙，但他在东应身上所用的心思实在不算很多，故而低头细想了想，终究还是难以放心，道："昭王广纳天下之才，对有才者不拘身份来历和品性德行，属下难免泥沙俱下，日后纵使他维护你，也怕他的手下有不长眼之人会危害到你。"

瑞羽想到东应很是倚重的那个林远志，也知郑怀所言不虚，只是她对这种人却没放在心上，哈哈一笑，道："老师放心，我对东应不忍下手，但对他的几个臣属，难道还会束手束脚？"

她握有天下最精锐的军队，掌握海外滔天财富，站在这世间权力的顶峰，行事手段开阔，睥睨天下，自然不会将东应手下的几个臣属放在眼里。事实上她放眼天下，真正配入她眼中的人，真的也不多。

郑怀想想她所掌控的雄厚势力，也是一笑，转念又道："殿下若有一日完全退出朝堂，一定要记得，陆上军权可以放，但水师和四海绝不可以放弃，一定要握在手中。"

瑞羽笑道："老师放心，我不是不谙世事的深闺女子，知道轻重，绝不会愚蠢得自折羽翼，落到任人宰割的地步。"

郑怀心里不安，隐约有股不祥之兆，瞪了她一眼，警告地说："殿下，我不是担心你会突然变得愚蠢，而是怕你太过重情，甘愿束手就缚！"

瑞羽心中凛然，脸上的笑容也凝住了。

郑怀看到她的表情，忧虑更重，焦躁地在室内踱了几个圈，叹道："天下间无情无义者多，可自古以来也少不得甘为情死的痴人。殿下是性情中人，这是你吸引他人、凝聚人心的长处，也是你易为人暗算的弱点……"

他心念至此，脸色一厉，转过头来盯着她道："殿下，若有一日，天下安定，你和王府起了争执，你务必记得，你的安危第一要紧，其余的人和事都可以压后再说……你才是最重要的！"

瑞羽知道他是关心情切，也肃然答道："老师，我记住了！"

郑怀极少如此时这般感到心里空落落的，但是怕自己说得多了反惹她叛逆，因而也不好多说。

师生二人说了一阵话，瑞羽突然想起一件事，叫道："老师！"

"殿下有什么事？"

瑞羽踌躇一下，抿嘴道："老师，我与中原有了婚约，国丧期间不能行大礼昭告天下，且王母不赞同我下嫁……一日为师，终生为父，我的婚事想请老师为证，立下婚书。"

郑怀虽然觉得秦望北是个做驸马的好人选，但在太后不同意的情况下，瑞羽竟然私定婚事，并且想让他证婚，惊得他不由得张大了嘴，回过神来后怒道："殿下以长公主之尊，居然私定婚约，岂有此理！此事大谬，我绝不答应！"

瑞羽也知自己的想法荒唐，但为了让东应死心退去，不管这算是昏招还算是猛招，她都要出的。因而虽然受到郑怀训斥，她仍旧倔着性子道："老师，请你成全！"

郑怀怒道："婚姻大事岂是儿戏，怎能三书六礼全不管顾，就想私下成事？我身为师长，更不能坐视你做错事不仅不加劝导，反而一味纵宠，由你胡闹。"

瑞羽见他固执不肯，心里着急，却又不能将原因说出来，把心一横，只得出言要挟，道："老师，你若不肯，那我只好……和中原私拜天地，成就夫妻了。"

郑怀目瞪口呆，脱口而出，"秦望北给你吃了什么迷药，你居然为了他这样……这样……"

瑞羽强撑着颜面镇定地说："老师，婚嫁聘娶是天理人伦，我已经二十一岁了，早该成婚。何况中原也是你欣赏赞同的人，我与他成婚，也没什么不好。"

"我赞同他，可没让你在国耻未雪君仇未报正需要激励士气的国丧期内下嫁，更何况是违逆了太后的意愿私下成婚，私拜天地……"

他数落两句，突觉此事蹊跷无比，以她的性格怎样也不至于此，内中定然另有隐情，于是怒气稍平，转念问道："你准备何时与秦望北成婚？"

瑞羽听他的口气有松动之意，连忙回答："越快越好，就在今晚！"

"今晚！"

郑怀更是吃惊，皱眉道："即便你们真的私成婚事，这也太赶了，又没有人逼着你们……"

说到这个"逼"字，他脑中灵光一闪，想到了今日驾临邯郸的东应，进而想到了她和东应一起出门却孤身回来，更进一步想到了东应流露出的蛛丝马迹，以及瑞羽和秦望北之间的相处异样，不由得倒抽了一口凉气，不确定地问："你这是在躲昭王？他……你……"

无论他怎样镇定，乍想到此事都有如被晴天霹雳击中，说话都结巴了。瑞羽被他窥破心底的隐秘之事，虽然知道他绝对值得信任，但仍旧脸色煞白，尴尬无比，羞愧得无地自容。

郑怀一生经历的风波虽多，但此事实在太过出人意料，也呆了半晌，才问："太后知不知道？"

瑞羽摇头，深吸口气，道："老师，你给我证婚吧。"

郑怀只觉得此事荒谬绝伦，苍眉紧皱，问道："拒绝他就是，何必为了他而委屈自己的婚姻？"

瑞羽苦笑，"老师，你不知道东应的性子，他若想做到什么事，无论多么艰难，他也一定要做到，仅是严词拒绝根本无用！除非我成婚，否则他是不会放弃的。"

她和东应之间的事，不能被别人知道，也不能让太后看出端倪，更重要的是，他们还不能让外人发现裂痕，以免为人所乘。

郑怀再有智计，面对这种左右为难的儿女情事也一筹莫展。他左思右想，发现要让东应死心，除了让瑞羽成婚外，竟没有更好的办法。

"你当真要成婚？并且……就在今夜？"

瑞羽一笑，道："老师，秦望北很好，我想今夜成婚，明日就和他一起去北大营。"

郑怀愁眉不展地在屋里兜了几个圈，想到她说的如果他不出面，她将与秦望北私成其事，不由感到焦躁不已。

站在他的角度，他自然是不赞成瑞羽国丧期内就私自举行婚礼，但对比起国丧期私自举行婚礼，和完全无媒无聘无婚无证自成夫妻之事这种近乎淫奔、将令她声名受损的大胆举动，他的不赞成似乎又不太重要。

他纵然有通天本领，也管不了儿女慕恋的私情。东应对瑞羽怀有不当逆情，就已经注定了伤害必然会形成，根本没有妥善解决之法。东应能做的事，不过是在几种伤害中，选择最轻微的那种而已。

郑怀深思许久，无奈地叹气，"罢了罢了，让秦望北认我为假父，我好有名义去操办三书六礼，给你们证婚。"

第六十四章

洞房恨

他重重地喘息，惨然大笑，眼里闪动着狂乱的利芒，指着她，一字一顿地说："我恨你！"

瑞羽突然决定成婚，不只她身边所有臣属近侍事前没有得到半点风声，就连秦望北也大感意外，只是他转念想到昭王驾临，便明白此事的缘由。

有郑怀统领安排，瑞羽身边的近侍领人布置，这场婚礼虽然命令初下时引起了轩然大波，人人惊讶万分，但此时瑞羽麾下的几大将领包括刘春在内，或者领兵在外，或者正在准备大军拔营，都已经奉命离开了刺史府，倒也无人反对。

上下齐动，婚礼虽然简陋粗糙，但三书六礼在两个时辰内就已安排妥当。

待到傍晚东应回来，刺史府内已经换了一番模样。卸下检校刺史之职的长公主幕府主簿言诤在门外候着，见他回来赶紧迎上，笑道："殿下，长公主令微臣在此等候您多时了。"

东应一眼看见府内打扫一新，虽然没有宾客来往，但看婢仆穿梭来去的样子，明显是在办什么大事，不由得俊眉一挑，问道："何事？"

言诤也为长公主突然成婚一事暗里嘀咕，面上却笑道："长公主殿下今日成婚……"

他的话没说话，东应已经猛然转头，厉声问："你说什么？"

言诤只觉得他这一眼看来，满目凌厉，仿佛能定人生死，一股令人窒息的威势轰然压至，饶是他跟在瑞羽身边已久，见惯了生死存亡的场面，也不禁心里一惊，连忙回答："是长公主成婚，让微臣在外面等候殿下……"

他的话没说完，东应已经扔下他急步往正堂走去。正堂里没有宾客，只有脸色凝重的郑怀还坐在主位上皱眉苦思应该如何给李太后写奏报。

东应冲进来没有看到举行婚礼的情景，以为婚礼还没有举行，松了口气，脸上挤出一朵笑容来，向郑怀行了一礼，道："经离先生，姑姑呢？"

郑怀见他急匆匆地进来，对自己还算客气，便还了一礼，回答："长公主已经回后院去了。"

东应强自稳了稳心神，才勉强笑问："听说姑姑准备下嫁？婚姻大事，总要太婆开口才好，况且现在国丧未过，姑姑理当为先帝服丧，更不可以私定婚约。"

他满面不加掩饰的焦急躁怒之情，脸皮紧绷，棱角分明的双唇绷成了一条直线，眼光锐利无比，似乎只要郑怀说出什么不让他如意的话，他的怒火就要喷薄而出似的。

郑怀暗暗叹了口气，脸色却十分温和，慢慢地说："殿下，长公主已经年过双十，若是平常女子，这样的年纪儿女都成行了，只有她为了复国大业奔波辛劳，至今仍未成婚。虽说婚姻大事最好由太后娘娘主持，但太后娘娘远在千里之外，长公主又军务缠身，不得解脱，这一拖下去，恐怕三年、五年、十年都难以成事，岂不是误了公主的一生？"

东应满心焦躁，强按着脾性听了他一段话，终于忍不住打断他的劝说，急切地问："我只问一句，婚礼究竟办了没有？"

郑怀见他执拗，摇了摇头，硬起心肠点了点头道："已经成了！"

他轻轻一句，东应听在耳里却如晴天霹雳，顿时一个趔趄，原本因为着急而涨得又红又紫的面庞，血色唰的一下褪得干干净净，举步就往后院走。

郑怀一惊，连忙伸手去拦截，问道："殿下，您这是干什么？"

东应两耳嗡嗡作响，听不清他在问什么，只看得出他有阻拦之意，猛地一掌推到他胸前，厉叫："滚开！你们统统给孤滚开！"

他没有学过武，日常的力气并不算大，但此时这一掌挟怒推出，竟把郑怀推得一个踉跄，连退了几步。

郑怀吃了一惊，还待再拦，但见他满眼血丝，暴怒欲狂，又想起瑞羽在举行婚礼之前的交代，不禁叹息一声，让到一边，摆手令待命的亲卫，"紧守岗哨，约束侍者从人不得随意走动，若有谁不经召唤，擅入后院……就地格杀！"

在东应回到刺史府的同时，后院洞房里的瑞羽正对近侍的青红等人吩咐，"你们退到院门去，若昭王驾临，不必拦阻。但有一事须得谨记于心，无论你们今夜听到了什么，都不得有丝毫泄漏，否则定斩不赦。"

青碧等人都感觉到了这桩婚事的诡异之处，心中惊疑，再得她这严令，更觉风雨欲来，却又不敢多问，齐齐应诺退下。

一时洞房里的闲杂人等都尽数退下，只剩瑞羽和秦望北相对而立。瑞羽盛装华饰，珠拥翠绕，秦望北也是一身吉服，但二人的心里却没有多少喜意。

匆匆成婚，不是因为他们相悦急于正名，而是为了断绝东应的念想。婚事里充满了太多的权衡之意，让他们都对婚姻没有多少认同感。尤其是秦望北，看着洞房内的一切，总觉得不太真实，隐约有些惧怕，只恐她下一刻又反悔。

瑞羽转头看到秦望北的恍惚神色，虽然未能洞悉他所思所想，却也知道这样匆忙成婚他定然十分不乐意，于是怔忡地望着他，竟不知该对他说什么。

倒是秦望北先定下了心神，见她站着不动，潇洒一笑，招呼道："殿下，若是昭王进来，势必有场恶战，你且先休息一下吧。"

他把等一下必然发生的事说成是打仗，倒也贴切。瑞羽的心情虽不至于因此而开朗，但有他的豁达大度在前做榜样，也知道他这番支持关切之意，胸中稍稍舒缓了一些，涩然道："中原，很对不起。"

秦望北微微一笑，尽量放开心胸，问道："殿下何出此言？"

"婚礼举行得突然，你对我一片心意，我却用你来遮风挡雨……"

秦望北感觉她确实语出至诚，心里虽然也有不足，却想到他终于成了她的夫婿，自有下半生的漫长岁月可以名正言顺地获取她的情意，又觉开怀，于是哈哈一笑，柔声道："殿下不必内疚，为人夫婿自当为妻子遮风挡雨。你既然选择了我做你的夫婿，那么无论你想用我达成什么样的目的，我都应该支持。"

瑞羽有些吃惊于他的回答，迟疑地道："可是，你并不见欢喜……"

秦望北摸摸额头，讪讪一笑，认真地说："殿下，我没有不欢喜，只是觉得这场婚礼从头至尾都是你命人操办的，我甚至都不及派人准备聘礼，更说不上让你有新嫁的风光与荣耀，我很惭愧。"

瑞羽身为长公主，拥有至高的地位，所谓的风光荣耀，她的身份已令她享受很多。因而在她的意识里，真的从未想过她未来的夫婿会希望能带给她新嫁娘的风光荣耀。

无论秦望北希望给予的东西是否真能实现，他有这份心意已足以让她动容。她愣了一下，心里那股剑拔弩张的紧张感消失了许多，放缓了声音道："没关系，中原，即使你不是秦氏子弟，只是一个孤寒庶人，我只取你这番心意，已经心满意足了。"

她对秦望北更亲密的事都主动做过了，像今日这样甜言蜜语的情话，他却是从未听过，傻了一下才笑了起来，柔声道："殿下，女子若爱一个男子，会愿与之共度贫寒，不离不弃；但男子若是爱一个女子，则会将自己的所有荣耀都奉到她面前，与她共享。你不嫌弃我，我很高兴，但我仍想让你纵然没有长公主的身份，仅是一个普通女子，也会因为我是你的夫婿而感觉荣耀与风光。"

瑞羽心弦微动，一股别样的滋味油然而生，情不自禁地望着他，轻声道："中原，我此生能遇到你，何其有幸。"

秦望北含笑回答："殿下，我此生能遇到你，亦是三生之幸。"

新嫁娘的凤冠前檐有一层米粒小珠串成的幕帘略遮面庞，秦望北将珠幕撩起，挂在凤冠两侧的玉钩上，望着眼前人难以描画的绝世丽容，心神恍惚，怔然无语，心中有说不尽的欢喜。这一刻，他才真切地感觉到自己是真的达成了梦寐以求的目标，成为了意中人的夫婿。

瑞羽望着他激动的眼眸，以及那从心眼里笑出来的开怀笑容，同样有一瞬间的恍惚——无论出于什么原因，她已经嫁给了他，选择了他作为自己的夫婿。从此以后，那些不该有的妄念，都将因为他而被彻底斩断，永不再起。

她心底那些灼热翻滚犹如剧毒的心绪，在他温柔的目光里，慢慢地沉积，一点点地凝结。她想笑一笑，脸上的肌肉却不听使唤，眼眶里有一股难言的酸涩在扩散。她赶紧低下头，轻声道："中原，我或许做不到世人眼里的好妻子，但从今以后，我当尽我所能待你好。"

"我知道，殿下。"

秦望北感受到她声音里的诚挚，心中一动，突然道："殿下，我们再拜一次堂吧。"

瑞羽讶异地抬头，"我们已经拜堂了。"

秦望北摇头，轻声道："那是给别人看的婚礼，我们再拜一次堂，只我们自己敬告天地，愿意白头偕老。"

瑞羽怔了怔，正待说话，门外突然传来一声尖厉的呵斥，"休想！"

房门被猛地撞开，东应一步踏进屋来，看着秦望北，森然道："海外蛮夷，你也配和我姑姑白头偕老？"

秦望北早有准备，并不因他的贬低而动怒，笑了笑，正待说话，瑞羽已经踏前一步，拦在他面前，示意他不必多言，由她出面对答，"小五，中原是我选择的夫婿，你侮辱他，就是在侮辱我！"

东应面色苍白，双目却布满血丝，仿佛一头突受重创的野兽，逼视着她，"他是你选择的夫婿？所以哪怕是事实，我只要说一声，也是侮辱了你？姑姑，这就是你的选择，放弃自小一起同进同退、形同一体的我，去维护一个半道闯进来的外人？为了他，哪怕是与我为敌，也在所不惜？"

瑞羽闭了闭眼，面上却露出笑来，曼声道："小五，你多心了，女子外嫁，附远厚别，是为宗族多添臂助。你是我的侄子，亲情深厚，中原是我的夫婿，也就是你的姑父，日后当尽力扶助你重振我唐氏声威，怎能说什么为敌的混话？"

"做我的姑父，他配吗？"他仰天大笑两声，转回目光看她，"姑姑，我只问你一句，你当真为了这个人，背弃我？"

瑞羽一皱眉头，冷声道："男婚女嫁，天经地义，我成婚理所当然，怎能说是背弃你？"

"怎么不是背弃？你明明跟我击掌为誓，约定十年平天下，十年治天下，十年共游天下，携手同老！"

瑞羽这才想起他和她当日策马同游时的约定，原来早在那个时候，他就已经下了决心要与她携手同老，可笑她当时却懵然不知，只以为他还是幼年的习惯，依赖她成性。

他目光灼灼，让她刹那间根本不敢与他对视。她于是侧开视线，慢慢地说："我与你立约之时，是因为我根本不知道，原来你是这样的心思！"

东应咬紧牙关，涩然道："不错，那时我根本不敢让你知道我的真实心意，我当时想，假如名分所限，你我终究不能昭告天下成其眷属，那么纵使你对我完全无知无觉，只要你一生在我身边，我也愿为你终身不娶。我们就此立约，携手同老，那也没什么，那也极好。"

他的声音里满是深沉厚实的悲凉，瑞羽胸口一窒，待要说什么，却感觉唇舌干涩，嗓子眼如被堵了一般，发不出声来。

他满眼怆然，闭上眼睛，轻轻地说："姑姑，我们是这世间最亲近的人，我们一起长大，一起面对京都的生死难关，一起承担复兴祖宗大业的重任，一起经历生活中的欢喜与哀伤，这样不好吗？你为什么突然要弃我而去？"

瑞羽长吸了一口气，说道："小五，我并未弃你而去，而是你被妄念欺了心，只要你仍旧将我当成姑母……"

"我现在怎么可能还仅当你是我的姑姑？"

东应反问一声，逼近她，紧紧锁住她的目光。他深幽如夜的墨黑眼眸里仿佛烧着一团熔铁销金的火，沿着两人交缠的视线缠绵而上，低声说："姑姑，我们已经不是西内宫苑里嬉闹的三尺童子，我清楚自己想要什么和正在做什么，我只想问你一句，你肯不肯留下来，陪我一起？"

寒风从敞开的房门灌进来，吹动瑞羽凤冠上的珠玉，玎玎琮琮一串细微的脆音，仿佛带来一种天地的警示，令人心头生寒。

她望着室外渐浓的夜色，只觉寒气侵肤，令人神志清明，全无半点犹豫，清晰地说："小五，人生漫长，难免会有一些不合宜的想法令你一时迷惘，但只要过了这个时候，你再回头来看，那些最初你以为可以为之生、为之死的东西，其实都不过是一些虚妄可笑的傻念头而已。"

"傻？"

他看着她如冷玉般毫无表情的面庞，只觉得心口一阵阵的绞痛，痛得他喘不过气来，"对我所有的心思，你就只有这一个字？傻？"

"当然！小五，我这是最后一次劝你。若你仍旧执意要问我一句，我肯不肯陪着你悖逆伦常，我只有一个回答。"

瑞羽抬起头来，没有丝毫退缩闪避，直直地看着他，清楚地拒绝，"我不肯！"

简简单单的三个字，却彻底将他打退，令他陡然有种整个人生都轰然倾覆的错觉，仿佛前半生所有的回忆都尽数成了幻觉，所有的笃定都不过是他自以为是。

她不肯啊！

再明白不过了，连考虑的余地都没有，她根本就不肯！

是啊，她重视伦理纲常，她立志要光复唐氏基业，她执着于成为太后他们所期望的人，她喜爱她的身份地位所代表的尊荣。

她怎么肯为了他而背负世俗唾弃的骂名，影响复国大业，令太后他们失望，失去她的尊荣？

他是她从小关爱的人，但她为什么关爱他？是因为他是太后抱养的，是因为他对她的复国大业有用，是因为他一直都在努力朝着她希望的方向发展，是因为他一直都不曾真正地违逆过她的意愿！

可如果一切都是出于算计，一切都缘于功利，何以她能将那些虚情假意表达得如此自然亲切，让他深信不疑？

过往那些他们相处融洽的情景，浮光掠影般地在他脑海中闪过，摧压得他几欲成狂，切齿腐心的感觉令他发出一声困兽般的恨声，"你会后悔的！你一定会后悔的！"

瑞羽抿了抿嘴，轻轻一笑，"我不会后悔，永远不会！"

他满腔窒息般的胀痛，一股血腥自喉头涌上来，弥散了他满嘴。他重重地喘息，惨然大笑，眼里闪动着狂乱的利芒，指着她，一字一顿地说："我恨你！"

若是这些朦胧暧昧的情愫都不曾明了，若是这些狂悖逆乱的情思都不曾明说，就那样无知无觉，该有多好？

那样的话，谁也不必受这样的折磨，谁也不必负这样的罪孽，更不必这样互相伤害，伤害到两人都鲜血淋漓、遍体鳞伤，往日的情谊今日都成了反噬的剧毒，染遍了全身的恨。

她心头震动，面色却仍旧平静无波，淡淡地说："你要恨，就恨吧！"

他看着她冷淡的神态，听着她刺心的话语，心头却透出一股莫名的笑意，忍不住放声大笑，摔门而去。

她没有看他离去的样子，甚至根本没有把目光往他离去的方向移一移，只是低下头去，端起洞房里用来盛合卺酒的匏，对身边的秦望北一笑，道："中原，我们还未成礼。"

秦望北看着她的笑容，心中大痛，却仍旧举匏，微笑相陪。

匏酒苦涩，瑞羽一饮而尽，恍如一场大醉。

第六十五章

冬至寒

瑞羽见她不再执意要杀秦望北，松了口气，叩头道谢，退到千秋殿外，在殿前的阶前跪下。

十一月，昭王巡弋新附诸镇的行程结束，王驾返回齐州。

同月，长公主上书太后，奏报为免政出二门引发不便，军政庶政皆以昭王府为尊，翔鸾武卫三军原来所用的长公主印停用，换成昭王府的平卢节度使大帅印。

太后准其所奏，自此昭王虽然未被确立为皇统，却已是齐青的第一实权掌握者。

昭王府上下人等个个扬眉吐气，公主府属下的将领则难免颇有微词。所幸昭王府名义上虽然已经接管了公主府的兵权，但帅印仍在长公主手里握着不变，连王府主簿林远志谋划着新设的两淮军，也仍由公主府选择将领，招募新兵，一应军务，沿袭由公主府主理的故例不变。除去个人意味浓重的长公主印换成了帅印之外，似乎与过往根本没有什么不同。

因为公主府的退让，齐青之地名义上已经政归一统，大大地安抚了许多犹自观望、迟疑不决的人心，招徕了大批士子投靠。甚至于有不少人上表奏请昭王早日自立为帝，以此为晋升之资，邀功请赏。

与王府下属的欢喜之情相反，王府主人的神态却隐隐有些郁色，他以前虽然为了令臣属信任，故作老成，但他眉目清俊，丹唇玉面，自有一股少年贵胄的飞扬神采，脸上常见笑容。而现在他的脸上却笼着一层莫名的寒霜，少见笑容，沉默寡言，无论遇到什么事都少惊少喜，沉静得仿佛一座绵亘于天地间的大山。他坐在王府的主位上，不必丝毫作态，一眼看过去，谁也不会误会他承担不了重责。

转眼已是腊月，冬至佳节临近。东应埋首于案牍之间，暖阁外脚步声渐近，林远志推门进来，躬身道："殿下，行人司回报，长公主车驾已抵齐州城外。"

东应手执朱笔，在卷宗上钩决不停，淡淡地回应，"知道了。"

林远志见他说了这句就没了下句，又问："如何迎接长公主车驾，还请主公示下。"

以往瑞羽回齐州，一切事务都由东应亲自打点，旁人不得胡乱插手，但今日林远志来问，东应却头也不抬地说："一应事务自有章程，按章行事便罢。"

林远志待要劝谏他几句，可东应近来威严日重，他不敢轻易地触怒他，转念又想这也算不得什么大事，到嘴边的话又吞了回去，应诺着退了回去。

此时的太后宫千秋殿内，包括常侍李浑在内的宫人内侍都被逐了出去，只留李太后和瑞羽两人，一坐一跪，沉默对峙。

李太后怒色形于言表，瞪着瑞羽，良久厉声道："你不是总告诉我，你行事自有分寸吗？你现在的所作所为，分寸在哪里？你说话呀！"

瑞羽抿了抿嘴，低声道："王母恕罪。"

"除了这句，你就没有别的话了？"

"孙女无话可说。"

李太后怒极，举起凤首杖一杖打在她腿上，骂道："我打你忤逆不告，私自成婚！"

李太后这一杖怒极打出，瑞羽不敢运功相抗，生生地挨着了，痛得呼吸屏了一屏。她自小被李太后捧在手心里，爱得如珍如宝，今日骤然挨了这顿揍，疼痛也还罢了，心中的委屈却是难以言表，只是强忍着不肯出声求饶。

她越强硬，李太后越是怒气攻心，劈头盖脸的两杖又打了下来，恨恨地骂："我打你自作主张，上表让权！"

打了这几杖，李太后自己也觉得憋屈，两行眼泪滚涌而下，又加上两杖，"我以为你已经羽翼丰满，再不必我操心劳神，我日后可以安享晚年，怎料你临到这种时候，竟然做出这么昏聩的事来！"

瑞羽心中惨然，又不能将此事的原因明说，只得叩首请罪，低声道："王母，我知道错了，您且息怒，别气坏了身体。"

"你知道错了，你可肯更改？"

瑞羽无言，过了会儿才道："王母，中原已经与我成婚，是您的孙女婿了。"

李太后一口啐了出来，怒道："为了这么个人，你背着我私自成婚，上奏让权给小五，又令你们姑侄不合，我们祖孙生隙……未经吾明诏天下，他顶多就算你闲时养的一个面首，什么物什儿，也配为吾的孙女婿？"

李太后不明真相，只觉得一切事由都因秦望北而起，不由得积怒成恨，越说越气，最后森然道："吾未计较他狐媚惑人，离间天家骨肉至亲，已是瞧了你的面子，他还想做我的孙女婿，白日做梦！"

瑞羽和秦望北相处时日已久，夫妻俩互相敬重礼让，就算她对他没有愧疚之心，也无法不因为他的知情识趣而心生维护之情。李太后骂得难听，她忍了一忍，终于忍不住轻声道："王母，中原不是那样的人。"

李太后见她还敢出声维护，心中怒火更炽，腾地站起，大声传召，"李浑！"

李浑候在门外，听到传召连忙奔进来，"娘娘有何吩咐？"

李太后一指瑞羽，恨道："拟诏，带人去把公主府那个姓秦的妖孽绞了！"

瑞羽大惊失色，慌忙拉住李太后的衣裾，"王母，这些事真和秦望北没有关系，他是受孙女连累，有罪过的是孙女，不是他！"

李太后未必不知秦望北担不起这些罪名，但这其中的蹊跷之处，瑞羽和东应既然都不肯说，那么适逢其会的秦望北便当遭此难。

瑞羽苦苦哀求太后，见她都不为所动，而旁边的李浑已经奉命执笔写了手谕，过来请太后用印。瑞羽心知只要太后宝玺盖下，秦望北便只有死路一条，恐慌情急之下，扑过去抱着太后的双腿，不让她取玺用印。

"王母，秦望北实在无辜，求你饶他一条性命！"

"闻说此事之初，你已经拒绝了他，是他借着昔日于水师有小恩强赖进公主府，仅此一条，他已是死有余辜！"

瑞羽利用秦望北阻断东应，对他已经满腔负疚，怎能再让他为自己丢了性命？她急得几乎流泪，急切地道："王母，我求你饶了他！真的跟他全无关系，这都是我的罪孽！是我的罪孽！"

李太后见她情急恐慌，竟是前所未有的一副可怜相，终究心软生疑，顿了顿，道："你是我从小带到大的，我相信你不是那种悖逆无耻之辈，此事内中定然别有隐情，你告诉我，究竟出了何事？"

这内中的隐情若是能让太后知晓，瑞羽也不至于匆忙成婚，她这一问正中要害，瑞羽无言以对，唯有泪盈于睫，却倔强不落。

李太后见她不答，深吸一口气，压下怒气，道："好，就算内中别有隐情，你不便让我知晓，我再给你一条路，你立即回府将他逐出去，我便饶了你这一回！"

此时将秦望北逐走，岂不是前功尽弃？

"王母，秦望北已经是我的夫婿，他替我受过，我怎能这种时候弃他不顾？"

李太后气得直哆嗦，但见瑞羽对秦望北的维护态度坚决，情知此时要除他是不可行了，恼怒之下从李浑手里夺过已经写好了的诏纸，兜头砸在她脸上，哽咽痛骂，"我只道你孝顺懂事，怎料到最后居然这般不省心！你给我滚！滚到殿外跪着，什么时候想通了，什么时候起来！"

瑞羽见她不再执意要杀秦望北，松了口气，叩头道谢，退到千秋殿外，在殿前的阶前跪下。

守在千秋殿外的宫人内侍不知内里究竟出了何事，但知道瑞羽实是李太后的心尖子，此时一怒下令她罚跪，过不了多久定然心疼后悔。红云等人眼见天空飘雪，赶紧给瑞羽拿来几层厚厚的垫席棉褥铺着，又在她头上撑开华盖遮雪。

李太后气怒之下，冲李浑一瞪眼，喝道："这么心疼她，怎么不给她弄个暖炉？"

李浑暗里嘀咕，装作听不懂她话里的反讽之意，面上却惶恐赔笑，道："娘娘有吩咐，老奴这就去办！"

李太后气极而笑，一顿手杖，喝道："好狗才！你敢！"

一笑之后，她的气便消了许多，只是想到瑞羽的大胆妄为，仍旧心里愤恨，怒道："把华盖撤了！不给她一点苦头吃，她不知道痛！"

李太后在千秋殿内兜了几个圈，沉吟道："此事蹊跷，李浑，你去把经离先生请来……不，这老东西一味偏袒着阿汝，帮着她欺上瞒下，定不肯说。去，把公主府的十二个青给吾带来！"

李浑诺诺遵命，很快将青红等人带来。李太后也不叫十二"青"起身，目光直勾勾地从他们身上剐过，寒声道："你们几个是吾下令送去军中照应长公主起居的，你们却让她私自成婚，果然照应得很好，好得很！"

青红等人已经看到瑞羽在外罚跪，心知此事难以善了，也不敢作声，瑟瑟地跪在地上听李太后训斥。

李太后一腔未尽的怒火便尽数发泄在他们身上，先令内侍把他们拖下去笞了十杖，然后再令他们上前问话。

青红被打得背脊火辣生痛，却依旧不敢多言，伏地求饶，"娘娘所询问的事，长公主事前已有吩咐，谁敢泄露，定斩不赦。求娘娘垂怜，饶奴才一条小命！"

李太后冷声道："你说了长公主事后要你的命，但你不将此事首尾道来，吾现在就要你的命！"

青红两股战战，连连求饶，但对于李太后所问的事情，却是一句也不敢答。李太后便不废话，下令将他拖到殿外行刑逼供，接着问下一个，"青碧，你素来聪明伶俐，知道进退，说吧！"

青碧听着殿外青红受刑的凄厉哀号，吓得魂飞魄散，但知道此事的隐情涉及礼教伦理，轻则累瑞羽和东应姑侄二人声名扫地，重则毁灭复国大业，干系勾连，不说还有可能侥幸存活，说了却是唯有死路一条，故而只敢求饶不敢多话。

李太后连问十二人，却没有一个人敢对她说真话，统统都被她下令拖到了千秋殿外的广场施刑。

她一口气梗在胸口，更觉得此事古怪，喝了口茶，对李浑道："让掌刑使好生掂量，打痛他们，别打坏了。"

李浑知她这是怕事后不好向瑞羽交代，连忙应诺，"娘娘放心，奴婢知道了。"

因为要青红等人招供，十二个受刑人都不曾堵嘴，千秋殿外惨叫连连，瑞羽听在耳里，心中不忍，涩然道："王母，青红他们都是无辜受累，实在不干他们的事。"

李太后眉毛一横，冷笑道："你若真心疼他们，就赶紧给我说实话！否则，你就顾着自己吧！"

瑞羽哑然。

李太后剜了她一眼，吩咐红云过去传令，"有谁肯招的，吾饶他不死，赏百金，否则打死了事！"

青红和青碧等几个近身服侍瑞羽已久的人，知道事情轻重，虽被打得惨叫连连，却仍旧咬牙不说。只是十二个"青"里有几个是新补上来的，熬刑不过，其中一人终于忍不住大叫："娘娘饶命，小的招了！"

他这一叫刑杖之声立止，千秋殿内外所有人一齐望过去。那人又痛又怕，痛得直哆嗦，但一停刑看到瑞羽就跪在离自己二十余丈远的殿阶前，又不敢招了。

李太后见他不招，冷哼一声，挥手示意掌刑使继续用刑。那人吃痛不过，终于又叫了起来："娘娘，我说实话！"

话犹未落，雪花里金光一闪，一枚金簪自瑞羽掌中飞出，电射而至，从他太阳穴插入。簪到气绝，他哼也未及哼一声就倒毙于地，唯有四肢余有战栗。

这侍者背主，隔了二十余丈居然被瑞羽一簪夺命，堂堂长公主当真是不出手则已，出手便雷霆万钧，定人生死。余者不由得骇然惊恐，战栗不敢言。就连千秋殿上下的宫人内侍见她这般手段，与她的目光一触，都不由自主地打了个哆嗦。

这突然的变化犹如火上浇油，给本来就已经非常紧张的气氛再添了一层杀气。刹那间千秋殿内外一片寂静，李太后已经惯于瑞羽和东应代她行使大权，倒也不恼她僭越，只是怒她居然真下了死决心要将内中情由隐瞒到底的态度。心知有她这样在一旁虎视眈眈，今天的口供是无论如何也问不出来了，气得脸色发青，指着瑞羽喝道："去给我把这泼皮重重打一顿！当着我的面，你居然这般放肆！"

瑞羽是李太后的心尖子，李太后这一时的气话，又没个章程，谁敢真上前来打？连几个逼供的掌刑使也面面相觑，不知经这一番变故，还要不要再对青红等人行刑。

李太后的性格本就软弱，见瑞羽宁愿亲手杀人，也不容属下泄密，便知她绝不会让自己知道详情。虽然仍旧气恨，却不愿真为了这么一件事继续威压逼迫，弄得祖孙二人没了转圜余地，大伤感情，于是跺了跺脚，摆手令人把青红他们也放了。

李太后自己要杀秦望北不得，让瑞羽送走秦望北也不得，连向她的近侍逼供亦逼不得。李太后这一口气真是梗在胸口难受至极，本来见到天下大雪还心疼瑞羽罚跪挨冻，此时却是半点叫她起来的心思也没有了，指着她怒斥："你有能耐，有能耐就在这里给吾好好地跪着！吾看你能强到什么时候！"

第六十六章
相看厌

想到他为自己所做的事，瑞羽的心突然一软，温声道："中原，待到大业成功，王母百年之后，我就和你一起走。"

东应这一日处理公务的速度极慢，直至申时乔狸进来提醒他用膳，案头犹有许多未处理的公文。乔狸手脚利落地摆上食案，见他寥寥吃了几口就停箸不用，想到他近日食欲不振，今日又是如此，心里焦急，连忙问道："殿下夜间吃什么消夜？奴婢好叫膳房准备。"

东应皱眉道："最近怎的来来去去就这么几样菜，吃得人腻烦。"

"近日大雪封路，海运也耽误了，南方诸州的新鲜果蔬都运不过来。且暖房菜还没熟，只能吃些冬季里的常菜，就简单了些。"

东应推开食案，一句话未经思索便冲口而出，"什么大雪封路，菜运不过来！她从西面更冷的地方回来，怎么也没听说她回不了？"

他虽没明说"她"是谁，乔狸却也知他究竟在生什么气，讪讪一笑，不敢答话，只在心里嘀咕道：长公主所用马匹俱是东胡所贡的耐寒良马，随行之人又都是百战精锐，寻常商家哪能比得了？

东应发了句牢骚，不再说话，就茶漱了口，突然道："这暖阁顶子上有一窝麻雀，整日叽叽喳喳吵得人心烦，你叫几个人上去捕了。"

乔狸连忙应了，心念一转，道："殿下，您坐了一天，也该舒散舒散，要不您亲自动动身手，捕了雀儿下酒？"

东应一怔，笑道："这个主意不错，去拿网子来。"

大雪纷飞之际，麻雀都躲进人家的阁楼或暖檐下避寒，往往一个阁子里聚着一大群，若是地方狭小一些，便是用手抓也能抓上一两只。一众内侍为了哄东应开心，轻悄悄地在阁楼外架了梯子，先把窗缝檐洞之类的空隙堵了，这才跟着东应去捕雀。

阁子里的雀子受惊乱飞乱窜，慌不择路，居然有几只自投罗网。东应哈哈大笑，兴致勃勃地拿网上前捕雀，过不多时便捕了十几只，只是仅他一人动手，这兴致难免打个折扣，"你们也动手啊！呆站着当人桩子？"

一干内侍赶紧上前张网捕雀，可这阁楼顶空间本就狭小，又要顾忌着别抢了东应看准的雀儿，败了他的兴，他们怎么敢真的张开手脚去捕雀？于是一阵忙乱之后，东应看看几名缩手缩脚跌成一团的内侍，当然知道这些人无论是玩耍还是陪他，都不可能真的放开，所谓给他解闷，更多的时候只会让他添闷。他不禁叹了口气，放了捕网，"罢了，孤累了。乔狸，让膳房把雀炙了送来。"

乔狸连忙应诺。他将炙雀送过去时，见东应拿了张条陈看了又看，却迟迟不下笔钩决，明明是在做事，眼神却很空茫，连忙堆着笑容提醒，"殿下，这么晚了，歇一歇用过消夜再处置公务也不迟。"

东应倦怠至极地打了个哈欠，却是吃什么都觉得嘴里寡淡无味。乔狸见状心里一紧，惴惴良久，终于赔笑问道："殿下，您今天还没给太后娘娘请安置呢，要不要奴才唤人备车起行？"

东应看了一眼书房左侧的莲花漏，心里也不知是什么滋味，怅然道："都酉末戌初了，太婆应该已经安寝了吧。"

乔狸笑道："殿下有所不知，今日因为……千秋殿的灯火至今未熄，想来太后娘娘也还没睡的。"

他知道东应与瑞羽离心的前后因果，心知"长公主"三字实是主上心里的刺，谁敢主动去碰一碰，那就是给自己找不自在。他虽然关注着那边的动静，却不敢明着说，到要出口的时候也兜个弯拐过去算了。

东应如何不知乔狸的顾忌，他心头梗着一股浓浓的恨意，猛地将手里的象箸扔了出去，喝道："还愣着干什么，去备车！"

大雪扯絮般飘落，落雪已经没了人腿，从节度使府往太后宫的路不远，走的时间却不短。

太后宫的宫门早已关了，但今日的宫门外却还影影绰绰的有几条人影，看上去似乎还有什么人在外面候着，等太后召见。

东应推开车窗，候在宫门外的几人听到了他的车驾行驶过来的声音，纷纷转身对他行礼。东应定睛细看，行礼的几人竟是瑞羽的亲卫阿武等人，不禁一怔，道："阿武，这么晚了，你们守在宫门外干什么？"

阿武苦笑一声，没有直接回话，而是转头往身后看了一眼。东应顺着他的目光一看，才发现宫门前的雪地里跪着一个人。只因大雪将那人的衣裳全都盖上了一层，不认真看竟发现不了。

东应看清那人的面目后，顿时脸色铁青，连阿武他们回了什么话都没听见，心里不由自主地涌上一股杀意，手一抬，几乎就要下令亲卫将之擒杀。

乔狸一眼看见主上眼光不对，吓了一跳，赶紧用力一拉他的衣袖，小声提醒，"殿下，那是长公主自己选的驸马……"

东应的手已经举高，但乔狸这一声提醒，却将他所有的底气都泄得一干二净。他的手颓然垂了下去，又无力地坐回车中，闭上了眼睛，问："他怎么在这里？"

他这句话却不是问车外的阿武，而是问明显早知事由的乔狸。

乔狸小心翼翼地回答道："太后娘娘因长公主私自成婚大怒，欲杀秦望北，被长公主所阻；太后娘娘令长公主驱逐他，长公主又抗命不遵。太后娘娘因此怒打公主常侍，罚长公主在千秋殿外长跪。这个人听说消息后，就赶到太后宫外跪着了。"

"太婆也要杀他？"东应哈哈一笑，心中快意无比。眼看宫门守卫验了令牌，打开了宫门，马车辘辘前行，经过秦望北身前时，东应心中怒气难平，于是探头出窗，笑盈盈地问雪地里跪着的秦望北："好雪风光，佳景无限，滋味如何？"

秦望北得知瑞羽在宫中罚跪后匆忙赶来，已经在雪地里跪了一个多时辰，早冻得脸青唇黑，只那双眼睛仍旧清亮明透，虽然笑容僵硬，却全无示弱之意，笑道："我与长公主夫妻同心，些许风雪冰寒尚不足惧，有劳昭王挂怀。"

他一语双关，正刺中东应心头之痛。东应指节用力抠住车窗，面色不变，冷笑一声，"什么风雪寒冰，若你不在，根本就不会有这些无谓的纷扰。你酿了恶因，自受恶果也罢，却平白无故连累我姑姑！"

二人相看两相厌，各刺对方一句，马车驶入宫中，直驱千秋殿。

积雪反光，天地间白茫茫的一片，千秋殿外宽阔的广场上，除去沙沙的雪落声，再没有其他声音。远远地看过去，跪在殿阶前的瑞羽周身早已被白雪厚厚地盖了一层，变成了一个雪人，连眉毛上也结了一层冰霜，乍一眼看过去，完全没有生气。

东应心一慌，问："这是怎么回事？"

乔狸早知东应难免会问事情的始末，早早地便派人来探听清楚了，待东应一询问就连忙回答：“长公主午时二刻就被太后娘娘罚跪，这一下午雪不停，下了六七寸，娘娘又勒令宫人内侍不得暗里照拂。”

“跪了近四个时辰，太婆居然都没叫起？”

“太后娘娘旧疾复发，被大夫针灸定神睡着了，怕是忘了时辰，又在气头上，所以没叫起她。”

乔狸怕他紧张，连忙安慰道：“殿下放心，奴才使人探听了。雪虽然大，可长公主并没有冻着，一切如常。”

东应气结，瞪了他一眼，“这么大的雪冻了四个时辰，怎么可能一切如常？混账！”

乔狸赔笑道：“是真的无事。殿下，雪下得厚，盖在长公主身上，只要不化水，就能挡着新雪和风寒，这就跟雪窝下面的麦子也冻不着是一个理。”

东应明白过来，心中的焦急退去，慢慢地却化成了熊熊炉火——她在这里罚跪，是因为秦望北！只是因为秦望北！是因为秦望北啊！

一念至此，他本来急切向她走去的脚步缓了下来，好一会儿才踽踽走到她面前。

她听到脚步声，便睁开眼睛看着他走近，他的手指落在胸前的斗篷扣环上，指节动了动，却在最后一刻放弃了脱袍的想法，冷笑道：“为了一个海外蛮夷受此责罚，你可后悔了？”

她眉梢牵动，眉上积着的雪簌簌落了下来，眼里掠过一缕几不可察的怅惘，转瞬却又微笑，“我受了责罚，心里却比以前好受了很多。”

东应脚下踩的雪下陷了几分，瑞羽看在眼里，却没有丝毫动容，温声道：“外面冷，你进去吧。”

东应心中一喜，旋即一阵凉——这样的亲切关怀，宛然只将他当成了普通的侄子，温和中又带着疏离，完全没有了以前那种体贴入微、温暖柔软的感觉。

东应胸口又一阵疼痛，血腥气在喉头翻涌，面上却笑容灿烂，点头道：“好。”

太后额头上搭着镇痛的药包，躺在床上双目微闭，似乎睡着了，又似乎还在想心事。东应走近前去，轻轻地在她床下的足踏上坐了，低唤：“太婆？”

李太后睁开眼睛，见他坐在床前，笑了笑，道：“难为你了，这样的大雪，又这么晚了，还赶过来。”

东应摇摇头，问道：“太婆哪里不舒服？”

“都是陈年宿疾，发作发作便过了。”李太后心中烦恼，问道，“你从外面来，见着阿汝了？”

"见了。"

"跟她说了话？"

"嗯。"

李太后整颗心都扑在瑞羽身上，也没发现东应言辞间的异常，又问："她可有悔意？"

李太后虽与瑞羽倔着不松气，但着实担心她会冻坏，只要瑞羽肯稍微低头示弱，李太后就会顺着台阶饶了她。

东应自然知道李太后的用意，但这时候他突然不愿给这个台阶，低下头去慢慢地说："姑姑行事杀伐决断，从不后悔。"

李太后一笑，拍着床榻的边沿，又闭上眼睛，长叹一声，道："是啊！她做事从来都是三思而行，绝不反悔……长大了啊！"

东应默不作声，李太后突然翻身坐起，目光直勾勾地望着他，严厉地说："阿汝素来是个让人省心的孩子，虽然胆大包天，但并非那种忤逆不孝之徒。此次她突然私自成婚，成婚之日又与你抵达邯郸的日期相符。这桩婚事处处透着古怪，你恰逢其事，可有什么话要对我说？"

东应从邯郸回来后并未将瑞羽成婚的消息告诉李太后，此后的两个月里，为了避免她接到瑞羽的奏报后垂询，便借口节度使府有事尽量减少面见太后的机会。

李太后察觉他的回避态度，却不疑其他，只以为东应是受瑞羽暗中嘱托之故，竟也按捺住了不问他。直至今日瑞羽回来，她询问不出内中缘由，才直接向东应发问。

东应自然明白瑞羽仓促成婚的根由所在，但他如何敢说？

他在向瑞羽表达爱慕之意时，自以为绝不惧于昭告天下，但今夜在李太后面前，看到她蜡黄憔悴的脸和花白发灰的头发，当日那股天不怕地不怕的勇气突然泄得一干二净，身上一阵阵地燥热发汗，一句话已经到了舌尖，却怎么也冲不破最后一道心防，将之喊出来。

仅是因为瑞羽私自成婚，李太后都已经焦虑至此，若真让她知道了内里的缘由，明白他的心事，她会气成什么样？

无论如何，他是她养育大的，他怎能往她心窝里捅这致命的一刀？

李太后见他脸色青紫交替，额头上布满了汗珠，汗珠子从小变大，从眉头眉梢滚滚落下，但他仍旧没有说话，心里更是着急，猛地一捶被衾，厉斥，"究竟是怎么回事，你倒是说话呀！"

东应内心挣扎不已，终于一咬牙，道："我要杀秦望北，姑姑不让，为了保他的性命，就赌气跟那姓秦的私自成婚了。"

他这番话基本上都是真话，李太后也能理解他对秦望北的厌恶，加之他话里又颇有让人猜疑的余地，李太后想了一想，竟然没有怀疑，对瑞羽的怒气便分了一半到东应头上，甩手将掌中握着的佛珠掷到他头上，恨声道："那秦望北就是再有不是，可他是你姑姑的意中人，你也该容让一二，就算反对他们在一起，也不该这么直白地要他性命，引得你姑姑做出这种为天下人耻笑的事来！"

东应额头上被她一串佛珠打得咚咚响，却不敢呼痛，恨道："那姓秦的本是海外蛮夷，对姑姑死缠不放，连姑姑行军他也要跟在身边，实在让人一见生厌，怎不恨得人心生杀机？"

李太后怅然一叹，隐约觉得这其中定然还有别情，但无论瑞羽还是东应，都不是事事都会向她回禀的人。她一是对二人信任宠爱，二是只贪享清福，三是能力也有限，绝少起意要钳制他们。到这时明知他们定然有事相瞒，却无力追索根源，一股失落与无力感涌上心来，一腔的精力都泄得干干净净，倒头便睡，喃道："我是白操心了！你们个个都自有主张，哪里还用得着我问一问？我是白操心啊！"

东应慌忙叩首请她息怒，低声恳求："太婆，此事之错的根源在我，您要打要罚，我都领着。您别生气……姑姑在外面跪的时间已经很久了，恐怕会冻伤，您还是先饶她这一次吧。"

李太后嗔怒良久，终于还是爱孙之心强过了其他，吩咐李浑把瑞羽叫起来。

瑞羽习武经年，血气活跃，寒暑难侵，虽然跪的时间长，但身上并不冷，叩首谢了恩，起身摇头甩去鬓间的积雪，想去看看李太后。

李浑连忙拦住她，劝道："殿下，娘娘现在正恼着不肯见你，你且让她歇一歇，气消了再来就好说话了。"

瑞羽想想也是，想问问东应在里面干什么，转念一想又闭了嘴，在殿外遥遥行了一礼，然后转身出宫。

太后宫夜间闭门，唯有她和东应能够自由进出。因此出了宫门见到外面跪着的人影时，她不由得吃了一惊。

秦望北一眼看见她出来，大喜过望，就想起身相迎，可他没有瑞羽的武功，早被冻得发僵，这一动险些摔倒，好在瑞羽身手敏捷，一个箭步冲上去将他扶住。瑞羽感觉他指尖的肌肤冷得冰条一般，这一把将他扶起，他居然全身关节僵硬，一时无法活动，不由得埋怨道："你这是干什么，冻成这个样子要生病的。"

秦望北上下牙关打战，好半晌也说不成一句话，脸色乌青发黑，下肢早就麻木得想站都站不直，膝盖直往下跪，全仗瑞羽架着他的双臂将他扶住，才不至于又跪下去。

瑞羽知他是南方人，在北方过冬都已经极为勉强，这样在雪里久跪，若不及时施救，只怕肢体就要被冻坏。于是她也顾不得其他，一手半环了他的腰，一手运劲在他腰腿处轻轻推拿按摩，引导他已经凝滞的气血运行。

秦望北得她之助，过了一会儿才缓过气来，苦笑道："你在宫里罚跪，我救不了你，难道就躲在屋子里抱着暖炉子吃酒等着？"

瑞羽人在宫中，内外消息断绝，东应更不会在她面前提及秦望北，此时见他冻成这样，想到他为自己所受的委屈，不禁一叹，喃道："你这又是何苦？"

秦望北下半身的气血在她引导下活泛，恢复了知觉，酸麻难当，针扎般地刺痛，他忍痛强笑，"我们既是夫妻，理当同甘共苦，没什么好说的。"

"话虽如此，你也别太勉强了。"

秦望北微微一笑，道："我所为，是我应为，也是我愿为。"

他对瑞羽的感情炽烈滚烫，但也会退开让她有呼吸的余地，最重要的是，他对她的感情完全没有任何背离伦理道德的地方，她可以轻松地做出回应或者拒绝。

瑞羽心弦一震，虽然感觉到他的双腿已经能够支撑身体站立了，但他没有收回手的意思，她也就由着他。想到他为自己所做的事，瑞羽的心突然一软，温声道："中原，待到大业成功，王母百年之后，我就和你一起走。"

秦望北惊喜交集，不敢置信，"当真？"

瑞羽含笑点头，"自然当真。"

秦望北愣了好一会儿才反应过来，哈哈大笑，用力抱紧她，心情激荡，"好，待到大业功成，太后百年之后，我们就放舟四海，逍遥天下。"

宫城城头上，东应静静地凝望着在大雪里不顾众人侧目相拥而立的两人，手指深深地掐进城头的冰雪里，仿佛已经化了为一尊雕像，直到秦望北和瑞羽登车离开，连背影都消失了，他仍旧一动不动。

乔狸在他身后等了许久，直到举的伞都已经被雪压得快要撑不住了，才轻轻唤了一声，"殿下！"

东应回头，颜白如雪，目光空茫。他缓缓地收回手，按在左胸上，仿佛想将心头的那股彻寒驱于体外。

　　你让我一生贪恋着你的温柔和关爱，却又决绝地弃我而去；你曾让我感觉无比的温暖和幸福，却又将我独自留在这冰天雪地里，亲手剥夺我的温暖和幸福；你使我有过安稳坚定的归属感，却又抽去那些让我倚靠的抚慰，让我寂寞无依！

　　你希望我做什么样的人，我就克己修身隐忍奋发，不敢有丝毫懈怠；你盼我能到达什么样的地方，我就朝你期盼的方向努力上爬，从不以为苦——但若有一日，我能完全变成你想让我变成的人，做到你想要我做到的事，你却抛弃我，永不回头，那我所做的一切又有什么意义？我所有的努力岂不都成了笑话？

　　天地之大，茫然四顾，再无一人能够站在我面前含笑凝睇，再无一人可以与我并肩同行，只我一人，踽踽独行，山河永寂。

　　姑姑，我恨你！

　　我有多爱你，就有多恨你！

第六十七章
边关急

两窝强盗都是知道天朝内乱才急于南下劫掠的，互相商量和妥协之后，各取所需，倒也融洽。

这一年的冬季特别寒冷，地上积累的雪竟达齐腰深。就连齐青这样的富庶之地，也有十几个老人熬不过寒冬，天下其余各地天灾人祸连绵不断，冻死冻伤者更是不计其数。

开春雪化之后，瑞羽便传令各营整顿，抽调骑兵北上集结，准备亲自率大军驻守蔚州，以防北寇入侵。

太后对瑞羽的气经过这一冬的消磨早已没了，虽然仍旧不肯承认秦望北，也不允许他觐见，但和瑞羽的日常相处却与过往一般无二。听到瑞羽又计划着披甲北征，心中不舍，道："我们现在最要紧的是挥师西进，报仇复国。东北边防有薛安之镇着，料想没有多少大事，你就不能不去吗？"

瑞羽软声道："王母，这也是无可奈何的事。薛公所领兵力有限，只能羁縻原来的安东都护府诸胡，若是北疆诸蛮起兵来犯，他便难以救护。"

诸胡蛮以游牧为生，若是平常的年间，食物不缺，他们还能小小骚扰便罢手，一遇大雪大灾的年间，牲畜被大量冻死饿死，他们就免不了大规模南下骚扰边境。且现在国朝逆臣篡权，兵灾连绵，国力虚弱，边军精锐已经被各方势力抽调一空，若遇大敌，实在不堪一击。

北面疆界绵长，就算瑞羽因为河东和关内不在昭王府治下而不管不顾，要守住太行山以东的这片土地，也不能不提起十二分的小心。

李太后也知道胡蛮寇边之苦，连连叹气，却也不再阻拦瑞羽，只是免不了一遍又一遍地叮嘱她注意安全。

瑞羽安抚道："王母放心，我是一军主帅，坐镇中军号令诸军，又不是前锋将领需要亲自出马斩将夺旗，我安全得很。"

大军北移，粮草兵器甲胄等辎重都由昭王府拨付，瑞羽领着齐州营的骑兵离开时，东应照例亲自前来祭旗送行。

瑞羽按礼酬演之后，二人的目光不经意地碰在一起，但除了那些礼仪所定的客套词之外，都不知说什么好。过了一会儿，倒是瑞羽先醒过神来，笑了笑，对他道："保重。"

在她的中军幕僚队伍里，秦望北也一身戎装，正等着她前去会合同行。东应待要说什么，瑞羽已经掉转马头与中军相会，扬鞭策马率军走得远了。

大军数万，他的眼里却只见到她一人，眼看着她与秦望北相偕远去的背影，不知不觉胸中血气逆转，喉头腥甜，一口瘀血吐了出来，回府之后便是一场病。

一宫两府里有许多从京都带出来的国手，东应的病自有能者治理，吐血之症没有再犯，也没有演变成其他病症，并不误东应日常处理政务，只是身上病气却缠绵不去，经常心头隐痛。

李太后又心疼又忧虑，想着少年吐血的种种不好传言，愁得头发也白了几分。她一生最快活的时光当属在齐青，虽然此地比不得帝都繁华，但在这里她地位最尊贵，说一不二，尔虞我诈到不了她头上，瑞羽和东应有出息，又没有什么需要她担忧的事，她只需每日里斗戏博彩，吃喝玩乐，便是神仙日子也不过如此。

但这几个月里，她先后经历了瑞羽私自成婚及瑞羽奏请以东应为尊诸事，再见东应生病，一颗心真是七上八下，隐约对东应的病由有所猜测，却又不愿细究。她担心东应的病情，也担心齐青的大好局面被东应的病情所耽误，便每日都亲自带了大夫开的药膳来给东应吃。

东应天天吃药膳，各种各样的珍贵药材流水般地吃下去后，他本来略显瘦削的身形丰硕了不少，但那心痛的毛病却总断不了根。

李太后暗里长吁短叹，明面上却不敢让人看出来，这一日终于忍不住对东应说："小五，你这病拖着终不是一回事，要不还是让你姑姑回来给你治治吧。"

东应听出她话里的试探之意，心头一震，面上却不露声色，笑道："姑姑又不是医生，怎么治得好我的病？何况如今边疆也要防着北寇入侵，怎离得了姑姑？"

李太后看看他，张张嘴，叹道："你姑姑学了经离先生一身武功，据说有种暗劲手法能够帮人化血除瘀，治内伤颇有奇效。"

东应背脊骨上冒了一层冷汗，强笑道："太婆信别人乱传，姑姑最是孝顺，若她练习的武功真有这么神奇，她早帮您把陈年宿疾调理好了。"

"我怎么能跟你比，我是年纪大了血气有亏，天道如此调理不得。你就不同了，你正年轻着，若不设法除了病根，这病真成个顽疾那还了得？"

李太后劝说半晌，就差没明着把话说穿了，见东应始终不肯松口，也无可奈何，怏怏地回太后宫去了。

东应心知李太后不会无缘无故地提起这些事，必是已经起了疑心，于是又惊又惧，提心吊胆，只觉得疲倦不已。

林远志入内奏事，眼见主公精神不振，便长话短说。公务处理完毕他也不即时告退，仍旧端坐着。东应疑惑地抬头，问道："还有何事？"

林远志正襟危坐，道："殿下，您的病？"

太后前面才说到他的病，林远志又来提，真是令他烦躁。东应皱了皱眉，压下怒气说："大夫说了，孤没有病。"

林远志微微一笑，手在他刚送进来的军情急报上一指，低声道："殿下之病，不在身体，在于一心。"

东应大愕，蓦然抬头，顿起杀机。这世间没有不透风的墙，不管瑞羽怎么掩饰，他对她的情意都不可能没有人看破。他本以为自己有足够的心理准备面对世人的非议，但到今日经过太后和林远志二人的探询，他才明白自己以前所想毕竟太过简单。

礼教大防，哪有那么容易冲破？就连他自己，到了真被人窥破了心事之时也惊恐交织，顿起杀人之心。他在瑞羽面前的那种理直气壮和咄咄逼人，都变成了心虚。

林远志如何不知说破东应对瑞羽的私心是在冒险，但他虽得东应倚重参赞政务，但人事政务一类的真实处置权，他却起不了举足轻重的作用，而是另有才能远不如他却稳重妥当的昭王府旧人，在按照典章规行矩步。他仔细观察了许久，心知要获取东应的信任唯有另辟蹊径，必须冒险一搏。

东应心中的杀机一现之后，复又放下，心里反而有种尘埃落定的轻松感，冷笑一声，问道："业成想说什么？"

林远志手心捏了把汗，见他没有立即灭口，便明白自己过了一关，更是放软姿势，轻声劝慰："殿下，昔日齐桓公恶行好色，姑姊因之而不嫁者众，然而他仍能成霸业。殿下与之相较，克己奉公，敏慧勤勉，岂因一眚掩大德？"

他这份安慰虽然虚妄，却正舒缓了东应心中的孤苦，令他叹息一声，寂然无语。良久，东应方道："业成，这一誉，便是孤一生的罪孽所在，无可消除啊！"

林远志听他语气亲近，已然将他视为至为信重的人，对他吐露心事，暗暗狂喜，面上却不露声色，温声道："饮食男女，人之大欲，自有情动难制之时，怎能说是罪孽？"

东应惨然一笑，摇头，"出于礼者，便入刑罪，纵然你忌惮不敢明言，孤岂能无自知之明？"

林远志默然，顿了顿，伏首道："殿下，臣愿肝脑涂地，为您排忧。"

昭王府对外夷的入侵做好了充足的还击准备，无论是镇守安东都护府的薛安之军队，还是在尉州扎下营盘的翔鸾武卫，都粮草丰足，兵甲利坚，只待北蛮南下的烽烟一起，便可起兵相抗。与昭王府相反，河东与关中却明显对去年的大雪会造成什么样的后果预计不足。

其时天下大股的势力有三，一是昭王府，据有太行山以东及两淮江南临海地段；二是白衣教，据有东到太行山，西至潼关的京畿富庶之地；再就是安氏伪朝，盘踞关中，占了京都诸道。此外也有十余镇不肯归附这三方势力，或是心怀故朝，忠义持节；或是自身野心勃勃，自称为王为帝，不一而论。

白衣教占据了河东的肥沃之地，但他们流寇成性，河东完全被糟蹋成了一块烂泥地，政务乱七八糟，更无人有足够的远见预料北蛮南下；至于关中安氏伪朝，他们倒是想到了西戎遭遇雪灾，势必入侵寇掠，可他们自身内部都还纷争不休，哪里能派出兵力增援边疆？

瑞羽带领众将士在边关厉兵秣马了两个月，边疆的战事果然多了起来，时不时有小股蛮兵试图用各种办法绕进关卡，或者打破关卡入关寇掠。这样的蛮兵不足为患，早有准备的东北防线轻而易举地将之击退。

军情司出关收集信息，意图联络丰都防御府、单于都护府和振武节度使三大北疆重镇，呼应各方安定边疆。但北疆气候恶劣，受风雪摧残牛羊马匹大规模死亡甚至部族人手折损的各部落，大的急于吞并小的扩充实力，小的或者挺身抵抗或者寻找大的靠山，或者反应不及被吞没，草原上兵灾连连，流寇马匪多如毛。

军情司的探子出关一个多月，竟没有一个人能够平安抵达振武节度使府和单于都护府，并与之顺利联络上。他们只探得草原上一片混乱，各部族混战不休，丰都防御使师可久在宣慰受灾部族时被奚封氏暗害殉国，丰都防御府已经崩溃；而单于都护府也反了，振武节度使府正与之对峙。

丰都防御使师可久殉国，其府治下的几名军司马互相不服，各自领军在草原上混战，联络不了他们也还罢了，真正气人的消息却是，单于都护府反叛了。

瑞羽接到军情司的急报，气得一拍桌子，怒道："野颇氏得国朝扶助，才能以一介没落部族掌握单于都护府，雄踞草原二百余年。可国朝稍有危难，他便背叛反噬，果然是狼子野心，不足为信。"

郑怀也面有忧色，叩了叩文案，道："国朝近五十年来国库空虚，以至于边疆武备老化，西寇世仇那是不必说了，连顺服已久的北蛮也蠢蠢欲动，只因有振武节度、丰都防御、单于都护府联手弹压才未成大患。现在三镇只剩一镇尚存，独木难支，今年北疆的情况比我们原来料想的还要糟糕啊。"

情况确实比他们最初预想的更加艰难，又过十日，军情报来，振武节度使府已被奚离氏和野颇氏两大部族为首的北蛮部落联手攻破，两万边军只剩不足两千人，在节度使唐闰年的率领下突围出逃。

原振武城内七万多将士家小和商人牧民，或被屠戮或被劫为奴隶。这两氏攻破振武节度使府后，尽起部落控弦之士，纠集五十余万兵力南下，将受振武节度使治理、心向天朝的部族尽数洗劫一空，攻破长城守卫，分成两路，一路往西南向的尉州，一路往西北向的代州。

往尉州的是以野颇兹罗为首的北蛮诸部落，因与安东都护府接壤，和齐青交易来往频繁，知道齐青新兴富庶，故此取道东南；往代州的是以奚离斥为首的北蛮诸部落，因为离天朝更远，只知河东富庶，故此取道西南。

两窝强盗都是知道天朝内乱才急于南下劫掠的，互相商量和妥协之后，各取所需，倒也融洽。

瑞羽得到北蛮入侵的确切消息后，立即派人前往代州及河东报信，让白衣教众驻守河东的节度使提前备战。该做的事她已经做了，至于河东是否听信她的传信，严守疆界，以御外敌，就非她所能预料的了。

如此纷扰十余天，尉州城外的蛮兵从最初的零散小队变成了大队，终于汇聚成一股近二十万人马的大军。军中各部族的兵器甲胄各异，衣着不一，更有许多配饰一看就是刚从攻破的天朝子民的衣物中劫掠来的，上面战事留下的痕迹斑驳残存。

东北方面的防线早有戒备，遇到小股的骚扰便派出游奕使率队出击剿灭，遇到大股的蛮兵则点燃烽火传信。

第六十八章
尉州城

瑞羽面色平静地挥手下令，"鸣金收兵！陌刀队城外列阵，接应叔于部归城！弓弩准备！"

瑞羽、郑怀等主帅和将领登上城头时，城外的北蛮兵前锋在初次试探攻城不得后，退后等待后军上前。但二十几万大军是以长蛇阵穿过山间的小路蜿蜒行来的，想要完全在城外完成集结，安寨扎营，最少也需要一个时辰。

眼看城下人喊马嘶，这一伙临时由各部族组建起来的强盗队伍，因为拥有最高统一指挥权的大单于野颇兹罗未至而缺少有力统率，阵形混乱，号令不通。诸将领都心中一喜，想到了一处。

瑞羽统率这些将领的时间已近十年，如何不知他们的心思，朗声笑问："北蛮远来，阵脚不稳，谁愿领兵出城，先杀一阵？"

"我愿往！""我去！""我去！"

在自家城门口趁着敌人尚未集结成功，突出袭击，是一件有惊无险的事，众将争先恐后，想立这一功。

瑞羽的目光在争着出战以至于口舌大战的一众将领身上扫过，出人意料地点了一个归附不久的降将，"叔于南，你率麾下五百骑兵去走一趟。"

叔于南大喜应诺，收了令箭令旗下城点兵去了。诸将领在瑞羽下令时不敢有违，但事后大多不服气，吵吵嚷嚷地不平。瑞羽不为所动，道："战事才开始，多的是机会，你们急什么？"

"这可是第一场大战，这新附的降将谁知道他能干什么？万一他脓包了，岂不是折损我军威风，影响士气？"

瑞羽瞥了他们一眼，反问："照你们这样说，新附的将士难不成永远上不得战场？"

若是新附的降将永不上战场，岂不是花钱养了一群吃白饭的？众老将都没了语言，目光不由自主地往离得远的新附诸将那边瞟了瞟。

翔鸾武卫扩展至今，已经由最初从京都带出来的三万人马扩张到二十万大军，除去在齐青燕赵诸地招纳的青壮以外，还收编将降兵。这些新附的降将降兵与老将老兵还没有同生共死的袍泽之谊，互相存在隔阂。瑞羽正欲借共抗外辱之机将两方彻底融合起来，省得新老将领老是这样泾渭分明，日后耽误战事。

叔于南未必能懂瑞羽的心事，但他知道在翔鸾武卫的老将老兵眼里，他们这些新附的降兵降将委实没有什么地位。要获得他们的尊重，当然得有让他们看得起的军功。

引军出关的时候，叔于南抬头看了一眼坚固的城门，隐约也怕到时候他杀敌回来后，城门不开，使他陷于群蛮包围的死地。但那份担忧很快就被他抛在脑后了——临阵杀敌还存这些杂念，影响士气，岂不是自寻死路？

城门缓缓地放下，叔于南立马提枪，大声激励麾下的骑兵，"兄弟们，大丈夫功名但在马上取，出关去收割蛮子的头颅，换取你们的军功吧！"

五百骑兵在城门完全放下的瞬间，轰然冲了出去，直奔城外山坡上等候后军的北蛮士兵。两军相距仅有里余，正是马力提起冲锋陷阵的距离。北蛮几乎是倾草原之力前来，难免有些自大，眼见这一小队骑兵出城，甲胄鲜明，衣冠红艳，顿起贪婪之心，想冲上来把人杀死，把他们的甲胄衣服兵器钱财抢光，于是在各自的部族首领呼叫号令下，纷纷打马迎敌。

一方数目庞大，却因部落有别各自为政，散乱不成阵形；另一方数目不多，却规整凌厉，集成一个楔形，呼啸着直插敌阵。两军正面相迎，金铁相撞悲鸣响彻云霄，刺耳的巨响里，叔于南所率骑兵仗着甲胄坚固、刀枪锋利轻易地破开了尚未成形的敌人前锋队伍，直闯其阵，取敌将，夺敌旗。

城头上观战的将士们不约而同地屏了屏呼吸，擂鼓的力士亦兴奋得将牛皮鼓敲得震耳欲聋。厮杀声里，叔于南率领骑兵在北蛮散乱的阵营中回旋冲杀，初时挡者披靡，但随着敌人的集结围攻，冲势比最初的快捷缓了许多，伤亡甚大。

瑞羽面色平静地挥手下令，"鸣金收兵！陌刀队城外列阵，接应叔于部归城！弓弩准备！"

叔于南身在敌阵，听得城头鸣金收兵，赶紧依令聚拢后撤，骑兵在敌阵中划了道半弧，往尉州城靠拢，在城下所布的陌刀阵左翼绕行。北蛮衔尾而追，但陌刀阵刀锋森森，仿佛一堵刀墙隔过来，顿时将敌我双方的咬合部切割开。

北蛮说到底只是一群因饥寒起盗心的贼寇，除去单于庭的精锐部队，余者多半甲胄不全。血肉之躯，如何能是滚滚刀阵的敌手？因而追杀的前锋只与陌刀阵一碰立即躺下了数十具尸体，余者尽皆骇然，赶紧勒住往前急冲的坐骑。

陌刀阵意在接应叔于南部归城，也不与之缠斗，趁对方畏缩不前之际稳着阵脚，缓步后退。待到吓愣了的北蛮回过神，复追上来试图以箭射击之时，他们已经闯入了城头的强弓劲弩的射程，城头早已准备好的强弓劲弩齐射，利箭如雨，射得追击者人仰马翻。

若是单于野颇兹罗在此，令人在后面射箭驱赶北蛮强攻，他们只得冒死追击，但现在野颇兹罗不在，没有威严足够的人督战。几个部落首领都心疼本部人员的折损，试了两次不能占得便宜，也就不敢追了，眼睁睁地看着叔于南率领骑兵和陌刀队井然有序地退回尉州城。

一番野战小试牛刀，城头观战的翔鸾卫老将与叔于南他们这些新附将士都各有所感：老将们佩服叔于南指挥骑兵如臂使指、来去如风的剽悍，叔于南等人则惊骇于翔鸾卫老将士们的军心齐整，进退法度森严，善于把握战斗节奏。

叔于南快步奔上城头，将刚才在冲突敌阵所夺的旌旗托上来，献旗表功，"殿下，末将缴令，末将率部共斩首级二百八十六个，夺得敌旗一面，幸未辱命。"

诸将难免心里嗤笑他夸功讨瑞羽欢心，但这是他用性命搏杀换来的荣耀，夸功乃是常事，众人嘴上却也无话，只是暗里琢磨自己也当好好立功，不使他专美于前。

瑞羽笑盈盈地接过叔于南所献敌旗，迎风展开，那旗面用各色宝石缀了一条蛇。北蛮诸部落没有文字，除去有共同的崇拜——狼之外，各部落多半还有自己视为本部起源或者神灵的动物。这以蛇为部落图腾的虽不知是哪个部落，但斩首夺旗、首战告捷的功劳已然不小。瑞羽笑眯眯地夸奖，"叔于校尉为我军立得第一功，可谓福勇双全。"

叔于南以勇武在新主和同僚面前为自己争得了地位，心中十分高兴，只是到底还没有忘记谦逊，连连拱手道："若不是殿下安排的陌刀阵及时阻住追兵，末将已经被诸蛮围住了。这一战是殿下指挥得当，运筹恰分，将士忠心效命，末将不敢居功。"

瑞羽也知若要将他完全融合进翔鸾武卫，就不可赞誉过盛，当即朗声一笑，转头问众将："叔于校尉已经探明北蛮的临敌反应，还有谁愿出战？"

此时城外追击不得的北蛮已经无可奈何地退回本阵，埋锅造饭。他们远道而来，个个腹中饥渴，虽然被叔于南冲了一阵，提起了精神戒备，却仍旧难免心思浮杂。

瑞羽话音刚落，众将又纷纷扰扰地抢着要出兵，就这样隔一阵子，尉州城便出兵袭扰，或是兵锋直抵敌阵，或是虚张声势威吓。北蛮一顿午饭从午时直吃到申时，伤亡自不必说，没死没伤的都成了惊弓之鸟，城头战鼓一响，立即紧张地备战。他们最后只得拔营后撤，退避三舍。

诸将见北蛮萎靡不振，还想再请兵外出，在城外野战，将之驱回草原上，瑞羽却不肯答应了，拂袖道："这伙北蛮人数众多，败而不退，野颇兹罗的王庭精锐又始终不见，想一战而定，却是不行的。天色已晚，大家且吃了晚饭再说。"

翔鸾武卫虽有二十余万总兵力，却分驻各地，尉州城共计兵力五万，能用于出城野战者不过三万余。敌人到达城下的兵力有十七八万，双方兵力对比悬殊，北蛮虽说是些乌合之众，翔鸾武卫出战的胜算不小。但那十七八万就算都是猪，要全捉了也得费两个时辰，若是翔鸾武卫全军出城陷于混战泥沼，野颇兹罗的王庭精锐自后掩上来，可是要吃大亏的。

野颇兹罗未反之前，天朝倚重他弹压北蛮诸部，输送给他不少兵器甲胄，其部下骑兵又久在草原上征战，可是没有半点折扣的精兵悍将。若不倚城破敌，在野外与之正面交锋，人数相当的情况下，翔鸾武卫未必是其敌手啊！

瑞羽心下盘算，昨日传来的消息还说野颇兹罗是与北蛮诸部一起南下的，为何现在却不见他的狼头大旗？他究竟在哪里，军情司有没有近报？

北疆路途不畅，天气又不好，情报不准本是常事，但明知对方有一支精兵，却始终见不到对方的旗帜，难免让人提心吊胆，唯恐防线出了漏洞。

城头一时无事，瑞羽便回府中用晚膳，秦望北见她神色不对，免不得小意温存。他精通杂学，海外所见所识又与中原大异其趣，说的笑话令人捧腹。瑞羽听着忍俊不禁，顿开心怀。

吃过晚饭，秦望北笑道："殿下，秦喜刚给我带来几本你没看过的传奇本子，十分诙谐有趣，我去拿来给你瞧瞧。"

瑞羽怀疑地睨了他一眼，"有趣？哪种有趣法？"

秦望北知她这是在暗指他以前收集的传奇本子里的淫书，尴尬地咳嗽一声，讪笑，"殿下放心，真是传奇本子。"

瑞羽见他身上穿得少，连忙将他唤住，"书让青红去拿便可以了。你不惯北方气候，且多加件衣服。我刚才看天边的云气，今夜不是下雨就是有雪，冷得很。"

她一向忙于军政要务，少有寻常女子对夫婿的温柔体贴，秦望北也乐意在她把心思放到自己身上的时候多陪陪她，依言加了件衣服，笑道："尉州怎的这么冷，都已经是春暖花开的季节了，还有雪。"

"倒春寒是常有之事，比起北疆草原，尉州已经算是暖和了。"

"如此说来，北疆草原岂不是大雪都还未化？"

瑞羽点头，叹道："正是。据军情司回报，就在五天前单于都护府一带还在下雪，诸蛮的牲畜十之八九都因久寒不退的天气冻饿而死。所以这次北蛮南侵，不捞足度过今年饥荒的粮食和财富是绝不可能回去的。这一战，难打得很啊。"

秦望北纵横海外，所率船队也曾与海盗多次交手，自然明白强盗中最难惹的是哪一种——什么凶名卓著的海盗，其实都比不得被饿慌了拼命抢食的强盗凶恶。陆上的战争他虽不熟悉，但一理通百理通，也不是看不懂，只是于他而言，还没有到危急时刻的战况，还不如让她好好休息来得重要。

"殿下此时忧心也无用，且放松些休息一晚，明日再看战局吧。"

到得夜半，果然下了一层薄雪，军情司的游奕使连夜送来了野颇兹罗的消息。原来野颇兹罗攻破振武节度之后，尽掳其子女财帛，将之尽数赏赐了王庭精锐士卒，挟之南下。这群俘虏受尽凌辱，昨日见北蛮诸部为了进逼尉州，对他们的监视松懈，有机可乘，便趁机放火烧粮，纵马西逃。野颇兹罗为了追剿他们，才会昨日迟迟未在尉州城下出现。

瑞羽听了急报，不禁皱眉，问道："那些俘虏可有逃脱的？逃往了何处？"

那回报的游奕使拱手道："此事正想向殿下禀报，那些俘虏作乱之初大约有七八千人，逃脱的估计有三四千，只是四下逃窜不好计数，几乎个个身上带伤，领头的几人率领青壮断后，被野颇兹罗杀了，其余之人惶然如丧家之犬。末将的队正宋旺和见他们可怜，便和兄弟们商量前去接管他们，想给他们寻条活路。只派了末将和另外三位兄弟分成四路回尉州向您报信。此事是宋旅帅自作主张，临行前他特意托末将等四人见到殿下和经离先生时代他请罪。"

瑞羽挥手道："游奕使在外刺探军情，自有临事决断之权，振武军的家小遭此大难，施与援手也是分内之事，只要他没有耽误军情，就不足为罪。"

她说着亲自持起案头的蜡烛，迅速走到尉州城外的舆图前，"你过来说说，俘虏散开逃跑的方向是往哪里？除去宋旺和他们以外，俘虏中难道真的没有能组织逃跑的人了？"

那游奕使连忙对着舆图细看了看，道："末将看俘虏乱得散沙似的，一个个没头没脑地乱窜，确实不像有人能够组织逃跑。至于他们往哪里跑，这却不好说，除了不敢向野颇兹罗占着的东边逃以外，西北南三面都有。"

瑞羽和郑怀对视一眼，都摇了摇头，西面奚封氏的二十几万大军正在纵兵劫掠，而北面是他们的来处，现在还是一片茫茫雪原，这两面都是死路。只有往南的人，若能脚步比北蛮快，躲进太行山中，那还有一线生机。

其实对他们来说，最近最安全的地方，不是别处，正是尉州。北蛮因为昨日接连受挫，退回了离尉州十几里远的桑南镇休息，若是宋旺和能够及时将人收拢了，走山道绕过北蛮兵营逃到尉州城下就好了。

然而，宋旺和有这样的眼光和胆量吗？即使他有这样的眼光和胆量，他又有这样的能力将散沙般的逃俘组织起来，克服他们对北蛮兵的恐惧或仇恨的心理，领着他们悄悄地绕回尉州城吗？

第六十九章

翔鸾卫

日薄西山，瑞羽眯了眯眼睛，摘下马鞍旁悬着的长槊，松开缰绳，举槊前指，下令，"亲卫营，出击！"

虽然明知这个希望很是渺茫，但瑞羽除去让军情司继续派出游弈使与宋旺和联络之外，仍旧下令军中五更造饭，让将士们饱餐之后，令姜济生领五千人马出城对十里外的北蛮兵进行袭扰，以此吸引他们的注意力。

一个上午过去了，宋旺和及振武逃俘没有踪影，姗姗来迟的野颇兹罗王庭精锐却到了北蛮诸部落扎营的桑南镇。

昨夜倒春寒的一场薄雪混在雨中即下即融，这种天气最是寒冷，且显得阴湿刺骨，比下大雪还恼人。北蛮习惯了干冷的天气，被这种恼人的湿冷一侵，少不得鼻水溜溜，再看尉州城头早做好了防寒防冻准备隔一段时间就可以轮换着躲进藏兵洞里烤火的守军将士，眼红不已。

午饭时分，城头热气腾腾的饭菜香飘十里，更是让远道跋涉而来、大部分士卒都只能喝热水吃冷熟肉的北蛮士兵大声咒骂。

野颇兹罗已经知道了昨天和今天上午的战况，正在想应该如何鼓励士气，见蛮兵对尉州士卒的待遇眼红怨愤，心中大喜，赶紧传令吹号召集蛮兵攻城，指着城头，高声鼓舞，"兄弟们，城里有香喷喷的粮食、白生生的女人、暖烘烘的被褥、金灿灿的财宝，攻城吧！冲进城去，吃他们的粮食，睡他们的女人，将他们的财宝统统抢回去！"

一群犹如饿红了眼的狼人般的北蛮轰然应诺，扛着粗糙造成的云梯等攻城器械向尉州城扑来。守城的士兵早有准备，城头上强弓劲弩齐齐发射，滚木礌石、石灰粪水一类的东西倾泻而下，登时打得蛮兵血洒城下，连攻五次，都被打退。

蛮兵气沮，但野颇兹罗自有激励士气的办法，"儿郎们，想想你们挨冻的妻儿老小吧！如果今年不能从南人这里夺得度过春荒的粮食和财物，你们的牲畜就无法孳息，到了冬天就将挨饿受冻！如果你们现在就怕了这些南人，不敢向前，明年的这个时候，你们的尸骨就将被青草覆盖。"

他说的话虽然有夸大其词的地方，却基本属实。北蛮诸部落虽然心怯，却仍旧在城下死战不退。

这一场攻防的消耗战打了一个下午，连夜间野颇兹罗也令人前来试图偷城，城下血流漂杵，尸山枕藉，蛮兵的部族旗帜，到了隔天足足少了二十多种。守城的士卒倚仗坚城利器从容对敌，负伤者即有准备充分的救护营救治，两天下来亡者不过百余。

翔鸾武卫将士久历战阵，虽不至于因此而心惊，却也为野颇兹罗的心狠而咋舌，"野颇兹罗疯了吗？居然毫不爱惜蛮兵的性命，伤亡如此惨重也不管不顾地强攻。"

"野颇兹罗驱逐其他部落的人上前消耗我们的箭支等物，恐怕不仅是不爱惜蛮兵的性命，还是有意削弱一些部落的实力，好使他自己一家独大。"

瑞羽对将士们的议论深以为然，见野颇兹罗始终只押着其他部落的人上前送死，他自己的五万嫡系精锐却始终压在后阵督战，便知他绝不会贸然放弃骑兵的长处，上前攻城。想打败他，必须出城与之野战。

但仅凭翔鸾武卫能抽调出来的三万士卒，守城有余，出城野战却不足。何况为了避免翔鸾武卫损失过重，她也不愿意在东北防线自保有余的情况下出城野战——尉州以外的河东地带，不是被白衣教占据，就是被自立为王的藩镇或者小绺贼寇割据。他们已经背叛了唐氏，凭什么还让翔鸾武卫抛头颅洒热血地去保护这群叛逆？

她因为爱惜翔鸾武卫，本不欲出城野战，但下午竟接到了一个令她诧异好笑的消息，既觉得荒谬，又觉得可行。

东应令薛安之对东胡诸部落许以粮食茶盐等重利，招募愿为王府效力的勇壮之士为役使或骑兵。东胡诸部被风雪侵袭，正为将至的饥荒发愁，又有薛安之坐镇不能南侵，听说王府肯许重利招募役使和骑兵，便有不少人愿意冒风险试一试。

昭王府招募令一下，居然有近两万自带马匹武器的东胡勇壮愿意为昭王府效力。这些人自幼便学习骑射之术，虽然比不得翔鸾武卫的骑兵训练有素、身经百战，但只要略加整顿，就能派上战场。

因此东应把这些东胡勇壮打乱分成二十个小队，从他的亲卫里挑出了二十人充任校尉，领着这群胡勇往尉州长公主帅府下听用。

翔鸾武卫诸将都盘算着如果出城野战，就确实需要援兵，但听到援兵居然是王府花钱从东胡诸部落雇来的时，都有一种仿佛迎头挨了一棍的茫然，蒙了一下才怀疑，"花钱雇来的胡蛮，靠得住吗？"

非我族类，其心必异，何况这些人还是看钱来打仗的，与翔鸾武卫半点情谊也说不上。想想要与他们一起上战场，不由得令素来重袍泽之情的翔鸾武卫从心底感觉发毛。

瑞羽对于这批算得上天外奇兵的援兵，心里也存有疑虑，但在诸将面前，她仍然一副镇定自若的样子，神态安详地说："昭王行事一向周密稳妥，既然他把这些人送过来，那就是一定能用的。"

翔鸾武卫的辎重一向由王府提供，从来没有贻误过时机，诸将对东应的信任度也不低，虽然仍旧怀疑，但想一想也接受了这个看起来异想天开的调遣。

"靠不靠得住，等他们到了之后派去打一仗就知道了。"

"就算这些人不成才，到了我们这里，治也能治成才。"

过得两日，以东应原来的亲卫队长、现在的讨寇校尉阿迭彦为首所率的两万胡骑到了尉州。看得出这一路行来，这群胡骑已经被整编过了，虽然服饰不一武器各异，但大体上还是能够做到听令行事。

瑞羽本想将这些胡骑以军法再整顿一番，但看到这情况却丢开了手。要让这些胡骑完全做到令行禁止，绝不是在这临战的时候匆忙操练就行的。既然如此，还不如就让他们按着阿迭彦所教的，只管听冲锋或停顿等几个简单的命令，省得教得多了反而弄成了夹生饭。

城外的北蛮连续十几天攻城不下，野颇兹罗的脾气一日更比一日暴躁，这一天他攻城又无功而返，正缓缓地往十里外的大营撤退，眼角余光突见左边的高山林里鸟雀飞起。

正是夜鸟归巢的时候，鸟雀不栖息反而往外飞，明显是林中有人。野颇兹罗一惊：难道城里派人出来埋伏，准备夜里偷营？

"派斥候去探清南边山林里的情况，速来回报！"

斥候领命而去，过不多时打马飞奔回来，"大单于，南山里的是逃俘！我们从振武掳来后逃跑了的俘虏，大约有两千多人，由几个看上去像是天朝斥候的人领着，看样子是想进尉州城！"

"哦？"

野颇兹罗攻城不下，暴虐之气正盛，就想下令将那些逃俘捉回来虐杀取乐，转念间心生一计，狞笑一声，摆手令全军停步，派出五千骑兵往逃俘躲藏的山林赶，"这些人不是想进尉州城吗？好，我就送他们一程！"

城头的守军见敌人败退，正放松下来轮换了吃饭，当值的士兵也在说笑，却突见已经退走的蛮军又转道回来，野颇兹罗的狼头大旗招摇，而在蛮军的左面，一伙蛮兵正纵马挥刀驱逐着一群形容枯槁、手持木棒、衣裳褴褛的妇孺。那群妇孺虽然手里拿着木棒，但面对骑马挥刀的蛮兵则几乎没有抵抗力，被铁骑驱逐着惊恐万状地惊叫狂奔，稍微落后者不是被蛮兵挥刀砍死，就是被他们纵马践踏而死。

城头的守兵既对蛮兵的暴虐不齿，又莫名其妙，"这伙蛮兵难道攻城不下气疯了，拿自家妻小出气，向我们讨赏？"

蛮兵驱逐着那伙妇孺向尉州城靠近，哨楼上的瞭望使先看出其中的不对，大叫："这些妇孺可能是振武军被俘的家小，快去禀报殿下！"

瑞羽和诸将正在就出城与北蛮野战做战前筹划，听得外面回报，连忙登上城头细看。此时蛮兵已经驱逐着妇孺到了距尉州城不过里余之地，冒着性命危险出去打探消息的游奕使飞马奔回，在城外大叫回禀，"殿下，确实是宋队正领着振武军的家小逃回来了！"

原来宋旺和及其属下将散沙般的逃俘收拢，左思右想还是觉得东边安全，便领着这群人先向南边起，借太行山脉连绵不断的大小山林掩护，悄悄向尉州城靠近。本来是想在山林里躲一躲，趁北蛮夜间退走之后尉州城下相对平静安全的时候前来叩门请入。谁想功亏一篑，竟然让野颇兹罗发现了派兵将他们逐出。

野颇兹罗将这群妇孺赶出来，正是盘算着借他们来叩开城门，好趁机入城。即便他们叩不开城门，就在城下凌辱虐杀这群妇孺，也能极好地打击这群守军的士气。

瑞羽和诸将登上城头一看，都知野颇兹罗在打什么主意。诸将还在踌躇，瑞羽已经果决地下令，"看来是天使我军要在城外与北蛮野战，城头弓弩准备，掩护大军在城外结阵，翔鸾武卫按刚才所议阵形出击。"

既然已经决定出战，当下最要紧的是在北蛮还未逼近之时，先在城下将大军的阵形布好，以免仓促之间被蜂拥而上的北蛮堵在了城口，徒增伤亡。

众将也知这是只争一瞬的关口，便不废话，立即领命率兵出城。这些天翔鸾武卫在城中憋着一口气，时刻都准备出战，队形阵列是早就熟谙的，随着一声令下，他们立即随着主将旌旗所指奔出城门，先以大盾布防前线，而后在盾后结阵待敌。

野颇兹罗正为城门打开欣喜，下令骑兵撇下逃俘直奔尉州城门，此时翔鸾武卫已在城外迅速地结成盾墙，同时城头利箭也搭在了弓上。等到骑兵冲至城门之前，翔鸾武卫的大致阵形已经结成，根本做不到像野颇兹罗预想的那样，趁开门出兵阵势未成，士卒展不开手脚就被尽数堵回去。

野颇兹罗万万没有想到翔鸾武卫临变结阵的反应竟是如此迅速，而每位士卒的动作又是如此精确稳当，急而不慌，忙而不乱，当真称得上是千锤百炼，绝无一丝冗余，一瞬间他感觉到自己真的是太过小瞧了城里的守军。

而大意轻敌，从来都是败亡之道。

他的念头才转了几下，两军已经冲撞在一起，轰的一声，刺耳震天的厮杀声响彻云霄。

翔鸾武卫所布阵形的正面是以陌刀队为前锋突击的步兵，两翼则是骑兵。左翼是翔鸾武卫装备精良、转战南北近十年的百战骑兵，右翼不是别的，正是东胡骑。

北蛮兵为食为财而来，勇往直前；翔鸾武卫则是保国卫家，誓死奋战；至于东胡骑，他们与北蛮本就是世仇，打了几百年的仗，战场上相遇自然纠缠不休。

这一场仗，双方投入的兵力近二十万，瑞羽所率的亲卫和野颇兹罗所率的王庭狼骑都引而不发，作为预备队准备在最恰当的时机切入战场，一举定胜负。

蛮兵倚着人多势众，想着杀进城去就有无数的粮食财富可以让部落度过饥荒；翔鸾武卫仗着兄弟同心，想着后退一步就是家园失守，自己的父母妻子亲戚好友的性命荣辱都握于他们的手中；外加一群以杀敌取利的东胡骑，二十万士兵在辽阔的战场上冲撞、回旋、包围、切割、厮杀在一起，声震云霄，天摇地动。

这是不同民族信仰之间的冲突，是不同生活方式的人思想与思想之间的撞击。自古以来，无数贤人智者都曾为了这种冲突撞击而费尽心机，但无论怎样的融洽，最后都会变成血淋淋的仇杀。同在这块神州大地上的子民，就像受了什么恶毒的诅咒一样，无法永远和睦友爱。

引发此战的人是振武军的家小，但战争开始之后，他们就已经无关紧要。也不知有多少人死于混乱，但能够随着宋旺和幸运躲进尉州城的人，已经不足千数。

日薄西山，瑞羽眯了眯眼睛，摘下马鞍旁悬着的长槊，松开缰绳，举槊前指，下令，"亲卫营，出击！"

几乎在同一时间，野颇兹罗也下了同样的命令。

今日之战，是一场没有丝毫花巧的正面交锋，双方都全力拼杀，拼的是哪一方的精神强韧，后劲绵长。

蛮兵的数量是翔鸾武卫的三倍多，但武器简陋甲胄不全，又没有对方那种并肩作战的默契和勇武，论战斗力只算比对方稍微强一点；而论到精神强韧，翔鸾武卫背后就倚着一座不破坚城，再后面就是他们的家园，他们的自信与从容、英勇无惧，又岂是这群离家出来打劫的强盗所能比拟的？

野颇兹罗知道这坚铁一般的翔鸾武卫根本没有破绽，只有游离于翔鸾武卫阵势之外的东胡骑是个薄弱的环节。

城头上，观战的秦望北看不清瑞羽的身影，却看见代表她的大旗深入战阵之中，仿佛将被咆哮着厮杀在一起的钢铁洪流淹没，紧张得满额大汗，忍不住轻声问身边的郑怀，"义父，城中没有可派之军了？"

"有，但是城下现在是堂堂正正的两军决战，城中能抽出来的军队只能在双方的最后时刻做奇兵用，正面投入无济于事。"

"那什么时刻才是最后时刻？"

"双方都疲惫不堪的时候。"

秦望北不自禁地在城头捶了一拳，他也指挥过海战，但海上作战最多千余人，哪里有几十万大军短兵相接这种令人心胆俱惊的紧张情景，他不由得为身在战场指挥作战的瑞羽担忧不已。

野颇兹罗声嘶力竭地指挥着由部落组成的号令难以快速传达的大军。而相形之下，翔鸾武卫由于训练有素，各营将领与主帅默契十足，瑞羽号令所指，如臂使指，却是从容许多。

两军的主帅亲卫也随着战况的进展，逐渐靠近，野颇兹罗此时已知此战没有胜算，一眼望见瑞羽的帅旗所在，便直冲过来，双方亲卫都是精锐中的精锐，撞在一起便是一场血战。

翔鸾武卫层层推进，节奏分明，渐占上风，野颇兹罗心中大恨，突然弃刀引弓，令身边亲卫中神射者一齐往翔鸾旗攒射。瑞羽身边自有卫士持盾挥刀掩护，加之两方还隔着互相厮杀的亲卫，这箭作用不大，只是骚扰她指挥作战。

瑞羽两次下令都被阻挠，心中大怒，俯身摘了一支投矛，纵马前冲，振臂掷了出去。野颇兹罗指挥不动已经陷入混战泥沼的各部蛮，却也拖得瑞羽军令不畅，正自得意，突见乱蝗般的流矢中一杆投矛呼啸而至，势如奔雷，直取他的面门。

野颇兹罗吓了一跳，赶紧打马避开，竖刀想将之打落。可那投矛集聚瑞羽全身之力，虽然飞过了两百多步，其势不减，他那一刀只将矛头引得歪了一歪，向右飞去，砰的一声正射中了他侧后力士所抬的大旗杆身，旗杆竟为之一倾。紧跟着再一矛直奔大旗而来，抬棋的力士虽然用力持杆，但连受重击也吃力不住，大旗倒了下来。

战场上的东胡骑看出了便宜，赶紧大叫："野颇兹罗死了！野颇兹罗死了！单于庭败退了！"

北蛮兵俱是大惊，百忙中回头一看果然不见狼头大旗，顿失主宰。野颇兹罗大怒，一面驱使亲卫力士重新把大旗立起来，一面怒吼，"别信他们的谎话，我好得很！我没死！"

忙乱之中，北蛮兵的后阵突然烟尘滚滚，杀出一伙甲胄上布满刀痕箭创的人马，如狼似虎地扑入战场，直冲单于王庭精锐所在之地。

这一队人马出乎双方的意料，瑞羽心中一紧，极目望去，见那伙人马中军所立的旗帜虽然脏污不堪，但仍能看出故朝制式，并非北蛮部落的旗帜。

她心念电转，已然知道这是什么人——这必然就是被野颇兹罗偷袭之后破围出逃的原振武军。他们虽然兵力不足以复仇，但野颇兹罗劫掠其家小为奴，他们岂能不尾随其后伺机而动？

前有强敌，后有奇兵，蛮兵四散奔逃，野颇兹罗也弃旗而走。

瑞羽只令东胡骑衔尾追剿，翔鸾武卫的辅兵救助战场上负伤的将士，而战兵则以帅旗为中心聚拢，仍旧呈备战之势守在尉州城前，而后再派传令兵来问来援者的确切身份。

这支奇兵果然正是原振武节度使唐闰年所率的振武军。唐闰年逃出之后，便在北疆聚拢被野颇兹罗杀败散落的各府、县残兵，也聚集了一万多骑兵，沿着野颇兹罗所走路线南下，意图营救被俘的家小。

他比野颇兹罗的脚程慢了十几天，故而没赶上在俘虏逃走时营救，事后才在荒野里遇上了几名仓皇北逃的振武军家眷，得知七万多的振武军家小至今留得性命的还不足万人，真是心如刀绞，既愧且恨。只是他兵力有限，正面作战是无论如何也胜不了野颇兹罗的，只得生生忍了怒火，一面盯着北蛮军的动静，一面派出斥候四下寻找四散奔逃的家眷。

翔鸾武卫和北蛮的这场大战，对唐闰年他们来说，正是复仇的绝好时机。只是他也沉得住气，直至战况到了最后一刻才率兵冲出来，直取野颇兹罗。他这番举动，将翔鸾武卫也算计在其中，此时见翔鸾武卫聚于帅旗之下，虽然将士们经过一番厮杀体力将尽，但仍旧闻令而行，阵形规整严密，全身散发着精锐之师才有的凛冽杀气，让与其对面者毫不怀疑他们还有一战破敌之力，心里也自骇然。

唐闰年不由得心下盘算：这位长公主治军竟能如此规整，难怪听人说她征剿白衣教时极少弄奇，能训练出这样的堂堂之阵、正正之师，她完全可以正面与天下任何一支强兵相抗，对付白衣教那样的乌合之众，她自然只需挥师直前，以对方无法抵抗的力量踏平阻碍，又何必弄什么"奇谋"。

瑞羽所派的传令兵尚未到达振武军阵前，唐闰年已经权衡利弊，挥手令振武军放下武器，自己滚鞍下马，率手下诸将迎了上去，解了兵器甲胄，远远地对着翔鸾武卫的中军大旗大礼参拜，"臣，原振武节度使唐闰年，叩见长公主殿下！殿下千秋万福！"

第七十章
人心向

昭王持先帝遗诏监国政，由钦天监择定佳日，定于九月十八日在东京洛阳宫登基！

野颇兹罗大败逃走，但北蛮没有如愿取得部族度过饥荒的粮食和财富，当然不会就此罢休。只不过东北方面的防线布置规整严密，他们无隙可钻，袭扰一番毫无成果，便尽往西北方面的代州转去，与奚离氏所率的蛮兵合作一处，大破代州，直入河东。

可怜河东历年富庶之地，先有白衣教和自立为王的各方藩镇、贼寇劫掠攻伐，又被虎狼成性的北蛮血洗，不拘高门大户还是平民百姓，十室九空，白骨露于野。

难民拖家带口地南逃，但此时在白衣教治下的河西生产破坏极其严重，已经不复平安年代时的物产丰富，斗米售价一贯，春荒难度，百姓易子而食。

而本来已渐势衰的白衣教，大肆招募北疆逃过来的青壮，破当地高门大户，尽取其积蓄的粮草财帛，又声势高涨。但白衣教毕竟挡不住北蛮铁骑，连战皆败，北蛮大破沁州、潞州，纵横中原腹地，杀人放火，无恶不作。

与此同时，西寇也经陇右直取关中，大肆劫掠，杀人夫父，淫人妻女。安氏伪朝虽然有心抵御外侮，但自身威望不足，山南诸节度使皆存自保之心，不肯出兵。神策军内部又因几大世家各安子弟，互相争权，闹得不可开交。

伪朝的政事堂要臣，内斗内行，外斗外行。安氏连关中心腹之地都处处掣肘，无法指挥，又哪有余力抵御西寇？徒呼无奈而已。

西寇沿渭水而下，所过之地，尽化焦土。百姓流离转徙，无处可归，行人道旁，每见伏尸。

行人司的信报传入昭王府，东应细看信报，长叹一声，道："国朝强盛之时，威加四服，庇佑神州千万子民不为外寇所侮。如今国朝衰败覆灭，外寇直入。这对神州大地来说，是一场浩劫……"

但也是他的一个机遇。

一个可以让他不必费力征伐，就能名正言顺地取得他应该取得的地位的机遇。在那被外族蹂躏的残败土地上，需要一个人以大义的名分统一号令，共抗外侮。

谁能担起统领天下子民共抗外侮的重任，谁就是众望所归的至尊天子。

在这黑暗得令人绝望的时刻，甚至他都不必现在就出兵与外寇交战，只要做出有志抗御外侮、庇佑战乱中子民的样子，给他们一个活下去的希望，他就能占据道德的制高点，从此得民心所向。

二月末，昭王府下令开放临近河东的十几座城关，接引灾民东进避难。灾民尽被王府迁入两淮、湖杭等地垦荒，以工代赈。王府治下人口因而剧增，且河中、关内等地灾民在京都和东京得不到庇佑与接济，听闻太行山以东是人间乐土，纷纷辗转逃来，以求活命。

齐青虽然富庶，但新得几镇尽需接济，又要支撑各地防线，接纳这上百万的灾民便压力骤增。也亏得齐青的州县近年设有备荒的常平、准平诸仓，又倚海而富，府库丰足之余，已经惯于取食海外。压力一增便大兴海渔及海航，自海外诸国易回无数粮草，略微简省一些，也不怕春荒。

三月，昭王府遣使持节往河东、河中、东京诸地，与几地自立为王的藩镇首领和白衣教教首袁天师、小天王陈李师商洽，提议几方共弃前嫌，共御外侮。袁天师满口答应。陈李师虽然心有不足，但白衣教新招的弟子多是河东等地被北蛮破家的百姓，无时不记着重归故土，为死难亲友复仇。而太原王、绥王等几大自立藩镇首领，根基之地受北蛮血洗，再怕也不能不硬着头皮抗御侵略，昭王府肯提议立盟同抗外侮，他们求之不得。

结盟之后，久闻齐青富庶的太原王、绥王等人心里打了个如意算盘，不约而同地向昭王府索要兵器甲胄、粮草财帛等支援。

王府度支使方安正为新招徕的流民所需的粮食农耕等物忙得焦头烂额，听得这群破落户一不肯向王府称臣，二不肯让王府派兵入他们的地盘御寇，却狮子大开口地索要粮草兵器，气不打一处来，脸色顿时黑了半截，冷笑着对来讨东西的使者说："贵使有所不知，我齐青富民而穷国，赋税极低，便是翔鸾武卫所用兵甲有超出定额的，府库无钱度支，也只得以将士们战胜取得的财帛向商人和匠户赎买或抵押借贷，却不是空口白牙索要出来的。不知贵使准备以何物抵押赎买兵甲粮草？我也好向商人匠户开口借贷。"

几名使者被他当面讽刺，都不禁老脸微红，还是东应笑着打了圆场，"几位使者远来劳累，这兵甲钱粮乃是大事，也不是三言两语能够说清的。几位使者且往驿馆小住，稍后再议如何？"

几名使者此来索要兵甲粮草财帛，固然是各自的主子有占便宜的想头，也是一种试探和评估，东应的话中大有回旋余地，他们也就遵命各回驿馆，暂行歇息。

方安目送几个使者离去，坐正了身体问东应："殿下当真要给他们兵甲钱粮？"

东应的手指在桌面放着的太原王等人的书信上画了个圈，轻描淡写地说："同是故朝子民，岂能不予救援？"

方安掌管度支，却有几分铁公鸡的性格，善财难舍，哼哼两声，道："他们自立为王已是叛逆，不予征剿已经是殿下大度，再加救援未免太过便宜他们。"

林远志也极力支持对太原王等人救援，皱眉道："方度支为一方重臣，怎么连'欲先取之，必先与之'的道理都不懂？"

方安和节度府的旧臣大多厌恶林远志新贵，与他不和，同样的话若是方安的旧同僚说了，他最多一笑便罢，但林远志一说，他就忍不住怒目而视，"林主簿真是不当家不知柴米贵，如今我府治下招徕的流民不绝于道，高达百万之众，日后定然更多，这些人个个都要吃要穿要农耕器具和种子，这需要府库支出多少钱粮？救济这些新纳的子民，我们都已经吃力了，如果太原王他们这样不知进退地来讨兵甲钱粮，我们也顺遂所愿，那就真成傻瓜了。"

他气冲冲地说了一句，突然想起东应也是有意接济太原王他们的，连忙补救地转头对东应道："殿下，臣可不是说您。"

东应对他的耿直颇有无可奈何之感，轻咳一声，道："盟约初定，太原王他们要求的钱粮，给是要给的，不过怎么给却由我们说了算，不能真让他们空口白牙地讨多少就给多少。"

主公下了决定，度支司自去算计该如何拨给兵甲钱粮。

与此同时，千里之外的北疆，瑞羽和已经被太后下诏斥问失土之罪并夺去振武节度使贬为奋威将军的唐闻年也议定了破蛮之策。

三月，以昭王府为首的破虏联盟自仪、潞、沁、洛、汾、石、绥几州同日出兵，驱逐北寇。

此时以奚离氏和野颇氏为首的北蛮直入河东、都畿要害之地肆虐了两个多月，尽掳民间之财，抓捕民间青壮为奴，正欲将所掠财物运回草原，也有退兵之意，与联盟兵锋稍接，察觉此战不易，立即后撤。

只不过北蛮来时轻装快马，去时却财货车运马载，掳得壮奴计以数十万之数，这一路绵延拖沓，速度奇慢。白衣教和诸镇缺少骑兵，仅以步卒前逼，也能咬住他们的尾巴。

北蛮也知行动不能自如原因尽在所掠子女财货上，可是人为财死，他们费尽千辛万苦，杀人盈野，所欲者正是这些拖累之物，加之对白衣教和诸镇的战斗力早有领教，也不惧他们追击，依旧带着财物往北疆草原退走。

野颇兹罗在瑞羽手上吃了个大亏，兵力折损过半，对翔鸾武卫心存忌惮，不敢再靠近东面行走，便取北面的朔州撤离。奚离氏对他鄙弃嘲笑，却不与他同道，依旧照着他们的来路往代州故道退走。

此时瑞羽已将北疆局势整顿一新，尽收原振武军的残兵败部，拔原东北防线驻守精兵，与翔鸾武卫及已经融入的东胡骑相合，集结兵力二十万，就在代州静候北蛮前来。她又令薛安之尽发东胡各部落精兵三万，合安东都护府自有精骑一万，自东向西，直取北蛮的大后方。

东胡与北蛮世代为仇，常年受其欺压，此时得天朝之助，又知北蛮战士已尽随大军南下，部落营地空虚，岂有客气之理？当即随着薛安之的将旗所指，直奔世仇营地，大开杀戒，将北蛮诸部落的营地践踏得形同废墟。

北蛮做了杀人强盗，劫掠中原，他们的家乡故地同样被强盗所劫，这也算是天道循环，报应不爽了。

东胡骑来去如风，自东向西一路扫荡过来，再折而南下，所用的时间居然不长，恰在长城之外与守在代州方向的翔鸾武卫成掎角之势，将归家的北蛮堵了个正着。

翔鸾武卫、安东军、白衣教、河东诸镇及昭王府临时征召的郡兵，总兵力近六十万，做成了一个绝大的口袋，倚着各地城池，卡着北蛮归家的道路，将三十余万北蛮堵在了长城之内。

双方鏖战月余，死伤无数，北蛮连败，奚离氏犹作困兽之斗，野颇氏毕竟出于被天朝控制百余年的单于都护府，对天朝的国力认识比奚离氏深，见事不可为，左思右想，便杀野颇兹罗投降。

瑞羽如何不知野颇氏这是舍一人而保全族的法子，但草原诸部落此衰彼兴，北蛮已经虚弱至极，而东胡却实力大增，若是北蛮的大部族尽数被灭，东胡没有敌手势必西进占据北蛮诸部水草丰美之地，一支独大，又将成为天朝大敌。为此之故，北蛮的诸部落不能不留着人与东胡抗衡争斗。

以野颇氏为首的十几大部落投降，奚离氏所率诸部落愈见势危，终被翔鸾武卫一战大破，联军尽起将之歼灭。

消灭了大敌，这个以御外侮为名义的联盟也就没有存在的必要了，且不说战后分配收自北蛮的财货子女这样相对而言的小事，对于战后各自的地盘、名义，他们也难免在心里各自打着小算盘。只是昭王府实力最为强横，此战出力最多，无论他们心里打什么主意，东应不提议，他们都不敢轻举妄动。

然而他们着急，东应却半点也不急，慢条斯理地与瑞羽商议着按功评赏立下汗马功劳的将士，抚恤牺牲英烈，接纳自东胡迁徙而来的移民……每天都忙，直忙到白衣教和太原王因为地盘和名义之争打了起来，他才懒洋洋地伸了个懒腰，接过两方使者投来的书信，看了看，写了两封一模一样的信，上面简单至极的四个字"尔欲何为"。

他一日是联盟之首，便一日是诸势力之主。这四个字，居高临下，联盟中的诸方势力没有丝毫惊奇，反而有种尘埃落定、果然如此的心安之感，更无一人多言。

五月，绥王夏靖自去王号，请奉昭王为皇统正朔，承认绥州为王府治下州郡。昭王不使他为绥州节度使，却奏明太后，以太后诏令封其为国公，荫加其孙。

同月，江西观察使韦宣亦奉表上书，愿削藩镇，归于昭王麾下，举家迁于齐青。韦宣不做总揽一地军政大权的观察使，却自愿入昭王府做个挂名的幕僚，日常逍遥于山水。

绥王和韦宣此举一出，已经破裂的联盟几个头领坐不住了，相约在沁州见面，商议了大半个月，各人的脸色都不相同，却仍以联盟的名义邀请昭王驾临潞州议事。

这个临时联盟，是在外寇入侵的紧急关口各派使者联络缔结而成，各方首脑除去在盟书上用印之外，并没见面。这次他们一起邀请东应往潞州议事，昭王府的臣属难免担心别生变故。

东应对诸臣的担忧却不以为意，当即应诺必定赴约。李太后这几年与瑞羽聚少离多，反而与东应日常相见，听说他要亲自前往潞州，不禁皱眉，"千金之子，不立危墙之下。叛臣贼子居心叵测，约请你去潞州，未必没有歹意，若是果真有变，你岂不危险？"

东应微微一笑，道："如今北面有姑姑和薛公的三十万精兵列阵于前，东面有太婆坐镇，王府治下政通人和。我若有不测，河东诸藩镇顷刻之间就将化为齑粉，他们怎敢有欺天之胆？"

李太后叹道："五郎，你不知人心之恶，贪欲炽念之下，有很多人就算明知难免粉身碎骨，也会心存侥幸兵行险着的。"

东应一直在李太后面前很乖顺，虽然他已经行冠礼，她却仍然习惯叫他"小五"，直至前次从瑞羽违逆之事中窥出一丝玄妙，她才恍然大悟，从此不再将他只当成膝下承欢的重孙儿辈，而是称他一声"五郎"。

东应如何察觉不出李太后近日对他的态度微妙，可人生至此，许多以往极力遮掩的事，都已经随着年龄的增长、局势的变化而显露，再也不可能像从前那样。好在祖孙三代休戚与共，虽有裂痕，却也不影响大局，他的心境虽然变化了，但表面的礼节仍能维持过往的恭敬尊崇。

此时听到她对自己的关切之语，便笑了一笑，道："太婆真的不必担心。若我所料不差，袁天师他们此次邀我前往，其实是想仗着联盟的一分交情，趁还有些底气的时候给自己讨个好的前程。"

李太后一愣，问道："天下大势，已经归于我府了？"

东应微微侧首，踌躇满志，笑而不语。

六月，昭王与袁天师、陈李师、太原王以及河东诸藩会于潞州。一队由襄樊辗转流离而来的京都灾民也进入了潞州，听闻昭王王驾在此，便递谒求见，自称是京都旧臣。东应正与袁天师等人联席共话，收谒之后却不知俱谒者究竟何人，疑惑召见，来人垂泪，"殿下不记得奴才了，奴才乃是先帝身边的小黄门赖通。昔日殿下入清凉阁与先帝手谈，奴才曾经侍奉过。"

东应思索片刻，才依稀记起，惊问："你为先帝近侍，听闻当日安氏弑君，尽诛宫中有品位的宦官，何以你竟能逃脱大难？"

赖通见他不信，叩首痛哭，"殿下有所不知，奴才虽为先帝近侍，却声名不显，安氏并不以我等小奴为意，故此得脱大难。乱事初起之时，陛下据守内宫，诏令各地勤王，本以为勤王之师一到便能逃脱大难，岂料孙建仁那狗贼欺陛下仁慈，居然私通安氏，趁夜偷偷打开宫门，引叛兵入内……"

东应顿足大怒，咬牙道："他日王师西入京都，孤定将此贼千刀万剐，替皇叔报仇雪恨！"

"殿下有此心意，也不枉先帝对殿下的爱护和器重。"赖通哽咽道，"殿下，先帝当日见事不谐，曾有遗诏交与奴才，令奴才趁乱出宫，寻机前往齐青，拜见太后娘娘和两位殿下。只是路途艰难险阻，奴才身负重任，不敢轻信他人，只得一人流离于外，直至今日才混在京都的逃难人群里辗转到此。奴才延宕多时才寻到殿下，有负先帝所托，死罪，死罪！"

东应上前扶起他，温声道："天下大乱，路途不通，你是宫监，又无人护送，此过不在你。何况你这一身憔悴，也是历尽了苦楚。"顿了顿，又问，"皇叔当日遗诏有何吩咐？孤一定勠力达成皇叔所愿。"

赖通抖抖索索地从怀里取出一枚寸二见方的白玉印章来，抹了把眼泪，捧到东应面前，道："陛下当日口诏，他大行之后，即以天子行玺为证，使殿下承皇统，立为天子，剿平乱贼，澄清玉宇，还我唐氏江山清明！"

堂中诸人连东应在内，望着赖通手中所捧印玺皆目瞪口呆。过了一会儿，太原王吞了一口口水，疑问道："先帝既立昭王殿下为皇统，为何不是用传国玉玺手书遗诏？或者干脆使中官将传国玉玺送出来？"

赖通瞪了他一眼，哼道："传国玉玺关系重大，自有掌玺侍官掌管，等闲不得动用，一动便要走漏风声，至于将传国玉玺盗出宫的话，更是玩笑！何况当日临危事急，变生肘腋，陛下哪来时间再手书遗诏？只能解下随身所带行玺为信，使奴婢投东而来！"

先帝唐阳林遗诏，令昭王继承皇统登基为帝的消息传出，天下震动。

有疑者，有信者，有将信将疑者。但此时天下大乱已近十年，人心思安，东应本就身负故唐旧臣大望，这份诏令不管是真是假，都给了有意拥立他的人一个名正言顺的行事准则。

斯时瑞羽拥强兵三十余万，帐下善战之将近百，拥北疆，镇河东，锋指夏绥，威凌关中；昭王经营疆域数万里，幕府精干之士云集，各府县藏百万精壮勇士，存足供数年灾患之财，踞齐青，坐河南，鞭策湘鄂，雄视天下，羽翼丰满，大势已成，无可挡者。

河东、河中、湘鄂诸地传檄即定，甚至远在西南有关中阻隔的南方诸镇亦千里遣使来书，奉东应为正朔。

自此，潼关以外万里江山尽归一统。安氏伪朝外有西寇，内有祸乱，缩踞关中，虽然没有即刻崩塌，却已是苟延残喘。

瑞羽与东应自避开京都，至今未至十年，便已经创下了当真天下无人能及的雄厚根基，凌于青云之上。对于至尊之位，他们再也不必像当年那般处处掣肘，想得、能得，却不敢得。

昭王持先帝遗诏监国政，由钦天监择定佳日，定于九月十八日在东京洛阳宫登基！

第四卷

归虚

皇图霸业，江山在握，都是空的，他真正想伸出手去握住的，不过是她的手而已。然而这个愿望，却始终不能实现。

第七十一章
谁与共

我只想与你携手并肩，同受万民的朝拜，共享至尊的荣华，让史册汗青将我们的名字记住，一生相依不离！

昭王东京登基，齐鲁的重臣财物也经水陆两路齐发，运往东京。瑞羽为支持他践祚的最有力的臂膀，如此重大的典礼，自然将大军交付给薛安之和一干手下重将，自己轻装简从前往东京朝贺。

太后的銮驾也自齐鲁向西进发，恰好与取道南下的瑞羽在河阳相会，一同乘船渡河。

李太后一路缓缓徐行，瑞羽上前叩见，见她眉眼里也不全是欢喜，似乎还有一层深沉的郁气深隐。不等瑞羽行礼，李太后便一把将她拉住，痛惜地说："我是你亲祖母，难道还会计较这些虚礼吗？你千里迢迢地赶回来，还要对我这么礼数周全，连腿脚也要抱屈了。快快起来，陪我说说话。"

瑞羽嘻嘻一笑，"王母有命，孙女岂敢不从？不过陪王母说话之前，先给王母看些东西，王母别嫌它简陋。"

她每次出征归来，都会给太后和东应带回当地盛产之物，礼物未必次次都贵重，心意却是十足。李太后被她拉着去看给她带来的几车礼物，眉开眼笑，连连称赞。再看一眼后面的车辆，李太后笑着问道："那是给五郎带的礼物？"

瑞羽笑着点头，"是啊。只不过小五如今已是天子，富有九州，不知这些从北蛮身上缴获的物什，他看不看在眼里。"

"北蛮劫掠河东、河中百年世族根基所在之地，所得财宝能辗转落到你手里的，必然是那些高门大户世藏的珍品，就是天家也未必能强过多少。五郎岂有看不入眼的道理？"

李太后说着，嘴角抽动了一下，显然有些神思不宁。瑞羽心中一动，挥退侍者，亲自搀扶着李太后在甲板上散步。

李太后此时已经七十二岁，比郑怀还要年长近十岁，她的身体又不是很好，虽然近年心情愉快，但无论如何保养，老态都阻挡不了，如今已经是个发苍齿摇的老者，重重锦衣之下，仍旧让人感应得到她的瘦削和苍老。

瑞羽扶着她徐步而行，正因掌下的触感而痛惜，却突然听到李太后问："阿汝，你觉得此事是真的吗？"

瑞羽一愕，问道："什么事？"

李太后却也没留意她的神态，而是又说了一遍，"那赖通来传的遗诏，你觉得是真的吗？"

赖通一个从前在宫外行走过的内宦，居然能从安氏弑君篡位那样的大劫中逃出一命，还把先帝遗命带过来，此事实在巧得令人生疑。

瑞羽眉头微拢，旋即舒开，笑问："王母何出此言？"

李太后叹息一声，轻声道："我只盼这件事是真的，若不是……"

若此事是真的，自然大好；若不是，其中所传递出来的信息就太过惊人了——东应不只与她们离心，并且已经有能力完全脱离她们的掌控，甚至不必从她们这里借力就能做出她们原来没有想到的事。

瑞羽轻轻一笑，柔声劝慰，"王母多想了，既然小五没说，那此事自然就是真的。您是养育他的太婆，我是手握重兵的长公主，名分所在，他总是要对您和我礼遇优厚的，不需担忧。"

李太后顿足叹气，"傻丫头，我这一生苦吃过了，福享过了，尊荣享受了，现在黄土都已经堆到脖颈下，就算真有什么变故，也不冤枉我这一生，还有什么可担忧的。我担心的是你呀！"

瑞羽心湖泛波，面上却笑容可掬，笑道："我退可雄踞四海，坐享海外清闲；进可侧身朝堂，拨弄天下风云，有什么可担忧的？王母，您莫忘了，我是百万军阵里仍可来去自由的统兵女帅，可不是只会躲在祖母身后弄线织绣的弱质闺秀。"

李太后微微点头，轻喟，"你说得也有道理，想来是我多虑了。"

"本来就是嘛！王母您想，在这礼制崩坏的乱世中，要重立朝纲法纪，新君就必须严于律己，为天下表范，不得有丝毫道德损害。否则，他以何立仁，以何树威？他对我们的态度，直接影响他的臣属对他的态度，小五素来明智，以江山为重，岂会对我们有丝毫不利？"

她满面笑容，心底深处的那丝寒意却越发沉重，为免李太后看出破绽，赶紧转移话题，咳嗽一声，讪笑道："王母，有件事……"

她拖着长音不说完，李太后便知必是有什么为难之事，瞪了她一眼，"什么事你直说吧，这么大个人了，还用这种小孩儿的手段。"

"在王母面前，我本就是小孩儿，自然用小孩儿的手段。"

李太后没有嫡亲子孙，瑞羽回到她身边，自然要做足彩衣娱亲的本分，她撒娇地笑了一声，道："王母，我是觉得，咳，我跟秦望北……"

李太后一脸的笑意在听到秦望北三个字之后立即烟消云散，她抬手一挥，止住瑞羽往下说的话，停下脚步望着她，决然地道："阿汝，男女情欲是自然之道，有所悦者不足为奇。你喜爱秦望北，便将他养为面首，我不会过问，反正我皇家公主有此举者甚众。但若想经我出面认他这个孙女婿，昭示天下，以他为公主驸马，却是休想！"

瑞羽和秦望北甚为相得，听到李太后固执不肯认他为孙女婿，心里便十分不好受，虽不至于生气，却十分失望，略有些愤然，"王母，中原当真是难得一见的好儿郎，待我极好，何以您始终对他存有偏见，不肯认他？"

李太后叹了口气，没有说话，看着河中奔腾不息的流水，神色复杂，幽晦难明，许久才道："阿汝，你要相信祖母。"

瑞羽见她满面凝重之色，怔了怔，低头道："王母，我自然相信您。"

祖孙两人都没再说话，直至船抵河岸才又说说笑笑，由迎奉的官员拥簇着往洛阳宫而去。

登基大典自有司礼监的官员操办，本来并不需要李太后费神，但太后进了洛阳宫后仍然亲自过问了登基大典方方面面的礼仪程序和准备事宜。她这样做的原因不仅仅是出于对东应的关心爱护，更是在东应并非奉她的诏命得以登基的情况下，借由这场大典向朝廷官员宣示她的存在，以及她拥有的至高无上的尊贵地位。

秦望北始终得不到李太后的承认，让瑞羽很苦恼。好在他已在她那里得到了最想得到的承诺，想着侍奉李太后终老并不是太难熬的事，故而并不放在心上，自己找了个小小的院落入住。

瑞羽不放心他的安全，便令亲卫队队正阿武领了一队人在他居住的院外守护，自己则遵照太后所令，在洛阳宫与她同殿而居。

洛阳宫当年被她拆了几座宫殿造船，很多地方都显得荒芜，新的朝廷初立，诸事繁杂，东应每日案牍劳形，连饮食都不能按常进行，除去迎接太后和瑞羽之日外，再也没有时间去见她们。

倒是在登基大典之前，有一日时间让他沐浴斋戒，暂时歇一口气。得了空闲，他便往太后所居的泽厚殿走去。

李太后出宫察看登基大典的准备情况了，服侍的宫人内侍都随行而去。宽阔的泽厚殿只有几个留守的小内侍无精打采地眯着眼睛打哈欠，突见东应过来，吓了一跳连忙伏首叩安。

东应摆手问道："长公主在哪里？"

小内侍连忙回答："长公主殿下嫌殿中气闷，召了两名宫伎去殿后小花园的'采风云台'里听乐歇凉去了。"

东应点了点头，挥退随侍宫人，举步沿着泽厚殿台基下的青石往殿后的小花园走去。小花园里绿树葱郁浓密，绛紫色的木槿花簇簇怒放，廊前青石层层铺就云梯，阶边青苔茵茵软碧，苔花细如小珠轻缀。

贪着秋凉，瑞羽身着一件水碧色海涛纹边宽袍，侧身卧在仅铺着薄竹席的石床上闭目听着音乐，仿佛已经睡着了。浓密的青丝未加约束，被她掠在脑后，沿着石床枕边的回檐流泻，与宽袍的松散长袖一起委落于地，安谧静好。

云台下面的花池旁边，两名宫伎一坐一立，一鼓琴一低吟，正专心致志地弄乐。或许是瑞羽所点的曲目合于这两名宫伎的心态，又或许是与这环境相宜，琴声歌声相和，乐声幽幽清清，有些许凉意。

细细听来，那宫伎唱的并不是十部乐中的曲子，曲词哀婉缠绵，薄怨轻愁，满怀惆怅之意，"一年老一年，一日没一日，一秋又一秋，一聚一离别，一喜一伤悲，一榻一身卧，一生一梦里。"

他怔怔地听着乐声，心有所触，莞尔一笑。

音乐声和放松的心态遮蔽了他的脚步，他悄悄地走到石床边，在她身旁坐下来，伸出手去轻轻地捻开一朵落在她衣袖上的红英，握住她柔软光滑的委地青丝。

她终于被他惊动，睁开眼睛正对上他温柔明快的笑容，一时间忘了他们之间的尴尬，也展颜一笑，"难得你有这样的空闲，事情都忙完了？"

他轻应一声，看到她这样喜乐安宁的笑容，满怀欢喜都似乎要自胸臆间溢出来，令他几疑身在梦中，怔了怔才笑说："姑姑还要午憩吗？你睡吧，我在这里陪着你。"

瑞羽一笑就待答应，眼角余光瞥见他握着自己的头发，倏尔记起今日已不同于往昔，刹那间理智与戒备一齐回到了她身上，下意识地起身将他推拒于心门之外，冷淡地说："我已经休息过了，正要回去练武。你若是累，就自己在这里歇着，我先走了。"

他心中怒放的花朵堪堪开到盛处，便被她凌空一击砸得粉碎，唯余一地枯萎残红。好一会儿，他才自极乐与极伤陡然转换的伤怒中回过神来，霍然起身，将握得指节青白的拳头收到身后，忍了又忍，才慢慢地说："姑姑，你何至于此？难道情不能偕，我就连找你说说话的机会也不能再有了吗？"

他虽然强持镇定，但字句之间仍然难掩一腔的愤恨与苦涩，瑞羽心头一紧，终于长叹一声，道："你有什么话，说吧！"

他眉梢微动，道："姑姑，你陪我一边走一边说。"

瑞羽怅然抿唇，与他一起出了厚德殿，并肩沿着各宫殿之间勾连相通的长廊往前走，穿过了秀丽堂皇的芳菲殿，越过了曲折成景的碧波桥，一路分花拂柳，穿堂过殿，却是谁也没有说话。一种只有多年相处才会有的默契和融洽在二人的沉默中萦绕在他们的身周。

远远看到他们漫步行来的宫人、内侍、禁卫，在行礼问安之时，都不约而同地选择了沉默施礼，退在路边，让他们畅通无阻地前行。

二人经过一道笔直的青石长廊，前面是被工匠漆刷一新的垂拱殿，这是近日东京处理政务的朝会之地，也是明日登基大典之后他用以接受朝拜的宫殿。

殿中寂静无人，他和她一起推门走进去，看到殿中大位上方悬着的"修德振兵"匾额，她一怔，不禁转头看了他一眼。他同时转头向她看来，四目相对，他笑了起来，道："姑姑，这代表至尊权位所在的殿宇中，'垂拱而治'是我，'修德振兵'是你。文治武功，相辅相成，是治国之道……"

"修德振兵"四字，是她在齐州的公主府正堂所悬的匾额内容，本不该出现在以文治为主的垂拱殿中，此时却偏偏悬在他的大位上方，分明昭示着他那份别样的心意。

她看在眼里，心弦震动，却不敢再让他把话说下去，道："东京是临时驻跸之地，终有一日我们还会再回故都，那里才是我朝数百年气运所聚的至尊之地。"

他被她截去话头，却也不恼，轻轻一笑，"我们勠力同心，重回故都只是朝夕间事。十年光复之约，料想必不成空。"

他们曾经对着万里河山击掌立誓，十年光复，十年治国，十年共游。立约之时，她心无杂念，欣然相约，但在今日，她的心境已不复当初，他再提旧约，她只无言，默默地随着他的脚步往前走。

他和她一起走到丹墀之前，抬手指着那镶金嵌玉的宝座，吐了口气，道："姑姑，这个至尊的位置，有着世人仰视的华贵，有着一言九鼎的权柄，也就注定了一生的孤寂，以及无尽的劳累和烦恼。"

她身在宫廷，见惯了至尊之位所代表的尊荣与寂寞，想到他终究也将坐上那个位置，心中也不知道是什么滋味，温声说："可是你喜欢政务繁忙带来的劳累和与政敌交锋的烦恼。"

东应展眉一笑，点头道："是啊，我喜欢那样的劳累和烦恼，因为克服它们会让我有巨大的成就感和满足感。"

她看着他舒展的眉目，一股欣慰与骄傲自心底油然而生，不禁嫣然一笑，喃喃地说："这就好，很好。"

他回过头来，眸光深幽，轻轻地说："我喜欢至尊之位，然而，我不喜欢坐拥山河却一世孤寂。"

她掩在袖下的手猛然握成拳，旋即极力舒开，微笑着说："你既为天子，日后坐拥山河，后宫之中自有无数如花似玉的女子侍奉你，陪伴你，又怎会一世孤寂？"

"即使真有后宫三千，又有谁懂得我幼年孤苦无依的凄惶而给我抚慰，了解我少年身临悬崖的困境而救助援手，知道我开拓创业的艰辛而伴我同行？"

他微笑着，目光如炬，凝视着她不肯稍移，慢慢地说："姑姑，我这一生，最幸运的事就是你一直都在我身边。当我伸出手，就可以与你相握，当我转过头，就能看见你的身影。"

她顿时心中苦辣之味奔腾，凝视着他盈盈含笑的脸，唇齿枯涩，良久才道："我们是骨肉至亲，风雨飘摇之际携手同行，共度危难，是应有之义。"

他轻哂，仿佛看穿了她话里的言不由衷，故此撇开了她话里蕴意的推拒，直直地望着她，"姑姑，我们一直相携同行，直到今日走到这至尊之位面前，你是不是还愿陪着我走上去呢？"

她心里五味齐集，却独独没有怒气，勉强一笑，轻嗔，"傻话，至尊之位，岂有让人陪着走上去的道理。"

"我不知道别的帝王是否愿意与心爱的人共享自己的尊荣，我只知道我前半生最大的愿望就是完成你所想所愿，将我所获的尊荣都奉至你面前，与你共享。"

他的声音清朗，在这空旷无人的大殿里，一字一句，刻骨铭心，"我只想与你携手并肩，同受万民的朝拜，共享至尊的荣华，让史册汗青将我们的名字记住，一生相依不离！"

第七十二章
陌路客

她微微一愕，凝神细看，突然想起因何对那少女觉得面熟——此女长眉俊目，直鼻丰唇，赫然与她有几分相似！

九月十八日，万事大吉。

登基大典，应有斋、沐、坛、祭四步。新君穿着中单、大裘、玄衣、裳、旒冕等里里外外好几套衣裳的大典礼服，礼服上衣绘日、月、星辰、山、龙、华虫六章花纹，下裳绣藻、火、粉米、宗彝、黼、黻六章花纹，共十二章。

十二章中，日、月、星象征光照大地，山兴云雨，龙能灵变，华虫象征华栅多彩，宗彝表示不忘祖先，藻代表文采，火象征兴旺，粉米能够养人，黼象征权力，黻表示君臣离合及善恶相背。这是皇权与天道相合、君王与臣民相依持的象征。

新君穿过庄严肃穆的长长甬道，登上高坛，自太后手中受玉玺、王旗、黄册、地图等象征主掌社稷江山、权柄子民的神器。然后献三牲于天地，燃燔上告天，由太卜寺术士祷舞禋祭，祭拜日月风雷四时，望祭遥拜四方山川河流，焚香祭祀乾坤社稷。

依序祭拜神明祖先后，新君登上王座，接受群臣朝拜，及尚未归于治下但已经承认新君为正朔的各方节度使所遣的使节朝贺。

朝臣和使节伏首叩拜之时，他笔直的身姿坐在至尊的宝座上，端正而孤寂。

瑞羽站在丹墀之下，与朝臣们一同俯身叩见天子。

她和他相携相伴近二十年，她一直作为他的保护者、引导者、陪伴者，无论他有什么困难都在他身边，与他同行不离，只要他伸手，他总能握着她的手，得到她有力的支持。

但在今日，她已经完全撒开了手，退到了离他不远却又极远的地方，向他表示臣服，也与他划开了一道不可逾越的鸿沟，让他从此以后再也够不着她的手，得不到他想要的温柔。

她将他送上了至尊的宝座，独自一人，孤寂无侣。

登基的礼仪一项项地进行，她在行礼退出大殿的时候终于忍不住抬头，再看了他一眼。

他也看了她一眼，两人的目光稍触即错，只一刹那。但那一刹那的眼神交会，却叫她痛彻心髓，连灵魂深处都有一种战栗的悲怆。

新君即位，改元昭靖，尊李氏为太皇太后，因新君早已失母，太后位空缺，太后印玺便也由太皇太后掌握。李氏一身掌两印，尊荣无上。

朝堂上，对军方的封赏则以郑怀为首，拜为太师，封为护国公；老将薛安之为大将军，封为成国公；黑齿珍、柳望、刘春等一干武将也自有封赏。对从龙而起的诸文臣，则以原江西观察使韦宣最是年高德劭，任为龙阁平章事，执政事笔，掌吏部；方平为参知政事，掌户部；王安源、贝尺复、谢因、林远志等六人亦参知政事，共八人分行宰相事，其余人等俱有封赏。

这些封赏都是应有之义，真正惊世骇俗的命令出于其后——新君在政事堂之左辟出一宫，设为公主府，其地位高于三公，实权大过宰相。一体军政之事，俱由公主府裁夺，包括大将军薛安之在内的诸将皆归公主府管制。

以公主身份能掌握的权柄，以瑞羽为最，千年以来未见同侪者。

她是新君的姑母，本应被称为"大长公主"，然而她的名分却没有丝毫的更改，与她所掌控的实际权力相连来看，不加更改的名分暧昧得令人诧异。

更令人诧异的却是，无论太后还是长公主本人，都不曾对这看似疏忽又似有意的暧昧提出异议。

只是自此之后，瑞羽宁愿常驻军营，也不愿归朝见圣。便是年节之日她必须回都，也只去陪伴李太后，尽量少见天子。而东应也选择了与她相同的态度，不再试图靠近她，偶然相见也点头即过。

他们本是世间最亲近的人，那一日后却形同陌路。

瑞羽专注于军务，翔鸾武卫的战斗力提升愈加迅捷，次年雪化之后，便挥师南下，顺着延州直逼上京故都。

伪朝去年遭受西寇劫掠，早已兵力空虚，各州府与翔鸾武卫稍触即降，直至三辅地带才抵抗强些。

安立礼已知此劫难逃，既恨崔、应等世家重家过于重国，又惧怕翔鸾武卫破城之后会将安氏灭族。在这危难的时刻，他也顾不得情面不情面了，狠下心肠将京都所有公卿世家的家将兵丁强行拉出来组成一军，准备守城之战。

京城诸世家也知安立礼此时已近狗急跳墙，实在没有"誓死尽忠"的心思，然而他们派出去探听风声的人却没有带回一丝新君和新朝愿意招降纳叛、赦免从逆者的消息。两难之下，他们虽与安氏离心，却不能不共同迎敌。

东应和瑞羽自有消息渠道得知京都汹涌的暗流，也接到了世家传递出来的投诚意愿。但对这样的消息，他们都选择了淡漠以对，仿佛未闻。

豪强世家对一个国家的危害太大，历史上很多王朝的覆灭都是因为豪强世家经过了多年的积蓄垄断了朝廷上的权柄，占有了太多的财富，兼并了太多的土地，才使百姓遭殃，国家覆灭。

而每一个朝代的更迭，说到底都是豪强世家势力的重新洗牌，土地和财富的重新分配，对大多数历受盘剥变得一无所有的百姓给予实物的安抚。

如今天下各地的豪强势力已经因为连绵近十年的兵灾被折损得差不多了，但世家盘踞关中繁华之地，并未损其根本，他们握有关中近七成的土地的地契，依附的农户甚至超过了国府黄册上记录的国人户数。

如果容纳世家投降，无论是他们主动供奉财物，还是新朝令罚没他们的家财，新君都将担一个刻戾贪利的名声，不能真的解了世家这个毒瘤带给国家的入骨剧毒。反过来，以为先帝和宗室复仇之名将这些乱臣贼子彻底清剿一空，却没有谁能多说什么，反而可以威慑天下。

既然如此，在必胜的情况下，又何必再对这些旧世家妥协？

韦宣也算是世家出身，虽见天子漠视京都传递出来的消息，却还是想为这些投降者说和，只是鉴于当初诸世家弑君篡权之余竟还意图将华唐宗室斩尽杀绝，此事做得太过，他左思右想还是不敢在朝会公议上提议许降，而是在散朝之后请见，劝说东应，"陛下，京都是故朝经营数百年的雄城，若是强攻，不知要损我多少将士，莫如许京都叛臣投降，令他们献城。"

东应意志坚定，摆手道："老相公不必再说，京都叛逆弑君篡权，杀我华唐宗室，朕绝不饶恕。"

韦宣见天子意定，不禁长叹，"天下英才，十之四五聚于京都，玉石俱焚之下，可怜了这些人才。"

东应淡淡一笑，"天下人才不知凡几，自有能替换者，何至于少了京都世家子弟便长吁短叹？且如今天下民生凋敝，人口折了十之二三，正宜休养生息，要的是能够劝励农桑、实心任事的低阶官吏，并不需要太多眼高手低擅长享乐为官的人兴风作浪。我虽然惜才，却更重于实用，不至于为此而赦免不应赦的恶罪。"

京都难攻，而围城的瑞羽也不愿多伤将士，故将之围而不攻，自秋困到了次年夏日，才以奸细调动城中一群原来在西内值守后来不愿随太后东行的故日禁卫，趁夜里应外合，夺下了春明门。

安立礼自弑君篡位，第一年背负着弑君的罪恶；第二年西寇劫掠关中与诸世家交恶；第三年被翔鸾武卫围城，惶然不可终日。当了三年天子，却几乎没有哪一天过得舒心。

听到春明门被破翔鸾武卫最多一个时辰就能杀到宫城之前的消息，他惊恐之后又有一种悬在头顶的刀终于砍下来的解脱感，愣了愣，突然发狂般地大笑起来，笑了一阵，抹去眼角的泪水，冷声下令，"邵五！带两百名禁卫，把备在偏殿的鸩酒送到南衙去，请政事堂的诸位和他们的子侄都好好喝一杯！"

带禁卫去请人好好喝一杯鸩酒是什么意思，邵五自然明白，打了个哆嗦，脸色大变地问："连他们的子侄也……"

"自然。"安立礼满眼疯狂的仇恨，咯咯怪笑，"这群王八蛋既然敢联手害我安氏，将我推上这个位置，有今日之报也是理所当然……城破之后，安氏有灭族之祸，可他们就逃得了吗？现在朕可以不管破城的敌军，但这几个拿朕当傻子玩弄的世家，朕一个也不会放过，他们统统都得死！朕要他们殉葬！"

邵五不敢多话，匆匆领命离去。安立礼再下几道命令，将他一直想做却束手束脚不敢下令的事统统吩咐下去，然后将宫殿内所有的灯油都打翻，洒了满殿，在听到外面翔鸾武卫冲进来的声音时，嚓的一声点燃法烛扔在地上，喃喃地道："时不我与，奈何！奈何！"

烈火熊熊，将富丽堂皇的紫宸殿烧为灰烬。

至此，天下一统。

韦宣琢磨着大战已定，再设公主府掌管兵权于国不利，便着意进劝。只不过东应和瑞羽是君，他是臣；东应和瑞羽名分亲，他则疏；以臣间君，以疏间亲，这件事实在不是能够板着脸进谏的。

然而身为宰相，负有协理阴阳、匡扶社稷之职，无论如何他也不能明知有隐忧而不予纠正。他思量几番，便先引着东应谈史，而后将话题转过来，道："陛下，有道是秀才造反，三年不成；反过来，武将造反，那是说就反了。故此历朝在立国功成之后，都使军中高职者归于京都，高官显贵不复直掌兵权。"

东应眉梢一挑，道："怎么，卿是想说长公主会对朕不利？"

"臣不敢。"韦宣告了声罪，正色道，"陛下，臣只怕您待长公主太过优厚礼遇，而让她的臣属因此对陛下有怠慢之心。"

为君者最忌御人不当，即便是忠臣，如果被纵容久了，也难免恃宠生骄，滋生不应有的野心。而野心这东西，在文官来说还好处理一些，若放在统御天下近百万兵马的统帅者身上，那可是顷刻之间便会带来翻天之祸。

东应摇头，"老相公多虑了，长公主不是你想象的那种人，此事朕自有计较，卿不必再言。"

韦宣见他不以为意，急得胡须都吹了起来，"陛下，臣自然也相信长公主不是那种人。臣只是担心长公主麾下的将领骄悍太过，如果纵容下去恐有前朝藩镇之祸……陛下，天下初定，伤痛犹在，您难道忘了藩镇祸乱之苦吗？"

他的话声刚落，远远的一个清朗之声传了过来，"韦相公若不放心，可以细拟章程，在军中设文官之职，对武将加以约束。"

随着说话声，瑞羽徐步踏进殿中。韦宣虽然问心无愧，但背后议论的人转瞬就到了眼前，并且将他的话听得清清楚楚，也令他不由得尴尬。虽然瑞羽面上带笑，似乎毫无怪责之意，他却仍旧难为情得很，讷讷行礼，"见过殿下。"

瑞羽虚示免礼，道："韦相公，约束武将最有效的东西，一是严法，能正其心；二是辎重，能束其行。你若拟章程，不妨自这两方面入手。"

韦宣见她并非虚情假意，而是真的愿意在军中安插文官对武将进行约束，自削权柄，不由心中震动，拱手道："天赐我朝贤贵主，子民幸甚。"

瑞羽淡淡一笑，"韦相公客气了，予为唐氏子孙，顾惜自家社稷稳定是分内之事。"

东应微微皱眉，拂袖道："如今西寇占有我湟泷十余郡，扼着咽喉之地，随时都可能东侵，还不是马放南山、剑归武库的时机。那监军的章程老相公可以慢慢斟酌，施行却是以后之事。"

韦宣也知瑞羽必是有事才会来垂拱殿，见东应有逐客之意，赶紧行礼告退。出了殿门，他却又忍不住回头看了一眼，只见他们相对而立，彼此的脸色都平静冷漠，但相处时身体姿势的随意又分明透出一种别样的默契和亲密，让他为之一怔，心头的忧虑更甚。

东应待韦宣走后才问："你这副心烦意乱的样子，是出了什么事吗？"

瑞羽近年随着武道修为的精进，静心制怒的养气功夫也更加了得，纵使临战毙敌也能心湖不动。今日突然心惊肉跳，细想一遍却不知这警兆应于何方，不知不觉走到这垂拱殿来，自己也觉得纳闷，摇头道："不知为何，今日午睡方起，突然心生警兆，似乎身边有大凶之事，却找不着头绪。"

东应也知她所修习的墨家苦砺洗心至诚之道达到如今的境界，确实有不寻常的玄妙之处，每生警兆必有所应，也自凛然，细想一遍，问道："是国事？"

瑞羽心烦意乱，皱眉问道："近日朝中有什么事？"

"朝臣商议是否迁都，诏南、安南、金齿三国遣使朝拜，重厘关中土地，统计人口，核定赋税……"

他一口气将御案上的奏折内容都说了，瑞羽却毫无感触，摇头，"不在这里。"

"是私事？"

瑞羽抚额叹了口气，道："你和王母都在宫中安然无事，老师则归凤州故乡，若是私事，我实在想不通除了你们之外，还有谁能让我如此心绪不宁。"

她这句话里没有提及秦望北，东应听了心里微喜，旋即一冷，心知她未必是真的没有将秦望北放在心里，而是在他面前顾忌不说。

她想了许久想不出此事的由来，心下烦躁不安，见依旧理不出一个头绪来，便想回公主府去。

东应见她有去意，忍不住脱口唤了一声，"等等！"

瑞羽诧异回头，他已经起身道："前些天江东两道向政事堂递了折子，道是湖湘土地肥沃、物产丰饶却人烟稀少，建议朕往湖湘方向调人口垦荒。朕将海外诸国自愿内迁的番人派了去，这些番人不识我中华礼仪，须有人坐镇才行。"

瑞羽以为他是想让她派兵前往湖湘，不免觉得小题大做，道："海外那些慕我中华的番人大多柔顺，地方官吏衙役加以管束便可，用不着重兵弹压吧。"

东应摆手，"朕不是想派重兵弹压，而是觉得打了这么多年的仗，我军中必然也多老弱残兵，将这些老弱残兵放出来如何？还有投降之后被收编的俘虏，也应择精锐为用，余者打发出来务农。"

而今北蛮已经被打残了，东胡诸部的青壮被东应设计以各种理由"借调"了许多，内里空虚。这二者皆不足为虑，仅有西寇一面之敌，确实不必常备六十几万兵力。

"陛下所虑甚是，可令政事堂将此事的章程细拟出来，臣照办就是。"

她这番话用的是君臣奏对的格局，恭敬得很。东应听在耳里，一阵发狠的痛快，又一阵烧心的气怒，面上却不露声色，"兹事体大，政事堂的阁臣少有知兵的，怕会把好事弄坏了，须得你先定个大体方向，免得他们有偏差。"

他说得在理，瑞羽点头答应了，便起身准备去政事堂。谒者进来通报，"陛下，诏南、安南、金齿三番国的使者已经到了朝房，陈阁老领他们求见。"

东应正待和瑞羽一起去政事堂，闻报微恼，只得道："传。"

谒者高声传报，三国的使节便在林远志的引领下走了进来，只听得铃声清脆，使队中竟有女子。虽然三国都有与中华联姻之意，但天朝上国君王身份尊贵，他们不敢贸然提出请求，故此设了一计，选国主家族中的貌美女子充当副使，面君试探。

这样的小伎俩朝廷上下无不心知肚明，只不过天子至今仍未立后，宫中四名世妇还是太后所赐，后宫委实空虚，因而他们对于此事倒也乐见其成，不以为非。

林远志满面笑容地领着三番使节进来，冷不防与瑞羽正面相对，脸色顿时微微一变。他反应也快，赶紧拱手道："微臣见过殿下。"

瑞羽点了点头，目光往三番使节面上扫了一圈。三番使节因不知她的身份，也好奇地往她看来，几名女副使更是睁着大眼睛上下打量她。

瑞羽对这些正当豆蔻年华的小女孩也颇存怜意，微笑着对她们点了点头，目光一扫，却觉得其中一人明媚娇艳，隐约有些面熟，似曾相识。

南蛮番国，居然会有她觉得熟识的人？

她微微一愕，凝神细看，突然想起因何对那少女觉得面熟——此女长眉俊目，直鼻丰唇，赫然与她有几分相似！

东应顺着她的目光往那女子脸上一看，面色顿时也微微一变。

瑞羽认出那女子长相与自己相似，顿时心里似打翻了五味瓶，半晌都说不出话来，不自禁地瞪了东应一眼，冷哼一声，拂袖而去。

东应脸色铁青，深吸了一口气才缓和过来。

几位使节不知出了何事，林远志却心知肚明，暗恨自己一时忘形，竟没有打听清楚长公主在此，就带了人来陛见。他心里思量，面上却不显，只是摆手示意几位使节行礼陛见。

东应此时哪有心情应付这些使节，收了国书，赏了使节，令鸿胪寺将人领去安置便罢。他接着冷睨林远志一眼，转身往政事堂走。

瑞羽一腔怒火无处发泄，所有宫人内侍见到她形之于外的凛冽煞气，都不寒而栗，无人敢近前多话。

东应挥退侍从，疾步追上去，唤道："姑姑！此事实出乎我的意料，非我所使！"

瑞羽倏地回头，冷然问道："若非你心之所愿，林远志岂会无事生非，如此迎奉？"

东应气恨交织，甩手怒道："姑姑，你以为我会如此折辱你吗？"

瑞羽一怔，心中的怒气稍退，虽然依旧冷面，眼里的凌厉之色却缓和了许多——对一个女人来说，不仅仅被人当成替身是种折辱，有人对自己求而不得，退而寻求自己的替代者，同样是折辱！

若说东应对她有心，令她悲伤痛苦却又暗里怜惜无奈；那么东应求她不得，找个与她相似的人相替，则是她无法容忍的屈辱及愤恨！

东应上前望着她，一字一句地说："姑姑，我纵然求而不得，也绝不可能寻个相似者来替代你！那是对你的折辱，也是对我的至诚之心的玷污！我怎么可能做出如此愚蠢的事来？"

他自登基以来，就从未再对她表露分毫心事，她还以为时日长久，他已经开始忘却当初的痴念，但此时再接触到他的目光，听到他急切的话语，她在久违的怅惘之外，心里又一痛，敛眉道："你不必再说了，我相信你。"

东应松了口气，道："姑姑……"

瑞羽摆手示意他住口，"陛下身为至尊，有史官时刻跟随记录起居，当谨言慎行，以免为人诟病。"

东应黯然，虽然明知答案，但今日经此触动仍忍不住再问了一句："难道我们……"

瑞羽不待他的话说完，立即沉声道："你这一生，当是人所景仰的英君明主，而我，会一直在你身后，做你的贤臣守将。除此之外，别的再莫多想！"

东应不再出声，目送她的身影远去。他木然的脸上，墨黑深沉的眼眸里风云变幻，波涛汹涌，最后归于平静，漠然转身，吩咐："传陈阁老清凉殿说话。"

第七十三章
帝师殒

那信使得冬天里竟一脑袋汗，连礼也不记得行了，就嚷了出来，"殿下，经离先生遇害！"

瑞羽将军事政务统统想了一遍，始终没有找到心绪不宁的根源，回到公主府后，秦望北见她坐立不安，也好生诧异，"殿下，你今天这是怎么了？"

瑞羽自嘲地一笑，"我若知道这是怎么了，也不至于此。"

秦望北接下她解开的披风，笑道："既然不明白，且先歇一歇静下心来细想便是。"

瑞羽揉揉额头，叹了口气，"只盼是我自己出了什么差错才好，如若不然，此次发生的事必是大凶之事。"

有秦望北在身边替她解忧，日子过得很快，转眼已经到了政事堂商议确定的迁都之日。天子和太后的銮驾起行，其后便是长公主的翟车，文武百官的辂车继后，队伍连绵数十里。

自东京沿着驰道回上都，一路畅通无阻，即便车驾缓缓徐行，也只要二十天就够了。

京都经历了连番动乱，原本近百万的人口几乎折损了大半，只有四十余万。东内原本富丽堂皇的内外两庭四宫二十七殿几乎尽毁于战火，显得非常萧索。

东内毁损不能用，而李太后离开后闲置不用且得以在战乱中保全的西内便重新启用。太后仍住了千秋殿，天子住在了太极殿，瑞羽住在了承庆殿。

故地重游，回想起这十年间的风霜雨雪，祖孙三人心中都有无限感慨。李太后将瑞羽和东应招来，祖孙三人不带侍从，沿着长长的甬道慢慢地从当年熟悉的宫殿群落里穿过。一时间也分不清究竟是喜是悲，竟是无人说话。

许久，三人绕了一圈，走到了万春殿。万春殿前一左一右有两棵古松，李太后伸手抚住古松斑驳的树皮，呆了呆，眼里突然垂下泪来。

瑞羽和东应知她必有所感，不敢多言，静静地等她。李太后擦了把眼泪，喃道："这株古松据说是本朝立国之时太祖所植，至今已经三百余年。当年我和端敬皇后在此树下捻土为香拜为姐妹时，我二十一岁，她十三岁。转眼之间，已经过了五十一年，我四次离开此地，又复归来。想来此地就是我命中注定的归天之所，所以我才会沉浮半世仍旧离不得它。"

瑞羽见她说得伤感，赶紧笑慰，"王母说的哪里话，这里应该是您的享福之地才对。您在这里有着无上的尊荣和不尽的富贵，天下女子哪个有您这样的福气？"

李太后哈哈一笑，摇头道："我年轻的时候啊，很想出人头地，为了获得现在所拥有的这些尊荣富贵，也做了不少不应做的事。可真得到了这些东西，却又觉得索然乏味。"

东应笑道："太婆现在身体康健正是享福的时候，今后的日子还长着呢，您要是觉得闷了，我替您搜寻一些稀罕物解闷就是。"

李太后摆手，轻叹，"天下方定，正宜与民休息，怎能为了供奉我一介老朽之身而往天下搜寻奇珍异宝？更何况我今年已经七十有二，日子所剩不多，修身养性一辈子，临到头为贪一时之欢毁了清名，岂不是前半辈子的苦心都白费了？"

她平息了情绪，转过身来看着跟在身后的东应和瑞羽，目光幽晦难明。

瑞羽和东应很少被她这样入骨三分地打量，意外至极，想不通究竟是为什么，互看一眼，想从对方那里得到些微提示，但目光相对，两人都茫然不知究竟，只能交换了个眼神作罢。

李太后将他们的眼色都看在眼里，心里叹了口气，道："我活到今日已是高寿，你们又已经成才，我这一生堪称无憾。只有一件事，我放心不下。"

瑞羽心中的不祥之兆越发明显，只是面上不敢表露，笑道："王母无缘无故地说这些话干什么，有您看着，什么事都妥妥当当的，还能有什么不放心的？"

"若我活着一日，看着你们，当然什么事都好说。可我活到现在这把年纪，还能活多久呢？世间谁人不死？你们也别拿虚话来宽我的心。"

李太后举手止住东应和瑞羽的劝慰，目光在他们身上转了两下，闭了闭眼，话到嘴边竟有些不知从何说起，好一会儿才道："五郎，你过来！"

东应看她的神色，知道她此时开口要说的事必然非同寻常，连忙应诺，问道："太婆有什么吩咐？"

李太后狠下心来，咬咬牙，道："我要你答应我，我死以后，无论发生了什么事，你都要尽心爱护阿汝，绝不伤她分毫！"

她这句话突如其来，东应和瑞羽两人猝不及防，齐变面色，瑞羽干笑道："王母何以突然说出这样的话来？小五和我……"

"这里没你的事，你住口！"李太后低斥一声，将她喝退，目光灼灼地逼视着东应，"五郎，你可愿答应我？"

东应回答："太婆，我爱护姑姑，便如爱护我自己的性命！"

"那你可能做到不伤她分毫？"

东应只觉得口舌发颤，分不清心里是惊惧还是心虚，好一会儿才强咽了口水，颤声道："太婆，我自然是愿意的，只是我不明白，怎样才算不伤她分毫？"

"哪怕她不能顺遂你所愿，哪怕她有一日令你不悦，哪怕她被你怨恨，只要她不危及你的权柄江山，你就不能对她使用任何手段，令她伤心难过。"

东应只觉得身上出了一层冷汗，好一会儿才勉强笑道："太婆，我答应你。"

李太后凌厉的目光在他脸上停留片刻，点了点头，道："好，你既然答应了，那就立个誓吧！"

世间不遵信诺的人不少，但立誓也敢不加遵守的人却没有几个。苍天茫茫，人类对其一无所知，自然对其畏惧惊疑，不敢太过相欺。纵使东应和瑞羽再胆大妄为，面对冥冥中似乎决定了世间万物运数的皇天后土，也不禁心有畏惧。

东应被逼着立誓，一时手足无措，竟不知应该如何反应。李太后却也不催逼他，反而转过身去，看着身边遒劲的老松，似乎在对他们说话，又似乎是在自言自语，轻喃道："人在年轻的时候，总想将自己喜欢的人掌握在手里，完全独占，为此不择手段，以为只有占有了，才是得偿所愿。却不知道人若是真正喜欢上另外一个人，便会以其喜为喜，以其忧为忧，不舍得她有丝毫痛苦和为难，一心一意对她好，盼她喜乐平安。"

瑞羽和东应听到她这番话，都惊得魂魄离体，面无血色，活似冬雷炸响，正劈中他们的脑袋，把他们整个人都炸得麻木了，根本不知应该做何反应。他们心里只有一个念头：他们这么辛苦地瞒了这么多年，不敢有丝毫泄露，没想到她早已看在了眼里！

虽然她没有清楚明白地将此事点穿，但话中透露出来的意思，他们又怎么听不出来？

几年来二人一直在她面前极力遮掩唯恐被她知晓的秘密，到今日突然得知她早已看在眼里，两人不由得又惊又惧又慌又愧，不约而同地跪了下去，却都不知要说什么话。

东应心头百感交集，心里隐约盼望李太后索性将话尽数说明白，免得他这般无着无落地难受。

偏偏李太后只将话说了一半就不再往下说了，对跪着的瑞羽视若无睹，却只对东应温声问道："你可是答应了？"

东应低下头去，对她起誓，"我此生必定爱护姑姑，不伤她分毫。如有违背，必遭天谴。"

李太后静静地看着他，好一会儿才伸手抚了抚他的头，将他扶了起来，轻喃，"五郎，你莫怪太婆心狠，对你诸多约束，对阿汝却宠爱纵容。实在是世间女子与男儿不同，女子重情过于重业，这如画江山、滔天权势，阿汝可以为了你毫无留恋地说放弃就放弃了；但男儿重业过于重情，自古以来皆是江山为重，情义为轻，阿汝能为你做到的事，你却未必能为她做到。我不能强求你用对待江山社稷那样的心去爱护阿汝，但我希望你至少能够做到不伤害于她。"

她对瑞羽和东应二人之间的冤孽，实在无计可施，虽然仍旧放心不下，但这两人都已非当年在她膝下相依的小儿女，她真正能管的只是他们愿意让她管的事而已。其余的事，她纵是想管也管不了。今日逼着东应立这个誓究竟能管多少用处，她自己也不清楚，只是稍慰苦心罢了。

瑞羽和东应各有所思，默然跟在李太后身边，转回千秋殿。正待传膳一起用晚饭，谒者慌慌张张地跑了进来，远远地通报，"娘娘，陛下，殿下，外朝军情司传回千里鸿翎急报，正在门外候宣！"

鸿翎急报是军情司传递消息的速度衡量，普通快信一日四百里传递，加急六百里或八百里，至于这千里急报是由军情司所驯养的飞鹰传递的，十年里用过的次数五个手指都数得过来，每次千里急报必是惊天动地的大事。

只不过如今天下一统，剩下的都是温暾的治国功夫，这千里急报突然运用，不由得让人吃惊。瑞羽和东应对视一眼，都不知究竟，连忙传那信使进来，问道："究竟何事如此急切？"

那信使急得冬天里竟一脑袋汗，连礼也不记得行了，就嚷了出来，"殿下，经离先生遇害！"

瑞羽耳朵里嗡的一声响，几乎以为自己听错了，身边却突然听到东应急促的声音，"太婆，你怎么了？"

瑞羽茫然地转头一看，只见李太后满面煞白，嘴唇直打哆嗦，好一会儿才缓过气来，问道："你刚才说什么？我耳朵老朽，没听清楚！"

那信使跪在地上，泣声回答："经离先生在兰州遇害！"

瑞羽强作镇定，摇头道："这不可能，老师好好地回凤州故乡祭祖，怎么会跑到兰州去？何况老师身怀武艺，又有精锐武卫随行，谁敢冒犯他？定是消息有误。你即刻转回军情司，让西陇道将详情探来！"

昭靖二年冬十月，天大雪，太师郑怀往兰州灵官镇访友，遇西寇东来叩关，掠当地财帛子女。为护故友家眷，郑怀身份败露，西寇驱兵十万，将灵官镇团团围住，意欲生擒，郑怀战死。

瑞羽此时才知道，原来她这段时间的警兆，竟是应在于她而言亦师亦父亦友的郑怀身上！

消息传出，军方震动。郑怀这些年主持军情司，掌管公主幕府，虽然在士林中为人诟病，毁誉参半，但在军中威信极高。且他为瑞羽启蒙，扶持她长大成人，一步一步走到今日，弥补了她缺少男性亲长的缺憾。他殒身遭难，连遗体也不能复得，瑞羽以弟子身份执礼服孝，望西遥拜，准备复仇伐罪。

公主府备战的条陈转到政事堂，八位宰相中倒有三位脸色有异，韦宣劝谏道："殿下，今天下方定，正宜与民休息，怎能以私仇之故妄动干戈？"

瑞羽冷笑一声，反问道："韦相公以为予仅是因为私仇而兴兵吗？西寇乃是我朝世仇，他们无故进入兰州，难道就只是为了我师一人吗？"

西寇突然东来，当然不可能是为了郑怀一人，而是有意东下劫掠，巧遇郑怀，识破了他的身份，想将他俘获驱用。

韦宣也知瑞羽所言有理，但此时天下初定，国府空虚，粮草不丰，真的不足以支撑一场大战，如果强行自民间敛财作战，难免大伤国本。他左思右想略微迟疑地道："西寇劫掠是为了钱财，莫如许之金帛，仿前朝故例以公主下嫁结两姓之好，暂缓战事，待到国力鼎盛之时再谋出关？"

自汉以来，以公主和亲避战已是惯例，韦宣此议也不失为谋国之言，只是选的时机不对——唐氏宗室在京都的近支已被诸世家篡位之时屠戮一空，至于在外幸存的远支却是难以辨识真伪，整个朝廷中名义上未嫁的公主就只有瑞羽一个。他这时候提议以公主下降，难道是要瑞羽去和亲吗？

东应面皮紧绷，厉声道："韦卿莫再说了！汉家青史上计拙是和亲，朕在一日，朕的姑姊女侄永不和亲！"

韦宣还要再劝，东应又冷笑一声，道："何况这几年天气有异，一年比一年冷。前年暴风雪以致神州腹地三边告急，去年同样雪大天寒，边祸不大想必是西寇前年劫掠的财帛所余足以支持。倘若今年之后，天气仍旧如此寒冷，纵然我们想和亲偷安，西寇也不可能善罢甘休！"

韦宣默然，想了想，道："陛下所言有理，然而西寇与我朝对峙百年，实力雄厚，非北蛮可比。我朝自明皇帝之后，对敌作战就只能据城而守。若想越境为太师复仇，则兵甲粮草实在难以支持，且胜负难测。"

东应沉吟片刻才道："我朝后期对西寇作战只能守不能攻的原因有三，一是国家承平，将士怠于安逸，没有斗志；二是地方藩镇各自为政，不肯与朝廷同心协力，内耗严重；最后一个原因才是国力衰退，支持不起越境作战。"

韦宣叹了口气，道："陛下，无论如何，臣不赞成今年就越境出战。臣以为，至少也要在各地的百姓安下心来耕种务农之后才开始作战，以免人心惶惶，被别有居心者利用。"他顿了顿，又道，"陛下，这大好河山得之不易，其中有多少艰辛，想必不需臣多做提醒您也不会忘记。切不可因为一时之气犯下大错，使千秋功业又入险途。"

他说的话虽然拂逆了瑞羽和东应，却是老成之言。瑞羽和东应俱是无言，良久，瑞羽方道："西疆大营初设，老师又遭此大难，军务必有不畅之处。如今西寇东侵，我欲亲自前往凤翔督战。"

西寇实力比已经臣服了近二百年的北蛮强横，危险极大。天下未平之时，她以长公主身份率军征战是无可奈何，如今天下已经平定，仅是防守御寇，东应便不愿她再亲身而出，推搪道："太婆早有令谕不许姑姑轻易领兵离都，今年要一起过冬至。姑姑若是定要前往西疆大营，不妨先去问问太婆。"

李太后一直因为瑞羽与她聚少离多而心中不悦，每次听到她要出征都不高兴，只是迫于形势不能阻拦。此次瑞羽准备亲赴西疆，本来以为李太后必会阻拦，不料她握着手里的佛珠慢慢地拨了个圈，却道："经离先生名分上虽然只是你的老师，但情分不弱于至亲。他有此劫，你自应当尽力为他复仇，去吧，只是要留心安全。"

　　瑞羽一怔，抬头看到李太后的脸因为旧病而苍白浮着蜡色，原本只是掺杂着银丝的鬓角此时已经一片枯涩的白色，仿佛这短短的十几天里就已经又老了十几年，连眼里的生机都枯萎了许多。刹那间，她心头突有所悟，轻声应诺。

　　这一场战争连绵三年，惨烈异常。大将军薛安之、抚军将军柳望、征东将军黑齿珍及大小五十余名校尉以上的将领战死，三十万翔鸾武卫和七万东胡骑兵得以返乡的只有五万余人，连瑞羽也负了一次重伤，险死还生。

　　但这一战，西寇王庭的左右二相及其所率精锐二十四万人也尽数被歼，在他们杀害郑怀的官灵镇外，用西寇的遗骸筑成的京观高达一丈，长达两里。当地各部族观之心惊胆战，恐惧不敢附逆。

　　瑞羽一身负尽凶名，此战之后又亲自率领六万精骑深入西寇王庭所在，就粮于敌，马踏连营，破其护庭八部。西寇王虽未擒获，却狼狈西逃，远逸千里。此后西寇王庭再无力量维系原本的威严，迅速衰败。各部落纷争不断，彼此攻伐不休，此后的二十年间闻翔鸾武卫之名而色变，不敢东顾。

　　翔鸾武卫尽复唐氏繁盛之时的西湟故地，重立安西都护府。

瑞羽接过信打开一看，信上是用朱砂写着的短短一句话，"太婆病危，速归！"

阳春三月，军情司一纸千里鸿翎急报传到西关，递入公主府。但这一天，瑞羽不在公主府内，已经在公主府内确立了身份的秦望北收到急报，看看信封上的字迹和粘着的点朱翎毛，微微皱眉。

他这些年在公主府中虽然不插手军务，但他离瑞羽太近，还是有许多事堆到他面前来。政事堂阁臣和军情司堂官的笔迹，他都认得——但他最熟识的笔迹，却非当今天子的莫属。

眼前这封信，正是天子的亲笔手迹。

九五之尊，身边随时都有舍人文书侍应，不是重大之事根本不劳他自己动手写字。这封信，究竟有何等要事？

"青桔，备马！"

他想了一圈不得要领，便召唤侍人备马，直奔关城西门。巍然屹立的高大城头上，瑞羽一身素白襦裙静伫凝立，望着关外苍茫的大地，腰身依旧挺立如竹，只是背影中有一股深沉的寂寥与苍凉。

在这西北的辽阔大地上，她的亦师亦父亦友的老师死了，扶持她二十几年的老臣薛安之死了，追随她十几年的柳望也死了，还有数十万忠心耿耿追随于她的翔鸾武卫将士也葬身于此。

再深的哀悼，再多的荣耀，他们也看不到了。

他年史册记载，这些人定只是史官笔下一句话就带过去的字迹，但在她的心中，却是活生生的人，是她的师长，是她的故友，是她的手足，也是她的臣属。她将他们带出西关，却没有将他们带回来。

在她已经过去的生命里，戎马生涯占据了其中的一半，他们也占据了她生命中最重要的部分。失去他们，她也不再统兵征战，她感觉自己的生命似乎荒芜了许多。

秦望北在城关口下马，拾级而上，唤了一声："殿下！"

瑞羽回过头来，脸上的茫然之色未褪，看到了他却又似乎没有将他看进眼里，问道："什么事？"

秦望北与她空茫的目光相触，突然觉得眼前人虽然与他朝夕相处，熟悉至极，但在她心灵最深处的地方，他却始终无法贴近，也无法理解，更不能与她同心共鸣，这让他从心底感觉到惊慌，一时竟不敢近前。

瑞羽看到他眼里的惊慌之色，怔了怔，问道："中原，连你也怕了我吗？"

秦望北倏然醒悟，快步走上前来，轻叹一声，道："你这样子，竟似乎要离我远去，我怎能不怕？"

他知道瑞羽日常百事缠身，应对繁杂事务很是疲累，故此在她面前说话做事都尽量简省明白，也好让她过得轻松一些，此时直抒心怀，果然让她怔了怔，随即愁绪消散，淡淡一笑，"你这是什么话。"

秦望北走到她身边，挽住她的手，轻声道："殿下，瓦罐不离井上破，将军难免阵上亡。三军将士虽然是随你一起出征的，但不是为你而出征。他们西出阳关，是为了保家卫国，是为了博取功名。会遇到什么样的结局，他们每个人都心中有数。你在领他们作战之时尽己所能，抚恤他们的遗属竭尽全力，因而并不亏心，祭拜哀悼也罢了，这样时刻为难自己却是不必。"

"中原，你说的这些我何尝不明白？只是我翔鸾武卫建军之初，最重的事就是袍泽之谊，这些士卒与我身份虽有不同，但我对他们托以手足情分，如何能够做到不伤不恸？"

瑞羽长叹一声，心念微动，突然转头望着他，幽然道："中原，此战之后，我不只在西域凶名远播，就连在军中也多有别样议论，你当真不怕我吗？"

秦望北万万没有想到她竟会问出这样一句话来，错愕之余又觉得欢喜，忍不住捏了捏她的手心，嗔怪道："傻话，你是我的妻子，就算真是凶神恶煞也还是我的妻子。何况你不但不是凶神恶煞，还非常美丽温柔。"

瑞羽被他的话逗得一笑，抿嘴道："你说我美丽也罢，温柔就不必了。"

"不同的女子有不同的温柔。只要你我相知以守，何必去管别人的看法呢？"

秦望北笑了一下，想到如今三边平定，大业已成，瑞羽答应与他归隐海外的期限近在眼前，心情大悦，思绪飞扬，道："此战之后，天下太平，我随你一起返回京都。若能得太后娘娘认可，我就陪你一起奉养她老人家的天年。"

瑞羽心知秦望北之于她其实有许多委曲求全之处，心中微酸，轻声问："中原，这么多年来你真的不怪我吗？如果你觉得不堪忍受，可以放手，我不会妄求。"

"殿下，我真的不怪你。"秦望北潇洒一笑，悠然道，"最初的两年里我也曾经恼怒过，只是恼着恼着便习惯了，也就不以为恼了。"

瑞羽忍俊不禁，过得片刻秦望北才想起身上带着的急信，连忙取出来递给她，"这是用军情司的千里鸿翎急报送过来的，不知有什么事。"

瑞羽接过信打开一看，信上是用朱砂写着的短短一句话，"太婆病危，速归！"

李太后自郑怀死后便缠绵病榻，只不过她的病虽然时好时坏，有太医署的国手们细心照料，却也一直没有大碍。像今日这样由千里鸿翎急报病危的事，是首次出现。

瑞羽见信心一沉，只觉得那六个朱砂写就的字仿佛凶兽正噬面而来，惊得她愣了一愣才反应过来，一个箭步掠下城头，骑上秦望北的坐骑，就想驾马回京。

那封信的内容简短，字体又大，秦望北也一眼看到了究竟，见她情急要走，大惊失色，连忙叫道："殿下且慢！你行囊未备，侍从未定，怎能就走？我陪你一起去！"

"我此去京都定然快马疾行，日夜不停。你不是军人，走不了这种急行军的路程。且如今公主府的东归事宜还有许多没有安排妥当的，也要有人主持，你先留在这里吧。"

瑞羽心急如焚，连声喝令青红给她准备行囊，又点了几名随从，挥鞭纵马直奔京都，毫不爱惜马力，沿途在各驿站换马而行，日夜不停，不眠不休。从西疆到京都万里之遥，她竟只用了五夜四天，就看到了帝阙高耸的楼阁。

禁宫的戍守卫士已经由最初的翔鸾武卫换成了天子亲卫龙骧卫，并不认识她，见她一骑飞驰而来，直奔宫门，只当有人闯宫，连忙喝道："来人止步，宫阙禁地不得擅闯，否则格杀勿论！"

瑞羽平日出行自有亲卫开道，今日只因她行程太快，一干亲卫都落后于她，无人替她开道，才被人当面拦住去路。她连日奔波，又心焦李太后的病情，也懒得再等亲卫来说明身份，信手将腰间所佩的朱绶金印的长公主玺抛过去，喝道："开门！"

守门的卫士验过印玺，大吃一惊，眼前的女子削肩纤腰，素衣流纨，丽姿殊绝，这一路飞驰而来，虽然青丝披散，但身上不染点尘，哪里有半分凶煞之气，怎么也不能让人相信她就是名震边疆三军景仰的掌军公主。

他们心中怀疑，明明拿着印玺却犹豫不决，不知她是真是假，一面开门一面偷眼打量她，踌躇着想让开又不怎么敢。瑞羽见他们磨磨蹭蹭，不禁皱眉问："还不让开？"

她近年因为修习的武功境界又有进益，惯于和光同尘，等闲不露锋芒。此时一怒轻喝，气势磅礴，威风凛冽，守门的禁卫何曾想过这么一个娇弱女子一怒之威竟至于斯，冷不防吓得呆立当地，全身如坠冰窟，完全不知应该做何反应。

瑞羽所率部下尽是从枪林箭雨中闯出来的勇士，就算惧怕她的威严，该干什么还是会干什么，绝不会窝囊至此。这伙宫门卫士尽职守门拦着她不让进也还罢了，这一吓就痴呆的样子她却是半分儿也瞧不上，冷哼一声，一提缰绳，驭马从他们中穿插而过，直奔千秋殿。

千秋殿上下的宫人内侍都面有愁容，出入之间不闻一声异响，瑞羽飞身下马，三步并作两步掠上殿门，正遇到东应自内室走出来。两人打了个照面，都愣了一下。

"你这么快就回来了？"

"王母近况如何？"

两人同时出声，却是谁也没听清对方说了什么，不过两人自幼相处相知，只看情态也知对方是在问什么。

东应顿了顿，轻声道："太医说太婆神气枯竭，心态却极平和，这些天一直都在昏睡，少有清醒的时候……我刚才给她喂药时，她醒了一会儿，现在又睡着了。"

瑞羽点点头，蹑手蹑脚地走进内室。李浑正在内室收拾刚才给太后喂药的用具，见她进来，大喜过望，却又不禁满眼浊泪，对她鞠躬行了个礼，也不多话，就替她把太后床上垂着的冰绡薄帐挽了起来。

瑞羽一眼望过去，只见李太后面颊枯瘦深陷，不见丝毫血色，苍白中透着一股青气，头发稀稀落落地脱了许多，只是嘴唇略微上翘，竟似乎做了什么好梦。瑞羽在她身边坐下，搓热双手探入被中，轻轻地抚上她枯瘦的身躯，按上她身上的穴道，缓缓运劲替她活泛微弱得几近死寂的血脉。

她这番举动虽然吃力，李太后身上淤滞不通的气血却被引动，恢复了两丝生机，脸上也渐渐浮上了一丝血色。

东应和室内一干侍从静静地看着她施为，谁也没有出声，李太后却似乎有所感应，眼皮下的眼珠动了动，呻吟一声，唤道："阿汝——"

瑞羽惊喜不已，收回双手，连声应了，"王母，我在，你有什么吩咐？"

李太后猛然睁开眼睛，一眼看到瑞羽果真坐在床头，大喜之下，居然一个翻身坐了起来，笑道："阿汝，我才做梦梦到你，你果然就回来了。"

瑞羽心中伤感，面上却笑意盈盈，"就是因为王母想我，所以我就回来了啊！"

"就你嘴甜。"

李太后笑了一声，在她的扶持下靠着迎枕坐了，一转眼看到东应也在旁边，连拍了拍床沿，笑道："五郎，你贵为天子，政务繁杂，还要来照顾我这老太婆吃饭用药，辛苦得很，就别站着了，过来和阿汝坐一块儿，咱们一家三口还似你们小时候一样坐着亲亲热热地说说话。"

东应答应着，果然就在床沿上挨着瑞羽坐下，笑问："太婆，我刚才叫人做了您爱吃的山药粥，要不要传来用一点？"

李太后已经卧床大半月没有起身，几乎是拿了汤药当饭吃，往日昏睡不醒也不觉得饿，但此时气血被瑞羽激活，又因为她回来而高兴，听到东应的话，竟觉得嘴馋，连忙道："快端上来……阿汝，五郎，你们想来也还没有用膳，摆来和我一起吃吧。不必拘荤素，你们吃什么摆上来就是。"

她吃素大半辈子，此时也知大限将至，所以不愿再为了这些规矩而减少与孙女相聚的时间。有瑞羽和东应在下首陪着，她这顿饭吃得特别香甜，一边吃一边还记得让侍从侍奉瑞羽多吃点儿，看看她身上的衣裳，心疼地说："阿汝，你怎么穿这么一身儿，这宝相花托宝瓶的提花底纹都已经是前年时兴的样式了，还洗得都乱了纹路。五郎，难道国府现在困顿得连阿汝的四时衣裳都供应不上了？"

东应正待说话，瑞羽已经笑道："王母，这不关小五的事，是我把衣裳都卖给关外的胡商了。胡商好虚荣，听闻是天朝公主所穿的衣裳，愿出常价的三倍购买。我便用几箱衣裳跟他们换了他们在西域行走的路线图，在与西寇的大战中起了极大的作用呢。"

李太后愕然，东应的脸色却沉了下来，想到自己百忙之余还着意令人精制的衣裳，她居然丝毫没有放在心上，喉头就哽着一口气，差点憋死，当着李太后的面又不能发作，忍得好不辛苦。

李太后瞥见他的神色，却只作不知，对瑞羽嗔笑道："你这孩子，我这话才略略挨着五郎，你就急着给他撇清，难道我会生气吃了他？"

东应虽然恼怒她糟蹋了他一番心意，但经李太后提醒也想起了她对自己的维护，怒气稍平。

李太后说了瑞羽一句，又道："五郎如今已经二十五岁，贵为一国之君，偏你还口口声声'小'字不离嘴，成什么样子？以后可不能再这样称呼了，要么照排行叫五郎，要么就呼陛下。"

瑞羽和东应虽然情事不协，但彼此无忌的心理并没有改变多少，因而瑞羽几年来虽然在人前对他礼敬，私下却仍然没有将他当成高高在上的君王，偶尔提及他还是惯用旧称。

东应见李太后话带警义，连忙道："太婆，姑姑又不是别人，她爱怎么称呼就怎么称呼。"

李太后坚持道："那不行，你虽然不在意，但那些台阁谏臣个个吃饱了瞪着眼抓别人的破绽，把人往死里治。阿汝性直，如果不事先警醒，日后让台臣咬着不放，岂不是要吃大亏？"

瑞羽心知这是太后的金玉良言，凛然道："王母放心，我记住了。"

祖孙三人说了半晌话，李太后渐渐地倦意上涌，不知不觉靠在圈椅背靠上又睡着了。瑞羽轻手轻脚地将她抱起，放回床上，给她盖好被子。东应跟在她身后，松开床头的金钩，放下冰绡帐，这才与她一起退出内室。

两人站在千秋殿外，同时开口，"你……""你……"而后两人又同时住口，都知道对方是想问别后的生活，但此时见对方安然无事地站在面前，目光交会间既亲近又猜忌，想要直问又复犹疑，方寸间千头万绪缠成一团乱麻，理之不清，故而谁也没再问出声了。

过了片刻，还是瑞羽先道："陛下，政事堂下午议事，多半都会未时前来奏请圣裁，你也该回去了。"

东应点头，道："你连日奔波劳累也辛苦了，先休息吧。我晚间再来探望太婆。"

瑞羽奔波数千里不曾休息，全仗着一口真气支持，没有提醒也还罢了，经他一提醒便觉得疲惫至极，忍不住掩嘴打了个大大的哈欠，眼带蒙眬之色地答应了。

东应看到她于疲惫中不自觉流露出来的妍姿艳质，心头一跳，赶紧转头不敢细看，但心情一下开阔起来，连因为李太后病重而生出的伤感也被冲淡了。想到天下承平，她再也不必外出征战，会留在京都，只要太后安在，她就将住在宫里，自己什么时候想见她，转过身就能看见。于是心生欢喜，连脚步也轻快了许多，一种久违的飞扬喜悦萦绕心头。

刚刚走到太极殿，已经升任龙骧将军的刘春便迎了上来，俯身行礼。

东应心情极好，笑问："卿有何事？"

刘春连忙将手中的印玺奉上，道："这是长公主殿下的印玺，但适才臣前往千秋殿求见归还时，殿中忙碌无暇放臣入见。可长公主印玺关系重大，臣不敢私留在手，故此斗胆来缴还陛下。"

东应好生诧异，问道："这玺怎么会在你这里？"

"长公主殿下回宫时没有持令的亲卫随行，便把印玺解下来叩门了。因殿下赶得急，宫门卫士追赶不上，便把这印玺交给了臣。"

东应将印玺拿在手里，看着上面的朱红印迹，微微眯了眯眼，油然生出一种天命所定的释然，沉思片刻，欢畅地笑了起来。

第七十五章
太后崩

李太后制止她唤人，柔声道："阿汝，莫叫别人！在这最后的时刻，就让我们祖孙俩好好地待着，说说话。"

瑞羽累得全身发软，就在千秋殿的暖阁里沉沉地睡了一个下午，直到入夜掌灯才醒过来，睁开眼睛，便见东应手执书卷坐在窗边看书。

她微微一愕，时刻留意着她的东应已经发现她醒了，放下书卷一面吩咐乔狸传香汤侍候她沐浴更衣，一面道："太婆也该醒了，我先去看看。"

瑞羽只怕他会再对自己说什么尴尬的话，见他毫不啰唆地离开，放心之余隐约又觉得怅然若失。

李太后果然已经醒了，只等他们一起过来用晚膳，食毕吩咐瑞羽，"阿汝，你就在千秋殿陪我一起住吧，别回承庆殿了。五郎，你有空也多来陪陪我。"

她养育二人二十几年，从来都是鼓励他们独立坚强，再多不舍也支持着他们面对风雨。到今日却突然如此留恋儿孙绕膝的安乐，瑞羽和东应心知她这是自觉大限将至，想与他们多聚，心中酸楚，面上却带笑答应。

瑞羽自从在千秋殿住下，每日便以内劲为李太后舒活筋络，推拿气血。这等手法极耗体力，劳损神思。李太后不忍她如此辛苦，本想推辞不受，转念却又想到这是她的一片孝心，如果坚持不受，日后她回想起来只怕会内疚难安，便坦然受之。

而东应每日处理了政务之后也会尽快赶到千秋殿，若是李太后醒着，就陪她说一些趣事逗她开怀；若李太后昏睡，他便坐在暖阁里看书写字。

李太后昏睡的时间越来越长，无论瑞羽如何用心给李太后调理气血，太医署的大夫怎样给李太后用药，最多只能让她在清醒的时候精神旺健一些，却不能让她已经枯萎的机体重新恢复活力。

李太后的天年大限到了，这一点不独大家心知肚明，就是李太后自己也早已看得通透。只是大家都不愿让李太后临走之前还被琐事弄得不得安乐，故此强颜欢笑，尽力奉承。

祖孙三人长慈孙孝，融乐相聚，转眼已经到了清明时分。李太后又一次陷入长久的昏睡，太医署的国手和瑞羽都用尽了手段仍没有将她唤醒，直至第五天黄昏，她才幽幽醒转。

瑞羽已经在她床前守了许久，一眼看见她终于醒来，喜极而泣，又连忙抹去眼泪，笑问："王母，你醒了？要不要坐起来吃点东西？"

李太后有一瞬间的迷茫，愣了愣才有些吃力地扶着她的手坐起来，道："口渴得很。"

李浑连忙奉上蜜水，一勺一勺地喂给她喝，但她这时候全身无力，连吞咽也困难，一碗蜜水喝了一半洒了一半，她却半点也没发觉。喝过蜜水，她喘了口气，微微闭了闭眼，精神好了许多，挣了挣身体，道："阿汝，外面夕阳正好，你陪我去万春殿的牡丹园散散心。"

瑞羽连忙答应了，与李浑等人七手八脚地给她披衣绾发，又披上厚厚的貂裘，才亲自将她抱上肩舆，陪她一起沿着千秋殿左侧的青石小径往牡丹园走去。

牡丹园里繁花似锦，蜂舞蝶忙，正是牡丹开得最艳的时分，园子里白色的"夜光白"、红色的"火炼金丹"、绿色的"豆绿"、蓝色的"蓝田玉"、紫色的"首案红"、花色奇特的"二乔"等等开得热烈簇锦，浓香扑鼻。

李太后眯着眼睛看着，啧啧称赞，笑道："阿汝，你看这花，开得多好！"

瑞羽笑应，"是啊，这都是王母照看得好。刚还都的那几年，这园子都荒着，哪有这般繁华景象？"

李太后嗅着花香，突然道："阿汝，扶我下来，自己走走！"

瑞羽连忙劝阻，她却不听，执意要下来自己走，又斥退侍从，只扶着瑞羽一人的手，慢慢地往前走。

她已经卧床多日，刚才连喝水都没有力气，这时候走动起来却脚步轻快，脸上丝毫不见勉强之色，瑞羽扶着她走动，自然清楚她现在这种情况是身体里的最后一点精力也爆发出来了，不由得心急如焚，却又阻止不得，只能暗里给她输送真气。

李太后走了百来步，突见前面的枝头上一朵红色的牡丹花开得特别精神，不禁伸手将它摘了下来，笑道："这花开得倒是鲜活……阿汝，你把头低下来，我替你把这花簪上。"

瑞羽依言低头，让她往自己发上簪花。李太后先替她把花簪在鬓边，看了看不满意，笑道："这花还是要簪在正中好看些。"

说罢将花摘下，想替她重新簪过，不料她这时候胸中一口精气将竭，原本轻飘飘的花枝拿在手上，竟是重逾泰山，指尖发颤，再也拿之不住，手放在瑞羽头上，那朵大红的重瓣牡丹却自她掌中滑落，坠入尘埃。

瑞羽一觉有异，立即伸手将李太后虚软的身体环住，惊慌叫道："王母！"

李太后清醒时她是喜极而泣，这时候察觉她精力枯竭，她却是悲伤难抑，眼泪再也忍耐不住了。

李太后全身无力地倒在瑞羽怀里，一丝力气也没有了，心头却是清明异常，微微一笑，反过来开导瑞羽，温声道："痴儿，你哭什么？王母老了，早晚会有这么一天的。何况我现在心无所憾，安乐喜悦，并不觉得死亡可惧。"

瑞羽心痛如绞，泣声道："您不怕，可我怕得很！"

李太后制止她唤人，柔声道："阿汝，莫叫别人！在这最后的时刻，就让我们祖孙俩好好地待着，说说话。"

瑞羽抱着她，感觉她的生命气息在飞速地流逝，无论自己怎样运劲催动，都不能挽留分毫，不禁泪如雨下，哽咽道："王母，老师没有了，薛公也没有了，那些看着我长大的长者一个一个地离去，若是您也去了，就再也没有人能够在我伤心的时候安慰我，在我害怕的时候抚慰我。王母，我需要您爱我，让我不惧怕任何风雨霜雪。您要好起来，陪着我，也让我有机会报答您的恩情。"

李太后颤抖着抓住她的手，轻轻地说："傻孩子，我养育你，是因为我爱你，并不强求你报答。可是王母再爱你，终不可能陪你一生，在这世间，能够爱你、安慰你、抚抱你的人，只有你将来的夫婿。他会与你誓约生死福祸，和你彼此护持着，一起终老。"

瑞羽呜咽摇头，哭道："王母，那是不同的！不同的！"

有长辈在后面守着，无论做什么事，小辈都会觉得心有顾忌，但同时也会心有归依，做任何事都会有一份倚仗，觉得大不了我就退回家去，躲在长辈的羽翼之下。

瑞羽虽然自幼独立好强，从来没有以为李太后有足够的能力庇佑自己，但这种心理上的依靠却仍旧存在。只要想到没有了她，从此以后这天地虽大，却再也没有一个人可以不管自己是对是错、是善是恶，都庇佑着自己，永远不会厌恶、不会嫌弃时，便惶恐惧怕，心如刀割。

李太后抖抖簌簌地想替她抹去脸上的泪水，却没有力气，不禁摇头，轻嗔道："阿汝，你是最懂事的，快别哭了！你这样哭，会让王母走得不安心的。"

瑞羽何尝不知自己应该忍痛含伤，好让她安心离去，然而眼看至亲至爱者就在眼前生机渐绝，目送她离开，又有谁能理智克制，做到悲伤不外流？

"您若不安心，就不要走……王母，您稍微等我一下，等我的武功练到至真之道，就能替人驱逐百病，令您长寿无碍。"

李太后闻言一笑，弱声道："傻孩子，生死由命，哪里有命到尽头还能再等一等的？我在人间已经是高寿了，还想再偷天之幸，不免贪心不足。"

她说着突然觉得一阵恍惚，眼前似乎有少年时期经历过的人和事重新浮现，那些蒙尘的记忆此时此刻变得鲜活无比，令她怅惘又微觉喜悦，长长地叹息，"这世间如此寂寞，早在三年前我就已经不想再活了，只是仇还未报……"

瑞羽心头一震，蓦然明白——原来早在三年前，李太后就只记挂着郑怀遇害的大仇，如今西寇大败，大仇得报，她的心愿已了，难怪会觉得生死无碍。

李太后的心跳一下比一下迟缓，呼吸也沉涩无比，眼睛渐渐地合拢，仿佛下一个瞬间就将彻底离开。瑞羽惊慌地将真气往她身体里送，急切地呼唤："王母……王母……"

好一会儿，李太后的心跳又强了一些，似乎是突然记起了什么事，勉强地睁开眼睛，声音微弱地唤道："阿汝，你过来！"

瑞羽抹了把泪，连忙应道："王母，我在这里，就在这里！"

李太后浑浊的目光盯着她，提尽全身力气，勉强道："这些年来，五郎一直在我身边侍候。我看着他的行止，他确实对你一片真心……阿汝，我想问问你，你对他呢？可也有别异于姑侄之义的感情在内？"

瑞羽万万没有想到李太后在这种时刻，记在心里的竟是这样的一件事，顿时呆了，心乱如麻，却是无话相答，怔然唤了一声："王母！"

她的声音里有着嗔怪微恼，还有一种不敢犯戒的警惧，李太后听在耳里，轻轻地一笑，道："罢罢罢，这事我本不该问……"

瑞羽怕她临到头还多心恼怒，连忙道："王母，不是您不该问……而是……我和小五是姑侄啊！我们是血缘至亲，怎么能……怎么能……"

李太后重重地喘了几口气，缓缓地摇头，声音几近微弱不可闻，"阿汝，你和他没有……血缘……若是这个原因，不必……顾忌……你本不是……唐氏……血……脉……"

她的声音低微，但传入专心倾听的瑞羽耳中，却如晴天里突然在耳边炸响了一个霹雳，震得她呆在当地，脑中却突然灵光一闪，失声惊问："那我是谁的……我……难道……老师？"

"不是经离，另有……祖辈的事，你不知道的……不必细究……"

李太后吃力地拉着她的手，强自出声道："我在妆台下有遗诏……若你……愿与五郎……可用它……正名……若不愿……则毁之……"

瑞羽这一刻已经分不清自己究竟是震惊多还是恐惧多，茫然不知所措，怔怔地抱着李太后，喃喃地低喊："王母……这不是……这……王母……我……"

李太后勾了勾唇角，却连笑也笑不出来了，眼前黑暗袭来，却突见黑暗未能掩盖的亮光里，东应焦急的面庞映了进来，急切地靠近了她，连声呼唤："太婆！太婆！"

李太后用尽最后一丝力气，微微抬手，抓住他，缓慢地说："五郎……小时候……我对你关心……不够……你莫怪我……"

东应双目含泪地回应，"太婆，我不怪您，没有您我早死了，您已经尽力了……"

李太后释然，嘴角浮起一丝欣慰的笑容，喃道："我一生……没有嫡亲……子女……但养育……你们……成才……却也没……辜负竞华妹妹……和唐氏……"

她想起了她少年时那些美好的、悲凉的、快乐的、伤感的种种往事，仿佛看到那些故人都在黑暗里向她招手。她心想：我比你们多活了这么多年，也在尘世间多累了这么多年了，现在就随你们一起去吧！

她叹息着，只是到底对手里还牵着的两个小儿女有些放心不下，还想再看看他们，再对他们吩咐两句。

然而她眼前的黑暗越来越浓，已经看不清他们的脸，只能靠着手里还残余的些微感觉，紧紧地将他们的手拉着，放在一起，喃喃地说："你们要……相亲相爱……长命百岁……"

瑞羽和东应连连点头，连声应着，"我们会的，我们会的……"

"那就好……好……"

她的声音越来越低，终于全身软倒在瑞羽和东应怀里，静静地睡了过去。

第七十六章
暗流急

东应初时好笑，旋即一惊，连忙伸手去探她的额温，触手之处一片滚烫，她居然是生病了。

太后山陵崩，主管礼部的宰相刘吉和宗正卿唐拓一同主持太后丧礼，检视千秋殿里太后日常所用的器具珍玩、首饰衣裳，准备给太后殉葬。

以李太后的身份，将她日常所用的器具珍玩、首饰衣裳拿去殉葬理所当然，反而是犹如李太后的影子一般的常侍李浑出声反对，"娘娘早有吩咐，道是如今天下穷困，她所用器具珍玩首饰用以殉葬太过奢靡浪费，不可行。"

刘吉和唐拓错愕地问："娘娘难道生前安排过了后事？"

李浑点头道："娘娘下令，将她近年积蓄的钱财布帛、土地庄园皆赠与陛下；而她所用的器具珍玩、首饰商铺都赠与公主殿下。至于千秋殿上下的宫人内侍，愿出宫者，由长公主加倍给资放其出宫；不愿出宫者，则由陛下选用安置。"

刘吉和唐拓听到李太后的遗命安排得妥当，面面相觑，踌躇道："娘娘为天下至尊，礼不可废，总不能当真无物殉葬，这可怎生是好？"

李浑道："娘娘顾虑及此曾有吩咐，若是廷议认为不能免殉葬之物，可以用竹篾纸张糊成她惯用的器具珍玩，取个意思便罢。"

李太后生前不爱过问政事，但极好敛财，曾自出本金令中府侍人出面在京都市井间广开门路行商作贾。太后之尊却操此贱役，自然被清流谏官所非议。可她如此好财，安排的后事却明达通透，对比之下怎不让人惊叹盛赞？

刘吉以前也对李太后颇有微词，此时却不禁惭愧惶然，讷讷道："此事关系重大，须得奏请圣裁。"

东应对这事也十分意外，李太后遗命薄葬，他倒也不至于为了惧怕物议而违命厚葬，却担心瑞羽反对，沉吟一下，道："且等一等，朕问问长公主再说。"

李太后的灵柩停在万春殿，东应走到殿前的台阶上，便看见两名穿着孝服的内侍端着食案出来，案上的膳食只挑开了一些，却没有减少的迹象。他心下一紧，停步问道："这是公主的午膳？吃了多少？"

两名内侍苦着脸回答："陛下，长公主只动了两筷子，尝了尝味就令奴才撤下了，并没有吃多少。"

瑞羽自李太后逝后就一直不思饮食，脾气也陡然变得暴躁，服侍她的宫人内侍最初也想劝她多吃一点，但她一怒侧目的威势他们哪里有胆量拂逆？此时天子垂询，两人只得自认倒霉，如实回话。

千秋殿前殿的灵位前，举哀的命妇侍从哭声震天，东应先在李太后灵前上了炷香，然后才挥退侍人，撩开白幔进入内殿，走到神态木然的瑞羽身边，轻声唤道："姑姑！"

瑞羽这几天既伤心李太后之死，又对自己的真实身世惶惑恐惧，完全沉浸于悲伤和迷惑之中，挥退了身边的所有人，独自坐在李太后灵柩旁，浑然忘了身外之事，东应连唤了她两声，她都没有听到。

东应在她身边坐下，轻轻地推推她的肩膀，又唤了一声："姑姑！"

瑞羽怔忡地顺着他的动作转过头来，茫然地问："怎么了？"

东应叹了口气，柔声说："姑姑，你守在太婆身边已经两天了，不休息怎么行？"

瑞羽脑子浑浑噩噩，丝毫不觉得疲倦饥饿，摇头道："我不累，你累了就去休息吧，我想在这里陪陪王母。"

东应看到她憔悴的脸，心中一痛，抓住她的手用力摇了摇，急切地道："姑姑，太婆已经故去了，你别再这样子了！"

瑞羽有些诧异地看着他，好一会儿才反应过来，幽然道："我当然知道王母已经故去了，我只是还想再陪陪她。小五，你一直陪在王母身边尽孝，可以无愧于心，可是我不同……我……这么多年来，我一直在外令她牵挂担心，没有真正尽一个孙女的责任，在她膝下承欢。到我可以长留在她身边的时候，她却又离开了。"

她心里难受至极，面上的表情却极淡，近乎空白。东应看进眼里，心头一痛，忍不住张臂抱住她，柔声道："姑姑，我知道你难受得很，难受你就哭出来吧，别堵在心里。"

瑞羽此时没有丝毫警惕防备，顺着他的拥抱靠在他肩上，迷茫地说："小五，我哭不出来……我总觉得这是假的，王母说的话是假的，她离开我也是假的……这真像是，一场梦啊！"

东应张了张嘴，但到了嘴边的话又吞了回去，只当没有听懂她说的话，拥着她轻轻地拍抚，"姑姑，太婆不在了，可我还在呀！我会一直陪着你的。"

瑞羽闻言心中更觉惨然，偏头看着眼前这个既熟悉又觉得陌生的人，心头恍惚：她一直以唐氏的嫡长公主自居，从小就以为他是她的侄子，一直将他当成自己的血缘至亲，却没有想到，突然有一天李太后会亲口告诉她，她居然不是唐氏的血脉，东应根本就不是她的侄子！

这个消息于她来说，简直是晴天霹雳，自己过往所有的坚持和守护，一瞬间似乎都变成了空茫的假象，让她顿时有种根基被毁的软弱和茫然之感。

李太后说的是真的吗？还是出了什么差错？

然而，李太后临终之际特意告诉她的话，又怎么会是假话呢？

假如她真的没有唐氏的血脉，她不是唐室的嫡长公主，那她又是什么人的后代？她算是什么人？

这么多年来，支撑她无论碰到什么艰难都坚定不移往前走的心志，都是缘于这不明不白的身份，而今却失去了凭依。

她虽然不至于因此而对李太后怀恨，但在这样的时刻，要让她坦然接受身世的变化，却终是不可能。

东应才是唐氏的血脉，华朝江山的继承者，皇统正朔。然而当年李太后，也许包括郑怀和薛安之心里都有数，他们都有心李代桃僵，以凤转龙，最后扶她为女主。

若她是唐氏的血脉，那么李太后他们纵然对她偏爱，她面对东应时最多只有一些独占了长辈宠爱的歉意，却不必心虚。可她若不是唐氏的血脉，那么她再独占长辈的宠爱，进而有机会取得这天下，却让她有一种类似于偷窃的罪恶感。

东应现在还在这里安慰她，可他若知道她根本不是唐氏血脉，他对她这个窃取了他长辈的慈爱、威胁了他的大位、混乱了唐氏伦常的外人，还能有多少温情？他会不甘心，会怀恨吧？

此时此刻他望着她的眼睛还若有所盼，温柔深邃，如果到了他知道这件事的那一天，又会变成什么样子的呢？

她轻轻摇头，长长地叹息，仿佛想将刻入心灵深处的那股茫然和疲惫吐出来，轻喃道："你又能陪我多久呢？"

东应回答："我会一直陪着你，永不离开！"

她不以为然，惨然一笑，"小五，人生一世，有时候真要相信几分命运，由不得你我之心。你这时候说得轻巧，要落到实处却是千难万难。"

东应感觉到她没有丝毫抗拒之意地靠着自己，胸口分明感受得到她心脏的跳动，她往日对自己严防紧守的心关，没有了那种恪守伦常的警惕，分明已经放开了一线。他不由得微微一笑，"姑姑，人不能随心所欲，其实不见得是命运所定，而是追求所欲的心有没有足够的忍性与强韧。我说会陪着你永不离开，就一定会陪着你。不管你是什么人，不管你对我怎样……"

哪怕你想离开，我也断然不许！

瑞羽看见他眼里诚挚的情感，还有他那异常炽热的视线，心灵深处那根被重重粘连的弦终于慢慢地震动，将这两天里包裹着心房的那层厚厚的盔甲震裂，心底深处积压着的悲伤痛苦喷涌而出。她终于有了鲜明的痛楚，清晰地意识到李太后真的死了！

不管自己是烦恼还是依恋，李太后都不可能再像过往的岁月里那样，将她抱在怀里轻怜蜜语，温柔抚慰！

李太后死了，支撑着她生命中情感归依的两根支柱，只剩下眼前的东应一人了！

她迟疑着反手环住他，眼眶一点点地发热，那应该有却在这两天里一直没有的湿意蒙了她的眼睛，她终于泪如雨下，"小五，王母没有了！这世间我就只有你一个亲人了！"

他紧紧地拥住她，久违之后再次得到她主动的拥抱，让他从心底感觉到无比满足。他靠在她的肩上，贴着她的青丝，喃喃耳语，"别伤心，姑姑，没有太婆，你还有我！有我在这里，就能代替世间所有人给予你你想要的东西！只要你想要，只要你开口……"

瑞羽在他的抚慰里放声痛哭，仿佛这二十几年间她所有的委屈，所有的伤痛，都在这一瞬间因着李太后逝去的契机，尽数挤在了一起，交织缠杂，难分难解，已然分不出根由，辨不明白缘故，都变成了奔腾涌出的热流，倾泻而出。

东应无法对别的女子倾心信任，其实她也一样。因为除了与她携手同行的东应，没有人陪她经历少年的时光，没有人能了解她所负担的压力，所以不管在什么人面前，她都无法真正纵情，唯有在东应面前，她才能放下所有负担与掩饰，在极伤极痛的时候痛痛快快地哭一场。

她压抑得太久，这一场痛哭之后，原本强撑着她不倒的精神气便泄漏一空，她居然倚在东应肩上渐渐地睡着了。

东应换了一下姿势，将她抱起。殿门旁候着的乔狸见状连忙令人抬肩舆过来，准备将她接下。东应摇头，低声道："她要为太婆守灵，不肯离灵堂太远的。你让人将千秋殿闲置的后寝整理出来让她暂歇，还有，让举哀的命妇歇一歇，哀乐的钟鼓停了，换成细乐。"

瑞羽疲惫至极，东应将她抱出来安置在偏殿，她也只在他替她除去钗环、洗去脸上的泪痕时睁开眼睛看了一眼。

东应迎上她的目光，见她对自己的亲近全无过往的警戒和反感，心中一喜，柔声说："姑姑，你且休息一会儿，我去给太婆守灵。"

瑞羽点头轻嗯一声，又闭上眼睛，沉睡过去。

东应微微一笑，将她鬓边略有些凌乱的青丝抚平，把锦被给她拢上，起身之际，看到她苍白沉睡的容颜，忍不住低下头去，在她颊边轻轻吻了吻。

日落时分，东应令人备好膳食，亲自来唤她起身用膳，却见她犹如玉质的面颊上浮着两片红晕，更添妍丽，心头一跳，赶紧强拴心猿意马，推了推她的肩膀，"姑姑，该起来用膳了！姑姑！"

瑞羽武功极高，又因常年领军而练就了一种高于常人的警觉，若在往日，只要有人靠近她稍微有所动作，她就能凭着气息的流动而惊醒，但今日东应连推了她几下，她竟都毫无反应。

东应初时好笑，旋即一惊，连忙伸手去探她的额温，触手之处一片滚烫，她居然是生病了。

"乔狸，传大夫！"

直到太医进来诊脉问病，瑞羽才悠悠醒转，一眼看见满脸惊惶之色的东应，不禁诧异，张口想问他何事。但她张了张嘴，嗓子眼里干涩难忍，竟是说不出话来。

东应见她醒来欲问根由，连忙近前道："姑姑，你生病了，正在发热。"

瑞羽这才感觉全身酸痛发软，口渴得很。东应连忙坐到她床边，侧身将她扶起靠在床头，接了乔狸奉上的蜜水送到她嘴边。她张嘴喝了，这才开口问那大夫："大夫，予这病情如何？"

"殿下的胸腔受过重伤却未能好好调养，本就有隐疾在身，这段时间殿下又劳累过度，郁结于心，伤神过剧，两相激变，就是铁打的人也受不住，因此旧疾新病一齐发作，才会发热。"

大夫瞄了瞄她的脸色，正色道："殿下习武经年，身体强健，日常百病难侵，这本是好事。但若凭着底子雄厚就行事肆无忌惮，强撑着身体劳累不休，那就变成坏事了。"

瑞羽只觉得两额边的太阳穴突突乱跳，胸口阵阵烦闷，连忙摆手道："大夫，你只说这病该怎么治？"

"殿下此病根在内腑，需用针灸配以汤剂，慢慢引导发散，卧床休养为宜。"

瑞羽摇头，"王母丧葬，我为孙女应该侍奉灵前，哪能卧床休养？大夫别择治疗之法吧！"

"殿下眼下看着病不重，但其实内里早已虚了，如果这次还不好生调养，日后是要大亏身体的。"

那大夫见瑞羽还要反对，连忙道："殿下自己也是学武之人，熟悉气机运行，难道就没发觉这一病使得体内气血不畅，经脉堵塞？"

瑞羽略动一动，也知道自己的身体不好，竟连一向活泛的气血此时也凝滞不动，如同被冻得结了霜块的冰水。但眼下这样的时候，她如何能卧床休养？

"大夫的诊断予知道了，待王母丧葬之后再做理会。"

东应在一旁听着，本想强压着瑞羽现在治病，转念间却又息了此念，由她任性而为，只令乔狸奉上膳食。

瑞羽脑袋发晕，全无食欲，吃了几口就不想吃了。东应皱眉道："姑姑，你再多吃点儿。"

"看着就烦，吃不下。"

"吃不下也要多吃点儿，你现在已经生病了，如果还不吃东西，病情定然加重，到时哪还有力气管太婆的事？"

东应见她一脸烦闷厌恶之色，额头虚汗直流，却是生平未见的虚弱，仿佛连坐也坐不稳，心生怜惜，连忙扶住她，亲自执羹喂到她嘴边，殷切劝告，"姑姑，你嫌看着烦就闭着眼别看，我喂你。"

瑞羽就着他的手勉强再吃了几口，却是无论如何也吃不下了，摆手道："不行，再勉强我会吐，那也是白吃的。"

东应看她毕竟也吃了半碗，也不再勉强，自己草草用过膳，漱了口，才提起他早该说的一件事，"姑姑，关于太婆殉葬所用的器物，你有什么想法？"

瑞羽道："按礼仪所定的规制办吧。"

"可是太婆遗命薄葬，以纸制的器具替代礼仪所定的殉葬之物。"

瑞羽大吃一惊，东应看看她的脸色，叹道："太婆跟着我们一生简朴，遗命也是为我们着想。然而她贵为国母，终不可能当真全不顾礼仪规制，简慢草率。"

"我自幼得王母抚育，从未见过亲生父母和祖父母于梦中有只言片语抚慰，故此从来不信鬼神。然而老师和王母先后离去，我却宁愿这世间人死之后当真有灵有感，可以让我事死如事生。"

东应点头，道："姑姑既有此愿，那我们便事死如事生，仍旧将太婆日常所有器具珍玩、爱物钱财都安入陵寝，为她殉葬吧。"

瑞羽沉默良久，想到李太后生前的种种，又怔怔地流下泪来，道："若是王母泉下无感，殉葬之举不过是使你我心中安慰，从此以为对王母并不亏欠；若是王母有知，违背她的意愿为她殉葬，却是徒然令她烦恼。不必了，还是按王母遗命办吧！"

生死之间才是人的情感最脆弱之处，东应也没想到她还能如此自持，怔了怔才应承道："好，我去吩咐刘吉。"

"等等！"瑞羽本就已经发热发昏的头更是沉重疼痛，揉了揉额头才道，"别的也还罢了，王母所用的妆台殉了吧。"

东应霍然转头，"你说什么？"

瑞羽道："那妆台以珊瑚雕就，是昔日王母初立为后时宪宗皇帝派人搜寻而得，对王母而言是一生夫妻情义的见证，不能离弃。"

东应凝视着她，深吸口气，问道："妆台也是太婆留给你的，里面或许有什么东西……你不要？"

瑞羽迎着他的目光，看到他脸上怪异的神情，心中一紧：难道王母临终时对我说的话他也听到了？他知道了我的出身，故此有意逼问？

她心头震动，面色却镇定如恒，回答他："不要。"

东应仿佛被当头淋了盆冰水，泼得他透心凉，他咬紧牙关，慢慢地问："你当真不要？"

"不要。"

东应全身一震，双手慢慢地握成拳，双眼泛上了红丝，声音却清冷平静，"你明知太婆给你留下遗诏的用意，你竟然不要？"

他果然知道了！瑞羽情不自禁地闭上眼睛，根本不知如何应对。好一会儿，她才道："无论我真实的出身如何，王母留给我的遗诏，我都不能要！"

或许他们真的没有血缘关系，但她这二十几年来早已将他们的伦常关系刻进了骨子里，又怎么可能因为这一件事就跨越那悖逆的鸿沟？更何况，用这遗诏必会使地下的李太后受人诟病，也使她自己尴尬无以自处。

"你如此选择，可别后悔！"

东应怒极而笑，笑声凄厉惨绝，又带着一股难言的狠毒戾气，听得她心惊肉跳，待要再说什么，他已经决然转身，拂袖而去。

第七十七章
裂痕开

> 他微笑着，轻轻地抚过她的柔荑，柔声说："姑姑，你安心养病，五
> 天之后我们大婚，就一切都好了！"

昭靖五年五月，太皇太后李氏驾崩，葬敬陵，天子与群臣议定其谥号为"孝灵"。

瑞羽自扶柩将李太后送到敬陵安葬就病倒了，并未参与谥号的议定——或者说，东应有意令她不能参与谥号的议定。

待到她知晓李太后的谥号时，奉先殿的神位上李太后的谥号已经确定。她看着上面刺目的"孝灵"二字，气得满面通红，恶狠狠地回头看着东应，厉声道："王母将你养育成人，助你成就大业，践祚为君，这就是你对她的回报？"

谥法曰：慈惠爱亲曰孝，任本性、不见贤思齐、不勤成名曰灵。

这个谥号，对李太后这样一生经历数朝，辅佐新君复国登基，有大功于唐氏的皇太后来说，刻薄至极，贬损至极！

东应任她斥骂，脸上的神色平静得近乎淡漠。

瑞羽回想起李太后对他们的关爱维护，怒声诘问："王母随我们辗转漂泊，有大功于国，这个'灵'字如何能令人心服？她生前并未求什么溢美之名，只提过谥号应与端敬皇后相仿，而她的所作所为，哪一点配不上与端敬二字相当的评定？"

东应挥退因为她发怒而噤若寒蝉的侍从，静静地在李太后的神位之前上香，始终保持着平静，抿唇不语。

瑞羽心中愤恨，冷冷地说："议定谥号的朝臣都是什么人？即便这个谥号是你定的，难道他们就没有丝毫忠直之心，不加劝谏？"

东应起身，淡淡地说："评定这个谥号的不是我，而是他们。你就是去找他们，

也不可能更改。"

"这根本不配王母的为人和功绩，他们凭什么……"

凭李太后的为人和功绩，除非她有什么重大过错，否则没有人能够抹杀她对国家的功绩。而她一生谨慎从事，极少过问朝政，又能有什么地方犯这样的大错？

瑞羽蓦地醒悟，转身惊问："王母的遗诏！你……早就令人偷换了公示群臣，殉葬的妆台里的是假的？是不是？"

东应似笑非笑，却没有丝毫心虚愧疚之意，"太婆留下的遗诏有令，自然是要遵行不误的。"

瑞羽又惊又怒，喝道："你疯了，你将它拿出来干什么？"

东应呵呵一声轻笑，眼里却殊无笑意，闪动着慑人的寒芒，淡淡地说："你说我要干什么？"

昭靖五年六月，天子传太后遗诏，第一份诏书言道：昔日武皇帝与皇后伉俪情深，武皇帝重病弥留之际，皇后亦难产血崩，生下死胎；恰在此时，进宫探视李太后的故端敬皇后之妹郑章氏，也在忙乱中受到惊吓早产，产下一女；李太后为了宽慰弥留之际的武皇帝夫妇，便将郑章氏所产之女送给武皇帝过目。

这本是一时权宜之计，谁料武皇帝见了这女婴竟精神大振，当即给她起了小名，命人以嫡长公主相待，起居注和宗卿亦承认了这个女婴的身份。李太后一错之下，思及武皇帝没有血脉存世，索性将错就错，竟将这女婴视为孙女，带在身边教养。

郑章氏不知其中因由，以为自己所产是个死胎，不久郁郁身亡。而她的夫家凤州郑氏虽然门阀高贵，却人口单薄，唯有叔父郑怀一人存世，竟是无人追查此事真相。

而第二份遗诏，李太后则下令：瑞羽虽非唐氏血脉，却是端敬皇后外甥女、护国公郑怀侄孙女、故高阳侯郑敏之的遗腹女，身份贵重，又有大功于国，除其长公主身份，许以天子为后，百日热孝之内大婚。

天子登基五年，只有太后所赐的四名婢妾，育有一女，却始终不曾立后。后位虚席待主，不知有多少人暗里揣测，向往试探。那些为中宫无主、皇统无继而担心的朝臣在看到太后的遗诏之后，也尽皆哑然——难怪天子无后，太后居然不加催逼，原来竟是为此！

长公主一夜之间身份翻覆，从公主而变成准皇后，天下哗然，物议汹汹。

与民间沸反盈天的议论相反，朝堂中自六部堂官以上，对于天子的婚事却是一片坦然。

林远志等能洞悉天子所愿的朝臣自不必说，就是一些品格正直的老臣，对于此事也无异议。

不是他们不怀疑太后遗诏的真假，而是因为瑞羽于国家的功劳太大，手中所掌握的权力太重，实实在在地威胁到了朝政的安稳。而今天下安稳，四宾臣服，本来就应该开始削减她手中所握的权力，而削减她的权力，又有什么方法比将她的身份变换、以皇后这个尊荣显赫却需要依附于天子的位置将她困于中宫更好呢？

瑞羽更姓为郑，但郑氏已经后继无人，天子便虚设郑氏家长之位，以宰相韦宣主持新设的高阳侯府。遣宗正卿唐拓、尚书令沐绥为婚使前往高阳侯府纳采，刘吉、林远志等人准备大婚礼仪。

新设的高阳侯府和太极宫每日人来人往，筹办婚礼的侍从使者络绎不绝，但这场婚事中的女主角却在承庆宫卧病，对这场婚礼毫无察觉。

李太后的丧葬礼她是抱着病体勉力而为的，事后又因为太后的谥号而与东应翻脸，急怒之下她的病情加重，一回到承庆殿就病倒了。

平日里身体好的人，往往不生病则已，生起病来如山倒。瑞羽自习武以来，除去受伤从未生过病，这一病竟病得神虚气弱，每日躺在床上昏睡。偶尔醒来，见身边侍从如云，太医署的大夫轮流值守在她病床之前，一副慎戒慎惧的样子，也自惊心。她询问轮值的大夫自己究竟患了什么病，那大夫只说她旧伤未愈，心病又生，积郁成疾，再多的却是支吾不语。

瑞羽试图搬运气血疗伤治病，但经脉堵塞，根本调动不了原本如汞般流动的劲气，全身乏力，竟是连手脚也活动不开。

她自十五岁以来便提枪跃马，纵横天下，何曾有过这样虚弱无助的时候？心中气结，加之对东应的一股愤怒无处发泄，日常脾气便见暴躁。服侍她的宫人内侍不敢面对她的威严，畏畏缩缩的样子更惹她烦恼，她便令人去军情司询问应该已经从西疆大营还都的秦望北和青红等人的消息。

乔狸此时已被东应派来主理承庆殿的事务，听得瑞羽下令去接青红等人，连忙赔笑道："殿下，青红常侍他们还在西疆大营没开拔呢，这两个月的雨水极多，从西疆还都的路途遥远泥泞，估计青红常侍他们最少也要下个月才能抵达。你要是嫌服侍的人粗手笨脚，奴才这就派人去挑选伶俐的来。"

"再怎么伶俐，不是惯用的人手也不好使，罢了。"瑞羽头痛地摆摆手，"予在这宫中住得气闷，想去骊山行宫住一段时间，你安排一下车驾，明日就走。"

乔狸吃了一惊，连忙劝阻，"殿下重病未愈，怎能舟车劳顿，且骊山行宫久不修葺，残败得很，也不宜休养。殿下还是暂在宫中住着，待到冬日天寒，凤驾再往骊山消寒怎样？"

瑞羽皱眉道："予正欲往骊山行宫养病，冬日病都好了，还养什么？速去准备车驾就是。"

乔狸毕恭毕敬，对她这道命令却是只当耳旁风，无论她怎样催促，就是不肯答应。瑞羽料他必是得了东应之令，确实不敢做主备驾奉她东行，念头一转，便道："不去骊山也罢。然而王母已经不在，我再长住宫中，毕竟不妥。你且替予往宗正府传令，让宗正卿在曲池附近买两个雅致的宅子改为公主府，过两日予便出宫。"

乔狸对她这个要求更不敢答应。瑞羽大怒，喝道："你敢不奉予钧令，胆子不小！"

乔狸慌忙伏首谢罪，连称不敢。瑞羽也懒得理他，转头令通事舍人上前写了钧令，准备派人直接往宗正府传令。钧令写好，通事舍人上前请她用印，她才想起公主印玺于还都之日放在了宫门卫士那里。

论理这么重要的东西，宫门禁卫就是有一千个胆子也不敢留下，事后就应该还到承庆殿。然而此时瑞羽要用印，却是无人回答，她问了两声，面色顿时也变了。

她对东应毫无防备，李太后从重病到驾崩的这段时间里她忧心忡忡又病情缠绵，也无暇理会这些琐事，直到今天才想起要用印。

印玺是她的身份象征，谁敢贸然拿着不交回她手上，谁能拿着它而无人敢去询问根由？她不曾想到此事也还罢了，已经想到了，却怎么会看不出这其中传递出来的信息？

只是她仍旧不敢相信，或者说她根本不愿意相信，他会这么做！

好一会儿，她才颤声问道："他……扣了我的印玺？"

乔狸跪在她床前，低头不敢言语。她抬头再看周围的宫人内侍，见他们亦个个战栗不敢言，分明恐惧至极，心头更觉茫然，涩声问道："他下令你们，将我禁于殿中？"

凉意一点点地侵上心来，冻得她牙关碰在一起，咯咯地发出几声脆响。一瞬间，她眼前金星闪烁，一口气憋在胸口，竟是吐不出来！握着床沿的五指关节之处发白，指盖因为掐得太紧而呈青紫色，几枚形状美好的指甲深深地陷进床沿的梅枝镂刻里，啪嗒几声齐根断裂，殷红的鲜血自她的指尖滴下，落在地上，触目惊心。

流珠帘动，华章冕服、眉目英挺的少年——不，已经不是少年了，这一身王者风范，庄严肃穆，哪里还有半分儿少年时期的温润俊秀？

珠帘的宝光被他掠过的身影带动，零落斑斓，变幻莫测。他的目光在她指尖一掠，瞳孔微缩，旋即放开，眼底浮过一抹利如刀锋的狠戾，转眼已是口角春风，柔声说："姑姑，你还在养病，有什么地方想去的，病好以后我陪你去就是，也不必急于这一时。"

她的呼吸屏窒，胸口胀得酸痛却无所觉，疑惑地问道："却不知我几时才能病好？"

"若是哪一日姑姑肯留在我身边，病自然就好了。"

"你要强留？"

"若我不用强，姑姑也肯留下，自然不必强留。"

她唇齿颤动，猛然起身，头脑却又是一阵晕眩，腰身麻软无力，砰然倒回床上，全身的力气似乎都被抽空了。

他毫无紧张之色地坐到她身边，温柔抚慰，"姑姑，你病得不轻，我便令人下了几剂重药，这段时间你是没有力气起身的。你就躺在床上好好养病吧，别再乱动伤了身体。"

她静静地看着他，他是她名分上的侄儿，也是她的兄弟，是她尽力维护的至亲，也是她二十几年来倾注所有关爱、最为信任的人！

他怎么可能，转过头来对付她？

这简直就像她自己的手竟然持刀往自己心口上重重地捅了一刀，不仅是痛，并且荒谬。因为没有防备，所以伤得痛彻肺腑，直刻心魂！

良久良久，她才自喉头发出一声沉闷枯涩的声音，呵呵一笑，笑声初时喑哑，渐渐高亢凄厉，无限苍凉，"中原曾经劝告过我，九五之尊，身无六情，弑父杀母诛灭兄弟姐妹都属寻常，何况我是个位高权重足以威胁帝位安稳的姑姑。我只说他并未生在天家，故此不识天家伦常情理，妄自揣测而已，即使别人会断情绝义，你也不会！"

她只以为，他会是例外！故此虽然屡次经人提醒，仍旧没有真的对他防范戒备，仍旧对他信任有加！

谁知竟有今日！太后尸骨未寒，竟就有今日反目。

他对她的指责毫不动容，深深地凝视着她，唇角噙着淡淡的笑意，声音清泠如寒日之雨，慢慢地说："姑姑，我今日会如此强留，正是因为我不愿位至九五，却六亲情绝！"

她一直都想功成身退，弃他而与秦望北泛舟四海，他怎能容忍？

他们一起长大，一起成人，一起站立在这世间权力的巅峰，他愿与她共享，他也必须与她共享，绝不允许她背约远离！

至于秦望北那样的海外蛮夷，算个什么东西？这天下除了他以外，谁也没有资格站在她身边，谁也不可以成为她的夫婿，谁都不许碰她一个手指头！

她必须是他的，她只能是他的！

他微笑着，轻轻地抚过她的柔荑，柔声说："姑姑，你安心养病，五天之后我们大婚，就一切都好了！"

第七十八章
天子婚

阿汝，你令我一生只能对你一人动情，你就应当还我一份相应的真心！你若不还，怪不得我亲自来取！

六月十二日，宜嫁娶。

天子婚事的纳采、问名、纳征大礼过后，告期于高阳侯府。

是日，天子临轩醮戒，命太尉为使，司徒为副使，持节诣新后于行宫，东向奉玺绶册于陛下。使者出，与公卿备迎礼，有司先于太极殿两楹间供帐，为同牢之具。

皇后服华章绣衣，带绶佩，加幜，由女长御扶持引出，升画轮四望凤舆，女侍中负玺陪乘。卤簿如天子大驾，直入万春殿。

殿门外步障铺锦，彩旗飞凤，天子衮冕华服，亲迎门前，扶后上车。与后携手踏过殿前用以禳恶的草垫与谷豆，升万春殿，夫妻拜天地亲师之后，同席而坐，共牢而食。

朝服衮冕、盛装恭候的公卿隔着重重阻碍，不能看见天子与新后之间的举动，侍候的女长御却知道身体无力、不能动弹的新后面无表情，抿紧双唇，那合卺酒不是她要喝的，而是天子捏住她的鼻子，趁她憋气张嘴的时候喂进去的。

瑞羽其实很有酒量，但这一口酒灌下去却被呛得连连咳嗽，重重礼服包裹的身体因此而汗流浃背，脸上脂粉被汗一冲，花得厉害。

东应知她是故意如此，却不以为意，反而一笑，轻轻揽住她，笑道："天气有点热，你且忍耐一下。"

瑞羽身不能动，口不能言，心知这场婚礼的异常之处，那些宰辅公卿个个有数，只是故意促成。瑞羽心中气苦，瞪着东应，恨不能将这场婚礼砸个稀烂。然而不管她如何不情不愿，婚礼仍旧顺顺利利地进行了下去。

月上中天，好风如水，清景无限，洞房里红烛高烧，新后已经沐浴更衣完毕，褪下厚重的九重祎衣礼服，外罩水红色鲛绡纱，内着象牙白齐绸鲁绣的"瓜瓞绵绵"深衣，靠着迎枕坐在云榻上。

灯影轻摇，暗香浮动，青纱帐下她的身姿绰约，丰秀俊美，令人望之神醉。

东应挥退一应侍从，但遥望帐下端坐的人影，他竟有些不敢靠近。

那一股巨大的喜悦和疑虑交织成的别样滋味冲击他的心头，令他高兴之余又怀忧惧，患得患失，两手都攥了一手的汗，才硬着头皮走到她面前，张嘴想说什么，竟是手足无措说不出话来。

违背她的意愿，致李太后死后声名受损；拆毁她的姻缘，强行嫁娶；剥夺她的权柄，将她禁于深宫；禁制她的身体，使她任己摆布，这些事他一步一步地做来，并且没有丝毫后悔。

他一直在想，要得到她，令她的天地中只有他一个，让她全心全意地爱他，不与他须臾分离；但今日他真的将她拘入了宫中，在天下人面前娶了她，他却在害怕！

一瞬间，他仿佛又回到了那对她憧憬仰慕、将她视为天人的少年时代，对她有不尽的倾心爱慕，暗里总想着要让她知道自己这一片心意，但真到了她面前，却又逡巡不前，生怕触怒于她，令她不快或者厌恶！

瑞羽双眼几乎要冒出火来，只是她这一身威严气势能令别人害怕臣服，但对东应这个从小与她一起生活、与她相伴成长的人来说，却不足为惧。更何况——这几年他已经惯于从她那里得到冷眼与怒火，他早已习以为常。

已经走到这一步了，还有什么好怕的呢？

在她灼人的怒火下，他的恐慌反而消失了不少，慢慢静下心来，从容不迫地坐到她身边，微笑着柔声说："阿汝，这一整天不能说话也不能动，委屈你了。别生气，我这就帮你解开。"

他一面说一面伸手，解开她脖子上的一串珊瑚珠链，露出光洁优美的脖颈，将几大穴位上插着的几枚金针起了出来。那是他诏令太医署的针灸国手所下的禁制，一个时辰之内，可以将人的头脑对身体的控制截断，使人不能出声，手脚也不听使唤，事后将金针起出却又不会对人造成伤害。

瑞羽受制太久，在金针被拔出后好一会儿才指尖微动，随之用尽全身的力气，调动手臂，一掌挥了出去。

"你这禽兽！"

东应不闪不避，任她一掌打在脸上，伸手接住她力尽之后栽倒的身体，将她揽在怀里，一字一顿地说："无论怎样，你现在，终究是我的妻子了！"

"我怎么可能做你的妻子？我怎么会是你的妻子？我已经嫁给了秦望北，你强夺强娶，全不念纲常伦理，这是世所唾弃的罪孽！"她颤抖地看着他，面容惨淡白，绝望地问，"东应，为达目的，不择手段。你什么时候变成了这样？"

他涩然一笑，轻声低语，"我也不知道！可是，我为你痴惑入魔，即使这是罪孽，我仍要得到！"他深深地叹息，"阿汝，你是我的！你只能是我的！"

她恨得咬牙，切齿回答："我不是你的，这至尊权柄，万里山河，天下美色，你尽可以独占独享，只有我不会是你的！"

他何尝不知自己只能制住她一时，却不可能制住她一世，若有哪天她挣脱了金锁，这天下立即就有翻覆之祸，他未必就能安踞至尊之位，但他不以为意，微笑着回应："阿汝，我们这一生，或是共生共存，或是同死同灭，我要留，你要走，终是难免一番争斗。那我们就斗一斗吧！"

青纱帐四角垂悬的夜明珠宝光氤氲，帐内一片朦胧的光晕，他一手将她的双手扣住，另一手将她绾发的簪钗一件件地取下，嵯峨高髻倏然散开，如云青丝流瀑泻落，带着沁人肺腑的芬芳散了他一身。

他开怀至极，忍不住低声笑了起来，喃喃而语："阿汝阿汝，你不知道，像今夜这样的情景，我曾在梦里想过多少次！"

瑞羽身上被重重禁制，那积累了数日愤恨的一掌扫出去，就已经调动了她全身仅余的力气，此时被他揽在怀里恣意轻薄，虽知今日必然无幸，却仍不肯放弃，用力想挣开他的控制，"我是有夫之妇，你不能这样！"

"你无媒无聘私自嫁娶，不得世人承认，如何算是婚姻？我才是你明媒礼嫁的夫婿！"

东应虽然没有尽力习武，但也不是文弱书生，加之早有谋算，令人趁她生病时期下药制住了她的真气和身体，故而任她如何挣扎，仍旧将她牢牢地压制在怀里，微笑着说："阿汝，你令我一生只能对你一人动情，你就应当还我一份相应的真心！你若不还，怪不得我亲自来取！"

瑞羽冷笑反诘，"用强取得的只能是仇恨，哪有真心？你这样的做法，难道不自觉好笑？"

　　他的手指划过鲛绡纱衣，勾住她腰间绦带上的活结，轻轻拉开，手指滑进她的深衣襟内。她用力想将他的手挡开，身上却力气不继，只听到他慢慢地说："阿汝，你或许可以骗过自己，可你却骗不了我！你心里是有我的，只是你始终囿于成见，不敢越雷池而已！"

　　她心头一震，羞愤怒视他，冷笑斥责，"你这是痴心妄想！"

　　他听到她的驳斥，眼中的神色却不见丝毫动摇，"你我之间，总要有一个人跨出这一步，你既然没有这样的胆量，那就由我来吧！"

　　他的手指抚过她的肩膀，激得她肌肤上浮出了一粒粒的鸡皮疙瘩，额头渗出了一层薄汗。她可以做到泰山崩而面色不变，但这种时候，却是再多的镇定也压不下她心里的惶恐，连嗓子眼都在痉挛颤抖，零落不成声地说："你住手！住手！"

　　他的唇舌吻过她的五官，流连而下，在她脖颈上摩挲舔吮，轻笑反诘，"阿汝，今夜是我们的洞房花烛夜，怎能虚度？"

　　他面色潮红，眉梢眼底尽见春情春色，那一笑之中，眸中暗光流转，玉面丹唇，墨眉粉颊，竟是魅惑丛生，令人心悸。

　　他压住她的肢体，剥开她身上的衣裳，光滑的绸衣萎落，露出她光裸的身躯。

　　因为经年习武，她的身形不似寻常女子的似水柔软，但是秀峰挺拔，腰细腿长，每一条曲线似乎都蕴藏着力量，每一寸肌肤都恰到好处地凸显出一股韧劲，透出一股摄人心魂的别样美感。最奇异的是，她这么多年沙场征战所受的伤并不少，身上却没有丝毫疤痕，反而晶莹剔透，玉洁光润，夜明珠的宝光朦朦胧胧地照在她身上，映出一层令人目眩神驰的粉光。

　　这是他无数次于梦中见过的美景，却比他梦中所见的更加美好动人，他膜拜似的俯身，密密匝匝地亲吻，温柔细致地抚摸。

　　她察觉自己不着寸缕，羞愤交加，只恨自己精神强韧，不像世俗女子一受惊吓便昏厥倒地，避开尴尬。她想挣开他的压制护住外露的春光，却力不从心，偏偏她身体的敏感亦是远胜常人，他的手指抚过的地方，他的唇舌勾连之处，都仿佛要被他的热力融化似的，战栗颤抖。

　　"你……你杀了我吧！"

　　他轻笑抚慰，"阿汝，我们已经是夫妻了，合欢共乐，鱼水相融，是应有之义，你又何必拘泥于本来就不存在的阻隔而苦苦拒绝呢？"

　　他撑开她的双腿，手指滑过她平坦的小腹，探入粉弯之中，拨开萋萋芳草，寻到隐藏着的花蒂，轻挑慢捻，温柔逗弄。

　　她惊得连头发也乍了起来，但全身的肌肤却更加敏感，阵阵酥麻在她体内窜动，令她惶恐至极，嘶声呵斥："谁跟你是夫妻？我宁愿……死了，也不愿……这样！"

　　在一个她一直当成晚辈的人身下婉转承欢，这是何等难堪的一件事，而更令她难堪的却是她居然对他的挑逗有反应，甚至这种反应比她任何时候都要强烈。

　　就仿佛人在明知故犯之时，会因为存在的禁忌而格外兴奋，也更容易丧失理智。而情欲之于人，却又比任何一种欲望对身体的刺激都更强烈、更敏感，也更容易得到直接的高潮。

　　他炙热的唇舌和手指在她身体上抚触流连，摩挲挑弄，每一个细微的妙处都不肯放过。她极力压抑着心中的骚动，身体却不遵从她的想法，春潮汩动，阵阵战栗，本来就酸软的手脚，因为体内流窜肆虐、喷涌而出的热流失去了最后一分抵御力。

　　青纱帐内，因为她动情而越发浓郁的体香熏入他的鼻端，令他心动神移，汗珠从他挺直的鼻端滚落，滴在她泛着红潮的胸前。他身上的肌肉紧缩，贲张的欲望勃然而发，令他忍不住将她紧紧抓住，抵死缠绵。他双眸深邃如夜，幽幽黑暗，其中却又跳动着一点炙热的火星。随着他的进入，那点星芒倏然炸开，化成了熊熊燃烧的烈火。

　　身体交融处，彼此的汗水浸染了对方的躯体，也浸透了十几年来纠缠在一起的心结。身体的裸裎，也令深埋的心事无处可藏。

　　她在他侵入时自心中发出一声沉重的叹息，茫然闭上双眼，一颗心剧烈地跳动，直欲从胸腔跳出来似的。她十指扣住身下的锦被，脚趾难耐地蜷着。她心里有着无穷无尽的罪恶感，却也有着她以前从未有过的极致销魂快乐。

　　躯体的战栗和快乐就像一块巨石，将她的心底击出了一个大洞，洞里暗沉沉的一片黑暗，里面无数复杂难辨的感情汹涌而出，纠缠黏附，仿佛将她彻底地拖进了地狱之中，令她绝望。

　　两行清泪从她眼角滑落，滚入鬓角，濡湿了她散落的青丝，帐外的龙凤喜烛突突地燃烧着，烛芯啪的一声炸了个喜花。

第七十九章
册立礼

自古夫妻一体无分，荣辱与共，从今往后，皇后与朕同朝称制，共执权柄，诸卿当善侍皇后，一如侍朕。

天子大婚，歇朝三日。

帝后安歇的万春殿在新婚的三日也不使人近身服侍，直到第四日，才唤人入侍，给新后理妆。

掌梳篦的宫人轻手轻脚地将瑞羽的满头青丝分缕梳顺，层层叠为如意宝髻。银镜妆台之前，东应挽高衣袖，手执朱笔，细细地在她额间点妆。

奉粉的宫人见东应绘了额妆，便待上前替她抹上额黄，敷粉施朱，却被他伸手阻住，"阿汝不爱这些胡粉装饰，这东西免了。"

那宫人微怔，道："今日要行册立礼，按礼应该盛装的。"

东应呵呵一笑，心情舒畅地说："什么叫盛装？皇后喜欢的妆饰，仕女闻风追捧学画，盛行于世才叫盛装。"

他顿了顿，看着眼前绿鬓丛云、步摇凤钗掩映下的绝世姿容，呵呵一笑，"这些脂粉鹅黄用在皇后脸上增不了颜色，却是在明珠美玉上掩了层灰，反损了光彩。以后让少府掌内供的匠人多用些心思，把这些脂粉做好一点。"

瑞羽闭着眼睛只当眼前没他这个人，没听到他说什么话，不理不睬。旁边的宫人内侍有意奉承，听到天子的吩咐，却凑趣笑道："陛下，少府内供的脂粉，已经是香、轻、浓、正无所不缺，不是匠人不用心，而是皇后娘娘天生丽质，世间俗粉匹配不得。"

这宫人却也深谙新婚夫妇燕尔情浓时的心理，此时奉承了皇后，比奉承天子更能讨天子开心。东应果然对这人的话很是受用，哈哈大笑，俯身将瑞羽鬓边一枚华胜往上稍推了推，将妆台上安着的银镜取下来，捧到她面前，笑道："阿汝，你看看，今天的装扮如何？"

瑞羽嘴角牵扯了一下，却没睁眼，更不说话。东应受她冷遇，也不着恼，眉眼一弯，笑得邪恶，咳嗽一声，慢吞吞地说："阿汝，你要是不爱白天说话，讨厌看到我，那晚上我就想办法让你多说说话、多看看我好不好？"

这几日的夜间风光，实有不足为外人道的旖旎浓艳。他话中所蕴的暧昧暗指，让瑞羽的脸色唰的一下变了，一张脸又红又白，又羞又恨，怒道："你胡说八道什么？"

东应嘻嘻一笑，无赖而得意，将银镜往她面前一送，笑问："你看这装扮如何？"

瑞羽道："甚好。"

东应皱了皱鼻尖道："认真一点，不然……"

瑞羽气结，怒瞪他一眼，森然反问："不然怎样？"

"那我就，我就……"他踌躇着想了一会儿，垂头丧气地说，"那我也不能怎样。"

瑞羽得到这么一句回答，真有万斤重力扫空的失重感。再看东应，却是一副皱眉苦脸的样子，似乎因此而烦恼万分。

这是他少年时在她面前要赖使气常用的小花招，瑞羽一腔怒火都被他噎了回去，明知他这副模样十成是装出来的，却又无可奈何。好一会儿，她才怒极一叹，"你若要用强，那就一直强下去好了，何苦再做出这副模样来？"

东应眉眼弯弯，对她的冷言冷语听若未闻，仍旧将那银镜举到她面前，笑眯眯地问："阿汝，你看这装扮如何？"

瑞羽无奈何地看了一眼，只见镜中人长眉秀弯入鬓，双目流光潋滟，玉颊红晕薄染，直鼻秀挺，丰唇丹艳，光洁饱满的额间绘着一道狭长的菱形胭脂，殷红如血。这一副装扮，并未装点太多胭脂，浑然天成，有种直指人心的艳光。

她看到镜中的自己，不自觉地愣了愣，倒不是自恋，而是发觉自己眉宇间被这道胭脂一勾，居然显出了一种别样的春色与妖艳。分明这桩婚事并非自愿，连行动举止都受制于人，脸上却看不出丝毫憔悴来，若让外人看见了，只怕还会在心里暗骂她妖孽。

这个念头稍微一动，令她羞愤大怒，真想将这银镜连同东应的笑脸一起砸个稀烂，"你绘的什么妆！让人给我按礼上胡粉装饰！"

东应闪身一躲，避开她的手掌，笑道："胡粉装饰会毁了你的妍姿艳质的，册立大礼上你想把自己弄丑，那怎么行？"

瑞羽气得咬牙切齿，东应却好整以暇，让人扶着她，亲自动手将她的礼服一件件地穿好，然后在她脸上轻轻吻了吻，笑道："阿汝，我熟悉你，甚至于比你自己更熟悉你的一切！那是因为我一直都将你放在心头，心心念念，珍重爱惜。而你对我不熟悉，以前是因为你忘了我会长大，以后是因为你不敢想。"

瑞羽冷冷地嗤笑，"将我囚于深宫，禁制身体，不得自由，如果这就是你的珍重爱惜，那你的珍爱未免太过可怕，令人承受不起。"

东应哈哈一笑，却不回应她的挑衅，听到外间的宦官奏示吉时将至，催请圣驾起行，便令人传大夫进来听用。

瑞羽一听他传召的大夫姓名，便知他想干什么，惊怒交加，"你今天还想让我做哑巴？"

东应苦恼地叹气，道："今天是册立大典，群官上礼为贺，有不少人是你昔日的故臣，为免临时生变，只好再委屈你一天了。"

瑞羽恨得咬牙切齿，"你若有本事，尽可用这法子让我做一辈子哑巴！"

东应讪笑安抚，"今天真是最后一次这么做了，阿汝，你别生气了。"

那大夫进来便被瑞羽杀气凛然的目光一扫，吓得脚下一个踉跄，扑倒在地，连忙告罪，战战兢兢地辩解，"殿下，臣只是奉命行事，万望恕罪，恕罪！"

东应在侧淡淡地提醒，"她现在不是公主，是皇后，你当呼她为'皇后陛下'！"

大夫心知犯了天子忌讳，连忙谢罪，"陛下恕罪！陛下恕罪！"

他这声讨饶却不知是对谁说的了，好在他胆子虽小，医术却着实高超，一面告罪，一面手脚利落地施以金针刺穴之法将瑞羽制住，退了出去。

瑞羽身上若只是被药剂控制，手脚还能稍微移动，但被这金针刺穴之法禁制，却是真的连手指也抬不起，连话也说不出来，心中气怒之盛，可想而知。

东应初时还怕她生气，但随着行事越来越过分，心想事情再坏也不过如此，一股无赖劲上来，对她这点怒气倒也不放在心上了，反而爱煞了她这种既愤怒又无奈的表情，心情舒畅地张臂将她拦腰抱起，共登銮驾，往前朝而去。

宽阔的前朝大殿上，御座高踞，满朝着朱服紫的群臣肃然凝立，礼乐声中，新后在长御和侍中的扶持下，穿着绣有乾坤地理、山河社稷的袆衣礼服踏上通往丹墀的御道，长长的衣裳下摆曳地，又有长御和侍中巧妙地掩饰，遮住了她并非自行前进的双足，一直将她送到丹墀之前。

东应含笑亲迎，引她同安御座，笑道："朕得娶皇后，实乃一生大幸。自古夫妻一体无分，荣辱与共，从今往后，皇后与朕同朝称制，共执权柄，诸卿当善待皇后，一如侍朕。"

满朝文武都呆了一呆，有谏官率先反应过来，出列反对，"陛下此举不可。阴阳有分，尊卑有别，怎可令皇后陛下侧身朝堂，称制问政？"

东应一笑，道："本朝有才女子尚可为官，何况皇后？且皇后未与朕成婚之前，主理军政之事就已经习以为常，不足为怪。"

那谏官亦知他所言是实，在瑞羽积威之下，那牝鸡司晨之类的腐儒之言是不敢说的，但务实的谏言向来是天子所好，想了一想，那谏官再道："虽然皇后陛下主理军务已久，但此时天下承平，日常都是庶务政事，与军政截然不同，不能一概而论。且至尊位上，二圣同朝，难免有意见相左的时候，届时政出二门，岂不是大害国事？"

新朝复国之后，选拔人才必求务实精干，谏官也不仅是以言邀宠的空谈之士。此人的谏言虽然违逆天子意愿，惹人不快，但话语有条有理，恰是正切弊端。

瑞羽身不能动，口不能言，只将目光斜视东应，看他如何应对。

东应哈哈一笑，道："卿多虑了，一应政务正有政事堂的宰相预先处理，存疑不决方奏请圣裁。皇后自幼敏慧善断，与朕相契于心，仅做裁决，断不会有卿所虑之事发生。"

那谏官还要再说，兼任纳言的韦宣和林远志同时出列，异口同声地赞同东应的决定。韦宣是因为这场婚礼蹊跷，瑞羽在军中的势力又极深，想仅凭一个皇后的名分将她完全阻断于朝堂之外，不仅会触怒于她，也将使军中那些向来将她视为主心骨的将领唯恐失去依凭，出什么乱子。最好的办法当然是先以高位将她稳住，而后再徐徐图之，反正瑞羽也并不是对权势恋栈不舍的人，论及对帝位的威胁比他最初想象的要低得多。

至于林远志，则是因为他秉承圣旨，另有所图，怕会打草惊蛇，横生枝节。且在册立皇后的朝会典礼上触怒天子，徒然惹天子不快，也完全没有必要。

韦宣身为大纳言，耿直有名，在谏官中也极有威望，他一出面赞同，便有许多本来有意进谏的朝臣暂歇旗鼓，准备徐徐后图；至于林远志，则是在朝臣中有名的既能务实又能投机取巧的精滑人物，很多人暗里瞧不起他的为人，却又不能不暗里佩服他的目光精准，不少朝臣看他如此表态，也不再多话。

　　朝堂上除了最初那阵一石击起千层浪的喧杂之外，随后的一段时间里，竟有片刻异常的静默。还是宗正卿唐拓操持了天子大婚之礼，知道其间纠结所在，闪身出列，却不提这些政务歧见，而是赞颂天子和皇后的婚姻大吉，叩首恭贺，"两位陛下乾德坤义，阴阳相偕，实为我朝子民之幸。陛下延寿万岁，永受万福。"

　　满朝文官相视以目，虽然觉得皇后与天子同朝称制不妥，但一时也想不出什么好办法来劝谏。而武官多是瑞羽昔日的麾下将领，被她直接或者间接提拔上来的，自然高兴于她能获得这样的权柄，个个兴高采烈。

　　一时殿上的文武百官心态各异，却是武官先随着唐拓上前朝拜二圣，称颂恭贺。

　　册立礼热热闹闹地过了，便有太卜寺的少监上前奏报宜谒庙的吉日，请天子择定日子携皇后共同前往太庙告祭祖先。东应早就想好了，当即择定了六天后的吉日，令有司准备太牢等一应祭祖之物，听林远志调遣，筹备谒庙之礼。

　　夫妇之际，是人道之大伦，故而礼仪之中婚姻之礼最为隆重。天子大婚的一应礼仪完备，就算因为瑞羽并无实际的娘家，不必回门；天子也没有直系亲长，免了许多繁文缛节，但时间跨度仍旧近月。

　　册立礼毕，东应携瑞羽回到后寝，取下禁制她的银针，嘻嘻笑着赔礼道歉，见她余怒不消，便出去了一趟，打了个转再回来，拉住她的手道："你别生气了，看看外面，我都给你带谁来了？"

　　他不管带谁进来也不可能真让她舒心，她也懒得理会，侧头不看，耳中却听得一个十分熟悉的声音，"奴婢拜见皇后陛下。"

　　瑞羽受困的这些天，身边所有宫人内侍都是东应细心挑选出来的忠心侍从，她过往的那些侍人一个也见不着，此时听出这叩见的人竟是她原来的女史青碧，不禁愕然，"你怎么来了？"

第八十章

针锋对

我倒要看看，为了那个姓秦的，你会不会真的完全不顾念我，也不顾念这天下安定，当真起兵自毁江山！

自瑞羽受困宫中，为防内外消息串通，她的臣属得知详情强闯救主，宫禁防卫明松暗紧，已经做足了备战之势。别说她的亲卫进不了宫，见不着她，就连昔日承庆殿服侍她的旧人，也被东应调了开去。

东应将她与旧属隔绝两个多月，今天突然将她的女史带进来，不由得令她心生警惕，不知青碧怎能在这里出现，又是为何出现。

青碧看了东应一眼，又迅速地低下头，答道："圣上十日前下诏，征召公主府的十二青入宫侍奉皇后陛下，奴婢应诏前来，充任皇后詹事。"

瑞羽长眉微动，睨了东应一眼，问道："青红他们呢？"

青碧面上掠过一丝愧色，讪讪地道："因为安西都护府还有许多事务要与公主府交接，青红在西疆延宕了月余才入玉门关。按行程算，如今他们应该还在凤州。"

瑞羽唇角一挑，曼声道："这么说，十二青只有你一人来了？"

青碧过了会儿才道："奴婢……奴婢得知陛下大婚，便迅速了结手中事务，快马加鞭连夜赶来了。"

瑞羽笑了一声，略带嘲讽地问："你是什么时候得知我要大婚的？你回京都时公主府的其余人等可知我要大婚？"

青碧深深地低下头去，却仍可看到她额头的汗珠一层层地往外冒，对瑞羽这句话却不敢直接回答。

倒是东应见青碧尴尬，在旁边打了个哈哈，干笑道："阿汝，青碧为了能侍奉你，连日连夜万里奔波，忠心可嘉……"

瑞羽倏地打断他的维护，怒喝一声："你住嘴！"

喝住了东应，她又看着青碧，缓缓地说："回话！"

青碧猛一咬牙，居然抬高了头颅，望着瑞羽大声回答："奴婢是在太后娘娘的丧讯传到西疆时知道您即将大婚的，公主府其余人并不知道您要大婚！"

瑞羽早预料她必是投靠了东应才能获得他的信任入宫充任要职，此时听到她亲口证实，仍然震怒，"青碧，你能在太后的丧讯传到西疆时就知道予即将大婚，因而万里奔波回到京都，你对予果然忠心可嘉！"

青碧脸色煞白，眉宇间却反而浮上一丝固执倔强的神态，强自镇定地说："皇后陛下，奴婢一直认为您与圣上亲密无间、同心同德才是天下子民的大幸。如果您与圣上因为身份阻碍而不能结成夫妻，那也罢了；但既然你们之间的障碍根本不存在，那你们成婚不是于国于家于个人很好的事吗？"她顿了顿，又道："皇后陛下，您待奴婢恩重如山，奴婢理应誓死效忠。但天无二日，国无二主，您所掌握的权力太大，与圣上异心离德时，对已经饱受摧残的国家伤害也太大。大义所在，奴婢只好得罪您了。"

瑞羽觉得好笑，"何以见得予手握重权就将怀有异心，对帝位就有威胁？何以见得你所选择的就是国家大义？"

"因为您身居这样的高位，使得您的臣属和近人，都会因为骄功自傲而不自禁地怀有别样的心思，对圣上缺少必要的礼敬和畏惧，自然威胁帝位。"青碧不由自主地挺了挺胸，大声说，"皇后陛下，奴婢从小就在您身边侍候您，了解您的为人。您身居这样的位置，若是没有与圣上离心，为了圣上与唐氏国祚的安稳延续，您会宁肯终身不嫁，亦绝不会突然成婚，更何况是在太后娘娘和圣上都极力反对的时刻，仍旧固执己见，不肯更改。"

瑞羽为她的话而瞠目，冷笑道："所以你觉得，唯有拆散予的婚姻，促成予和天子大婚才是于国于家都好的事？因此你宁愿身负背主的恶名，也要成全国家大义？"

青碧默不作声，但她的沉默，分明表达她对此持肯定的态度。

私情与大义相违的时候，是忠于个人感情，还是忠于国家？这本来确实是个令人痛苦的选择，无数贤人勇士在国家面临危难之时，都毅然决然地选择了为国为民。

然而，这一场违背瑞羽的意愿和尊严强行嫁娶的婚姻，与国家大义有什么相干？

这么多年来，为了不使麾下将领有骄矜之心，她压着臣属的不满，在军中施行文臣监军，以削武将权柄；为了不让秦望北有非分之想，她明知对他亏欠极多，却仍旧不让他沾染她手中的权柄；甚至为了不使东应日后为难，她已经与秦望北约好了，待李太后百年之后就放弃她在神州的身份地位、权柄财势，与他一起放舟四海，漂泊余生！

她的种种安排，都是为了东应的帝位安稳和唐氏国祚延续，但在今日，竟有人敢在她面前，用国家大义来贬低她的作为，从而开脱自己的罪名，这简直荒谬绝伦！

这样的荒谬借口，令她纵声大笑，"你在予身边侍候二十余年，予竟不知道，你在一夕之间有了这样的公心和博大胸怀！"青碧待要回话，瑞羽已然收住笑声，俯身看着青碧，满面嘲讽地问："你操劳费心，难道真的是为国为民，而不是想邀宠悦己？"

东应听她这句话意有所指，微微一怔，不解何故。

青碧也一愣，迷惑地道："奴婢不知道皇后陛下所言是什么意思。"

瑞羽脸上似笑非笑，话里却字字带刺，慢慢地说："你本就不是一个知道是非的人，这般辛苦奔波，却连自己究竟为什么这样做都不清楚，还在予面前大义凛然，自欺欺人，殊为可笑。只是你那点女儿家的小心思，予此时说破了，却是便宜了你！"

青碧的反应不算灵敏，但也绝不算不聪明，被她一语点破，猛然醒悟，惊恐抬头，与瑞羽讥诮的目光对了个正着，只觉得她的目光犹如雪光银镜，将她深掩心底的那点连自己也没有勇气承认却又确实存在的秘密照得明明白白，令她无所遁形。

人最尴尬难堪的不见得是自己做了什么尴尬难堪的事，而是这件事没有掩藏过去，竟被别人洞悉，完整地暴露出来，每一丝丑陋的印迹都被昭示于众。

青碧在刹那间的明悟之后，脸色唰的一下变得死灰发黑。她以为自己是为国为民，故此背主另投，除去对瑞羽有些微惭愧之外，对别人的诋毁质问根本不以为意，甚至还觉得自己这份不惧身负恶名、为国为民的情操很伟大，足以自豪。

然而瑞羽这轻飘飘的一句话，顿时将她用以自欺欺人的盾牌击得粉碎，令她犹如平地失足，仿佛一念之间已经身在地狱，受业火烤炙。

什么为国为民，都是假的！她其实，不过是因为对东应怀有女儿情思，对他爱慕太甚却又自知无望，不敢明言，故此愿意为他自欺欺人、背主作恶而已！

这一场婚事，每个人的欲望或明或暗地在其中显露，只是借着国家大义这个名分，一逞其欲。

哪有什么国家大义？从一开始，就是私情私欲在作祟！

青碧被揭破心事之后，战栗不能言，全身都被汗水浸得透湿，瘫软在地上面无人色。

东应一直驱使青碧为他的内应，许之以重利厚赏，也一直以为青碧所图者便是重利厚赏，直到今日瑞羽说破关窍，他才意识到其中别有隐情。一瞬间，他竟不知如何是好，呆坐旁侧，默然无语。

瑞羽的怒气发作之后，看到青碧犹如被人抽走了全身筋骨一般地倒在地上，便懒得再费丝毫精力因为她生气，抬手指着殿门，淡淡地说："滚出去！别让予再看到你！"

青碧唇齿微动，却没有再纠缠不休地辩解什么，而是俯身行了个大礼，游魂野鬼般地退了出去。

东应反应过来，略带不安地对瑞羽讪笑道："阿汝，你别生气，此事我并不知情。"

瑞羽淡淡地看了他一眼，冷冷地说："不错，她本就不值得我生气，我早该将她杀了，不必心软。"

青碧在瑞羽面前无数次或有意或无意地为东应说话做事，早有背主迹象，她也不是不曾起意将她调离或者索性除去，但几番衡量，却还是任她留在身边侍候。

一方面是因为青碧是从她儿时就在身边侍奉的近侍，又随她转战万里，真对青碧下杀手，她于心不忍；另一方面，却是因为她屡屡拒绝东应，甚至为了避开他的纠缠与秦望北私自成婚，对东应有所歉疚。所以她将明摆着与东应有私下来往的青碧仍旧留在身边，任她偶尔给他传递信息，作为对他的一份补偿和安抚。

但说到底，她不除掉青碧的理由都是缘于心软不忍，若她当日一怒杀之，也就不会有今天被人当面背叛的恶心感觉。

然而，青碧的出现，除去带给她满腔的恶心感外，更有一种难以言喻的难堪。

为防消息走漏，所有她的旧属都被东应调开，固然是对她的囚禁，但同时免去了她许多难堪。那些不熟悉她的人在侍奉她时会畏惧惶恐，却不会时刻提醒她，她根本就已经与秦望北成了婚，她和东应的婚姻不伦而令她耻辱，无论东应表面上对她如何温柔，千方百计地讨好她，也不能掩盖他强娶强嫁的事实。

青碧来到京都，入为皇后詹事，几乎就是来见证她一生最狼狈、最耻辱也最心痛难堪的时刻，撕破了东应用种种手段伪装的融洽与幸福，露出这一场天下称颂惊叹的盛大婚礼下所隐藏的腥膻与狰狞。

那些她心知肚明却为了有个回旋余地、为了不使自己再增加心理负担而刻意不提的事，终于到了没有办法回避的地步。

她看着东应，长长地呼了口气，问道："秦望北现在在哪里？"

东应的脸色一僵，但这个问题横亘在他们中间，是迟早都要面对的，她不再顾忌，直言相询，他心里也有一种踏实的感觉，回答道："尚在凤州，和青红他们一起，由你的五百亲卫保护。"

这些年来，为了保护秦望北，不让他被东应下手暗除，瑞羽一直将亲卫轮班分派在他身边近身保护，军令如山，只要秦望北还在公主亲卫队的保护之下，哪怕东应派出千军万马，持天子诏前往诛杀，也不是那么容易的事。只是如此一来，就免不了两方在天下人面前撕破脸皮，从而混战不休。

瑞羽悬着的心放了一半下来，道："我要你答应我，放他回琉球。"

东应冷笑一声，"我若不放呢？"

瑞羽深知此生负秦望北良多，却是无论如何也不能让他再为自己丢了性命，面色铁青地回答："你知道后果！"

东应这些天一直对她着意奉承，少有拂逆，但秦望北夺去了瑞羽对他的关爱，是他此生的死敌，令他妒火中烧。他恶狠狠地瞪着瑞羽，怒道："我就不放！我倒要看看，为了那个姓秦的，你会不会真的完全不顾念我，也不顾念这天下安定，当真起兵自毁江山！"

他一怒拂袖而去。瑞羽亦心中气极，好一会儿才扬声唤人，"备车，予要去南海避暑！"

第八十一章
负恩情

成为皇后或许是别的女子最美好最荣耀的事，但对于瑞羽来说，却成了她这一生最大的污辱！

瑞羽身体受制，日常行动仍旧靠人扶持照料，但在册立礼过后，东应就已经除了不许她出万春殿的禁令。她下令要去南海避暑，主管万春殿的女长御柳妙便遵令而行。

南海是东内四个人工湖里最小的一个，因为水不深，便在水面上种了荷花、菱角、荸荠一类的水生植物，游船也尽是仅能容三五人的扁叶小舟。柳妙本以为瑞羽避暑是想去湖心的水榭稍歇，没想到瑞羽下令开船游湖，她微有些吃惊，连忙道："皇后陛下，乘坐小舟不安全，如果您实在想乘船游湖，莫如我们往东海那边去？东海烟波浩渺，清风凉爽，画舫舒适，乘船漫游，听着宫伎调筝弄弦，更宜消暑。"

瑞羽淡淡地瞥了她一眼，道："予统率水师纵横四海，岂惧这小小一个湖泊？速去备船，休得啰嗦！"

柳妙服侍她这几天，已知这位主上日常虽然甚好说话，但她决定了什么事，却是真的说一不二，绝少更改。凭自己这几天的服侍，想以什么情面让她听从劝谏，却是休想。她心里发愁，但还是令人遵命行事，划了几条小船过来，令掌船稳当的老船工载运瑞羽，余者乘船跟在后面缓行护驾。

瑞羽由人扶着上了船，见柳妙也跟着上船坐到她对面，便睨了她一眼。只是清楚柳妙必然负有东应的密令，也不多话。倒是柳妙自己被她这了然的目光一扫，心里发虚，强笑道："皇后陛下病体未愈，需要有人近身服侍，臣在此静候吩咐。"

瑞羽轻嗤一声，哼道："予有何事需要你近前服侍的？"

柳妙尴尬地四下张望，面上却仍旧笑容可掬，"比如皇后陛下想摘摘莲蓬，捞取菱角尝尝鲜，就可令臣代劳。"

"予想尝鲜，也不必你来动手。吃个野趣，你还想败兴？"

瑞羽刻薄地说了一句，见船身左面有丛莲蓬已经弯了头，便吩咐船家泛舟过去，拿了船上剪莲蓬的剪子，在身后两名侍人的扶持下，将莲蓬剪下，靠在船舷边上，亲自撕了蓬包，一粒粒地剥着吃。

荷花丛下躲着的一只打盹的野鸭子被船声人声惊动，扑棱一声拖泥带水地飞出几丈远，嘎嘎嘎嘎地乱叫。这一下动静比老船工掌船入湖还要响，激起无数躲在荷叶荫下贪凉的飞禽。鸳鸯、鹭鸶、翠鸟、野鸭等等或高飞，或低游，或远走，或藏身，繁忙一片，热闹得很。

瑞羽令人驶往藕花深处，也头顶一片硕大的荷叶遮阳，一面看着湖光花鸟，一面悠闲地剥着莲蓬，看上去逍遥仿佛世外神仙。

柳妙见她将荷叶斜放盖眼，一副随着小船的摇荡悠然入睡的样子，不禁心里暗自揣测这位主上的性情。瑞羽的名声之盛，天下无人不知，她自然也是知道的。而在获得东应的器重委任为皇后的中府长御之后，很是下了一番力气向宫中服侍过瑞羽的旧人探听过她的性情爱好。但服侍了瑞羽这几天，她深知探听得来的消息终究不准，想真正获取新主的信任倚重，还是得靠自己用心。

柳妙正打量着瑞羽细做打算，突然听得她在悠然间问了一句话："你看着予干什么？"

柳妙吓了一跳，失声问道："皇后陛下怎知臣在看您？"

"若被人这般肆无忌惮地打量盘算都毫无感应，那予这么多年来，已经不知死了多少回了。"

柳妙只见过她被东应所制束手束脚不得自由的样子，却从没有在她正当声势煊赫的时候与她打过交道，本来对她颇有轻视之意，但这时被她说破心思，尴尬之余，却也顿生几分惧怕之意，干笑道："臣少见陛下如此悠闲之态，一时失仪，陛下恕罪。"

瑞羽轻视地一笑，"予平生最恶有人自作聪明，有话不照实回答，却当着予的面动小心思。"

柳妙忙道："皇后陛下，臣万万不敢。"

瑞羽淡淡地说："这世间胆大包天的人多了，你敢与不敢，予懒得理会。只是你要记得，要要什么小心眼，动什么小心思，最好都在背着予的时候，别当着予的面眼珠子乱转。"

柳妙这下子额头冒汗，情知是真的触犯了瑞羽的忌讳，连称不敢。她本是聪明人，不然也不会被东应看重，在这样的风口浪尖将她调来充当皇后长御。只不过她本是原来西内唐阳林手下的女官，再聪明目光也只及于深宫方寸之地，熟知的是寻常后妃的想法，却终究讨不了瑞羽喜欢。

也幸好瑞羽终究不是寻常女子，面对欲将她杀而后快的敌人她也能安之若素，柳妙这点小心思虽然犯了她的忌讳，却并不值得她放在心上，警示一句令她不敢时刻盯着自己也就罢了。

水风送凉，荷香沁人，瑞羽闭着眼睛一觉睡到金乌西沉。柳妙见她仍旧没有起身的意思，终于忍不住出声唤她："皇后陛下，皇后陛下，醒醒，醒醒，天晚了，该回去了。"

瑞羽早已醒了，只是盖着荷叶在想心事，不愿让柳妙看出来，故此一直静卧不动。以她在行军打仗修养出来的耐心，装睡不动这样的小事寻常得很，柳妙没有丝毫察觉，连声呼唤催促。

瑞羽暗里叹气，等她喊了一阵才懒洋洋地倚靠着船舷，悠然道："还早得很，你吵什么？"

柳妙赔笑道："皇后陛下，已经到了申时，圣上应该正从太极殿那边往万春殿走，与您一起用晚膳。您若再不起身，时间就晚了。"

瑞羽哼了一声，眼睛微眯，却不答她的话，吩咐身后的船工，"把船撑进去一些，予还要采些莲蓬。"

那船工遵命而行，果然撑船载着她去摘莲蓬，柳妙见她丝毫没有回去的意思，心中大急，连忙劝道："皇后陛下，您午膳就没用，晚上还只吃这些零碎东西可怎么行？再者您病体未愈，也该回去用药了。"

瑞羽对她的劝导听若罔闻，好在此时夕阳斜下，暑热渐消，水面上的蚊子成群结队地乱飞，虽然他们身上熏了香，蚊子不敢靠近，但听着那嗡嗡声也十分恼人，只得转船靠岸。

柳妙见她肯上岸，心中大喜，连忙令人备舆来接。瑞羽上了肩舆，吩咐道："去承庆殿。"

柳妙大惊，连忙道："皇后陛下，圣上此时定然已经到了万春殿，等您一同用膳。您这时候去承庆殿，万一圣上等得不耐烦可怎么得了？"

瑞羽轻嗤一声，"他不耐烦是他的事，予又没让他等。"

柳妙这些天将帝后二人的相处情形看得清清楚楚，自然知道眼前这位主上除了在特定的环境下受了挟持，也是真的不怕天子生气。皇后再怎么任性，仍旧是天子的皇后，但她这个被委以重任的长御却不能不怕。一念至此，她不禁满嘴发苦，哀求道："皇后陛下，臣负有重命，这一下午陪您在南海消暑，已经有大不是了，求您莫为难我。"

瑞羽瞟了她一眼，诧异地问："回万春殿是为难予，不回万春殿是为难你。你难道曾经施惠给予，可以恃此让予为难自己去成全你？"

柳妙一腔求情的话都被她哽在了喉头，哑口无言。眼看瑞羽喝令舆驾往承庆殿走，果然没有半分为难自己来成全她的犹豫，不禁苦笑，挥手招来一个小黄门去万春殿报信，然后亦步亦趋地跟着往承庆殿走。

承庆殿虽然暂时闲置，但因为瑞羽移出承庆殿是做了皇后，承庆殿中的一应摆设都还按着旧时安置，只是原本她在承庆殿的宫人内侍，都已经被大批地更换了，如今无一熟识。

瑞羽在两名侍从的搀扶下走进承庆殿，看了一眼空寂的寝房，一种物是人非的悲伤感油然而生。南窗的凉榻上，摆设不算整齐，竹枕旁还有一本翻了小半倒扣着的《东夷异志录》，那是李太后未崩之前用以消遣的志怪杂谈。想来是她殿中的旧人被调离时，还念着她的习惯，不敢胡乱移动，接任者也受了严令只做清洁，故此还能保持她当日读完之后信手安放的模样。

她心念一动，在凉榻前坐下，拿起书卷，拉开榻侧的一只小斗柜，柜中果然还摆着一只碧绿的凉玉匣，匣中装着满满一匣糕点，还散发着甜香。想必是承庆殿里瑞羽的旧属被遣走之前，犹记得装上一盒新鲜的糕点，用这可保不败的凉玉匣放着，备她取用。

瑞羽取了一块糕点含进口中，品了品其中的味道，双唇微弯，眼里波光流动，笑容虽然浅淡，却是她自李太后崩后第一次觉得开心。

柳妙见她自斗柜里取出糕点吃，心头一突，忍不住上前赔笑道："皇后陛下，这承庆殿闲置已久，以前放着的糕点恐怕都已经坏了。您病体未愈，就不要吃这东西了吧。"

她说着冲旁边的侍女使个眼色，示意她上前将糕点拿走。那侍女还没动，瑞羽已经淡淡地说："柳妙，予说过，不要当着予的面眼珠子乱转。你若是眼睛不听使唤，予可以让人帮你从眼眶里取出来，好好地治治。"

她的话透着血腥气，但她的表情却平静得仿佛在说一根草要除了，一片叶子要落了，根本不值得稍加留神。她并非刻意装作平静，而是她统率天下兵马，见惯了腥风血雨，日常虽然宽厚待下，但若惩罚下属过错，等闲刑罚根本不值得她多用一分心。

柳妙虽然自恃有东应为后盾，觉得任凭新后如何骄纵，也不可能真的对自己出手不利。但在听到瑞羽这平静而冷酷的话语之后，还是出了一身冷汗，觉得自己倚为靠山的圣上，未必就真能保得自己安然无恙，不禁心中骇然，强笑道："皇后陛下说笑了。"

瑞羽将枕畔的书拿在手里，找到她以前看过的地方，这才瞟了她一眼，道："你若是连这么一点自知之明都没有，那你最好别在予近前服侍。否则，予治下的军法，你恐怕挨不起。"

柳妙打了个寒战，看到她悠然自得地吃着糕点，翻着志怪，终于明白自己以前深谙的那些宫中盛行的小手段，在她面前根本行不通——无论瑞羽的真实出身如何，她确实在襁褓之中就拥有了至为尊贵的地位，而往后的十几年里，她也一直是制定规则的人，而不是被规则制约的人。只有别人适应她，她不会去适应别人。她会给出规则让人事前就知道禁忌之处，但若有人明知禁忌还敢触犯，那就是真的自寻死路，不足为惜。

柳妙在她两次提醒之后，仍旧因为旧日的习惯做私下的小动作，此时再被她一将，呆立半晌，倏地明白其中关窍，不禁暗里苦笑。她踌躇片刻，突然硬着头皮跪在她面前，干脆地直言，"皇后陛下，圣上有言在先，您所有的饮食都必须由他亲自传上，否则臣便是失职。臣未曾给您什么恩惠，值得您为难自己来成全臣，但臣终究也是您的臣属，还请您垂怜一二。"

瑞羽敲打她的本意，只是厌恶她时时刻刻都盯着自己，使自己行动不自由，心里也备受约束，却没想到她竟然能这么快就领悟在她面前实话直言，远比虚词矫饰更能博得她的好感，反应和决断能力竟都不错。她略微一愣，才道："你这番决断干脆利落，倒不失飒爽之风。"

柳妙直截了当的一句话，见她不止没翻脸，神情反而比以前缓和，便知自己这次算是摸对了她一些脾气，松了口气，望着她吃的那匣糕点，讷讷地说："那，臣是不是可以把那糕点收起来？"

瑞羽正色看着她，缓缓地说："柳妙，你既然自认是予的臣属，就当谨守臣属的本分。进谏是你职内之事，予即便不纳也不会以言论罪；但你若以进谏之名，来控制予的生活，欺主逆上，就休怪予御下无情了。"

柳妙闻言怔住了，瑞羽挥手，"予不管你自天子那里领了怎样的命令，予都不是你可以凭此任意摆布的人，你最好记牢这一点，休得放肆，下去吧。"

柳妙默然，再一次深切地体会到她与宫中其余人等的不同。宫中其余的人，上到嫔妃，下至宫伎，荣辱皆系于天子一身。即便有人偶尔恃宠生骄，也断然不敢完全拂逆君王的意旨，面对天子所遣的别有用意的女官总有几分忌惮畏惧，客气礼让。

但对瑞羽来说，她一生的荣华在于她为这个国家所立的功勋，或许有一天她会为天子所忌，落得身死名败的下场。但那至少也得在军中这一代的将领和老兵都被替换下去之后，绝不会是现在。

她不是恃宠生骄，而是凭着她的功绩本来就配享有这样的权势，堂堂正正地立于世人之前。如果不是这一场出人意料的婚礼，她将一生尊荣，受世人景仰，无人能抹杀她对国家的功劳。

成为皇后或许是别的女子最美好最荣耀的事，但对于瑞羽来说，却成了她这一生最大的污辱！身份的转变，何止令她一番心血空费，更令她负上了洗之不尽的骂名。

是天子有负于她，却不是她有负于天子。

第八十二章
有情痴

阿汝，我答应你！只要秦望北不来京都，只要他不再存有妄想，我就放他走，我放他走！

瑞羽执意不回万春殿，柳妙等人虽然焦急，却终究没有胆量强行将她带走，只得回报天子，奏请天子定夺。

东应闻言又惊又怒，脸上神色瞬息万变。良久，他终于长叹一声，吩咐柳妙，"她本就不是你能控制的人，她要住在承庆殿，就让她住着吧。"

柳妙迟疑一下，问道："那皇后陛下的饮食安排……"

东应凝视着书案上摆着的朱砂，道："照旧。只是她如果决意不吃，就由她自主吧。"

瑞羽知道他在自己的饮食中下了禁制她的药物，他也知道她知晓。他这样做，只不过是想看看在她心中他究竟占着什么样的地位，她愿不愿意在明知他用意的情况下委屈相就。

他可以趁她不备用尽手段困她一时，但像她那样的人，要困她一生，何其艰难？总要试试她在木已成舟的情况下，是否愿意为他将错就错。

他违背她的意愿，隔绝她与外界的联系，下药禁制她的行动，囚禁她的自由，借着李太后的名义拆散她的原配，令她背负世间的骂名，强娶成婚，却还想让她因为事已至此，委屈默认。

他仗着她对自己的关心爱护，巧取豪夺，为所欲为，是很卑鄙；但若不如此，他一生都无法触及她的指尖，更谈不上得到他梦寐以求的感情。

哪怕明知这是罪孽，他也已经昧了良心一步步地走到今天，再往下走，并不困难。

身边纠缠在一起的东西太过沉重，令人不堪承担，有时候瑞羽会宁愿自己是个傻子，完全不懂得人间的哀愁，也不愿自己清楚地认识自身的处境，进退无路。

瑞羽在承庆殿居住的日子，因为没有在万春殿时那么紧促的囚禁而显得平静了不少。她每日早早起身，除去在宫中的几个海中消暑之外，就是将偏殿书房里的许多她少年时想看却忙于军国大事而无暇去看的书搬了出来，阅读忘忧。

柳妙冷眼旁观帝后之间的风云变幻，心知这一时的平静绝不是天子准备放手，或者新后认命不争，若不缓和一下这种剑拔弩张的对峙局面，他们之间根本就是一个无法破解的死局。她心里焦急，几次想引瑞羽召集五坊的宫伎寻些解闷的玩意，可瑞羽还在为李太后守孝，又怎么会召伎作乐？

时间一天一天地过去，瑞羽平静地住在摆设如旧的承庆殿里，有时会恍惚觉得一切都没有改变，自己还在少年时代，只是再也没有了少年时那种睥睨一切、飞扬洒脱的雄心壮志，沉郁得都不似她自己。

事实上，自从她得知东应对她怀有别样的情愫以来，她何曾有过一日少年时代的舒心肆意？

在这段时间里，她每夜都辗转难以入眠，好不容易睡着了，又噩梦连连。这天夜里，她似睡非睡地躺了许久，突然感觉身边有人。

幽暗的室内只有几缕窗外透进来的星光，她睁开眼睛，便见东应坐在床头，两鬓濡湿，一身水汽，几缕头发贴在他的面颊上，越发衬得他面白如雪，满眼恐惧。瑞羽微微一怔，他已经扑过来抱住了她的脖子，就像他小时候无数次在受到惊吓需要安慰时那样。

他身上穿着的薄纱中衣此时已经湿透，仿佛才冒着夜半阵雨匆匆赶来，全身就像在冰窖里冻了一番似的，冰凉一片，抱住她的同时还打了个寒噤，同时又因为她身上传递来的温暖而发出一声满足的叹息。

瑞羽不知究竟发生了什么事，但他这样形容狼狈可怜地出现在她面前，她的戒备之心未起就已经被与他相依十几年养成的习惯压了下去，近乎本能地反手拥住他，轻抚他的背脊，温柔抚慰，"小五，莫怕，莫怕……"

东应紧紧抓住她，喃喃地说："我做了一个噩梦，梦到你抛弃我了，你把我一个人留在京都。太极殿又大又空，阴沉黑暗，我一个人躺在床上，死了很久，都快要腐烂了都没有人……"

瑞羽被他这句话吓了一跳，在他头上拍了一下，嗔怪道："你胡说八道什么！"

东应低声一笑，意味难明地道："昔日齐桓公春秋雄霸，可身死之后，尸体停于寝室六十七日，腐烂生蛆也没有人过问。如果你真的弃我而去，我一人执掌天下，无人可为倚恃，哪天死了又有谁关心呢？至于我死之后，是不是当真落得与齐桓公相似的下场，那就更难说了。"

唐氏宗室迭遇变乱，生者十不存一，其中有政治才能的人更是少见，东应上无父母亲族，中无兄弟姐妹，膝下只得一女。而更令人担忧的是，乱世的余波刚过，新的秩序还没有完全成为臣民遵行的习惯，许多怀有野心的人尚未完全断绝忤逆的想法，东应的臣属里就有不少人忠心堪忧。

东应处在这样的位置上，如果她当真离去，他就失去了最能信任的人，少了最有力的支撑，到那时他会遇到些什么事，又有谁说得清呢？

瑞羽心头一紧，柔声道："别胡思乱想，你是至尊天子，齐桓公不过是春秋一霸；你正当盛年，齐桓公老弱病残；二者怎能相提并论？"

"我不是胡思乱想，我只是，怕你真的会离我而去！"东应就着淡淡的星光凝视着她，喃喃地说，"阿汝，别离开我！这世间我只有你一个人可以依恃，可以信任，可以爱恋，可以同生共死……如果没有你，我不知道我在这寂寞阴沉的宫城里住着还有什么意思。"

瑞羽一时无言，过了会儿，才笑道："宫城富丽堂皇，哪里寂寞阴沉了？且你身为天子，自有贤能智士为你尽忠，红粉佳人与你相知，何愁无人与你同生共死？"

"这世间还有哪个贤能智士能有你对我这样用心？这天下又有哪个红粉佳人有你我之间这样的情意？阿汝，我只要你一个！我只要你！"

他紧紧地抱着她，似乎想将她揉进自己身体里，永不分离，"阿汝，我答应你！只要秦望北不来京都，只要他不再存有妄想，我就放他走，我放他走！"

瑞羽一直担心他会对秦望北猛下杀手，为此暗里筹谋多时，陡然听到他居然明白地答应放他走，她竟呆住了，分不清是因得到了一直想要的承诺而欢喜，还是因为意料不到这样的结局而惊讶，轻"啊"一声，难以置信。

"阿汝，只要你不离开，不管你要什么，我都可以答应你！真的！"

他恳切地望着她，眼底尽是痴恋，"阿汝，你答应我，留下来，我们一起创建皇朝万世之基，一起共享这天下至尊之权，直至我们百年之后，史册之上我们的名字也相依不离！"

他一脸的殷切之情，就像过往的那些日子一样，他将自己的心事坦露在她面前，恳请她垂怜眷顾——自他初次向她表露心怀，时间已经过了多久了？她又拒绝多少次了？

近十年的时间里，她无数次地拒绝，每一次看到他黯然神伤的样子，都以为他会就此放弃。然而他在经历了无数次的伤心之后，无论怎样恼怒，怎样痛恨，竟然仍旧执着地保持初衷，一次又一次地站在她面前，将他所有属于少年爱慕的情怀都送到她面前，任她践踏蹂躏。

一个女子面对维系了这么长时间的热情，哪怕对方是自己完全没有好感甚至厌恶的人，也不会完全无动于衷，更何况他是她从小关心爱护、遇到危险时宁愿以身相代的人？

她怔忡地看着他，蓦然之间心如刀绞，两行眼泪自睫间滴落，喉头犹如被堵了团棉花似的，声音低哑，"小五……"

"别叫我小五，我已经长大成人，现在是你的夫婿，你应该叫我五郎。"

她的下颔抵在他肩上，轻轻摇头，叹息，"不成的，小五！我与秦望北的婚事虽然不得世俗承认，但我和他已经拜了天地，立誓相守……"

他霍然睁大眼睛，蛮横地叫道："你们的婚姻不算，誓言不算，不算不算统统不算！"

"怎么可能不算？小五，人之所以异于禽兽，是因为人懂得伦理纲常，信守承诺，不管能不能得到世俗的承认，许诺了，立誓了，就应当遵守！若连曾经立誓的夫妻人伦都可以不认，那与禽兽又有多少分别？更何况秦望北对我情意深重，我怎能辜负他？"

"秦望北有多少情意，能与我们二十几年相依相伴、同生共死的情意相比？"

他红了眼睛，怒道："他只不过是趁着我们困难的关口，乘危而入！他不过是个强盗而已！"

在执掌天下的至尊天子面前，想为秦望北争一个名义上的公平，根本没有可能。瑞羽苦笑，轻声道："不管怎样，他都是我立誓嫁与的夫婿！我可以欺人欺天，但我欺不了自己的心！小五，我过不了自己这一关！"

她语气中深沉的无奈听进了他的耳里，令他恼怒愤恨，随之他突然灵机一动，猛然坐起，握着她的肩膀急切地问："你只是限于当日与秦望北的誓言，对他亏欠负疚才拒绝我的，是不是？是不是？"

是与否，只需简单一字可决，瑞羽凝视着东应欣喜期盼的脸，手掌潮湿一片，心头的痛楚异常清晰，轻轻摇头，"不是。"

她到现在，相信他确实是真的爱她；她也承认，自己对他终究不是仅有亲情，但他们已经错过了。

最初是时间不对，而后却是他用事有差。一步错了，接下去无论多少步，都只会在岔道上愈行愈远。

无论是什么原因，无论他如何纠缠，无论他怎样痴恋，她的性格已然决定她永远不会选择一个试图用强权限制她的自由、用大势迫使她低头的男人。

他是她最信任关爱的人，可他给了她最沉重的打击和最刻骨的耻辱，虽然因为二十年的情义她始终无法真正地恨他，无法将他当成敌人报仇摧毁，但有了那样的过往，再想令她亲近信任他，却是终无可能了。

第八十三章
刀兵向

　　我们曾经相依为命二十余年，我不愿看到哪一天你尽展帝王心术来对付我，以至双方兵戎相见，反目成仇。

　　夏日天气多变，天子携皇后庙见的这一天，辇车初出宫门之时还晴空万里，待到太庙前的神道前却阴云四合，天色黑得似乎天穹将要倾覆。

　　东应先步下辇车，然后转过身来扶瑞羽。瑞羽此时日常行止已不受药物所制，走动不似婚礼之初需要侍人扶持推行，也能说话。但这时候她看了一眼东应，却还是搭着他伸出来的手掌，徐徐下了辇车，与他一起踏上了御道，往太庙走。

　　唐氏国祚绵延三百多年，历多任帝王，加上配享的后、妃、宗室、功臣，太庙里供奉的尊讳过千，除去供奉开国高祖父子二代帝王的主殿之外，四散簇拥着的配殿共计二十六座，加上各位准备祭祀礼仪的外围屋宇、侍奉香火的侍人的居所，太庙占地极广，几可与东内禁宫相较。

　　只是安氏篡权之后，曾经将唐氏的宗庙捣毁，神位迁走，屋宇毁损无数，虽然重返京都之后，宗正府根据史料记载将那些被毁损的庙宇和神位逐一修复，但国家新立，西边不靖，能用来修缮宗庙的钱财有限，太庙仍旧显得破败。

　　山雨欲来，风乱树梢，太庙在高大古木的遮掩下，影影绰绰，虽是盛夏之季，但远远看去，竟然透着一股寒冬的肃杀。

　　东应紧紧抓住瑞羽的手，脸上的神情似乎是太多情绪交织在一起，反而变成了一种空白的平静，而他身边的瑞羽，表情竟与他如出一辙。

　　太庙主殿大门洞开，主持庙见之礼的宰相林远志正庄重地等待他们前来，东应的目光与他一接，见他微微点头，当下心中一紧，掌心不由自主地渗出一层薄汗，侧首看着瑞羽秀美的容颜，有一种难以言喻的痛苦涌上喉头。他忍不住轻叹一声，喃喃地说："阿汝，若我们可以一直这样平顺地携手同老，不知有多好。"

瑞羽眉梢微动，轻叹一声，并不说话，和他一起跨进了主殿的大门，按祖制在高祖位前以太牢祭祀奉礼，才转往后面的端敬皇后、李太后、东应亲祖宣宗皇帝所在的配殿奉礼。

太庙自高祖立庙以来，为免子孙重亲而忘祖，便下令后世子孙的配殿必须按辈分排位于历代祖宗庙后，不得僭越。李太后是皇朝至今为止所葬的最后一位太后，神位所安的配殿离主殿极远，沿途柏木森森，古树参天，本就已经暗沉的天色越发晦暗，仿佛夜色已至。

李太后的神位还很新，神龛上的画像颜色鲜丽，绘得极其传神，站在画像之前，令人油然生出一种正被她注视着的感觉。

瑞羽一眼看到李太后的画像，鼻子一酸，不由得忘却了身外之事，急行两步，靠近她的画像，想伸手摸一摸她，却被供台远远地拦阻在外。

她的祖母已经没有了，再不可能像过去那样，在她遇到什么心烦的事时陪伴她、抚慰她了。而她与东应变成今日这样，若是祖母泉下有知，必然伤心吧？

东应站在她身边，与她一起凝视着画像上的李太后，久久没有说话，仿佛与她一起陷入了沉思。

不知过了多久，天边堆积的乌云发作起来，雪亮的电光龙蛇乱舞，惊天动地的霹雳震得连殿内的铜器也嗡嗡作响，一个提着香炉的小女史吃不住天地之威的震慑，手下一滑，香炉砸在地上。

东应怒瞪那女史一眼，喝道："一个雷响就把你吓成这样，滚出去！"

小女史吓得脸色发白，赶紧捡回香炉，战战兢兢地叩首退出殿外。她一开门，狂风就裹着铜钱大的雨点呼啸着灌进殿中，吹得香案前的长明灯火焰摇曳，几乎熄灭。

一干侍从连忙七手八脚地把殿门掩上，眼看天子脸色沉得与殿外的天空相若，都心中畏惧，不敢出声。

瑞羽有心在李太后面前将此事了结，便拂袖道："你们都出去。"

众侍从不敢立即答应，偷瞄了东应一眼，见他也颔首许可，松了口气，连忙躬身悄无声息地退了出去。

屋外风雨交加，因为闪电的刺耳光芒，瑞羽的眼睛微微眯了眯，待到雷声过后，才道："你刚到西内的时候，也怕雷雨。"

东应轻"嗯"一声，"你小时候还不是一样？偏偏还要逞强安慰我。"

"我年长于你，自然应当承担长者的责任，保护你一些。"

东应舒眉笑道："自入了西内，你就待我极好，连我的父母兄弟姐妹也没有你待我好。阿汝，在我遇难惶恐不安之际，却得到了你的关心爱护，你不知道我有多高兴，那真是我此生最大的幸运。"

他忆及幼年往事，眉目舒扬，眼眸泛光，显然十分开心。瑞羽被他的情绪所染，心中的一片酸涩苦楚间也微微泛出一丝暖意，柔声道："我自幼无父无母，也没有兄弟姐妹，王母管教严厉，老师督导急切，宫人内侍都不敢与我亲近，在东内寂寞得很。你入了西内，我有你陪伴，也是天赐的福缘。"

东应抓紧她的手，凝睇笑问："我那时候为了引你多在我身上用心，想方设法地找碴儿闹事，任性得很，你烦不烦我？"

"我只有你一个玩伴，何况你任性胡闹的事有很多是我想做但碍于王母和老师的严令不敢做的事，我虽然有时候也恼怒生气，但心里其实很高兴，很满足。"

被人信任依赖，就会不由自主地回应对方，以满足他的意愿为乐，这大约是所有人都会有的一种感情倾向。他和她同在正渴望得到同龄人陪伴的时候相遇，进而相依为命，这份感情自然也就越发浓烈，以至于在往后的十余年间，她任他索求，绝少拒绝，甚至于有时候会忘记了自己可以拒绝。

东应在她几次三番拒绝之后，仍旧不肯放弃，终至令她有囚禁之难，除去他对她的情深难制外，未尝不是因为她过往对他的纵容太过，让他有恃无恐，泥足深陷。

瑞羽回想起少年时代的那些光阴，对照如今的处境，感慨万千，一时难于言表，怔怔地望着李太后的画像，喃喃地说："若是我们一直不长大，和王母快乐无忧地生活在一起，那不知道有多好。"

东应怅然道："少年的时光固然快乐无忧，但若我们一直不长大，太婆一人去面对江山日渐沦落的艰难局面，却也不行。"

"是啊，人总是要长大的，去承担应尽的责任，学会独自面对风雨。"

瑞羽轻叹一声，看了他一眼，脸上的神色似嗔似喜，轻声道："如今你我都已经长大成人，不再惧怕风雨雷电。你更是贵为天子，坐拥至尊权柄，已经不需要我的保护了。"

"谁说的？我一直需要你，无论什么时候，唯有你在我身边，你对我有保护之心，我才能获得安宁。"东应深深地凝视着她，心怦怦乱跳，咬牙道："阿汝，这是我最后一次请求你，应允我留在我身边。"

瑞羽摇头，"不可能的。"

二十余年相依为命的亲情，十年的纠葛交织，他太过了解她的性情，知道她此时突然提及少年时光，对自己温情脉脉，必然是已经做了决定，心中一冷，凝声问道："你要走？"

瑞羽看看他拉着自己的手，惨淡地一笑，道："不错，我今日拜别了王母就走。"

东应指尖一颤，猛然收手，冷声问："即使我们已经有了夫妻之实，即使你已经是我的皇后，即使你离去必然使我失去最信赖的人，无可倚恃，孤寒一世，你也不再存半分情意，一定要走？"

"朝野之中，尽多忠义有才之士，足以让你倚恃；天下佳丽，无数温柔解意之女，可以慰你寂寞。"

她微笑着，心底有一种对自己的讥讽，淡淡地说："我其实早已成为了你的障碍，只是我总是执迷不悟，不肯相信而已。我们曾经相依为命二十余年，我不愿看到哪一天你尽展帝王心术来对付我，以至双方兵戎相见，反目成仇。"

东应脸色乍青乍白，胸腔急剧地起伏，良久才哈哈一笑，声音沙哑，"兵戎相见，反目成仇？你若不肯留下，顷刻之间我们就会成仇敌，还用等哪一天？！"

瑞羽满腔苦涩，双眼微瞑，似乎问他，又似乎自问："不成眷属，便是仇敌？"

东应厉声笑道："正是如此！你想中途弃我而去，我怎能容忍？留下来，或者离开，就此和我断情绝义，只在你一念之间，你选吧！"

瑞羽再看了李太后的画像一眼，想到她尸骨未寒，她与东应就反目成仇，心中无限悲凉，只是她去意已决绝不会动摇，反问："若我要走，你会如何？"

她是询问，却不是犹豫。东应心中气怒交织，两眼中最后一线温和完全泯没于眸底的深幽戾色中，长长地吐了口气，扬声厉喝，"广明！"

殿外有人应声回答："末将在！"

瑞羽久经战阵，对兵甲气息有常人所没有的直觉感应，入庙之初就知道这宽阔的殿宇群落里暗伏着无数甲士，听到这一声应诺，并不意外，合目道："看来你准备得很是充分。"

东应猛一咬牙，自袖中取出一物掷到她身上，冷声道："这诏书乃是经政事堂五位宰相共证的传位之令，宫中已经记档存底，你此时杀了我，尽可执此摄政临朝，自为女主！否则我必定将你强留于此，你就是死也只能死在我身边！"

瑞羽看了一眼盖着传国玉玺和宰相印的传位诏书，微微摇头，放回他手上，淡淡地一笑，"你是我前半生所有努力的凭依，若我能对你出手，毁去自己心血所积，我的人生岂不空虚荒谬？你若要杀我，那就来吧！"

她不再看他一眼，向李太后的神位跪伏拜别，转身离去。

殿外，急风惊雨，电闪雷鸣，甲士四围，刀锋森寒。

第八十四章
同生死

初时的杂乱之后，所有的声音汇集在一起，变成一声铿锵的誓言，

"臣等追随殿下，誓死效忠！"

殿外四伏的甲士，有很多她熟悉的面孔，有些是宫中的禁卫，有些是东应亲自挑选的将领，还有一伙做游侠打扮的奇异之人，为首者是曾经为她远征西寇收集当地地理军情的并州游侠钟称。

看到她走出殿门，三千甲士游侠面上皆有异色。她的目光从他们脸上掠过，浅浅一笑，徐徐道："予曾为天下兵马统帅，治军极严，今日竟有幸被昔时的下属兵刃相向，真是令予始料未及。"

广明拱手行礼，朗声道："皇后陛下，末将奉圣旨在此拦截，不许放您外出。只要您不违逆圣命离开此地，末将万万不敢失礼。"

瑞羽的目光再转到钟称脸上，淡淡地说："予在西疆也曾延揽钟卿从伍，钟卿只道无意功名，却不想今日竟在此地再见卿家为上效力。"

钟称略带惭色，旋即摇头笑道："殿下误会了，在下此来不为功名，而是求与殿下一战。"

"嗯？"

"在下自幼习武，苦练技艺三十余年，自以为不是庸才，可在十年之前武功到了一定境界却停滞不前，尽管在西域淬砺十几年，仍旧难以突破。一年前的平西大战，在下侥幸于混战中瞥见殿下与敌交手时的风范，心生凛然，有所感应，但还是隔了一层，不能尽窥妙境。"他顿了顿手中的钢枪，又道，"殿下的武功之高实为在下生平仅见，相信若能与殿下交手印证，在下必能破除迷障，武功更上一层楼。可惜殿下身

份尊贵，在下身份卑微，求战而不可得，故只能借此时机，请殿下指教一二。"

"平西大战夺我无数将士性命，予身为主帅竟也不能不披坚执锐与敌近身搏杀，实为予统兵之耻，想不到在钟卿眼里，竟还堪一提。"瑞羽眉梢轻扬，淡淡一笑，"钟卿痴于武道，实在难得。只是此战予不会留手，若钟卿为了这一点执念就此伤殒，不免可惜。"

钟称朗声大笑，道："朝闻道，夕死可矣！殿下若能令在下冲破关卡，一窥武道再上一层境界的妙景，在下纵是死了，也胜过茫然无绪地追索奔波。"

他说着突然松手将手中所持的钢枪掷了过来，当的一声，钢枪入地尺余，插在她面前的青砖缝隙里。他笑道："殿下擅长用槊，可惜在下没有，就请殿下以枪出招吧。"

瑞羽本待自禁卫手中取用兵器，但他肯将手中的钢枪让给她用，她自然不会客气，轻轻把枪拔起，在手中掂了掂，道："这枪分量是顺手了，可惜没有红缨。"

钟称笑道："殿下本非世俗女子，难道还讲究兵器好看？"

"枪束红缨，不是为了好看，而是为了引血外流，以免血流沾手湿滑。"

钟称怔住了。瑞羽看到他的表情，微微摇头，轻笑，"这就是重于练武、疏于杀人的游侠和勤于杀人、以杀淬砺武功者的区别。钟卿，你所求武道，与予迥然不同，为此冒险并不值得。"

武功的境界是怎么突破的？那是见过无数杀戮，经历许多生死险关，却始终不被迷惑至诚之心，用铺天盖地的血腥和坚定不移的志向淬砺出来的。仅是持剑快意恩仇、杀人有限得很的游侠儿，如何能与她这指挥千军万马、杀人盈野的长公主相提并论？

何况钟称游侠四方，一心只求武艺精进，却难免限于眼界，没有她这种居于高位的胸襟与气魄，也就难以体会各种境界的微妙之处。

她没有主动出手，满庭甲士也不敢出手，甚至连一丝喧嚣也没有，只是静静地等候天子的命令。

东应负手而立，面上颜色洁白如雪，一颗心已经痛到了极致，却变成了冰冷的麻木。他的眼睛望着殿外的风雨，心思却飞到了极遥远的地方，似乎完全忘掉了身外之物，也听不到瑞羽和钟称的对话。良久，他突然重重地叹了口气，道："这天气跟十年前隐王之乱鸾卫出征的那个晚上，真像啊！"

十年前的那个晚上，她第一次披坚执锐，领鸾卫出征，与唐阳景决战。那个晚上，风雨如晦，她踏上了以武力保护至亲至爱的道路，百死不悔；今天是白天，风雨依旧，她持枪而立，锋刃所向，却是她誓死保护的至亲至爱！

这是怎样的讽刺？怎样的痛苦？怎样的悲哀？

她静静地取出手绢，代替红缨往枪上系，面色平静得仿佛根本没有听到他的话，手指的动作丝毫不乱。

庭院中的风雨似乎都因为双方对峙的紧张而凝滞了许多，她的一举一动却仍旧从容不迫，仔仔细细地将手绢系得整齐结实后才挺枪前行，厉声喝问："谁要动手？"

与此同时，东应也厉声喝道："将她拦下！"

这一刻必将来临，来临之际他们心中未尝不痛不恨不伤不悲，但无论如何痛苦悲伤，已经下了决定、叙了别情，他们都不会动摇自己的心志！

若没有这种坚忍得对自己也残酷无情的性格，她怎么以一介女儿身而统领翔鸾武卫，转战千里，所向披靡？他怎么从百难之中励精图治，延揽英才，君临天下？

她要走和他强留的心意都如此决绝，根本没有丝毫缓和的余地。

正挡在她面前的一群游侠闻令阻拦她前行，钟称手无兵刃，大喝一声挥拳直击。瑞羽左手提枪横扫，劲力透处，枪杆震荡，嗡嗡作响，带着凌厉的呼啸挡住他的直拳，登时将他挡了出去。

钟称落于下风也不气馁，回身抬腿飞踢，撞向瑞羽手中钢枪的后柄。岂料他这一脚只踢到中途，瑞羽手中枪柄已然斜挑，点在他脚踝节部，同时她左手反掌挥出，接住他遇险反击的长拳，喝道："求道者不易，你退出去吧！"

钟称一声未出，身体已经腾云驾雾般地飞出了战圈，落在广明身边，扑通一声砸得地面都震动了一下，脚踝和手骨尽被她递出的劲力震碎，性命虽然无碍，再战却是无力了。

他两拳一腿递出仅在一眨眼之间，略微接触便被打退。若说他前面的拳脚，她都是仗了兵器对他空手之便，后面这一掌反击却是毫无花巧地硬碰，且是在她已然欺入游侠群中激战不能全力以对的情况下，将他一掌击退。

这伙游侠乃是林远志向天子力荐的，只道他们惯于徒手搏斗或者以棍棒为兵器，可以不伤皇后将她生擒。谁料他们个个看上去体态彪悍，真动起手来却根本没有谁能挡得住瑞羽一枪。

广明虽然瞧不起游侠，但钟称既然曾为平西大战出力，且为瑞羽称道，这身份便不同了，因此他受伤落地，广明连忙将他扶起，问道："钟兄伤势如何？"

钟称身受重创，却完全忘记了身上的痛，犹在回味与瑞羽交手瞬间体察到的她的劲力运用之妙，骇然道："好刚猛的内劲，好细致入微的运用……武功入道，原来不是求力量的突破，而是对力量的控制要入微。入微……入微……如何才能像她那样做到对力量的感应和控制入微？"

他痴于武道，此时有所感悟，竟就这样痴痴呆呆地看着庭院之中的杀伐，连伤也不顾，陷入了沉思。

广明懒得再理这武痴，眼见瑞羽一杆钢枪使开，漫天风雨竟被她的枪势激出的劲力挡得侧流，百余名游侠无一人能阻她分毫，地上的积雨随着她的脚步起落，波纹涌动，开出朵朵血腥红莲。

重围如幕，她手中那杆长枪却撕开了重重铁幕，杀出了一条血路，蜿蜒向前。甲士前仆后继地持盾上前阻拦，但所结的阵势尽被她破隙侵入，直中要害。她的脚步虽然不快，却一步一步地离开了狭窄的中庭，一人一枪，竟然杀透甲阵，穿庭而出。

广明眼见瑞羽已然一身出阵，又惊又惧，连忙上前对东应道："圣上，皇后陛下这样的攻势，如果将士们依然只持盾防她出走，却不主动出击，只怕留她不住。"

东应看着她持枪破阵，渐行渐远，更不回头，掩在大袖之下的双手不由自主地颤抖，双眸冰冷幽深，淡淡地说："你急什么，中庭之外还有一万禁卫，主殿周围更有十万神策军重重布防。她再强横，又有多少体力可以杀出太庙？"

说话间主殿方向突然传来一阵金鼓号角之声，一种战场厮杀独有的凛冽气息混在风雨里，慑人心魄。

东应听着鼓点里传出来的信息，轻轻地笑了起来，声音里似聚着千年的寒气，一字一顿地吐出，"秦望北，他来了……真好，朕倒要看看，为了这个海外蛮夷，她是不是真的舍得对朕下手！"

广明听着他似乎自语的话，不敢接口，身体却不自禁地打了个寒噤。

瑞羽掌中钢枪上系着的手巾，早已被鲜血浸透，每一枪刺出，必然有人伤于其下，但她的神色丝毫没有惧意。要么不战，要战即摒除所有的情感，唯取胜利。这么多年的军旅生涯早已将她的心境磨得通透，不会因为血腥杀戮而迷失本性，也不会因为无谓怜悯而纵敌伤己。

这是战场，也是她一生最能尽情挥洒才能的地方。

过往的数百场战役，她都背负着指挥全军作战的责任，为保护她的至亲至爱、守卫江山社稷而战。只有这一战，她不用背负臣属的期望，不是为了别人的安危，不是为了江山社稷的归属，完全只是为了她自己而战！

仅是为了她自己！

这一战，令她前所未有地伤心，但也前所未有地痛快淋漓。

她前半生承担的、牵挂的、顾虑的东西太多太重，唯有此战，她什么都不用考虑，什么都不用承担，仅是为了她自己而战。她身陷重围，但心里那份独属于武者的骄傲却被激了出来，竟是无比兴奋。她长啸一声，钢枪仿佛蛟龙入海，将盾阵撕开，在阵中纵横无忌。

雨势略缓，中庭外的广场突然传来一阵雷鸣般的马蹄声，一队人马冲破拦截瑞羽的军阵，向她这边靠拢。

这队人马人数不过百余，却每人驭三马，骑士个个身强体壮，骑射精湛，前驱陷阵的马披着甲胄，挟势而来，所到之处，仿佛破浪排空，正与瑞羽呼应相接。阿武在马上大叫："殿下，上马！"

瑞羽挑飞挡在前面的一名甲士，纵身上马，厉声喝问："主殿方向的战事是怎么回事？"

阿武回答："是袭扰分敌的奇兵，殿下快随我走。"

瑞羽面对重围时镇定自若，此时听到他的话却不禁面色微变，斥道："予只下令你们沿途备马，在灞上接应予，不得轻举妄动，是谁私自强攻太庙的？"

阿武挥槊冲杀，没有回答她的话。翔鸾武卫为天下精锐，而长公主亲卫更是其中枭雄。戍守宫禁的卫士虽然也训练有素，毕竟未经严酷战阵，远非敌手。公主亲卫接回主上，精神更是见涨，三百铁骑汇在一起，便如一股钢铁洪流，奔腾呼啸，势不可挡，将广场上的禁军盾阵冲溃，杀出太庙。

广明大急，忍不住惊叫："陛下！"

东应冷冷地一笑，"传令牛五星，神策军合围！"

他下令的同时，瑞羽亦在下令，"令主殿那边的将士后撤！"

太庙没有城墙防御，又因设有皇庄，附近不允许百姓随意砍伐捕猎，道路四通八达，而森林草木茂盛，只要离了太庙尽可隐入山野荒原，从容逃离。

瑞羽选择了庙见这天离开，意在从此地离开方便；东应跟她选择了同样的地方和时间，是为了尽量将此事控制在极小的范围之内，以免朝政不稳。

瑞羽传令下去，但旗语打出去，得到的回应却不是遵命撤退，而是让阿武护送瑞羽先行撤离。

瑞羽一见这情况，便明白此事必然离自己原来预计的局面偏离太多，主殿那支意在吸引兵力的队伍此时恐怕已经陷入了重围，根本无法脱离战场。

"主殿那边究竟是谁统领？带的是哪支队伍？为什么在予严令不得主动出兵的情况下，仍然有人抗命直袭太庙？"

阿武急道："殿下，我们须得早脱险境，到灞河与水师的伏兵相合。至于其他的事，以后再说！"

"混账，予身为主帅，岂有不明战略布局撇开部属仓皇出逃之理？主殿那边究竟谁在统率？带的哪方兵力？共有多少人？原本如何安排的退路？"

阿武脸色乍红乍白，但始终不说话，只是一个劲地催促瑞羽，"殿下，您先走吧！走吧！"

他说着挥刀来赶瑞羽的马，却被她沉枪拨开。此时她细看身边跟随的亲卫的神色，凝神倾听主殿那边传来的声音，已能从熟悉的作战节奏中猜出那边鏖战的究竟是哪支队伍，领兵者是谁，刹那间心如死灰，"你们怎能调兵强攻太庙？这是坐实了叛逆大罪、累无数兄弟陷入绝境的蠢行啊！"

阿武倔强地抬头，道："天子不义，对殿下竟然囚禁加害，我等就算不出兵拯救殿下，难道就能不遭猜忌、死于安乐吗？"

瑞羽统兵十余年，国朝能战之士多是她统率过指挥作战的下属，但真正的嫡系，当属这十余年来跟在她身边的三千亲卫兵。在她身边的亲卫跟她接触的时间多，站的位置比别人高，见识也就比别人强，晋升封侯的机遇更比别人好。因此他们对她的忠诚，也就比普通士卒强烈许多倍。

东应要用她为饵，引诱忠诚于她的将士自投罗网，边疆戍守的将士因为消息传递费时的原因，未必能够及时做出反应，但她这三千亲卫却是首当其冲，绝难幸免！

阿武说得没错，这一场事故，不发则已，一发则不可收拾！心病已在，双方都无法再信任对方，唯有鱼死网破。

"这次来攻太庙的共有多少人？多少马匹？"

阿武还不想回答，她已然断喝一声，"说！"

诸卫久在她积威之下，惯于服从她的命令，违命两次已经是壮了胆子，被她发怒当面一喝，再也不敢隐瞒，"因为沿途关卡甚严，又没有殿下钧令，能调动的人不多。仅有先前随殿下还都被您在途中撤下的三百余骑兵，会合保护秦先生的五百亲卫，还有秦先生不知从哪里调来的二百死士，共计一千人，二千五百匹马。"

"三辅关防严密，你们有多少兵器甲胄？"

阿武脸色一僵，黯然道："兄弟们为防被人发现，分散了混在各路商队中进入三辅的，兵器只能做到每人一刀一枪，弓弩和甲胄却只有我们这一百人是齐备的。"

瑞羽只觉得头顶的血液都凝固了，睁大眼睛，慢慢地问："你是说，中原领着九百名没有甲胄、兵器不全的兄弟，直面数万神策军？"

诚然，她麾下的亲卫个个都是百战余生的勇士，在与西寇大战的百万军阵中，曾随着她直取敌帅，斩旗夺将。但那时候他们个个甲胄齐全，兵锋锐利，人配双马；而现在，他们却身无甲胄，兵器不全！

再勇猛的将士，兵器甲胄不全的情况下去面对数十倍于自己且兵甲精良的敌人，也无异于送死！

阿武及众武卫如何不知其中关窍，想到袍泽必然无幸，惨然道："请殿下前往灞水与郭涛将军会合，末将立即回身救援同袍兄弟！"

"你不走？"

"我怎能抛弃袍泽……"

"予就可以吗？"

阿武哑口无言，怔了怔才道："殿下，兄弟们舍弃性命前来，正是为了救您出困。为了让这些兄弟的舍命相搏值得，请您务必离开！"

瑞羽回头望着追随左右的将士，心头一片悲凉，缓缓摇头，"你让予踩着最忠诚的将士的血骸，心安理得地逃跑，苟活于世吗？"

"不，不是苟活于世，而是您活着才能召集旧部，为死去的兄弟们报仇雪恨，夺回您应有的权柄啊！"

"我们转战天下十年，无数兄弟血洒疆场才换来天下太平。然而，在天下太平之后，予又高竖旗帜，召令旧部为了予一己之私向昔日的袍泽拔刀相向，再杀一个血海尸山，白骨盈野。阿武，你真的愿意这样吗？"

一阵密集的雨点打来，将瑞羽枪尖上的鲜血洗净，露出经过刚才的鏖战已经转钝的狰狞刃口。面对重重围困和刀山剑林，她不觉得累，但此时握着布满杀人痕迹的钢枪，她却觉得疲惫至极，闭眼道："予为这个国家的安定征战十年，已经累了，不想再为了权位，再去征战一个十年……"

阿武心胆俱裂，大叫："殿下不可！"

瑞羽不答，勒马回头，向雨中簇拥她左右的百余亲卫问道："予还是不是你们的主公？”

　　诸卫士愣了愣，纷纷回答：“是！”“当然！”“殿下……”

　　初时的杂乱之后，所有的声音汇集在一起，变成一声铿锵的誓言，“臣等追随殿下，誓死效忠！”

　　“臣等追随殿下，誓死效忠！”

　　响亮的声音回荡在空中，似乎连雨势也被其中澎湃激昂的血气压得弱了下去。

　　瑞羽眼眶一热，高高地仰头，深吸一口气，展颜一笑，朗声道：“好！竖起鸾旗，听予号令，抄南取文宗皇帝庙，生擒庙中的宰相公卿，救回前殿的兄弟！”

第八十五章

共患难

秦望北一身青衫已经被鲜血浸成紫红色，身上所中的箭虽然斩去了箭杆，略加包裹，却仍有鲜血涌出。

倘若秦望北和翔鸾武卫的亲卫能够遵照瑞羽辗转传出来的命令，按兵不动，只在沿途备马接应，她孤身一人，反而会令东应猜测她暗里做了何布置，进而有诸多顾忌，束缚手脚，她逃出的可能性远比翔鸾武卫强攻太庙要高。

可她的印玺符节已经被东应扣押，宫中的人员也大批替换，她找到的宫中旧属虽然忠诚老实，但论到精明强干却实在不行，辗转递出的消息模糊不清，谁也不敢全信。并且还有青碧设法往谍报人员那里传递真真假假的消息扰乱视听，由不得秦望北惴惴不安，做错判断。

秦望北长于经营海上基业，并不是深谙权争的政客，虽然有郑怀暗中留的一支手下自保，但作用有限；与他相反，东应为天家子弟，自幼熟谙各种权谋心术，为了这一战又准备了五六年，翻云覆雨只是等闲之事。

瑞羽领着一百亲卫，反身拼杀，却不直奔主殿前的战场，也不找后殿的天子，而是直奔南面的文宗皇帝庙。

文宗皇帝庙里，林远志和一干公卿在两千卫士的保护下，各怀心思地等待外面的战事结束。

陈远志自忖参与策划瓦解长公主势力之事的始末，日后尽可名正言顺地从这场大乱中取得许多以前想得却碍于长公主势大不能得的权力，大感兴奋。他自幼好赌，寡情薄义，喜欢弄险以博大富贵，入天子幕下便觑准了当时的昭王与公主的间隙，进行一场豪赌。眼看今日即将大胜，真正成为一人之下万人之上的实权者，日后大有可为，他不由得踌躇满志，喜笑颜开。

正自盘算，突闻庙外一阵雷鸣般的金戈铁马之声，紧跟着便是守在庙外的士卒惊慌失措地大叫："敌袭，敌——"

惊慌的声音只叫出一声，便被刀刃入肉之声截断，庙外的卫士仓促迎敌，但长公主亲卫狂风暴雨般地扑面而来，这些已被天子挑去了精锐之士的宫禁军难挡其锋，若不是林远志见势不妙，在后大声呵斥督战，早就溃散了。

林远志催促一干公卿先躲入文庙后殿暂避，自己却出来呼喝宫禁军关闭殿门，准备弓弩射阵。可透过间隙看到鸾旗飞舞，瑞羽一骑当前，亲率卫士直扑过来，顿时暗暗叫苦，放箭的命令便不敢下了。

无论帝后之间有什么矛盾，但有一点绝不容置疑，哪怕他们真恨不能杀了对方，但哪个外人敢伤了他们其中之一，必然会遭受另一个人的报复。林远志的野心再大，也不敢在这种时候对瑞羽猛下杀手，急得团团转，又想不出什么办法，只能连连派人往后殿去寻天子求援。

瑞羽岂能为他的区区言语所动？当下率领麾下亲卫一阵冲杀，生生从二千宫禁军之中冲开一条血路，杀入文庙。林远志被一众宫禁军护在中间，但见瑞羽来势汹汹，不消片刻就能将自己拿下，大惊失色，硬着头皮大叫："皇后陛下，十万神策军已经将太庙围得水泄不通，这些叛逆顷刻之间就要覆灭！您与圣上同朝称制，尊贵无极，何必为了一时意气与这些叛逆……"

"住口！"瑞羽近年为了避免与东应生嫌隙，刻意不闻朝政，林远志为博君宠做的事她虽然不至于样样知晓，却也并非一无所知。此时听到他口口声声称她的亲卫为叛逆，气得血气逆涌，跃马提枪，一枪将他挑出人群，扔在地上，森然道："若不是你们这群奸佞小人在天子面前屡进谗言，为邀君宠鼓动天子肆意妄为，怎会有今日之事？"

一干公卿尽数成擒，无不叫苦，有人叫道："殿下，您纵然与圣上有什么误会，也尽可以慢慢分说，劫拿公卿干什么？"

瑞羽急于回援秦望北，哪有工夫与他们废话，喝道："借诸卿一用，请神策让道！"

东应此时已经站在太庙主殿右侧的钟楼上，远远看到瑞羽擒了林远志和一干公卿开路，往主殿那边靠拢，唇角微勾，拂袖道："放箭！"

瑞羽持公卿为质，挟令神策军退兵，然而神策军不仅不退，反而对围在殿前的翔鸾武卫万箭齐发。瑞羽心头一凉，已知东应绝不会顾忌她手中的公卿的性命——不，也许林远志他们根本就是他故意留下的破绽！

难怪韦宣他们这类忠心耿直、私心较少、易于掌控的朝臣，此次庙见一个都没有跟来。原来他根本就是有意借此时机消除朝堂上的不安定分子，用她的手杀人！

她是他诱杀秦望北以及她的忠诚下属的香饵，反过来，秦望北和她的臣属也是牵制她不能远走的饵。至于将林远志这一群野心太大、以为他可欺可骗、试探着用各种方法挟制他的朝臣葬送阵前，不过是顺手为之。

阿武等人看到主殿广场上的袍泽被箭雨覆盖，转瞬间血流如注，义愤填膺，颤声叫道："殿下！"

瑞羽满口银牙生生地咬出血来，甩手将拎着的林远志扔在地上，纵马从他身上踏过，回头再看她身后已经不足半百的亲卫，厉声问道："你们愿战还是愿降？"

阿武紧随着她将手中所擒的公卿掼杀于地，喝道："大丈夫立世当战死沙场，怎能跪着求生？"

"战死不降！"

瑞羽吞下口中鲜血，抹去脸上的水迹，大声道："好，随我向前，战死不降！"

在神策军包围圈中的残兵听到外围传来的号角声，也掉转兵锋向声音传来的方向会合。

围困他们的神策军虽然奉令而行，士气却有几分不振，加之此时天子不令箭阵发动，仅凭近身相搏，他们委实差了这些老兵数筹。

两厢齐心协力，终于破出一条狭长的切口汇在一起，只是汇在一起的亲卫不出三百，且个个身上带伤。好在此时神策军不再主动攻击，只用盾阵将他们围住。

包围圈中的亲卫正是为了救主而来，生死关头突见主帅杀透重围，出现在面前，一瞬间喜出望外，竟忘了险境，仿佛连身上的伤也不痛了，欣然大叫："殿下！殿下无恙！"

瑞羽举目四顾，追随她多年的一干臣属也死的死、伤的伤，十余年的袍泽兄弟，一朝尽入死地，她心头悲不可抑。然而当此绝境，她面上反而笑容璀璨，朗声道："我很好！"

秦望北一身青衫已经被鲜血浸成紫红色，身上所中的箭虽然斩去了箭杆，略加包裹，却仍有鲜血涌出。此时见她出现在面前，他百感交集，千言万语到了嘴边，却只变成了一声喟然长叹。

瑞羽看出他身上伤口甚深，又被雨水冲刷，难以止血，心中大惊，却不露声色，笑道："中原，你跟在我身后，随我杀出去。"

秦望北一怔，立即反对，"你身后是左右亲卫的位置，我夹在其间徒添负累，万万不可！"

瑞羽身侧是阿武和杨习等几名亲卫的位置，彼此默契协调，自成阵形，犀利无比。若是夹上一个不谙战阵的外行人在其中，难免呼应不灵，突围时形成致命破绽。

瑞羽苦笑一声，转头看了身后所余不多的臣属，反问："神策军重重包围，纵然不带你，我又有多大机会杀出去？"

秦望北黯然神伤，身后诸卫亦知她所言不虚，今日若能侥天之幸逃出去固然是好，若是不幸，生则同生，死则同死，其余的话都不必再说了。

秦望北并非拖泥带水的人，想通此节后便不再废话，催马走到她身边。生死关头，突然有句话哽在他喉头，不吐不快，"殿下，我违背你的密令前来京都，救人不成，反而连累数百亲卫陷于绝境……权谋智计，心机手段，我比起他来都差了许多，你……"

"中原，我嫁给你，本就不是因为你比他强！"她打断他的话，展颜一笑，道，"我使人传令，不许你和亲卫进入京都，你违令而来，落入他的彀中。我虽然又急又恼又恨，其实心里还是欢喜的——就算别人都负了我，你总还是念着我的，有你这样不计得失与生死地爱护我，我很高兴！"

秦望北看到她眼波流动、浅笑低语的妍态，既觉欢喜又觉苦涩，喃道："我只恨自己无能，虽然有心却无力护你周全，让你受困于此，我很伤心难过。"

"只要有心，那就足够了！中原，我想要的从来只是你这片心意而已。"

一阵急雨打下，鬓边几缕因为征战松脱的青丝滑到她眼前，她抬手将之抹开，微微抿唇，放低了声音，在他耳边柔声道："中原，我这头发被别人梳得繁复，我很不耐烦，出去后你替我梳个简单些的，可好？"

秦望北心头一震，虽处身危局心中却不由自主地涌上一缕温柔欢喜之意——这一次，他是真的得到她的心了！此事过后，东应再不会像过去那样被她珍重关爱，时刻记在心上，而将变成她心底的一道疤，从此不再提起。

"好！"

瑞羽的目光与他相触，嫣然一笑。过了一会儿，她才回过头来，望着身后追随的诸卫，大声道："兄弟们，你们不远千里舍命前来救我，我感激得很！"

诸卫士随她征战多年，早把性命交给了她，为她鞍马劳顿变成了一种信念，听到她道谢，都不免动容。

校尉曲要看了一眼四周围得水泄不通的神策军，苦笑道："殿下，末将轻敌妄动，救主不成反害了兄弟性命，又累得殿下再陷重围，请殿下治罪。"

瑞羽心知今日定然无幸，举动却越发从容不迫，挥洒自如，笑道："事已至此，更复何言？跟在我身后，杀出去！"

阿武待要上前护住她的侧翼，却被她严令喝退。十万神策军分成三道防线围困在外，唯一的机会在他们不敢对她主动攻击。若是天子能令神策军对她出手，此战绝无生机，她的侧翼有没有人保护都没差别了。

风雨潇潇，诸卫追随着她的脚步向前冲杀，不知是谁起头唱道："击鼓其镗，踊跃用兵。土国城漕，我独南行。从孙子仲，平陈与宋。不我以归，忧心有忡。爰居爰处？爰丧其马？于以求之？于林之下。死生契阔，与子成说。执子之手，与子偕老。于嗟阔兮，不我活兮。于嗟洵兮，不我信兮。"

鼓声镗镗，我随主帅四方征战，不知身在何地，不知何时才能放下手中的刀枪，想回到故乡，想与你执手共老，却不能遵守和你的约定归还。

追随在瑞羽身边的精锐之师，个个都是征战十几年的老兵，为新朝的江山稳固立下了汗马功劳。然而他们有大功于国，不但没有得到应有的荣耀，还遭到了天子的猜忌，陷于死地。

此战唯死而已，只是临死之际，众人想到不能守约与相悦的人执手共老，不由得痛彻心扉。声音初时低微，渐渐高昂，震遏云霄，苍凉悲怆。这一曲悲歌，勾动的却是翔鸾武卫心头的热血，哀兵临阵，死战不退，仅有百余人的队伍在悲壮的歌声中奋勇向前，汇成一股血腥的洪流，冲开铁壁，隆隆而去。

高阁上观战的广明心惊神移，低声惊叹，"一身转战三千里，一剑能挡百万兵！翔鸾武卫，名不虚传，三万神策军严阵以待，他们竟然也冲出去了！"

"百战精兵，自然不是神策军这种徒有操练没有经历战事的新兵可比的。除非有跟他们一样经历大战的将领指挥，否则仅凭神策军不动弓弩箭阵是留不住他们的。"东应的手掌在栏杆上拍了拍，淡淡地问，"刘春那边可有消息传来？"

"刘将军回报一切稳妥。"

广明迟疑一下，忍不住问道："圣上既然觉得要抗衡皇后陛下，必须有久历战阵的老将，为何不令刘将军统兵呢？"

东应森然一声，声音里微带涩意，慢慢地说："你不明白，皇后自有久为人主的胆魄和魅力，神采风华慑人。刘春不见她时，尚敢不听号令背叛，但与她正面相对时，只怕三言两语间就要心意动摇，难保不阵前倒戈。所以刘春只能用来攻心，却不能掌兵。"

广明怔住了，过了一会儿才感觉到天子在他肩膀上拍了拍，道："皇后母仪天下，纵然遥领了元帅之职，日后也不能亲身统兵，戍守三边的兵权终究要分到你们手上。朕信任你，你要快快成长起来，免得到时候让翔鸾武卫的骄兵悍将看扁了。"

广明被天子推心置腹的话激得全身一颤，除了知遇感外，更有一种备受重视、无比荣耀的感动，连忙应道："敬诺！"

东应眼看翔鸾武卫连破两道防线，却没有丝毫焦急，面上反而带出了一丝冷冽的浅笑。

未经战阵的神策军没有得力的将领统率，面对她时又不能主动出击，拦不住她亲自统率的翔鸾武卫，是他预料中的事。他虽然今日一定要将她留下，却没想过一次阻截就能将她留下。

他想要的是击溃她的心防，让她输得彻底。而要做到这一步，仅凭一次侥幸制住她怎么可能？放她走，又在她每次觉得可以走脱的时候，再一次将她困住，如此反复折磨她，才是他要做的。

这世间最可怕的事不是绝望，而是一次次看到希望的曙光，却又一次次地失望。绝望会让人麻木，反而不觉得痛苦；而希望与失望的重复交替，却会让人焦躁软弱。

十万神策军分成三道防线，但真正致命的一击，却不是神策军，而是在神策军所布的最后一道防线之前。冲出重重包围的翔鸾武卫胸中提着的一口气堪堪放松下来，便看到前面一片缟素，成千上万手捧灵位的妇孺分列成行，正徒步缓缓而行，将他们的去路挡了个正着。

瑞羽眼光锐利，一眼认出为首那孩子手中所捧的灵位上写着"先祖成国公、大将军薛公讳安之位"，而那孩子旁边的妇人所捧的灵位上却是"先君高晃侯、抚军将军柳公讳望位"。

瑞羽目光所及，所有妇孺所捧几乎都是在西征之战陨落的将士的灵位，这数千妇孺，原来尽是将士遗属！

这群将士遗属显然没想到会有一支血染征衣、形容凶煞的人马迎面杀出，齐声尖叫，吓得呆了。瑞羽猛然挽缰勒马，在坐骑将要奔进人群之际止住了奔马。跟在她身后的诸卫亦勒马止步，看着堵住去路的这群已故袍泽遗属，手足无措。

如果是他们自己的眷属，他们或许还能为了忠君而灭亲，但这些妇孺是战死袍泽的遗属！

他们纵横天下，任敌人如何强悍也没有丝毫畏惧，但昔日袍泽的遗属拦在面前，他们如何能够纵马挥刀？

第八十六章
生死别

中原，你就是我余生所能触及的最后一份温暖和救赎，若是没有你相伴，我又怎能快活？

刘春一身素服地走到她面前，深深地鞠躬，"殿下，请留步！"

瑞羽微微眯眼，冷冷地笑了起来，"是你故意带了这些袍泽遗属来阻拦我？"

刘春低头道："圣上在太庙左侧建英烈祠，太卜选定今日为英灵入祠供奉的吉日。"

完全无辜的故属遗孀，在这种时刻拦在他们面前，用人、布局无一不恰到好处，正中人心无法回避的弱点。

东应的所作所为，或许仍旧不足以摧毁她坚韧不拔的心志，但这一场战争，却是她输了！

风雨如晦，隔了很远她仍能感应到他站在高阁上向她投来的目光，像能焚尽一切的业火，像能冰冻罪恶的玄冰。他在她面前依恋柔顺了十年，今日终于将帝王心术中最冷酷无情的一面彻底地展露在她面前！

刘春在她和诸卫面前跪下，恳切地说："殿下，请您为了这好不容易安稳的太平天下，为了历经艰辛暂时缓了一口气的三军将士，为了您眼前这些孤儿寡母，也为了您自己，停下来吧！"

瑞羽冷笑起来，"背主求荣，竟还能给自己找出这么多光明正大的理由，实在是难得！"

刘春脸色一红，旋即大声道："殿下日后尽可惩处末将，但这番话末将却不能不说——这天下是殿下率领三军将士打下来的，每寸山河都沾染着袍泽的鲜血。殿下纵然不爱权柄财势，也当替这些为国立下汗马功劳的兄弟们着想，庇佑他们安享应得的富贵，而不是让他们因为您而再次流血牺牲！"

明知他的言语是为了瓦解她的意志，但这句话仍让她胸口闷痛，目光在捧着灵位的上万妇孺身上掠过，怔然无声。刘春重重地叩首，对瑞羽身后的秦望北喊道："秦先生，殿下留在京都可以坐享至尊权柄，受天下万民敬爱，但若随你走，却将为世人所弃，令这天下大乱，翔鸾武卫的数十万兄弟同室操戈，她自己也将一生愧疚于心，不得欢颜！您若是真心爱她，如何忍心让她陷入这万劫不复之地？"

秦望北握紧缰绳，厉声说道："我只知道，一个人唯有得到自己想要的东西才会快活。若非她想要的，无上荣华，至尊权柄，都只是困住她的牢笼枷锁。为了这个国家，她已经辛苦了十几年，没有一时半刻无忧无虑地享受过生活！她其实只是一个女子，谁都没有资格以大义之名让她身负家国天下，辛劳困苦，不得解脱！"

刘春一怔，过了一会儿才抬头对瑞羽道："殿下今日若走，翔鸾武卫的故属失去约束和庇佑，早晚都要遭到猜忌，不被朝廷所容。既然如此，殿下就请从末将身上踏过去吧！"

身前是无辜受累的故属遗孀，身后则是逼近的追兵，令她束手缚脚，一筹莫展。纷乱中，她突闻身后箭矢破空的啸叫，无数劲矢自右侧后方飞了过来，诸卫俱惊，连忙拥上前来护主。

瑞羽耳闻破空声有异，挥枪将身后袭来的箭矢打落，定睛一看，发现这一阵箭雨都没有箭头，心中一惊，猛然回头，大叫："中原！"

没有箭头的乱箭中，却有几支锋矢锐利的雕翎重箭夹在其中，直取秦望北的后心要害！诸卫第一反应都是自保和救主，对秦望北难免疏于保护，忙乱中竟现出了一个空当。

因为阿武等人抢前护主，挡了回环余地，瑞羽已经不及回马救援，惊急之下弃枪脱镫，在马背上平身长臂去拉前倾的秦望北，刚拂袖把射向他后心的利箭荡开，便听到他一声闷哼，前胸赫然插着一支短小的弩箭！

前面，便是一群她以为毫无威胁的故属遗孀！

瑞羽双眼倏然大睁，这一瞬间在她心中漫长得像是将前半生都凝聚在了此刻，所有的苦楚无奈都浓缩成了此时一点焚心业火，几乎将她烧成灰烬！

"中原！"

秦望北闷哼一声，待要安抚她的惊慌，胸中气息一逆，一股血气自肺倒冲上来，呛了他满口，那句话登时碎不成声，只能下意识地紧紧握住她的手。

这蓄谋已久的一箭，自藏匿在刘春身后的刺客手中射出，正中秦望北的心口，没有丝毫偏移，顷刻之间鲜血就已经将他胸前的衣衫染透。瑞羽将他托起护在身前，看着他胸前那枚弩箭，脑中一片空白。

她经历了无数战争，踏过无数危局，从来没有哪一次像今天这样，没有战略布局，没有应对计策，在这个已经变得面目全非的太庙之前，她曾经像保护自己的心一样护着的人，以冷酷的算计和绝对的优势将她阻截于此。

而她自己选择的夫婿，就在她的面前被人一箭射杀，而她救之不得，完全地无能为力！

那刺客一击得手，还没来得及放松心情，眼前光影错乱，遮蔽他身形的妇孺已经被推开，迎面一枪刺来，惊得他慌忙后退，抬手扣弩。但他手刚抬起，头颅已被阿武一刀斩断。

秦望北忍住胸口传来的剧痛，看到瑞羽惨然变色的面容，心底倏然掠过一丝尘埃落定的解脱。

她站在人间的绝顶，爱慕她便要承担粉身碎骨的风险，这一点他早有觉悟，从知晓她的身份却仍旧不愿放弃的那一刻，他便预料了今天的结局。

"殿下，可惜我不能再陪你了！"

瑞羽想笑一笑，就像她无数次临敌之际鼓舞生气时所做的那样，但此时唇角微动，却似悬了万钧之石，竟不能笑出来，心中只有一念，"中原，中原，我有负于你！"

秦望北勉力拉住她的手，轻声道："殿下，你待我已经尽力了。尽力而为，并不亏负……"

瑞羽将他抱在怀里，手足发颤，已然无言，只是一声声地唤："中原，中原，中原……"

她这一生，自忖少有受人恩惠而未予报偿，唯有对秦望北，她知道自己究竟欠了他什么——他为她放弃了海外称雄的功业，折去了男儿的傲骨，敛尽了身上的光芒。

这一生，她只欠了他的而无法回报，她只欠了他的而不知道应该怎样回报。

她本来以为自己还有时间慢慢补偿他这些年的追随，却没想到，当她真的下决心随他走的时候，竟就到了与他永别之时。

"殿下，我很担心你。你身上的负担太重，你又逼自己太紧，少了我，你没有一个暂安心神的地方，我真担心你会伤了自己。"

秦望北努力睁大眼睛，直直地看着她，喃喃地说："殿下，你前生为了别人已经委屈自己太多，我只盼你后半生可以任性一些，快活一些……"

瑞羽惨然道："中原，你就是我余生所能触及的最后一份温暖和救赎，若是没有你相伴，我又怎能快活？"

秦望北笑了笑，目光仍在她脸上留恋不去，气息却越来越弱，虽有瑞羽极力输送气血挽留他的生命，然而那一箭正中心头要害，不能拔出，也无法止住胸腔内的血流。

众人忽闻身后銮铃响动，赫然是天子轻装简从地乘马徐徐走了过来。护卫在瑞羽身周的诸卫看到马上的东应，几乎怀疑眼花认错了人：双方是死敌，天子怎么会亲身至此？

几乎所有人都闪过一个念头：将天子拿下，此行大利！甚至可以借此反败为胜，稳据京都！然而这念头闪了一下，再看了一眼长公主，却终究无人动手，而是让开一条路让他过去。

一直以来只要东应在身边，瑞羽的心神就不由自主地集中在他身上，唯有今日，东应已经到了她身边，她却丝毫没有察觉，只是紧紧地拥着秦望北，轻声呼唤："中原，中原……"

秦望北已在弥留之际，身体却突然剧烈地抽搐了一下，吃力地唤道："殿下！"

他的眼睛已经迷茫得看不清人影，瑞羽低下头去，用自己的脸贴着他已经灰败无色的容颜，温柔地回应，"我在，中原，我在……"

秦望北困难地呼了口气，一字一顿地说："放开你自囚的牢笼，挣开束缚，好好地活下去！"

她没有回答，也不知应该如何回答，两行热泪滴落。她猛然伸手抓住他胸口的那支弩箭，颤巍巍地浅笑，在他耳边道："中原，送你走的这最后一箭，是我刺进去的，不是别人。我会在手中留一道血痕作为记号，来生，你要记得，来找我索这一箭之仇！"

东应惊怒交加，厉声喝道："秦望北，你是朕派人所杀，跟阿汝没有丝毫关联，若真有来生，你尽管来找朕！却不配找她索仇！"

秦望北对他的呵斥听若未闻，只对着瑞羽的方向微笑，低低地说："我会记得……只是殿下……你会记得吗？"

"我生平许诺从未失信，更不会背信于你！中原，来生我不管家国天下，不理军政权柄，亦不顾其余人情牵扯。我只随着你，你若做渔夫，我便陪你做渔妇；你若做番子，我便为夷女；你愿逍遥四海，我便伴你挂帆长游……"

她在他耳边轻声低语，温柔无限，指间用力，那支弩箭完全没入他的心口。他握着她的手一紧，旋即松了开去，嘴边那一朵微笑便永远地凝固在她心里。

他活着的时候无法与东应争锋，但他的死却让瑞羽宁愿亲自动手，也不让他因为死在敌人的暗算下而犹有余恨。

东应心中惊怒，过了一会儿才冷然一笑：秦望北活着的时候，自己都未曾将他视为敌手，死了难道还能翻天覆地不成？

死人给活人留下再多的痕迹，也会随着时光的流逝而磨灭的。

"皇后，今日英烈祠移灵入供，你是阵亡将士的统帅，理当前往参与祭礼。此间事了，你随朕一同前往吧！"

他漫不经心的话，却是摧垮她的最后一击。她身体晃了晃，胸中已分不清是悲是愤，是恨是怒，是自责，还是怨人，只觉口中一甜，嗓子眼堵着的一口鲜血喷了出来。

"殿下！"

诸卫齐齐失色，惊呼声里却还夹着一个女子的呼声。青碧跟在天子身边，一直不声不响，此时见瑞羽吐血，终于忍不住奔了出来，口中喊的仍然是旧日称呼。就像她过往二十余年服侍长公主的习惯一样，她下意识地伸手，想将瑞羽扶住，但她刚近前几步，便觉得胸口一阵尖锐的剧痛，低头一看，只见自己胸口钉着一支带血的弩箭。

这么近的距离，按瑞羽的手劲，箭到夺命轻而易举，但她这一箭甩出，并没有即时索命，而是伤了她无法救治的要害，却又不让她即时便死。

这是对她最恶毒的惩罚！青碧心中恍然，脚步跟跄地扑倒在她身前，惨然一笑，伸手拉住她的衣裾，流泪道："殿下，奴婢并非恶意陷您如此，奴婢只不过是犯了所有女子一生中必然会犯一次的痴！"

只是因为这世间很多事并不随人的意愿而动，有时候无心作恶造成的后果比起有意陷害来更为可怕。因为若是有意作恶，她清楚地知道做了什么事，会有什么样的后果；而无心为恶，却助纣为虐，她会尽力帮助对方，并且连自己的所作所为会造成什么样的后果都不知道。

"殿下，奴婢敬爱您，也爱慕昭王殿下，因而以为您和他理当与这世间最杰出最美好的人为伴。只有您才配与他共载史册，也唯有他才配与您携手终身。"

她倒在满地泥泞里，卑微得就如她那令人心酸的爱情，却也有一种别样的洒脱，"奴婢或是做错了，但我不认错，只是连累了许多将士丧命，不能不赔偿，是该死……"

她有滔天大罪，在用命做抵偿之后，也没有办法再做追究了。

然而直接下令围剿翔鸾武卫的人，是当朝天子，却又该怎么办？

东应站在翔鸾武卫中间，清楚地感受到他们的敌意，却毫无畏惧，亦不退缩。

他站在这里，便是用他的江山社稷、性命安危做一场豪赌，他对他想要得到的东西志在必得，丝毫不觉得获取的过程中所冒的风险令他畏惧害怕。

方圆不过十丈的狭窄地带上，剑拔弩张，上万人里外包围，却不闻丝毫声音，就连雨后的水汽都似乎被众人的紧张感蒸干了。

曲要和阿武紧紧地盯着东应，只等瑞羽一声令下，便上前将他拿住。

瑞羽轻轻地替秦望北抹去脸上的血迹，抚平鬓边的乱发，缓缓地抬头看着东应，只觉得仿佛被人生生地灌了一碗熔化的沸铁，一颗心被烧得灰飞烟灭，连灵魂也已灼焦。

东应唇角勾着冷漠的浅笑，挑衅似的凝视她，虽未明说，但眼神已将他的意思表现得清清楚楚：是我杀了秦望北，现在我就站在你力所能及之地，你要怎样？

若你能毫不眷恋地离开我是因为你所拥有的东西很多，那我就将你所拥有的这些倚仗统统毁去，让你只有我一个！

他一步步的布局，终于将他和她都逼到了悬崖峭壁之前，没有丝毫退路。

她身后的诸卫略微不安地唤她："殿下……"

早做决定！拿下他，或者杀了他，否则便是他们被他所杀！

她的臣属都在等她下令，她对他的恨亦入骨入血，仿佛带火的剧毒随着血流在她身体里流窜沸腾，翻涌不休。这一刻，她恨不能将他杀了，但轻轻挥手就能下达的命令，却始终没有发出。

东应该死，但更该死的是她自己吧！若不是她对他宠爱太过，若不是她疏于管教，若不是她心软不忍，他怎么敢如此肆意妄为？

说到底，是她害了因她而死的将士，是她害了秦望北，也害了她自己！

杀了他吧！杀了他，结束自己这一生所负的罪孽，从此一了百了，再无束缚，永不言情！

双目两行血泪滚落，将她眼前的世界也尽数染成了猩红，心中已经下定了决心，然而命令出口，却完全背离了她的意愿，仿佛身体已经因为多年的习惯自成了秉性，不再受她控制，擅自替她做了决定，"别……动他！"

明明已被伤透了，明明已经恨极了，但身体的本能所选择的仍旧是——保护他！

无论他做了什么事，无论她心里怎样恨他，她竟然始终没有办法伤他分毫！

第八十七章
两败伤

一群太医面面相觑，终于由院判上前回禀，"圣上，皇后陛下似乎是在……自绝生机……"

这一场战事起于个人私欲，牵扯整个朝堂势力格局发生了变化。东应筹谋五年，准备充分，一朝如愿以偿，早有他安排的信臣接过林远志等人留下的事务，一切都井井有条，并没有造成太大的政局动荡。

天子对外诏称前宰相林远志怀有异心，矫诏私调神策军，意图另扶庐阳王唐东明为帝，被皇后识破，翔鸾武卫忠君勤王，力挫叛臣阴谋，林远志和庐阳王兵败身死，天子安然无事。只是皇后为救圣驾，身负重伤，昏迷不醒，伴驾的公卿也被叛军屠杀。

太庙事变的详情究竟如何，连政事堂的宰相们也不清楚，只不过因为天子在绝对强势的情况下表达了不愿扩大事态的意愿，宰相们初时的惊诧过后，很快便接受了既成事实，想方设法地安稳民心社稷。

连绵四天的阴雨过后，天光放晴，碧空如洗。天子下朝之后，车驾便直驱万春殿。此时万春殿里近身服侍瑞羽的是刚赶到京都的青红等人，闻得天子驾临，连忙俯身叩见。

东应走进寝宫，一眼看见床上青丝帐低垂，帐中人影高卧，一动不动，他的眉头便一皱，问道："皇后还没醒来？"

"是。"

拨开帐纱，里面的人脸上肌肤白皙得近乎透明，青鬓黛眉，红颜绝色，只是双目紧闭，胸口不见起伏，透出一股令他微感惊悸的不祥之兆。他下意识地伸手，探入她的衣襟，摸到她胸口的温热和虽然间歇时间很长但仍旧微微跳动的心脉，才定下神来，收手回头，问道："今天轮值的大夫是哪个？"

"是丹阳大夫和丘大夫。"

青红应着，一面示意宫人去传大夫陛见，一面请天子安坐用茶。东应靠着椅背闭目养神，听到两名太医叩拜的声音才睁开眼睛，问道："两位卿家，皇后今日的病况如何？"

两名太医脸上都隐隐透着苦色，讪笑道："皇后陛下的病情很稳定。"

东应双眉一凝，冷声道："皇后已经昏迷十天不醒了，你们就算无能，这么多天了也该看出什么不对来，怎么还用这种话来糊弄朕？"

两名太医有苦难言，眼看天子怒气越来越重，虽知天子素来不以喜怒罪人，但也不禁胆寒。好一会儿，丹阳大夫才道："圣上，微臣闻听习武时间久的武艺高强之人，身体气血也有异于常人之处，皇后陛下的病情或许与她自身的体质有关。圣上何不寻访习武之人，问问其中奥妙？"

找什么人看还在其次，他真正担心的只有一件事，"朕只问你们一件事，皇后此病可有性命之忧？"

二人对视一眼，犹豫道："皇后陛下经年习武，身体强健，远非常人可比。若是仅从外相看来，并不像有性命之忧的模样，有医侍每日推宫活血，细心照料饮食起居，皇后陛下短时间内应当无恙。"

他长长地舒了口气，摆手道："既然如此，你们便好生思索能令皇后醒来的办法，其他的事且容后再说。"

两名大夫退下之后，青红一面领人过来服侍他净手洁面，更衣沐浴，一面恭声问道："陛下可要传膳？"

"朕已经用过了，你们下去吧。"

他挥退宫人内侍，独自一人回到寝宫，将帐帘撩起，望着里面昏迷不醒的人，在她身边坐下，伸手抚住她光洁如玉的面庞，良久突然一笑，"阿汝，我知道你为什么不醒，不是受了伤醒不来，是你不愿意醒来看到我……不，不完全如此，你更不愿醒来面对自己。"

他回想当日她最后仍旧不能下令对他不利的情景，心中得意不已。

在那样的情况下，她怀着秦望北的杀身之仇，又明知若不对他下手便要负了她最忠诚的下属，与亲手害死他们无异，她却仍旧选择了约束翔鸾武卫，宁愿负尽天下人，也不愿负他，充分证明了他在她心中的重要性，让他不由得开怀而得意，连做梦也笑出声来。

"宁愿自伤，也不愿伤了我。阿汝，你能这样爱我，我真是欢喜，只不过你为什么不肯醒呢？"

他的手在她脸上流连爱抚，微带涩意地低笑，"所有的罪孽都已经造成，那些发生了的事也不能挽回。你既然在当时就已经放纵了结果，却又何必为了这个结果而自伤不醒？你以前可从来都不是这种遇事逃避、不敢承担后果的胆小鬼呀！"

不管怎样坚强的人，都很难做到全无弱点，完全不受伤害，永远敢直面鲜血淋漓的伤口。他对她所做的一切，正是对着她的命门发出的重重攻击，那样的伤害，无论她怎样强韧也不可能不致命，这个道理他未必不懂，只是他不可能承认。

无论采用何种手段，他最终的目的都只是得到她，而不是要她死。

他在她身边絮絮地说着话，她却静静地躺着，没有丝毫反应，连呼吸也轻微得仿佛随时都会断绝。

他终于累了，侧首笑道："罢了罢了，你暂时不愿醒就不醒吧，反正宫中多的是妙手回春的太医，再艰难也能做到让你能吃能喝，气血不竭。就当你在睡觉，什么时候睡足了、肯面对现实了再醒也不迟。"

他伸手将她往床内侧推进去一些，自己在她身边躺下，横过手臂挽住她的纤腰，将她拢进怀中，闻着她脸上、身上散发出来的淡淡馨香，慢慢地睡着了。

她一直都是强大的，从来没有依靠过别人，任何时候都可以生活得很好，但现在的她昏睡卧床，一声也不能发，比初生的婴儿更虚弱，更需要人照顾，一时半刻也少不得他的关注。

她此时所能拥有的，果然只有他一人。他终于如愿以偿，哪怕她一辈子都这样昏迷不醒，只要不危及性命，那又有什么关系？

他在睡梦里也翘起了唇角，似乎开怀，又似乎悲哀；仿佛满足，又仿佛痛苦。

他确实得到了他想要的人，却并没有完全得到他想要的心。苦恋半生，得到的仅仅是躯壳，难道他真的甘心了？

太医署的供奉医官在万春殿来来去去，试过无数方法，却始终没有办法令昏迷的皇后苏醒。天子虽然没有严令催促太医署，但主理的几名大夫遍查医案，寻访病例，都感觉不妙，暗暗叫苦，只是不敢对天子明言。

东应识人的眼光何等厉害，一颗心又放在瑞羽身上，医官们神色有异，如何瞒得过他？他一怒之下将所有给瑞羽看病的大夫都召来，申斥得面无人色，而后再问：

"皇后病情是好是坏？"

迎着君王的怒火，没有谁敢对皇后的病情有所隐瞒，一群太医面面相觑，终于由院判上前回禀，"圣上，皇后陛下似乎是在……自绝生机……"

不说实话耽误了病情他们吃罪不起，但说实话也是一件足以要人性命的事。几名太医汗流浃背，说了第一句，再详细的却不敢往下说了。

"自绝生机？"东应低喃一声，对大夫的这个结论并不太意外，但五指仍然忍不住抓紧了圈椅扶手，过了一会儿才问，"此话怎讲？"

"微臣近日探访了皇后陛下昔日的随侍大夫费仲南，取来了皇后陛下过往的医案。按说像皇后陛下这样武艺高超的人，生机强大得很，绝不应该像现在这样气息微弱、气血虚衰……"

瑞羽经郑怀教导武艺及蓄气之道，常年锻炼身体，又有最好的大夫随行用药养身，连在战场上受过的重伤也能愈合得不留丝毫伤痕，体内生机强大无双。十几年来除去因为李太后驾崩而气虚，被他乘虚而入，下药用针禁制了月余，从来没有病得卧床不起的时候。若不是她自存死志，按她的体质和性格，怎么可能无声无息地病在床上？

东应脸色沉郁，抿了抿嘴，冷然道："朕不问这些，朕只问你，应当如何医治？"

"臣以为皇后陛下若不醒转，则药石难灵。"

"那你们还不快想办法令皇后醒转？"

几名大夫面对天子的怒火，欲哭无泪，好一会儿才辩解道："圣上，皇后陛下不醒乃是心情郁结，五脏阴阳不和所致。微臣纵然能下药调理阴阳五行，但对皇后陛下为何心情郁结一无所知，想救醒并非易事呀！"

心病还需心药医，纵然有万千灵丹妙方，心结不解也治不了心病。然而瑞羽的心结所在，又岂能让这些大夫知晓？

青红送走太医，回来看到天子靠在圈椅上闭目养神，想了想，凑上前笑问："圣上，既然皇后陛下的病情太医署上下都束手无策，您看，是不是还令一直随侍皇后的费仲南大夫进宫听用？"

东应自从太庙一战之后，便知翔鸾武卫对瑞羽个人的忠心远超对君王社稷的忠心，因此在瑞羽未醒之前，只将他们分散囚禁，不敢调用。费仲南是瑞羽昔日亲信之一，自然也在冷落不用之列。

青红的提议东应听在耳里，却没有应允，"此事朕自有考量，你们都下去吧。"顿了顿，见青红还在犹豫不退，勃然大怒，喝道，"下去！"

青红终究不敢逆君之意，惶然退了出去。东应独自一人呆怔良久，才起身走到瑞羽床前坐下，轻轻地唤了一声："阿汝！"

他捉住她的手，轻轻地握着，感觉不到她的抗拒，同时也感觉不到她的活力。他的心蓦然一阵痛楚，面上却笑意盈盈，道："阿汝，我知道你听得见的，你只是生我的气，不肯理我，不愿应我而已。太医署的大夫说你现在是自绝生机，心存死志，是不是呀？"

瑞羽静静地躺着，连头发丝也不见半分颤动。他的笑容里陡然添了几分杀气，凑近了她曼声道："阿汝，你不会真的想自绝生机吧？那可不行，你要是死了，我会让很多人为你陪葬的。"

他温柔地将她的手抬高，放到嘴边，一根一根的亲吻，轻笑道："比如说长公主府长史周昌、幕府主簿言诤等二十几名你的亲信臣属，昔日在你麾下效命、如今正奉诏往京都述职的三边将领，还有服侍你的侍人……这些人对你忠心耿耿，誓死不二，你能不管他们吗？"

他熟知她的性格，清楚她一生重情重义，不愿有负于人，更不愿无故连累臣属，因此便按照她往日的秉性拿捏着她的要害慢慢地絮语，细细地宰割，想逼迫她醒转出声。

可是他忘了，她想要的东西统统都被他毁去，他给予的东西统统都不是她要的，这样的人，还有什么值得留恋？

人只有在有所欲求、有所渴望的时候，才会受制于人，才会束手缚脚。可他当日的所作所为，无异于将她所有的欲求与渴望统统摧毁，将她一切感情都挫成了飞灰。

她已经没有欲求，也就没有了生志。一个无所眷恋的人，你还能拿什么去要挟她、控制她？纵使他再将他的威胁说得可怕千倍万倍，她也已经不再倾听，沉静得没有丝毫生气。

夜幕降临，阴沉的天空无星无月，唯有殿外回廊间的宫灯远远地透进几缕幽光，将他的身影拉成一道暗沉的影子。

侍人敲打着云磬报时的声音穿透宫门，落进他的耳中。他怔忡抬头，突然唤人将宫中所有的火烛点起，然后除去衣裳，将她搂进怀里，在她眉目间吻了吻，笑得极坏，"阿汝，我今天想跟你叙叙夫妻人伦之礼，你肯不肯呢？你不说话，我就当你肯了。"

他沿着她的脸颊吻下，含住她的嘴唇轻轻啃咬，手掌在她耳郭下摩挲着，一点一点地往下滑，"阿汝，往日我们夫妻相处你都不愿意有烛火，彤史女官也被你赶在外面。其实我一直都想在明亮的灯光下好好看看你的，只不过怕你生气不敢说而已。现在可好了，你不说不动，乖乖地任我为所欲为，总算让我一偿了夙愿。"

烛光给她的肌肤蒙上了一层浮华，她安静地躺在他怀里，单衣被他指尖挑开。他低头沿着她的脖颈往下吻，脸蹭着她的肌肤，品尝美味佳肴般地细细亲吻，密密舔吃，像是一只捧着美食陶醉其中的啮齿动物。

她满头未束的青丝顺着优美的颈线泻下，在挺拔的秀峰前蜿蜒流开，露出峰丘顶端的两点樱红，往下便是紧收如束的细腰，曲线如水滑下，微丘坟起之地，芳草萋萋，弯弧如月，两条修长光润的玉腿并拢。他在这美妙醉人的旖旎风光里口干舌燥，目眩神驰，喃喃惊叹，"真美……"

他手口并用，握着她胸前的丰盈香雪，扪着雪峰顶端的樱红叹息，"这里美……"

唇舌流连而下，短髭刷过她小巧椭圆的肚脐，"这里也美……"

手口留下的殷然水迹和他身上滴落的汗水绵绵密密地遍布她平坦的小腹，他摩挲着她柔滑软韧的腰肢，"这里更美……"

他亲吻留下的嫩红印迹桃花般地开遍她全身，他深深地吸气定神，压下勃发的欲望，扯过香枕，垫在她的腰下，捧起她的雪丘，以指轻梳她腹下的芳草，在她大腿根部扪叩，嘻嘻笑着，"其实更美的是里面……阿汝，今天的灯光很亮，可以看得很清楚……更重要的是，侍御的女史都在寝宫里没有退走……你是醒来阻止我呢，还是任我胡作非为？"

无人回应，他也不着恼，分开她的双腿，手指穿过草丛，拨开拢闭的洞府，将嫩蕊娇花的景致尽收眼底，惊奇而促狭地笑道："其实你不醒也不错，你要是醒着，肯定不会顺着我的意思让我想干什么就干什么，这样的景致我可就看不到了……"

他口中调笑，手却没停下，放肆地在花朵间抚弄挑逗，中指滑进花径里探索搜寻，看着掌下的花朵慢慢地舒展，娇蕊带露，艳色深浓，他忍不住欲火焚身，恨不能将她整个嵌进怀里，与自己融为一体。

她仍旧不愿醒来，只是身体却在相拥的激情里不自禁地轻颤，心跳比之以前快了几分，仿佛静水微澜。他沉溺于她这自然的反应中喜悦而心酸，喃喃低语，"阿汝，别再睡了，你一生好强，从不临阵脱逃，既然恨我那就用尽手段来和我相争吧！难道你真的愿意不言不动，任我摆布？"

第八十八章

一线转

两名大夫神色古怪，偷偷对视一眼才道："圣上，皇后陛下有孕在身，用药不能不慎，所以才……"

曙光微现，青红和柳妙率人入侍。皇后仍旧沉静昏迷，天子却早已醒来，嘴角噙着愉悦的微笑，眉目含春，正将她揽在怀中临窗赏花。

青红一怔，脱口问道："陛下，可是皇后陛下的病情有所好转？"

东应伸了个懒腰，笑而不答，吩咐道："令医侍进侍，服侍皇后盥洗，准备礼服，今天她要与朕一起上朝。"

青红以为瑞羽已经醒了，大喜应诺，但近前一看瑞羽并没醒转的迹象，不禁愕然道："圣上，皇后陛下并没醒啊。"

"她睡得已经够久了，也该醒了。你只管服侍她沐浴更衣便是。"

天子上朝，在御座之后另设一席，以珠帘相隔，朝臣透过重重帷幕，隐约可见内中一人凤冠冕服，云鬓花颜，背靠圈椅安静地坐着。

天子大婚的册立礼上就已经宣布与皇后同朝称制，时隔月余，皇后的身影出现在御座之后，虽不是太令人意外，但仍旧在文武百官中激起了一阵涟漪，微波荡漾。

虽然整个朝议过程中御座珠帘之后的人一直很安静，但这天的朝议仍旧有一股异样的气氛。昔日隶属公主府麾下的翔鸾武卫旧属对于故主果然与天子并为二圣，暗暗欢喜；而执守礼法的文官见皇后在御座之后垂帘听政，则心中不满。政事堂需要奏请圣裁的事务钦定之后，便有谏官出列进言反对皇后听政。

新朝建立不久，朝臣皆以务实进用，好以危言耸听、邀宠博君欢喜的言官甚少。皇后功勋彪炳，声名卓著，谏官们进言也不至于妄谈妖颜祸国，只是以开了皇后听政之例则后宫嫔妃日后难免借例干政、易成祸端一类的理由奏请皇后避席。

天子等谏官言毕之后才点头道："卿家所虑有理，朕知道了。自古以来，后妃干政或因外戚横行害国为恶，或是轻信侍人以至宦官祸乱朝堂，或是自身才能有限胡作非为，成事者稀而乱政者众。是该勒碑为戒，不许后妃干政。"

诸臣大喜，正待称颂圣明，天子话锋一转，"不过朕的皇后明睿敏慧不同俗流，千载以来只此一人，无与比肩者，当不在此例。"

几名言官哭笑不得，不过瑞羽功绩在前，他们不便去争皇后是贤是愚，只能紧扣着恶例二字说事，"圣上，皇后固然不同俗流，但难保后世的后妃也像皇后这样明智。万一后世子孙的后妃愚蠢不贤，却利欲熏心地援引此例干政，岂不糟糕？"

"此事易办，后宫中若有哪个援引朕的先例，宗正府和政事堂可据此三条对比：一、其人无外戚；二、其人有战功于国；三、其人非深闺娇女。"

天子言毕，无视诸臣的哗然，"朕愿与诸卿共治天下，共享天下，难道对与朕胼手胝足共复江山社稷、生死相依二十余年的结发妻子，反而刻薄不容吗？富贵之后亏待患难之妻，世间焉有此理？"

"圣上优待皇后陛下，未必要令皇后干政，使皇后陛下尊荣宫中、供奉无违、母仪天下也一样。"

天子闻言错愕，诘问一声，"倘若皇后仅是能以尊荣锦玉供养的寻常女子，朕与诸卿凭什么安据于此议政？"

诸臣俱为天子此问而一默，天子长身而起，拂袖道："皇后品德贵重，才能非凡，若是明知其才而恪于陈规将之困于一室，实属自断臂膀。朕不限有才之女人仕，反而将真正才德兼备的皇后弃而不用，岂不荒谬？朕心意已决，诸卿不必多言。"

诸臣无言以对，天子径自转过御座，携后登辇回后宫去了。此后的日子里，无论大小朝议，天子身后都必设珠帘玉座，皇后列其中听政。满朝文武从最初的不适逐渐习以为常，及至后来反而觉得皇后因病不醒，听政而不发一言，令人惋惜。

东应日常生活只当瑞羽一切如常，携着她一起听政视事，批折判奏，接见外臣陛见；闲来则一起临湖泛舟，赏花观月，参与蹴鞠、博彩等游戏，在外人看来，日子竟然十分逍遥快活。无形之中把对太庙之事存有疑虑、怀疑天子对长公主不利的军方情绪安抚了许多。

匆匆已是夏末秋来，东应用尽手段仍不能令瑞羽醒转，内心深处颇为惶恐沮丧，只是那份惶恐沮丧偶然闪现便会立即被他压住。

他必须相信她会醒来，也只能相信她会醒来！

他机关算尽，用心十年，只愿得到她，与她相悦共老，这样一份痴迷得近乎疯狂的感情，贯穿了他少年青春最美好纯净的时光，占尽了他对女子的包括爱慕、倾慕在内的一切感情。他需要她的回应，用以确定他的人生并不孤独，他的感情并非虚妄，他昧了最后一抹良心狠手做下的事情，并非不能原谅！

倘若她真的宁愿一睡不醒，也不愿再见他，那他的所作所为岂不是犹如空中楼阁，虚幻而可笑吗？

"阿汝，你一定要醒来，你不能弃我一人踽踽独行于世。"

太医署的大夫合计了一个新方，用药之前天子将药方拿了来过目，突然心一动，疑惑地道："朕最近研读医书，发现你们用药很多地方多有避忌，是何缘故？"

两名大夫猝不及防，都愣住了，脸色古怪至极。

东应一眼瞥见他们神色不对，不禁皱眉，"这药方用药繁复避忌甚多，是你们怕担干系，所以选药以温养为主不敢用重，还是皇后病情有变？"

两名大夫神色古怪，偷偷对视一眼才道："圣上，皇后陛下有孕在身，用药不能不慎，所以才……"

"有孕了？"东应愣了愣，霍然站起，伸着手张着嘴，好一会儿才迟疑地问道，"有孕何不早说？"

两名大夫略显尴尬地说："皇后陛下昏迷不醒，臣等不敢妄报。"

东应只疑自己身在梦中，被巨大的惊喜迎头砸得蒙了，愣了许久才一把推开还在瑞羽身旁的大夫，抓住她的手，狂喜大笑，"阿汝，你怀孕了，我们有孩子了！我们有孩子了！"

大夫看到天子满面春风，心里却是忧虑重重，只是犹豫不敢进言。东应大喜之际，连声吩咐青红，"赏老大夫十匹齐纨，万春殿上下人等亦按成例厚赏！"

青红高兴地应诺，恭恭敬敬地领着老大夫下去了，一面道谢，一面问："老大夫，皇后陛下有孕，这日常照料便比不得寻常，可有什么特别事项需要留意的？您快快说来，奴才和柳长御也好早做安排。"

两名大夫却是有苦难言，不知应该如何回答青红的话。

青红心细，眼看大夫神色不对，再想到瑞羽的身体，满腔欢喜顿时冷冻了几分，惊疑不定地问："老大夫这个样子，难道说……这……这……皇后陛下……"

老大夫无奈苦笑，"红少监，此事若是顺利大吉自然大好，倘若有什么不是，万春殿上下和我太医署只怕都要吃不了兜着走。"

"啊？"

老大夫冲内宫微微点了点下巴，看看身边没人，便低声道："皇后陛下缠绵病榻，她自己还能靠医侍精心照料和太医署大夫随侍轮值保全下来，但随着孩子越来越大，风险也就越来越大，后果可想而知……这……"

福祸难料啊！

青红黯然，满心欢喜都变成了忧愁，送走大夫之后，在万春殿外发了一阵呆，才重新堆起满面笑容，回到内宫。

此时的东应坐在瑞羽身旁，笑容满面地拉着她的手，好像兴奋得想将她抱起来欢呼雀跃一番。而与他的兴奋快乐不同的是，瑞羽安静地靠着迎枕侧卧着，犹如木偶泥塑，无喜无怒。

青红蓦然之间心酸不已，一刹那间心里藏着的对天子的不满情绪淡了许多，静了静，才上前道："圣上，皇后陛下有孕，恐怕日后轮值随侍的大夫还要另行安排。"

"此事你与柳妙商议着办，不得疏忽。还有，这宫中的侍人也当好好整顿，莫让什么人惊扰了皇后安胎。"东应头也不抬地吩咐了下去，静默了一下，突然又道，"既然那费仲南是随侍皇后最久的大夫，想必医术和人品都还信得过，将他传进宫来。"

费仲南是郑怀亲自为瑞羽挑选的国手，自瑞羽开始习武便跟在她身边为她调养身体。论到医术的精妙他或许不是天下无双，但论到对瑞羽身体状况的了解，天下却是再也没有第二个大夫强过他。

东应拒绝了太医署和青红等人的建议，不召费仲南入宫听用，却也没有放他离都。此时意动召他入宫，也不必多费周折，很快就将他带到了万春殿。

费仲南按礼叩拜了天子，转头再看到瑞羽的模样，不由得吃了一惊，连忙伸手探她的脉息，越探脸色越难看，沉默良久，突然间涕泪俱下，"殿下，您怎么……怎么……"

东应怒喝道："乱哭什么，你给朕住嘴！"

费仲南对他的呵斥听若未闻，顿足哭道："殿下，经离先生，我有负你们的信任托付呀！"

东应被他哭得心烦意乱，一拍案几，怒斥，"来人，把这混账东西拖下去，狠狠掌嘴！"

青红慌了神，连忙上前求情，"圣上息怒，费大夫不过是心忧公主……皇后陛下病情，才一时失态，并非有意冒犯，还请您饶他这一遭。"他生恐天子一怒之下真把费仲南拖下去了，以后再不召用，一面求情一面急急地推了推费仲南，"费大夫，皇后陛下病情究竟如何，你倒是明说呀，哭什么？"

费仲南怆然道："殿下早已断了生机，还有什么好说的？"

东应顷刻之间从大喜到大惊，竟然头晕目眩，身体晃了晃，一颗心在胸腔里剧跳不休，撞得胸腔生疼，"你胡说什么？她心脉还跳着，能吃能喝能用药，脸色也不见灰败！"

"殿下现在这一息余脉根本就是她腹中胎儿的生机牵引的振动；吃喝用药也是有太医署的国手推宫活血强灌的，并非殿下自身的生机；至于脸色不败，则是因为殿下武功精进，全身筋骨血肉都淬砺得外毒不侵。"

东应胸口如遭重击，一口气哽在喉头，好一会儿才哑声喝道："你敢咒朕的皇后，好大的狗胆！拖下去……"

费仲南言出惊人，连青红也不敢再替他求情，惊疑不定地看着瑞羽，颤声道："圣上，还是让太医署的丹阳大夫他们再给皇后陛下诊脉吧！费仲南的诊断，肯定是错了，一定错了……"

"妖言惑众自然是错的。"东应一面摆手令人去请太医署的大夫，一面自我安慰，一双手却不听使唤地发颤，内心实在恐惧至极。太医署的大夫进来刚想行礼叩见，就被他止住了，"免了，你们且给朕看看皇后的病情究竟如何，刚才费仲南说皇后已经……胡说八道，你们可给朕瞧仔细了，如有误断，你们就给朕滚到朱崖州钓鱼去吧！"

费仲南刚被宫人内侍拖出去，虽然他的诊断究竟如何这些大夫不知道，但一看万春殿上下人等的脸色也猜得出必然不好。几名大夫私下对视一眼，俱有些心惊胆战地上前仔细地为瑞羽诊脉看病，许久都不敢下定论。

东应心急如焚，等得不耐烦了，怒喝一声，"磨磨蹭蹭干什么？皇后究竟怎样，快说！"

朱崖州是南海蛮荒野岛，流放到那里与直接杀头无异，几名大夫心里害怕，虽有意见却谁也不敢多话，只盼哪个同僚先上前把天子的怒火平息了再说。

东应等不到他们的及时回答，更是暴怒，心火克制不住，竟是忍不住抬脚将站在最前面的丹阳大夫一脚踢翻在地，斥道："朕只问你们，能不能将皇后救醒？"

没挨踢以前，大家都惶恐不安，但挨了这一脚，明白天子的盛怒之日终于来了，再也逃不过去，这一脚反而将丹阳大夫的勇气踢了出来，他伏首坦然道："圣上，皇后陛下的病是情志郁结的心病，并非药石可及，臣已尽了全力，只能养得皇后陛下一息余脉，救醒却是不能。"

"你不行？你们呢？"

其余几位大夫面面相觑，亦伏地请罪，"圣上息怒，臣等已经尽力而为。"

东应似乎不敢置信地看着他们，摇头道："太医署号称可以生死人，肉白骨，就都是你们这样的饭桶？"

"无论怎样精妙的医术，都要病人自身想活下去才能救命。皇后陛下此病，却是自绝生机，全仗着腹中珠胎牵引出的一点活气养着，出于母体对胎儿的本能保护才能活到如今。皇后陛下的病例特殊，闻所未闻，臣等不能不慎重从事。"

东应手足冰冷，双眼现出一种异样的冷红，"你们早就知道皇后已经有孕，却故意隐瞒不报？"

一群大夫尽皆哑然，心知今日这欺君之罪无论如何也逃不脱了。东应见到他们这样子，怒发如狂，"将这群欺君罔上的狗东西拖下去，治狱严办！"

在不知道瑞羽的身体实情时，她虽然昏迷不醒，但有她静卧一旁，他便觉得心中安稳，无论内心怎样痛苦，他都有救赎之地，不觉得迷茫。但在知道她的身体实情之后，那股支撑他前进的勇气顿时泄漏一空，仿佛身体从万丈深渊直坠了下去，惊得他魂飞魄散。

"阿汝，这些庸医定然是误诊了，你怎么可能……你是要与我携手共老的人，怎么会弃我不顾呢？你放心，我会找来天下最好的医生，一定将你治好……"

太医署的大夫治病不力，接二连三地被下狱治罪，天子广召天下能医给皇后治病，却无人能妙手回春。政事堂的七位宰相初时不动，直至看到天子越来越形憔悴，才忍不住进谏，"圣上当为天下子民保重龙体，其余事务暂缓一缓无妨。"

东应近日脾气越来越坏，尽力克制才不至迁怒旁人，但这种时候还要让他听取谏言却是勉强，他通红的双眼一瞪，道："皇后和皇嗣关系着江山稳固，宗庙绵延，怎么能缓？"

他即位五年，却不近后宫，只有先前李太后所赐的四名美人，皇长女三岁，皇次子出生便夭折了。委实称得上后宫空虚，子嗣艰难，影响着国祚绵延，也令不少野心分子以为有机可乘。

天子若仅是为了皇后一人忧心如焚，宰相和谏官们还能多进谏言，但把皇嗣摆出来，文武百官却是大多数人都闭了嘴，转而暗访能医，以期为上分忧。

折腾了大半个月，东应终于疲惫不堪地停止了对太医署的申斥，吩咐道："去把费仲南提上来。"

费仲南触怒天子被关在诏狱里，不过幸好有翔鸾武卫的故交暗中照拂，并没受太多罪，被宫人内侍领进万春殿时精神还挺好。

东应坐在凉榻旁，握着瑞羽柔软无力的手掌，正在以指绘着她掌心的纹路，听到谒者的进报，不见动容，下巴点了点道："坐。"

费仲南全无别人面对天子的畏惧，依言在旁边坐了下来。东应放开瑞羽的手掌，慢慢地说："皇后只是受伤昏迷不醒，并没有死。"

费仲南眉眼间却颇见讽刺之意，冷冷地说："不错，皇后陛下只是受伤昏迷，并没有死。只不过伤心失魂，这一生都不愿再醒来了。"

东应也不在意他的态度如何，缓缓地说："你初见皇后虽然号哭不止，却并非绝望哀痛，想来必是还有救治之法，故此有恃无恐。告诉朕，怎样才能救醒皇后？"

费仲南笑了笑，抬起头来，直直地看着东应道："当然能治，只不过要治失魂自绝之症的病人，需要用能牵动病人喜怒爱恨的至亲者拿一点东西出来做药引。"

"什么东西？"

"一块心头肉。"

东应愣住了，看着费仲南，突然一笑，"以皇后之病，用光明正大的理由来行刺朕，此计剑走偏锋，却不知出于何人之手。"

费仲南不惊不动，淡淡地说："皇后陛下失魂自绝，不愿再活，这是命运使然，不可逆转。陛下九五之尊，又岂会为了一介女子亲身冒险？既然如此，强加刺驾之罪于我，不免妄谬。"

东应冷哂，"朕不下辣手，你们便当朕好欺负？"

费仲南霍然抬头，竟是满面怒火遮掩不住，悲愤之意溢于声色，"陛下翻覆之间，令上千有大功于国的翔鸾武卫死无葬身之地，长公主断魂自绝，竟还算不得辣手，可真是仁慈宽厚，令人景仰！"

东应一番布局成事，肃清了朝堂里的野心分子和不安根源，威加天下，所有人对太庙之事都讳莫如深，无一人敢当面提及。今天终于有人将他生命中堪称最重要的一次政变叫破，讽刺大骂，他心里除去淡淡的恼怒之外，竟也有一种莫名的轻松，冷冷地说："翔鸾武卫是为平叛而牺牲，皇后更是为了护驾受伤，你休得仗着皇后荫庇便信口雌黄，大放厥词。"

费仲南大怒喝道："陛下瞒得过天下人的耳目，须昧不得天地良心！"

"口舌之利，可笑至极。"东应冷笑一声，"朕不与你一般见识，你若真能治得皇后之病，要什么朕便可以给你什么。"

费仲南一怔，却不敢相信他真的应允，冷笑道："陛下，那治病所用药引，并不是从别的死人心上剜出来的就能用，而是要将陛下开膛剖腹现割一块的。"

"这不正是你此来的目的？"东应讥诮一笑，拂袖道，"只要皇后能醒，那心头肉你尽管来取！"

第八十九章
爱恨缠

　　她能吃能喝，心跳气血也重新活泛，有着人类求生的一切本能举动，然而也仅仅于此。

　　天子任人试刀取肉之事若是外传，政事堂的宰相和朝臣言官定然极力阻止，且使得天下震动。为了避免这些不必要的麻烦，东应忙碌几日将需要圣裁的政务批示了，又以养病之名暂授政事堂便宜行事之权，万事妥当，方调集亲信禁卫紧守内宫，隔绝内外消息传递，以防生变。

　　费仲南出宫准备两日再回到宫中，身边却带了个有些面熟的人。东应记忆力惊人，略一凝思，诧然道："并州游侠钟称？"

　　钟称自太庙之变一别后已近三个月未见，此时面君神气充足，举手投足间赫然有种脱胎换骨的气度，与过往面带愁容截然不同，听到东应还记得他，也不以为意，揖手道："正是小民。"

　　东应眉头一拧，道："钟卿此来何为？"

　　钟称笑道："小民来助费大夫一臂之力。"

　　"嗯？"

　　费仲南施施然地一面整理开膛取肉需用的工具，一面道："宫中的医侍虽然也能替人推宫活血，但劲气不足以将药力送入骨髓中，洗髓移气，因而治疗皇后陛下的病始终缺了火候，唯有让钟游侠这样武功出神入化的人，才能运劲用药激活皇后陛下沉寂的精髓气血。"

　　东应微微点头，道："有劳钟卿。"

　　钟称笑道："小民幸得与皇后陛下印证武学，又蒙她手下留情，因而不死，才能一窥武道至高之境，应报此恩。"

说话间费仲南已将一包细末调入水中，送到天子面前，道："陛下请饮下麻沸散，臣好动手。"

麻沸散饮下去，全身麻痹，不能言亦不能动，只能令人摆布。

乔狸一直陪伴天子左右，此时终于忍不住跪下劝阻，"圣上，开膛之术本就凶险无比，就算让忠君之士执刀也难保万全，何况这费大夫让对您心怀不满！天下能人异士极多，假以时日必然有能治皇后疾病的人前来应召，您又何必急于一时呢？"

东应轻声一叹，"皇后有孕在身，病情不能再拖延，纵有别人能治，那也等不得了。"

乔狸惶恐至极，涕泪俱下地拉着他的衣摆不放，叫道："圣上，您一身系天下万民福祉和江山社稷安危，若有意外，这天下必然刀兵再起，生灵涂炭，您怎能为了皇后一人，弃天下不顾？"

东应略带自嘲地一笑，"朕即位五年，夙兴夜寐，不敢丝毫懈怠。生前已尽所能，若有意外，身死之后哪管得洪水滔天？"

万春殿的偏殿里除去听用的几名医侍，所有多余的人和物都按费仲南事前的要求清理一空，殿顶天光透亮，室内浮动着酒气，数十面银镜聚光照射的凉榻上，瑞羽安静地躺着。

东应握住她的左手，在她身旁躺下，喃喃地说："阿汝，我不信命！无论怎样，我们总要在一起。你若肯醒，自然大好；若是这样你也不肯醒，那我们便黄泉相见，生自相依，死当相随。"

开膛割取心头肉，还要让瑞羽在他身边，是他执意安排的。直至麻沸散的药力散开，他仍旧紧握着她的手，费仲南有意将他拉开，但动了一动，他的手不但没松开，反而握得更紧了。

钟称略感诧异地说："天子武艺不高，这份心劲却委实了得。"

费仲南哼了一声，放弃了此举，一手执刀，一手在天子的胸肋上轻轻按了按，选准血脉稀疏之地，干脆利落地划了下去。

论到开方用药他或许不及太医署的老国手，但他在军中十年，那断肢重接、割肉缝皮、续肠剖腹一类与血肉打交道的事他不知做了多少，对人体的骨血、皮肉、脏器的了解，天下再没有第二人能强过他。这开膛取一块心头肉做药引的事，对别的医生来说或许是一件极艰难的事，但于他而言，只能说不那么容易。

锋利的百炼钢刀避开肋骨，割开皮肉，沁出的鲜血不多，却已经看到了胸腔里跳动的心脏。费仲南有一瞬间的恍惚——九五之尊的性命如今就在他的手中掌握着，任他生死予夺。他若想让他死得痛快，一刀割断心脏血脉就可以；他若想让他慢慢受苦，这时候随意做个手脚，谁也看不出来！

但在此时，旁边的钟称轻"咦"一声，"殿下的气血突然异动……"

费仲南心虚的时候被他突然出声吓了一跳，连忙收刀，问道："殿下怎么了？"

钟称没回答，但他已经看到她的眉梢动了动，虽然轻微，在这样的时刻，这样的情境下，却明确无疑地表达了一种最直接的情绪。

费仲南怔了怔，长叹一声，轻声道："殿下放心吧，我不会乱来的。"

东应只觉得自己做了一个长长的梦，梦里黑暗无边，他在黑暗里兜兜转转，不知绕了多久才醒过来，只觉得全身冰冷，犹如被水泡了一般，说不出的难受。

麻沸散的药效未退，他恍惚了好一会儿才醒过神来，看到自己仍在万春殿的偏殿内，目光所及，并无人侍立于侧。

他竟然还活着。他以为费仲南那取心头肉做药引的主意，是为了行刺，难道竟然不是吗？或者他事到临头，却又心中害怕，不敢下手了？

无论费仲南出于什么理由提出要取他的心头肉，此事过后，他对瑞羽的病情都必须尽力而为，不得再推拒拖延。

东应心头阵阵隐痛袭来，但这些天来令他焦躁不安的惶恐却消了不少。他麻木的手指感觉到她的手还握在自己手里，便吃力地转头去看身边的瑞羽，唤道："阿汝！"

她闭目不醒的容颜沉静得仿佛亘古未变的山峦，任他如何呼唤，仍旧没有回应。他长长地叹了口气，心中却没有多少失望。

室外轮值的人听到里面的声音，一阵骚动，过得片刻，乔狸奔了进来，惊喜交织地问道："圣上，您感觉如何？"

"朕很好。"他微笑着略一颔首，问道，"皇后的病情费仲南怎么说的？可用了药？"

"皇后陛下刚用了药，听说血脉异动，生机渐起，慢慢调养很快就能好转的。"

他松了口气，放下心来，"那就好……那就好……"

不知是费仲南那剂以天子的心头肉为引的药起了作用，还是钟称每日给皇后推宫活血另有妙用，卧床近三个月的瑞羽终于对外界有了反应，不再像以前那样连饮食用药都需要医侍使尽手段强灌进去。

她能吃能喝，心跳气血也重新活泛，有着人类求生的一切本能举动，然而也仅仅于此。她依旧不愿睁眼，不愿走动，更不愿说话，至于别人对她说的话她究竟有没有听，那就谁也不知道了。

东应心口的伤痊愈之后，便恢复了过往的习惯，仍旧带着瑞羽临朝听政，闲来陪她说话游玩。尽管她不言不动，犹如泥塑木偶，但他想到她终究还是活在自己身边，并且怀着他的孩子，仍旧觉得喜悦开怀。

胎儿渐渐地能动了，并且随着时间的推移胎动越来越明显频繁，太医署的大夫已经确诊皇后所孕十分罕见，竟是一胎三生。这对整个朝廷来说都是令人惊喜的消息，而他抚摸着她的腹部，感受到掌下的胎动，更有一种难言的满足与高兴。

纵然她不肯醒来，但她腹中的孩子是他和她共有的，这便决定了他们这一生的纠葛已然有了她再也不能割舍的结。

秋过冬来，转眼元日将来，冬至歇朝封印，天子祭祀之后大宴群臣，以示对群臣一年操劳的宣慰。宴中传花为戏，天子屡屡受花饮酒，不觉大醉，被风一吹连连呕吐，也不待席散，便回万春殿去了。

万春殿的地上烧着几条火龙，温暖的地气熏上来，殿前廊下的一株蜡梅提前盛开，幽幽暗香扑鼻沁肺，令人闻之忘俗。

东应醉意稍散，见到廊下蜡梅开放，微觉诧异，喝住肩舆，亲自折了几枝蜡梅，兴致勃勃地走进殿内，对床上静卧的瑞羽笑道："阿汝，你闻闻，香吧？猜猜这是从哪里摘的？就是殿外廊下那株我小时候说是铁树、从来不开的蜡梅，它今年居然开花了！"

他唤人取了一只美人耸肩细颈瓶过来，将蜡梅插在瓶中，放在她床头，细细地赏玩，十分高兴，"数十年不开花的老树都开了花，必是因为万春殿瑞气集聚，故此催花重芳，现此吉兆。"

瑞羽安静地躺着，对他的话语一如既往地听若未闻，毫无反应。东应赏花的兴致过后，看到她冷漠的面容，胸口一室，仿佛被抽去了全身精气似的蔫蔫坐定，避开她的腹部，下巴抵在她颈窝里，轻叹，"阿汝，老树开了花，孩子也快到出生了，你为什么还不醒来？"

他一心想得到她、留住她，以为不管用什么手段，不管她变成什么样子，只要她在他身边，再不离开他，他就是成功的。然而当一切得如所愿，她再也不能离开他，他却在每个梦醒的午夜，看着枕边她平静无绪的脸，心头空落而疼痛，就好像费仲南在他心头割去的一刀肉始终没有再长出来，那个地方便空落落的，还有火辣辣的痛。

"我错了！我向你认错，你醒来吧！"

他一直知道自己想要什么，为了得到自己想要的东西又做了什么，不是不知道那样做是错的，但他一直都没有承认，更不肯承认。

认了错，他便输了！

其实他一直是想赢她的，他觉得只有赢了她，才能被她正视，才能证明他的强大，才配站在她的身边，才可以与她白头偕老，生前的事迹被史册记载，死后的灵位也并肩而立，永无分离。

但在这万家团聚的日子里，他明明有家有室，面对的本是这世间对他最维护关爱的人，却只能他一人喃喃而语，无人与他共话，无人与他分享成功的喜悦，更无人抚慰他的忧伤。那长久压在心中的歉疚，在酒醉的夜晚终于将他一直坚守的心防冲出了一道软弱的缺口。

如果你可以醒来，我认错！

这是我一生必犯的大错，但我愿用我的余生来弥补对你造成的伤害。

"阿汝，我任你责骂打罚，只要你别不理我……别不理我……"

几滴滚烫的泪珠沿着她的脖颈滑入她的衣襟里，烙在她胸前，却始终不能令她有丝毫动容。

那一番爱恨纠葛，倾尽了她半生的感情，付出了她二十年奔忙，令她疲惫不堪，倦了爱，倦了恨，倦了纠缠，倦了人生，留下来的，仅是一堆死灰。

第九十章 又一村

乔狸快步跑到外殿，欣喜地大叫："圣上，三个孩子都出来了！二男一女，乳母正在给他们洗澡穿衣……"

春雷鸣动，细雨斜风的日子，皇后临产。太医署和万春殿因为皇后的病情，早早地对她临产做了周全的安排。但本以为万无一失的安排，临到真正生产的关头，却仍旧令所有人感到意外惊慌。

东应站在万春殿外，望着檐槽里哗哗流泻的雨水，鬓边的发丝不知是被雨水打湿了还是被汗水濡湿了，微显凌乱地贴着他的面颊，乌发玉面，愈显得他苍颜如雪。

乔狸一趟趟地来往于内寝与外殿之间，传递着里面的消息，"圣上，皇后陛下见红了……"

"羊水破了……"

"淳于大夫和医侍在按压皇后陛下的腹部，帮助胎动产子……"

"钟称……不，钟供奉依照费大夫的指令为皇后陛下运气……"

……

内寝传出的消息越来越不妙，东应的脸色也越来越白，握在回廊扶手上的双手指甲刻开了表面的玄漆，不能抑制地轻颤。

乔狸再一次奔出来，禀告，"圣上……"

东应呆了呆，转身朝内寝走去。乔狸愣了愣，旋即明白了他的用意，大惊失色，"圣上，产房不洁，男子不得入内，您……"

他怒喝一声，"够了！"

这种时候，别再来烦他，产房里的是他一生最重要的人，怀着他获取原谅的契机，诞育的是他这一生的情感依托。若是他们有什么意外，他怎么办？

寝室之内血水和羊水的混合腥气扑鼻，精擅妇产的女大夫面色凝重地放弃了接生的准备，见到天子进来，都惊了一下，旋即道："圣上，皇后陛下自身无力，仅凭宫缩和外人挤压孩子是生不出来的，臣想趁早用剖腹之术将孩子取出来，以免拖延时间误了时机。"

"剖腹取子？你有把握吗？"

淳于大夫被天子威压吓了一跳，镇定了一下才回答："臣不敢说万无一失，但臣自习医以来共替一百六十一名产妇行过剖腹之术，只有十四人因为体弱又误了时机术后死亡，其余人都活得安好。"

东应点点头，道："皇后缠绵病榻已久，可受得了这样的伤？"

"皇后陛下虽然缠绵病榻，但她体质极好，有费大夫和钟供奉养气调血，又有太医署按节气制定食单供膳，身体尚佳，这样的伤风险应该不大。"

"嗯。"他看了一眼她明明汗珠密布却仍旧平静的脸，正想应允淳于大夫的提议，脑中倏然灵光一闪，收住了嘴边的话，霍然转头问，"皇后的胎位正不正？"

淳于大夫怔了一下，才道："胎位是正的，但皇后陛下自身昏迷，不配合医侍用力，孩子也是生不出来的。"

东应怔忡当地，电光石火的刹那，他明白了她的用意！

哪是难产？哪是她生不出来？根本就是她知道只要自己怀孕到孩子瓜熟蒂落，即使她根本不用半分力，太医署自有能医可以剖腹取子。即使她死了，孩子也可以活下来！

所以她不肯自己用力，想借着剖腹取子这一刀自置死地！

她根本不愿再次醒来，亦不愿再次面对他，这七个月里她肯吃肯喝，都只有一个原因，那是身为母亲对于胎儿的本能保护。

她不愿活下来，她仅是为了孩子而活，并且这份意愿也只愿维持到孩子可以出生的时间。

哪怕这剖腹取子之术对于别的产妇来说毫无危险，但放在意图借此机会自绝的她来说，却是送命一刀！

她在等这一刀！

他杀了她许多忠诚的臣属，他害了她选择的夫婿，他背叛她的感情和信任，他令她背负了无穷的歉疚与罪恶，可是她面对横亘在她面前的过往情谊之前，却无法下手杀了他替她亏负的那些人复仇。

她杀不了他，便只能杀了她自己！

淳于大夫还在等天子早做决定，催促道："圣上，皇后陛下一胎三生，羊水破后比一子凶险，若不尽快取出，对孩子大为不利。"

东应满头汗水涔涔流下，很快便将他脚前的木板滴湿，踩在上面滑得他一个趔趄，摔在她病榻前。他全身的精力似乎都被心中的剧痛抽空，声音却是异乎寻常的尖厉，瞪着血红的双眼喝道："不剖！"

"不剖？"不仅淳于大夫莫名惊诧，就连费仲南也吃了一惊，脱口道："一胎三生，一个不慎就是……这可不是赌气的时候。"

"赌气？"他哂了一声，突然微微笑了起来，面上却满是狠戾刻毒的表情，又有说不尽的凄凉，"这可不是我赌气，是你在跟我赌气呀！阿汝！"

他握着她的手，极尽温柔地放到嘴边吻了吻，然后在她耳边一字一句地说："阿汝，你要跟我赌气是吧？那我就陪你好了！你这一胎，太医诊断，因为孩子太多，你又卧病，孩子可能会比寻常的孩子体弱一些，生产的时候必须尽快，否则孩子气力不足，容易憋坏憋死。你不肯用力生下他们，想等着太医剖腹取子是吗？可这个主意我不赞同呢！"

瑞羽平静的面容终于有了一丝变化，双眉向眉心处拢了起来。他伸手将她紧蹙的眉头抹平，近乎悠闲地用指尖划过她俊秀的眉弯，慢慢地说："阿汝，你听清楚我的意思了吗？这三个孩子，要么你自己用力将他们生下来，要么你什么都不做，就让他们随你一起死！总之，我不会同意太医署给你剖腹取子的。"

隔着屏风给瑞羽渡气的钟称不惯见这种帝王心术，骇然道："陛下，皇后腹中的孩子可是你的骨血！"

东应仿佛听到什么可笑至极的话，忍不住纵声大笑，"朕贵为天子，坐拥天下，只要朕想，自有无数绝色佳丽甘愿为朕诞育皇子，何惜几团未见生面的骨血？"

瑞羽被他握在掌中的手指猛然一颤，如遇针刺，意图甩开他的扣握。

他看着她平静死寂近年的面容破开僵硬不变的表情，浮上生人才有的憎恶、厌恨等种种表情，不由得笑了起来，声音却比他先前更刻毒冷漠，"阿汝，若是你执意自绝，我是真的可以完全不顾这几个孩子生死的。你最好不要试图和我比究竟谁能更狠心，更无情，更毒辣！"

瑞羽终于猛然睁眼，目光锋利如剑，尖锐如刀，刺进他的眼里，恨道："你究竟要将我逼到什么样的地步？"

近年不言不动，她的嗓音早已嘶哑，字句含糊，甚至旁人都听不清她究竟说了什么，只能从她的眼神里读出滔天怒火和无边痛恨。

他对着她这直欲噬人般的眼神，却轻松地微笑，回答："你若还想跟我赌气，我自然会让你看到，我究竟能做到哪一步！"

"你……"

她猛然握拳，临产的痛苦与心里的苦楚令她久不行动的双手生出一股异常的力气，指甲深深地掐进他的手背，刹那间鲜血沁出，他却仿若未觉，"阿汝，你大约还不知道，为了你的病，你那些驻守边疆的忠臣故属都蠢蠢欲动，想再谋划一次救主。而我等这群人自投罗网，已经很久了！"

他的眼里闪着冷酷的光芒，轻笑，"阿汝，要不要继续跟我赌下去，你想好了吗？"

她闭上了眼睛，过得片刻，倏然抬手指着外面，喝道："你给我滚！"

他已经养成了任性妄为的性子，可以冷酷无情，敢冒着玉碎的风险赌博，然而她却不敢。

雨云渐散，阳光洒在沾着雨水的树叶上，折射出片片晶莹明色。万春殿的欢腾声里，连婴儿的啼哭都似乎带着欢喜。

乔狸快步跑到外殿，欣喜地大叫："圣上，三个孩子都出来了！二男一女，乳母正在给他们洗澡穿衣……"

"皇后呢？有没有什么不妥？"

"没有，没有，淳于大夫说，母子均安，皇后陛下只是有些疲惫，正在养神，令人不得打扰。"

东应张开握拳握得僵硬的五指，胸中那口紧提的气终于吐了出来，这才觉得头晕目眩，双腿发软，全身虚脱，脚下一个趔趄，险些摔倒。

乔狸吓了一跳，连忙上前扶住他，惊问："圣上，您怎么了？"

"朕只是太高兴了。"直至此时，得子的喜悦才真切地涌上心来，他笑道，"把孩子抱来给朕看看。"

三个孩子陆续送到他面前，小小的、红红的脸，眉毛只是稀疏的几根细绒毛，鼻尖上一粒粒白色的脂粒，眼睛半睁半眯，看上去丑丑的一团肉，但他看着觉得甚可爱，伸手想抱一抱，但托在手里轻飘飘的，软得活似手劲稍大就能捏碎，吓得他赶紧将人送回乳母手里。

看了好久，他才分清三个孩子的长相，笑道："相貌相似的是兄弟？另一个跟兄弟不太相似的是女孩？呵呵，这么小，都看不出来像谁。"

瑞羽一胎竟得二子一女，令他不由得眉开眼笑，喜形于色，大赏宫人内侍，又传诏外廷，令免去今年的五成春赋，宗正府给皇子皇女录牒记名。一切应做之事做完了，他才想到他真正应该做、最想做的一件事——去看她。

他一直想让瑞羽醒来，其实也一直害怕瑞羽醒来。他知道自己做的事已经超过了她能容忍的底线，若她醒来，他不知道应该如何面对她！

不管做什么事，既然做了决定他就能承担后果，这句话是假的，是他对自己的安慰。其实他知道，这世间纵然别的事他做了决定就敢承担后果，但对她造成巨大伤害的后果，他是承担不起的。

如果他真能承担他所做的任何决定的后果，他就不会纠缠她那么多年一直放不开手，更不会最终采用如此暴戾的办法，两败俱伤！

他可以狠下心时六亲不认，但在平常的状况下，他却怕她。

怕她生气，怕她发怒，怕她对他绝情断义，怕她从此弃他不顾！

他其实，也只不过是个人，一个渴望得到爱慕的女子的回应却求而不得、继而成痴成狂入魔的男子。

"皇后还没有看过孩子吧？抱去给她看看。"

内室的瑞羽躺在床上，双目微瞑，仿佛已经睡着了。东应示意身后的宫人暂时在门口候着，自己放轻脚步，悄悄地走到她身边，俯身想将她额前汗湿的头发拨开，但刚举起手来，便听到她冷冷地说："别碰我！"

他的手僵在半空，虽然早有准备，但真正面对她的憎恶之时，仍然心中一痛，过了一会儿才柔声道："阿汝，我让人把孩子抱过来，你看看，小兄弟俩长得极相似，女儿却不一样，不过都很可爱。"

几个乳母奉命将孩子抱上前来，一面道喜，一面将襁褓中的孩子送到她面前。其中一个孩子吐了些羊水，细细地发出几声呢喃，她听着孩子稚嫩的声音，眼皮颤动，几次想要看上一眼，却终究没有睁眼。

东应紧张地观察着她的表情，心慌至极，脸上却仍旧堆满笑容，温言道："按辈分孩子取名应从土字起名，你说该起什么名好呢？"

"由你。"她长叹一声，"把女儿留下，你们都出去吧！"

东应全身一冷，胸口阵阵闷痛，咬牙切齿地问："你仍旧要走？"

她睁开眼睛冷漠地看着他，慢慢地说："儿子留给你，女儿我带走。"

深重的苦涩犹如没顶的冰水将他浸透，他嗓音颤抖地说："秦望北已经死了！纵然他在你心里的地位能高过我，难道还能高过你的亲生骨肉？你竟为了他，要将自己的亲生骨肉扔在凶险莫测的深宫，自己离开！"

她笑了笑，七分疲倦，二分讽刺，一分无奈，漠然道："我离开的原因，开始是因为名分伦理，后来是因为你的折辱囚禁，从来都与秦望北无关。"

他伸出双手，张开手指，苦笑道："是你明明一直在我身边，然而时机差错，让我们之间不是太早，就是太迟，永远无法触及，令我不能不铤而走险，用这样的办法来消除其中的隔阂。阿汝，我并不是想伤害你，我只不过是爱你，并且想得到你的爱！"

"别做这种无用而软弱的辩解，你是锦绣河山的至尊帝王，适合冷酷无情，却不是撒娇弄痴的童子。"她透过床头的锦幔，凝视着虚空中的一点，一字一句地说，"你仍然可以试图用尽办法来囚禁我，只是这一次，我不会再相让了。"

第九十一章
临别语

　　她看着他们一张张满布战争遗痕的脸，心中一紧，上前几步，拱手高举，深深地弯下腰去，对他们行了一礼。

　　二月十九，嫡皇子皇女满月，百官朝贺。天子召诸臣廷议，立嫡长子仕徽为太子，以次子仕浦为洛阳王，女仕明为长宁公主，择日祭祀太庙，告慰祖宗。

　　政事结束之后，回京请辞镇西将军职位的姜济生突然出列，对天子叩拜请求，"圣上，臣伤病返乡，再不复入京都，恳请面辞皇后陛下，以全主臣之义。"

　　这个提议在天子预料之中，他微微一笑，转头对御座之后的人影道："皇后，你的故属请见，你意下如何？"

　　御座之后的珠帘微动，却是皇后亲自走了出来，对姜济生点头，道："卿且随予往紫极阁一叙。"

　　三边忠于长公主的将士风闻京都生变，吏部升迁将领频繁，公主有被囚的性命之忧，只是风言风语不少，详情却扑朔迷离，无论他们怎样刺探都得不到确切消息。故此三边将领回京述职的行程便格外拖沓，暗里约定先到京都者先行请见故主，未得确切的平安消息前，不得一齐入都，以免被一网打尽。

　　姜济生请见故主，若仅是内侍召见，他必然疑虑更甚，瑞羽亲自出见，却是令他喜出望外。待到宫人内侍都被瑞羽挥退，他才喜道："殿下安然无恙，却把末将吓得不轻。"

　　瑞羽一笑，道："这一年来变故迭生，予重病卧床，有些地方难免疏漏，倒令你们受惊了。"

　　从太后驾崩，到她突然成为皇后，秦望北领随行的翔鸾武卫进京，太庙兵乱，她因于深宫，这其中的曲折尽多不可对人言之处。姜济生见她眉宇间病色缠绵，面带倦容，也不再问，想了想，道："末将在西疆听得一些风言风语，找了军情司的郎官询问详情，但军情司已经与原昭王府的行人司合并为耳目司，说话不尽不实，末将一直不敢相信。"

原本由公主府一手掌握的军情司变成了朝廷的耳目司，这本是她放权，后来却成了她的致命伤。若是军情司还在她手中，她也不至于毫无警觉地落入东应彀中。

以为从小在一起的人必然是至亲者，可以交托真心，信任无疑，却是她太天真了。

她有瞬间走神，却没有对姜济生说实话，而是按照东应在太庙之乱后对外散布的流言，再为他圆了一次谎。她淡淡地一笑，道："太后驾崩，京都暗流涌动，有宗室亲王与宰相林远志勾结图谋大位，驱使神策军发动政变。予在平叛之战中重伤卧床，一直在养伤。"

太庙之变，除去一直跟在她身边幸存下来的阿武等一百七十五人未死，被下在诏狱中之外，其余人都牺牲了。

她不能回避秦望北和那八百多为她而死的勇士，眼神微黯，轻声道："告祭先祖正了太子位后，予将亲往英烈祠，将平叛之战中死去的英灵之位移入祠中，世受香火。还有三边将士，这一年来为国而亡的英烈，还没有入祠供奉的，也当整理出来，一并上供。"

"敬诺。"

姜济生应了一声，想问什么，但想到此时身在宫中，又颇有顾忌。瑞羽看了他一眼，走出曲折回环的游廊，挥退亦步亦趋的侍者，沿着宽阔的甬道慢慢前行，问道："西疆现况如何？"

"西寇已经散成了各自为政的部落，不足为惧。去年十月以前，西疆各州还有不少流寇，末将令人围剿了几遍，现在已经平静了。此次末将回京辞职，听闻新任镇西将军广明正准备拔营向西，往大食那边拓疆建功。"

瑞羽欣慰地点头，又问："军中还有多少随予征战五年以上的老兵？"

"除去残废者，大约还有万余人吧……翔鸾武卫跟随殿下转战千里，平西一战伤亡惨重，至今仍能全手全脚活下来的人真不多了。"

"有多少人还愿留在军中，又有多少人想回乡？"

姜济生沉默片刻，道："老兄弟们从戎多年，都有思乡之情。"说了这句话，他抬头看了瑞羽一眼，又道，"然而只要殿下一声令下，翔鸾武卫上下三十万大军，唯命是从，誓死效忠！"

瑞羽眉梢微动，笑容里多了几丝温暖：不论她是否贪恋权势，在她困窘的此时，能得到昔日臣属全然未计较局势好坏地效忠，却也不禁欣慰。

"如今天下承平，将士们也都累了。若有人愿为官，继续留在军中为国效力也好，若有人不愿为官，想返乡归田，便让他们报上名来，予想尽早将旧属的去处安排妥当。"

"诺！"姜济生目光一闪，见四下无人，终于忍不住问道，"殿下，您……既然您这一年来重伤卧病，那册封为太子的嫡皇子可是……您的骨血？"

瑞羽知他这是担心她在宫中的处境困难，为人所欺，恐那所谓的嫡皇子并非她所生，于是微觉尴尬，点了点头，道："是。"

姜济生松了口气，一时却不知该说什么话，顿了顿才道："这一年来消息不通，很多风言风语传到末将等人的耳里，难断真伪。为此，三边的公主府故属都很是不安。"

瑞羽一笑，问道："予重病近一年没有往外传递命令，原公主府的事务如今都是由谁主理？"

姜济生回答："殿下不在，诸将大多数各司其职，管着自己手下那拨人和事。但大家伙儿都担心殿下的安危，便约定以主簿言诤为居中者，负责协调诸将。不过翔鸾武卫和公主府，主人只有殿下一个，言诤虽然暂起沟通协调的作用，但也不算主者。"

他转头四顾，见无人能潜到空旷地窃听他们的谈话，突然在她面前跪了下去。

瑞羽目光一闪，也不叫他起身，负袖问道："卿有何事？"

姜济生抬起头来，望着她，道："殿下，末将进京之前曾与公主府的诸同僚有约，令末将来问殿下三件事。"

"嗯？"瑞羽隐有预感，指尖抚过腕间所戴的佛珠，道，"什么事？"

"第一件事，是嫡皇子究竟是不是您的骨肉，此事殿下已经说了。第二件事，是……"

姜济生话说了一半，深深地吸了口气，声音又轻了两分，"殿下，末将和公主府的故属想问您，您愿为皇后，还是愿为太后？"

除了东应，瑞羽便是太后，可以扶太子登基，做这天下的至尊！

瑞羽神色不动，"还有一事呢？"

姜济生摸不清她的真意，挠了挠头道："第三件事是问您愿意留在宫中，还是愿意出海？"

瑞羽平静的脸色犹如阳光挣脱乌云，灿烂的光华照了下来，微笑道："有这第三问，不枉予和你们君臣十年，同生共死。"

倘若没有第三件事，她的那些故属对她更多的是想自她这里分获权力，虽说他们为国征战多年，理应获得相应的权力。但用这样的叛乱及扶立之功来获取权力，却是野心家的权欲作祟，并没有多少对故主的忠诚。

第三件事问出来，则表明那些故属是对她的忠诚大过对权欲的追求，他们不清楚她突然变成皇后一事的内情，不能代替她做关系一生的决定，却仍旧愿意向她效忠。

姜济生见她展颜微笑，也不自禁地笑了起来，道："臣等誓约，无论殿下做什么决定，都必然遵循您的意愿，绝不有违。"

"好！"

她简短地说了一声，弯腰伸手将他扶起，微笑道，"去告诉他们，愿意留下为官的，愿意返乡的，以及愿意随予出海的，连伤残老病者在内，都让言诤誊份名录出来，予好早做安排。"

"敬诺！"

三边换防，不少老兵自请解甲归田。二圣首次同署一道诏令，颁行天下，朝令荣养有功于国的勇士，凡立军功者皆授别券文书，许以国士之礼，见官不拜。令吏部对勇士比较战功及才能授予官职，不为官者重金厚赏，拨给田地，由当地官媒帮助其婚配成家，伤残者额外免除赋税。

此令一出，三军将士顿扫一年来的迷惘忧惧，精神为之大振。卫武、贺西州等将领率领退伍部属奉命进京，面圣述职。

三月六日，大吉，二圣出宫，以太子正位东宫之事，率诸臣往太庙告祭。同日，换防回京的三军将士亦前往太庙左侧的英烈祠祭祀袍泽的英灵。二圣告祭太庙之后，亦率太子并诸臣前往英烈祠，亲自主持祭奠之礼。

英烈祠虽然建筑宏伟，却也不能让三万多名解甲归田的老兵尽入祠中，只能按军职划定人数，旅帅以上入祠参与祭祀，队正以下各自统领属下在祠外广场上行礼。

瑞羽一身素服，与东应并肩走过诸将让出的甬道，走到英烈祠正殿的主位前，在有司的引导下奉礼上祭，拈香奠酒，与三军将士祭祀这些为国捐躯的勇士。

大礼完毕，诸武将谢过二圣亲临祭祀的恩德后，对瑞羽格外行了一礼，道："皇后陛下，翔鸾武卫的老兵都是追随您五年以上的部下，他们此次解甲归田后，恐怕终身不复得机会进京。因此三军将士想请您出殿，还如旧时操练那般站在阵前，让他们当面拜别您。"

诸将此言一出，百官俱屏息，将目光投向天子。

皇后册立之初，天子就亲许了二圣临朝，皇后亦称制问政。但皇后先是病重，后则育子，一直没有真的临朝问政。若说当初立后的允诺仅是权宜之计，在军权已经渐为天子掌握的时刻，则可以趁今日驳回军中老兵的请求，表示皇后退居宫中，不再临朝称制问政。反之，则是天子不仅承认皇后的地位，更有意推动她站到诸臣之前。

东应感觉得到诸将和百官目光里的探试意味，面上却微笑如春风，侧首对瑞羽道："皇后，故属诚心请见，你就去吧。"

"圣上不去？"

她的称呼虽然疏远，却是少有的主动，东应心中一喜，笑道："三军将士向你拜别，我若跟你太紧，恐怕他们会不自在。不过他们有大功于国，朕当与太子、诸臣在仪门外目送为礼。"

瑞羽也不再赘言，转身与诸将步出英烈祠的正殿，走到广场前的墩台上。

三万老兵在外等候已久，见故主步出正殿，亲切微笑，风华依旧，不由得心情激动，屈膝拜倒，欢呼千岁。

他们或是转职为官，或是解甲归田，都已经除去了身上的戎装，换上了参与祭祀的礼服。从戎多年，除去战争在他们身上各处留下的伤痕以外，还有岁月催老的灰白发鬓，纵使欢呼高兴，也掩不去他们眼底的沧桑。

瑞羽看着这些跟随她多年的将士，也心情激荡，目光从他们的脸上扫过，镇定一下，才张臂示意他们安静。

欢呼声在她的示意下逐渐平息，就像她无数次统兵进行操练一样，所有麾下士兵都在等候他们的主帅说话和下令。他们静立的姿势是如此挺拔，等候军令的神态是如此警惕，准备奉命的表情是如此肃穆。

一瞬间，她仿佛又回到了铁马金戈、转战千里的烽火岁月，听到了沙场厮杀和鼓角争鸣。那些追随她的旌旗所向而冲锋陷阵的袍泽，与她同生共死，荣辱相关，是她所有作为最坚实的后盾，更是支持她奋勇向前的砥柱。

她给予了他们与军功相应的荣耀和财势，但仅仅用这些东西显然还不足以完全回报他们的热血与忠诚。

她看着他们一张张满布战争遗痕的脸，心中一紧，上前几步，拱手高举，深深地弯下腰去，对他们行了一礼。广场上所有人，包括仪门楼上的天子和诸臣都没想到她突有此举，一齐呆住了。

瑞羽深深地行完一礼，才起身缓缓地开口，"是你们用热血和汗水为这个国家保卫边疆，扫清流寇，让这天下能度过动荡不安的年代，迎来今日的太平和安乐，让这个国家的人民可以安心地务农读书，从商为匠。你们为这个国家所立的汗马功劳，我不会忘记，我的丈夫和儿女不会忘记，天下受你们庇佑安享太平的百姓，也不会忘记！"

第九十二章
长夜茫

天子抬头注视着天边云霞，突然一笑，向虚空里轻声问道："阿汝，我若想再见你一面，你肯吗？"

返乡的将士按地域结成长蛇阵，队伍逶迤离去，瑞羽站在高台上，目送他们远离。

她在这里告别的，不仅是她昔日的故属，亦是她过往的峥嵘岁月。

那些让她甘愿为之不着红装着武装、千里转战、虽死不悔的东西，亦随着故属的离去而消散。

这是她在陆上需要了结的最后一件事，从此以后，她终于可以放下背负了二十几年的重担，像秦望北所说的那样，活得任性一点，自私一点，轻松一点。

风吹动她身上的素服，晴空下，她向来挺立坚定的身影，此时却显得瘦削，有一种令人惊心动魄的绰约姿仪，沉静、孤寂而冷漠。就好像她本来就已经显得贫瘠的感情，都在刚才送走这些故属的时候，最后一次释放，而后归于虚空。

东应挥退随侍，近前柔声道："阿汝，你这些故属离伍任官者不在少数，若是他们当官的本领和他们与敌作战一样勇猛，过不了多久就能得到升迁，也许有才能者还能入阁拜相，届时自然还能再会。"

瑞羽不应他的话，转身回到英烈祠的正殿石碑之前，凝视着上面所刻的那些熟悉的名字，怔忡片刻，缓缓地褪下手腕间所戴的佛珠，放在供台的青莲玉灯足下。

这串佛珠是她统兵之初，李太后怕她是女子之身，镇不住兵刀凶煞之气为她求来的随身之物，十余年来一直戴在她的手上，被她用来静心敛性，也是她从戎生涯的象征之一。如今她不再领兵征战，这串佛珠和李太后当年传给她的那些未言之意，她也该如数放下，不再纠缠了。

放下佛珠，她再对石碑行了一礼，轻声道："往后的日子我恐怕再不能亲自到你们灵前祭祀，就让这串佛珠作为证我诚心的信物长留于此，惟愿你们英灵无憾，早登极乐。"

东应在一边看到她的举动，心头一惊，强笑道："阿汝，我们回去吧。"

瑞羽转身直视着他，道："我已令人将仕明带了出来，不会再回宫了。"

东应愕然，"你说什么？"

"东应，今日分离，想来你也早有预料，何必此时再做此小儿情态？"

东应哑然，顿了一顿，恨道："深宫险恶，两个孩子才一个多月，你当真就能狠心撇下他们离开？"

瑞羽双唇微勾，嘴角绽开一抹讽刺的笑容，淡淡地说："东应，你我从小相依，你深知我弱点所在，便以为可以利用感情迫我屈从。但你有没有想过，一个人再怎样情深似海，终不可能无源得水。你已经移山断流，还以为可以再从枯海中榨出什么东西来束我一世自由，岂不可笑？"

东应心中钝痛，满头汗水涔涔，颤声道："阿汝，我知道我大错特错，然而请你给我一个机会让我弥补过错，不要走！"

瑞羽摇头，叹息，"东应，不要太任性，在我面前你早已没有了任性的资格。你若还念着半分过往的情谊，此时便放手吧！别再重现一次太庙的惨况，将仅余的一丝情义都毁得丝毫不剩。"

东应痴痴看着她冷漠的眼神，心如刀绞，蓦然间双眼湿润刺痛，嘶声道："阿汝，我们怎么会变成今天这个样子？"

明明我曾是你放在心尖上爱护的人，明明你亦是我爱入骨髓的人，为何我们始终不能相偕并行？那应该是唾手可得的幸福，却偏偏不是追赶不及，就是追赶得过头，总不能如愿以偿，终将蜜糖酿成了入骨难剔的剧毒之药。

瑞羽沉静片刻，缓缓地说："这便是天命！"

"我不信命！你明明也不信命！"

"信不信命都无关大势，因为已经成了定局。"

这轻轻的一句，无可更改，终于击溃了他心头的最后一丝侥幸，令他惨然低笑，几乎立足不稳。

瑞羽转身欲走，他却突然喝了一声，"慢！"

瑞羽回头，冷笑，"你还想再次强留？"

"不！"他摇了摇头，也感觉到了一丝从心底透上来的疲惫，轻声道，"我只是想用一样东西，换你的一个承诺！"他已能想象她的拒绝，不待她出声，又道，"你我今日别离，余生恐怕再无相见之日，这个承诺，你就当是我的临终所求吧！"

她不为他话里的哀怜所动，冷静地问："你用什么来换？"

他盯着她，想将她脸上的每一丝表情变化都收进眼里，"秦望北的骨灰……"

瑞羽猛然抬头，"在哪里？"

东应摆手让乔狸将藏在英烈祠下的小塔墩里的骨灰坛取出来，看着她将那落满灰尘的东西捧在手里，冷漠的脸上瞬间悲伤、怜惜、悔恨、苦楚诸般表情交织，就好像这一件死物却让她再一次鲜活了几分。

他冷笑起来，"难道不管我要什么，用它来换，你都答应？"

"你以为我还可以任你予取予求？"

他呆立无言，突然之间万念俱灰，再不觉得还有什么可求，摆手道："你走吧。"

她也不再询问他先前究竟想要她办什么事，微微低头，慎重地将秦望北的骨灰抱在怀里，转身离去，不再回头。

英烈祠左侧的树林里，十余匹骏马奔出，出狱不久的阿武和曲要正在等她上马，南下与等候着的袍泽相会。

而远处的大江宽阔的水面上，南海水师战船正在游弋巡视，护送乘客的海船将愿意随故主出海的翔鸾武卫将士往东海渡去。

东应看着她的身影远去，渐渐变成一个黑点，最后与天边的暮霭融为一体，木然呆立，良久突然呵呵一笑，笑声越来越响，最后笑得泪流满面，弯下腰去，连连咳嗽。

乔狸转过脸去，不敢看他，直到听到"哇"的一声才心惊转头，一眼看见地上一摊鲜血，吓了一大跳，连忙上前扶住他，问道："圣上，您怎么了，奴才去叫……"

"别大惊小怪的，朕没事。"他疲倦麻木地一笑，喃道，"我这一生总要为她彻底受伤一次，这样也好，痛了这一次，以后就不会再痛了。"

夜幕悄悄地覆盖了苍茫大地，星光幽暗，照明的烛火绵延入都，车声辘辘，一声婴啼打破沿途的寂寞。倚在锦榻上的天子睁开眼睛，问道："谁哭了？"

他一问，哭声变成了两个，太子和洛阳王一齐放声大哭。八个乳母和近身医侍怎么哄也哄不住，面对前来问讯的乔狸尴尬异常。乔狸跟在天子身边，闲暇之时倒也学了一些育儿常识，见两个孩子啼哭不止，便问："是不是饿了？还是尿了，哪儿不舒服？"

"都不是，太子殿下刚刚突然大哭，洛阳王也就跟着哭了，不知道为什么会这样。"

天子挥手叫停辇车，令人将两个大哭不止的皇子抱上前来，与他同乘。或是父子天性，两个孩子到了他车上，慢慢地竟停止了大哭，抽抽噎噎地转着眼睛看面前的人，一人一手抓住他腰间玉佩不放。

天子看着怀中两个稚子，苦笑，"突然受惊，难道你们也知道母亲离开了吗？"

稚子不解大人的情怀，挥动着小手，发出几声无意义的呢喃。天子伸手抚去他们脸上的泪水，喃道："别哭了，母亲不要你们，父亲会一直在你们身边的。"

暗夜苍茫，长路漫漫，这一世离终结的时间还那么远，却已经让他觉得，人生还想再做的事已经所存无多。

人总是要学会遗忘的，不然连听一曲乐，都记得曾和她同品；赏一朵花，都记得曾与她共观；走过一条路，都记得曾与她相携而行；连喝一口酒，都记得曾与她对酌；呼一口气，似乎都还能闻到她鬓边的芳香；躺在床上，身体都还记得与她相依相贴的温暖，谁能受得了？

他以皇后需要静心养病为由，搬出了东内，住进西内修缮一新的含元殿，远离那些令他成狂的故物。住在富丽堂皇的至尊宫殿里，夙兴夜寐地理政视事，看着本来满目疮痍的江山社稷重新焕发光彩，达到了他少年时的预期目标，心情却没有多少激动。

五岁的太子和洛阳王已经有了老师启蒙，由伴读陪着在紫宸殿读书。他觉得太子应该早触政务，便令乔狸将正在和洛阳王及一干伴读玩官兵捉贼的太子带来，在他与宰相议事时旁听。

政事堂议事完毕，宫人来报洛阳王失踪，众人大惊，搜寻东内不见人影，天子便与太子亲自往西内寻人。

西内因为住的人少，近年来已经逐渐显出凄凉，各宫殿前檐下的花木却因此而益发茂盛。洛阳王躲在万春殿后院的牡丹丛里，睡得口水涟涟，浑然不知外面因为找不到他差点闹得天翻地覆。

正值阳春，数百株牡丹花争奇斗艳，明媚绝色，一如当年李太后为了给孙女打理新房，细心照料的那般盛放争春。殿前殿后的草木花树未负"万春"二字，但万春殿里应有的主人却负了它们的韶华，从不眷顾。

夕阳正好，春花明艳，天子站在似锦繁花里不知想到了什么，唇角含笑，却突然间泪洒衣襟。

几年来，宫里无数娇媚可人的女子流水般地在他身边来去，却再无一人能够让他记得其容貌，甚至于他自己也以为，他麻木的心已经将她的容颜也忘了，却不曾想，对着这满树繁花，他的眼前竟会突然浮现她的面容，鲜活如在。

他在这牡丹园里，下定决心要将她留在身边，也在这里送走久病的李太后。原来这么些年，那些纠葛交缠的爱恨情仇他一直没有忘记，只是爱得太深，痛得太苦，他根本没有触及的勇气。

她的身影贯穿了他的生命历程，她是他一生的倚仗，是他一生立命的根本，也是他一生所有感情的归依。

皇图霸业，江山在握，都是空的，他真正想伸出手去握住的，不过是她的手而已。

然而这个愿望，却始终不能实现。

枝头牡丹正好，他记起了他在李太后面前所立的誓言，心如刀绞，满嘴血腥的苦涩，默默地在心底说："太婆，我曾立誓要待阿汝极好，不得伤她分毫，否则必遭天谴。后来我负誓而行，千算万算却落得一场空虚，使自己除了她之外，再不能对第二个女人动情起欲，明明想忘了她的，却无时无刻不惦记于心，如受凌迟，这果然是应誓遭谴吗？"

牡丹寂静无声，微风拂过，花瓣飘飘落下，洒满他的衣襟。

是夜，天子生病，急召太医署大夫入诊。但太医署的大夫用尽手段，仍不能治愈天子的疾病。天子的身体时好时坏，却始终坚持听政视事，因此更是久病不愈。

诸大夫忧惧不敢明言，天子却心里有数，召来大夫逼问实情。几名大夫战战兢兢地硬着头皮道："圣上近年情志郁结，每到春天便有咳血之症，这是阴阳不调、气血枯竭之疾。"

"这岂不是和当年皇后所患疾病大同小异？"

天子将大夫说的话含在嘴里细细咂摸一番，突然记起前事，问了一声之后，突然一笑，"一饮一啄，自有前缘，天道好还，原来如此。"

几名大夫当年亦曾为皇后诊脉，闻言惊惧得不知该如何回答。幸而天子也不多问，转而问道："此疾应该如何治疗？"

"圣上宜少思少虑，安神静养。"

几名大夫各自提出了自己的意见，左侧丹阳大夫犹豫了一下，又道："臣以为圣上的病最好能找一个像当年的游侠钟称那样武功高强且擅引气血的人，用劲气为圣上推宫活血，易筋洗髓，否则终归是治标不治本。"

"嗯？如果不能治本，朕是不是命不长久？"

丹阳大夫胆子虽大，却也被天子的话吓得不轻，连道："臣不敢妄下断言。"

天子微微一笑，道："卿起来吧，朕不怪你。"

丹阳大夫抹了把汗，惴惴不安地退下了。

天子长叹一声，道："钟称当年已随皇后远走海外，寻求武道极致，朕到哪里去找像钟称那样的人？"

乔狸笑道："圣上言重了，天下之大，武功能高到像钟称那样的人必然不在少数，只要圣上一令诏下，必有无数人前来应募。"

"这天下必然有武功高过钟称的人，但朕能将性命交给那些人吗？"

天子抬头注视着天边云霞，突然一笑，向虚空里轻声问道："阿汝，我若想再见你一面，你肯吗？"

第九十三章
海外风

你确实有两个弟弟，只是你们从小就分开了，阿母也没想到你居然还会记得……

海天一线，碧波万顷，海岛靠近码头的集市上，海商、船员、陆上的居民往来穿梭，摩肩接踵，热闹非凡。可以将整个集市景象尽收眼底的高楼上，一个穿嫩黄衫子、弯眉杏眼的小姑娘趴在窗沿上吃着凤梨，一边看着楼外的人流，一边和坐在窗边的母亲叽叽喳喳地说笑，嘈杂得像只小麻雀。

她的母亲认真倾听女儿的话，回答她那些层出不穷的古怪问题，面上的神色温柔安谧，眉目静好。

岁月没有在她脸上留下太多的痕迹，却将她眉梢眼底的那股锐势安抚得很温和，仿佛一柄已经归鞘的宝剑，藏匿了锋芒，人们只能见到剑身的精致美好，却不复见剑尖的凌厉。

夏日里，南洋的阳光十分毒辣，小姑娘撑不住日晒，缩回了脑袋坐回桌前，看见母亲身后的侍人匆匆走来，一副有事的样子，顿时有些不高兴，嘟了嘟嘴，嗔道："又有什么事啊？阿母难得不用理政，清闲半日，你们还来找她，烦不烦呀！"

瑞羽瞪了女儿一眼，轻责道："阿离，不可迁怒于人。"

那侍人略显尴尬，对做鬼脸不高兴的小主人赔了个笑脸，才道："殿下，有故人自长安来，往公主府投谒求见。"

"谁？"

"来人自称是殿下近侍，名叫青红。"

"不见。"

"诺。"

侍人退去，阿离看了一眼窗外的集市，想了想，突然问道："阿母，人都说长安繁华，能比我们的琉球大集热闹吗？"

瑞羽一怔，沉吟一下，道："长安聚众六十万，各国商旅不绝，琉球大集的商人多以其为行程终点。论货物种类繁多，琉球不输于长安，但要论市井繁华，却是长安远较琉球为甚。"

"这样啊！"

阿离若有所思地喟叹一声，突然对楼外的繁华没了兴致，喃道："要是什么时候我能去长安见识见识就好了！"

瑞羽眉梢微动，笑道："你从小随我遍览奇观，难道这四海之大，还比不得长安一地繁华引人？"

阿离眨眨眼，想了想，道："我当然喜欢四海呀，不过来往商旅都想往长安走，我自然也想去看看长安究竟是什么样子。"

京都风流，无数人魂牵梦萦，留连不去，阿离心有此念，也属常理。瑞羽叹了口气，想了想才道："等你长大了，想去就去看看吧。"

阿离大喜，跳了起来，心急地打了个转，问道："阿母，那我什么时候才算长大，才可以去长安呢？"

"到你及笄就可以了。"

"到我及笄？那可还要等十年呢！阿母，要不然咱们不等十年了，你现在就带我去吧！"

瑞羽摇头，柔声道："这件事阿母不能答应。"

"为什么呢？长安那么繁华，阿母就不想去看看吗？"

"阿母已经过了爱看市井繁华的年龄了。"

瑞羽微笑着说，不期然地想起小时候与女儿一般无二地对市井繁华的向往，少年时明明忙得脚不沾地，还要腾一些时间出来上街闲逛，就算市井间那些东西远远比不得自家用的精美，那些人比不得身边人俊美，但市井那种特有的繁华与气息仍让她乐此不疲。

阿离还想再劝母亲陪她一起去，但看到母亲沉静的笑颜，突然心有所悟，想了想，道："嗯，我听曲将军说过，长安曾经让母亲很难过……我不要阿母陪着去了。"

孩子天性好奇好热闹，对众口称赞的地方的向往非同一般，要她完全不想却也困难。她说了不要母亲陪，踌躇好一会儿，狠了狠心，才又道："既然长安让阿母难过，那我也不去了。"

瑞羽为女儿的贴心而一笑，摸摸她的小脑袋，"你还小呢，要做什么和不做什么，哪能这么容易就做决定了？阿母希望你这一生都顺心快活，不必为了什么人束缚困锁，不得自由。"

阿离对她的话似懂非懂，却喜欢母亲陪着她说话做游戏，闹了许久，才觉得累了想回家。

瑞羽牵着她的手下楼，本想带她上车，不料阿离一眼看见集市上有父母背着子女走，便不肯上车，嘟嘴撒娇道："阿母，我也要你背背！"

瑞羽啼笑皆非，道："你都这么大的人了，还要背，成什么样子？"

"人家也不见得就比我小，还不是有父亲背着？阿母，我脚酸得很，你就背背我嘛！"

"你出入都有车马，还嚷脚酸，也不害臊。"

阿离抓住她的衣袖，笑嘻嘻地说："阿母，你就背背我嘛！我都不知道被人背着是什么滋味呢！"

"你还不知道被人背着是什么滋味？那天天坐在阿武他们肩膀上作威作福的人是谁？不记人情，不是做人的道理。"

"这个我知错了！"

阿离吐舌做了个鬼脸，娇嗔道："但阿武叔他们的背跟阿母的肯定不同，我真的不记得有没有被阿母背过啊！"

瑞羽身为四海之主，侍从众多，哪里需要她亲自照料孩子？阿离说的话虽然刁滑，却也不无道理，倒让她小小地内疚了一下，当即蹲下身体，让她趴到自己背上。

阿离遂了所愿，高兴得叫起来，好在她们此行微服而出，瑞羽又戴了帷帽，在各种海外番人云集的集市里并不太引人注目。

瑞羽身负绝技，力气远非寻常女子可比，背着女儿也不以为负担，母女二人在随侍的簇拥下徐徐行进，往公主府走去。

公主府设在离市井不远的地方，靠山面海，地势开阔，公主麾下文官武将的宅第也大多与公主府毗邻而建，因此摊贩不敢胡乱在此地摆摊，商铺整洁，来往的人却比集市少了许多。

阿离将头搁在母亲的肩膀上，不知为何突然叹了口气，问道："阿母，人如果长时间做同一个梦，是不是很不好呀？"

"如果是让人心情愉快的，那就很好。怎么突然问这个？"

"因为我这段时间老是做同一个梦呀。"

"什么梦？"

"我老梦见两个小弟弟坐在黑暗的地方，很害怕，一直哭，害得我也跟着他们哭，心里酸酸的，很难过。"阿离不高兴地轻啐一口，怒道，"真是没用，两兄弟就只会哭，我要是哪天见着这种哭鼻鬼，一定揍他们。"

瑞羽忍俊不禁，拍拍她的小屁股，笑道："只是做个梦，你也要打人，那两个孩子……"一句话说了一半，她心头一震，呆了呆，转头问道，"那两个孩子长什么模样？"

她突然转头，把试图钻进她帷帽里去的阿离吓了一跳，愣了愣才道："他们坐在那么黑暗的地方，我又看不清，不知道他们长什么样啊！"

"那你怎么知道他们是两兄弟？"

"我梦到他们就是两兄弟嘛！"

阿离放弃了和母亲抢帷帽的念头，将脸贴在她光洁的面庞上，突然异想天开，笑道："阿母，你帮我把那两个爱哭鬼找出来，骂他们一顿，别让他们老跑到我梦里来哭，哭得人烦死了，讨厌！"

瑞羽默不作声，阿离吵了一阵见母亲神思不属，答非所问，知道她肯定又想什么事去了，无可奈何地哼哼两声，趴在母亲背上渐渐地睡着了。

瑞羽背着女儿回到公主府，将她放到自己床榻上，怔怔地看着女儿香甜的睡容，有些呆愣。

阿离酷爱海浪、阳光及府外热闹，活泼好动，脸庞被晒得呈蜜色，长相也不像她，那笑起来的无赖样却是越来越像她的父亲，某些时候令她心情很是复杂，甚至想避开她一些。偏偏她毫无所觉，只爱往她身边凑，调皮的时候固然令她头疼，乖巧的时候也同样令她怜惜。

阿离在睡梦中皱了皱眉，转了个身，突然嘟囔一声，"别哭了！烦啊……好了好了，谁欺负你们了，我帮你们出气，不要哭……"

瑞羽被她的梦呓惊动，替她将踢开的薄被盖上，神色微黯，轻叹道："难道血缘之妙真能令人感应千里，魂梦相系？"

那两个在阿离梦中哭泣的孩子，却是在害怕什么？有什么危险？

毕竟血肉相连，身边还有一个与他们同胞而出的阿离，她很难不想那两个自出生她就不敢看一眼、未尽母亲之职的孩子。

只是任她再怎么想念，再对他们愧疚，她都不愿因为孩子而再一次陷入以前那种受制于人的屈辱中，任人予取予求。

若说她以前对亲人是完全不设防备，没有保留之心，至诚相待，那经历那痛入心魂的重创之后，她便学会了给自己设一层层的心防，再也做不到像以前那样肯为了亲人舍弃自我。即使那两个孩子是她的骨肉至亲，她心疼怜惜，愧疚担忧，但也不足以令她动摇心志，再成为她的弱点。

青红求见不得在公主府外长候不走，瑞羽闭目塞听，在后庭的演武静室里潜修武道，只当不闻不见。过了两天，阿离跑来找她，恰逢她将静室剑架上的一柄五尺横刀拿在手里，正仔细擦拭。

红衣炽炽，绿鬓荧荧，冰冷锋利的横刀握在她手里，驯服异常，她玉白的手指握着软布，缓缓地滑过刀锋，执刀如花。

利刃、红衣本该有着迫人的锋芒，但在她不疾不徐的举动间，却有一种隐忍不发的温和，淡淡的冷漠，静静的安宁。

五岁的孩子，还不懂什么叫气质和风华，却已经懂得美丑妍媸，猛一眼看到母亲的模样，突然觉得心跳得厉害，傻傻地站在门口，竟忘了喊她。

看到女儿进来，瑞羽手腕微动，横刀一转，青芒一闪流过，没入她身后的刀鞘中，隐去了锋刃，却在鞘中传出一声不甘寂寞的嗡嗡低吟。

"阿离，你不午憩跑来这里干吗？"

阿离醒过神来，却忘了她来找母亲的初衷，扑到她面前，娇嚷道："阿母，我要习武！我要像您一样！"

瑞羽一笑，"你若想习武，阿母教你便是，只是到时你别叫苦。"

阿离的性子委实有几分好逸恶劳，闻言吐了吐舌头，硬着脖子道："那当然。"

母女俩说笑一阵，阿离突然想起了她来找母亲的初衷，呆了一下，讷讷地说："阿母，我问你一个问题，你会不会生气？"

"嗯？你问问看。"

阿离虽然有些小狡猾，毕竟比不得大人懂话里带话，只当母亲答应了不会生气，勇气倍增，问道："阿母，我是不是真的有两个弟弟？"

瑞羽神色不动，反问："为什么会这么想呢？"

"我最近睡觉的时候，总是觉得很……很……"阿离看看母亲的脸色，兴致低了下去，她想了想才想出一个词来，"很失落，似乎应该有人陪着我一起睡，而不是做梦，梦到有人哭。"

她说完这句话，突然觉得有些胆怯，蹭过来抓住母亲的衣襟，"阿母，那两个老让我做梦的爱哭鬼，真的是我的弟弟吗？"

瑞羽哑然，凝望着女儿渴望与怯懦并存的脸，心绪不由自主地浮散开去：那两个孩子，是不是也像阿离这样，想念他们的姐姐？做梦也梦到她？他们长什么样？他们为什么哭？

人是不能动心思的，一动心思，心中便会如百爪抓挠，很难再将情绪平复，尤其是当诱饵就摆在面前时，更是不易自制。她看着女儿，想到远隔重洋相距万里、从他们出生就不曾看上一眼的两个儿子，蓦然间刺痛穿透她的全身，令她打了个寒噤，良久才道："阿离，你想要弟弟吗？"

阿离迟疑一下，抬起头来，眉目间隐见迷茫，轻声说："阿母，父亲已经死了，你不能再生弟弟，这个我是知道的。但我真的觉得我应该是有弟弟的，他们……他们……"

她不知道怎样对母亲述说心底的感觉，双手环抱着自己的肩膀，怔怔地看着母亲，喃喃地说："他们应该是这样，一直和我这样靠着，脸贴着脸，肩挨着肩，手碰着手，哭也好，笑也好，应该都是在一起的，而不是他们害怕哭泣的时候，我只能看着……那样太难受了……阿母，我这几天越来越难受……"

他们在有生命的初始就一直靠在一起，相依相偎，没有丝毫隔阂，血肉相连，心灵相通。虽然不能言语表达，但他们知道彼此的冷暖饥寒，喜怒哀乐。

直到他们出生，直到被人为地分离。男孩留在了长安的深宫，随父亲长大；女孩随着母亲来到海外，继承秦望北的香火。从此音讯不能互闻，甚至于不能互知对方存在，只能在梦里凭着同胞血脉的那一点感应，神魂相会。

"你确实有两个弟弟，只是你们从小就分开了，阿母也没想到你居然还会记得……"

阿离怔了怔，突然大哭，"阿母，我果然有弟弟……我就记得我是有弟弟的……"

瑞羽长叹一声，轻轻将女儿拥进怀里，拭去她脸上的泪水，对站在静室庭院里的元度道："衡平，让人去把青红引进来。"

元度静默一下，却没有反对，而是轻声回答："诺！"

青红准备了万千说辞，但在目光与故主相对的刹那，那些话便统统飞到了九霄云外。他不由自主地在她面前伏下身来，颤巍巍地说："殿下，奴才以为一生都再见不到您了……"

瑞羽昔日军法治下，从来不允许臣属只顾着痛哭却耽误正事回禀，但是如今，她已经去掉了一些过去的严苛，任他痛哭流涕，不予制止。

时光给青红的鬓角添了一片灰白，也让瑞羽改变了一些将自己和别人都逼得太紧的习惯。直到青红收了哭声，她才示意他坐下来喝茶歇气，问道："太子和洛阳王好吗？有没有受兄弟或者庶母的排挤？"

青红有些诧异，愣了愣才道："殿下这么多年，难道竟真的没有探听过宫中的消息？天子勤政，绝足后宫，这些年来一直都没有纳过嫔妃，反而连昔日太娘娘所赐的几个女史也被遣出去了。除去……大婚前赵美人所育的皇长女，以及您身边的长宁公主殿下，太子和洛阳王并无其他兄弟姐妹，是天之骄子。"

瑞羽愕然，阿离却兴奋地追问："太子和洛阳王就是我的弟弟？他们最近为什么老是哭？他们长的什么模样？跟我像不像？"

"他们因为父亲重病，最近常常哭泣，长的模样跟您不太像，但是很像殿下……"

阿离和青红的问答声很是清晰，听在瑞羽的耳里却似乎有些遥远，仿佛湖面反折在墙壁上的光影，斑驳陆离，游移不定，隔着不知多少重的假象，没有实体，虚幻而不可触摸。

她怔怔了不知多久，才在青红的呼唤里醒过神来，听到他说："殿下，圣上派奴才来见您时，让奴才对您说，当年您离开的时候欠了他一个承诺，请您履行诺言。"

她眉梢一扬，掠起一个讽刺的微弧。青红见势不妙，连忙劝道："殿下，圣上这次是真的病重，照奴才看来，恐怕真的撑不了多久。您和他毕竟是彼此唯一……毕竟是世间最亲近的人，纵然他有千般过错，看在过往的那些情分，您也该去送他一程。何况太子和洛阳王年幼，若是真有万一……没有母亲扶持，那可怎么得了？殿下……"

她起身走到兵器架旁，抚摸着随她征战多年的横刀，良久，突然冷笑，"他的什么消息都不足采信，只是当年既有承诺，予不会背信！"

终章

一生守

岁月是最无情的，也是最多情的，无情在于它可以磨去世间最浓烈的
爱，多情在于它可以缓解世间最深切的恨。

春到枝头，骊山温泉宫的花园里，阿离和太子、洛阳王正在进行三国争战，身上
满是花叶草泥，吵得不亦乐乎，也玩得十分痛快，快乐的笑声洒满庭院。

瑞羽静静地倚在游廊抄手上，看着姐弟二人的玩闹，不知不觉笑容爬上眉梢。

"阿汝！"

在乔狸扶持下走过来的东应脸色仍旧是不健康的苍白，只是眉目舒朗，精神极
佳，眼底尽是盈盈的笑意。

她微微拢眉，"吃了药？"

"吃了。"

他笑眯眯地在她身边坐下来，仿佛骨头架子都软了似的趴在游廊抄手上，道：
"丹阳大夫说，如果能够用了药后让你帮忙运转气血，调和阴阳，药效就能强很多。
所以，阿汝，你帮我推拿一下吧！"

当年她守诺回到京都时，他已在弥留之际，连他自己都认为不能活下去了，却是
她再次出手护住他的心脉，运功给他洗髓易筋，辛苦五天四夜，才将他本来已经枯竭
的骨髓血脉调活，重续精气，险死还生。

虽然有她理气调血，然而他十几年情志郁结，尤其在她离开后的五年里少食失
眠，旧疾咳血，阴阳失和，身体的底子已经被淘空了，一年两年根本就养不回来。因
而太医署的大夫建议天子避开京都干冷的气候，到温和气暖的地方调养。

朝廷的大事他放不下，不可能远避南方，便选了骊山温泉宫作为疗养地，有瑞羽

在侧共理政务，一住便是两年，日子倒也过得悠闲。

瑞羽仍不能对他过往的所作所为释然，但在儿女绕膝承欢的情况下，也缓解了对他的敌意与戒备，不复最初的冷厉。

岁月是最无情的，也是最多情的，无情在于它可以磨去世间最浓烈的爱，多情在于它可以缓解世间最深切的恨。

年轻的时候，我们以为爱情是蜜糖，爱一个人只有温馨甜蜜，互相怜爱呵护；到我们长大后才明白，爱情原来是毒药，缠绵入骨，明知会被欺骗、被伤害，仍旧割舍不得。

他曾经无数次借病装疯，缠着她问爱不爱他，她从未回答。但她清楚，少年时代的她，的的确确是爱他的。虽然她初时连自己也不明白，但因为爱得太深，不能见他有背负逆乱之名的可能，在他表露之初，就斩绝了自己所有不应有的念头，却在梦中屡屡犯戒，自苦伤痛。

人因为爱一个人，就会不由自主为了对方着想，替他设想一切他应该拥有的东西，甚至于牺牲自己。其实这种牺牲，未必是所爱者所愿，他可能更希望和你一起面对任何风雨，而不是由你擅自替他做决定。

开始的时候，是她用错了方式爱他；而他在追逐她的爱时，也犯了和她同样的错误，并且错得不可原谅，令人一世遗恨。

他给予了她太多的痛苦与悔恨、屈辱及羞惭，用秦望北和她属下最忠诚的将士的性命，在他们之间筑起了一道鲜血淋漓的高墙，她不敢跨越，也不愿跨越。

只是他们这一生互相浸染对方的生命太多，已然成为彼此骨血之中的烙印，当他有难的时候，她终究做不到袖手旁观。

花草丛里打仗的三姐弟终于玩累了，仰面躺在地上气喘吁吁。过了一会儿，发现了远处看着他们的父母亲，惊讶心虚又欢喜地跑了过来，大叫："父皇，母后！"

瑞羽看到儿女灿烂的笑容，亦柔和了眉眼，抽出手绢抹去儿女脸上的泥尘，笑嗔道："阿离，你自己在海外野惯了也罢了，怎么老引着两个弟弟疯玩？"

太子小小年纪已经懂得了承担责任，连忙低头认错，"母后，是我和稚奴也想玩的，不是阿离引我们。"

阿离也轻嚷，"母后，雀奴和稚奴天天被太傅捉着读书，可怜极了，也该让他们玩一玩，放松一下，不然他俩小小年纪就变得跟太傅一样，天天板着脸，那也太吓人了！"

瑞羽好气又好笑，嗔道："偏你这么多歪理。"

"歪理也有个理字嘛。"

……

东应趴在游廊抄手上，趁她与儿女说话没留意的时候将她的手拢进掌中，微微一笑，狡黠而温柔。

她虽然现在仍不能原谅他，但她终究还是在他身边的。而他们的余生还那么长，那么远，他伤了她的、欠了她的，他都可以一点一点地慢慢还，还到他老，或者直到生命终结之时。

三千里河山故园，二十年岁月流光。

闲来莫话君王事，携手共看楚天长。

全文完